# univers 1982

J'AI LU

# univers 1982

*Éditions J'ai Lu*

*Le Côté Noir de Mallworld; La résistance; La vierge et la licorne; Prospero.* Interviews de P.J. Farmer, Thomas M. Disch, Kate Wilhelm et Damon Knight (traduits par Bernadette Emerich et Michel Darroux).
*Les vilains poulets* (traduit par France-Marie Watkins).
*Heures de grande écoute; Un vaisseau de pierre; Espace vital* (traduits par Philippe Hupp).
*L'empereur de minuit* (traduit par Michel Deutsch).
*La grotte du cerf qui danse* (traduit par Michel Lederer).
*Marguerite, au soleil* (traduit par Eric Cowen).
*L'affaire du tacot jetable* (traduit par Brigitte Ariel).

# Sommaire Univers 1982

# Éditorial
# La face cachée de la S-F

En voyant apparaître le nom de Somtow Sucharitkul au sommaire d'*Isaac Asimov's Science-fiction Magazine,* j'ai aussitôt pensé : enfin un extra-terrestre vient à la S-F. Renseignements pris, cet auteur ne serait finalement pas un Martien mais un Thaïlandais de langue anglaise. L'an passé, il a obtenu le John Campbell Award qui récompense le meilleur nouvel écrivain de l'année; son roman Starship & Haiku vient d'être porté aux nues par la critique. Même s'il ne vient pas de la planète rouge, Sucharitkul est effectivement une révélation et *Le Côté Noir de Mallworld* est un texte dément dans la tradition de *Allons à la fête* qui ouvrait *Univers 1980.*

*Les vilains poulets,* d'un autre inconnu, Howard Waldrop, n'est pas moins étonnant dans son genre. Cette nouvelle a obtenu plusieurs prix de « fantasy » bien mérités; c'est certainement un des récits les plus inattendus que j'aie lus ces dernières années. En 1981 *La grotte du cerf qui danse,* de Clifford D. Simak, a obtenu le Hugo de la meilleure nouvelle et *La résistance,* de Gordon R. Dickson, celui de la meilleure novelette. Vous pourrez juger que ces prix n'ont pas été attribués à la légère. A noter que le thème « pyrénéen » du texte de Simak lui donne une résonance spéciale dans notre pays.

La charmante Joëlle Wintrebert donne le ton des récits des auteurs français de ce numéro puisque trois sur quatre sont, d'une manière ou d'une autre, des histoires d'amour. Le plus étonnant est qu'il y avait de nombreux autres textes de la même veine (mais pas de la même valeur) parmi les nouvelles que j'ai refusées. La S-F politique des années 70 aurait-elle cédé la place à une nouvelle science-fiction inspirée par la Carte du Tendre? Ce ne sont pas Jacques Mondoloni, dont J'ai Lu publie ce même mois le roman *Je suis une herbe,* ou George W. Barlow qui me démentiront. Seul,

Michel Demuth reste en dehors de cette convergence thématique avec *Sigmaringen.*

Vous aviez apprécié l'an dernier le talent de Scott Baker, ce jeune auteur américain révélé en France par son roman *L'idiot-roi* publié aux éditions J'ai Lu, et qui a obtenu depuis, le prix Apollo 1982. Le revoici avec une nouvelle étonnante, *Prospero.* A ses côtés, vous trouverez plusieurs récits des grands auteurs américains du moment : des textes tragiques comme ceux de Norman Spinrad ou Marion Zimmer Bradley, étrange comme celui de Connie Willis, humoristiques comme la fantaisie de Sprague de Camp ou *L'empereur de minuit* de Robert Silverberg. Dans le long récit qui termine ce numéro, Mack Reynolds se livre à une parodie époustouflante de la série de romans policiers consacrée par Rex Stout à *L'homme aux orchidées.* Vous vous souvenez de Nero Wolfe, le détective pachydermique et atrabilaire, et de son brillant second Archie Goodwin. Les voici, bien vieux et bien décatis, aux prises avec une ultime affaire dans une Amérique en proie à la déglingue; une Amérique où les affaires se traitent en pseudo-dollars car le dollar ne vaut même plus le prix du papier pour l'imprimer.

De nombreux lecteurs m'ont réclamé d'autres interviews de Charles Platt, à la suite des quatre parues dans *Univers 1981.* En voici trois nouvelles; on y trouve des approches différentes de la S-F : humaine avec Philip José Farmer, intellectuelle avec Tom Disch et économique avec le ménage Knight-Wilhelm.

Prochain numéro (s'il y en a un) l'année prochaine (s'il y en a une).

Jacques SADOUL.

# Le Côté Noir de Mallworld

SOMTOW SUCHARITKUL

Tandis que mon véhicule atteignait le premier anneau de la balise de transmigration, Mallworld, la citadelle des acheteurs, longue de trente klicks, où chaque rêve poisseux prend corps, reculait dans une nuit sans étoiles. Je n'y prêtais pas grande attention, malgré la beauté du spectacle. J'étais occupée à recouvrir mon visage de la plastipeau-mémoire qui allait le transformer en cette horreur dégoulinante aux yeux exorbités qui symbolisait ma profession.

Je m'appelle Dollie Salvador, et je travaille pour le bureau principal, installé à Mallworld, de la société anonyme Storkways. Oh non! je ne suis pas une de ces matrones toujours souriantes, vêtues de toile gaufrée, qui prennent commande de votre baluchon de joie, bon genre, gène-engendré de manière eugénique. Je fais partie de ceux qui vous tombent dessus quand vous rechignez à payer. Je suis un agent de réappropriation d'enfants – un croquemitaine.

La plastipeau commençait à prendre, épousant les coins et recoins de mon visage. Je branchai les murs-miroirs pour me regarder et frissonnai, tandis que le véhicule crevait l'anneau et émergeait quelque part, de l'autre côté de la ceinture. La nuit était totale. Il n'y avait plus d'étoiles, bien sûr, depuis que les Selespridars, avec leur peau bleue, leurs cheveux magenta et leur super-magie-techno étaient venus dans notre système solaire pouponner la race humaine, avant de déclarer, pour finir, qu'il valait mieux l'enfermer dans un petit univers à part « pour son propre bien ». Cette absence d'étoiles faisait peser un sentiment de solitude...

... Solitude lourde sur mes épaules à cette époque. Le job de croquemitaine était..., ce n'était pas par altruisme que j'avais embrassé cette carrière. J'ai grandi moi-même dans un lot d'enfants d'occasion, vous savez. J'y ai entendu les histoires de la bouche des plus grands. A propos des parents. Je savais que les parents qui ne faisaient pas *n'importe quoi* pour payer l'hypothèque de leurs enfants étaient considérés comme des individus de la pire espèce, abusant de l'enfance... Mais c'était pénible d'être dur.

Sous cet uniforme hideux, j'arrivais même à oublier que j'étais une femme. Ce pseudo-visage gangréné, marbré, couvert de verrues, faisait de vous un être asexué. Il était censé me donner un aspect effrayant. En général, cela marchait. A la Storkways, tout le monde me fuyait. Les parents ont la fâcheuse habitude de raconter des mensonges, des histoires fallacieuses à notre propos et de menacer de nous appeler pour un oui ou pour un non. Une fois adultes, les gens restent marqués par ces horreurs et ils ne supportent pas, même s'ils travaillent dans la même société qu'eux, d'être confrontés aux croquemitaines. Quelle chance j'ai d'être orpheline! me disais-je, tandis que mon véhicule s'élançait vers un nouveau nexus de transmigration.

Ce jour-là, ma mission me laissait perplexe. Je devais récupérer Hyacinth bar-Julian-Davies, âgée de douze ans. Cela semblait impossible. Les bar-Julian sont les plus riches de toute la race humaine, et quiconque pouvait se prévaloir du nom de bar-Julian-Davies devait être assez fortuné pour acheter la Storkways. D'ailleurs, c'était l'un d'eux qui était le propriétaire de Mallworld. De plus, l'enfant avait presque atteint l'âge adulte! C'était louche, vraiment louche. Mais je n'étais pas payée pour penser.

D'immenses visages de pierre, à moitié dans l'ombre, scrutaient la nuit de leurs yeux qui projetaient des flux lumineux dont les rayons s'entrecroisaient dans l'obscurité.

La résidence des bar-Julian-Davies était la reproduction exacte d'un ancien château de Bavière, Terre – je le reconnus d'après un vieux docudrame holovisé –, mais il se dressait, lui, dans la fente du menton d'une immense figure de pierre. C'était le Mont Rushmore – je n'aurais su dire s'il avait été taillé dans le roc d'un astéroïde malchanceux, ou remonté depuis la Terre. Les quatre têtes anonymes formaient un lieu enchanteur qui tout à la fois frappait le regard et sentait l'antiquité surannée; les lasers lumi-veille de leurs yeux déversaient un peu de vie dans la solitude de l'obscurité. Je mis le véhicule sur recherche – pour trouver l'aire d'arrêt – et sous-vocalisai le code secret qui ouvre le passage dans les boucliers-force à tous les Officiers de Réappropriation.

C'était donc là que vivaient ces gens qui ne payaient même pas la taxe insignifiante pour leur enfant! J'étais sceptique, très sceptique. Des gens aussi riches ne pouvaient pas être barbares au point de... Tandis que je m'approchais des montagnes, après avoir, malheureusement, une nouvelle fois réajusté mes yeux exorbités, je remarquai qu'elles semblaient être plastimoulées sur une armature chromée dont certains morceaux saillaient comme les os brisés d'une blessure, à travers la texture rocheusc.

Juste au-dessous du château, dans le cou, une porte s'ouvrit pour me recevoir et j'entrevis en me glissant à l'intérieur la signature d'un artiste (je ne pus la déchiffrer, mais j'en reconnus l'écriture) et un nombre.

Toute cette fantasmagorie architecturale n'était donc pas un original. C'était une reproduction signée et numérotée, d'un style de second ordre, comme il en existe des dizaines ou même des centaines.

Que c'était kitsch! Je n'aimais déjà pas les bar-Julian-Davies.

Le hall dans lequel je débarquai était vaste, couvert d'un antique tapis aux longs poils tabac – une imitation – et regorgeait d'œuvres d'art très spéciales.

Je m'étais matérialisée juste en face de l'une d'elles : une masse torturée de petites particules agglomérées autour d'une pile de rocs marron et grumeleux. Au-dessus de moi, un chandelier mobile, qui n'était ni plus ni moins que le squelette phosphorescent d'un brontosaure géant, tournait lentement en donnant un arrangement musical de l'un des nouveaux succès de *Musak Concrète*. Le coin puait le mégacrédit, et pourtant tout était d'un mauvais goût de militaire de carrière.

– Hello!

Je me retournai et aperçus une femme d'âge moyen, vêtue d'un sac de pommes de terre, que ses rondeurs faisaient presque éclater. De toute évidence, il s'agissait d'un somatype très coûteux – bien que je ne reconnusse pas le style de Storkways – ramolli par les excès.

– Bien, bien, bien, dit-elle. Vous devez être la nouvelle reproduction de Giacometti que nous avons commandée sur Terre! Venez, venez, mon cher, je vais vous montrer votre petite niche...

Cela n'allait pas du tout. Il me fallait l'interrompre. Pourquoi ne l'effrayais-je pas? Elle continuait joyeusement :

– Laissez-moi vous regarder... Oui, si criant de vérité! Une ancienne sculpture à qui l'on donne une âme : un original mais en couleurs, qui bouge et qui respire, un nouveau miracle des Entreprises Pygmalion, les magasins d'œuvres d'art précieuses, qui insufflent la vie aux chefs-d'œuvre de l'Antiquité! Ah, ah!... (Elle soupira et j'essayai de dire quelque chose, mais elle reprit aussitôt :) Oui, c'est merveilleux de vous avoir ici, vous savez. Aucun des autres ne parle, bien sûr, et notre cousin Julian bar-Julian, vous connaissez, des bar-Julian de Mallworld, vient d'acheter une reproduction parlante et animée des *Demoiselles d'Avignon* de Picasso, pour sa suite du Gaza Plaza. Aussi, bien sûr, il nous fallait prendre quelque chose aux Entreprises Pygmalion, nous également, et...

– Madame bar-Julian...

– Mais mon Dieu, vous êtes pleine de vie! Laissez-moi vous montrer le reste de la collection. Cette chose marron qui s'entortille, c'est *Faex Vivenda,* l'une des plus anciennes sculptures coprocinétiques du XXIVe siècle. Renversant, n'est-ce pas? Et si révélateur de la condition humaine également, avec cette juxtaposition du scepticisme et du sublime, et pendue au plafond... (Je regardai le plafond avec soumission, en attendant désespérément un trou dans son caquetage.)... voici *La Brontosos Pendilleuse* de Michelle Ford...

– Renversant, fis-je, mais je ne suis pas...

– Je suis sûre que vous me raconterez tout sur vous le moment voulu, mon cher. Je suis si contente que vous soyez là. Les bar-Julian nous regardent tellement de haut. Vous allez apporter une certaine classe à notre petite galerie, et les bar-Julian cesseront peut-être de se moquer de nous...

Je ne pus retenir un petit sourire. Il était clair que ces gens étaient des parvenus. Ils n'étaient sûrement pas nés dans un château, comme disent les culs-terreux, vu qu'ils n'étaient pas capables de faire la différence entre des objets d'art et de la pacotille. Même moi, qui ne suis qu'une damnée philistine, savais pourquoi les bar-Julian devaient les regarder de haut.

– Madame bar-Julian-Davies, il me faut vous dire que...

Mais elle était repartie. Nous passâmes devant un modèle en placage d'iridium de *La Bedlam sans Merci* (« L'Asile Ingrat ») de Praxitèle, dépeignant un groupe d'hommes fous demandant l'asile politique à l'Ambassade Féministe au cours de la Neuvième Guerre mondiale – l'original qui a près de deux mille ans d'existence est très beau, mais cette version plaquée iridium était criarde et pompeuse. Nous empruntâmes des skateboards antigravits et fîmes le tour d'un modèle à l'échelle des Bains de Caracalla, au milieu duquel se dressait une reproduction en organoplast de la Vraie Croix sur laquelle Saint Vlad l'Empaleur avait trouvé la mort. Nous longeâmes un mur d'icônes religieuses – *un Bouddha et l'Enfant* en plâtre de Paris, un crochet holo-laser-par-chiffres de *Iphigénie en Schenectady,* et ainsi de suite... Je n'en pouvais plus d'être traitée comme une sculpture. Je pense savoir maintenant ce que ressent mon boss, pourquoi les machines semblent toujours irritables et sur la défensive. Nous approchions de la fin du grand tour – je faillis piétiner la miniaturisation en forme de dessus-de-table de la Coupole de la Chapelle Sixtine, et Mme bar-Julian-Davies donnait toute sa vapeur :

– Vous voyez, mon cher, quoi qu'en disent nos atroces

cousins, nous ne manquons pas de goût, n'est-ce pas? et n'acquiescez pas uniquement parce que vous avez été programmé pour me faire plaisir! Soyez honnête! (Sans attendre ma réponse, elle commença à appeler :) Herbert! Herbert! Le Giacometti est là!

– Oh, zut!

Je dus me détourner pour ne pas éclater de rire. Le père de Hyacinth venait d'entrer dans la pièce : c'était un maximaliste.

Tout le monde se souvient de la toquade pour le minimalisme d'il y a une dizaine d'années, lorsque chacun se faisait faire des somatectonies et partait se promener avec la tête tranchée reposant sur un plateau-organisme. Il y avait eu une réaction lorsque le peuple s'était mis à cette mode et la balance avait penché de l'autre côté! M. bar-Julian-Davies devait avoir une douzaine de paires de membres. Il s'était fait poser un extra-abdomen extensible, fabriqué dans un matériau chimique qui faisait de lui un être chimérique, à moitié humain, à moitié libellule.

– Ma chère, dit-il à sa femme, ce n'est pas une sculpture, c'est une personne!

– Oh, fadaise, chéri. Vous avez perdu tout sens artistique! Pas étonnant que les bar-Julian se moquent de nous... C'est *exactement* ce que nous avons commandé.

– Ne sois pas idiote, cette personne porte un masque de plastipeau. Je pense, ma chère, qu'elle – ou bien il – est un intrus, peut-être déguisé en sculpture de Giacometti et qui projette de s'enfuir avec nos coûteuses œuvres d'art...

Ça y était. Je commençais à être agitée par le rire.

– Absurde! Même les sculptures rient à l'heure actuelle. S'il s'agit d'un intrus, comment est-il entré ici? Notre code n'est pas répertorié...

– Demande-le-lui toi-même, femme stupide!

Et, se retournant tous deux vers moi, ils attendirent.

Je m'éclaircis la gorge, puis poussai mon rocailleur-de-voix au maximum afin d'augmenter l'effet d'épouvante :

– Je suis Salvador de la Société Storkways, Division de la Réappropriation d'Enfants...

– Oh, mon Dieu! dit-elle. Un croquemitaine!

– Allons, calme-toi, ma chère. De toute évidence, c'est

une erreur... Où est notre petite Hyacinth? Nous devrions peut-être la faire venir. Enfin, cher Officier Salvador, vous pouvez vous rendre compte à notre-environnement que nous ne sommes pas du genre à commettre une... une... inconvenance financière! Laissez-moi vous serrer la main! (Il me tendit trois ou quatre membres, mais ils s'emmêlèrent complètement.) Excusez-moi, je ne suis pas encore bien habitué à ces nouvelles métamorphoses somatiques *à la mode* que je me suis fait placer sur les *instances* de ma femme. (Il lui jeta un regard meurtrier.) Mais les bras m'en tombent... ha, ha, ha!... de vous voir là. Alors de quoi s'agit-il? Julian bar-Julian est notre cousin, vous savez.

Je fis l'annonce officielle sur un ton macabre : « Vous n'avez pas le droit de procéder à une réappropriation sans faire l'annonce officielle. » C'était une formule dont j'avais eu à me souvenir, que j'avais dû réciter une centaine de fois au cours de mon travail de croquemitaine, dans divers minuscules élevages de bébés, afin de mener à bien leur fusion avec le plus gros élevage du système solaire.

– Je dois, de par la loi civile et morale, vous informer que, en exécutant la réappropriation de votre enfant, par suite de l'accord d'hypothèque au sujet de laquelle vous êtes en défaut, de très grave manière, en dépit de trois avertissements officiels, la Société Storkways n'agit pas en violation des droits humains, cétacéens ou sensiblement extra-terrestres de ladite enfant. Il ne s'agit ici que des droits de paternité qui ont été légalement définis comme une denrée achetable. La garde de l'enfant est maintenant rendue à la Société Storkways, qui peut s'efforcer de recouvrer les pertes qu'elle a subies en louant ou en vendant ses parents pour n'importe quelle durée, jusqu'à la majorité de la susnommée.

Je m'arrêtai et attendis que l'habituelle expression de terreur se peignît sur leurs visages. Mais je les connaissais mal. Décidément, cette famille n'entrait pas dans les normes.

– C'est absurde, déclara le père.

Il se glissa autour de la table à café Michel-Ange, et

posa six de ses pieds sur un aqua-fauteuil qui pendait d'une reproduction en carton-pâte de l'*Homme qui s'envole d'une Tour* de Alexei Shamborg. Je remarquai que, dans son dos, une paire de bras s'activait à tricoter un pull-over.

– Absurde. Enfin, est-ce que vous vous rendez compte à quel point nous sommes riches? Nous ne sommes pas Julian bar-Julian, mais...

– Arrête de répéter ce nom! cria soudain sa femme. C'est toujours Julian, Julian, Julian! Tu ne vois donc pas que nous allons perdre notre fille? Salaud! Tu as délibérément omis de fournir des devises à la créditbanque et les versements n'ont pas été faits...

– Ne sois pas stupide, ma chère. S'il y a eu un quelconque sabotage, c'est ton œuvre. Tu as voulu un enfant uniquement parce que les bar-Julian en ont commandé un à Storkways et que tu voulais égaler leur standing!

– Espèce... espèce d'ordure! C'est *moi* qui voulais égaler le standing des bar-Julian? Et tes foutues relations, ton ascension sociale miteuse – enfin, tu t'es pratiquement invité à la pose du nombril de Theresa, l'année dernière! Et je suis la seule sur le dos de qui tu les laisses ricaner. Ta propre femme...!

– Par les culottes du Pape, je n'ai pas le temps d'écouter vos histoires de famille! criai-je, et je me précipitai entre eux en écartant une douzaine de mains.

Soudain, je sentis que quelque chose se déchirait... et ma combinaison en gomme de plastique commença de partir en morceaux sur mes fesses!

– Maintenant, donnez-moi la gamine! Vu?

Mme bar-Julian-Davies recula un peu et renversa toute une armure qui était posée à califourchon sur un ancien quart de penny.

– Regardez ce que vous m'avez fait faire, dit-elle. De plus, tu sais très bien, Herbert, que tu n'es plus capable de pianoter sur le clavier du créditbanque depuis ta métamorphose; et c'est toi qui as chargé Hyacinth de s'occuper de tous les versements du ménage...

– Que se passe-t-il, mère? demanda une douce voix enfantine qui provenait de loin, vers le milieu de la salle.

Je me retournai, mais ne pus rien voir tout d'abord, tant était drue la forêt de pacotilles.

– Oh! (La voix se rapprochait : une voix jeune, légère. Je reconnus la *classe* de Storkways dans ses accents.) C'est le croquemitaine. Soyez le bienvenu. Je vous attendais...

Les parents, abasourdis, ne bougeaient plus. J'avais vu les horreurs artistiques de leur galerie et je m'attendais au pire avec leur enfant; à quelque somatype hors série baroque et criard, muni du vestige de trois têtes ou des petites ailes pourpres, ou...

Elle sortit de derrière les Bains de Caracalla et s'avança droit sur moi.

– Est-ce que nous pouvons y aller maintenant?

C'était un modèle classique, l'un des meilleurs de Storkways. Même moi qui y travaillais, je n'avais jamais vu un enfant d'une telle beauté, d'une telle allure. Je comprenais à présent pourquoi même une famille aussi riche que celle-là avait dû contracter une hypothèque pour sa fille. C'était un artiste qui avait dessiné l'ensemble. Elle avait des cheveux noirs qui lui tombaient sur les épaules et un teint clair rehaussé de petites taches de rousseur lumineuses. La gaze légère dont elle était vêtue tombait en plis flous comme un vent artificiel et révélait une épaule innocente. Dans ses yeux, il y avait à la fois du jaune, du gris, du marron et de la terre d'ombre, mélangés comme de petits Saturne, et le dessin de chaque iris était une fidèle reproduction de l'autre.

Avec ce genre de beauté, la gosse ne devait pas manquer d'avoir en plus, le reste des traits standard – le super Q.I. et tout ça.

J'étais furieuse. Je me souvenais de toutes les histoires horribles que j'avais entendues sur les parents. Je haïssais les bar-Julian-Davies. Je devais leur arracher cette enfant immédiatement, irrévocablement.

– Vous êtes des prétentieux, des insignifiants, vous avez le cerveau racorni, dis-je. Cette enfant est la seule chose vraiment artistique qu'il y ait dans tout ce château, et vous avez eu la négligence de la perdre...

– Nous enverrons le paiement à Storkways dès que

mes doigts fonctionneront normalement, dit le père de Hyacinth.

– Je ne me laisse pas corrompre, déclarai-je. Envoyez-le par les canaux, et vite, parce que vous pouvez être sûrs que quelqu'un d'autre voudra cette gosse. Et il, qui que ce soit, lui donnera sûrement plus d'affection que vous, espèce de charlatans frigides!

Je me retournai pour partir, mais la petite m'ouvrait déjà la route, son sari flottant joliment derrière elle.

– Eh bien, vous les avez drôlement douchés, dit-elle en s'installant dans un siège flottant.

Elle n'avait opposé aucune résistance. Le Mont Rushmore s'enfuyait dans notre dos et l'anneau de transmigration était droit devant nous. Elle m'observait comme si j'avais été un héros, et pas du tout un croquemitaine en train de faire un travail de routine. Quand elle me fixait ainsi, les yeux grand ouverts, je pouvais voir que leurs iris *étaient bien* des miroirs de Saturne : j'arrivais même à en discerner les anneaux; c'étaient des capillarités réorganisées et teintées de pigments éclatants, sûrement une merveilleuse réussite de gène-engendrement.

– Que va-t-il se passer à présent? Allez-vous me réduire en poudre ou je ne sais quoi?

– Bien sûr que non.

Mais je voyais que c'était ce qu'elle craignait. Il y a des équipages qui les réduisent réellement en poudre; au cours de vols de nuit autour des dégoûtants territoires de la terre, où ils ont encore des gouvernements et autres formes de corruption. Je frissonnai d'horreur rien que d'y penser.

– Alors, où allons-nous? demanda-t-elle.

Pas de problème, c'était quelqu'un de très tenace.

– A la division des enfants d'occasion, dis-je. *Tu* y jouiras d'un traitement spécial sans aucun doute. Tu vas bientôt la découvrir; je suis persuadée qu'elle te plaira!

Mais d'un seul coup, je n'en fus plus très sûre. Qu'est-ce qui aurait pu ressembler à un palace pour elle, après l'opulence qu'elle avait connue? Je me sentais mal à l'aise, sur la défensive; je pensais à la façon dont, moi, j'avais grandi. Je me mis alors à m'aligner sur la ligne du parti, lui décrivant la vie insouciante et joyeuse de la division des enfants d'occasion, mettant en relief le fait qu'elle était un moyen d'éviter la taxe sur-juridique, insistant sur le luxe dans lequel ces enfants vivaient jusqu'à leur majorité...

– Aucun palace ne peut ressembler à ma maison de famille. Quand je serai grande, je la rachèterai et je la transformerai en un Musée du Clinquant et du Kitsch. (Je ris.) Vous n'êtes pas méchant, vous savez; je me souviendrai de vous quand j'aurais classé les papiers de tutelle.

– Qu'est-ce que tu veux dire?

– Idiot! Vous n'avez pas compris? Je ne pouvais plus supporter ce coin infernal, et je me suis sabordée! Mon stupide père n'a pas encore recouvré le contrôle de ses nouveaux membres, aussi m'a-t-il chargée, *moi,* d'effectuer tous les virements-comptes de la maison.

– Tu te rends compte! Me voici avec une délinquante juvénile riche comme Crésus dans mon véhicule.

Elle ne manquait vraiment pas de cran et je tâchai de cacher mon admiration sous un air renfrogné.

– Suis-je à blâmer? Savez-vous que de toute ma vie je n'ai jamais quitté ce monstrueux château? Qu'ils m'emmenaient juste faire un tour aux fêtes des bar-Julian pour les narguer, parce que je suis la dernière création du maître gène-engendreur Lauren Klink? Il avait fait les graphiques ADN juste avant de mourir et les avait détruits dès que le zygote avait pris. Que j'étais l'*unique* objet dans toute cette maison qui leur donnait un peu d'importance aux yeux de leurs cousins haut placés? C'était la prison, encore la prison, toujours la prison dans tous les cas! J'étudiais par boîte-cerveau, je choisissais mes achats dans des holo-catalogues, je regardais les émotiveurs dans ma salle de visionnement personnelle...

– J'en suis désolée, dis-je.

Je n'arrivais pas vraiment à comprendre ce qu'avait été son mode de vie. Je résidais dans un condo-azroïd et, malgré les maisons chaudes du sexe qui tournaient frénétiquement autour de moi, je n'avais jamais trouvé de satisfaction. Il faut dire que, quand vous décidez de devenir croquemitaine, vous choisissez la voie de la solitude. Personne n'aime les défenseurs de la loi. On me l'avait répété mille fois à l'entraînement.

Mais, au moins, avais-je eu *ma chance* dans la société, même si je ne l'avais pas saisie au vol. Elle, n'avait vraiment jamais eu la sienne. Je haïssais les bar-Julian-Davies!

– J'espère que tes prochains parents seront mieux. Même moi, j'aurais été un meilleur parent que... Mais pourquoi parler de ce qui est impossible? ajoutai-je rapidement pour rejeter l'idée qui avait jailli dans mon cerveau.

– Pourquoi est-ce impossible? Je peux facilement vous donner l'argent et...

Je détournai la conversation. Pour une raison inconnue, je me sentais plus nerveuse que je n'aurais dû.

– De toute façon, ce n'est que pour un an. De plus, je ne vois pas qui pourrait payer ton hypothèque, excepté les bar-Julian, bien sûr, et...

Nous fonçâmes à travers la balise, puis dans une obscurité encore plus grande.

– Je peux payer, *moi*, dit-elle. J'ai fait des économies... vous ne vous rendez pas compte, charlatan! Je vais racheter mon hypothèque et devenir mon propre tuteur...

– Arrête, lui dis-je. C'est absolument contraire aux lois de la corporation. Tu ne peux pas t'adopter toi-même avant tes treize ans – et après, il n'y a pas de problème puisque tu t'adoptes toi-même automatiquement.

– Vous n'allez pas m'appliquer une loi aussi stupide, ou quoi?

– Si.

Elle se mit à pleurer.

Je perdis de ma froideur. Je ne savais pas pourquoi, mais je ne me sentais plus professionnelle. Peut-être à cause de tous ces hideux objets d'art ou du caractère inamical des bar-Julian-Davies, peut-être parce que j'arrivais à une sorte de tournant dans le Karma de mon existence. Je lui dis :

– Là, ça n'est pas si grave, Hyacinth...

– Cindy, sanglota-t-elle, je déteste que l'on m'appelle Hyacinth...

– Cindy, tu n'es pas en état d'arrestation ni de quoi que ce soit d'autre, tu sais. Tes droits humains sont intacts, zut! c'est mon boulot de te protéger, justement! Tu désirais quitter tes parents, non?

– Je fais des économies depuis que j'ai cinq ans. Bien sûr que je veux aller à Mallworld, mais elles m'avaient dit que cela se passerait...

– Elles? Qui ça, elles?

– Oh... Je ne voulais rien dire.

– De quoi parles-tu, Cindy?

– De mes voix.

Le véhicule voguait au milieu d'un groupe de Cylindres-L-5 reconstruits et attachés ensemble, traînant un gros azroïd, exactement comme un chapelet de boîtes de conserve dans un rituel antique. Cindy fouilla dans son sari et en retira une chaîne avec un pendentif : un petit saturne qu'elle saisit délicatement par les anneaux – la minuscule planète tournoyait à l'intérieur sans un fil, sans rien pour la maintenir. Je me dis que ce devait être une amulette selespridone.

– C'est un intervoc. Un intervoc *selespridon.* (Elle me le tendit et je remarquai qu'il était parfaitement assorti à la couleur de ses yeux.) Oh, vous ne pouvez rien entendre, vous; il est en liaison directe avec mon cerveau et lui seul. Je subvocalise à l'intérieur et j'entends des voix dans ma tête...

Ce minuscule objet devait valoir une fortune. Il glissa sur la paume de ma main, plana au-dessus d'elle, l'effleurant à peine.

– Klutharion – vous savez, le gouverneur du système solaire me l'a offert lors d'une réception à la maison. Il n'est jamais revenu, alors qu'ils l'avaient invité de nombreuses fois. Je l'avais fasciné pourtant, naturellement!

– Je le suis moi aussi, soufflai-je.

Pourquoi avais-je dis cela? J'aurais dû me mordre la langue. Je n'étais pas sur le bon chemin.

– *Tout le monde* l'est. Lauren Klink m'a faite ainsi. Tout le monde, sauf mes parents. Ils ne sont pas très attentifs.

Bien, à présent que vous êtes sous mon charme, que pensez-vous de me déposer quelque part, dans un coin tranquille de Mallworld, au lieu de m'emmener là-bas?

– Je ne peux pas faire cela.

– Je vous paierai.

– La Société me briserait les reins et ils te reprendraient en un rien de temps. Il y a des palpeurs qui enregistrent quiconque pose le pied dans une cabine démat de Mallworld.

– Ce n'est pas ce que m'ont dit les voix.

– Quelles voix? Tu n'es pourtant pas cinglée?

– Non, je vous dis que j'entends des voix! Dans l'intervoc, vous savez! Kluthario voulait que je sois en mesure de communiquer avec le monde extérieur, il avait pitié de moi... J'entends des voix de Mallworld! Ce sont des Mallkyries qui me disent de venir les rejoindre... Oh, vous ne vous rendez pas compte que c'est vous qui m'avez tirée de là! Et tout cela pour me replacer dans une autre prison...

– Je te l'ai dit. Je ne peux pas. D'autre part, ce n'est pas des Mallkyries que tu veux parler, mais des Walkyries. J'ai étudié cela à l'école. Elles étaient dans le camp des Nordistes pendant la Guerre Cybille Américaine, il y a quelques milliers d'années. Tu sais, à propos d'Helen A'Lliage (1). C'est juste un mythe de toute façon et...

– Vous ne comprenez pas, cria-t-elle, puis elle éclata à nouveau en sanglots. J'ai fait un marché avec elles, elles ont décidé de m'aider; tout ce que vous avez à faire, c'est de m'amener à elles...

– Je ne ferai pas une chose pareille!

– « Sauvage et libre », chantonna-t-elle. (Cela sonnait un peu comme un slogan.) « Nous nous glissons à travers les âmes du passé de Mallworld, nous chevauchons dans les couloirs du vide, en faisant vibrer l'air poussiéreux de nos stridents cris de guerre. »

Qu'est-ce qui lui arrivait? Je la sentais perdue. Nous nous ressemblions; nous nous ressemblions plus que ce que j'avais envie de me l'avouer.

(1) *Helen A'Lliage*, nouvelle de Lester del Rey, in « Les meilleurs récits d'Astounding Science-Fiction », vol. 2 – J'ai Lu, nº 988.

– Vous ne m'aimez pas.

Ses pleurs redoublèrent.

– Là, doucement, doucement. Le bureau central pourrait s'occuper de ça.

Il était clair que j'allais perdre pied. D'accord, elle était très intelligente – son stratagème pour s'enfuir de chez elle le prouvait amplement – mais à force de vivre seule entre ses parents névrosés, elle devait avoir le cerveau dérangé. Sa belle aisance et son ironie mordante cachaient bien le mal. Je laissai alors parler mon cœur, tout en sachant que c'était une faiblesse. Elle ne pouvait pas être vraiment en contact avec des êtres mythiques. Elle avait besoin de... besoin de...

– Vous avez envie de sexe? me demanda-t-elle soudain en parodiant la séduction d'une voix enfantine.

– Premièrement, lui dis-je, je n'aime pas les filles; deuxièmement, nous ne nous laissons pas corrompre; troisièmement, arrête de pleurer, sale gamine!

Puis je la serrai dans mes bras un moment, tandis que le véhicule fonçait à travers l'obscurité totale. La nuit serait si belle, si seulement il y avait des étoiles dans le ciel!

– Alors pourquoi ne m'adoptez-vous pas? Je suis sûre que vous avez besoin d'un enfant. J'ai entendu parler de vous, les croquemitaines. Vous êtes très tristes, très seuls. Je pourrais drôlement vous remonter le moral...

Rusée, pensai-je. C'est bien la première fois que l'on me fait ce numéro, depuis toutes ces années passées à chasser des gosses... Alors, un instant, j'imaginai qu'elle était ma fille, je mesurai tout ce que cela impliquerait, mais un instant seulement! Et je me sortis brusquement l'idée de la tête. *Non! Fais ton métier!* Je redevins froide et me concentrai pour subvocaliser les ordres nécessaires au comput-pilote.

– Non!

– Je vous en prie...

– Non!

– Je ne m'en irai jamais, se mit-elle à répéter encore et encore.

De temps à autre, elle serrait son intervoc dans la main, puis semblait écouter quelque chose. Ensuite, elle hochait la tête comme si elle avait subvocalisé une réponse.

Et je me sentais... impliquée! Oh, bien sûr, avant, je me sentais triste pour eux, cela n'aurait pas été humain de ne rien ressentir. Mais à présent, c'était différent. Ce n'était plus une tristesse clinique, *professionnelle.*

Une fraction de seconde, je fus tentée de la laisser filer. De l'abandonner et de me précipiter sur l'aqualit de mon condo-azroïd pour ne plus jamais en sortir... Mais je n'arrivais pas à le faire. J'avais des années d'entraînement derrière moi. Je ne pouvais que ramener la gosse et me sentir triste pour elle.

Alors, pour passer le temps entre les bonds de transmigration, nous parlâmes.

Je lui racontai comment cela se passait dans les divisions d'enfants d'occasion.

– Vous aimiez cette vie?

– Je l'adorais! dis-je, maussade.

Il m'arrivait de me mentir à moi-même. Je me fis loquace et lui révélai sur moi des choses que je n'avais jamais sues jusque-là. Je m'imaginais à nouveau que Cindy était ma fille; pendant quelques instants, cette fragile absurdité parut presque réelle.

Et la petite écoutait. Cela me flattait.

Ensuite nous restâmes longtemps silencieuses. Enfin, nous franchîmes la dernière balise du dernier anneau : nous étions dans l'espace aérien de Mallworld. Mallworld qui étincelait comme un miroir argenté dans l'obscurité. Des milliers de véhicules circulaient dans les rayons lumineux des voies de trafic, chacun d'eux représentant un photon du faisceau... Nous émergeâmes dans une voie et Mallworld se mit à grossir dans le ciel jusqu'à l'emplir tout entier, avec ses feux d'alarme clignotants, ses holo-annonces dansantes, ses éclairages ondulants. La musak envahissante saturait à présent chaque canal de l'intervoc du véhicule. J'appelai le bureau et criai pour essayer de dominer le tapage.

– Boss, j'ai la petite bar-Julian-Davies!

– Bien! répondit la détestable voix mécanique. Nous ne la garderons pas longtemps; ses parents ont payé les arriérés et l'amende plus rapidement, en temps réel, que votre transmigration. Ils sont déjà en route pour venir la chercher.

– Non! hurla Hyacinth. Vous ne ferez pas cela. Je ne partirai pas, je ne vous quitterai pas, c'est vous qui m'avez aidée à m'échapper...

Ce n'était plus l'heure des regrets. J'étais un croquemitaine, Hyacinth représentait seulement le résultat du travail de cette journée-là, et il était temps d'atterrir.

– Je n'y peux rien, lui dis-je avec autant de froideur que je pus. Tu vas m'accompagner tranquillement.

– Non!

Elle me jeta ses ongles au visage et lacéra la plastipeau si violemment qu'elle en arracha un lambeau, découvrant mes cheveux. Je criai de douleur, lui agrippai les mains et subvocalisai le mainteneur d'enfants. Les bras-araignée sortirent en se tortillant du siège et l'emprisonnèrent fermement.

– A présent, par la grâce du Pape, dis-je, ne me rends pas les choses plus difficiles qu'elles ne sont! C'est déjà assez dur pour moi, zut... oublie ce que je viens de dire, O.K.? Maintenant, est-ce que je dois te doser au sopogaz?

Je pense qu'elle devait se rendre compte à quel point j'en avais peu envie. Pourquoi n'arrivais-je pas à mieux cacher mes sentiments, que diable? Elle secoua la tête de gauche à droite. Le véhicule accosta; j'enlevai rapidement le reste de mon uniforme – mais pas mes traces de griffes! – et enfilai un costume normal de travail.

– Pourquoi êtes-vous obligée de porter ce machin? me demanda-t-elle tout sourire. Vous êtes vraiment belle quand vous l'ôtez.

Sans savoir pourquoi, cela m'émut. Je l'ai déjà dit, ce travail me fait oublier que je suis une femme, et même une belle femme. Mettons que je n'ai rien dit. Evidemment que je ne l'oublie pas, moi, mais tous les autres si, et cela m'est plus facile ainsi de prétendre que je l'oublie... Je souris.

– Vous souriez, me dit-elle. Mes parents ne souriaient jamais... Vous vous occupez plus de moi qu'eux ne l'ont jamais fait, ajouta-t-elle d'une toute petite voix.

Je ne répondis pas. Nous ne parlâmes plus avant

d'avoir flotté jusqu'au bas du tube de descente qui nous amena à l'entrée B 63 de Mallworld. Elle était rattachée à moi par un tendon métallique ondulant fixé à nos deux poignets et ne pouvait pas bouger. Elle observait Mallworld de tous ses yeux.

Les niveaux s'étendaient à perte de vue avec leurs allées arc-en-ciel qui s'élançaient vers les hauteurs, leurs gravi-corridors sinueux, leurs air-tubes transparents dans lesquels les gens étaient secoués comme des mouches dans une paille, leurs trottoirs roulants qui se faisaient la course, et leurs foules d'acheteurs qui s'entassaient dans les migra-cars ou en sautaient vivement...

– Il doit y avoir un peu de surcharge! criai-je pardessus le vacarme.

Des jeunes enfants se laissaient entraîner, pendus par les mains aux trottoirs roulants aériens, se laissant tomber à la dernière seconde. Des sacs d'achats défilaient avec des buts bien déterminés; et, en un rien de temps, j'avais repoussé des offres d'assurances, de sexe et d'allongement de crédits de plusieurs larves bonimenteuses fortes en gueule. Un homme à six bras, à moitié dosé au Levitol, planait dans les airs juste au-dessus de nous. Il agitait un chapelet de têtes réduites en croassant : « Têtes du Néo-Brésil; se placent dans la bouche, elles ne mangent pas beaucoup et parlent pour vous – vous pouvez les instruire sur soixante-dix sujets différents. Garanties! Deux pour un crédit! »

– Zut, vous pourriez tout de même me détacher, dit Cindy. Je ne suis pas une criminelle, vous savez.

Je réfléchis un instant, puis décidai que je pouvais lui faire confiance. Je subvocalisai un ordre : le reteneur fut dissout; nous sautâmes sur un trottoir roulant. Je veillais à ce qu'elle ne s'éloignât pas trop de moi. D'autre part, je ne lui révélai pas que j'avais un étourdisseur.

Nous dépassâmes à vive allure le Marché aux Tapis d'Ali Baba, où de vieux hommes fumant le narguilé planaient en rond sur des tapis de tabac et des carpettes de linoléum pré-délavés et pré-effilochés. Au-dessus de nos têtes, une équipe de professionnels du laserball passa comme un éclair sur un niveau supérieur dans un jaillissement doré d'ailes étincelantes, suivie par un orchestre-pick-up (xylophone et piano) et une douzaine de filles pom-pom-pom, tape-la-jambe, vêtues de tonneaux et de plumes d'autruche.

– Impressionnée? demandai-je. C'est ici que tu vas habiter à présent, tu sais.

– Ouais, ouais, répondit-elle.

Elle était à tripoter à nouveau son intervoc en forme de Saturne avec un air absent.

Encore en train de fantasmer. Encore en train de rêver à ses « Mallkyries »...

– Doucement!

Je sautais sur un nouveau trottoir roulant pour la suivre. Je savais qu'il lui était impossible de s'échapper, mais j'étais nerveuse. Je m'étais trop impliquée; je risquais de faire un faux pas.

Elle bondit en avant.

– Ne fais pas l'imbécile, lui criai-je.

Elle franchit deux trottoirs d'un seul coup. Je me heurtai à un sac d'achats et manquai le sien. Je sautai à nouveau, lançant au passage un coup de pied à une larve-bonimenteuse que j'envoyai rouler dans un étal de fruits en matière plastique. Elle allait me distancer. Je savais que j'aurais dû appeler pour demander de l'aide, mais j'étais complètement déconcertée. Pourquoi avait-il fallu que je lui fasse confiance?

J'agrippai un pli de son sari et elle s'enfonça dans une cabine de démat en me remorquant derrière elle.

– J'arrive, Mallkyries! cria-t-elle de toutes ses forces, *sauvage et libre!*

Un fakir qui se levait de son lit-mac-clous – « Le lit duveteux holographique grâce auquel vous aurez l'air d'un ascète! » – traversa son hologramme et se laissa tomber en gémissant sur le sommier. Je foulai les clous indolores et fonçai sur le trottoir, regagnai du terrain, traversai une nouvelle cabine...

Puis ce fut un corridor plus dégagé, une imitation en brique d'améthyste du Département Jeux et Trucs du Magasin avec sa rangée d'arbres de Noël aux troncs tordus appelant à faire des affaires, d'un côté, et les murs métalliques incurvés de la Patinoire du Skate Monopole de Tante Abedah, de l'autre. J'étais à nouveau à quelques centimètres d'elle quand... *vroom!*

Une bourrasque de vent m'emporta. Tout en luttant pour ne pas perdre pied sur le trottoir roulant, je sortis mon étourdisseur... mais une grande chose noire me frappa la main et il m'échappa. Je relevai la tête.

Des motos qui surgissaient d'une autre cabine de démat s'élevaient dans les airs! Des nuages de gaz délétères ondoyaient.

– Cindy! hurlai-je par-dessus les rugissements.

*Une belle dégueulasse!* pensai-je. *Elle m'a bien eue!* La fureur m'aveuglait. J'avais envie de lui boxer le nez. Et dire que je lui avais raconté l'histoire de ma vie! Et dire que j'avais envisagé – rêvé les yeux ouverts – d'adopter cette sale petite tordue! Je...

Des mains gantées se tendirent vers elle. Elle se retrouva à califourchon sur une moto. Ce n'étaient pas de vrais véhicules reconstruits: ils avaient de grosses protubérances en forme d'yeux d'insectes à la place des phares et volaient en décrivant des huit au-dessus de ma tête. Les femmes qui les chevauchaient portaient des casques à cornes et poussaient des hululements perçants comme ceux des primates. Ensuite je tendis le bras vers l'étourdisseur qui gisait sur le sol et, donnant libre cours à ma colère, je tirai furieusement dans le nuage de fumée âcre.

Je touchai l'une des motos. Il y eut des glapissements. Je me souviens que j'étais en train de penser: *par les culottes du Pape, c'est encore vivant!* quand une sombre masse de chair tremblante me tomba dessus comme du plomb et m'assomma.

Quand je revins à moi, dans mon bureau, la voix du boss et les gémissements d'une moto, qui se tortillait sur son brancard flottant à mes côtés, me vrillèrent le cerveau et je découvris soudain ce qu'était l'envers de Mallworld.

Et entre autres, il y avait une minuscule clause dans mon contrat (que je n'avais jamais lu à fond, évidemment) qui stipulait que j'étais entièrement responsable de la gosse disparue et donc bonne pour une « clinique de réhabilitation du Crédit », bon, d'accord, une prison pour débiteurs.

– Fermez-la, satanée machine, dis-je d'une voix lasse. Comment aurais-je pu savoir que ces Mallkyries existaient bel et bien? Et puis d'ailleurs, qui sont-elles?

– Ecoutez, Salvador, répondit-elle, et sa voix se réverbérait dans chaque cavité de mon bureau en forme d'utérus. (J'attendais.) Vous avez vraiment ouvert la porte de la cage du tigre. Bon sang, femme, vous avez même mis *mon* job en péril! Je veux que vous me la rameniez!

– Comment?

– Comment? Et comment voulez-vous que je le sache?

– Qui sont ces Mallkyries, au moins? Qu'est-ce qu'elles font?

– Elles sont probablement du Côté Noir.

– Du Côté Noir?

– Bon Dieu, femme, on ne vous a donc rien appris à l'entraînement fondamental!

– Je ne suis jamais passée par l'entraînement de Storkways. J'y suis entrée lors d'une fusion.

– Bon, bon... écoutez. Mallworld occupe 57 000 klicks-cubes d'espace. La moitié est en friche. Compris? Des niveaux et des niveaux de métal gris, vides, qui attendent d'être loués. Des niveaux de promenades fantômes, des niveaux entiers abandonnés, et il ne faut pas oublier les inter-niveaux que personne ne visite plus... On dit que ces endroits sont inhabités. Julian bar-Julian XIII a découvert une tribu d'enfants sauvages qui erraient dans les escaliers secrets; ils survivaient grâce au produit de leurs rapines. Mais il n'y en a pas qu'une. Il y en a des douzaines. Des *centaines* peut-être. Vous m'avez dit que la fille des bar-Julian-Davies communiquait avec l'un de ces gangs?

– Je pensais que c'était son imagination qui travaillait.

– Idiote! N'ayez jamais ce genre de présomption à

propos d'un produit – A+ – QI de Storkways! Leurs cerveaux n'ont jamais cessé de fonctionner correctement avant la fin de la garantie.

– Mais, alors, pourquoi ne pouvons-nous pas lancer une cabine de démat sur ses traces? Elle a sûrement laissé assez de cellules collées dans une cabine pour que nous puissions lancer une vérification d'ADN par le biais du computer du standard de surveillance. Ça n'est pas si compliqué que ça, dis-je nerveusement.

Il ne me répondit pas tout de suite... Je regardai la moto qui s'agitait dans son sommeil. On aurait dit qu'elle avait un cauchemar.

– Vous ne comprenez pas! (Sa voix tremblait de dépit.) Si elle est passée du Côté Noir, nous *ne pouvons pas* suivre sa piste. Nous pouvons déterminer dans quelle cabine elle est entrée de notre côté, mais pas de quelle cabine elle est sortie de l'autre. Les détecteurs ne fonctionnent plus du Côté Noir, ou peut-être n'y ont-ils jamais fonctionné... Nous n'avons même pas de cartes précises; nous ne connaissons même pas le bon code chiffré. Il vous faudra sûrement les essayer au hasard. Une seconde... je pense que, de toute façon, nous ne pouvons pas non plus vérifier les traces de ADN. N'est-elle pas un modèle secret? Nous n'avons jamais eu de copie de son modèle génétique dans nos fichiers!

– Mais, à un moment donné de sa vie, quelqu'un *doit* avoir prélevé un échantillon de tissu ou quelque chose...

– Voilà pourquoi ils ne la laissaient jamais sortir de chez eux, dit le boss sinistrement. Ils ne voulaient pas qu'on lui fasse un grattage, ils ne voulaient pas prendre le risque, ne fût-ce que d'un clone...

Quels bâtards profondément égoïstes étaient ces bar-Julian-Davies!

– Donc il vous faudra trouver autre chose, tout simplement.

– Tout simplement?

– Enfin, zut, c'est vous qui êtes responsable!

– Cela me prendra le restant de mes jours.

– Vous préféreriez les passer dans une clinique de crédit?

J'eus un serrement de gorge.
– Alors, allez-y, dit-il.
– Mais je ne sais même pas par où commencer.
Une simu-image du boss volait dans la pièce-matrice en reniflant d'un air hautain la moto qui geignait et laissait échapper de petits nuages de fumée. Il m'expliqua alors :
– On raconte qu'il n'existe que trois personnes qui sachent quelque chose à propos du Côté Noir. Ce sont trois vieilles femmes, nées il y a deux cents ans environ, du temps des débuts de Mallworld. Les Selespridons les maintiennent en vie, comme des fossiles vivants, et réalimentent leur ANR de façon à ce qu'elles se souviennent de *tout* et les amusent avec des histoires des temps passés. Des dépôts de l'ancien savoir, en quelque sorte. Les Selespridons considèrent les humains comme un groupe de – vous le savez – primitifs naïfs, mais d'une certaine façon plus près du « sens de la vie » qu'eux... enfin, vous savez aussi qu'ils sont toujours à la recherche de cet intraduisible *ug'unnieth*, cette épiphanie transcendantale de la condition étrangère... Ces vieilles femmes savent peut-être quelque chose à propos des « Mallkyries ».
*De quoi est-ce que je m'inquiète?* pensai-je. *Il n'y a aucun espoir que je la retrouve, et d'autre part, n'est-elle pas exactement là où elle avait envie d'être? Mais y est-elle, en fait?* Je me souvenais que, toute sophistiquée qu'elle fût, elle n'avait jamais eu aucun contact direct avec le monde. Peut-être avait-elle été trompée par ces gens. Peut-être allaient-ils l'échanger contre une rançon, la torturer ou je ne sais quoi encore. Puis j'écartai ces idées par trop compatissantes qui n'étaient pas d'une professionnelle.
*Personne n'a jamais roulé Dollie Salvador,* pensai-je. *Personne! Je vais lui remettre la main dessus et lui casser la figure.* C'était exactement ce dont j'avais besoin : me mettre en colère. Ainsi, je n'aurais pas le temps de m'inquiéter à propos de mon job ou de la façon dont je m'étais entichée de cette gosse, allant ainsi complètement à l'encontre de l'éthique du code de la profession de croquemitaine. Je ne voulais penser à rien de tout cela. Je bouillais de rage et je me sentais *bien.*

– Alors, qu'est-ce que je fais? Où vais-je trouver ces trois vieilles sorcières que je suis censée consulter?

– Elles travaillent pour une Société à responsabilité illimitée, la Stochastix, où elles prédisent l'avenir. Il vous suffira de demander les Sœurs Mystérieuses.

Quand je débarquai dans la structure en forme de roue de la Stochastix – une roulette-cum-ferry –, vêtue de mon uniforme, je me sentais très nerveuse. Personnellement, je ne crois pas aux diseurs de bonne aventure, mais leur attirail me dérange. Les anciens Terriens, avec leurs avions Jet et leurs chars à bœufs, employaient toutes sortes de méthodes pour lire dans l'avenir : ils examinaient les entrailles des animaux, ils observaient les étoiles – cela, nous ne pouvons plus le faire, nous ne pouvons plus ni les voir, ni les faire mentir –, ils consultaient leurs médecins-sorciers et leurs météorologues. Mais les vieilles choses n'ont pas perdu leur don d'effrayer ni leur pouvoir primitif.

Je me trouvais dans une petite pièce. En face d'un clavier de sensors, trois têtes desséchées reposaient sur un bureau porte-vie. Il y avait un fauteuil rigide, vieux style, qui ne se serait pas adapté à mon corps. J'observai chaque tête tour à tour.

– Hé! Etes-vous les Sœurs Mystérieuses?

L'une d'elles – elles n'avaient ni yeux, ni cheveux, ni dents réagit.

– Un visiteur! croassa-t-elle. Vous voulez un rapport sur les marchés financiers? Ou bien une lecture globale avec en option une analyse de votre vie amoureuse pour trois crédits supplémentaires?

Puis elle s'éteignit. La tête voisine prit vie :

– Je vois à votre allure, monsieur, que vous êtes un noble... Voyons voir, vos cartes indiquent...

– Je suis une femme, tranchai-je.

J'étais habituée à ce que les gens ne reconnussent pas mon sexe, mais cela me tapait sur le système.

La troisième tête poursuivit :

– ... que vous avez atteint un nexus karmique dans la chaîne de votre existence. Méfiez-vous du chien. Vous croisez l'As de Patate, renversé. Les pommes de terre vous donneront de l'hydropisie. Dans votre passé immédiat, il y a le Manque d'A-Propos et le Sens de la Vie renversés...

– Je ne suis pas venue ici pour me faire tirer les tarots! dis-je méchamment.

J'avais remarqué qu'elles ne parlaient qu'à tour de rôle et que celles dont ce n'était pas le tour semblaient m'ignorer totalement; soit elles se figeaient comme mortes, soit elles marmonnaient tranquillement toutes seules. Je m'aperçus que le clavier de sensors n'était relié qu'à une seule tête à la fois et qu'un waldo déclenchait un simple signal d'allumage.

– Où sont les Mallkyries? demandai-je. Je suis de la Division de la Réappropriation de la Storkways. Travail officiel. Vous serez récompensées...

Elles poussèrent toutes trois des cris rauques.

– Cinq crédits pour votre avenir, croassa celle qui était *branchée*. Quitte ou double si nous nous trompons à plus de cinquante pour cent, le résultat étant jugé par un ordi-analyseur impartial. Dix crédits pour un service supplémentaire.

– Mais les cartes de Mallworld – hé! hé! hé! – sont sans prix!

La troisième tête me regarda et tira la langue.

– Au diable!

Je passai de l'autre côté de la table et arrachai le fil du waldo. Elles se mirent à hurler.

– On ne voit plus rien, crièrent-elles. Rebranchez-nous!

– Seulement si vous répondez à mes questions.

J'eus le numéro du niveau.

Complètement maboules toutes les trois, pensai-je. Et c'étaient là les femmes auxquelles les Selespridons avaient fait le don d'une exceptionnelle longévité...! Qui s'entretenaient avec les dieux en personne et leur contaient des anecdotes! C'était absurde. Je sortis du building et branchai mon bracelet pisteur de façon que les intensifs puissent me retrouver si j'arrivais à quelque résultat. Dans un sens, j'espérais que cela n'arriverait pas. Un enfant avec un gaboochi domestique en laisse s'enfuit en courant quand il me vit. Pour la première fois de ma vie, je n'étais pas vraiment heureuse de mon travail de croquemitaine... Non, en fait je n'avais jamais aimé jouer ce rôle, bon sang! Mais c'était la première fois que je le reconnaissais.

Et de plus, j'étais un croquemitaine raté. J'avais commis une négligence grave. Je n'aurais jamais dû me laisser aller à fraterniser avec une réappropriée. C'était peut-être bien là ma dernière mission. Il me faudrait me justifier devant la Guilde ou bien je me retrouverais en taule, et toute ma vie serait foutue.

D'autre part, je n'étais pas du genre à aller m'humilier devant un Pape. J'entrai dans une cabine de démat...

J'allais donc mettre le pied dans une partie inexplorée de Mallworld. Si jamais la cabine ne fonctionnait pas, je serais peut-être décapitée, ou pire. Je fermai les yeux et appelai l'étrange combinaison : QQQ222.

Quand je les rouvris, je me trouvais dans une avenue fantôme. Les stridents holo-hyper-chants s'étaient tus; à leur place, j'entendais l'écho lointain des annonces de publicité... des voix basses et mornes qui louaient les qualités d'un savon déodorant... Une lampe solitaire tremblotait à l'intérieur d'un restaurant avec en vitrine des steaks grands comme des hommes qui valsaient encore sur un rythme extrêmement lent... et toujours des trottoirs roulants. Un air poussiéreux, une odeur de moisi. C'était donc ça, le Côté Noir.

Qu'allais-je faire? Je n'avais pas d'autre piste que le mot « Mallkyrie ». La seule arme que je possédais était mon étourdisseur d'ordonnance et je me sentais ridicule avec mon costume de croquemitaine, sans personne dans les environs à faire hurler de terreur. Je posai le pied sur le trottoir roulant le plus proche. Avec un grincement, il revint à la vie. Depuis combien de décennies attendait-il ainsi d'être réveillé par la pression d'un pied humain? Il se mit à avancer par saccades. Que devais-je faire?

– Cindy! Cindy! appelai-je avec l'air d'une idiote. Une larve-bonimenteuse, désactivée se balançait d'avant en arrière sur une chaise. Une plate-bande mécanique qui assurait la photosynthèse baignait dans une semi-obscurité; elle émettait un petit gazouillis et se mettait parfois à dégorger une cacophonie entrecoupée de blancs. Certaines chutes soudaines dans les graves me donnaient la nausée et faisaient danser la poussière.

– Cindy! Cindy! (J'étais tellement furieuse que je crois bien que je l'aurais tirée à vue.) Cindy! sors de là! Tu es folle!

Une lueur tremblota dans une cabine de démat. Le bruissement d'un sari léger... Je sautai du trottoir.

– Cin...

Elles jaillirent de la cabine. Il faisait très sombre et je n'y voyais rien. L'air s'emplit de fumée. Une moto me frôla le visage et déchira ma plastipeau. Je saignais. Je saisis mon étourdisseur, mais je reçus un coup de poing dans la figure. Une douleur me transperça. Je vis des étoiles et tombai dans les pommes...

Debout à côté d'un bar sushi délabré, ELLE était là. La lumière d'un thon en plastique phosphorescent jouait sur sa douce et innocente silhouette à travers la vitre d'un aquarium. Je fus tellement soulagée que j'en oubliai presque tous les tracas qu'elle avait causés.

– Tire-moi de là! hurlai-je. (Elle regarda ailleurs.) Bon sang, fais quelque chose, aide-moi, je suis ton gentil croquemitaine, tu ne me reconnais pas?

Elle me tourna le dos. Avais-je vu une expression de culpabilité dans son regard? Elle sauta sur un trottoir roulant et s'évanouit dans l'obscurité. Je fus ligotée et attachée sur le dos de l'une de ces choses-motos, j'étais à moitié étranglée et crachotante. Le corridor fut tout entier rempli de vrombissements et, après s'être élevé, le convoi plongea dans les ténèbres...

Mes paupières devinrent lourdes. Les gaz me troublaient les sens. Nous longions un sombre tunnel, un peu comme ces tunnels de la peur que l'on trouve dans les foires. De temps à autre, des slogans raccoleurs éclataient, couvrant le tonnerre des motos... AZROÏD PREMIER CHOIX GARANTI, SANS VOISINS À MOINS DE SEPT CENTS KILOMÈTRES... CLONE-STEAK! DOUBLERA DANS VOTRE ESTOMAC! SOYEZ UN MISANTHROPE HEUREUX AVEC HOLO-PROJECTION!

PAYEZ-VOUS LA TÊTE DE VOS AMIS!... Au bout de je ne sais combien de temps, je m'évanouis.

*Je suis seule. Je sais que je rêve parce que je vois des étoiles qui brillent. Bien que personne ne les ait jamais vues, tous les humains rêvent d'étoiles. Cindy se précipite vers moi. Nous nous étreignons. Je me sens envahie par une douce chaleur, exactement comme dans les holo-hyperchants de Storkways.* C'est ridicule, *me dis-je,* moi, celle qui se suffit à elle-même, je fiche toute ma carrière en l'air, ma propriété immobilière durement gagnée, mon condo-azroïd...

*Elle rit, ses yeux de Saturne rient, eux aussi...* Tu veux que cela dure toujours. *Et soudain...*

*Son rire est remplacé par un hurlement féroce, un appel au sang, un cri semblable à ceux des Terriens sauvages. Elle bondit sur sa moto et file. Je suis perdue à présent, je suis redevenue petite fille; je me retourne et je vois le croquemitaine qui attend, il baragouine des mots incompréhensibles, il me tend les bras, de la bave tombe de ses crocs, goutte à goutte et ses yeux luisent comme des charbons ardents, et moi je pleure, je pleure comme je n'ai jamais pleuré quand j'étais enfant, et il me dit :* Tu croyais que tu n'avais pas peur, n'est-ce pas? Tu pensais que je n'existais pas, mais j'existe. Je suis en toi, je te grignote, et bientôt l'intérieur et l'extérieur ne feront plus qu'un, un croquemitaine; *et je pleure, je pleure, je pleure...*

Je marchais à tâtons. Mes pieds étaient enchaînés. Mes yeux s'habituèrent à l'obscurité. Je me trouvais dans une pièce humide. Il flottait dans l'air une légère odeur de Levitol. Cela devait être l'ancien entrepôt d'un centre commercial de drogue. Je commençais de m'élever sous l'influence des émanations; puis je remarquai les tonneaux le long d'un mur. Une lumière colorée tombait du plafond par une grille brisée. Je m'efforçai de mieux voir.

Il y avait sur le sol une pile de motos, moulées, semblait-il, sous plexiglas... Certaines étaient faites en partie d'une substance charnue et recouvertes de fourrure, avec parfois des yeux protubérants d'insectes. A côté d'elles, je remarquai des coquilles d'œuf de gaboochi.

C'était donc ça! Il est possible de briser un œuf de gaboochi sensibilisé au-dessus d'un moule d'une forme donnée et il grandit alors en conservant la forme de ce moule. C'est pour cela qu'on les aime beaucoup – on peut leur donner l'apparence de chiens, de chats ou de ces autres animaux domestiques qui ont presque totalement disparu. L'une des Mallkyries casquées devait avoir le pouvoir de contrôler les gaboochis par le biais de leurs oreilles – transformées en guidons – et je devinai qu'ils devaient voler grâce au Levitol dont ils étaient remplis à ras bord. C'était d'une cruauté de tout premier ordre. Cela me mit en rage : je tirai frénétiquement sur mes liens en jurant entre mes dents.

Je repensai au croquemitaine en train de me ronger patiemment...

*Cette gosse! Mais qu'est-ce qu'elle m'a fait!* J'avais envie de lui filer une monstrueuse raclée en dépit du fait que chaque centimètre-carré de sa peau valait sûrement plus cher que tout mon condo-azroïd. *Si jamais je m'en sors vivante...*

Soudain elle fut là. Elle s'avança vers moi. Un couteau-laser était pendu à son sari. Mon estomac se serra!

– Qu'est-ce qui se passe? lui demandai-je. Tu ne vas tout de même pas me tuer.

– Eh bien... c'est-à-dire... si, dit-elle en ayant l'air de s'excuser. Ça n'est pas ma faute! C'est le rite d'initiation. Chaque Initiée doit *collecter* quelqu'un avant de devenir une Mallkyrie à part entière.

Elle tira le couteau-laser.

– Fais attention avec ce machin...

– Oh, zut! dit-elle en tripotant les réglages.

Il me fallait trouver quelque chose à dire, et vite si je ne voulais pas me retrouver en train de planer au milieu des étoiles.

– Ecoute, lui dis-je. Tu n'as pas réellement envie de faire cela, n'est-ce pas? Est-ce qu'elles t'avaient dit dans l'intervoc que tu écoutais tout le temps qu'il te faudrait tuer quelqu'un?

– Eh bien... pas exactement. Elles chantaient la liberté, les courses folles le long des voies désertes, elles parlaient de chants sauvages, de douce amitié, de la sagesse de Odin...

– Qui c'est celui-là?

– Le Chef bien sûr. Sa cour se trouve à Mallhala.

C'était délirant. Je n'arrivais pas à croire que j'allais mourir à cause de cette... hideuse distorsion d'un mythe. Mes rêves m'avaient menti. C'étaient *EUX* qui allaient me détruire, pas moi!

– Attends, écoute-moi, repris-je. Je suis ton amie, tu te souviens? C'est moi qui ai parlé à tes parents, c'est moi qui les ai rembarrés...

– Vous n'avez pas voulu me laisser filer, remarqua-t-elle. Vous n'avez pas voulu m'adopter, même contre de l'argent!

– Comment l'aurai-je pu? J'avais un travail à faire...

– Moi aussi, à présent.

– Oui, mais... Nous avons fait un si bon voyage ensemble! Je te faisais confiance. Je ne t'avais pas attachée, souviens-toi. Comment diable peux-tu me traiter comme ça? Je pense être la première amie que tu aies jamais eue de toute ta vie... (Je bredouillais complètement, j'avais peur, j'étais terrifiée.) Ecoute, ça te plaît vraiment ici? Ça te plaît de faire cela?

– Ça me dégoûte! Ça me dégoûte! s'écria-t-elle soudain, paniquée. Je n'aurais jamais imaginé que ce serait comme cela. (Elle jeta le couteau par terre.) Cela avait l'air *si excitant* et je me retrouve au milieu d'une bande de coupe-jarrets! De plus, il y a une espèce de guerre tribale avec des Amazones – ou je ne sais quoi. C'est une lutte à mort, il y a des cadavres dans tous les coins...

– Délivre-moi, Cindy. Je me débrouillerai pour nous faire sortir d'ici. Je ne sais pas comment, mais... (*Le bracelet pisteur!* Je réfléchis à toute vitesse. *Si j'arrivais à le tenir coupé assez longtemps pour qu'ils remarquent mon silence, ils feraient un balayage et m'enverraient des renforts...)*

– Comment pouvez-vous nous faire sortir d'ici? gémit-elle. Je suis fatiguée de ce jeu, je suis prise au piège. Elles vont vous tuer, et je resterai dans le Côté Noir toute ma vie; elles m'entraîneront à voler à l'étalage et à chevaucher un gaboochi mutant et...

– Marrant, dis-je. En attendant...

Elle ramassa le couteau-laser et coupa mes liens.

– Bien, à présent, est-ce que tu peux nous obtenir deux de ces... (je lui indiquais les moulages des motos) *choses?*

– Ça m'étonnerait. Celles-ci ne seront pas prêtes avant six mois et, dès qu'elles sont au point, elles entrent en liaison cérébrale. Celle-là (elle me montrait du doigt l'un des moulages en matière charnue gonflée à en exploser) sera la mienne.

– Alors il va falloir nous servir de nos têtes, dis-je sur un ton hésitant, tout en massant mes chevilles endolories. Où est mon étourdisseur?

– Je ne sais pas. Ecoutez, pourquoi ne me laissez-vous pas vous tuer et, si l'on me retrouve, je dirai qu'*ELLES* m'ont forcée...

– Oublie ça.

– Ouais, vous avez raison.

– Est-ce que tu as déjà pris du Lèvitol?

– Un peu, au cours de soirées, socialement seulement.

– Où se trouve la plus proche cabine de démat pan-Mallworld?

– A deux cents mètres d'ici, un quart de klick peut-être. Mais il y a des gardes.

– Il fait nuit, n'est-ce pas? Si nous nous servons de ces vieux trottoirs roulants, ils vont souffler comme des locomotives et réveiller leurs troupes, non? Alors, ce que nous avons de mieux à faire, c'est de nous doser au Levitol pour les surprendre par en haut.

– Ça me paraît risqué.

– Tu veux sortir d'ici ou pas?

J'y allais peut-être un peu fort avec la pauvre gosse, pensai-je de façon complètement irrationnelle. N'était-elle pas prête à me couper en morceaux deux minutes avant? Comme mes sentiments pouvaient être confus!

Nous marchâmes sur la pointe des pieds jusqu'au fût de Levitol le plus proche et j'en brisai le cachet. Du Levitol pur – pas le genre de celui que l'on trouve en tablettes dans les drugstores – s'échappa en fumant. Dans leurs prisons de verre, les gaboochis s'agitèrent nerveusement, essayant de se libérer. Je plaçai ma bouche devant l'orifice et aspirai une gorgée. La seconde suivante, j'étais pratiquement collée au plafond. Peu après, Hyacinth me rejoignit.

– Bien, dis-je, allons nous occuper d'eux.

– Je vous aime, me dit-elle.

– Ne me dis plus jamais ça; je te connais, tu dirais n'importe quoi pour t'en tirer. Ça n'est pas parce que ton QI a coûté deux fois plus cher que le mien... Je t'en supplie, ne pleure pas!

– Il y en a deux près de la sortie, soupira-t-elle.

– Je m'occupe de celui de gauche.

Nous nous préparâmes puis, jaillissant du local les poings en avant, nous plongeâmes en piqué. En un éclair, les deux Mallkyries étaient proprement assommées. Leurs motos-gaboochis étaient attachées à un poteau près du trottoir roulant! La main dans la main, vaporeuses, nous partîmes en rasant le plafond voûté du couloir. La seule cabine de démat en état de marche qui nous permettrait de nous enfuir luisait faiblement dans le lointain. PLUS DE CRÉDITS? chanta doucement un slogan. MIEUX VAUT LA MORT QUE PAS DE CONFORT! IDÉES DE SUICIDE BON MARCHÉ! RÉSERVES DISPONIBLES... Dans des vitrines, des squelettes décapités jonglaient avec des crânes qui fredonnaient des harmoniques de barbier. Je frissonnai et avançai en flottant...

Un miaulement assourdissant retentit! J'essayai de m'arrêter mais en vain, l'élan donné par le Levitol était trop fort.

– Les motos! Elles sont reliées aux cerveaux de leurs propriétaires! dit Cindy.

C'était sûrement vrai. Une bande de Mallkyries venait de sortir de nulle part et nous fonçait dessus, dans un vrombissement de tonnerre, en poussant des cris de guerre.

– Nous sommes perdues! hurla-t-elle, et elle m'agrippa de toutes ses forces.

Enchaînées l'une à l'autre, toujours bourrées de Levitol, nous dérivions lentement vers la cabine.

– Je ne peux pas arrêter...

L'adrénaline et le Levitol se mélangent mal. Aussi, tandis que les Mallkyries se rapprochaient, faisions-nous des huit et d'involontaires figures aériennes. Soudain...

En face de nous, un autre nuage de poussière. Perchées sur des licornes volantes, des femmes vêtues de robes flottantes qui leur découvraient un sein jaillirent par les fenêtres brisées d'une cathédrale en pain d'épice à moitié mangée, en brandissant des lances-laser!

– Une belle saleté! hurla Hyacinth. C'est une attaque des Amazones!

– Nous allons être prises entre deux feux, dis-je en la tenant fermement tandis que nous dérivions vers un mur sur lequel nous rebondîmes comme un ballon bien gonflé.

A présent, les Amazones chargeaient; leurs licornes, des altérations gaboochis, se précipitaient vers nous en ruant et en se cabrant. Les lances jetaient des éclairs! Tandis que nous faisions tout notre possible pour nous écarter, les motos arrivèrent et s'écrasèrent dans le mur des licornes...

– Nous sommes fichues! dit Cindy.

Les effets du Levitol devenaient moins puissants et nous commencions à tomber vers l'abîme qui séparait deux trottoirs roulants.

– Accroche-toi au bord! criai-je.

Je tendis les bras et arrivai à saisir les bords des deux trottoirs. Je restai là, un moment, à pendiller bêtement au-dessus du vide, puis réalisai avec horreur que la pression de mes mains avait fait démarrer les trottoirs et qu'ils n'avançaient pas à la même vitesse. Si je n'en lâchais pas un, j'allais être déchirée en deux et...

– Hyacinth! Hyacinth!

Des voix familières poussaient ces cris qui dominaient le fracas de la bataille. Je parvins à me hisser sur le plus lent des trottoirs et à y faire grimper Cindy. Au-dessus de nos têtes, le carnage continuait. Sur le trottoir opposé, courant vers nous, je découvris les bar-Julian-Davies!

– Revenez avec notre fille, vous... vous êtes un monstre! hurlait la mère.

Avec une étonnante agilité, elle bondit près de nous et se mit à me marteler la poitrine de ses poings serrés. Les Mallkyries et les Amazones, laissant leurs montures dans les airs, avaient sauté sur les trottoirs et se battaient maintenant au corps à corps. Du coin de l'œil, j'aperçus une armée de servo-surveils munis de bombes de sopogaz qui fonça dans la mêlée et se mit à distribuer indistinctement un sommeil immédiat sous le contrôle de plusieurs croquemitaines. Enfin! On venait à notre secours! Mon pisteur avait donc été repéré!

Je saisis la main de Cindy, balançai un bon coup de pied dans le tibia de Mme bar-Julian-Davies – une poussée de haine subite – et me dirigeai vers le croquemitaine le plus proche.

Sans que rien ne le laisse prévoir, tout fut soudain plongé dans une lumière éblouissante. Des nuages d'orage se matérialisèrent dans le passage et des éclairs jaillirent d'ouvertures pratiquées dans les murs. Je n'y voyais plus rien. Il y eut des cris : « Zeus! » et « Odin! » Les bandes semblèrent s'éparpiller.

Puis, venant de nulle part, il y eut un immense rire caverneux, menaçant et moqueur, qui se répercuta dans les couloirs. Je me sentis soudain la tête aussi légère que si j'avais absorbé une nouvelle dose de Levitol. Il me semblait que je me dissolvais, que je devenais totalement éthérée... Et je l'étais. L'écho du rire résonnait sans cesse dans ma tête. « Je suis en train de lâcher la rampe, me dis-je. Finalement ce boulot aura eu ma peau! »

A présent, nous nous trouvions dans un vaste hall. Nous avions l'impression de fouler des nuages. Des lambeaux de brume s'enroulaient autour de nos chevilles. Il n'y avait plus que Cindy, moi, et les bar-Julian-Davies qui se tenaient à l'écart au pied d'une colonne, dans l'angle le plus éloigné, et qui se réconfortaient mutuellement. Le père de Hyacinth, son abdomen de libellule enroulé autour du pilier, tricotait inlassablement son pull-over avec sa dix-huitième ou dix-neuvième paire de bras et il semblait toujours aussi embarrassé par ses autres membres. Nous devions nous trouver dans l'un de ces vieux palaces fantaisie qui étaient à la mode quelques décennies auparavant. En tout cas, il était toujours en bon état. Enfant, j'allais parfois dans un lieu identique, où je jouais à la princesse donnant des ordres à ses esclaves et lampant du gaz dans des gobelets ciselés. Les murs étaient recouverts de lambris délicats comme on en faisait autrefois. Des cornes étaient accrochées aux colonnes en imitation bois; c'était d'elles que s'échappait le nuage parfumé qui tournoyait autour de nous...

Le rire continuait à retentir. Et finalement, nous en découvrîmes la source. Sur un dais, à l'une des extrémités de la pièce, une sorte de personnage divin s'était matérialisé : grand, chevelu, vêtu d'une sorte de tunique et coiffé du casque à cornes des Mallkyries.

– Mais bon sang, qui êtes-vous? demandai-je.

Il rit encore, puis bredouilla :

– Qui croyez-vous que je sois? Je suis Dieu, bien sûr : Odin! Zeus! Peu importe...

– Laissez-nous partir, demanda M. bar-Julian-Davies. Je suis sûr que nous pouvons arriver à un arrangement financier. D'autre part, mon cousin Julian bar-Julian, vous connaissez, des bar-Julian de Mallworld, n'aimerait pas du tout apprendre que vous nous retenez prisonniers ici... quand tout ce que nous voulions, c'était venir payer pour notre fille. Le paiement est parti, vous savez, et la crédit-banque nous a avertis quc nous n'avions plus d'argent à...

Dieu continuait à rire.

– Pouvez-vous nous expliquer ce qui se passe? dis-je en me dirigeant droit sur lui. Vous m'avez l'air complètement fou. Il faudrait vous enfermer. Vous avez recruté des gens, vous les avez floués, vous leur avez rempli la tête de rêves romantiques, et maintenant vous leur faites se livrer une guerre en costume. Quel genre d'ego cafouilleux avez-vous donc pour être capable de...

– Vous avez raison, rugit-il, et sa voix emplit la totalité du hall. Bien sûr que je *suis* fou... Ha, ha, ha!

Il tira sur la chair de son visage. La plastipeau tomba sur le sol. Un parfum sensuel et musqué émanait de sa personne. Il avait le visage bleu. Ses cheveux magenta tombaient en vagues sur ses épaules.

– Vous êtes un... Selespridon! souffla Cindy.

– Et un Selespridon fou, ni plus ni moins, dit l'étranger qui s'avança et descendit de son dais, la main tendue vers nous. (Les parents de Cindy, réfugiés dans une calme hystérie, produisaient des sons inarticulés à voix basse.) Je m'appelle Kmengdreft le Fou. J'ai été expulsé de mon monde d'origine, vous savez, condamné à errer pour toujours parmi vos espèces primitives...

– En quoi cela vous autorise-t-il à vous cacher dans un niveau des acheteurs et d'y jouer à Dieu?

– Affaire de curiosité académique... Je suis fasciné par vos mythes et légendes. Je suis une sorte de xéno-anthropologue en ce moment, voyez-vous? Hé, hé! Bien sûr, la plupart des traces de votre passé ont été détruites, mais on fait ce que l'on peut... Est-ce que mes motos vous plaisent? Certains affirment que les Walkyries et les motos n'étaient pas contemporaines... mais il faut être créatif, n'est-ce pas? Tout cela remonte si loin. Et puis, envoyer au hasard, à l'aide d'intervocs, des invitations tentantes pour attirer ici des gens et leur faire vivre des phases de leur passé avec un Dieu vers lequel ils pouvaient se tourner lorsqu'ils avaient peur de prendre des responsabilités... quelle expérience *excitante! excitante!* Mes pairs me tireront peut-être un jour de ce trou merdeux pour me ramener chez moi en reconnaissant la valeur de mes travaux.

Il s'arrêta.

– Vous êtes un salaud, dis-je. Tout le monde sait que les Selespridons sont une grande race, très intelligente, qu'ils nous aiment, nous les humains, comme des pères et qu'ils sont pleins de compassion...

Des trois ou quatre bonnes blagues de la journée, celle-ci était vraiment la meilleure, et pour le moins inattendue. Je n'arrivais pas à le croire.

– Vous êtes un Selespridon...! m'écriai-je sur un ton amer parce qu'il avait dérobé les rêves de tous les humains... Vous avez tout! Pourquoi ne nous enseignez-vous pas de grandes choses au lieu de nous encanaquer et de gâcher nos vies? Vous vivez environ un million d'années et nous une centaine seulement. Et même *cela*, vous voulez nous le souffler! Vous pourriez tellement nous apporter, et au lieu de ça...

– Oh ! j'ai essayé, j'ai essayé. Pendant un certain temps, j'ai été maître zen. Pas marrant. Je ne suis qu'un Selespridon miteux, après tout. Personne ne m'aime. (Il se remit à rire.) Il n'y a aucune raison pour que je vous laisse partir, vous savez.

Cela aurait dû m'effrayer. Les Selespridons ont des pouvoirs inimaginables, et ce sont des *étrangers*. Même quand ils agissent de façon presque humaine, on ne peut être totalement sûr de les comprendre. Mais au lieu d'être terrorisée, je me sentais juste engourdie. Tout ce dont j'avais envie, c'était d'emmener Cindy là-haut, de rentrer chez moi et de m'y cacher. Mais Cindy nous sauva. Elle prit la parole :

– C'est chouette, dit-elle de sa voix douce, de savoir, que, bien que vous soyez les maîtres de la Galaxie et tout ça, vous êtes encore capables de vous... rapprocher de nous. Un peu comme une race sœur. Nous sommes fous, vous savez. Je suis folle; mes parents sont complètement fous. Et le croquemitaine Salvador... dépasse tout. C'est de justesse que je ne l'ai pas assassinée, et elle a passé le reste de sa journée à me sauver la vie. Elle savait pourtant que je m'étais toujours moquée d'elle.

Je me mis à rire. C'est tout ce qu'il y avait à faire. Et elle aussi, puis lui. Nous ricanâmes et pouffâmes jusqu'à en pleurer. Les parents de Cindy, eux, ne bronchaient pas.

– Vous savez, dit le Selespridon, c'est la meilleure que j'aie entendue de la bouche d'un humain. Peut-être finirai-je par atteindre *ug'unnieth* après tout. (Puis, redevenant grave, il poursuivit :) Je pense que je vais vous laisser partir, et que, moi-même, je vais abandonner tout cela... L'une des raisons pour lesquelles je suis fou, c'est que je n'ai un moment de lucidité que tous les dix ans – dix de vos années – à peu près... et je vais aller me remettre aux mains des autorités de Selespridar. Juste quand je commençais à rigoler!

– Mais... que vont-ils faire de vous? demanda Cindy.

La pauvre gosse, elle s'inquiétait pour lui! Elle était remontée jusqu'à la source de ses rêves, avait découvert que c'était un mirage, et elle s'inquiétait tout de même pour lui! Elle m'émouvait, cette petite.

– Toi, un être humain, tu éprouves de la pitié pour moi? dit-il tristement. J'ai vraiment honte... Je suis si vieux, si sénile, si fou...

– Mais que va-t-il vous arriver? insistai-je.

– Oh! *furengillat.* La Grande Fin. J'ai commis le pire crime, n'est-ce pas? Le crime de détachement.

– Vont-ils vous exécuter? demanda Cindy.

– Ce n'est pas grave. Demain je fête mon 7226e anniversaire. Je commence à m'ennuyer. Et puis, pensez-vous que cela me plaise d'être fou?

– Au moins, en êtes-vous conscient! La plupart des fous humains ne le sont pas.

– Allez, filez d'ici, dit le Selespridon sur un ton bienveillant. Il y a une cabine de démat derrière cette colonne. Demandez le niveau W444 pour sortir du Côté Noir. Votre ami croquemitaine attendra là...

Puis, dans une débauche de tonnerre et d'éclairs, de pure forme, il disparut.

Les parents bondirent pour faire valoir leurs droits:

– Vous rentrez tout droit à la maison, jeune fille! lança son père.

– Mais...

Elle me jeta des yeux implorants. Je la regardai. Nous avions vécu pas mal de choses ensemble. Je n'étais plus la même personne que lorsque je m'étais levée... – depuis ce matin seulement? Non, depuis plus longtemps sûrement, depuis bien longtemps avant – et que j'avais filé au bureau pour prendre mon ordre quotidien de mission. C'était une merveilleuse gosse.

*Et elle avait besoin de moi.*

Il m'avait manqué quelque chose toute ma vie.

Tandis qu'elle me regardait, les Saturnes tourbillonnaient dans ses yeux, son sari délicat flottait dans la brume parfumée... et soudain je compris.

« *Zut, Dollie Salvador,* pensai-je. *C'est peut-être bien vrai que personne ne t'aime. Cela fait des années que tu broies du noir pour cette raison; tu en rejettes la faute sur ta profession qui est mal-aimée! Mais ça n'a peut-être rien à voir avec le fait que tu es un croquemitaine! Tu devrais peut-être donner un peu plus de toi-même. Tu devrais peut-être commencer par aimer quelqu'un, toi!*

– J'ai eu peur de m'engager, me dis-je; toute ma vie, j'ai craint de m'engager. (Puis à voix haute, je déclarai quelque chose d'incroyable :) En réalité, elle ne repart pas avec vous. Voyez-vous, elle m'a transféré juste assez de crédits pour que je puisse racheter la fin de son hypothèque. Et étant donné la façon dont vous l'avez négligée dans le passé, la meilleure chose à faire me semble...

– Quelle blague! s'écria le père. Nous avons pianoté le paiement à l'instant où vous sortiez de chez nous. Vous n'avez absolument aucun moyen de prouver que votre appel a précédé le nôtre.

– Je porterai plainte, dis-je en colère.

Ha! Je m'engageais à présent, et pas qu'un peu! Je ne m'inquiétais plus, je n'étais plus effrayée. Je savais qui était le croquemitaine en réalité. Le croquemitaine était mon refus d'aimer ou d'être aimée. Et toute ma vie, il m'avait rongé les tripes, petit bout par petit bout. A présent que je m'acceptais telle que j'étais, je m'arrachais des fers qui m'avaient emprisonnée pendant trente ans.

– Je me fiche que vous tentiez de m'envoyer dans une clinique de crédit. Je kidnapperai cette gosse s'il le faut et je me jetterai la tête la première contre la Barrière de Selespridar jusqu'à ce qu'elle craque!

– Cela ne sera pas nécessaire, déclara Cindy.

Elle avait son sourire triomphant, celui qui signifiait qu'elle tenait la situation en main.

– Qu'est-ce que tu veux dire? demanda sa mère.

– Eh bien, depuis que papa m'a fait confiance pour les comptes de la maison, j'ai pris la liberté de semer quelques perturbations dans vos avoirs.

– Quoi? Comment as-tu osé...? commença M. bar-Julian-Davies.

– J'ai acheté pour treize super-mégacrédits toutes les actions des mines de Mercure! avoua-t-elle d'une voix allègre. Et au cas où vous vous demanderiez pourquoi il y a eu des cessations de paiements et pourquoi il vous a fallu vous déranger en personne pour me retrouver, la réponse est simple : vous êtes en faillite !

– Parfaitement absurde, espèce de petite folle que tu es ! Il nous suffit de vendre nos œuvres d'art.

A ces paroles, je ne pus me contenir. Je me mis à rire nerveusement. Puis Cindy aussi, et nous ne pouvions plus nous arrêter.

Se calmant enfin, Cindy leur dit :

– En vertu du fait que vous êtes mes ex-parents, je pense que Dolly et moi-même, nous vous laisserons vivre dans cette monstrueuse maison en notre compagnie. Tout ce qui reste m'appartient désormais, vous savez ! Vous n'y pouvez rien, puisque j'étais votre fondé de pouvoir, d'après la loi de sur-coorporation... En vérité, je n'ai gardé que la maison et les œuvres d'art.

– Tu as conservé ton bon goût, dit sa mère en me jetant un coup d'œil glacial. Nous nous sommes saignés aux quatre veines et battus pour ces...

– Vraiment, dit Cindy. Quant à ce qui est de vendre ces œuvres d'art... j'ai d'autres projets. Je vais me balancer dans le Brontosaure jusqu'à ce qu'il ne lui reste plus un os...

– Mon Dieu ! Mais qu'est-ce que les bar-Julian vont penser de nous ? gémit sa mère.

– Ensuite, je piétinerai votre sculpture cropocinétique et...

– Non, dis-je en réalisant l'immense bonheur qui m'était échu. C'est moi; c'est moi qui réduirai cette merde de sculpture en morceaux ! Je suis ton parent à présent et c'est moi qui commande. Toi, tu pourras renverser autant de café que tu voudras sur la table Michel-Ange...

– Et vous, vous pourrez défaire le crochet-laser de *Iphigénie en Schenectady*...

– Nous peindrons des moustaches sur le Mont Rushmore...

Ainsi ce n'était pas plus dur que cela d'être *mère* !

# Les vilains poulets

HOWARD WALDROP

La voiture était en panne et je devais faire un cours à 11 heures. Alors, je pris l'autobus, ce qui m'arrive rarement.

J'ai passé l'été dernier à ramper à travers le Big Thicket, avec appareils-photos et magnétophone, à photographier et à enregistrer deux des derniers piverts à bec ivoire existant au monde. Vous pouvez voir tout cela à votre section locale de la Société Audubon.

Cette année, je voulais faire quelque chose d'aussi flamboyant mais un peu moins éreintant. Peut-être une étude de population sur le cahow des Bermudes ou le takahe de Nouvelle-Zélande. Un mois et quelque sous un chaud soleil (pas brûlant) me ferait un bien immense. Sans parler du progrès de la science.

Je feuilletais distraitement *Les Oiseaux du monde disparus ou en voie de disparition,* de Greenway. Le bus serpentait dans les quartiers élégants d'Austin, s'arrêtant pour laisser descendre les chicanas, les Noires et les Vietnamiens qui s'occupent de la cuisine et des jardins des rupins.

– Il y a longtemps que je n'ai pas vu un de ces vilains poulets, dit une voix près de moi.

Une dame aux cheveux gris se penchait vers moi de l'autre côté de la travée.

Je la regardai, puis me retournai. C'était peut-être une dame allant au marché. Peut-être parlait-elle toute seule. Je la regardai en face. Pas de doute, c'était à moi qu'elle s'adressait. Elle attendait une réponse.

– Dans le temps, j'avais des voisins qui en élevaient,

quand j'étais petite fille, dit-elle en montrant la page que je lisais.

Je baissai les yeux sur mon livre ouvert.

J'aurais dû dire : C'est tout à fait impossible, madame. Ceci est le dessin d'un oiseau disparu de l'île Maurice. C'est sans doute le plus célèbre oiseau disparu du monde. Peut-être confondez-vous ce dessin avec celui d'un dindon asiatique, d'une pintade ou d'un faisan rare. Je regrette, mais vous vous trompez.

Voilà ce que j'aurais dû dire.

Elle dit alors :

– Ah, voilà mon arrêt.

Et elle se leva pour descendre.

Je m'appelle Paul Lindberl. J'ai vingt-six ans, je suis diplômé d'ornithologie de l'université du Texas et maître assistant. Mon nom n'est pas inconnu dans ce domaine. J'ai plusieurs vices et tares, mais je ne pense pas que la stupidité en fasse partie.

La stupidité aurait été pour moi de suivre cette dame.

Elle descendit de l'autobus.

Je la suivis.

Je fis irruption dans le bureau de l'administration en semant derrière moi un tourbillon de papiers.

– Martha! Martha! criai-je.

Elle faisait je ne sais quoi dans un placard aux fournitures.

– Mon Dieu, Paul! Qu'est-ce que vous voulez?

– Où est Courtney?

– A la conférence de Houston, vous le savez bien. Vous avez raté votre cours. Qu'est-ce qui vous arrive?

– La petite caisse! Vite!

– Le jour de paie, c'était il y a huit jours à peine. Si vous ne pouvez pas...

– C'est du travail! C'est la gloire et l'aventure, une occasion unique! C'est un long voyage en mer qui part... Un billet d'avion. Pour Jackson, Mississippi, ou Memphis. Jackson, c'est plus près. Je rapporterai des justificatifs! Je serai célèbre! Courtney sera célèbre! Vous serez célèbre! L'université gagnera encore plus d'argent! Je vous rembourserai. Donnez-moi du papier. Faut que j'écrive un mot à Courtney. C'est quand, le prochain départ d'avion? Vous pouvez demander à Marie et Chuck de reprendre mes cours mardi et mercredi? J'essaierai d'être de retour jeudi, à moins qu'il se passe quelque chose. Courtney revient demain, pas vrai? Je lui téléphonerai de... enfin, de je ne sais où. Vous avez du café?

Et ainsi de suite. Martha me regardait comme si j'étais fou. Mais elle obtempéra quand même à mes demandes.

– Qu'est-ce que je dois dire à Kamejian, quand je lui demanderai de signer ça?

– Martha, bébé, chérie, dites-lui que je ferai passer sa photo dans le *Scientific American.*

– Il ne le lit pas.

– Dans *Nature,* alors!

– Je vais voir ce que je peux faire, dit-elle.

La dame que j'avais suivie, de l'autobus, s'appelait Jolyn (Smith) Jimson. L'histoire qu'elle m'avait racontée était tellement invraisemblable qu'elle devait être vraie. Elle savait des choses que seul un expert, ou quelqu'un qui en avait fait l'expérience personnelle, pouvait connaître. J'avais obtenu d'elle des noms, des adresses, des indications et des bribes d'information. Plus une date : 1927.

Et une région. Le nord du Mississippi.

Je lui fis cadeau du livre de Greenway. Je lui dis que je lui téléphonerai dès mon retour. Je la laissai au coin de la rue, près de la maison de la dame chez qui elle faisait le ménage deux fois par semaine. Jolyn Jimson avait plus de soixante ans.

Figurez-vous le dodo comme un bébé phoque à plumes. Je sais que ça ne lui ressemble pas, même de loin, mais ça gagne du temps.

En 1507, les Portugais en route vers les Indes découvrirent les îles Mascareignes (sans nom à l'époque) dans l'océan Indien, dont trois à quelques centaines de milles de distance, toutes à l'est de Madagascar.

Ce n'est qu'en 1598, quand ce vieux capitaine hollandais Cornelius van Neck tomba dessus, que les îles furent baptisées de noms qui changèrent plusieurs fois à mesure que les Hollandais, les Français et les Anglais les rebaptisaient toutes les deux ou trois guerres. Elles s'appellent maintenant Rodriguez, la Réunion et Maurice.

L'intérêt principal de ces îles était de gros oiseaux coureurs, stupides, laids et à peine mangeables. Van Neck et ses hommes les appelèrent *dod-aarsen,* « culs stupides », ou *dodars,* « oiseaux idiots », ou solitaires.

Il en existait trois espèces : le dodo de Maurice, la véritable créature lourdaude, gris-brun, au bec crochu, qui pesait vingt kilos ou plus; le dodo blanc, un peu plus mince, de la Réunion, et les solitaires de Rodriguez et de la Réunion, qui avaient l'air d'oies très grasses, très stupides, de couleur claire.

Tous les dodos avaient des pattes épaisses, de gros corps trapus deux fois plus grands que les dindons, une tête déplumée et un long bec courbé vers le bas se terminant par un crochet, comme un couteau à linoléum creux. Depuis longtemps, ils avaient perdu la faculté de voler et leurs ailes s'étaient atrophiées pour devenir de la taille d'une main humaine, avec seulement deux ou trois plumes. Ils avaient une queue frisée et touffue, comme un dessin d'enfant. Ils n'avaient absolument aucun ennemi naturel. Ils nichaient en terrain découvert et couvaient probablement leurs œufs là où ils pondaient par hasard.

Aucun ennemi naturel, jusqu'à ce qu'arrivent van Neck et son espèce. Les marins hollandais, français et portugais qui faisaient escale aux Mascareignes pour s'approvisionner en vivres découvrirent que non seulement ces oiseaux avaient l'air stupide mais qu'ils l'étaient vraiment. Les hommes s'approchaient des dodos et les frappaient sur la tête à coups de gourdin. Mieux encore, les dodos se laissaient pousser en troupeau comme des moutons. Les livres de bord de l'époque sont pleins de notes comme :

« Groupe de dix hommes à terre. Ont ramené à bord une cinquantaine de gros volatiles genre dindon. Amenés au bateau, où on les laisse libres sur le pont. Trois peuvent nourrir un équipage de 150 hommes ».

Cependant, la plus grande partie du dodo, à part le blanc, avait très mauvais goût. Les Hollandais les désignaient par un autre mot, *walghvogel* qui veut dire « oiseau dégoûtant ». Mais, sur un bateau qui mettait trois mois pour revenir de Goa à Lisbonne, eh bien, on mangeait ce qu'on trouvait. On disait quand même que, malgré tout, une cuisson prolongée n'améliorait pas le goût.

Les dodos auraient pu durer, pourtant, si les Hollandais, et plus tard les Français, n'avaient pas colonisé les Mascareignes. Les îles devinrent des plantations et des asiles pour les réfugiés des persécutions religieuses. On y cultiva la canne à sucre et d'autres récoltes exotiques.

Avec les colons arrivèrent des chats, des chiens, des porcs, ainsi que le *Rattus Norvegicus* rusé et le singe rhésus de Ceylan. Les dodos laissés par les marins affamés étaient chassés (ils étaient parfaitement stupides mais ils savaient courir quand ils le voulaient) par des chiens en pleine campagne. Ils étaient tués par les chats alors qu'ils couvaient sur leurs nids. Leurs œufs étaient volés et mangés par les singes, les rats et les porcs. Et ils rivalisaient avec les cochons pour toutes les bonnes choses des îles, au ras du sol.

Le dernier des dodos de Maurice fut aperçu en 1681, moins d'un siècle après leur découverte par l'homme. Le dernier dodo blanc quitta les livres d'histoire vers 1720. Les solitaires de Rodriguez et de la Réunion, les derniers du genre ainsi que de l'espèce, ont pu résister jusqu'en 1790. Personne n'en est sûr.

Il arriva un jour où les savants regardèrent tout autour d'eux et ne trouvèrent plus de dodos vivants, nulle part.

Cette partie du pays avait commencé à dégénérer bien avant la guerre. Cette route n'avait pas été repavée depuis la fin des années 50, et pourtant c'était la route principale entre deux chefs-lieux. Cela ne voulait pas dire qu'elle traversait une région civilisée. J'avais roulé sur des kilomètres sans rien voir que des talus aussi rouges que la nuque de Billy Carter et de temps en temps une petite église isolée. Je m'attendais à voir des panneaux publicitaires de Burma Shave mais je compris que cette route n'en avait probablement jamais eu.

Je faillis manquer l'embranchement du petit chemin de terre et de gravillons que le pompiste m'avait indiqué. Il conduisait de la route vers nulle part, à travers champs. Je m'y engageai et une pierre grosse comme une balle de golf sauta sur le capot et vint étoiler le pare-brise de la voiture que j'avais louée à Grenada.

Il faisait un temps chaud et humide, pour l'heure matinale. La visibilité était bouchée par un nuage de poussière, chaque fois que le gravier s'interrompait. A quinze cents mètres environ, le gravier disparut complètement. Le chemin devint un sentier plein d'ornières, à peine plus large que la voiture, bordé des deux côtés par de maigres clôtures de fil de fer barbelé.

Par endroits, les poteaux manquaient sur quelques mètres. Les barbelés traînaient par terre ou disparaissaient même sur d'assez longues distances.

L'unique signe de vie que j'aperçus fut un oiseau moqueur faisant un raffut du diable avec je ne sais quoi dans un buisson d'épines tenant lieu de poteau, où les barbelés étaient cloués. D'un côté, il y avait maintenant un pâturage retourné à l'état sauvage, comme tout le sera quand nous aurons réussi à nous faire sauter de la surface de la planète. De l'autre, les bois envahissaient vite les champs, les sapins, les chênes, quelques chênes verts et pruniers sauvages aux fruits encore verts en cette saison.

Je commençais à me demander ce que je faisais là. Et si Mrs Jimson n'était qu'une vieille folle imaginative... Mais non. Elle se trompait peut-être, mais même l'erreur valait la peine d'être étudiée. Non, je savais qu'elle ne m'avait pas menti. Elle semblait incapable de mensonge... une brave petite vieille, le sel du Sud, de la terre. Pas l'once d'un mensonge dans toute sa personne.

Je ne pouvais douter d'elle ni de mon jugement. J'étais donc là, rampant et cahotant sur un chemin de terre du Mississippi, après une nuit sans sommeil, à la poursuite d'un rêve échevelé. Je devais y croire sur parole.

L'arrière de la voiture chassait parfois, quand la terre s'était dispersée et laissait la place au sable. Une roue arrière s'enlisa une fois et je la dégageai en balançant la voiture. Le retour serait une autre affaire. Est-ce que personne n'empruntait jamais cette route?

Les bois se refermaient des deux côtés comme la vierge forêt et la clôture avait disparu depuis longtemps. Mon compteur marquait dix kilomètres et il y avait vingt minutes que j'avais quitté la grand-route. Dans le rétroviseur, je vis de la sueur et de la poussière dans les plis de mon cou. A l'intérieur de la voiture, tout était recouvert d'une fine couche poudreuse. Des paquets de poussière entraient par la vitre baissée.

Maintenant, la forêt avalait la route. Des branches raclaient les vitres et le toit. J'avais l'impression de tomber dans un obscur tunnel feuillu. Tout était sombre et vert. Je luttai contre le besoin atavique d'allumer les phares. La chaussée semblait faite de siècles d'humus. Je gardai le pied appuyé sur l'accélérateur et me taillai un chemin.

Une grosse branche claqua et rebondit contre le dessous de la voiture. Je vis de la clarté devant moi. Craignant pour le carter, je pesai sur le champignon et fonçai.

Je faillis passer à travers une maison.

Elle se trouvait à une dizaine de mètres des arbres. La route finissait sous une des fenêtres. Du coin de l'œil, je vis quelqu'un me faire signe.

Je freinai pile.

Toute une famille se tenait sur la véranda, telle une photo de Walker Evans de la grande crise ou un délire de l'esprit dérangé d'un producteur. La maison était vieille. Des rubans de peinture écaillée d'un mètre de long claquaient au bord du toit.

– Heureusement que vous vous êtes arrêté, dit une voix.

Je levai les yeux. Le plus grand colosse que j'avais jamais vu se penchait à ma portière.

– Si nous vous avions entendu plus tôt, j'aurais envoyé un des gosses au bout de l'allée pour vous avertir, dit-il.

L'allée?

Les coins de sa bouche étaient tachés de marron, comme s'il chiquait. Il avait des mains grosses comme des battoirs qui semblaient n'avoir jamais rien tenu de plus petit qu'un manche de cognée.

– Comment ça va? demanda-t-il en manière de présentation.

– Très bien, répondis-je en descendant de voiture. Je m'appelle Lindberl.

Je lui tendis la main. Il la prit. Pendant un instant, je pensai à des pièges à ours, des gueules de requin, des portes d'ascenseur qui se referment. La pensée retourna là où elle se cache d'habitude.

– Je suis bien à la maison Gudger? demandai-je.

Ses yeux gris me dévisagèrent. Il portait une casquette de camionneur et une chemise à carreaux de bûcheron sous sa salopette. Ses bottes de caoutchouc étaient de la taille de celles de Boris Karloff dans *Frankenstein.*

– Nan. Je suis Jim Bob Krait. Voilà ma femme Jenny et ça, c'est Luke, Skeno et Shirl.

Il désignait la véranda. Les gens sur la véranda saluèrent de la tête.

– Voyons voir. Gudger? Y a pas de Gudger par ici, que je connaisse. Je suis plus ou moins nouveau dans la région.

J'en déduisis qu'il n'habitait là que depuis une vingtaine d'années.

– Jennifer! cria-t-il. Tu connais des gens du nom de Gudger?... Ma femme a vécu ici toute sa vie, m'expliqua-t-il.

Elle descendit sur la deuxième marche de la véranda de bois.

– Je crois que c'était ceux qui habitaient à la ferme Spradlin avant les Spradlin. Mais les Spradlin sont partis au moment de la guerre de Corée, par là. Je n'ai connu aucun des Gudger, moi-même. C'était quand nous vivions là-bas à Water Valley.

– Vous êtes un agent d'assurances? demanda Mr Krait.

– Euh... non.

J'imaginai les gens de la véranda penchés vers moi, ouvrant tout grand leurs oreilles.

– Je... je suis professeur d'université.

– Oxford? supposa Krait.

– Non. Université du Texas.

– Ma foi, c'est pas la porte à côté. Et comme ça, vous cherchez les Gudger?

– Rien que leur maison. La région. Comme le disait votre femme, je crois savoir qu'ils sont partis. Pendant la grande crise, j'imagine.

– Ils devaient avoir du fric, dit le colossal Mr Krait. Par ici, personne n'était assez riche pour déménager pendant la crise. Luke! cria-t-il.

L'aîné des garçons descendit sans se presser de la véranda. Il avait l'air anémique et portait une chemise à la mode au temps du twist. Il s'avança, les mains dans les poches.

– Luke, montre à Mr Lindbergh...

– Lindberl.

– ... à Mr Lindberl que voilà le chemin de la vieille ferme Spradlin. Emmène-le jusqu'au pont de bois, il pourrait se perdre avant.

– Le pont de bois est écroulé, papa.

– Depuis quand?

– Octobre.

– Ah zut! encore un truc à réparer. Enfin, jusqu'au ruisseau... Vous voulez qu'il aille avec vous jusque là-haut, pour voir si vous ne vous faites pas mordre par un serpent?

– Non, ce n'est pas la peine, je me débrouillerai bien.

– Vous permettez que je vous demande ce que vous allez faire là-haut? demanda-t-il.

Il détournait la tête. Je voyais que ça le gênait d'avoir à poser la question. Ce genre de choses vient tout naturellement dans la conversation, en général.

– Je... Eh bien, je suis ornithologue. J'étudie les oiseaux. Nous avons eu un témoignage... quelqu'un nous a dit que la vieille ferme Gudger, la région autour d'ici... Je cherche un oiseau rare. C'est difficile à expliquer.

Je m'aperçus que je transpirais. Il faisait très chaud.

– Vous voulez dire comme un bon-dieu? J'ai aperçu un bon-dieu il y a dans les vingt-cinq ans, là-bas, du côté de Bruce.

– Euh, non...

(Le bon-dieu est un des noms du pivert à bec ivoire, un des plus rares au monde. A tout autre moment, je serais resté bouche bée. Parce qu'on les croyait disparus du Mississippi avant les années 20 et parce que Krait savait qu'ils étaient rares.)

J'allai fermer les portières à clef puis je pensai au protocole que commandait la situation.

– Ma voiture ne vous gênera pas?

– Pensez-vous. Elle est bien, là, me dit Jim Bob Krait. Nous vous attendrons ce soir, d'accord?

Pendant une minute, je ne sus pas si c'était un ordre ou l'expression d'une préoccupation.

– Je pourrais bien me faire mordre par un serpent, dis-je. Je ferai attention là-haut.

– Bonne chance, pour vos oiseaux rares.

Il remonta rejoindre sa famille sur la véranda.

– Allons-y, me dit Luke.

Derrière la maison des Krait, il y avait un poulailler et une porcherie où les cochons dormaient après leur repas du matin comme des îles dans une baie boueuse ou comme quelque sculpture de porc Zen. Nous passâmes devant des machines agricoles cassées et rouillées, bien qu'il n'y eût rien que des terres incultes à perte de vue. Comment cette famille gagnait sa vie, j'aurais été bien en peine de le dire. Il paraît qu'on trouve des fermes comme ça dans tout le Sud.

Nous marchâmes à travers bois et champs, suivant un vague sentier. J'essayai de graver dans ma mémoire les méandres qu'il me faudrait prendre au retour. Luke ne dit pas un mot pendant les vingt minutes de marche, sauf pour jurer lorsqu'il mit le pied dans des orties.

Nous arrivâmes au bord d'un ruisseau qui coulait au pied d'une colline boisée. Une longue bûche pourrie formait un petit barrage. Au-dessus, l'eau avait près d'un mètre de profondeur, au-dessous, la moitié moins.

– Vous voyez ce sentier? demanda Luke.

– Oui.

– Vous le suivez tout autour de la colline, et puis vous traversez le champ. Ensuite, vous retraversez le ruisseau sur les pierres et vous montez. Prenez le sentier à main gauche. Vous trouverez ce qui reste de la maison aux trois quarts de la hauteur de la colline suivante. Si vous arrivez à une paroi rocheuse nue, c'est que vous êtes allé trop loin. Vous avez compris tout ça?

– Oui.

Il tourna les talons et me quitta.

La maison avait été une solide ferme en rondins. Maintenant elle s'était écroulée à l'intérieur, d'un côté. J'ai entendu une fois à la radio un cantique intitulé « Le pays où aucune cabane ne tombe ». C'était la région où on écrit ce genre de chansons.

Il y avait des herbes folles partout. Je vis des restes de clôtures, un amas de planches qui avaient été une grange. Plus loin, derrière la maison, les vestiges de cabinets extérieurs. Une pompe à moitié rouillée se dressait dans la cour. Un endroit plus dégagé indiquait où était le potager; une seule tomate sauvage, picorée par les oiseaux, y pourrissait. Je continuai d'avancer. Il y avait les vestiges de trois communs, vermoulus et verdis de mousse et de champignons. L'un des tas avait été un fumoir et une resserre à bois, les deux autres des poulaillers, dont l'un était plus grand que l'autre. Ce fut là que je commençai à fouiller et à creuser.

Où? Où? Je regrettais de n'avoir pas visité plus de fouilles archéologiques, de ne pas savoir où creuser. Des tas de débris, des piles d'ordures, des boîtes de compost, des restes de fumier. Pourquoi n'étais-je pas né dans une ferme, pour savoir instinctivement où chercher?

Je fouillai partout. J'allais et venais comme un setter flairant une caille. J'en voulais toujours plus. Je n'étais pas satisfait.

Le soir. La nuit, même. J'entrai lourdement dans la cour des Krait. Le sac que je traînais était plein à craquer. J'avais chaud, j'étais fatigué, couvert de cinquante ans de fiente de poulets. Les Krait étaient sur leur véranda. Jim Bob descendit vers moi, comme une montagne amicale.

Je lui posai quelques questions, je leur donnai la photocopie d'un dessin de dodo, je leur laissai des adresses et des numéros de téléphone où ils pourraient me joindre.

De retour au volant de la voiture de location. Départ pour Water Valley, en me fiant au renseignement donné par Jennifer Krait. A Water Valley, je cherchai la maison de la receveuse des postes. Elle s'apprêtait à se coucher. Je lui posai des questions. Elle s'installa au téléphone. J'enquiquinai des gens jusqu'à 1 heure du matin. Puis, retour à la fidèle bagnole de location.

Sur la route de Memphis, la lune monta à ma droite. L'Inter-Etats 55 était un ruban de verre devant moi. J'avais WLS de Chicago à la radio.

Je fredonnai avec la station, je chantai à pleine voix.

Le sac plein d'os, de becs, de pieds et de fragments d'œufs de dodos me tenait compagnie sur le siège avant.

Savez-vous qu'un muséum a un jour échangé tout un squelette de baleine bleue contre un de dodo?

Je roulais, je roulais.

## LA DANSE DES DODOS

Il m'arrivait d'avoir parfois une vision, même bien avant que cette folie ne commençât. Je peux fermer les yeux et la revoir en y pensant très fort. Mais elle me vient le plus souvent, le plus nettement, quand je lis en écoutant de la musique classique, en particulier le *Canon en Ré* de Pachelbel.

Le soir tombe à La Haye et la lumière est celle de Frans Hals, de Rembrandt. La famille royale de Hollande et ses invités dînent et causent paisiblement dans la grande salle à manger. Des piquiers et des hallebardiers se tiennent aux quatre coins de la salle. La famille est disposée autour de la table : le roi, la reine, quelques princesses, un prince, deux autres enfants, un ou deux aristocrates invités. Des serviteurs vont et viennent, passent des plats et des coupes, mais restent discrets.

Sur une estrade dans le fond de la salle, un orchestre joue de la musique de table; un clavecin, une viole, un violoncelle, trois violons et des hautbois. Un des nains royaux est assis au bord de l'estrade, frottant avec le pied le dos d'un chien couché près de lui.

Tandis que le *Canon en Ré* de Pachelbel se répercute et déferle dans la salle, un des dodos entre lourdement, s'arrête, penche la tête, les yeux brillant comme un lac de goudron. Il oscille un peu, lève timidement un pied, puis l'autre, se balance d'avant en arrière au rythme du violoncelle.

Les violons jouent. Le dodo se met à danser, son grand corps difforme devient gracieux. Deux autres dodos le rejoignent et tous trois tournent en rond.

Le clavecin entame son contrepoint. Le quatrième dodo, un blanc de la Réunion, sort de sa place sous la table et rejoint la ronde des autres.

C'est le plus gracieux de tous, il effectue des tours complets alors que les autres ne font que se balancer et s'incliner au bord du cercle qu'ils ont formé.

La musique s'enfle; le premier violon voit les dodos et fait signe au roi. Mais le roi et les autres convives les ont déjà vus. Ils sont muets, transfigurés, même les serviteurs s'immobilisent, oubliant les plats, les assiettes et les aiguières qu'ils tiennent à la main.

Les dodos dansent en rond en dodelinant de leur vilaine tête. Le dodo blanc esquisse une révérence, fait un demi-pas, pirouette sur un pied, tournoie encore.

Sans un mot, le roi de Hollande prend la main de la

reine et ils contournent la table, comme des enfants devant le spectacle. Ils prennent part à la danse, ils valsent (anachronisme) parmi les dodos pendant que la famille, les invités, les soldats les contemplent et hochent la tête en mesure.

Puis la vision se dissipe et il ne reste que l'image floue d'un feu de cheminée et d'un dodo.

Le dodo et ses semblables arrivaient par bateaux dans les ports d'Europe. Les premiers que nous signalent les archives sont ceux du capitaine van Neck, qui en ramena deux en 1599, un pour le souverain de Hollande et un autre qui trouva le chemin, par Cologne, de la ménagerie de l'empereur Rodolphe II.

Cette volière royale était située à Schloss Negebau, près de Vienne. C'est là que les premières images de vieux oiseaux stupides furent peintes par Georg Hoefnagel et son fils Jacob, entre 1602 et 1610. Ils les représentèrent ainsi que plus de quatre-vingt-dix espèces d'oiseaux qui amusaient l'empereur.

Un autre artiste hollandais nommé Roelandt Savery « fit carrière grâce au dodo », comme on l'a dit. Il a dessiné et peint les oiseaux plusieurs fois; sans aucun doute, ils le fascinaient. Il en était même obsédé. Au début, les peintures sont justes; plus tard, elles présentent des inexactitudes. Cela implique qu'il a d'abord travaillé d'après nature, ensuite de mémoire, quand son modèle s'en est allé à l'endroit bientôt réservé à toute son espèce. Un de ses dessins montre deux des *raphidae* grattant le sol à la recherche de quelque friandise. Ses œuvres ne manquent pas de charme.

Un autre peintre hollandais (ils ont l'air d'avoir poussé comme champignons après une averse de printemps), nommé Peter Withoos, a également introduit des dodos dans ses peintures, parfois dans des endroits bizarres et inattendus, se promenant pendant les leçons de musique de leur propriétaire ou en compagnie d'Adam et Eve dans quelque éden idyllique.

On nous assure que la représentation la plus exacte venait de l'autre côté du monde, loin des tourmentes religieuses et politiques des Européens coureurs d'océans. Il y a une miniature indienne du dodo dans un musée de Russie. Le dodo avait pu être amené par des Hollandais ou des Portugais lors de leurs voyages à Goa et le long des côtes du sous-continent indien. Ou il aurait pu être introduit des siècles auparavant par les Arabes qui écumaient l'océan Indien dans leurs bateaux à voile triangulaire et qui ont pu découvrir les Mascareignes bien avant que les Européens s'arment pour la Première Croisade.

A un certain moment de ma fascination pour les oiseaux (après avoir cessé de les tuer avec une carabine à air comprimé mais avant que je commence à travailler pour obtenir une bourse), je me suis assis un jour et j'ai cherché où étaient allés tous les dodos.

Il y avait les deux de van Neck, en 1599, un en Hollande, l'autre en Autriche. Il y en avait encore un dans le parc du comte Solms en 1600. Un récit parle d'« un en Italie, un en Allemagne, plusieurs en Angleterre, huit ou neuf en Hollande ». William Boentekoe van Hoorn avait eu connaissance « d'un (dodo) expédié en Europe en 1640, un autre en 1685 », dont il dit qu'ils ont été « peints aussi par des artistes hollandais ». Deux sont mentionnés comme ayant été « gardés à Surrat House en Inde comme animaux de compagnie », dont l'un est peut-être celui de la miniature. Pour être généreux et considérant que « plusieurs » veut dire au moins trois, cela fait vingt dodos en tout.

Il devait y en avoir plus, puisque, à l'époque, on en chargeait de pleins bateaux.

Que savons-nous des oiseaux didinés? Nous n'avons que quelques livres de bord, quelques récits de voyageurs et de colons. Ils fascinaient les Anglais. Sir Hamon Lestrange, un contemporain de Pepys, vit exhiber « un dodar de l'Isle de Maurice... il ne peut pas voler, estant si gros. » L'un fut empaillé à sa mort et installé au Museum Tradescantum à South Lambeth. On le retrouva plus tard à l'Ashnolean Museum. Il devint mité et on le brûla, sauf une patte et la tête, en 1750. A ce moment, il n'existait plus de dodos mais personne ne le savait encore.

Francis Willughby put le décrire avant son incinération. Plus tôt, le vieux Carolus Clusius, en Hollande, avait étudié celui du parc du comte Solms. Il rassembla tout ce que l'on savait des *raphidae,* décrivant une patte de dodo conservée par Pieter Pauw dans son cabinet d'histoire naturelle, dans *Exoticarium libri decem* en 1605, sept ans après leur découverte.

François Leguat, un Huguenot qui vécut pendant plusieurs années à la Réunion, publia un récit de ses voyages dans lequel il mentionne les dodos. L'ouvrage, publié en 1708 (après la disparition du dodo de Maurice), comprenait des détails : « Certains mâles pèsent quarante-cinq livres... Un œuf, beaucoup plus gros que celui de l'oie, est pondu par la femelle et doit être couvé pendant sept semaines ».

L'abbé Pingré visita les Mascareignes en 1761. Il vit les derniers solitaires de Rodriguez et réunit toutes les informations possibles sur les espèces disparues de Maurice et de la Réunion.

Ensuite, il ne resta plus que les mémoires des colons et quelques ouvrages scientifiques pour chercher quelle était la place des *raphidae* dans le grand ordre des choses taxonomiques; certains les classaient parmi les pigeons, d'autres, les râles. Même ces débats prirent fin. Le dodo était oublié.

Quand Lewis Carroll écrivit *Alice au Pays des Merveilles* en 1865, presque tout le monde crut qu'il avait inventé le dodo.

La station-service de Memphis d'où je téléphonai était aussi affairée qu'un unijambiste dans un concours de coups de pied au cul. Entre les sonneries et les bip-bip, je finis par comprendre que j'avais ma communication.

Le type qui me répondit s'appelait Selvedge. Je n'aboutis à rien avec lui. Il me prit d'abord pour un agent immobilier, puis pour un avocat. Ensuite, il commença à penser que j'étais une espèce d'escroc. Je n'étais pas trop clair, il faut dire. Je n'avais pas dormi depuis deux jours.

Je devais parler comme un maniaque de la rapidité. Je réussis seulement à apprendre que Mrs Annie Mae Gudger (amie d'enfance de Jolyn Jimson) était, et avait été, la très respectée Mrs Annie Mae Radwin. Ce type, Selvedge, devait être un secrétaire ou un flagorneur ou quelque chose.

Notre conversation était comparable à celle d'un ara glapissant et d'une pile d'os de mammouth. Puis il y eut encore un déclic sur la ligne.

– Jeune homme? dit l'autre voix, celle d'une vieille dame, à l'accent du Sud raffiné, avec un rien de montagnard.

– Oui? Allô! Allô!

– Jeune homme, vous dites que vous avez parlé à une certaine Jolyn je ne sais qui? Vous voulez dire Jolyn Smith?

– Allô! Oui! Mrs Radwin, Mrs Annie Mae Radwin qui est née Gudger? Elle habite maintenant à Austin, au Texas. Elle habitait autrefois près de Water Valley, dans le Mississippi. Moi, je suis d'Austin. Je...

– Jeune homme, répéta la vieille dame, êtes-vous bien sûr que ce n'est pas une mauvaise plaisanterie imaginée par mon abominable sœur Alma?

– Qui? Non, madame. J'ai rencontré une femme nommée Jolyn...

– J'aimerais vous parler, jeune homme, dit-elle. (Puis, négligemment :) Donnez-lui les indications pour venir ici, Selvedge.

*Clic.*

Je me rinçai la bouche de mon mieux dans les toilettes de la station-service, essayai de me raser avec un vieux Gillette jetable trouvé dans mon sac à dos et réussis à me ravager le menton. Je me changeai, enfilai un jean propre et mon unique chemise de rechange et me coiffai. Je me regardai dans la glace.

J'avais toujours l'air d'une pâtée de chien.

La maison me rappela le palais de Presley, qui se trouvait par là dans le quartier. Passer en quarante ans d'une cabane dans les montagnes du Mississippi à ça! Il y avait toutes sortes de moyens d'y arriver. Je me demandai quel avait été celui d'Annie Mae Gudger. La chance? Le vol? Une intervention divine? Un travail acharné? La chasse aux trésors?

Selvedge me conduisit dans le solarium. Je me faisais l'effet de Philip Marlowe allant au rendez-vous d'une riche cliente. La maison était pleine de meubles fabriqués entre 1900 et 1950, du style sans âge. Ça n'est jamais formidable, ça n'est jamais miteux, et tous les sièges sont confortables.

Je m'attendais un peu à une femme redoutable en manches de lustrine et visière verte, penchée sur un bureau à cylindre devant des piles de papiers dont l'approbation ou le rejet signifiait la vie ou la mort de milliers de gens.

Or, j'avais devant moi une charmante sexagénaire en tailleur-pantalon vert, aux cheveux encore blonds comme les blés et qui n'avaient pas l'air teint. Ses yeux étaient du même bleu que ceux de ma première maîtresse d'école. Elle était aussi mince que si le mot graisse n'avait jamais fait partie de son vocabulaire.

– Bonjour, Mr Lindberl, dit-elle en me serrant la main. Prendrez-vous du café? Vous semblez en avoir besoin.

– Oui, madame. Merci.

– Asseyez-vous, je vous en prie.

Elle m'indiqua un fauteuil en rotin blanc à côté d'une table en verre sur laquelle il y avait un plateau avec une cafetière, des tasses, des sachets de thé, des croissants, des serviettes et des assiettes.

Quand j'eus avalé d'un trait la moitié d'une tasse de café, elle me dit :

– Ce dont vous désirez me parler doit être important.

– Pardonnez mes manières. Je sais que je n'en ai pas l'air, mais je suis assistant de biologie à l'université du Texas. Ornithologue. Je travaille à ma maîtrise. J'ai fait la connaissance de Mrs Jolyn Jimson il y a deux jours...

– Comment va-t-elle? Je ne l'ai pas vue depuis... ah mon Dieu! au moins cinquante ans. Le temps passe vite.

– Elle m'a l'air d'aller bien. Je ne l'ai vue qu'une demi-heure. C'était...

– Et vous venez me voir au sujet de...?

– Euh... Eh bien, au sujet de volailles que votre famille élevait, quand vous habitiez près de Water Valley.

Elle me considéra un moment. Puis elle sourit.

– Ah, vous voulez dire les vilains poulets?

Je souris. Un peu plus, j'aurais ri. Je savais ce qu'Œdipe avait eu à subir.

Il est maintenant 16 h 30. Je suis installé dans le Motel 6, au centre de Memphis. Je dois donner un coup de téléphone, dormir et prendre un avion.

Annie Mae Gudger Radwin a parlé pendant quatre heures, répondant à mes questions, me mettant au courant de l'histoire de sa famille, et ayant averti Selvedge qu'elle n'était là pour personne.

Le gros problème, c'est qu'Annie Mae s'est enfuie en 1928, un an *avant* que son père ait son gros krach. Elle alla à Yazoo City et, par stades et degrés successifs, monta vers Memphis et son destin de veuve d'un riche courtier commercial.

Mais j'anticipe.

Le grand-père Gudger était autrefois le régisseur du colonel Crisby, dans la plantation principale près de McComb, dans le Mississippi. Ça, c'est une longue histoire. Patience.

Le colonel Crisby était le rejeton d'une famille de marins qui s'intéressait à la fois aux cèdres du Liban (presque tous abattus pour devenir des mâts pour les vaisseaux de Sa Majesté et d'autres marines) et au coton égyptien. Egalement aux thés, aux épices et à toute autre denrée négociable qu'elle pouvait trouver.

A sa majorité en 1802, le grand-père du colonel Crisby dit adieu à l'océan Atlantique à Charleston, Caroline du Sud, et s'enfonça vers l'ouest dans la forêt. Quand il s'arrêta, il était au milieu de la Nation Chicksaw, où il ouvrit un comptoir de troc et introduisit les esclaves chez les Indiens.

Il prospéra et engendra le père du colonel Crisby, qui

retourna en Caroline du Sud pour reprendre tout ce que son père possédait. Tout, esclaves, chariots, chevaux, bétail, pintades, paons et dodos, que tout le monde prenait pour quelque volaille atrocement laide, qu'un des oncles marins avait achetés à un négociant français en 1721. (Je supposai qu'il s'agissait de dodos blancs de la Réunion, à moins qu'ils ne proviennent d'une importation plus ancienne. Le dodo de Maurice avait déjà disparu à l'époque.)

Le tout fut transporté dans l'Ouest au comptoir de troc, au sein de la Nation Chicksaw. (Les tribus de cette région appartenaient à la confédération des Lapins Dansants.)

Et le père du colonel Crisby prospéra, ainsi que les pintades et les dodos. Puis Andrew Jackson arriva et chassa les Lapins Dansants de la Piste du Texas au paradis de l'Oklahoma. Et le père du colonel Crisby engendra le colonel Crisby, confia le comptoir de troc à d'autres mains et déplaça sa plantation encore plus loin, à l'ouest à McComb.

Tout prospéra, sauf le père du colonel Crisby, qui mourut. Et les dodos, à part quelques pertes causées par le furet vengeur et le chien gobeur d'œufs, se reproduisirent aussi.

Vinrent alors grand-papa Gudger, un méchant, Simon Legree, qui s'occupa de la plantation pendant que le colonel Crisby levait dix compagnies de soldats et s'en allait combattre dans la Guerre d'Indépendance du Sud.

Le colonel Crisby revint à la plantation de McComb plus tôt que tout le monde, ayant reçu une grande partie de la volée de balles Minié qui avait réglé son compte à son commandant, le général Beauregard Hanlon, sur un promontoire pendant le siège de Vicksburg.

Il n'était pas mort mais la mort hanta pendant un mois la plantation, comme un créancier poli. Le colonel se languit, devint fou à lier et libéra tous ses esclaves une semaine avant de mourir (la guerre allait encore durer deux ans). N'ayant plus d'esclaves, il n'avait plus besoin de régisseur.

Vient alors le chapitre Faulkner de l'histoire, sorti tout

droit de *As I Lay Dying*, avec le retour de la famille Gudger dans la région de Water Valley (avant l'existence de Water Valley), avançant parmi les personnes déplacées du Sud, démoralisées et en guenilles, poussant ses dodos devant elle. Car le colonel Crisby les avait donnés à son ancien régisseur en récompense de ses bons et loyaux services. Suit aussi l'histoire du meurtre sanglant du grand-papa Gudger par la milice des Affranchis, au cours du soulèvement du premier Klu Klux Klan, et celle des épreuves et tribulations de papa Gudger entre 1880 et 1910, c'est-à-dire entre quatre et trente-quatre ans.

•

Alma et Annie Mae étaient la deuxième et la cinquième de la couvée de papa Gudger, nées à trois ans d'écart. Elles semblent s'être détestées depuis le premier instant où Alma s'est penchée sur le berceau de la petite Annie Mae. Elles étaient les filles de la seconde femme de papa Gudger (son désespoir avait tué la première) et leur père avait déjà entamé sa sixième carrière. Il avait été bûcheron, prédicateur de carrefour, laboureur saisonnier (jusqu'à ce que ses mules se couvrent de pustules et meurent de la morve), transporteur (jusqu'à ce que ses chevaux meurent de surmenage et que le magasin général reprenne son chariot) et agent électoral (jusqu'à ce que l'homme politique soit battu aux élections). A la naissance d'Alma et d'Annie Mae, il était en train de faire faillite comme métayer. Tant bien que mal, Gudger, enfant, avait survécu à la crise de 1898 et par la suite il avait toujours été trop pauvre pour remarquer autre chose, dans l'économie, que le prix du tabac à chiquer.

Alma et Annie Mae se bagarraient et cela n'arrangeait rien du tout qu'Alma, étant l'aînée, soit la petite chérie de son père et de sa mère. La vie d'Annie Mae était l'enfer habituel de la gosse de petits Blancs pauvres dont on ne veut pas. Elle se jura très tôt de s'enfuir et réalisa son rêve à treize ans.

J'ai appris tout cela ce matin. Jolyn (Smith) Jimson était la seule amie d'Annie Mae en ce temps-là, appartenant à une famille encore plus pauvre que les Gudger. Mais, vaille que vaille, il y avait toujours de quoi manger et un emploi, de temps en temps. Et les dodos.

– Mon père avait horreur de ces sales oiseaux, me dit dans le solarium l'élégante Annie Mae Radwin née Gudger. Il jurait tout le temps qu'il s'en débarrasserait un jour mais il n'avait jamais l'air de s'y résoudre. Je crois qu'il y avait encore autre chose. Mais ils causaient tant de tracas! Nous devions toujours les enfermer la nuit et aller à la recherche de leurs œufs. Ils allaient pondre à droite et à gauche, sans se rappeler où. Parfois, nous n'avions pas de petits de toute une année. Et ils devenaient si laids! Une fois par an. Je veux dire vraiment horribles, comme s'ils allaient mourir. Toutes leurs plumes tombaient et on avait l'impression qu'ils avaient la pelade ou je ne sais quoi. Et puis tout le devant de leur bec tombait ou, pire, pendait à moitié pendant une semaine ou deux. Ils avaient l'air de gros pigeons nus. Ensuite, ils maigrissaient, ils descendaient à dix ou douze kilos, avant que leurs nouvelles plumes repoussent.

» Nous n'arrêtions pas de tuer les renards qui les pourchassaient dans la dindonnerie. C'est comme ça que nous appelions leur poulailler, la dindonnerie. Et nous trouvions leurs œufs gobés par des chats et des chiens. Ils étaient si stupides que nous devions les pousser dans leur poulailler le soir. A trois mètres d'eux, je crois qu'ils ne l'auraient pas trouvé.

» Mais je pense que mon père avait beau les détester, il y tenait quand même. Il savait que, tant qu'il les conservait, il était aussi bon que grand-papa Gudger. Vous ne le savez sans doute pas mais la famille était assez fière de grand-papa Gudger. Du moins mon père. Sa chute rapide avait une sorte de grandeur. Il était tombé d'une situation relativement élevée dans l'ordre ancien, et conservait une certaine allure après l'émancipation. Et, s'il avait tout perdu, il avait réussi à garder ces vilains vieux poulets que le colonel lui avait donnés, comme une espèce de symbole. Et tant qu'il les aurait aussi, mon père se croyait aussi bon que son père. Il conservait sa dignité, même s'il ne lui restait que ça.

Je demandai ce qu'ils étaient devenus. Elle ne le savait

pas, mais me dit qui le savait et où je pourrais la trouver.

C'est pourquoi je vais donner un coup de téléphone.

– Allô, professeur Courtney? Professeur Courtney, c'est Paul. Memphis, Tennessee... C'est trop long à raconter... Non, bien sûr que non, pas encore. Mais j'ai des preuves... Comment?... D'accord, mais qu'est-ce que vous diriez de trochanters, de coracoïdes, de tarsometatarses et de fourreaux de bec?... Dans leur poulailler, naturellement. Où est-ce que vous garderiez vos dodos, vous?... Pardon. Je n'ai pas dormi depuis deux jours. J'ai besoin de secours... Oui, oui. D'argent. De beaucoup d'argent... En espèces. Trois cents dollars, peut-être. Western Union, Memphis, Tennessee... L'agence la plus proche de l'aéroport... L'aéroport. J'ai besoin que l'université s'occupe de réservations pour l'île Maurice... Non, non! Pas une chasse à la lune, une chasse au dodo... Je *sais* qu'il n'y a pas de dodos à Maurice! Je le sais. Je pourrais expliquer. Je sais que ça ira chercher dans les deux mille dollars... si... mais... Ecoutez, professeur Courtney! Est-ce que vous voulez votre photo dans le *Scientific American*, oui ou non?

Je suis assis au café de l'aéroport à Port-Louis, île Maurice. Trois jours se sont écoulés, cinq depuis la matinée fatale où ma voiture a refusé de démarrer. Dieu bénisse les gens de Sears Diehard. J'ai dormi, assis dans un siège d'avion, par morceaux, en divers lieux, dans divers fauteuils, pendant vingt-quatre heures, de Kennedy à Paris, de Paris au Caire, du Caire à Madagascar. En arrivant ici, j'étais un homme neuf.

Maintenant, je suis un homme neuf infiniment plus triste et plus sage. Je reviens de la maison de l'abominable sœur Alma, dans le quartier élégant de Port-Louis où vivaient autrefois toutes les hautes personnalités françaises et britanniques.

Courtney aura sa photo dans le *Scientific American*, c'est sûr. Moi aussi. Il y aura pour moi des articles de journaux et des conférences à la télévision pendant plusieurs semaines. Et je suis certain qu'Annie Mae

Gudger Radwin d'un côté du monde et Alma Chandler Gudger Molière de l'autre auront aussi leur part de gloire.

Je bois café sur café. L'avion pour Tananarive part dans une heure. J'ai l'intention de dormir pendant tous les vols de retour, au Caire, à Paris, à New York, de récolter mon sac d'os et de dormir jusqu'à Austin.

Devant moi, sur la table, il y a une liasse de documents, de coupures de presse et de photos. J'ai traversé la moitié du monde pour ça. Mes yeux vont de la liasse à la fenêtre, vers Port-Louis et la masse du mont Pieter Both qui projette son ombre sur la ville et son célèbre champ de courses.

Peut-être devrais-je faire quelque chose de symbolique. Annuler mon vol. Escalader la montagne et regarder de haut l'homme et toute son œuvre. Emporter avec moi un pichet de dry. M'asseoir sous le brillant soleil semi-tropical (c'est le début de l'hiver sec, ici). Boire les dry lentement, en portant des toasts à Mouchette, déesse de l'Extinction. Un coup pour le grand pingouin. Un autre pour la perruche des Carolines. A la tienne, pigeon passager. Et ce coup-ci pour la poule des landes. Plus important, à la vôtre, dodo de Maurice, dodo blanc de la Réunion, solitaire de la Réunion, solitaire de Rodriguez. Buvons aux *Raphidae,* grands oiseaux didinés que vous étiez.

Je ferai peut-être quelque chose d'aussi constructif, par exemple escalader le mont Pieter Both et pisser contre le vent.

Quel symbole! L'histoire du dodo se termine là où elle a commencé, sur cette même île. La vie imite l'art vulgaire. Comme la photocopie de la photocopie d'un mauvais roman. Pas un instant je ne m'étais attendu à trouver ici des dodos encore vivants (c'est le seul endroit où ils auraient été remarqués). Je n'arrive toujours pas à croire qu'Alma Chandler Gudger Molière a pu vivre ici vingt-cinq ans et ne rien savoir du dodo, ne jamais mettre les pieds au museum de Port-Louis, où il y a des squelettes et une réplique empaillée grande comme votre petit frère.

Après qu'Annie Mae se fut enfuie, la famille Gudger prospéra à une époque où le reste du pays sombrait corps et biens. On était en 1929. Gudger s'occupa à nouveau de politique et soutint un homme qui connaissait un homme qui travaillait pour Theodore Bilbo, « la fidèle épée de Dieu à double tranchant », qui connaissait tout le monde. Et qui le présenta à Huey, « le Martin-pêcheur » Long, juste après que ce monsieur eut perdu pour une fois le siège de gouverneur de Louisiane. Gudger parcourut le Mississippi en rassemblant des forces pour le plan « Partage de la Fortune » de Long avant même que le plan ait un nom.

La machine électorale de Long en Louisiane savait reconnaître un agitateur et invita Gudger à venir s'installer au Sportsman's Paradise avec sa famille, tous frais payés, afin de travailler pour le Martin-pêcheur à l'incroyable salaire de 62 dollars 50 par semaine. Cela équivalait à lâcher un porc sous un plaqueminier et avant qu'on puisse dire « Par Ici la Bonne Soupe », le clan Gudger était en route vers le pays des pélicans, de la corruption et du Mardi gras.

Presque. Mais j'y viendrai.

Papa Gudger prospéra, hors de toute proportion avec ses talents, mais des tas d'hommes firent cela pendant la Crise. D'abord un peu, puis de plus en plus, il s'éleva dans les milieux administratifs (et politiques) de la Louisiane et mourut riche et cordialement détesté, avec un doigt dans *toutes* les assiettes au beurre.

Alma Chandler Gudger devint une débutante (elle dit que Robert Penn Warren l'a mise dans son livre), rencontra et épousa Jean Carl Molière, unique héritier de planteurs de riz, d'indigo et de canne à sucre. Ils eurent une vie conjugale heureuse, s'installant d'abord dans les Indes Occidentales puis à Maurice, où les plantations de canne à sucre de la famille étaient les plus importantes de l'île. Jean Carl mourut en 1959, Alma étant son unique héritière.

Ainsi alla la réussite de la famille. De pauvres fermiers du Mississippi finissent par avoir un père qui meurt le sourire aux lèvres et deux filles qui, à elles deux, possèdent un considérable morceau de la planète.

J'ouvre l'enveloppe que j'ai devant moi. Mrs Alma Molière a poliment écouté mon histoire (l'université avait téléphoné à l'avance et arrangé un rendez-vous par l'intermédiaire du directeur du Muséum de Port-Louis qui connaît Mrs Molière sur le plan mondain) et m'a dit tout ce qu'elle se rappelait. Puis elle envoya un domestique à l'un des débarras (grand comme un duplex) et il revint, avec deux autres, chargé de cartons de coupures de presse, d'albums et de photos de famille.

– Je n'ai rien regardé de tout ça depuis que nous avons quitté Saint-Thomas, me dit-elle. Examinons-le ensemble.

La plupart concernaient l'élévation de Citizen Gudger.

– Il n'y a pas beaucoup de photos de nous avant la Louisiane. Nous étions si pauvres que personne dans notre entourage n'avait d'appareil. Ah, tenez! En voici une d'Annie Mae. Je croyais les avoir toutes jetées à la mort de maman.

Voici la photo. Elle doit avoir été prise en 1927. Annie Mae porte un vêtement informe ressemblant approximativement à une robe. Elle s'appuie sur une houe et sourit d'un sourire édenté. Elle paraît avoir dix ou onze ans. Ses yeux sont à demi cachés dans l'ombre de son chapeau de paille effrangé. Elle a les pieds nus dans la terre fraîchement retournée. Derrière elle, on voit un coin de la maison et la grange au delà avec la porte du fenil ouverte. Des personnages flous y travaillent.

A un mètre ou deux derrière elle, un énorme dodo mâle picore quelque chose. On en voit les deux tiers, le devant jusqu'aux ailes ridicules et au bord des plumes retroussées de la queue. Un pied est visible, qui vient de gratter quelque chose, probablement un ver de terre, dans les nouveaux sillons. A en juger par sa couleur foncée, c'est le dodo gris, ou dodo de Maurice.

La photo n'est pas très bonne, c'est une de ces épreuves 7 1/2 X 11 que prenaient les Kodak « brownie ». Je vois déjà celle-ci, et l'agrandissement du dodo, occupant une double page du *Scientific American*. Alma me dit qu'à ce moment ils n'avaient plus que six à sept vilains poulets, deux blancs et les autres gris-brun.

A part cette photo, il y a dans l'enveloppe deux coupures de presse, une du *Banner-Times* de Bruce, une autre du quotidien d'Oxford, toutes deux des chroniques de la même journaliste traitant des « Evénements de Water Valley ». Elles mentionnent le départ de la famille Gudger pour aller chercher fortune dans l'Etat marécageux à l'ouest et disent combien elle manquera à tout le monde. Et puis il y a une coupure jaunie de la première page du journal d'Oxford avec un petit article sur la Réception d'Adieux de la Famille Gudger à Water Valley le dimanche précédent (journal daté du 19 octobre 1929).

Il y a aussi dans la liasse un prospectus annonçant la Réception d'Adieux de la Famille Gudger, Dimanche 15 oct., Venez Tous. Les gens de Louisiane qui avaient envoyé l'argent pour le déménagement de papa Gudger avaient dû surestimer les frais d'un facteur exponentiel. Je le fis observer.

– Non, répondit Alma Molière. La somme était importante, mais ça ne changeait rien. Papa Gudger était comme Thomas Wolfe, il savait reconnaître l'occasion en or. Gagnant ou perdant, jamais il n'allait revenir. Il aurait donné une grande soirée, qu'il y ait de l'argent ou non. D'ailleurs, les gens étaient plus sociables à cette époque, ne l'oubliez pas.

Je lui demandai combien de personnes étaient venues.

– Quatre ou cinq cents. Il doit y avoir des photos par là, quelque part.

Nous cherchâmes un moment et les trouvâmes.

Encore trente minutes, avant mon vol. Assis là, je ne m'inquiète pas. Je suis le seul passager et le pilote est à la table voisine, en compagnie d'un type de la RAF. La vie est beaucoup plus lente et agréable, dans ces îles coloniales. Il ne faut pas l'oublier.

J'examine les deux autres photos de l'enveloppe. L'une d'elles représente des hommes jouant à lancer le fer à cheval, sous les yeux d'enfants, de chiens et de femmes. Elle a manifestement été prise de l'angle est de la maison, en regardant vers l'ouest. Tout le monde a dû faire les deux derniers kilomètres à pied, jusqu'à la vieille ferme Gudger. D'autres groupes sont en conversation. Quelques hommes, en manches de chemise et bretelles, renversent la tête en arrière, ils viennent sans aucun doute d'entendre une histoire drôle, salace. Une petite fille regarde directement l'objectif, en gros plan, un doigt dans la bouche, l'air timide. Elle a environ cinq ans. On dirait la photo de n'importe quelle réunion de famille, qui aurait pu se passer n'importe où, n'importe quand. Seuls les vêtements situent la scène dans la campagne reculée des années 1920.

Courtney en aura pour son argent. Je rédigerai l'article, je donnerai les coups de téléphone, j'organiserai la tournée de conférences pour coïncider avec la publication. Et puis je me reposerai. Je serai de nouveau une personne normale, j'obtiendrai un diplôme, je passerai mon temps à explorer des jungles à la recherche d'animaux qui auront tous disparu d'ici à vingt ans de toute façon.

Qu'est-ce que ça fait? Toute l'affaire ne sera qu'une affaire de médias, tout comme le Big Deal de cette année. Ce sera plaisant de redevenir normal. Je lirai des livres, j'irai au cinéma, je porterai mon linge au lavaupoids, j'écouterai Jonathan Richman à la stéréo. Je pourrai étudier et devenir une autorité, sur un sujet mineur quelconque.

Je pourrai aller dans des musées et des muséums et y voir toutes les merveilleuses choses mortes qu'ils contiennent.

– Voilà la photo souvenir, dit Alma. On en prenait toujours autrefois, dans les grandes réunions comme celle-là. Tout le monde se regroupait et prenait la pose. Seulement, nous n'avons pas pu faire figurer tout le monde. Alors nous avons fait prendre deux photos. Voilà celle où nous sommes.

La maison disparaît presque derrière la foule. Tous les

âges, toutes les tailles, toutes les formes, tous les vêtements. Les gosses et les chiens au premier rang, les femmes ensuite et les hommes par-derrière. Les seules exceptions sont les patriarches barbus assis devant avec les enfants, des hommes dont les yeux regardent l'objectif mais dont la tête résonne encore de ce que leur a dit Nathan Bedford Forrest un jour, sur un champ plein de fumée. Cette photo est d'un autre âge. On reconnaît papa et Mrs Gudger si on les a déjà vus en photo. Alma se désigne.

Mais la raison pour laquelle j'ai emporté la photo se trouve au premier plan. Des tables ont été installées, des portes et des planches posées sur des tréteaux. Elles occupent toute la largeur de la photo. Elles croulent sous un buffet inimaginable.

– Nous avons commencé à faire la cuisine trois jours à l'avance. Les voisins aussi. Tout le monde a apporté quelque chose, dit Alma.

Il y a là des jambons, des quartiers de bœuf, des poulets par baquets, des monceaux de cailles, des lapins, des haricots blancs par boisseaux, des ignames, des pommes de terre d'Irlande, un demi-hectare de maïs, des aubergines, des petits pois, des navets, du beurre en mottes de trois kilos, du pain de maïs et des biscuits, des bidons de mélasse, des soupières de sauces diverses.

Et cinq énormes oiseaux, deux fois plus gros que des dindes, troussés comme pour Noël, des pilons gros comme les biceps de Schwartzenegger, rôtis entiers, couchés sur le dos dans des plats grands comme des tables.

La foule a l'air affamé.

– Nous avons mangé pendant des jours, dit Alma.

J'ai déjà le titre de l'article pour le *Scientific American*. Il s'intitulera « Le dodo est toujours mort ».

# Hétéros et Thanatos

JOËLLE WINTREBERT

L'haleine lourde du village s'exhalait en effluves épicés. L'air bougeait à peine. Dans les embrasures des portails, le crépuscule entassait des ombres. L'homme blanc s'arrêta devant l'entrée d'une masure. La porte s'ouvrit, avalant prestement le visiteur. La nuit s'appropriait la rue.

– Assieds-toi, Sélénite.

Acceptant l'invite de la femme, Sélèn – dit le Sélénite – s'installa dans un fauteuil aux courbes raides, adoucies par des coussins de plume. En face de lui, son hôtesse, très droite, serrait ses mains contre son ventre pour les empêcher de trembler. Sur le lit dont la présence massive mangeait le quart de la pièce, le compagnon de la femme attendait, recroquevillé. Par moments, un spasme d'inquiétude bouleversait son visage taciturne.

L'homme blanc se contraignit à ne pas sourire.

Tôt ou tard, tous, ils venaient à lui malgré leur répugnance. Il n'est pas de peur qui ne soit vaincue par le désir et la curiosité. Bien sûr, la première fois, c'était très difficile. Mais Sélèn savait attendre.

Nerveusement, la femme saisit le flacon de mescal préparé sur la table, au centre de la pièce. Elle remplit un verre, le tendit au visiteur.

– Boiras-tu, Sélénite?

Ce geste avait valeur d'offrande, mais l'homme blanc le

refusa. La femme s'empressa vers un placard, sortit trois autres bouteilles.

– J'ai aussi du dionis, du kvas... et du vin de prunelle. Bois, Sélénite. Bois pour nous accompagner.

– Sois remerciée infiniment, Miléna, mais je ne bois jamais d'alcool. Je te supplie de ne pas te priver à cause de moi. Buvez autant que vous voudrez, toi et ton Armel.

Les verres se succédaient, avalés d'un trait comme des purges. Insensiblement, l'atmosphère se détendait. Sélèn réprimait des grimaces. L'odeur du dionis l'écœurait jusqu'à l'âme. Alcools ou alcaloïdes, les villageois avaient tous, sans exception, besoin d'un adjuvant pour accepter l'homme blanc.

Sélèn rêvait de rapports avec des êtres qui ne seraient pas terrifiés par ses pouvoirs. Jadis, il avait connu la fusion d'un amour partagé. Jadis. Les décennies glissaient sur lui, le marquant aussi peu que l'astre nocturne, mais tous ses amis étaient morts. Il restait seul avec ses souvenirs pour squelettiques compagnons d'errance... et lorsque l'errance et la solitude se faisaient trop pesantes, Sélèn devenait le Sélénite, cet irrémédiable étranger.

Pourquoi fallait-il qu'il eût tellement besoin des autres? Pourquoi ne pouvait-il les atteindre qu'à travers ses pouvoirs? Pourquoi n'était-il pas né marchand, forgeron, paysan? Uracan! Mourir... Que la mort semble douce à qui ne peut l'atteindre!

Sélèn prit soudain conscience du regard de la femme. Les pupilles dilatées étaient fixées sur lui. On pouvait y lire de l'abandon mêlé à du dégoût. L'homme blanc n'était pas beau. Sa tête hydrocéphale trônait avec disproportion au-dessus d'un corps maigre. Ses yeux bleus brûlaient étrangement son visage lunaire. Tout le reste de son corps était blanc et lisse, jusqu'aux cheveux qui tombaient sur les épaules avec la raideur souple d'un rideau de soie nacrée.

Sélèn savait que Miléna était ivre, qu'elle n'avait plus peur de lui et ne voyait en face d'elle, pour l'instant, qu'un homme peu attirant et, cependant, que sa résolution serait la plus forte.

Un bref coup d'œil sur Armel informa le Sélénite qu'il ne devait plus attendre : l'homme dodelinait de la tête et ses yeux papillotaient.

– Je crois que vous êtes prêts à me dire ce que vous attendez de moi.

Miléna réagit aux paroles de Sélèn comme à une décharge de poisson spic. Elle fixait toujours le Sélénite de la même façon mais elle s'était ramassée sur elle-même, prête à bondir ou à fuir. Curieusement, alors qu'il était manifestement exclu du jeu jusque-là, ce fut Armel qui prit la parole. Sa voix rauque était calme et posée.

– C'est Miléna qui a souhaité ta présence, Sélénite. Elle n'est pas satisfaite de nos appariements. On lui a dit que tu pouvais imiter exactement le corps de n'importe lequel d'entre nous. Elle souhaite que tu assistes à notre pariade et que tu prennes ensuite, successivement, la place de chacun de nous. Cela t'est-il réellement possible ?

Sélèn acquiesça. Il se sentait las, tout à coup. Conseiller de pariade...!

Il regarda pourtant attentivement le couple s'apparier. Le corps de Miléna était agréablement rond et potelé mais, malgré l'alcool, ses mouvements restaient brusques.

A cette brusquerie répondait la brutalité d'Armel qui jouit trop vite après avoir possédé sa compagne sans préliminaires.

Alors que tout était consommé, les deux amants tardaient à se séparer, comme pour retarder l'échéance de leur appariement avec un double.

Enfin Miléna se leva.

Tandis qu'elle procédait à des ablutions rapides, Sélèn se concentra. Il projeta mentalement devant lui le mandala de la Ville, la figure initiatique qu'il avait de tout temps préférée, et, parvenu au centre du labyrinthe, il se dématérialisa.

Armel avait poussé un petit cri étranglé et Miléna

s'était figée, dégoulinante d'eau. Ses deux mains tremblaient à nouveau et ses yeux étaient arrondis d'effroi.

Sélèn réapparut, duplicata fidèle de Miléna. Il fit un pas vers son modèle, un bras tendu en avant dans un geste d'apaisement.

La vraie Miléna aurait disparu dans le mur si elle en avait eu le pouvoir. Au milieu de ses traits déformés par l'angoisse, ses yeux s'étaient décolorés. Elle était absolument terrifiée. Comme si ce sosie qui s'avançait vers elle s'apprêtait à aspirer sa substance pour ne laisser subsister que l'enveloppe vide et flétrie de la vraie Miléna.

Habitué à de telles réactions, Sélèn n'insista pas et se tourna vers Armel pour découvrir un tout autre tableau. Rouge d'excitation, le compagnon de Miléna trémulait de désir. Lorsque Sélèn se coucha sur le lit, Armel se jeta sur lui comme s'il craignait que ce même et pourtant autre s'évanouît, l'empêchant de rassasier sa faim de cette Miléna inconnue.

Docilement, Sélèn s'était prêté à la rage d'assouvissement de l'homme, mimant d'abord Miléna telle qu'elle était pendant l'acte sexuel, puis telle qu'à son sens elle aurait dû être.

Lorsqu'il se dégagea de l'étreinte moite d'Armel, le Sélénite croisa le regard attentif et légèrement étonné de la femme. Ce calme était de bon augure pour la suite de la démonstration.

Armel tituba jusqu'à la table, se servit un verre et le but d'un trait. Sélèn profita de cette pause pour se rematérialiser dans le corps de l'homme. L'absence de réactions du compagnon de Miléna était inquiétante. Le visage d'Armel s'était vidé de toute expression.

Comme hypnotisée, la femme se dirigea vers le lit et s'y étendit. Son corps en attente était absolument immobile. Elle ne bougea pas lorsque Sélèn-Armel se coucha à ses côtés. Ses yeux étaient clos. Sa bouche légèrement entrouverte appelait les lèvres du double. Lorsque le corps massif de celui-ci la couvrit après de longues et précises caresses, ses gémissements devinrent plus vifs, presque des sanglots.

Du coin de l'œil, Sélèn surveillait Armel. La vue de ce sosie besognant sa compagne inscrivait sur le visage de l'homme des sentiments contradictoires. L'autosatisfaction qui primait au début se dilua vite dans la jalousie et lorsque le plaisir chavira Miléna, Armel se rua sur son double, un stylet à la main. Il est difficile de supporter qu'un autre soi-même réussisse là où l'on a toujours échoué.

A l'instant où le poignard le touchait, Sélèn se dématérialisa.

Eberluée par cette lame qui menaçait son ventre, Miléna peinait à sortir de son état second.

Armel contemplait ce bras qui s'était voulu meurtrier avec une crainte mitigée de stupéfaction... comme si sa main armée appartenait à l'Autre.

L'Autre? Armel pivota sur lui-même à la recherche du Sélénite. Mais l'homme blanc avait déserté la scène.

Assise sur le lit, les bras croisés contre ses seins, Miléna pleurait à gros sanglots.

★

*Tout s'en est allé. Il ne me reste rien que des traces éparses et le calme bleu du Montville sous l'œil rond de la lune. Ai-je seulement vécu? On dit: le poids des ans. Mais toutes ces années écoulées ne m'ont laissé qu'une impression d'insupportable légèreté. Je suis comme un bateau sans maître, voguant à la dérive, incapable d'accoster au port. Toute ma vie, j'ai poursuivi ma mort comme une inaccessible amante. Cette impossible quête m'a poussé sans trêve partout dans ce monde triste. L'amour m'a déserté. Pourquoi faut-il qu'on me haïsse? Les hommes ne voient-ils pas en moi leur semblable, leur frère? Ce peuple me fustige lorsqu'il éprouve du plaisir. La culpabilité est l'inéluctable fruit de la jouissance souhaitée en secret. J'ai tenté mille fois de conjurer la peur que je lisais dans les yeux de tous ces amants lorsqu'ils tremblaient devant moi. La peur et le désir, indissolubles. La peur comme un aiguillon supplémentaire au désir. La peur et la honte après, lorsqu'ils ont joui. Des coquillages étroitement refermés sur leur fragilité révélée. Quelle solitude chez tous ces êtres... répercutée sur moi à l'infini. N'y a-t-il donc aucun chemin qui mène d'un individu à un autre ?*

L'homme blanc errait sans but dans l'ombre des venelles. Il marmonnait à mi-voix et les passants qu'il croisait s'écartaient, de crainte que ces murmures ne fussent d'habiles imprécations forgées à leur intention.

Sélèn était mortellement las. Il avait dormi l'après-midi entière pour échapper à la fournaise solaire. Sa tête était lourde, sa bouche pâteuse et sa peau collait désagréablement à sa tunique.

Lorsqu'il entendit le roulement continu du tambour, il ressentit un martèlement physique. Le vacarme était ponctué de coups de cymbale. Des chœurs de femmes égrenant d'incompréhensibles litanies s'y surimpressionnaient.

Le désœuvrement poussa Sélèn vers le tumulte. Deux rues plus loin, dissimulé dans l'ombre d'un porche, il découvrait un spectacle singulier. Quatre hommes en portaient un autre sur une civière. Escortés de pleureuses qu'accompagnaient des musiciens, ils remontaient une rue. Toute la population du village s'était rassemblée derrière le cortège et suivait dans un silence funèbre.

Sélèn éprouva tout à coup un besoin presque douloureux de se mêler à ces gens, de pénétrer ce corps massif et multiforme.

Se servant de trois villageois comme modèles, il se façonna un corps propre à se fondre dans l'anonymat et s'intégra dans le flot.

L'homme blanc avait de plus en plus souvent recours à ce stratagème qui lui donnait l'illusion de participer réellement à la vie du village. Quelquefois même, il volait pour quelques instants l'identité d'un villageois et s'amusait puérilement des quiproquos provoqués. Mais aujourd'hui, la prudence s'imposait. Il ne pouvait courir le risque de voir dévoilée son imposture. Il serait à coup sûr expulsé du village.

Parvenue à l'extrémité du petit bourg, la procession s'arrêta devant une maisonnette construite légèrement en retrait, comme une borne.

Kala, le maïour du village, alla frapper à la porte.

Un long moment s'écoula. Personne ne s'en offusquait, comme si cette attente faisait partie du rituel.

Enfin, la porte s'ouvrit, et une mince silhouette s'avança sur le seuil. Les rayons obliques du soleil à son déclin l'éclairaient avec une violence irréelle.

Sensible à cette apparition, la foule ondula comme un grand serpent. Les quatre porteurs déposèrent la civière et le maïour s'approcha. Dans sa main droite, un long stylet réfractait des éclats de lumière.

– Azarine, interrogea Kala, acceptes-tu d'aider cet homme ?

La réponse de la fille ne fut qu'un murmure, mais le silence était si dense que tout le monde en saisit le sens.

– C'est inutile. Sider ne verra pas la Nouvelle Lune.

– Sorcière ! grinça quelqu'un tout près de Sélèn.

Le maïour avait saisi le bras de la fille.

– Azarine, suppliait-il, tu ne peux pas refuser ton aide à notre forgeron. Accepte la charge de sa maladie. Tous, nous t'en implorons.

La fille haussa les épaules.

– Qu'il en soit donc ainsi. Mais fais vite.

Kala pratiqua une incision profonde sur le poignet droit du gisant et le sang se mit à couler avec une luisance malsaine dans le soleil déclinant.

L'impression qui émanait de cette scène était si morbide que Sélèn en perdit sa concentration et redevint l'homme blanc. Heureusement, ses voisins absorbés par le rituel ne s'aperçurent pas de sa métamorphose.

Kala infligeait maintenant la même scarification à la fille. Celle-ci avait détourné la tête et la douleur faisait trembler sa bouche. Ses yeux étaient aussi bleus que ceux du Sélénite et celui-ci accusa durement le choc lorsque ce regard voilé par la souffrance se figea dans le sien sans paraître le voir.

Tout en tenant fermement accolés les deux poignets sanglants, le maïour marmonnait des incantations pour favoriser le passage de la maladie d'un corps à l'autre. Les yeux de la fille fixaient toujours ceux de Sélèn, lequel se sentait comme aspiré de l'intérieur.

Dans un effort terrible pour échapper à cette dévoration, Sélèn réussit à s'enfuir, poursuivi par la désapprobation muette de l'assistance.

★

Des jours durant, Sélèn avait guetté l'Azarine. Un matin, il s'était senti faible au point de s'évanouir. Il s'était réveillé dans la poussière. Un cercle de têtes avides de voir le démon déchu faisait une couronne au-dessus de lui. Pas une main ne s'était tendue. Le cercle s'était lentement défait, comme à regret, lorsque l'homme blanc avait ouvert les yeux. Décidément, le monstre n'était pas mort.

Sélèn s'interrogeait sur cette désertion de son corps. Hasard? Ou son organisme avait-il peur au point de tenter la dérobade? Mais peur de quoi? Du résultat de son guet? De la confrontation à l'Azarine?

Quelques bribes d'information grappillées ici et là lui avaient appris que la fille était jeune et qu'elle mourrait bientôt. La maladie bleue ne pardonnait pas. Toutes les femmes de la lignée de l'Azarine, nées ainsi, avaient succombé rapidement. Toutes avaient assumé le rôle de prêtresses du dieu Azar...

Lassé, le Sélénite était une fois de plus sur le point d'abandonner son affût lorsqu'enfin l'Azarine sortit de sa masure. Sélèn, qui avait choisi la discrétion d'une position éloignée, accommoda pour affiner sa vision.

Le ciel était couvert et la fille avait perdu cette aura lumineuse que lui avait accordée le soleil lors de l'invocation. Elle était vêtue de haillons d'un gris terne qui semblait se refléter sur sa peau et elle gardait les yeux obstinément fixés sur le sol.

De retour du travail, quelques paysans, l'apercevant, s'étaient figés sur place et baissaient eux aussi les yeux. Une femme cracha par terre au moment du passage de la fille et traça du bout du pied un signe conjuratoire dans la poussière.

Alors l'Azarine s'arrêta, et dans un mouvement provocant par contraste avec sa précédente humilité, elle releva la tête et la braqua de longs instants sur la paysanne superstitieuse. Celle-ci gémit et se recroquevilla, comme consumée par un feu intérieur. Enfin, baissant à nouveau les yeux, l'Azarine poursuivit son chemin. Sa silhouette enfantine détonnait avec ses manières et son visage sans âge. Elle semblait infiniment vieille et hors du temps. Une plante fanée dans une autre dimension.

L'Azarine était maintenant tout près du Sélénite et celui-ci s'étonna de ne percevoir aucun écho en provenance du corps frêle. Lequel ressemblait à un mur mat qui eût tout absorbé sans rien renvoyer d'autre en retour qu'une odeur bizarre. L'odeur doucereuse d'une eau dormante imprégnée du pourrissement lent d'un amas de fleurs coupées.

Sélèn réprima une grimace. L'Azarine représentait l'inconnu, mais un inconnu terriblement familier. Une zone obscure, désirée-redoutée, l'accès à un crépuscule sans lune, l'ouverture sur un labyrinthe aveugle...

Le geste de Sélèn pour arrêter la fille tourna court. Elle était déjà passée. De dos, sa démarche était encore plus étrange. Hautaine et droite, la tête pendant sur la poitrine. Un grand oiseau au cou brisé.

★

Posée comme un criss entre le Montville et le Mont Orient, Silver, la rivière, s'aiguisait dans la lumière. Ses méandres courts aux reflets métalliques baignaient des berges calmes où bouillonnait la brume dans le jour finissant.

C'était l'heure de la chasse. La vallée résonnait des cris des discoboles mêlés aux feulements des caracals. Magnifiques et disciplinés, les félins avançaient aux côtés des chasseurs, réfrénant leur instinct jusqu'à ce que l'ordre jaillît qui les lançait à la poursuite d'une proie blessée par le disque acéré.

Sélèn admirait l'art des lanceurs de disques et la grâce de leurs lynx apprivoisés mais il en tolérait mal la finalité meurtrière. La chair morte lui répugnait. Habitué dès l'enfance aux protéines synthétiques, le Sélénite n'avait jamais pu se faire à la consistance ferme et au goût faisandé de la charogne. Et cette fin douloureuse des animaux entre les mâchoires de ses congénères le révulsait. Lorsque les discoboles, ivres de carnage, s'abreuvaient de sang directement au cou de leurs victimes, Sélèn était obligé de fuir. Uracan! Ce fluide épais, ce fluide rouge qui jaillissait à grandes saccades des artères sectionnées, ce fluide coulait comme une malédiction!

Abandonnant la vallée aux discoboles, Sélèn se retourna et continua son ascension du Montville.

D'entablements rocheux en chaos de ruines éboulées, il progressait vers le sommet, non qu'il voulût l'atteindre – cela lui aurait pris des heures –, mais il désirait s'en approcher le plus possible avant la nuit. Cette proximité du lieu où le plus important de sa vie s'était joué le ressourçait. Il n'était revenu dans la vallée de la Silver que pour étreindre son passé. Mais qu'en restait-il? Un amoncellement de pierres rouillées dans le labyrinthe desquelles murmurait le vent. Tout était si vieux, si loin, si mort...

Pourquoi le temps n'a-t-il pas prise sur moi? pensa le Sélénite. Pourquoi ne suis-je pas mort comme les autres?

Un caillou cascada tout près, révélant une présence. Sélèn releva vivement la tête. Au-dessus de lui, un visage lunaire dépassait d'un escarpement. Un visage troué de deux points bleus. Le visage de l'Azarine.

– Toi! s'exclama Sélèn avec stupéfaction. Mais que fais-tu là?

– Je pourrais te renvoyer ta question. Le Montville était mon domaine avant que tu ne l'investisses.

– J'ai vécu ici bien longtemps avant que tu ne sois simplement un œuf dans le ventre de ta mère.

– Tu ne devrais pas te moquer de moi, Sélénite. La légende dit que jadis une ville orgueilleuse se dressait sur ce mont et que la malédiction d'un seul homme détruisit en trois heures ce qui s'était édifié en trois siècles. Cent longues années se sont écoulées depuis et nul, jamais, n'a osé s'établir en ces lieux gagnés par le Chaos.

Sélèn observa attentivement l'Azarine. Enfant, femme, ou adolescente? La pénombre masquait le détail des traits de son visage et le Sélénite était à nouveau frappé par ces yeux tellement semblables aux siens.

– Quel âge as-tu, Azarine?

– Seize ans. Et je m'appelle Violette. C'est volontairement que je t'ai révélé ma présence. Depuis l'invocation, j'avais décidé de te rencontrer.

– J'ai essayé de t'aborder, au village. Mais tu files comme le vent et on ne te voit presque jamais.

– Je sors très rarement dans la journée. Je préfère la nuit, son calme, sa solitude. La nuit, la peur des villageois les tient enfermés chez eux. Cela m'arrange. Je veux les voir le moins possible. Je ne supporte pas la crainte que je lis dans leurs yeux.

– Pourquoi tolères-tu leur attitude?

– Je vais mourir et je veux grignoter jusqu'à la dernière miette de mon existence. Comment le pourrais-je sans eux? Ils me nourrissent et me vénèrent parce qu'il ne faut pas attirer la colère du dieu Azar; on doit le laisser dormir. Récemment encore, ils disaient : « Azar s'est endormi depuis cinq cycles. Béni soit son sommeil. » Les réveils sont toujours cruels. Moi, je suis constamment éveillée. Je vis avec ma maladie et ma mort. Et à cause de cela, pour eux, je suis l'incarnation du dieu. Ils me craignent et me haïssent, mais lorsque Azar se saisit de l'un d'eux, ils me l'amènent pour que je le délivre de l'emprise du dieu. Souvent la peur du malade suffit à le guérir. Ce rituel du mélange des sangs provoque un recours à des forces insoupçonnées.

– Pourquoi me racontes-tu tout cela?

– J'avais besoin de parler à quelqu'un. Et tu es différent. Ils craignent tes pouvoirs comme ils craignent ceux dont ils m'ont investie. Et puis tu aimes la nuit. Et tu n'as pas supporté de voir couler mon sang. A cause de cela, j'ai eu envie de te parler, de te toucher. J'étais encore très petite lorsque ma mère est morte. Sa tendresse est très loin et ses caresses ne sont plus que des souvenirs vagues. Je ne veux pas que mes yeux se ferment définitivement sur ce flou. Je ne veux pas mourir sans qu'un homme m'ait aimée.

Les lances froides du crépuscule éteignirent le ciel. Inerte et calme, au loin, la mer en cendres faisait presque silence pour la trêve nocturne. Une étoile filante déchira furtivement le ciel sombre. L'air stagnait, maculant tout d'une empreinte poisseuse.

– M'aideras-tu? interrogea Violette d'une voix pressante.

– Comment t'aiderais-je? Je ne suis plus qu'une ombre.

– Je saurai m'en contenter.

– Même si je t'apprends que cette ombre a plus de cent vingt ans? Ces ruines sur lesquelles nous sommes assis, je les ai vues debout. Je suis à l'origine de la destruction de la Ville. Ma tête a été mise à prix. Quelle dérision! Moi qui souhaitais tellement mourir, j'ai échappé à tous les attentats, à tous les gibets, à tous mes suicides. La mort ne voulait pas de moi. Un effet de mes pouvoirs, sans doute: j'avais appris à dissocier mes molécules pour incarner n'importe quelle forme. A vingt ans, j'ai voulu me tuer. Après, chaque fois que j'ai tenté de me noyer, ou de me jeter d'une falaise, je me suis retrouvé sur la berge d'où j'étais parti, ou sur la cime d'où je m'étais élancé...

– L'instinct de conservation?

– Si tu veux. Une sorte de mémoire du corps qui lui permet de prendre ses décisions sans moi... de se régénérer automatiquement. Je me suis déjà passé si longtemps de nourriture que j'ai peine à croire qu'elle me soit indispensable. Et ai-je l'air d'avoir plus d'un siècle?

– J'échangerais bien ma mort contre ta vie.

– Si seulement c'était possible! La solitude dans laquelle me confinent tes semblables m'est insupportable. Il m'est de plus en plus difficile de jouer les apparences et de n'être reconnu qu'en tant que telles, dans le mépris et la crainte. Si Sélèn ne peut se faire accepter nulle part autrement que comme le Sélénite, il retournera à l'errance.

– C'est à l'Ombre Sélèn que j'ai proposé une alliance, et non au Sélénite. Nous sommes semblables. Deux bâtards vomis par cette société marâtre.

Un long moment, Sélèn garda le silence. De lourds nuages s'étaient accumulés, couvrant le ciel d'une taie opaque. Le vent se leva, charriant l'odeur piquante et le grondement d'un orage tout proche. Un trait de feu vint illuminer les visages blancs de l'homme et de la fille. Sélèn se leva.

– La vierge et la putain, murmura-t-il dans une grimace sardonique.

Un staccato de larges gouttes fit crépiter les pierres.

– La descente ne va pas être facile, commenta Sélèn.

– Donne ta main, je sais un chemin sûr.

Fermement arrimés l'un à l'autre, le Sélénite et l'Azarine bravaient les éléments avec confiance. Jalonnée d'éclairs et de grondements, leur progression vers la Silver ressemblait à une descente aux enfers. Pourtant, ils avaient cessé de penser à la mort.

★

Sélèn était ébloui. Pour la première fois depuis des décennies, un être s'était donné à lui sans arrière-pensée. A lui, l'homme Sélèn, et non au Sélénite, Protée capable de se métamorphoser sur commande pour incarner un désir préfabriqué.

Il regardait avec tendresse Violette endormie. L'adolescente n'était pas plus belle que lui avec son corps grêle immature, bleui par le lacis apparent des veines et des veinules, mais ils avaient joui merveilleusement l'un de l'autre.

Sélèn s'agenouilla pour contempler de tout près le visage de la jeune fille. Ce teint crayeux, ces lèvres violacées, ces paupières transparentes et bleutées, ces narines pincées livrant difficilement passage à l'air, tout dans ce terrible faciès, le fascinait.

Brutalement, il comprit la raison de sa fascination. Ce visage, c'était celui de la mort. Et cette mort en marche n'avait jamais été si près de lui. En Violette, c'était de sa propre mort que le Sélénite était amoureux. Il l'avait fuie lors de l'invocation au dieu Azar parce qu'il ne l'avait pas reconnue. Mais, déjà là, sa mort avait commencé de l'absorber par les yeux de Violette.

L'homme blanc frissonna, s'arrachant péniblement à une étrange vision. Derrière le visage de l'adolescente, un tunnel d'ombre et de lumière s'ouvrait à lui. Passage vers l'au-delà?

Violette ouvrit les yeux et sursauta d'étonnement en découvrant ce regard bleu si près d'elle. Se souvenant, elle exhala un petit rire de bien-être et s'étira avec la grâce d'un jeune caracal. Elle tendit les bras vers la tête de son amant, l'attira sur sa gorge et murmura à son oreille :

– Prends-moi, mon aimé. Possède-moi. Deviens une seule unique étreinte qui ne laisse plus libre une seule parcelle de mon corps. Tisse autour de moi un cocon de caresses. Je veux me blottir dans ton ventre et croire qu'à jamais je suis une avec toi.

Sélèn s'était levé et suffisamment éloigné du lit pour que Violette pût le voir en entier. Son regard tendre et perplexe était un faible reflet du maëlstrom de pensées qui se creusait en vortex à l'intérieur de lui. Enfin, les paupières vinrent sceller ce regard et l'homme blanc se mit à émettre des filaments nacrés qui se tordaient en sifflant tout autour de son corps.

Un peu plus tard, Sélèn était devenu une fantastique chrysalide irisée d'où sourdait une voix irréelle :

– Viens, Violette. Entre en moi.

Emerveillée, la jeune fille s'avançait avec confiance vers le cocon qui diffractait toutes les couleurs du prisme. Elle pénétra à l'intérieur et découvrit la jouissance infinie de la totalité.

★

Blanc. Blanc. Blanc. Le corps de Violette est trop blanc. De la craie qu'on brise et qu'on émiette.

Mais que fait-il au pied de cette fourche sous laquelle s'entassent des fagots? Et quelle est cette pantomime du maïour qui gesticule comme s'il prenait les cieux à témoin de ses machinations?

Sa nudité vierge de toute pilosité fait paraître Violette plus fragile encore qu'à l'accoutumée. Le maïour la badigeonne avec un large pinceau enduit d'une substance épaisse et jaune.

Une corde lancée par-dessus la fourche est attachée aux poignets de celle qui fut l'Azarine et que l'on hisse maintenant le long du poteau.

La foule qui murmurait une litanie d'incantations fait silence. L'instant est solennel. Le maïour approche une torche enflammée. Le corps enduit de glu pyrophorique s'embrase en un instant et le feu se communique au bûcher. Le bois sec craque, crépite, crie sous la morsure des flammes. Dans le brasier, le corps de Violette fond et grésille.

– Brûle la Mort! hurle la foule.

Sélèn se réveilla en pleurs. Déchiré, il contempla la jeune fille qui dormait presque paisiblement à ses côtés. Pourtant, son souffle était rauque, sa respiration encombrée. Pauvre Violette. Tel était donc son destin. Ces fous avaient tellement peur d'elle qu'ils la voudraient deux fois morte!

★

Le village fêtait les Néoménies. Les villageois étaient tellement terrorisés à l'idée de l'abandon de l'astre nocturne qu'à chaque nouvelle lune, lorsque le disque semblait avoir déserté le ciel, ils s'enivraient de mescal, de dionis et de kvas. Chaque cycle voyait le retour de ces célébrations. Dans les ruelles éclairées a giorno régnait une excitation furieuse.

Pour échapper à ces fastes morbides, Sélèn et Violette avaient escaladé le Montville. Ils étaient assis sur un entablement rocheux, étroitement accolés l'un à l'autre. Dans cette atmosphère trop sereine, trop douce, Sélèn avait la gorge serrée. Oserait-il formuler sa requête?

Un long moment s'écoula. Le calme était absolu.

– Violette, dit enfin Sélèn d'une voix rauque qu'il tentait en vain d'adoucir, j'ai rêvé que tu mourrais demain. Et mes rêves m'ont toujours donné raison. Je ne veux pas rester seul. Je ne supporterai pas de survivre au seul être avec qui j'ai trouvé la paix. La folie me prendra si tu ne m'aides pas à mourir. Toi seule peut réussir là où tous ont échoué.

– D'où te vient une telle certitude?

– Ce sera un acte d'amour. Jusque-là, seule la haine, la mienne et celle des autres, a cherché à détruire mon corps. Cette fois, c'est différent. Je n'accepterai pas d'être abandonné. Je mourrai pour ne pas te quitter.

– Ne peux-tu attendre ma mort et, alors, te tuer seul?

– Je ne suis pas sûr d'y arriver. Et puis, c'est un souhait égoïste, mais j'aimerais que ta bouche accueille mon dernier soupir.

– Comment le ferai-je?

– Tiens. Je souhaite que tu t'en serves au moment culminant de notre étreinte.

Violette regardait avec effroi le lien de cuir que Sélèn venait de glisser dans sa main. Ses yeux se voilèrent lorsque la bouche de l'homme blanc se posa sur la sienne. Elle se sentait à la fois électrisée et alanguie. Les mains de Sélèn se coulaient sur son corps comme les poissons dans la Silver. Elle aurait voulu que cette étreinte ne finît jamais...

Tout était consommé. L'amour et la vie. Violette scella de ses deux pouces les paupières de l'homme pacifié. Demain, elle le rejoindrait de l'autre côté. Demain. Un sourire un peu amer crispa le visage de l'adolescente.

Au pied de Montville, le village minuscule clignotait. Des bouffées de vent apportaient les échos d'une effervescence joyeuse. Sauvage et noire, la nuit recouvrait tout.

# La résistance

GORDON R. DICKSON

« L'homme est un animal raisonnable, mais une décision « raisonnable » n'est pas forcément la bonne ».

Comme souvent en hiver à Milan, l'aéroport était dans le brouillard; aussi, les vols commerciaux et de ligne avaient dû atterrir à Bologne. Dans l'aube glaciale et grise de novembre, Shane Evert descendit du bus bondé qui avait amené les passagers de l'avion en ville. Il aperçut du coin de l'œil la fine silhouette discrètement gravée à la base d'un poteau électrique. Il détourna aussitôt la tête; le coup d'œil lui avait suffi. Il fit signe à un taxi et donna l'adresse du Quartier Général de la Garde Aalaag au conducteur.

– *E freddo, Milano,* lui dit ce dernier en conduisant le taxi à travers les rues presque désertes. Shane approuva laconiquement, il avait l'accent suisse. Milan était vraiment froid en hiver, froid et dur. Plus au sud, Florence devait toujours être chaude et douce sous un ciel clair et ensoleillé. Le chauffeur espérait sans doute engager la conversation et découvrir ce qui pouvait bien amener son passager humain au Q.G. extra-terrestre, mais c'était dangereux. En général, les humains n'aiment pas ceux qui travaillent pour les Aalaag. Shane pensa d'abord que son silence pouvait intriguer, puisque son accent suisse donnerait à penser au chauffeur qu'un de ses compatriotes avait un problème en ville, aussi n'avait-il pas envie de causer. Le chauffeur parla de l'été qui était bien fini. Il regrettait la saison touristique.

Ce à quoi Shane répondit brièvement. Puis le silence

s'installa dans le taxi, il n'y eut plus que le bruit du moteur.

Contre son épaule gauche et sa jambe droite, Shane plaça son bâton du mieux qu'il put dans l'étroite cabine pour passagers. Il défroissa son manteau marron sur ses genoux. L'image de la fine silhouette qu'il avait aperçue flottait encore dans son esprit. C'était la même que celle qu'il avait marquée sur un mur, en dessous du mort pendu aux trois crochets, au Danemark, à Aalborg, six mois plus tôt :

Mais ce n'était pas lui qui avait gravé celle qu'il venait de voir. Ni aucune de celles qu'il avait vues de par le monde au cours des huit derniers mois. Un moment de révolte l'avait poussé à créer une image qui semblait naître et se multiplier au point de l'obséder la journée et de hanter ses nuits de cauchemars. Personne n'avait la possibilité d'établir une relation entre lui et le graffiti original, et ces huit derniers mois, il avait été un parfait serviteur de Lyt Ahn, mais il ne se sentait pas rassuré pour autant. Si, pour un motif quelconque, Lyt Ahn ou un Aalaag en venait à voir un lien entre lui et ces graffiti, son sort serait scellé.

Quelle impulsion égocentrique et malsaine avait bien pu le pousser à utiliser sa propre pèlerine – vêtement habituel de sa caste – comme symbole de l'opposition aux extra-terrestres ? N'importe quel autre dessin aurait fait l'affaire. Mais il avait bu cette bouteille d'aquavit danois de contrebande, et il se souvenait de l'énorme Aalaag et de son fils sur la place qui regardaient l'homme mort qu'ils avaient condamné et exécuté. Par-dessus tout, il entendait encore leur conversation qu'il était le seul parmi les humains présents à pouvoir comprendre, aussi, pendant un bref moment, avait-il perdu la tête.

Et maintenant ce symbole avait été repris par une résistance clandestine aux Aalaag, résistance qui, de toute évidence, existait déjà et qu'il n'avait jamais suspectée.

Le fait même qu'elle existait déjà conduirait à une mort sanglante quiconque serait assez fou pour y participer. Suivant leurs « principes », les Aalaag sont impitoyablement justes. Mais ils considèrent les humains comme du bétail, et un fermier, quand il a affaire à un taureau malade ou dangereux, réagit en fermier...

– *Eccolo,* dit le chauffeur de taxi.

Comme si on le lui avait ordonné, Shane tourna la tête et regarda le Q.G. des extra-terrestres. Un champ magnétique le recouvrait parfaitement comme un bouclier de mercure. Impossible de deviner quel genre de bâtiment cela avait été auparavant, un immeuble de bureau ou un musée... Lyt Ahn, Premier capitaine de la Terre, dans son Q.G. qui surplombe les chutes de St. Antony – l'ancien cœur de Minneapolis – dédaignait cet étalage évident de force défensive. Les murs gris qui s'étendent très concrètement autour de l'île « Nicollet » n'ont rien à protéger, si ce n'est des armes légères, quoique, à elles seules, elles soient capables de raser la métropole environnante en quelques heures.

Shane paya le chauffeur, sortit du véhicule puis franchit la porte principale du Q.G. milanais. Les Gardes Ordinaires, derrière la lourde double porte, étaient tous des humains, jeunes pour la plupart, du même âge que Shane, mais beaucoup plus imposants; de toute façon, le mieux fait des humains a l'air fragile et petit, comparé aux deux mètres cinquante des Aalaag.

Ces gardes portaient l'habituel uniforme noir, strict mais dépenaillé des policiers. Parmi eux, Shane, malgré son mètre quatre-vingt-cinq, avait l'air d'un nain. Aussi, ressentait-il un confort pervers à se trouver là, entouré d'amis humains d'un genre particulier. Comme lui, ils haïssaient les lois des extra-terrestres et ils en seraient venus à le défendre contre n'importe quel employé étranger qui l'aurait menacé. Sous le toit des maîtres qui le dégoûtaient, il était physiquement protégé, en sécurité. Il s'avança devant le bureau du fonctionnaire et sortit sa clé d'une bourse de cuir – qu'il portait à la ceinture – y laissant ses documents. L'officier prit la clé et l'examina. Elle était en métal – d'un métal qu'aucun natif de la terre n'était autorisé à posséder ou à porter – et la Marque de Lyt Ahn était gravée sur l'embout carré.

– Monsieur, lui dit l'officier en italien en voyant la Marque. (Il était soudain devenu obligeant.) En quoi puis-je vous être utile?

– Pour l'instant, je dois signer, lui répondit Shane en arabe afin que les résonances gutturales de cette langue tranchassent sur l'italien. Je suis le messager du Premier Capitaine de la Terre, Lyt Ahn, et j'amène des messages pour le Commandant de ce Quartier Général.

– Vous êtes habile, dit l'officier dans la même langue, en lui présentant le livre et en lui tendant un stylo.

– Oui, dit Shane, et il signa.

– Ici, le Commandant, c'est Laa Ehon, commandant de la sixième troupe. Il prendra vos messages, dit l'officier. (Il se tourna et fit signe à l'un des gardes terriens sous ses ordres.) Va au bureau extérieur de Laa Ehon avec celui-ci qui apporte des messages pour le Commandant.

Le garde salua et entraîna Shane. Quelques marches plus haut, un ascenseur, que Shane aurait su faire fonctionner même s'il avait été seul, les emmena jusqu'à un étage supérieur; à l'extrémité d'un couloir, ils franchirent une double porte sculptée, et pénétrèrent dans ce qui était vraiment le « bureau extérieur aux bureaux privés » du Commandant Aalaag de Milan. Le garde salua et partit. Il n'y avait pas d'autres humains dans la pièce. Un Aalaag de la vingt-deuxième troupe était assis devant un bureau dans un coin éloigné de la vaste pièce. Il lisait des rapports sur ce genre de feuilles en plastique qui peuvent être réutilisées. Dans le mur à la gauche de Shane, il y avait une fenêtre; peu de lumière filtrait, trahissant le goût des Aalaag pour les miroirs sans tain. Shane put voir que, dans la pièce contiguë, il y avait des bancs pour que les humains puissent s'y asseoir. Il n'y avait personne, si ce n'est une femme blonde vêtue d'une ample robe bleue qui lui arrivait aux chevilles et qu'elle portait serrée à la taille.

Shane n'avait pas d'endroit où s'asseoir. Mais que ce soit avec Lyt Ahn ou un Aalaag d'un grade inférieur, il avait pris l'habitude d'attendre debout pendant des heures.

Il attendit. Au bout d'une vingtaine de minutes le Aalaag le remarqua.

– Approchez, dit-il en levant un pouce gros comme un barreau de chaise. Parlez.

Il s'était exprimé en Aalaag, car beaucoup d'employés humains comprenaient les ordres simples dans la langue de leurs suzerains. Mais son visage s'assombrit quelque peu lorsque Shane répondit : un très petit nombre d'humains étaient capables de répondre facilement et sans accent dans cette langue.

– Sir Eblouissant, dit Shane en s'approchant et en s'arrêtant devant son interlocuteur, j'ai des messages pour le Commandant des Quartiers Généraux de Milan en personne, de la part de Lyt Ahn.

Il ne fit aucun mouvement pour présenter le message roulé dans sa bourse; et l'énorme main du Aalaag qui avait d'elle-même commencé à s'avancer vers lui, paume en l'air, au mot « messages », resta suspendue lorsque Shane prononça le nom de Lyt Ahn.

– Vous êtes un animal de valeur, fit le Aalaag. Laa Ehon va vous recevoir.

Ce qui signifiait aussi bien dans dix minutes que dans un mois. Mais puisque les messages étaient personnels et qu'ils venaient de Lyt Ahn, il était probable qu'il n'attendrait que quelques minutes.

Shane retourna dans son coin.

La porte s'ouvrit et deux Aalaag entrèrent. C'étaient deux mâles à la moitié de leur vie, l'un de la douzième troupe, l'autre de la sixième. Ce dernier seulement pouvait être Laa Ehon. Le Capitaine d'une troupe au numéro aussi bas était trop hautement qualifié pour commander un simple Q.G. comme celui-ci. Il ne pouvait y en avoir deux de ce grade. Les nouveaux arrivants ignorèrent Shane. Non, pensa-t-il, pendant qu'ils avançaient le regard fixe, ils ne l'avaient pas purement et simplement ignoré.

D'un infime regard, ils l'avaient observé, catalogué, puis chassé de leurs pensées. Ils marchaient ensemble vers le miroir sans tain qui donnait sur la pièce contiguë; et celui qui devait être Laa Ehon parla en Aalaag.

– Celle-ci?

Ils regardaient fixement la jeune femme qui, assise, dans sa robe bleue, ignorait qu'on l'observait d'une autre pièce.

– Oui, Sir Eblouissant. L'officier de service sur la place l'a vue s'éloigner du mur dont je vous ai parlé, juste avant de remarquer le graffiti. (Le Capitaine appartenant à la douzième troupe indiqua la jeune femme du pouce.) Puis il a examiné le graffiti, s'est rendu compte qu'il venait d'être gravé et s'est mis à la recherche de la femme. Un moment, il a cru l'avoir perdue dans la foule, puis il l'a aperçue de dos, à quelque distance, qui s'éloignait prestement; il l'a assommée et ramenée ici.

– Sa troupe?

– La trente-deuxième, Sir Eblouissant.

– A-t-elle été interrogée?

– Non, Sir, j'attendais d'avoir votre avis.

Laa Ehon resta un moment sans parler, le regard posé sur la femme.

– Juste avant, vous avez dit? Est-ce qu'il connaissait cet animal en particulier avant de le voir sur la place?

– Non, Sir. Mais il se souvenait de la couleur de son vêtement, il n'y en avait pas de semblable à proximité.

Laa Ehon revint de la fenêtre.

– J'aimerais d'abord parler à l'officier. Envoyez-le-moi.

– Sir, il est de service en ce moment.

– Ah!

Shane comprit le trouble momentané de Laa Ehon.

En tant que Commandant en chef, il aurait pu facilement exiger que l'officier en question soit relevé de son service le temps qu'il fasse son rapport. Mais dans la nature et les mœurs Aalaag, seul un motif extrêmement grave l'aurait autorisé à donner un tel ordre. Quel que soit son rang, un Aalaag en service est intouchable.

– Où? fit Laa Ehon.

– A l'aéroport local, Sir Eblouissant.

– J'irai et je lui parlerai à son poste. Capitaine Otah On, vous m'accompagnerez; c'est un ordre.

– Oui, Sir Eblouissant.

– Bien, allons-y sans perdre de temps. Il est peu probable que cette affaire soit importante mais nous devons nous en assurer.

Il se dirigea vers la porte, Otah On sur ses talons. Son regard passa de nouveau sur Shane. Il s'arrêta et jeta un coup d'œil au fonctionnaire.

– Qui est-ce? demanda-t-il.

– Sir (le Aalaag s'était levé), un messager qui veut vous voir personnellement de la part de Lyt Ahn.

La Ehon porta son regard sur Shane.

– J'accepterai vos messages dans une heure, à mon retour. Comprenez-vous ce que je viens de vous dire?

– Je comprends, Sir Eblouissant, répondit Shane.

– En attendant, ne bougez pas d'ici. Mais mettez-vous à l'aise.

Laa Ehon sortit de la pièce, Otah On derrière lui. Le Aalaag se rassit et retourna à ses dossiers. Shane recommença d'observer la femme derrière le miroir sans tain. Elle ne pouvait se douter de ce qui allait se passer. Bien sûr, ils utiliseraient d'abord les drogues, mais après ils la tortureraient. Il n'y avait pas de sadisme dans le caractère Aalaag. Si l'un d'entre eux en avait manifesté, son propre peuple aurait considéré cela comme une faiblesse déplacée et l'aurait supprimé. Mais il était entendu que lorsqu'on suspectait le bétail d'être trop nerveux, il fallait arriver à lui faire dire pourquoi. Un Aalaag, évidemment, était insensible à toute forme d'intimiditation. Un extraterrestre serait mort longtemps avant qu'un trouble puisse changer son caractère au point qu'il ou elle commence à parler de ce qui ne devait pas être dit. Shane sentit son vêtement coller à ses épaules, il était moite d'une secrète sueur. La femme était assise de profil : ses cheveux blonds tombant sur ses épaules et son teint pâle, surprenant sous cette latitude, lui donnaient un air doux et digne. Elle ne devait guère avoir plus de vingt ans. Il aurait voulu détourner son regard, cesser de penser à ce qui l'attendait, mais – comme un an auparavant, face à l'homme pendu aux trois crochets – Shane ne pouvait détourner la tête. Il savait maintenant ce que cela signifiait. Il était fou. Sa folie était née de la répulsion qu'il éprouvait pour sa terreur intime. Sa terreur des humanoïdes monstrueux qui avaient envahi la terre.

Ces maîtres qu'il servait lui permettaient de manger et de vivre au chaud, alors que le reste de l'humanité grelottait et souffrait de la faim. Ils le flattaient comme s'il avait été un animal domestique, un chien intelligent prêt à remuer la queue quand on le regarde ou qu'on lui parle gentiment. La peur de la mort pesait sur lui comme un lingot d'acier glacial lorsqu'il pensait à eux; la peur d'une mort douloureuse comme un lingot d'acier aux bords aussi tranchants que des lames de rasoir. Mais en même temps, il y avait cette folie qui, s'il ne la contrôlait pas, le pousserait à jeter au visage de l'Aalaag les documents qu'il apportait; ou bien à sauter un jour à la gorge de son maître, le Premier Capitaine de la Terre, Lyt Ahn, comme un bull-terrier sur un tigre.

Cette folie-là était bien réelle. Même les Aalaag savaient qu'elle frappait parfois ces humains qu'ils avaient asservis; ils lui avaient donné un nom dans leur langue – Yowaragh. C'est Yowaragh qui, un an auparavant, avait poussé un homme, dans un moment de désespoir, à défendre sa femme contre ce qu'il pensait être une brutalité Aalaag, et il avait été pendu aux crochets. Chaque jour, sur la terre, Yowaragh entraînait un individu à attaquer l'envahisseur, malgré son immense supériorité. Chacun savait pourtant qu'il n'y avait aucun espoir de fuite, et que ce geste entraînait une mort inévitable. Un an plus tôt, Yowaragh s'était emparé de Shane et il la sentait renaître en lui.

Il ne pouvait pas aider la jeune femme, seulement la regarder. Mais s'il ne faisait rien, Laa Ehon la torturerait à son retour. Alors Yowaragh le dominerait et ce serait la fin pour lui. Laa Ehon avait dit dans une heure. Des gouttes de sueur lui coulaient le long du dos. Ses pensées se bousculaient. Que pouvait-il faire? Y avait-il quelque chose à faire? Il ne se résignait pas à laisser la jeune femme entre les mains des Aalaag. Pour eux, elle n'était qu'une tête de bétail; ils ne détruiraient un animal utile que s'il y avait un motif de le faire, et dans ce cas, aucune émotion ne les arrêterait. Cette femme était trop insignifiante, et eux, trop pragmatiques.

Son esprit était en effervescence. Il n'était pas complètement sûr de sa discrétion, mais sa connaissance intime de ces êtres, acquise au cours des trois dernières années passées parmi eux, le poussa jusqu'à la table derrière laquelle était assis l'Aalaag.

– Qu'y a-t-il? lui demanda l'Aalaag en le regardant.

– Sir Eblouissant, le Commandant a dit qu'il serait de retour dans une heure et que je devais l'attendre, mais que je pouvais aussi prendre mes aises.

Les yeux aux pupilles grises le fixaient.

– Vous voulez du confort? C'est ça?

– Sir Eblouissant, si je pouvais m'asseoir ou m'allonger, ce serait appréciable.

– Oui. Très bien. C'est ce que le Commandant a dit. Allez dans le quartier réservé aux humains, vous y trouverez ce que vous voulez. Soyez de retour dans une heure.

– Sir Eblouissant, vous avez ma reconnaissance.

Les pupilles grises s'assombrirent. Les sourcils se rapprochèrent.

– Ce sont les ordres. Ce n'est pas moi qui vous autorise à quoi que ce soit.

– Sir, j'obéis.

Les sourcils reprirent leur place naturelle.

– Allez, dit l'Aalaag.

Shane sortit. Il se déplaçait rapidement, comme au Danemark; il était entièrement concentré sur ce qu'il faisait. Il avait chassé ses doutes, son hésitation. Il marchait dans le couloir désert, tous ses sens en éveil. Il arriva devant l'ascenseur, s'arrêta, regarda autour de lui.

Il était seul. Une fois dans l'ascenseur, il pourrait rejoindre le rez-de-chaussée ou les sous-sols sans être vu. Il trouverait d'autres portes que celle par laquelle il était entré. Peut-être à l'un des niveaux inférieurs.

Il lui fallait repérer l'une de celles utilisées exclusivement par les Aalaag et leurs plus fidèles serviteurs. Il pourrait alors entrer et sortir sans se faire remarquer.

Il appuya sur le bouton de l'ascenseur; au bout d'un moment, il arriva. Comme la porte s'ouvrait, Shane fit semblant de passer devant par hasard : il n'avait pas envie de se trouver en tête à tête avec l'un des extraterrestres. Mais la cabine était vide.

Il y entra, non sans craindre qu'au même moment, à un autre étage, quelqu'un veuille utiliser ce même ascenseur. Il serait alors pris au piège, coupable de ne pas être là où on lui avait dit d'aller et d'utiliser un moyen de transport interdit aux humains.

Un instant, il crut que l'ascenseur allait s'arrêter au premier étage. Dans son esprit, des images éclataient comme des éclairs de chaleur un soir d'été. Qu'il s'arrête, que la porte s'ouvre, qu'un Aalaag entre : il était prêt, il lui sauterait dessus. L'autre le tuerait inévitablement, mais il préférait mourir que d'avoir à expliquer pourquoi il était là et ce qu'il avait l'intention de faire. L'ascenseur continuait sa course. Sur le tableau indicateur, les chiffres diminuaient d'étage en étage; il approchait du premier sous-sol. Shane appuya sur le bouton d'arrêt. La cabine stoppa sur un palier rectangulaire dont la porte vitrée donnait sur des marches conduisant à l'air libre. C'était l'une des sorties privées des Aalaag. Shane franchit rapidement la distance qui le séparait de la porte. Comme il s'y attendait, elle était fermée à clef.

Mais il avait celle de Lyt Ahn dans sa poche, celle que tous les serviteurs spéciaux de Lyt Ahn avaient le droit de porter et qui pouvait ouvrir toutes les portes ordinaires dans un immeuble appartenant aux extra-terrestres. Il essaya la clef. Elle fonctionnait. La porte s'ouvrit sans bruit. Il ne lui fallut que quelques secondes pour monter les marches et se retrouver dans la rue. Il avança à vive allure jusqu'au premier croisement. Il fallait qu'il trouve une rue commerçante. Quelques pâtés de maisons plus loin, il arriva sur une grande place où il y avait quantité de magasins. Un Aalaag à cheval, indifférent, dominant la foule, se tenait devant des arcades protégeant un passage pour piétons. Il était impossible de savoir s'il était de service ou s'il attendait quelque chose. Mais Shane aurait commis une imprudence en entrant dans une de ces boutiques. Il s'éloigna et, quelques rues plus loin, il trouva une impasse dans laquelle il y avait un marchand de vêtements pour les humains. Il entra et, au-dessus de la porte, une cloche tinta doucement.

– *Signore?* dit une voix.

Les yeux de Shane s'habituèrent à l'obscurité. Derrière un comptoir couvert de vêtements en vrac, il découvrit un homme au visage en lame de couteau et à la peau sombre. Bizarrement, dans cette époque d'occupation, sa vaste blouse jaune ne cachait pas que le propriétaire avait du ventre.

– Je veux une robe longue, dit Shane. Réversible.

– Bien, bien.

Le marchand commença de faire le tour du comptoir.

– Quel genre?

– Combien coûte la plus chère?

– Soixante-quinze nouvelles lires ou l'équivalent en travail, *Signore.*

Shane glissa la main dans la bourse qui pendait à sa ceinture, en sortit des pièces métalliques qu'utilisent les Aalaag comme moyen d'échange dans le commerce international et les jeta sur le comptoir – les pièces d'or et d'argent venaient du salaire que lui versait Lyt Ahn. Le commerçant qui avait observé son manège regarda les pièces puis Shane, sans dissimuler son étonnement. Pour payer avec ce type de monnaie, il fallait faire du marché noir ou bien avoir acquis un certain pouvoir auprès des oppresseurs. Et ceux-là ne fréquentaient pas les échoppes comme la sienne.

Il se rapprocha de l'argent. Shane mit la main dessus.

– Je choisirai la robe moi-même, dit-il. Montrez-moi ce que vous avez.

– Mais bien sûr, bien sûr, *Signore.*

Le propriétaire passa à côté des pièces de monnaie, longea le comptoir, ouvrit la porte de l'arrière-boutique et invita Shane à entrer. Il y avait là des tréteaux couverts de vêtements; dans un angle, sous une lampe à kérosène, une table de coupe était envahie de chutes de tissus, de bobines de fils, d'outils et de morceaux de craie blancs et bleus.

– Les robes sont là, sur ces deux tables, précisa-t-il.

– Bien, dit Shane. Allez vous mettre dans ce coin et retournez-vous, je prendrai ce qu'il me faut.

Le marchand se déplaça rapidement, la tête légèrement rentrée dans les épaules. Si ce client trafiquait dans le marché noir, il aurait été mal avisé d'essayer de discuter et de l'irriter. Shane fouilla dans le tas de robes réversibles, en choisit une très longue, bleue d'un côté, marron de l'autre, l'enfila par-dessus la sienne, le côté bleu apparent, et noua la ceinture autour de sa taille. Il prit un morceau de craie blanche sur la table de travail puis s'adressa au commerçant :

– Je laisserai cent lires sur le comptoir, ne vous retournez pas et attendez que je sois parti depuis cinq minutes avant de bouger. Compris?

– Compris.

En partant, Shane s'arrêta devant le comptoir, vérifia la somme qu'il avait jetée un peu au hasard et se rendit compte que le total s'élevait à cent cinquante « lires » en or et en argent. Il en reprit cinquante, car il ne voulait pas que l'homme accorde trop d'importance à un événement déjà inhabituel en soi. Une fois dehors, il se dirigea vers la place où il avait vu l'Aalaag à cheval. Le temps passait très vite. Il ne pouvait courir le risque d'arriver en retard au Quartier Général et il avait moins d'une heure devant lui. Si le garde à cheval était parti... Mais il était toujours là. Lorsque Shane arriva en sueur, l'énorme humanoïde qui n'avait pas bougé dominait toujours la foule de son indifférence.

A cause de ses fonctions, Shane avait une montre Aalaag à mouvement perpétuel; elle était au fond de sa bourse, mais il n'osait pas la consulter pour savoir combien de temps il lui restait, car si les humains ordinaires qui l'entouraient s'en étaient rendu compte, ils l'auraient immédiatement identifié : un serviteur des extra-terrestres, un de leurs pires ennemis. Cela pouvait lui être fatal par la suite.

Il traversa rapidement la place qui grouillait de monde. Comme il approchait de l'Aalaag à cheval, le courage né d'une poussée d'adrénaline faillit lui manquer, mais l'image de la jeune femme prisonnière envahit son esprit et il continua d'avancer.

Juste devant l'énorme tête du quadrupède, il fit volontairement un faux mouvement qui énerva l'animal. L'Aalaag s'en rendit compte et baissa les yeux sur Shane qui marchait, tête basse, les cheveux ramenés sur le front pour cacher son visage, bien qu'il ne craignît pas d'être reconnu. Peu d'Aalaag savaient différencier les humains entre eux – après deux ans de travail en commun, Lyt Ahn ne reconnaissait pas Shane à ses particularités physiques, mais parce que c'était lui, et nul autre, qui faisait son rapport à telle ou telle heure précise.

Shane détala. L'extra-terrestre resta indifférent à un événement aussi ridicule et naturel de la part du bétail humain et, le regard perdu, retourna dans ses pensées. Shane fit encore quelques pas, s'immobilisa puis, le dos tourné à l'Aalaag, il extirpa de sa bourse le morceau de craie blanche, et c'est d'une main tremblante qu'il dessina sur un pilier la silhouette en manteau, un bâton à la main.

Il fit un pas en arrière. Derrière lui, comme il s'y attendait, le murmure général et le ralentissement de la foule attirèrent l'attention du garde. Instantanément, celui-ci fit virevolter sa monture et brandit le même genre de gourdin qui avait servi à assommer la jeune femme. Mais Shane ne resta pas inactif. Il se précipita au cœur de la foule, s'accroupit au milieu des gens pour se cacher et essaya frénétiquement d'enlever la robe réversible – déjà l'Aalaag s'avançait, son arme à la main, en tentant de le localiser; Shane eut beaucoup de mal à ôter son vêtement mais finit par y parvenir. Il le laissa à terre, le côté bleu à l'extérieur. A quatre pattes, il atteignit l'angle de la place où il put se relever et prendre la fuite sans se faire remarquer.

Pantelant, trempé de sueur, il s'éloigna des humains qui

faisaient semblant de ne pas s'intéresser à lui et il se retrouva dans une rue où plus personne n'avait de motif de le regarder. Il devait se dépêcher de rejoindre le Quartier Général. Subjectivement, il avait l'impression qu'une heure s'était écoulée depuis qu'il avait attiré l'attention du garde en faisant broncher sa monture, mais sa raison lui disait que toute cette histoire n'avait probablement duré que quelques minutes. Il existait des fontaines en Italie – et il s'en réjouissait –, il en trouva une à laquelle il se rinça le visage, le cou et les aisselles. Officiellement, les Aalaag étaient indifférents à l'odeur de leur bétail, mais en fait ils préféraient ceux qui en avaient le moins, comme s'ils ne se rendaient pas compte qu'eux-mêmes dégageaient des relents désagréables pour l'odorat humain. De plus, si Shane était retourné au Quartier Général tout enveloppé de ses odeurs de sueur, cela n'aurait pas manqué de susciter des questions sur son emploi du temps au cours de cette heure où il était censé s'être reposé. Il rentra dans l'immeuble par la même porte, emprunta l'escalier – il avait peur d'utiliser l'ascenseur une seconde fois – jusqu'au rez-de-chaussée qu'il atteignit sans se faire remarquer. Il consulta sa montre; il avait encore douze minutes devant lui. Il en profita pour demander à un garde ordinaire où se trouvaient les lieux de repos réservés aux humains puis se dirigea vers le bureau où il devait attendre le retour de Laa Ehon. Lorsqu'il arriva devant la porte dudit bureau, il réalisa qu'il manquait quatre minutes avant le moment précis auquel il devait se présenter. Il attendit un instant avant d'entrer.

L'officier de service leva la tête, regarda l'horloge au-dessus de la porte et replongea dans ses dossiers. Pour les extra-terrestres, la ponctualité était un signe favorable de dépendance à leur égard. Shane se posta au même endroit qu'une heure auparavant et prit patience, immobile.

Environ trois quarts d'heure plus tard, Laa Ehon et Otah On entrèrent. Avec son sens aigu de l'observation, doublé de l'habitude qu'il avait prise d'étudier les Aalaag au cours de ces deux dernières années, Shane reconnut les deux officiers instantanément. Ils se dirigèrent tout de suite vers le miroir sans tain pour observer leur prisonnière. Le cœur de Shane battait la chamade.

Ils étaient forcément au courant de ce qui s'était passé un peu plus tôt sur la place et pourtant ils agissaient comme si leurs intentions envers la jeune femme étaient inchangées. Laa Ehon parla enfin.

– C'est vraiment la même couleur. Beaucoup d'humains doivent s'habiller ainsi.

Laa Ehon semblait convaincu.

– C'est tout à fait vrai, approuva Otah On.

Le Commandant en chef observa longuement la jeune femme.

– Est-ce qu'elle pourrait avoir la moindre idée du motif de sa présence ici? demanda-t-il.

– Personne ne lui a parlé, Sir Eblouissant, répondit Otah On.

– Ah, oui, dit Laa Ehon, plongé dans ses pensées. C'est un animal en bonne santé, il pourra être utile, il n'y a pas de raison de la détruire. Laissez-la partir.

– Ce sera fait.

Laa Ehon se détourna du faux miroir, son regard tomba sur Shane et il se dirigea vers lui.

– C'est bien vous l'animal que Lyt Ahn m'envoie?

– Oui, Sir Eblouissant. J'ai des messages à vous remettre.

Il les sortit de sa bourse, les tendit à Laa Ehon qui s'en saisit aussitôt, les déplia et les lut, puis les passa à son subordonné.

– Que l'on exécute ces ordres.

– Oui, Sir Eblouissant.

Otah On s'approcha de l'officier de service et lui tendit les fameux documents pendant que le regard de leur supérieur s'attardait sur Shane avec intérêt.

– Vous parlez notre langue à la perfection et vous appartenez au Groupe Spécial de bétail qu'emploie Lyt Ahn comme messagers, c'est bien ça?

– C'est bien ça, Sir Eblouissant.

– Depuis combien d'années parlez-vous notre langue?

– Deux ans, de ce monde, Sir Eblouissant.

Laa Ehon ne le quittait pas des yeux. Shane sentit un filet de transpiration glisser, sous sa robe, le long de sa colonne vertébrale.

– Vous êtes un animal de valeur, dit le Commandant d'une voix lente. Je n'aurais jamais cru qu'un humain puisse parler notre langue aussi parfaitement. Combien valez-vous ?

Shane retint sa respiration. La vie était difficile pour les quelques humains favorisés qui dépendaient directement des maîtres de la Terre. La folie qu'il craignait tant l'envahirait brutalement si, par malheur, il devait se faire piéger ici, dans cet immeuble, par quelques-uns des monstres qui composaient la garde intérieure.

La voix de Shane ne trembla pas :

– Sir Eblouissant, pour autant que je sache, je vaux l'équivalent d'une demi-propriété.

Otah On qui s'approchait du Commandant haussa les sourcils en entendant le prix annoncé; mais le visage de Laa Ehon resta impénétrable.

– ... et la « faveur » de mon maître Lyt Ahn, ajouta Shane.

Le visage de Laa Ehon ne dissimula plus son trouble. Le cœur de Shane s'emballa. Il avait eu beau commencer sa phrase en disant « pour autant que je sache », il n'en restait pas moins que jamais la « faveur » de son maître n'avait été incluse dans le prix qui lui était attribué officiellement. Il savait ce qu'il valait – une demi-propriété –, environ soixante-dix hectares de ce que les Aalaag appelaient « bonnes terres » – ce qui était un prix extraordinairement élevé pour un animal humain. Bien avant que les Aalaag n'envahissent la Terre, c'est à peu près ce qu'aurait coûté une voiture de sport unique en son genre, plaquée or et incrustée de diamants. Laa Ehon ne semblait pas s'inquiéter pour si peu et ce n'était pas la première fois que Shane éprouvait le sentiment étrange d'être un jouet de luxe, à cette différence près que pour la première fois il avait inclu à son prix la notion de « faveur ».

Cette notion de « faveur » déséquilibrait l'idée de prix, la rendait caduque; elle signifiait que le maître avait un intérêt personnel à conserver son employé humain, que s'il le vendait un jour, il vendrait sa « faveur » en même temps, ce qui pour l'acheteur revenait à lui signer un chèque en blanc qu'il devrait payer un jour ou l'autre, que ce soit en biens ou en actes. C'était écrit dans l'inflexible livre de lois des Aalaag.

On n'avait jamais dit à Shane qu'il avait la « faveur » de Lyt Ahn, mais un jour il avait surpris une conversation entre le chef du personnel et son maître qui affirmait qu'il devrait accorder sa faveur au groupe des humains qu'il employait et dont Shane faisait partie. Il n'y avait rien à craindre, mais si Laa Ehon vérifiait ses assertions auprès de Lyt Ahn, alors il serait dénoncé comme une bête fourbe et indigne de confiance, et même si, entre-temps, Lyt Ahn avait octroyé sa faveur au groupe spécial à son service, il ne manquerait pas de lui demander comment il avait fait pour le savoir à l'avance.

Mais, sans aucun doute, le Premier Capitaine de la Terre, accaparé par les affaires concernant le gouvernement Aalaag, conclurait-il à un oubli de sa part. C'était là un pari risqué; mais c'était exactement le genre de pari dont les humains avaient besoin pour survivre sous la domination des extra-terrestres.

– Donnez-lui son reçu, ordonna Laa Ehon.

Otah On tendit à Shane le reçu que l'officier de service avait préparé et Shane le glissa dans sa bourse.

– Vous retournez directement auprès de Lyt Ahn? s'enquit Laa Ehon.

– Oui, Sir Eblouissant, répondit Shane.

– Veuillez transmettre mes salutations au Premier Capitaine.

– Je le ferai, Sir.

– Eh bien, allez, maintenant!

Shane se retourna et partit. La porte se referma derrière lui. Il poussa un profond soupir, descendit les escaliers, arriva au rez-de-chaussée, puis devant le guichet de sortie.

– Je retourne auprès du Premier Capitaine, dit-il à l'officier de la Garde Ordinaire qui était de faction à l'entrée.

C'était le même homme que celui qui lui avait parlé en italien et auquel il avait répondu en arabe.

– Réservez-moi une place dans le premier vol, j'ai priorité, bien sûr.

– Je m'en suis déjà occupé, répondit l'officier. Vous ferez le voyage avec un as du transport des courriers, à bord d'un petit avion militaire qui décolle dans deux heures. Voulez-vous que je vous fasse accompagner à l'aéroport ?

– Non, répondit Shane laconiquement. (Il n'avait pas à donner d'explication à ce valet en uniforme.) J'irai par mes propres moyens.

Il crut voir une lueur d'admiration dans le regard fixe de l'officier. Quoi qu'il fasse, ne serait-ce que marcher dans les rues de Milan, celui-là n'avait pas et n'aurait jamais le droit d'ôter son uniforme. Shane savait que ce genre d'individu ne pouvait pas comprendre le plaisir qu'il éprouverait, une fois dehors, à marcher dans la ville, humain, parmi les humains – pas plus qu'il ne pourrait comprendre à quel point ces trop rares moments de liberté (même illusoire) lui étaient nécessaires.

– Comme vous voulez, dit l'officier. L'as du courrier qui vous fera faire le voyage s'appelle Enech Ajin. Le responsable sur le terrain d'atterrissage vous le présentera lorsque vous arriverez là-bas.

– Merci, répondit Shane.

– A votre service.

Shane pensa avec amertume qu'ils avaient tous les deux copié les formes de politesse et même les intonations de voix des envahisseurs.

Il franchit l'imposante porte à double battant et descendit les quelques marches qui menaient sur le trottoir. Il n'y avait pas de taxi en vue, évidemment. Aucun humain ne fréquentait ce quartier sans motif précis. Il se dirigea vers la place et, deux carrefours plus loin, il vit un taxi qui roulait lentement. Il lui fit signe.

– A l'aéroport, dit-il en ouvrant la porte machinalement à la mince silhouette enveloppée d'un manteau qui tenait le volant.

Au moment de monter, il trébucha sur quelque chose.

La porte claqua et le taxi démarra à vive allure. Deux hommes qui étaient cachés derrière le fauteuil arrière de la voiture lui sautèrent dessus et le ligotèrent en un tour de main. Il essaya de se dégager, mais en vain. La lame d'un couteau vint se plaquer sur sa gorge.

Il baissa les yeux et vit que c'était un « couteau de verre ». Ces dagues, qui étaient aussi tranchantes qu'un rasoir, se composaient de deux poignées en bois entre lesquelles était fixée une redoutable lame de verre.

– Ne bouge pas, grommela l'un des deux hommes en italien.

Shane ne bougeait pas. Il sentait la puanteur des vêtements de ceux qui le surveillaient de près. Le taxi filait dans des rues inconnues, vers une destination inconnue. Ils roulèrent pendant vingt minutes environ. Shane n'arrivait pas à savoir si ce laps de temps leur était nécessaire pour atteindre leur but ou s'ils cherchaient à l'égarer. Finalement, le taxi s'engagea dans une ruelle, tressauta sur des pavés inégaux, passa sous un portique et s'arrêta. Les deux hommes le poussèrent dehors.

Il eut à peine le temps de remarquer la sordide cour d'immeuble; ses ravisseurs l'entraînaient déjà, lui faisaient monter deux marches, franchir une porte et l'introduisaient dans un long couloir étroit aux peintures délabrées qui fleurait la cuisine.

Shane fut poussé le long du couloir, plus étourdi qu'effrayé. Un sentiment de fatalisme l'envahissait. Pendant deux années il avait vécu avec cette idée qu'un jour ou l'autre des humains ordinaires découvriraient qu'il travaillait pour le compte des extra-terrestres et qu'il devrait payer la terreur et la haine inspirées par les oppresseurs. Il avait vécu bien des fois ce moment, en imagination; il n'avait pas peur, il se sentait seulement las. Dans un sens, c'était presque un soulagement que toute cette comédie se termine, qu'il soit mis au pied du mur.

Les deux hommes s'arrêtèrent soudain. Par une porte sur leur droite, ils entrèrent tous les trois dans une pièce violemment éclairée par une seule ampoule électrique. Shane fut aveuglé un instant. Le contraste était trop grand avec la sombre cour d'immeuble et l'obscurité du couloir. Lorsque ses yeux s'habituèrent à la lumière, il vit d'abord une table ronde devant lui puis la pièce elle-même, vaste, haute de plafond. Sur les murs, la peinture s'écaillait et devant l'unique grande fenêtre, on avait tiré une vaste tenture noire. L'ampoule électrique était raccordée à un fil qui courait le long du plafond, suivait une conduite de gaz, descendait le long d'un mur, et rejoignait un générateur raccordé à une bicyclette. Un jeune homme aux longs cheveux noirs pédalait régulièrement. Lorsque l'intensité de l'éclairage baissait, il accélérait son rythme.

Il y avait plusieurs hommes, debout dans la pièce; deux autres étaient assis à la table, ainsi que la seule femme du groupe.

Shane reconnut immédiatement la prisonnière qu'il avait observée à travers le miroir sans tain. Elle le regardait comme si elle ne l'avait jamais vu et, du fond de son étourdissement, il trouvait bizarre de la reconnaître avec une émotion si vive alors qu'elle ne savait pas qui il était.

– Où est le marchand de vêtements? dit l'un des hommes assis à la table.

Il avait un fort accent, un drôle de mélange entre l'italien du Nord et l'anglais de Londres. A peu près le même âge que Shane, il était très mince, athlétique, avec un nez droit, un menton volontaire et des cheveux blonds coupés très court.

– A côté, dans la pièce des réserves de vivres, répondit une voix, dans un italien sans accent.

– Allez le chercher et ramenez-le, dit l'homme aux cheveux courts.

Celui qui était assis à côté de lui devant la table ne parlait pas. C'était un Italien typique, au visage rond, un homme petit et replet dans la quarantaine, il portait une vieille veste en cuir et avait calé une courte pipe au coin de sa bouche.

Dans le dos de Shane la porte claqua. Une minute plus tard elle s'ouvrait et se fermait à nouveau. Un individu aux yeux bandés en qui Shane reconnut immédiatement le commerçant qui lui avait vendu la robe réversible était là. On lui débanda les yeux, on le poussa vers lui et on les mit nez à nez.

– Eh bien? demanda l'homme aux cheveux courts.

Le commerçant clignait des yeux dans la lumière. Il dévisagea Shane puis détourna son regard.

– Que voulez-vous savoir, messieurs? demanda-t-il.

Sa voix s'entendait à peine dans la pièce silencieuse.

– Personne ne vous l'a donc dit? lui répondit brutalement l'homme aux cheveux courts.

– Regardez-le! Le reconnaissez-vous? Où l'avez-vous vu pour la dernière fois?

Le marchand se passa la langue sur les lèvres puis leva les yeux.

– Aujourd'hui même, dit-il. Il est venu dans mon magasin et m'a acheté une robe réversible bleue et marron.

L'homme blond fit un signe et l'un de ceux qui se tenaient derrière lui s'avança en portant un paquet de tissu enroulé et le lui mit entre les mains. Le marchand le déplia lentement en le détaillant.

– C'est bien celle que vous lui avez vendue? insista l'homme blond.

– En effet, répondit-il d'une voix mourante. Oui, c'est bien celle qu'il m'a achetée.

– Parfait, vous pouvez partir maintenant. Gardez la robe. Et vous deux, n'oubliez pas de lui bander les yeux.

Le jeune homme aux cheveux courts reporta son attention sur celui qui activait la bicyclette pour alimenter le générateur.

– Qu'est-ce que tu en dis, Carlo? C'est bien le même homme que tu as suivi?

Carlo approuva d'un signe de tête, son cure-dent fiché au coin de la bouche. Dans son trouble, Shane avait l'impression que ce petit morceau de bois soulignait son expression effrontée et décidée.

– Il a quitté la place San Marco et s'est rendu directement au Q.G. Aalaag. Il courait presque, dit Carlo.

– C'est donc bien ça, fit l'homme aux cheveux courts. (Il fixa Shane.) Et maintenant, expliquez-vous! Qu'est-ce que vous alliez faire là-bas? Ou bien préférez-vous que Carlo s'occupe d'abord un peu de vous?

Soudain, Shane se sentit fatigué. Fatigué et malade. Ecœuré par tous ces problèmes entre humains et extraterrestres. Une colère à laquelle il ne s'attendait pas commençait à l'envahir.

– Vous ne comprenez rien, hurla-t-il. J'étais en train de la sauver, « elle ».

Il montrait la jeune femme du doigt. Elle le regarda en fronçant ses sourcils, d'un air interrogateur. Shane explosa.

– Vous êtes fous. C'est de la folie de jouer aux résistants. Vous ne savez pas ce qu'ils lui auraient fait? Vous ne comprenez pas où vous seriez tous, d'ores et déjà, si je ne l'avais pas sauvée? Combien de temps pensez-vous qu'elle aurait tenu avant de tous vous dénoncer? Je peux me permettre de vous le dire parce que je sais comment ils s'y prennent. Quarante minutes, c'est la moyenne.

Tout le monde fixait la jeune femme.

– Il ment, dit-elle, d'une petite voix. Ils n'ont rien essayé de me faire. J'ai simplement attendu un moment et puis ils m'ont libérée par manque de preuves.

La colère emportait Shane comme une marée impétueuse, inexorable.

– Ils vous ont libérée parce que j'ai réussi à leur faire croire que c'était quelqu'un d'autre qui avait tracé « le signe ». Ils vous ont laissé partir parce que vous êtes un animal humain jeune et en bonne santé, et qu'ils ne détruisent pas sans motif une bête saine. Un manque de preuves! Vous vous imaginez vraiment que c'est une affaire d'humains?

– Ça va, dit l'homme aux cheveux courts, d'une voix blanche et dure. Tout ça, c'est bien joli. Mais maintenant, essayez de m'expliquer comment vous avez eu connaissance de notre « signe »?

– Comment j'en ai eu connaissance? (Shane se mit à rire et son rire ressemblait à un sanglot étranglé par la rage.) Vous êtes des clowns. Le Signe, c'est moi qui l'ai inventé. Moi! personne d'autre! Je l'ai gravé il y a deux ans sur un mur de brique au Danemark, à Aalborg, pour la première fois. Comment j'en ai eu connaissance? Comment en avez-*vous* eu connaissance? Comment les Aalaag en ont-ils eu connaissance? En le voyant dessiné un peu partout, évidemment!

La voix de Shane cessa de résonner dans la pièce. Il y eut un long silence.

– Il est donc fou, dit le gros homme à la pipe.

– Fou, répondit Shane en écho, et il se mit à rire.

– Attendez un moment, dit la jeune femme.

Elle s'approcha de Shane et lui fit face.

– Qui êtes-vous? Que faites-vous avec les Aalaag?

– Je suis une sorte de coursier, de messager. J'appartiens à Lyt Ahn, ainsi qu'une trentaine d'hommes et de femmes qui travaillent avec moi, répondit Shane.

– Maria... commença l'homme aux cheveux blonds coupés très court.

Elle fit un bref geste de la main sans lâcher Shane des yeux.

– Attends, Peter.

– Maintenant racontez-moi ce qui s'est passé.

– Je devais apporter des messages personnels à Laa Ehon. J'imagine que vous connaissez le Commandant Laa Ehon.

– Nous le connaissons, répondit Peter, rudement. Parlez!

– J'étais en mission au Quartier Général. J'ai regardé à travers un miroir sans tain et je vous ai vue. (Il observait la jeune femme prénommée Maria.) Je savais ce qu'ils allaient vous faire. Laa Ehon parlait de vous avec l'un de ses officiers. Ils avaient simplement repéré un humain qui portait une robe bleue. Il restait donc une chance. S'ils avaient un nouveau rapport selon lequel un autre humain, vêtu de bleu, s'était fait surprendre, ils auraient des doutes et ne détruiraient pas l'« animal sain » que vous êtes pour eux. Alors je suis sorti et j'ai réussi à leur fournir ces doutes. Et ça a marché!

– Pourquoi avez-vous fait cela?

Elle le fixait intensément.

– Un moment, Maria, dit Peter. Laisse-moi lui poser quelques questions. Comment vous appelez-vous?

– Shane Evert.
– Et vous dites que vous avez entendu une conversation entre Laa Ehon et un de ses officiers. Qu'est-ce que vous faisiez là ?
– J'attendais de pouvoir lui donner les messages que j'avais apportés.
– Et Laa Ehon parlait de toute cette histoire devant vous. C'est ce que vous essayez de nous faire croire ?
– Pour eux, nous sommes des meubles, des animaux. Ils ne nous voient et ne nous entendent que lorsqu'ils le veulent bien, dit Shane.
– C'est ce que vous dites ! Quelle langue Laa Ehon parlait-il ? demanda Peter.
– Aalaag, bien sûr.
– Et vous le parlez si bien que vous avez compris qu'il y avait une chance de les induire en erreur et de sauver Maria ?
– Je viens de vous l'expliquer. (A mesure que sa colère tombait, une sorte de sourde mélancolie l'envahissait.) Je suis un messager. J'appartiens au groupe spécial des messagers de Lyt Ahn.
– Aucun humain ne peut vraiment parler ou comprendre l'Aalaag, dit, en basque, l'homme à la pipe.
– La plupart ne peuvent pas, répondit Shane en basque. (Sa tristesse devenait si pesante qu'il avait du mal à parler.) Je vous répète que j'appartiens au groupe spécial de Lyt Ahn.
L'homme qui avait parlé basque sursauta et murmura quelque chose.
– Qu'est-ce qui se passe ? Qu'as-tu dit, Georges ?
Peter regardait tantôt l'un, tantôt l'autre.
– Il parle basque, dit Georges en fixant Shane.
– Vraiment ?
– Vraiment ! (Georges devait faire un effort.) Il le parle... vraiment bien.
Peter se tourna vers Shane.
– Combien de langues parlez-vous ?
– Combien ? répondit Shane à voix basse. Je ne sais pas. Cent, cent cinquante, peut-être plus...
– Et vous parlez Aalaag comme l'un d'entre eux ?

Shane se mit à rire.

– Non, mais je le parle bien pour un humain.

– Et vous faites le tour du monde en tant que messager. (Peter se tourna vers Georges et Maria.) Vous entendez ça ?

Mais Maria ne l'écoutait pas.

– Pourquoi avez-vous fait cela ? Pourquoi avez-vous essayé de me sauver ?

Elle le dévorait des yeux.

Il y eut un nouveau silence.

– Yowaragh, dit-il lentement.

– Quoi ?

– C'est leur mot pour ça, dit-il. C'est le mot que les Aalaag utilisent lorsqu'un humain devient fou et agresse l'un d'entre eux. C'était comme ça lorsque, à Aalborg, pour la première fois, j'ai eu envie de tuer et que j'ai gravé le signe de ma révolte sur un mur, en dessous d'un homme, qu'ils avaient exécuté et pendu à des crochets de fer.

– Vous n'avez tout de même pas l'intention de vous faire passer pour l'inventeur du symbole de la résistance ?

– Allez au diable, lui répondit Shane en anglais.

– Qu'est-ce que vous avez dit ? demanda rapidement Peter.

– Vous avez parfaitement compris ! s'exclama brutalement Shane.

Il avait utilisé exactement le même accent que celui des faubourgs londoniens dans lesquels Peter avait grandi.

– Que vous me croyiez ou non, je m'en fiche. Cela dit, j'espère que vous n'avez pas la prétention de me faire croire que vous êtes italien.

Les joues de Peter s'empourprèrent un bref moment, ses yeux jetèrent un éclair. Shane avait deviné juste. Peter faisait partie de ces gens qui pouvaient apprendre à parler une langue étrangère au point de s'illusionner eux-mêmes, mais pas un autochtone, et Shane avait touché là un de ses points sensibles. Aussi, lorsque Peter se mit à rire, c'était de colère.

– Coincé. Vous m'avez coincé! dit-il en anglais. C'est magnifique. Mes félicitations!

Shane lut dans ses pensées : « Après ça, je ne suis pas prêt de t'oublier. »

Peter poussa Shane vers une chaise droite qu'il avait attrapée.

– Et maintenant, vous allez tout nous dire. Asseyez-vous et parlons! Vous devez avoir une sorte de laissez-passer qui vous permet de vous déplacer librement au milieu des Aalaag, que vous pouvez présenter en cas de vérification ?

Soudain prudent, Shane répondit :

– J'ai mes lettres de créance sur moi. Un courrier du Premier Capitaine de la Terre peut se déplacer comme bon lui semble.

– Bien sûr, dit Peter. Asseyez-vous, je vous dis.

Il poussa sur une chaise Shane qui comprit soudain que ses jambes avaient du mal à le porter. Il sentit qu'on lui glissait quelque chose entre les mains; il s'agissait d'un gobelet rempli d'un liquide marron et scintillant. Il approcha le gobelet de ses lèvres et reconnut une odeur de cognac – un mauvais cognac et cela le rassura, car si on avait eu l'intention de le droguer, on aurait probablement versé le produit dans un breuvage de meilleure qualité. La brûlure de la liqueur dans sa bouche le réveilla de l'état de torpeur dans lequel il se trouvait depuis qu'il était monté dans le taxi et avait été fait prisonnier. Il comprit alors que le sentiment de menace qu'il éprouvait depuis sa capture avait disparu. Ces gens avaient d'abord pensé qu'il n'était qu'un chacal à la solde des Aalaag; maintenant, ils commençaient d'apprécier son prix et ils jaugeaient sans doute les avantages qu'ils pouvaient tirer de lui; Peter, lui au moins, devait réfléchir très efficacement aux différents moyens de l'utiliser au mieux pour leur mouvement de résistance.

Cependant, la situation était compliquée et pouvait encore changer. Il ne devait pas les provoquer, mais en même temps, il fallait leur rappeler qu'il représentait un danger pour eux, car leur désir de le tuer pouvait resurgir, se décupler. Pour l'instant, l'important était que

Peter, qui semblait être le chef de leur groupe, avait l'air bien décidé à l'utiliser. Quant à lui-même, Shane savait ce qu'il voulait. Le moment de désespoir qui l'avait poussé à une sorte de témérité suicidaire était passé; il voulait vivre. Bien mieux que n'importe laquelle des personnes autour de lui, il savait à quel point la résistance contre les Aalaag était désespérée. La stupide obstination de ce mouvement les conduirait tous à une mort inévitable et horrible.

Il valait mieux les laisser creuser seuls leur propre tombe. Tout ce qu'il voulait, c'était sortir indemne de cette histoire et à l'avenir, éviter d'avoir affaire à ce genre de personnes. Maintenant qu'il avait répondu à leurs questions, il était un peu tard pour comprendre qu'il s'était livré à leur merci en révélant son identité et la nature de ses relations avec les Aalaag. Ce qu'il devait à tout prix, c'était préserver le secret de l'existence de sa clef. La clef de Lyt Ahn. Sinon ils seraient prêts à tout pour s'en emparer afin d'ouvrir toutes les portes des immeubles réquisitionnés par les envahisseurs. Celles des entrepôts, des armureries, des bureaux de contrôle; et s'ils utilisaient cette clef les Aalaag établiraient rapidement un lien entre la résistance et lui. Shane se jugeait sévèrement. Il s'était déjà rendu trop important aux yeux des résistants, il était temps de rompre le charme.

– Les Aalaag ne m'ont donné qu'une demi-heure, dit-il, pour regagner l'aéroport et rencontrer le capitaine de l'avion qui me reconduira jusqu'au Quartier Général de Lyt Ahn. Peu importe le nombre de langues que je sais parler, si je n'arrive pas à l'heure, ils vont partir à ma recherche.

La pièce fut plongée dans un profond silence. Ses hôtes se regardaient les uns les autres, et Peter, Georges, Maria, en particulier, se consultaient du regard.

– Allez chercher la voiture, dit Maria en italien, alors que Peter était encore dans l'expectative. Allez la chercher tout de suite.

Peter s'agita soudain comme si les mots de Maria l'avaient sorti d'un rêve éveillé. Il se tourna vers Carlo.

– Va chercher la voiture, lui dit-il. Tu conduiras. Maria,

tu viendras avec moi et Shane. Georges... (L'homme à la pipe allait protester, mais d'un geste Peter l'en empêcha.) Faites disparaître toute trace de notre passage ici. Détruisez tout. Ce local ne nous servira plus jamais. Nous devons en trouver un autre, plus sûr. Après, il vaudra mieux que vous disparaissiez. Nous vous ferons signe plus tard, c'est compris ?

– D'accord, dit Georges. Ne me faites pas trop attendre.

– Un jour ou deux, guère plus. Carlo...

Peter le chercha du regard.

– Carlo est allé chercher la voiture, dit Maria. Partons. Si nous continuons de palabrer, nous n'arriverons pas à l'heure à l'aéroport.

Shane les suivit dans le couloir qu'il avait emprunté à l'aller. Il se glissa dans le taxi entre Maria et Peter; Carlo tenait le volant. Shane eut soudain un sentiment de ridicule; un peu comme s'ils avaient été en train de tenir des rôles dans une comédie musicale dérisoire.

Peter parla en anglais d'un ton amical qu'il n'avait pas employé jusque-là.

– Dites-moi! Comment cela s'est-il passé lorsque vous avez fait ce dessin pour la première fois ? Et où était-ce ? Vous nous l'avez dit, mais je l'ai oublié.

– Au Danemark, répondit Shane en anglais. Dans une ville qui s'appelle Aalborg. J'y étais allé en tant que messager. A mon retour, je traversais la place où il y a une statue qui représente un taureau gallois lorsque j'ai vu les deux extra-terrestres, le père et son fils...

Tout en la racontant, il revivait la scène. Il revoyait le jeune garçon, assis sur sa monture; avec la crosse de son arme, il écartait une femme qui, sinon, aurait été piétinée. Yowaragh s'empara brutalement du mari; les poings nus, il attaqua l'envahisseur qui l'assomma net. La jeune femme qui essayait de sauver son homme fut tuée sans pitié; et tous les humains qui se trouvaient là furent contraints d'assister au drame. La loi Aalaag pesait de tout son poids. Les extra-terrestres se saisirent de l'homme toujours inconscient et le pendirent au triple crochet des châtiments contre le mur d'une maison dans un coin de la place. Shane n'avait pas bougé. Il avait regardé. A une portée d'armes des deux étrangers assis sur leurs montures, il avait attendu pendant une demi-heure que l'homme expire. Il avait écouté leur conversation; eux ne savaient pas qu'il faisait partie des rares humains à comprendre parfaitement leur langue.

Le père parlait au fils. Il lui reprochait gentiment son erreur de jugement. Le jeune garçon avait voulu éviter à la femme d'être piétinée et, à cause de cela, ils avaient tué deux bêtes humaines en pleine santé au lieu d'une. Ils avaient dû appliquer la loi Aalaag publiquement, et ce rituel jetait toujours un trouble parmi les Terriens, ce qu'il valait mieux éviter. Le père parlait. Son fils l'écoutait.

En se souvenant de tout cela, Shane se sentait devenir de glace. Il ne supportait pas les effets de sa mémoire et craignait que sa « folie » ne surgît à nouveau.

Il raconta comment, après cela, il s'était rendu dans un bar où il avait bu la bouteille d'aquavit de contrebande que le barman lui avait proposée; comment il s'était battu avec trois mendiants et comment il en avait tué ou gravement blessé deux, tandis que le troisième s'enfuyait. Il n'avait pas eu l'intention de leur donner tous ces détails, mais maintenant qu'il avait commencé, il ne pouvait plus s'arrêter. Il leur expliqua qu'ensuite il avait traversé la place, devenue déserte, jusqu'au mur auquel pendait le cadavre et que là, ne pouvant résister à une impulsion neuve pour lui, il avait gravé la silhouette revêtue d'une cape, un bâton à la main.

Plus tard, il était retourné à l'aéroport d'Aalborg.

– Je vous crois, dit Peter.

Shane s'était tu. Tassés comme ils l'étaient au fond du taxi, il prenait conscience de la douceur de la hanche de Maria contre la sienne, de sa chaleur. Il avait l'impression d'être une banquise à la dérive que Maria réchauffait, faisait fondre : il était seul et gelé, mourant au milieu d'une tempête de neige, et quelqu'un le ramenait à la vie; un humain chaleureux l'empêchait de mourir.

Il éprouva un désir subit et désespéré pour elle.

Les Aalaag encourageaient leur bétail humain à engendrer, et en particulier les animaux de valeur qui faisaient partie des messagers spéciaux employés par Lyt Ahn; mais le fait de vivre en permanence sous l'œil scrutateur des envahisseurs développait la paranoïa des Terriens. Ils avaient tous trop conscience en permanence des innombrables motifs que les Aalaag pouvaient trouver pour se débarrasser d'eux. Aussi, lorsqu'ils avaient accompli les divers travaux dont ils étaient chargés, leur instinct les poussait à s'isoler, à se glisser seul entre les draps, à fermer leurs portes à clef – ce qui était une sorte de défiance les uns envers les autres – de peur qu'un contact intime avec l'un de leurs proches ne les affaiblît et ne les rendît encore plus vulnérables et dépendants vis-à-vis de leurs maîtres.

De toute façon, Shane ne voulait pas faire d'enfant.

Il voulait de l'affection – ne serait-ce qu'un instant; et cette affection précisément, les serviteurs les mieux payés du Premier Capitaine de la Terre ne pouvaient pas se l'offrir. Pendant un moment, la chaleur du corps de Maria l'avait emmené dans un monde de paix, de rêve...

Il fit un effort pour retrouver ses esprits.

Peter le regardait curieusement. Que se passait-il dans la tête de l'homme qui venait de lui dire qu'il le croyait ?

– Envoyez quelqu'un à Aalborg. Qu'il vérifie si tout ce que je vous ai raconté a bien eu lieu. Si les Aalaag ne l'ont pas enlevé, le signe que j'ai gravé doit toujours y être.

– Ce n'est pas nécessaire, répondit Peter. Ce que vous nous avez dit explique comment ce signe a pu se répandre dans le monde de la manière que nous savons. Seule une personne qui peut se déplacer comme vous en avez la possibilité avait une chance d'imposer ce signe au point d'en faire le symbole de la résistance aux extra-terrestres. Tout le monde a cru à une légende. Pour ma part, j'étais persuadé qu'il y avait quelqu'un à l'origine de cette légende.

Shane ne fit pas de commentaire sur la réponse de Peter.

Visiblement, celui-ci ne pouvait pas deviner ce que Shane avait constaté au cours de ses nombreux voyages :

les rumeurs ne se propagent nulle part ailleurs aussi vite que parmi une population asservie. Un jour que certains bruits couraient dans Paris, il les avait réentendus à Milan moins d'une semaine après. D'autre part, Peter avait l'air de croire qu'il allait continuer de porter le signe de la révolte un peu partout sur Terre, et Shane n'avait pas l'intention de l'en dissuader, du moins pour l'instant. Au moment où Carlo prenait un virage un peu sec, l'Anglais pesa de tout son poids contre Shane et recommença de parler.

– La situation est nouvelle à présent. Nous devons sortir des légendes. Il est grand temps de monter une organisation qui résistera efficacement aux extra-terrestres, qui n'aura qu'un seul but : ou les exterminer ou les contraindre à quitter définitivement la Terre.

Shane le regarda en coin. Il lui semblait impossible que cet homme puisse parler ainsi avec un tel sérieux. Mais bien sûr, il ne savait pas, comme lui qui l'avait vu de très près, ce dont les Aalaag étaient capables ! Shane pensait qu'une souris aussi devait parfois rêver de tuer un chat ou de le mettre en fuite. Il eut carrément envie de dire la vérité, mais son instinct de conservation lui conseilla la prudence. Il préféra éviter de répondre directement et détourna la conversation.

– C'est la seconde fois que vous faites allusion à une sorte de légende, dit-il. De quelle légende s'agit-il ?

– Vous ne le savez pas ?

Il y avait une note de triomphe dans la voix de Peter. Mais il n'expliqua rien.

Maria intervint. Elle parla en anglais avec un léger accent vénitien.

– La légende dit que tous les « signes » ont été tracés par une seule et unique personne. Quelqu'un que l'on appelle simplement le Pèlerin. Il aurait la possibilité de se déplacer où il veut sans que les Aalaag ne le découvrent ni ne l'arrêtent.

– Et vous, vous tous, vous l'avez aidé, ce Pèlerin, c'est ça ? dit Shane en élevant la voix.

– Il serait temps que ce Pèlerin s'associe à une organisation solide. Vous ne pensez pas ?

Lorsqu'il avait rencontré ces humains pour la première fois, Shane avait ressenti la même lassitude que celle qui l'envahissait maintenant.

– Si vous le rencontrez, votre Pèlerin, demandez-lui s'il est d'accord, dit-il. (Et il ajouta :) Je ne suis pas le Pèlerin. Ce n'est pas mon affaire.

Peter l'observa en silence pendant un instant.

– Que vous le soyez ou non, peu importe. Ce qui est important dans cette affaire, c'est que vous pouvez nous aider et que nous avons besoin de votre aide. Les Terriens ont besoin de vous. D'après ce que vous nous avez révélé, votre collaboration en tant qu'agent de liaison entre les différents groupes de résistants n'aurait pas de prix.

Shane ricana sinistrement.

– Il ne faut pas y compter, dit-il.

– Et pourtant, vous n'arrêtez pas d'y penser, dit Peter. Etes-vous bien sûr que vous ne voulez pas accepter ?

– C'est ce que j'essaie de vous faire comprendre depuis que vous m'avez enlevé, dit Shane. Vous êtes le genre de personnes qui ne veulent pas entendre. Vous ne connaissez pas les Aalaag. Moi, oui. Et si vous vous imaginez que vous pouvez leur résister, c'est justement parce que vous ne les connaissez pas. J'en sais plus long que vous. Depuis des milliers d'années, ils ont réussi à conquérir des planètes et à asservir leurs habitants. Pensez-vous vraiment que la Terre soit le premier monde où ils testent leurs méthodes d'oppression ? Ils connaissent tous les modes de résistance et tout ce qui convient de leur opposer. Ils sont trop puissants. Quand bien même vous seriez capables d'inventer une forme de rébellion qui les surprendrait, vous n'auriez aucune chance de vous en sortir.

Peter se pencha vers Shane.

– Et pourquoi donc ?

– Parce qu'ils sont ce qu'ils prétendent être. Ils sont nés conquérants, n'ont jamais été vaincus ni dominés. Vous ne pourrez jamais torturer un Aalaag ni le faire parler. Si vous le menacez avec une arme, vous ne l'obligerez jamais à se rendre. Tout ce que vous pouvez faire, c'est le tuer. Avec de la chance. Et même... Leur pouvoir est si grand... leur pouvoir militaire est si grand que la seule solution serait de les tuer tous. De les tuer tous au même instant, car si un seul d'entre eux réussit à s'enfuir, vous serez condamnés.

– Pourquoi ? dit Peter.

– Parce que, que ce soit un mâle ou une femelle, il saura se rendre invulnérable. Il pourra détruire des régions entières, et toutes les villes, les unes après les autres. Il éliminera tous les humains que vous aurez enrôlés et qui auront lutté à visage découvert.

– A quoi cela servirait-il que le dernier des Aalaag fasse tout cela, s'il est l'ultime survivant sur la Terre ? dit Peter.

– La Terre avec un seul Aalaag pour l'habiter serait à peu près l'équivalent d'une ferme et de son fermier pour les autres populations Aalaag qui se trouvent ailleurs. En une année, peut-être moins, il y aurait autant d'extra-terrestres, voire plus, sur la Terre. Et le résultat objectif de votre entreprise sera le nombre de Terriens morts, les régions entièrement dévastées, et surtout le fait que les nouveaux Aalaag instaureront une oppression encore plus grande, un système de contrôle beaucoup plus sévère afin d'éviter définitivement qu'un mouvement de révolte ne puisse resurgir et que des Terriens en viennent à se dresser contre eux.

Il y eut un long silence dans la voiture. Carlo prit une nouvelle direction à un carrefour et Shane put lire un panneau dressé sur le bas-côté de la grand-route : ils n'étaient plus qu'à un kilomètre de l'aéroport. La chaleur du corps de Maria l'enveloppait. Il pouvait sentir son parfum franc et simple, l'odeur du savon qu'elle avait sans doute utilisé le matin même quand elle s'était lavé les cheveux.

– Alors, vous ne lèverez pas le petit doigt pour nous aider ? demanda Peter.

– Non, répondit Shane.

Carlo s'engagea sur une bretelle d'accès à la route de l'aéroport. Maria éclata soudain en sanglots :

– Il n'y aura donc jamais personne capable de faire

quelque chose ? Personne ? Vraiment personne ? dit-elle en larmes.

Une décharge électrique glaciale traversa le corps de Shane. Comme si une lame venait de lui être plongée dans le ventre, un coup d'épée auquel il s'attendait, mais qui vidait sa vie de son sens, qui touchait les racines de son instinct, les anciens réflexes de sa race et son désir sexuel, tout ce d'où surgissait Yowaragh. Les mots n'étaient rien. Les larmes étaient insupportables.

– D'accord, dit-il. Laissez-moi réfléchir un moment.

Il entendit sa propre voix, très lointaine comme si elle ne lui appartenait pas.

– Vous n'arriverez à rien en continuant comme ça, dit-il. Vous faites fausse route parce que vous ne comprenez pas les Aalaag. Moi, si. Peut-être que je vous dirai ce qu'il faut faire, mais il faudra me laisser décider, ne pas essayer de tergiverser ni de mettre de la confusion dans mon esprit, sinon ça ne marchera jamais, et ce n'est pas la peine d'essayer. Est-ce que cela vous convient ou non ?

– Oui, dit Maria.

Il y eut un moment d'attente, puis :

– D'accord, dit Peter lentement.

Shane se retourna vers lui pour le regarder en face.

– Si vous ne faites pas exactement ce que je vous demande, ça ne marchera pas.

– Nous sommes prêts à tout tenter pour lutter contre l'envahisseur, répondit Peter, et cette fois, sans hésiter.

– Très bien, dit Shane d'une voix creuse. Je dois encore réfléchir. Comment est-ce que nous pourrons rentrer en contact ?

– Il nous suffirait de connaître à l'avance le nom de la ville dans laquelle vous devez vous rendre, dit Peter. Est-ce que vous ne pourriez pas vous débrouiller pour faire mettre une adresse dans le journal local de la ville...

– Mon pouvoir n'est pas si grand, répondit Shane. Mais ce que je peux faire, c'est me rendre dans un magasin au centre de la ville où je me trouverai; j'y achèterai une robe de pèlerin grise comme celle que je porte – et je payerai avec de la monnaie Aalaag en pièces d'or et d'argent. Vous devrez obtenir du commerçant qu'il vous prévienne si quelqu'un se comporte comme je l'ai dit. Il vous décrira la personne qui a agi ainsi; si c'est bien moi, surveillez le Quartier Général local et prenez-moi à bord d'une voiture à ma sortie.

– Entendu, dit Peter.

– Il y a autre chose, dit Shane.

Ils étaient presque arrivés aux immeubles d'embarquement de l'aéroport. Shane regarda Peter droit dans les yeux.

– Je sais de quoi je parle, car j'ai vu, de mes yeux vu des Aalaag infliger la question à des humains. S'ils me suspectent, ils me tortureront. S'ils me torturent, ils finiront par savoir tout ce qu'ils veulent savoir. Vous devez bien vous mettre ça dans la tête. En admettant que tout le reste n'ait pas fait son effet, ils ont des drogues qui poussent à parler sans que l'on puisse s'arrêter, jusqu'à la mort. Ils n'aiment pas les utiliser, car elles ne sont pas pratiques. La personne torturée délire à haute voix pendant des heures et des heures, et un Aalaag doit être là pour écouter ces discours jusqu'au moment où il apprend ce qu'il veut apprendre. Quoi qu'il en soit, si c'est nécessaire, ils utilisent ce moyen. Vous comprenez ce que je veux dire ? Personne ne peut résister; la personne droguée parle, c'est tout. Pas uniquement moi. N'importe qui. C'est une des choses qui ne devra jamais vous sortir de l'esprit.

– Compris, dit Peter.

– Ça signifie aussi, ajouta Shane, que dans la mesure où je suis impliqué, mis à part les personnes qui me connaissent déjà, personne, absolument personne ne doit savoir que j'existe.

Il se tourna vers Peter, le regarda fixement, jeta un coup d'œil entendu à Carlo, puis regarda Peter à nouveau.

– Et tous ceux qui n'auront pas quelque chose à faire avec moi à l'avenir – dans la mesure où je me déciderai vraiment à agir avec vous –, tous ceux-là devront croire que je suis descendu de cette voiture sans aucune intention de revoir l'un d'entre vous.

– Je comprends, dit Peter. Ne vous faites pas de souci.

Shane se mit à rire rudement.

– Je me fais toujours du souci. Ce serait fou de ne pas s'inquiéter. En ce moment même, je suis inquiet pour moi. Je devrais être interné pour m'être mêlé de toute cette affaire.

Le taxi arriva devant la longue façade en béton de l'aéroport et s'arrêta. Peter qui était assis du côté du trottoir ouvrit la portière et sortit pour laisser le passage à Shane. Celui-ci commençait à se glisser dehors lorsqu'il hésita puis se tourna vers Maria.

– J'essayerai de faire quelque chose, dit-il. Je ferai tout ce que je pourrai.

Dans l'ombre de la voiture, leurs visages étaient impénétrables. Elle tendit une main. Il la prit et la tint serrée entre ses doigts pendant un bref instant. Elle était glacée. Glacée comme Milan ce jour-là.

– J'essayerai de faire quelque chose, répéta-t-il en pressant la main de Maria. (Puis il s'extirpa du taxi. Sur le trottoir, il fixa Peter qui attendait.) Si je ne vous ai pas donné de nouvelles avant six mois, oubliez-moi.

Les lèvres de Peter bougèrent comme s'il allait dire quelque chose, mais il resta muet.

Il hocha simplement la tête.

Shane leur tourna le dos et se dirigea rapidement vers la gare aérospatiale. Juste à l'entrée, il vit un policier et se dirigea vers lui, tout en sortant sa clé de sa bourse; il la lui montra, posée à plat au creux de sa main.

– C'est la clé de Lyt Ahn, Premier Capitaine de la Terre, dit-il rapidement en italien. Je suis un de ses messagers spéciaux. Il faut que l'on me transporte tout de suite jusqu'aux bâtiments principaux sur le terrain d'atterrissage. C'est un cas urgent. Mais tout cela ne doit pas attirer l'attention.

L'officier l'avait bien compris, il dégrafa son téléphone personnel de sa ceinture et parla dans le combiné.

Shane n'eut pas à attendre plus de trente secondes : une voiture électrique arriva en glissant sur ses coussins d'air au milieu de la foule. Il sauta à bord et s'installa à la place du passager, derrière le chauffeur, tout en jetant un coup d'œil à sa montre.

– Rendez-vous directement aux hangars pour petits appareils militaires, ordonna-t-il. (Il eut un moment d'hésitation. Puis changeant d'avis il ajouta :) Utilisez votre sirène.

Le chauffeur enclencha la sirène et la foule s'écarta devant eux tandis qu'il lançait sa machine en avant.

Ils glissèrent doucement au-dessus des sols cirés et trouvèrent une sortie pour véhicules en direction du terrain d'atterrissage. Une fois dehors, la voiture s'éleva sur ses coussins d'air et prit de la vitesse. Ils changèrent deux fois de direction et s'approchèrent des hangars sévèrement surveillés qui abritaient les vaisseaux militaires interplanétaires des Aalaag. Shane montra sa clef et expliqua ce qu'il venait faire au Garde Spécial Humain qui était de service.

– On a été prévenus. Vous êtes attendu, dit le garde. Hangar trois. Le capitaine du vaisseau est l'Officier Enech Ajin. Il appartient à la trente-cinquième troupe.

Shane hocha la tête et le chauffeur qui avait entendu la conversation dirigea immédiatement sa machine vers le hangar trois.

A l'intérieur du hangar, la mince silhouette immobile de l'appareil réservé aux courriers était encadrée par d'énormes vaisseaux de combat Aalaag. Mais Shane savait que les extra-terrestres possédaient des vaisseaux bien plus redoutables encore. Ceux de leur flotte personnelle ne touchaient jamais le sol de la planète, mais étaient en permanence sur orbite autour de la Terre. Pour une question de principe, mais aussi parce qu'il n'y avait sur Terre aucun aménagement suffisamment important pour qu'ils puissent s'y poser sans dommage.

Shane sauta du véhicule à coussin d'air, avant même qu'il se soit posé, à côté des portes ouvertes du navire des courriers. Il monta les marches d'accès en courant et arriva à l'intérieur exigu de l'appareil qui était lourdement armé – bien qu'il fût réservé exclusivement aux services des messages.

A l'avant, Shane apercevait les épaules massives d'un

Aalaag qui était installé devant le tableau de bord. Il s'approcha dans son dos, puis attendit, debout sans rien dire. Ce n'était pas seulement obligatoire, mais inutile, même si le pilote ne l'avait pas entendu entrer. En se tenant si rapproché de l'Aalaag, il pouvait sentir l'odeur qui se dégageait de son corps et l'extra-terrestre devait en faire autant que lui.

Au bout d'un moment, le pilote parla.

– Animal, prends un des sièges derrière toi.

C'était la voix d'une adulte femelle Aalaag.

– J'ai deux arrêts à faire avant de te ramener au Quartier Général du Premier Capitaine de la Terre.

Shane se recula et s'assit.

En quelques instants, le vaisseau s'éleva et plana avec aisance à environ deux mètres au-dessus du sol du hangar. Dans la lumière finissante du jour, il glissa vers l'extérieur, vira et se dirigea doucement vers une aire d'envol au-dessus de laquelle il s'arrêta.

Shane expira profondément, puis cala ses coudes sur les bras de son fauteuil.

Pendant quelques secondes, il n'y eut pas un bruit, pas un mouvement.

Puis ce fut comme un coup de tonnerre; un énorme poids l'écrasa au fond de son siège, l'empêcha de bouger pendant un long moment et, soudain, la légèreté, la liberté – il lui sembla qu'il flottait en l'air alors qu'il n'était pas en état d'apesanteur. Mais c'était le contraste avec la poussée du décollage qui donnait cette impression.

Il regarda l'écran de télévision interne fixé sur le dossier du siège devant lui et vit la surface de la Terre en dessous du vaisseau, le moutonnement des nuages et la ligne fuyante de l'horizon. Rien d'autre.

Il repensa à l'expression impénétrable de Maria quand ils s'étaient séparés. Il revécut si intensément cet instant qu'il crut voir son visage danser devant ses yeux. Il sentit à nouveau le froid de sa main dans la sienne alors qu'il l'étreignait et réentendit sa voix :

« Il n'y aura donc jamais personne capable de faire quelque chose ? Personne ? Vraiment personne ? »

Ils étaient tous fous. Il frissonna.

Il pensait qu'il avait eu raison de rester prudent, de faire semblant de croire qu'il allait effectivement les aider dans toute cette histoire de résistance qui ne pouvait conduire qu'à la torture et à la mort entre les mains des Aalaag. Car il n'y avait pas d'autre terme à l'alternative. Aucun autre.

S'il avait vraiment pensé qu'il pouvait les aider, il avait été aussi fou qu'eux.

Son cœur battait à grands coups.

Mais il avait tenu les doigts glacés de Maria entre les siens. Il lui semblait que ce froid lui remontait dans les bras, envahissait tout son corps. Non, il n'y pouvait rien.

Qu'ils soient fous ou non, cela ne changeait rien.

Il n'avait pas le choix.

Quelque chose en lui ne lui laissait pas le choix, bien qu'il sache pertinemment ce que cela signifiait.

Il allait le faire, bien que cela mette sa vie en jeu. Il allait essayer de les retrouver, de les revoir, de se joindre à eux.

# Philip José Farmer

Interview de Charles PLATT

La circulation est au point mort. Par-dessus le ronronnement des moteurs de voitures, j'entends des cornemuses écossaises. La musique s'amplifie. Ces cornemuses jouent « When the Saints go Marching In. » Je regarde Philip José Farmer qui est assis à mes côtés.

– Que diable se passe-t-il donc?

– Les Adorateurs, sans doute, répond-il.

Je sors pour grimper sur le toit du véhicule. Le trafic a été arrêté par la police à un carrefour qui se trouve un peu plus loin devant nous, afin de laisser passer une procession pour le moins déconcertante.

Les joueurs de cornemuse arrivent en tête, avec tous les emblèmes de l'Ecosse, y compris les peaux d'ours. Suit une phalange du Moyen Age portant des turbans aux teintes pastel, rose-orangé, sur lesquels est inscrit en toutes lettres le nom de MAHOMET. Puis un orchestre de cuivres composé exclusivement d'hommes, auquel succède un escadron en costume de travail, coiffé de « beanies » rayés aux couleurs de l'arc-en-ciel (sortes de calottes surmontées d'hélices). Ensuite une formation à motocyclette d'hommes en veste de sport, décrivant un ballet compliqué. Défilent derrière elle des Volkswagen. Pourquoi bleues? Et pourquoi ensuite ces clowns à bicyclette, remorquant des Dachshunds, en bois peint, aux mouvements de jambe réalistes. Pourquoi ces guerriers du Moyen-Orient en robes or et pourpre criardes brandissent-ils des épées en bois argenté? Pourquoi, enfin, ce bus scolaire empli d'individus qui, penchés aux fenêtres, chantent et agitent des drapeaux en papier?

– Où vont-ils tous? demandai-je.

– Oh, au Temple de Mahomet, me répond Farmer, comme si cela allait de soi...

– Mais... pour quelle raison?

– Eh bien, je ne le sais pas vraiment, me dit-il comme s'il n'avait jamais pris le temps de se poser cette question.

Il serait honnête de préciser qu'il règne dans cette ville étonnamment conventionnelle de l'Illinois, Peoria, une nette atmosphère de fantaisie bizarre. Peut-être née de ce conformisme. Toujours est-il que Farmer correspond bien à ce décor, étant lui-même tout à la fois conventionnel et bizarre.

C'est un homme paisible, toujours vêtu avec soin, correct, poli, travailleur acharné, consciencieux, l'incarnation des vertus d'Horatio Alger. C'est aussi l'homme qui a choqué les éditeurs de science-fiction dans les années 50 en écrivant des nouvelles érotiques. Il fut le premier à attribuer une vie amoureuse à une espèce étrangère et à la faire partager avec des êtres humains d'une façon fort imagée, dans son ouvrage classique intitulé *The Lovers*(1). Il écrivit également *Flesh* (2), récit fantastique à l'érotisme débridé. Dans *A Feast Unknown* (3), ses deux héros, des enfants, Tarzan et Doc Sauvage, sont pourvus d'instincts sexuels surhumains, décrits dans un style caustique et pornographique.

Mais ces faits me ramènent en arrière :

Lors de ma première rencontre avec Farmer, il y a de cela dix ans, je me trouvais également pour la première fois aux Etats-Unis. En état de choc et intimidé. Il y avait d'autres gens dans la pièce, qui se connaissaient tous et discutaient entre eux. Farmer et moi-même, nous étions assis en silence dans un coin, telles deux fleurs murales

(1) *Les amants étrangers*, J'ai Lu, n° 537**
(2) *Une bourrée pastorale*, Chute libre.
(3) *La jungle nue*, Chute libre.

en promenade. Je me décidai enfin à l'aborder de la façon la plus banale qui soit :

– Qu'est-ce que vous faites en ce moment?

Il attendit avant de me répondre comme s'il se demandait s'il allait me mettre dans le secret.

– Eh bien, voyez-vous, Charles, commença-t-il en pesant ses mots, je crois que Tarzan a vraiment existé.

– Hein? Oh, vraiment, Phil?

– Voyez-vous, je pense qu'il était un parent éloigné de Jack l'Eventreur.

Et il continue sur ce mode. Farmer, à l'image de Peoria, possède une vie imaginaire fertile. Elle se nourrit en général des mythes de son enfance, qui, pour lui, restent aussi vivants à présent qu'autrefois. Au cours de ma visite dans cette ville, il se réfère constamment au paysage qui entoure sa nouvelle maison située à l'orée d'un bois, où, gamin, il avait coutume d'aller jouer. Nous marchons le long d'une voie ferrée abandonnée, et il me parle d'un marais, quelque part près d'ici, auquel des souvenirs bien précis sont liés – en fait il se met à vérifier chaque détail du terrain pour s'assurer que c'est bien le même. Dans sa jeunesse, ses amis d'école le surnommaient « Tarzan », il aimait à grimper aux arbres et à se balancer de branche en branche. Il se rappelle aussi avoir joué aux Indiens, construit un radeau de rondins et s'être pris pour Robinson Crusoé. Malgré sa soixantaine d'années, il semble encore très jeune et garde un physique d'athlète. Il est grand, fort, beau. Puis il me fait l'inventaire des animaux sauvages qui, jadis, peuplaient ces bois : loups, pumas, ours, chats-tigres, et même, affirme-t-il, des perruches. Puis il ajoute qu'il y demeurait également une tribu indienne aux coutumes exceptionnelles – dont l'inversion vestimentaire sexuelle.

Il me faut le regarder à deux fois pour savoir s'il se moque de moi. Il semblerait que non. Et après tout, dans une région où les hommes d'affaires s'affublent de turbans, de robes et de kilts, pourquoi n'y aurait-il pas eu jadis des chefs indiens habillés en femmes?

Ces bois sont à présent largement construits – l'on y trouve des pavillons tels que celui dans lequel Farmer vit lui-même avec sa femme, Bette. C'est une maison sans étage, moderne, aux meubles neufs, avec moquette assortie à la tapisserie. Au sous-sol, il y a un bar en imitation marbre, des lambris et, çà et là, du faux fer forgé. Dans le living-room, la radio, branchée sur une station qui diffuse de la musique douce, contribue à donner une atmosphère doucereuse de maison banlieusarde; dans chaque pièce, un ventilateur parachève la musique, comme cette radio, le mobilier.

Farmer semble à peine conscient de cette orchestration qui, sans aucun doute, est surtout l'œuvre de sa femme. Il travaille au sous-sol dans un angle de la cave, au bout d'un long corridor qui conduit à une tanière froide et sans fenêtre. Les murs sont lambrissés jusque-là, mais des tableaux assez différents y sont accrochés – des représentations érotiques, entre autres, destinées à illustrer son prochain ouvrage. Et des rayonnages – innombrables – couverts de livres de référence, reflet de la fascination de l'auteur pour le langage, les mythes et légendes, sans compter une rangée de 1,50 m à 1,80 m de long d'exemplaires de ses propres écrits.

En termes freudiens (que Farmer n'hésite pas à utiliser dans ses fictions), ce refuge d'écrivain est enfoui comme un inconscient sous un foyer américain conventionnel.

Les ressorts et les sources de la créativité de Farmer sont également très souterrains et difficiles à mettre au jour. Après avoir passé deux journées entières à discuter avec lui, je n'arrive pas encore à déterminer dans quelle mesure ses écrits sont le fruit d'un travail conscient ou d'une inspiration spontanée et instinctive. Lorsque je l'interroge à ce sujet, je n'obtiens que des réponses très prosaïques, formulées en termes si généraux qu'elles frisent la platitude. Du genre : « Il faut intéresser le lecteur à l'histoire, et même si vous traitez un thème sérieux, vous devez le rendre émouvant... Il faut que vos personnages soient aussi vrais que possible... Je ne me dis jamais que je dois amuser le lecteur. Je me contente de me laisser aller. » Et ainsi de suite.

Je crois que c'est en partie vrai : Farmer écrit sans analyser l'opération. Par ailleurs, il ne parle pas de lui facilement, surtout lorsqu'un magnétophone est branché. Avant de commencer l'interview, il s'est servi un verre de whisky Glenfiddich, s'est assis en déclarant d'une voix étouffée : « Je vous préviens que j'ai tendance à me contrôler devant ce genre d'engin », tout en jetant un œil suspicieux au magnétophone. Et dès qu'il commença à répondre à mes questions, sa voix doubla de volume, comme s'il s'adressait à un auditoire, et il choisit ses mots comme s'il craignait qu'on les utilisât contre lui par la suite.

Ce qui ressort en fin de compte de cet entretien est tout simplement le récit d'un long acharnement, face à des déceptions successives; une volonté de savoir, comme but en soi, et un idéalisme dont la pureté confine à l'innocence.

– Je suis né en janvier 1918, débute Farmer, un peu guindé. C'est l'année où von Richthofen a été tué, ajoute-t-il avec un petit rire timide, sous prétexte de mentionner un autre de ses personnages légendaires favoris. Je me destinais à la carrière de journaliste, ce qui, vu rétrospectivement, semble assez ridicule. Je n'ai pas l'agressivité que cette profession requiert. En 1936, afin que je puisse entrer à l'Université, mon père s'est lancé dans une affaire de spéculation, puis a fait banqueroute. Je dus renoncer aux études supérieures pour l'aider à rembourser ses dettes, car, bien qu'il eût déposé son bilan, il voulait à tout prix rendre l'argent qu'il avait emprunté. Je fus alors engagé par l'Illinois Power and Light. Je réparais les lignes électriques, fixais même parfois des câbles à haute tension à travers le pays.

» Lorsque la guerre éclata, je devais faire mon service militaire. Aussi, je rejoignis le Corps de l'Armée de l'Air, au titre de cadet. Mais au bout de quatre mois et demi, je fus renvoyé pour incompétence. Je travaillais alors pour la Keystone Steel and Wire Company en attendant ma nouvelle incorporation. Mais ils ne m'ont jamais appelé. C'est pourquoi je suis resté (dans cette aciérie) pendant onze ans, à effectuer les travaux les plus durs et les plus épuisants que vous puissiez imaginer. J'aurais tout aussi bien pu donner ma démission et chercher un autre emploi, mais pourquoi l'aurais-je fait? Je n'avais aucune formation particulière.

Farmer raconte ses débuts précoces d'adulte de sa voix lente et profonde, ses aspirations frustrées et ses sacrifices. Mais sans émotion. Comme si cela était normal. Il est, en effet, impossible de l'imaginer se plaignant sur son sort...

– Au cours de ces onze années, j'ai écrit environ onze nouvelles, mais je n'en ai vendu qu'une seule. Deux seulement étaient de la science-fiction. Voyez-vous, je ne souhaitais pas être un auteur de science-fiction, mais un écrivain « classique ». Or, dans ce domaine non plus, je n'étais pas assez combatif. J'envoyais mon récit au *Saturday Evening Post* et aux Editions Redbook. Si l'on refusait deux fois un de mes textes, je ne l'envoyais plus.

» En 1949, Bette et moi-même retournâmes à l'Université. Je continuais de travailler 48 heures par semaine, effectuant des heures de nuit à la Keystone et assistant à 70 heures de cours par semestre. Ce qui veut dire que je devais travailler six nuits par semaine, rentrer chez moi prendre mon petit déjeuner, aller au collège jusqu'à 1 heure ou 2 de l'après-midi. Puis je retournais à la maison, dormais. Ensuite j'étudiais et repartais travailler. Cela a duré un an et demi.

» J'étais un lecteur vorace. Je m'arrangeais même pour lire à l'usine. J'étais alors contrôleur de billettes. Des barres de six mètres de long descendaient le long d'un chéneau; j'étais censé vérifier leurs extrémités afin de déceler un éventuel défaut. Entre le départ et l'arrivée de chaque lot, il y avait un petit temps d'arrêt. J'en profitais pour courir dans le réduit qui m'était réservé pour lire peut-être une demi-page. Puis je fonçais à ma tâche et retournais en courant lire une autre demi-page. Lorsque j'ai travaillé à l'affinage, il y avait aussi de petits temps morts. Il faisait horriblement chaud et c'était très pénible. Mais là aussi, je me suis débrouillé pour grappiller peut-être trente minutes de lecture sur huit heures de travail. J'étudiais de cette façon. A la fin de ces dix-huit mois, j'ai souffert d'une crise d'épuisement nerveux. J'ai pris deux semaines de repos, puis suis ressorti et ai repris un job.

Il rit.

– En 1952, j'ai envoyé *The Lovers.* John W. Campbell me l'a refusé : il l'avait jugé « écœurant ». H.L. Gold, de la revue « Galaxy », a eu à peu près la même réaction. Je l'ai ensuite proposé à Sam Mines, qui édite « Startling et Thrilling Wonder Stories » et il l'a publié.

» J'ai décidé alors de me consacrer entièrement à la littérature. Les Publications Shasta, petit éditeur de Chicago, proposèrent aux Pocket Books d'organiser un concours international de roman fantastique. Le prix serait de 4000 $, ce qui représentait, en 1952, une grosse somme. Je m'attelais à la besogne et tapais à la machine de douze à seize heures par jour. Puis je repris mon récit et le corrigeai. Bette devait taper une partie et un voisin de palier une autre. Le manuscrit fut prêt à temps et j'ai gagné.

Toutefois, ce concours marqua le début d'une nouvelle série d'échecs. Les Publications Shasta furent impliquées dans une affaire de fraude. Elles volèrent Farmer de sa récompense, qui perdit également ses droits d'auteur sur cet ouvrage pour de nombreuses années. Et il fut temporairement contraint d'abandonner l'idée d'écrire à plein temps.

– Le directeur des Publications Shasta avait gardé l'argent que les Pocket Books lui avaient versé et l'avait secrètement investi dans un autre projet. Non seulement ils gardèrent l'argent, mais ils n'en dirent rien à l'autre éditeur qui, finalement, ne reçut jamais mon manuscrit. Et moi, je ne comprenais pas ce qui se passait. Pendant ce temps, Shasta continuait à me dire que les Pocket Books étaient mécontents de mon roman et qu'ils voulaient que je le réécrive de part en part – ce que je fis. Mais bien sûr, durant toute cette période, mes écrits ne me rapportèrent rien.

» Je ne fus pas le seul à être escroqué. John Campbell, Murray Leinster et Raymond F. Jones le furent également. Shasta fit banqueroute et il était inutile de le poursuivre en justice. Nous perdîmes notre maison, il fallut la vendre et en racheter une plus petite. Je me mis alors à travailler pour un quotidien local et parvins à publier quelques récits. Mais peu. J'étais brisé.

Farmer effectua ensuite toutes sortes de travaux. Il fut rédacteur technique à la General Electric pendant deux ans. Puis il déménagea en Arizona où il travailla pour la Motorola durant sept ans environ. Finalement il s'installa à Los Angeles où il fut employé au titre de rédacteur technique par McDonnel-Douglas. Mais :

– Les fonds pour l'espace furent considérablement réduits et je fus renvoyé avec des centaines d'autres en 1969, un mois avant le premier lancement sur la lune. J'ai donc aidé à mettre au point ce débarquement sur la lune et ils m'ont ensuite renvoyé. Les choses allaient très mal. Des ingénieurs diplômés se retrouvèrent pompistes. D'autres se suicidèrent. Je cherchai un emploi et n'en trouvai aucun. Eh bien, puisque j'écrivais déjà le soir et les week-ends, je décidais de m'y consacrer à nouveau à plein temps. Peut-être que, cette fois-ci, je réussirais mieux. Il y eut quelques périodes noires. Nous retournâmes à Peoria. Nous y étions installés depuis six mois que pas un éditeur ne m'avait versé un sou de ce qu'ils me devaient. Mais j'ai persisté, je me suis accroché. Et, depuis cinq ans, ma situation s'est considérablement améliorée. A présent, cela va tout à fait bien.

Le premier roman de Farmer, qui remporta le concours de la littérature fantastique, fut celui qui ouvrait sa série *Riverworld* (1).

– A vrai dire, cet éditeur me fit sans le vouloir une faveur, car il n'y avait aucun marché à cette époque pour un roman de science-fiction de 150 000 mots. Aussi l'ai-je enfermé dans une malle. De nombreuses années plus tard, je l'ai ressorti et envoyé à Ballantine; Betty Ballantine me l'a refusé, prétextant qu'il ne lui semblait n'être qu'un simple roman d'aventures. Aussi l'ai-je présenté à Fred Pohl qui, à cette époque, éditait « Galaxy ». Il jugea l'idée magnifique, mais le récit trop volumineux pour un seul ouvrage. Pourquoi n'écrirais-je donc pas

(1) *Le fleuve de l'éternité*, Laffont.

une série de petites nouvelles pour des magazines, que je pourrais rassembler par la suite, si tel était mon désir? Et c'est ce qui s'est passé. En fait, en dehors de l'idée de base, il reste très peu du roman original dans la série *Riverworld* que j'ai publiée.

Ces nouvelles sont les plus populaires de Farmer. *To Your Scattered Bodies Go* (1) a obtenu le prix Hugo en 1972. Vingt ans après avoir été escroqué, il a finalement reçu le succès qu'il méritait.

– Mon évolution dans presque tous les domaines a toujours été beaucoup plus lente que la normale. Je ne mets pas cela sur le compte d'une faible intelligence. C'est tout simplement une question de tempérament. Au lycée, je n'étais pas dans le coup. J'étais trop timide. Je n'ai jamais bu un verre d'alcool avant dix-neuf ans. J'étais très naïf. Un rat de bibliothèque. Mais aussi, bien sûr, un athlète. Je pratiquais le pentathlon. Je courais le 100 et le 400 mètres, et je sautais en longueur. Mais que peut-on apprendre en côtoyant une bande de lévriers?

» Malgré mes soixante et un ans, je n'ai pas le sentiment d'être le moins du monde fossilisé. Je continue à faire des progrès. Et si je suis encore en vie dans dix ans, je serai bien meilleur écrivain qu'à présent. Je ne suis pas du tout satisfait de moi-même, car je n'ai pas vraiment réalisé ce que j'avais décidé de faire. Je voulais être un écrivain « classique » et j'aimerais me consacrer, ne serait-ce qu'à temps partiel, à cette littérature. Je veux me prouver que j'en suis capable. Je crois que si *Fire and the Night* avait obtenu la distribution et le succès qu'il méritait dans sa première version, je m'y serais alors consacré. (Cet ouvrage est une intense histoire d'amour interracial, ayant pour cadre une aciérie, aux harmoniques symboliques et écrite dans un style brillant. Il fut très controversé à l'époque de sa première édition.)

Je demande alors à Farmer s'il est satisfait de sa production :

– Chaque fois que je me relis – ce que je fais rarement, car cela me chagrine trop – je découvre tout ce qui aurait

(1) *Le monde du fleuve*, Laffont.

pu être mieux écrit. Les exemples sont innombrables. Mais il est inutile de revenir en arrière et de recommencer un texte, car l'on perd ainsi une certaine vigueur primitive. La seule chose qui vous reste à faire, c'est d'aller de l'avant.

» Parfois, j'ai été trop rapide, non seulement pour la prose, mais pour la structure du roman et l'affinement des personnages. Je me suis trop préoccupé de créer une science-fiction vivante et de renouveler l'un après l'autre mes contrats. Mais pour certains ouvrages, j'ai pris tout mon temps. Pour *Riders of the Purple Wage* (1), par exemple. (Un long récit expérimental, publié dans l'anthologie « Dangerous Visions », éditée par Harlan Ellison.) Mais bien sûr ce ne fut pas un travail. Je me suis beaucoup amusé. Puis j'ai écrit très rapidement *Venus on the Half Shell* (2) (sous le pseudonyme de Kilgore Trout, qui est un personnage fictif imaginé par Kurt Vonnegut), mais je suis satisfait de ce roman.

Farmer a encore beaucoup à dire sur la genèse de ce livre :

– Vonnegut a beau prétendre maintenant qu'il a du mal à se rappeler mon nom, je suis sûr qu'il s'en souvient très bien. Nous avons parlé de nombreuses fois au téléphone. Je sais qu'à une conférence il a fait référence à mes ouvrages. Nous avons échangé des lettres. Et il a éprouvé beaucoup trop d'inquiétude (inutile et masochiste) à propos de *Venus on the Half Shell.*

» Je l'ai écrit avec beaucoup d'enthousiasme et de joie, car je pensais qu'un livre écrit par Trout, personnage censé fictif, frapperait l'esprit des lecteurs. C'était également le plus grand hommage que je pouvais rendre à un écrivain que j'aimais et admirais à cette époque. Je m'identifiais à Trout.

» Vonnegut a déclaré qu'il souhaitait qu'un grand nombre d'auteurs prennent Trout pour sujet. Par ailleurs, il a dit avoir songé écrire lui-même un roman « Trout ». Il ne m'a jamais fait part de ces idées au cours de tous les

(1) In *Dangereuses Visions,* J'ai Lu, n^os 626*** et 627***.
(2) *Le privé du cosmos,* J.-Cl. Lattès.

échanges verbaux ou écrits que nous avons eus. Je suis certain que ce sont des idées venues après coup. Vonnegut mélange les dates autant que Billy Pilgrim.

» Je comprends très bien que dans l'interview qu'il vous a accordée, le principal souci de Vonnegut ait été mon refus de faire savoir que j'étais l'auteur de *Venus*. Mais Vonnegut sait à quoi s'en tenir. Lorsqu'il a insisté pour que je révèle au public qui était l'auteur véritable, j'ai fait tout mon possible pour m'exécuter. Si cela le préoccupait tant, pourquoi a-t-il alors refusé ma proposition de préciser sur la page de garde de *Venus* que Vonnegut n'était *pas* l'auteur?

» Mais toute spéculation sur la forte tendance de Vonnegut à reconstruire le passé serait ici déplacée.

Farmer est aujourd'hui connu comme un écrivain espiègle, qui a emprunté toutes sortes de noms à l'histoire et aux romans de fiction célèbres pour les utiliser comme pseudonymes ou les transformer à sa manière. Il explique que c'était sa seule façon de parvenir à écrire lorsqu'il avait un blocage; il ne pouvait inventer une fiction que s'il se prenait pour un autre. Son blocage disparut vite, mais à cette époque cela l'amusait de changer d'identité.

Mais avant tout, Farmer est connu pour être l'écrivain de science-fiction à avoir osé écrire sur le sexe. Il a poussé l'imaginaire érotique à son ultime extrémité dans des romans tels que *The Image of The Beast* et *A Feast Unknown*. Je lui demande s'il croit en la nécessité de la censure littéraire :

– Non. Je crois en la liberté absolue d'écriture. Ils craignent que cela fasse tort aux plus jeunes. Mais, tout d'abord, ce qui est trop adulte n'intéressera pas les jeunes. Ils ne comprendront pas. Le texte les ennuiera. Je crois qu'il faut tout dire. Je ne vois pas comment la pornographie peut corrompre les gens. C'est purement littéraire; le lecteur se contente de lire. Et ce n'est pas cela qui va l'entraîner à commettre un viol.

– Comment pouvez-vous l'affirmer? lui demandai-je.

– Je n'en suis pas sûr; ce n'est que mon opinion. (Il semble y être très attaché.)

» En tout cas, jusqu'à présent, nous n'avons aucun moyen de prouver que la lecture d'un roman pornographique ou violent contamine les gens. Donc, toute opinion à ce sujet est *purement* théorique.

Farmer admet cependant volontiers s'être trompé par le passé dans ses jugements, peut-être en raison de sa foi en la nature humaine.

– En 1953, à la convention de la Science-Fiction de Philadelphie, j'ai tenu un discours assez tonitruant et provocateur sur nos inhibitions et nos tabous sexuels. Et qu'est-ce qui s'est passé ? Les comportements sexuels sont beaucoup plus permissifs et libéraux de nos jours. Mais en même temps, l'on a assisté à une augmentation proportionnelle de crimes sexuels et de crimes violents. Je supposais, lors de mon discours de 1953, que les gens deviendraient mieux éduqués en ce domaine et qu'ils seraient plus à même de se prémunir contre les maladies et les grossesses indésirées. Et qu'est-ce qui s'est passé ? N'y a-t-il pas une teenager sur dix dans ce pays qui subit une grossesse indésirée ? Et pas seulement dans les villes.

Il semble dérouté et déçu, comme s'il était incapable de comprendre pourquoi autrui n'arrive pas à s'auto-éduquer comme lui et à se libérer par la modération.

– Qu'auriez-vous fait si vous n'aviez pas choisi d'être écrivain ?

– Je serais retourné à l'Université pour passer une thèse d'anthropologie et de linguistique. Etudier les langues, leur structure, les phonèmes, la linguistique comparée. J'aurais aimé parler une langue des Indiens d'Amérique. Leur état d'esprit est si différent du nôtre.

Je suis à court de questions; il est évident que l'entretien touche à sa fin. Farmer semble mécontent. « J'ai l'impression que je n'en ai pas dit assez », mais apparemment, il ne sait pas vraiment ce qui manque.

Je décide de parler de Tarzan – dont je n'ai pas mentionné le nom une seule fois encore. Je rappelle à Farmer ce qu'il m'a raconté la première fois qu'il m'a rencontré au sujet de l'existence de son héros mythique.

– Eh bien, je crois que dans un certain sens il existe; j'ai commencé à lire les livres de Burroughs très jeune. Ils sont devenus partie intégrante de ma vie. Dans une certaine mesure, je suis un romantique et j'aime l'idée du noble sauvage. Néanmoins, Tarzan n'avait rien d'un sauvage; c'était en fait un être humain primitif. De toute façon, les anthropologues répugnent à présent à employer le terme « sauvage » par respect pour les peuples de la pré-écriture. Tarzan a été élevé par les primates dits grands singes, des infrahumains. En ce sens, ce n'était même pas un primitif... L'idée de vivre dans la nature et de faire sa propre loi est endémique à un grand nombre d'Américains. Je trouvais ce point de vue aussi plaisant qu'irréaliste. Parfois je me demande s'il n'a pas bel et bien existé.

» Lorsque j'étais enfant, je jouais beaucoup à Tarzan. C'était mon surnom à l'école, car je passais mon temps à grimper aux arbres. Je vivais presque à l'état sauvage – semi-sauvage – et j'avais donc l'habitude de jouer au trappeur, aux Indiens qui se battent contre les pionniers venus de l'Est. Ce genre de fadaises. On jouait aussi à John Carter sur Mars... Mais ce que je préférais pardessus tout, c'était Tarzan. J'étais un vraiment bon grimpeur à cette époque. Je sautais de branche en branche... tombais aussi. (Il rit.) Une fois, à la suite d'une mauvaise chute, je suis resté paralysé pendant deux heures. Et... (Il s'arrêta brutalement.) Excusez-moi, parfois je me mets à divaguer.

Je crois que c'est la seule fois durant l'interview où il ait oublié l'existence du magnétophone.

Plus tard, nous sortons dîner en ville. Farmer suggère un nouveau restaurant qui s'appelle le Blue Max et qu'il veut essayer. Il est fasciné par les légendes des pilotes d'avion de la Première Guerre mondiale, et il a entendu dire que ce restaurant était décoré de trophées de cette époque. Puis il ajoute, comme s'il venait d'y penser juste après coup, que la nourriture est supposée y être excellente.

La décoration de ce restaurant est tout à fait insolite. A nouveau, partout, les reliques de Peoria – images et inventions étranges, qui n'étonnent apparemment personne. Au-dessus du bar est accrochée une réplique géante, grandeur nature, d'un Fokker triplan, peint en rouge vif. Contre les murs sont adossés des piles de sacs de sable, comme si ce building résolument moderne avait été réquisitionné pour être transformé en une sorte de bunker pour le Führer dans le style du Bauhaus. Derrière la caisse enregistreuse se trouve une peinture murale de mauvais goût, représentant une ville en flammes – Dresde peut-être. L'on y mange de la cuisine allemande, assis sur des sièges au dossier gravé de croix militaires de ce pays. Au-dessus de chaque table des casques germaniques ont été transformés en abat-jour. Mais ce ne sont pas ces vieux casques pittoresques surmontés d'une pointe. Ils ont tout l'air de dater de l'époque nazie. Nous nous asseyons et mangeons donc sous des casques nazis en guise d'abat-jour.

Nous repartons dès la fin du repas. Le restaurant est si récent que l'extérieur n'a pas encore été aménagé. Le terrain est un bourbier, une sorte de désert mis sens dessus dessous. Ma foi, on dirait un champ de bataille, comme si l'imagerie insensée de l'intérieur s'était échappée pour envahir tout le paysage.

Peut-être que la vie à Peoria n'est pas aussi mystérieuse et détraquée que cela. Peut-être ai-je une réaction exagérée et que cette ville est après tout tranquille et exempte de psychoses insolites. Mais j'y pense, il est temps de repartir vers l'ouest, loin des écrivains nourris de mythes et de légendes, de retourner vers la Californie que je ne peux que décrire comme relativement saine.

(Peoria, mai 1979)

Note : les derniers commentaires de M. Farmer au sujet de *Venus on the Half Shell* n'ont pas été enregistrés au cours de cet entretien. Ils ont été ajoutés par la suite à sa demande.

# Heures de Grande Ecoute

NORMAN SPINRAD

Ce matin-là, en se levant, Edna décida de se passer la bande du petit déjeuner, cette bonne vieille bande A. John était en train de manger ses crêpes et ses saucisses en lisant son journal dans la cuisine de leur ancienne maison et les enfants, impatients de prendre le chemin de l'école, se dépêchaient d'achever leurs céréales.

La veille, elle avait partagé le petit déjeuner avec John en temps réel; il était donc compréhensible qu'elle eût aujourd'hui besoin de cette bande familière et reposante qui faisait partie de sa collection personnelle. Bien sûr, la cassette avait été enregistrée pendant la saison télévision 1987-88 sur un appareil de salon assez rudimentaire – l'image tremblait et la définition était mauvaise – mais cela n'empêchait pas Edna de la passer trois ou quatre matins par semaine, de préférence aux émissions théâtrales ou aux bandes maison plus récentes. Elle donnait une bonne idée, en fait, de ce qu'avaient été les petits déjeuners aux heures de grande écoute avec John et les enfants et pour cette raison, c'était l'enregistrement qu'Edna programmait le plus souvent au petit déjeuner.

*Edna :* Sammy, avant de sortir, tu vas me faire le plaisir de terminer ton lait!

*Sammy: (vidant son verre d'un trait)* Oh, m'man, je vais être en retard!
*Edna :* Personne ne t'oblige à prendre le raccourci par la confiserie.

Bien sûr, cette vieille bande n'avait pas été enregistrée avec sa perspective stéréo personnelle; c'était curieux de se voir dans son propre programme familial et, évidemment, ça n'était pas aussi bien écrit que les dramatiques commerciales diffusées au petit déjeuner. Mais ces pièces n'étaient jamais personnalisées et c'était la seule cassette, de toutes celles qu'elle avait faites avec John, sur laquelle on voyait les enfants à l'époque de l'école primaire.

John n'arrêtait pas de lui demander de partager des séquences en temps réel avec elle. Il la contactait sur le canal d'appel pour lui montrer des enregistrements qu'il s'était préparés et dans lesquels elle figurait, pour la tenter avec des bandes familiales partagées ou pour lui infliger des séquences porno à n'en plus finir.

Quand c'était lui qui faisait le programme, les enregistrements auxquels ils participaient avaient toujours pour cadre des lieux exotiques et les sujets relevaient de fantasmes typiquement masculins – pour John, partager un bon programme en temps réel, ça consistait à traverser le désert à dos de chameau, à voyager dans l'espace pour explorer des planètes étranges pleines de créatures insensées, à sillonner le Pacifique Sud, à découvrir des cités englouties, à prendre part à de glorieuses batailles. Et le rôle dont elle héritait généralement se situait à mi-chemin entre Wonder Woman et la Belle Esclave. C'était peut-être ainsi que John concevait le partage en temps réel avec elle, mais Edna préférait ses dramatiques et ses séries romantiques historiques que John refusait catégoriquement de partager en temps réel avec elle, en aucune circonstance.

Quant aux chaînes porno qu'il voulait lui faire partager en temps réel, elles étaient tout bonnement *répugnantes.*

Mais c'était *son* mari, après tout, et elle se disait qu'il fallait bien de temps à autre se soumettre aux obligations conjugales. Ainsi, une douzaine ou une demi-douzaine de fois par saison, elle se forçait à partager en temps réel une de ces sordides chaînes porno pour hommes, dans le rôle de l'objet sexuel. Il consentait parfois à partager avec elle un « X » historique, et ce, uniquement parce que, en cas de refus, elle menaçait de ne plus lui accorder ses faveurs sur la chaîne porno.

Les programmes de repas constituaient donc, et de très loin, leur chaîne de contact la moins désagréable, celle qu'ils utilisaient le plus fréquemment.

*John : (s'essuyant la bouche avec sa serviette)* Bon, ma chérie, le travail m'appelle. Tu es prêt, Ellie?
*Ellie :* Il faut d'abord que j'aille faire pipi.

TÉLÉRÊVE SPOT N° 12 60 SECONDES VERSION DÉFINITIVE PLAN GÉNÉRAL

*Ensemble de constructions roses, pas très hautes. On remarque surtout le soleil qui se lève derrière les palmiers.*
*Voix off : (commerciale, moyen à fort)* Téléréve, le nec plus ultra des hameaux de retraite pour le troisième âge de l'Ere Electronique...

*Un montage rapide : les chaînes d'aventures, les chaînes porno, les dramatiques, etc. Aussi varié et vivant que possible. Accent sur les grandes scènes de foule et les effets spéciaux.*
*Voix off : (délirante)* Vingt chaînes complètes de pornographie, trente-cinq chaînes complètes d'aventures, quarante chaînes de dramatiques en plusieurs épisodes – vingt-quatre heures sur vingt-quatre, chez vous et avec vous dans plus d'une centaine de réalités disponibles grâce au talent des meilleurs réalisateurs d'Hollywood...
GROS PLAN SUR LA TÊTE D'UN HOMME

*Intelligent, cheveux gris et distingués. Il ajuste les lunettes de télé stéréo sur ses yeux. (Ecouteurs déjà en place.)*
*Voix off : (pédagogique)* Personnage-témoin, vous découvrirez un véritable paradis de sexe et d'aventures grâce à la magie électronique de la télé stéréo totale!

PLAN MOYEN D'UN VIEIL ACTEUR CÉLÈBRE

*Choisir un visage très connu intéressé par un contrat de deux cents ans.*

*Vieil Acteur Célèbre :* Et ce n'est pas tout ! Enregistrez votre famille ! Enregistrez vos amis ! Partez à Télérêve avec tous ceux qui vous sont chers et gardez-les pour toujours auprès de vous !

LA CAMÉRA RECULE, PLAN D'ENSEMBLE

*On installe le Vieil Acteur Célèbre à l'intérieur d'un caisson amniotique transparent. Il continue de parler et de sourire pendant que les techniciens le sanglent sur sa couchette, ajustent les écouteurs et les lunettes télé stéréo, mettent en place le masque respiratoire et le tube d'évacuation, et commencent à remplir le caisson de fluide.*

*Vieil Acteur Célèbre :* Un immense choix de cassettes. Des programmes conçus spécialement pour vous ! Je regrette de ne pas l'avoir fait plus tôt !

*On fixe le micro de gorge, on attache la main au curseur de réglage, on insère le tube d'alimentation dans son bras (ne pas montrer la pénétration de l'aiguille, SVP) et on verrouille le caisson une fois rempli. La caméra se rapproche, gros plan du visage du Vieil Acteur Célèbre en train de flotter, béat, dans son nouveau ventre maternel.*

*Vieil Acteur Célèbre : (voix filtrée)* Jamais je ne sortirai d'ici – et j'en suis ravi !

FONDU ENCHAÎNÉ : COUCHER DE SOLEIL AU-DESSUS DE TÉLÉRÊVE

*En accéléré, le soleil plonge dans l'océan au-dessus des entrepôts rose pastel réservés aux clients et un ciel magnifique constellé d'étoiles apparaît comme une enseigne électronique.*

*Voix off : (transcendante)* Nul ne sait quel au-delà Dieu nous réserve mais, à Télérêve, la science biologique moderne vous *garantit* deux cents années, oui, deux cents années de paradis électronique dans un caisson particulier sûr et confortable. Et nos annuités sont moins chères que vous ne l'imaginez !

FERMETURE EN FONDU

*John* : On pourrait peut-être aller au lac ce week-end.
*Edna* : Il fera beau et assez doux, d'après ce que j'ai entendu à la radio...

Cette saison-là, John s'était comporté de manière de plus en plus étrange, même lors des repas en commun. Sa conversation devenait grossière, voire incohérente. Il s'était mis à incarner des personnages élaborés même au petit déjeuner, et celui de la veille avait finalement fait sortir Edna de ses gonds.

Il l'avait contactée la nuit précédente et l'avait invitée à prendre le petit déjeuner le lendemain matin à Hawaï, où ils avaient passé leur lune de miel en temps réel dans un passé lointain et diffus. Cela remontait à tant de saisons qu'il n'en existait aucun enregistrement; à cette époque où personne encore ne rêvait de prendre sa retraite à Téléréve, on n'en faisait pas. Il y avait bien longtemps que John ne lui avait proposé de partager leur passé en temps réel, même dans une version remodelée. Aussi, lorsqu'il lui avait annoncé qu'il avait programmé un petit déjeuner personnalisé sur la plage à Hawaï, Edna était tellement ravie qu'elle avait accepté de partager son programme matinal alors que, depuis un certain temps, elle prenait soin de décliner ce genre d'invitation.

En guise de réveil, le programme lui offrit un lever de soleil sur la plage. Le grand globe de feu surgit des ténèbres de l'océan en mouvement accéléré, image par image, comme s'il s'agissait d'un lever de rideau, illuminant le ciel d'azur qui venait d'apparaître tandis qu'elle se retrouvait allongée sur le sable.

Tout cela avec le thème musical d'une antique série de grande écoute nommée *Hawaï Police d'Etat* tandis qu'un rouleau majestueux déferlait et se brisait, déferlait et se brisait encore et toujours, dans une boucle sans fin, derrière la frise d'écume du rivage.

John apparut dans le rôle d'un Adonis bronzé, blond, musclé, vêtu d'un pagne dérisoire. Une table avait été installée au bord de l'océan, dans le ressac blanc de la gigantesque vague qui n'en finissait pas de se dresser au-dessus d'eux et de se fracasser.

Des Polynésiens nus qui ressemblaient à des divinités – un adolescent pour elle, une jeune fille pour lui – les aidèrent à se lever et les invitèrent à prendre place dans deux fauteuils d'osier en queue de paon, de part et d'autre de l'étrange table. Il s'agissait d'un bloc d'obsidienne polie sur des pieds de cuivre de style quasiment victorien, évidée en son centre d'où partait une cannelure qui rejoignait le bord, côté océan.

Cela ne correspondait absolument pas au souvenir qu'avait Edna de leur lune de miel hawaïenne, et elle n'avait pas besoin d'une cassette pour en être certaine!

D'une voix cassée, méconnaissable, John proclama: O déesse nordique de l'amour, sois la bienvenue en mon pacifique repaire. (Il frappa des mains.) Daigne accepter cette oblation.

La jeune fille nue apporta un porcelet qu'elle logea, ignorant ses couinements angoissés, dans l'alvéole creusé au centre de la table. L'adolescent nu tendit à John une énorme machette.

– Hai! hurla John, et d'un coup il trancha net le porcelet.

Le sang ruissela à l'intérieur de l'alvéole et s'écoula par la cannelure jusqu'à la mer. Lorsque les premières gouttes entrèrent en contact avec l'océan, l'eau changea brusquement de couleur et, l'espace d'un instant, une gigantesque vague de sang s'éleva au-dessus du couple.

Lorsque la vague éternelle eut retrouvé son bleuté habituel, la perspective d'Edna changea. Elle revit la table. A la place de l'amas sanglant, il y avait maintenant une nappe blanche sur laquelle trônaient deux assiettes d'œufs au jambon, une cafetière et une bouteille de rhum brun des îles.

– Oh, John, s'écria-t-elle, écœurée. C'est tellement... tellement...

– Surnaturel? Excessif? Dément? fit John. (La contrariété se lisait sur son visage de vingt ans.) Tu es si timide, Edna. Tu ne sais pas t'amuser. Tu n'as pas d'imagination.

Elle répliqua sur un ton indigné:

– Personnellement, je ne vois pas ce qu'il y a de drôle ou d'imaginatif dans le fait de tuer des bêtes!

John eut un rire nerveux, étrange. Non loin de la côte, une baleine fit brusquement surface; aussitôt, une pieuvre géante l'enserra dans ses tentacules et une lutte à mort commença.

– Tuer des bêtes? dit-il. Mais il n'y a rien à tuer ici, rien de vivant. Nous sommes au Paradis, pas sur Terre, et nous pouvons faire tout ce que nous voulons sans qu'il y ait de conséquences. As-tu une meilleure idée?

– Nous pourrions prendre un petit déjeuner normal et décent, comme des êtres humains civilisés.

– Un petit déjeuner normal et décent! hurla John. Des êtres humains civilisés! (A l'intérieur des terres, quelque part, un volcan entra en éruption. Des indigènes terrifiés prirent la fuite, talonnés par un mur de lave en ébullition.) Je ne vois pas quelle importance cela pourrait avoir, puisque nous ne sommes même pas vivants, ma princesse!

L'air pincé, Edna lui dit :

– Je ne comprends absolument rien à ce que tu es en train de me dire.

En fait, une petite partie d'elle-même avait fort bien saisi le sens de ces paroles, et cette partie était glacée d'effroi.

– Assurément, tu m'as compris, Edna! fit John, moqueur. Parbleu, ma belle, qu'est-ce qui te permet d'affirmer que nous sommes encore en vie? Diantre! Combien de saisons télévisées se sont écoulées depuis que nous avons pris notre retraite? Une centaine? Deux cents? En vérité, je te le dis, nous n'en avons plus souvenance. En as-tu seulement la moindre idée, mon esclave jolie? Moi pas.

Edna pâlit. Ce genre de conversation ne lui plaisait pas du tout. C'était pire que ses programmes d'aventures machistes, pire que les séquences porno qu'il aimait lui infliger; cela se situait à un niveau qu'elle s'était évertuée, jusqu'alors, à chasser de son esprit.

Elle lui répondit :

– Bien sûr, nous sommes vivants. Nous sommes bien

en train de partager une chaîne en temps réel, non?

Un chœur de naïades sur skis nautiques passa dans la boucle de la vague. Une soucoupe volante rasa la plage dans un effroyable bourdonnement. Un crabe géant saisit ses occupants entre ses pinces et les engloutit sans prêter la moindre attention à leurs hurlements.

– Ah, mon Aphrodite, comment pourrions-nous en avoir l'assurance? La mort pourrait avoir ravi ta charnelle enveloppe et je pourrais être en train de passer une ancienne bande où tu es encore en vie. Et, que diable, il se pourrait bien que je sois mort, sauf dans ton programme.

– Ce n'est pas *mon* programme, John Rogers! lança Edna. Il n'y a que *toi* pour être capable de m'inviter à un programme matinal de ce genre!

– A qui ai-je l'horreur de parler? Ce doit être la preuve que j'existe, répliqua John en gloussant.

Des éclairs zébrèrent le ciel. Des tortues, par bancs entiers, émergèrent de la vague gigantesque avant de redisparaître dans les flots.

Et tout le reste avait été dans le même style. Des esclaves de Nubie pour allumer les cigarettes. Un bal de mouettes. Une séance d'orgie. Et John qui, d'un bout à l'autre, n'avait cessé de papoter et de déclamer comme un perroquet en délire dans son corps de surveillant de baignade. Edna s'était abstenue de le sortir du programme et de le remplacer par une dramatique pour petit déjeuner : elle se disait vaguement qu'un tel geste risquait de précipiter la rupture, d'élargir définitivement la faille qui la séparait de quelque chose qu'elle ne parvenait plus à situer de manière précise.

*John : (il se lève de table)* Au fait, qu'est-ce qu'on mange ce soir?

*Edna* : Du poulet rôti avec une bonne farce au pain de maïs.

*Il dépose un baiser sur ses lèvres.*

*John* : Mmmmm... Je m'arrangerai pour prendre une bouteille de ce vin allemand au retour, si je ne sors pas trop tard.

*Il ouvre la porte, fait un signe d'au revoir et sort.*
*Edna* : Bonne journée!

Mais aujourd'hui, en se regardant dire au revoir à John se rendant à son travail sur la vieille bande floue qui lui était si réconfortante, Edna se demandait quand viendrait le jour où elle consentirait de nouveau à partager un repas en temps réel avec le « véritable » John, un John en qui elle ne voyait plus son mari sur les enregistrements familiaux, un John dont elle n'était pas certaine de vouloir connaître les agissements.

Après tout, se dit-elle tout en mettant *Elisabeth, Reine,* son histoire d'amour historique préférée cette saison, tout cela risquait de lui gâcher ses bandes familiales avec John, et que deviendrait-elle si elle ne pouvait plus vivre confortablement dans son passé?

En cet instant précis, elle était assise sur son trône dans la lumière ambrée d'un après-midi qui tirait à sa fin et dans le regard de sir Walter Raleigh, courbé devant elle, brillait une lueur malicieuse qui la fit frissonner.

Il s'ébat au milieu de jouvencelles nues dans l'immense bassin de marbre d'un atrium. Il décime des Indiens avec sa Remington à répétition. Il se balance sur une liane au-dessus d'un troupeau de dinosaures. Il mène la course dans le dernier virage du Grand Prix de Monaco.

Toujours, toujours, toujours la même chose! Enervé, John changeait continuellement de chaîne, cherchant en vain un programme qui pût retenir son attention. C'était vraiment une saison pourrie, encore pire que la précédente! Pas la moindre émission d'aventure originale. Les chaînes porno lui rappelaient Edna et sa fichue manie de rejeter tout ce qui était encore susceptible d'éveiller son appétit. Quant aux vieux enregistrements familiaux, il savait bien qu'il n'y avait rien de tel pour le mettre en colère.

Bien sûr, il avait à sa disposition une importante collection d'enregistrements classiques et de titres conçus sur commande pour le dépanner lorsque la programmation en temps réel devenait trop ennuyeuse. Il se mit donc à compulser frénétiquement son videx pour trouver de quoi remplir la tranche horaire.

Il survole une cité de verre extraterrestre à basse altitude aux commandes d'un chasseur spatial monoplace puis monte en chandelle pour affronter l'ennemi, laissant dans son sillage une onde de choc qui fracasse les tours de cristal. Toutes voiles dehors, il pourchasse un lourd navire marchand. Hardi, mes braves, préparez-vous à l'abordage! On le met aux enchères comme esclave de plaisir devant une meute de femmes en chaleur. Il effectue un virage serré sur la gauche, à quelques centimètres à peine du gratte-ciel, serrant Lois Lane dans ses bras.

Il y avait vraiment des enregistrements excellents dans sa vidéothèque, mais au long des interminables saisons, il les avait passés si souvent que chaque extrait lui paraissait gravé à jamais dans sa mémoire en temps réel. Il ne parvenait plus à se créer des surprises, même dans le domaine de la vulgarité, et il lui fallait aller toujours plus loin pour ne pas... pour ne pas... pour ne pas...

Brigade Légère, à la charge! Des milliers de jeunes admiratrices déferlent en hurlant sur la scène, arrachent sa guitare et déchirent ses vêtements. « Sincèrement, Scarlett, dit-il, alors qu'elle tombe à genoux devant lui, je m'en moque. »

Si seulement Edna avait assez de jugeote pour se comporter en réelle épouse! Dieu lui était témoin que, pour sa part, il s'efforçait d'être pour elle un réel mari. Ne l'invitait-il pas régulièrement à partager les chaînes porno avec lui en temps réel, en se donnant un mal fou pour sélectionner les séquences sexuelles les plus extravagantes? Ne l'invitait-il pas à partager ses meilleurs programmes d'aventures? Ne l'invitait-il pas à partager les meilleures séquences de repas réalisées selon ses spécifications, au lieu des enregistrements traditionnels qui ne présentaient plus le moindre intérêt?

Il se décarcassait pour lui offrir chaque jour des programmes aussi variés et intéressants que possible, et qu'obtenait-il en retour? Elle n'arrêtait pas de lui reprocher d'avoir l'esprit mal tourné, d'essayer de la piéger dans une de ses dramatiques historiques à l'eau de rose réservées aux adultes, de l'inciter à partager toujours les mêmes bandes sinistres et dépassées au moment des repas. La retraite à Télérêve, c'était bien beau, mais quel intérêt si on avait peur de tout ce qui était un tant soit peu osé, si on tenait absolument au réalisme, si on n'avait d'autre ambition que de regarder éternellement les rediffusions du passé, figées et sans attrait?

Immense gorille velu, il se fraie un chemin au milieu de la jungle et se frappe le poitrail, faisant fuir les indigènes terrorisés. Il exécute un rapide Immelmann et se retrouve derrière le Baron Rouge; les mitrailleuses crépitent. La légendaire Marilyn Monroe le prend dans sa bouche.

Bon sang, se disait John, c'était bien Edna qui avait eu l'idée de cette retraite à Télérêve alors qu'ils n'avaient ni l'un ni l'autre encore atteint l'âge de soixante-cinq ans. Mais au fond de lui-même, il savait que ça n'était pas totalement exact. Les enfants étaient à l'autre bout du continent, l'économie n'était pas brillante et il ne se passait rien d'intéressant dans leur vie en temps réel: c'était son emploi, et rien d'autre, qui l'avait empêché de troquer ses points de Sécurité sociale contre un contrat Télérêve de deux cents ans. Il avait calculé qu'en travaillant une dizaine d'années de plus en épargnant au même rythme, ils pourraient s'offrir cinquante années supplémentaires à Télérêve. Mais le coût de la vie avait tellement augmenté par la suite qu'il avait cessé de mettre de l'argent de côté... et ce jour-là, il n'avait pas été bien difficile de le convaincre, d'autant qu'ici et là on disait que la Sécurité sociale était au bord de la faillite et que ceux qui en avaient la possibilité avaient intérêt à aller à Télérêve dès que possible.

Mais à quoi bon bénéficier de deux cent dix ans à Télérêve quand on avait une femme qui tenait à vivre dans les enregistrements de son passé? Comment pouvait-on s'amuser s'il fallait s'en remettre aux programmateurs du réseau et à sa propre imagination?

Il fait l'amour à la belle damoiselle qu'il vient de sauver sur la dépouille encore fumante du dragon. L'image commence à trembler. Il saute d'un avion, étend les bras et se met à voler comme un oiseau mais voici que l'air, brusquement, s'épaissit et l'étouffe. Il est Tarzan, l'homme-singe, et fait l'amour à une lionne ravie. Mais il sent une douloureuse pression s'exercer contre ses yeux.

Voilà que ça recommençait! Depuis un certain temps, quelque chose rongeait John Rogers. Il le sentait venir. Il ne savait pas ce que c'était, mais il savait qu'il ne voulait pas savoir ce que c'était.

*Ce n'est pas grave,* se dit-il nerveusement, *c'est la lassitude, la fatigue de devoir choisir moi-même de quoi occuper toutes les tranches horaires de la journée.* Rien ne l'empêchait, bien sûr, de partager certaines tranches en temps réel avec Edna et de lui confier le soin de faire la programmation, mais ce qu'elle choisissait lui donnait toujours envie de vomir.

D'ailleurs, l'amant de l'insatiable Catherine la Grande sent monter en lui une vague de nausée pendant que la belle tsarine l'escalade. Une indicible angoisse voile l'esprit de Napoléon alors qu'il mène dans Paris sa marche triomphale.

En effet, malgré lui, il venait de se demander : que se passerait-il s'il ne choisissait rien pour occuper sa tranche horaire ? Etait-ce possible ? Serait-il toujours là ? Et au fait, où se trouvait-il exactement ?

Ces questions le plongèrent dans une terreur immense, informe, suffocante, qui lui fit quitter son rôle de personnage-témoin. Désormais, il voyait tout comme à travers une caméra vidéo : des lignes, des points, et la pression contre ses yeux...

Il réprima un frisson et, d'un geste nerveux, passa un enregistrement de sa composition, où il faisait l'amour avec Edna dans l'herbe, sur les pentes d'un volcan en éruption. Lorsqu'il la pénétra, elle cria, hurla puis gémit, mais... mais...

*Edna, il faut que je sorte d'ici!*

*Mais est-ce que ce que je dis a un sens?*

Désespérément, il l'appela en parallèle, d'une voix perçante :

– Edna, il faut que je te retrouve en temps réel. Tout de suite!

– Je suis branchée sur *China Clipper* et c'est mon film X

historique préféré, lui répondit-elle sur le canal d'appel alors qu'il continuait de la pilonner au-dessous du volcan.

– Edna, je t'en prie, je suis sur la chaîne porno huit; viens me rejoindre en temps réel maintenant, sinon je... sinon je...

Dans un effroyable grondement, une immense vague de lave en fusion noya le flanc de la montagne tandis que sous lui, au bord de l'orgasme, Edna gémissait et criait.

– Pas maintenant, John, je suis en train de regarder mon programme, fit sa voix lointaine sur le canal d'appel.

– Edna! Edna! Edna! hurla John, en proie à unc terreur qu'il ne comprenait pas et ne voulait pas comprendre.

– John!

Il décela cette fois une ombre de préoccupation dans sa voix. En provenance, semblait-il, de l'Edna qui couinait de plaisir et se cambrait sous lui. L'océan de lave les engloutit et les embrasa.

– John, tu es répugnant! s'écria-t-elle en pleine jouissance, jetée dans l'indolore fournaise. Si tu veux me voir en temps réel, ce sera sur une bande de chez nous, et *tout de suite*. Séquence E.

Brûlant de peur et de rage, honteux, il la suivit dans l'enregistrement familial. Assis sur la véranda de leur pavillon de vacances, au bord du lac, ils regardaient les enfants jouer au water-polo, sans grand souci des règles, près du ponton flottant. *Oh, misère...*

Edna lui servit un verre de limonade et maugréa :

– Alors, John, qu'est-ce qui ne va pas?

John ne sut que répondre. Il ne savait comment aborder le problème et ne voulait même pas savoir quel était ce problème. Il était en train de parler à un fantôme. Il était en train de parler à sa femme qui parlait à un fantôme. Il... il...

– Nous devrions nous voir plus souvent en temps réel, dit-il enfin. C'est important. Nous ne devrions pas rester seuls ici tout le temps.

– Je ne comprends absolument rien à ce que tu me racontes, rétorqua nerveusement Edna. Pour ce qui est du temps réel, je suis parfaitement disposée à partager régulièrement les repas avec toi, si tu te tiens bien. Ici. A la maison. Ou bien pendant le voyage de noces. Même dans un bon restaurant. Mais pas dans tes programmes dégoûtants, John, et je ne parle même pas des chaînes porno. Je ne te comprends pas, John. Tu es devenu une espèce d'obsédé. Quelquefois, je me dis que tu es en train de perdre la raison.

Une rafale de neige multicolore fouetta la vieille bande. Edna buvait sa limonade à petites gorgées. Il étouffait. Ses yeux lui faisaient mal.

– Je perds la raison? s'écria John, la voix rauque. Qu'est-ce que je devrais dire de toi, Edna! Tu passes ton temps ici en faisant comme si nous étions encore en vie, alors que nous sommes à... à...

– A Téléréve, John, fit sèchement Edna. Où nous sommes libres de programmer nos horaires à notre guise. Et si ma programmation ne te plaît pas, rien ne t'oblige à la partager en temps réel. Quant à la tienne, je ne vois pas comment tu fais pour la supporter.

– Mais je ne la supporte pas! hurla John tandis qu'un hors-bord tirant un skieur éventrait les eaux du lac devant eux dans un épouvantable vacarme. C'est ce qui est en train de me rendre fou.

Les échos d'un match de *softball* parvinrent à leurs oreilles. Un 747 griffait silencieusement le ciel.

– Papa! Papa!

Les enfants lui faisaient de grands signes.

– Mais ça, c'est pire! lança-t-il à Edna jeune et mince, qui portait un maillot de bain deux pièces. (Le chien des voisins vint tourner autour d'eux en frétillant de la queue; elle le laissa lui lécher la main.) Ça n'est pas réel, et ça n'est même pas une invention, un rêve; ici, à l'intérieur, tu es morte, Edna. Tu ne sors pas de tes vieilles bandes et tu te laisses flotter... flotter...

Il eut un haut-le-cœur. L'image d'un fœtus apparut progressivement, disparut puis réapparut. Il sentit quelque chose contre son visage, comme si un océan de temps le noyait, le happait. Rien n'était réel. A l'exception de la chose qu'Edna était devenue et qui s'exprimait par l'intermédiaire de son simulacre mort depuis bien longtemps, au bord du lac.

– John, ça suffit! J'en ai assez d'écouter tes horreurs!

– Oh, mon Dieu! Tu ne vois pas que nous sommes morts, Edna? Nous sommes morts, nous sommes prisonniers de nos propres enregistrements, et ce n'est que...

– Au revoir, John, fit sèchement Edna. (Elle but une autre gorgée de limonade.) Tu étais nettement mieux avant!

– Edna! Edna! Ne nous sépare pas! Il ne reste que toi!

*Edna*: Dis, mon chéri, si on allait à l'intérieur? J'aime bien l'amour l'après-midi.

*Un roulement de tonnerre déchire le ciel. Il commence à pleuvoir. Edna se met à rire; elle défait le haut de son maillot.*

*Edna* : Oh, je vais être trempée. Si tu prenais une serviette pour venir m'essuyer?

*Elle se lève en riant, prend John par la main et le conduit à l'intérieur.*

– Oh, non, non! hurla John tandis que son personnage la suivait.

Car elle avait disparu, et il avait en mémoire tous les détails de ce programme : chaque scène, chaque cadrage, chaque effet spécial. Il sentit quelque chose se briser en lui. Il fallait sortir de là. Incapable de choisir un programme pour occuper sa tranche horaire, il régla son videx sur la position de recherche accélérée.

Dans la bouche de Marilyn Monroe sillonnant la mer des Antilles – un fœtus flotte dans l'amnios éternel – gorille géant pourchassant les sombres indigènes de leur maison – un million de points électroniques scintillent et écrasent ses yeux – volant comme un oiseau entre les gratte-ciel de New York, autour de la tour Eiffel – il suffoque dans l'océan du temps – menant la charge de cavalerie pour planter le drapeau sur Iwo Jima – ses poumons n'en peuvent plus, il cherche la surface qui n'est pas là – émergeant du sas dans la lumière de trois soleils – à jamais enlisé dans des sables mouvants sirupeux – arrivant au harem du sultan dans le véhicule blindé du Roi Arthur –

Eveillé, vivant, en possession de tous ses sens, il n'en

finit pas de flotter et d'étouffer dans les sables mouvants amniotiques, tandis que des images dépourvues de signification assaillent ses yeux; il passe d'un rêve suffocant interminable à un autre rêve suffocant interminable qui refuse de disparaître, qui ne peut pas disparaître, sans quoi...

Il affronte les mousquetaires suspendu à une liane au milieu de la jungle de la Grande Barrière de corail avec Edna dans un hamac il glapit de jouissance dans le harem avec une douzaine de houris fend l'espace hurle autour des grands anneaux de Saturne hurle dans le vide éternel, glacial, sépulcral, noir, piqué de points de phosphore il se noie suffoque hurle mon Dieu non non oh non...

En sortant du personnage-témoin de la reine Elisabeth, Edna songea à John. Combien de temps s'était écoulé depuis ce terrible et dernier programme qu'il avait partagé en temps réel avec elle? Etait-ce toujours la même saison télévision?

C'était l'heure du dîner, et elle programma donc la séquence de dîner C. John, elle et les enfants étaient à table à l'occasion de la fête du *Thanksgiving.* Elle avait mis sa plus belle robe, les enfants étaient coiffés et tirés à quatre épingles, John portait un costume.

*John* : Chérie, cette farce est délicieuse!
*Sammy* : Je peux avoir l'autre cuisse?
*Ellie* : Passe-moi la confiture de canneberge.
*Edna* : C'est merveilleux une bonne soirée de *Thanksgiving,* bien calme, n'est-ce pas, John? Rien que nous quatre...

Edna rayonnait de bien-être, elle était en paix avec elle-même, avec sa famille, elle était en harmonie avec le monde. Elle eut une pensée maternelle : *il faudrait vraiment que j'invite John à partager cette merveilleuse soirée en temps réel avec nous. Je devrais lui donner une dernière chance de se comporter en bon époux et en bon père de famille.*

Pleine de charité chrétienne, elle l'appela sur son canal tout en servant les patates douces au sucre de canne et en tendant le sel à son mari radieux qui déposa au passage un baiser sur son alliance :

– John ? Je suis en train de fêter la *Thanksgiving* avec toi et les enfants; j'aimerais bien que tu sois un bon père et que tu partages le repas avec nous en temps réel.

Le canal d'appel demeura un instant muet tandis que John servait la cuisse à Sammy. Puis, au moment où Sammy prenait le morceau de viande pour le mordre à pleines dents avec son appétit de gamin, John se mit à hurler.

Une plainte déchirante, épouvantable, sans fin, un cri horrible qui gâchait tout. Edna en eut presque mal aux dents.

– John Rogers, tu n'es qu'un animal ! Je ne te connais plus, et je ne veux plus te connaître ! lança Edna en réplique à l'affreux hurlement.

Et elle interrompit définitivement la communication.

*John* : Sammy, arrête de glouglouter comme ça quand tu manges, ou tu vas te transformer en dinde.
*Sammy : (imitant une dinde)* Glouglou, glouglou !
*Tout le monde se mit à rire.*
*John* : Donne-moi encore un peu de petits pois, chérie. Qu'est-ce que vous en dites, les enfants, vous ne trouvez pas que votre mère est la meilleure cuisinière du monde ?
*Sammy et Ellie* : Oh si, m'man !

Aux anges, Edna tendit à John le plat de petits pois à la crème. Il lui sourit. Edna était détendue, elle se sentait bien. Il n'y avait rien de tel qu'un bon repas de fête à l'ancienne, bien préparé, en famille. Une famille paisible, affectueuse, éternellement unie.

Elle décida de passer un programme porno romantique après le dîner. Elle ferait la connaissance de John dans un café élégant de l'ancienne Vienne, ils danseraient la valse dans d'immenses salons, s'offriraient une bouteille de champagne à bord d'un bateau-mouche sur la Seine, puis feraient l'amour sur une peau d'ours devant une cheminée crépitante. Elle savait que ce serait une soirée absolument parfaite.

# La vierge et la licorne

LYON SPRAGUE DE CAMP

Une fois que la ligne de diligence de Sir Eudoric Dambertson fonctionna sans anicroche, ce dernier songea à l'étendre. Il la prolongerait de Kromnitch jusqu'à Sogambrium, la capitale du Nouvel Empire de la Napolitanie. Il commanderait un second coche, engagerait un copiste pour le seconder dans la tenue des livres de comptes...

Il faudrait avant tout étudier la mise en place d'une fin de parcours à Sogambrium. Aussi, placarda-t-il des avis à Zurgau et Kromnitch, annonçant que le jour dit, au lieu de faire demi-tour à Kromnitch pour s'en retourner à Zurgau, il poursuivrait jusqu'à Sogambrium avec les voyageurs qui auraient la gentillesse de payer le tarif supplémentaire.

Eudoric obtint une lettre d'introduction de son commanditaire, le Baron Emmerhard de Zurgau, qui avait failli, jadis, devenir son beau-père. Cette lettre recommandait Eudoric au frère de l'Empereur, l'Archiduc Rolgang.

– En guise de présent, déclara Emmerhard en caressant sa barbe grisonnante, tu emmèneras avec toi l'un de mes meilleurs limiers. Sans présent, l'on n'obtient rien à la cour.

– C'est fort aimable de votre part, sir, fit Eudoric.

– Pas tant que cela. N'oublie pas de porter au débit, dans les frais de fonctionnement, le prix de la bête.

– Et quel sera le montant de cette somme?

– Klea va au moins chercher dans les cinquante marks...

– Cinquante! Seigneur, c'est absurde! Je ne puis amasser...

– Foin d'impertinences, freluquet! Tu ignores tout des chiens...

Après quelques arguties, Eudoric obtint que la valeur de Klea fût abaissée à trente marks, somme qu'il estimait encore beaucoup trop élevée. Quelques jours après, il entreprit le voyage avec Klea, enfermée dans une cage qui était attachée à l'arrière de la diligence. Sept jours plus tard, celle-ci, conduite par Jillo, le commis d'Eudoric, roulait dans Sogambrium.

Eudoric n'avait vu la capitale impériale qu'une seule fois dans sa prime enfance. En comparaison, Kromnitch n'était qu'une bourgade et Zurgau, un village. Les pignons ardoisés semblaient s'étendre à perte de vue, comme les vagues de la mer.

Les hordes qui grouillaient dans les rues ravinées par les pluies rendaient Eudoric mal à l'aise. Leurs habits ne s'étaient jamais vus à la campagne. Les hommes affichaient des souliers à longue pointe relevée, munis de lacets qui s'attachaient au-dessous des genoux; les femmes arboraient des chapeaux coniques hauts d'un mètre. Tous semblaient pressés. Eudoric éprouvait des difficultés à comprendre le dialecte métropolitain. Les Sogambriens avalaient les mots, laissaient tomber des syllabes entières et utilisaient rarement la forme familière et ancienne du tutoiement.

Après avoir pris ses quartiers dans une auberge ordinaire, Eudoric laissa Jillo s'occuper de la diligence et de l'attelage. Klea en laisse, il se fraya un chemin au travers d'une bruine grise jusqu'au palais archiducal. Tout en s'efforçant de passer inaperçu, il ouvrait grand ses yeux et ses oreilles.

Le palais, encastré dans ses murs de pierre enjolivés de dessins fantastiques, sculptés dans un style moderne et chamarré, jouxtait la Cathédrale du Couple Divin. Eudoric avait suffisamment fait négoce avec la cour de son propre souverain, le Roy Valdhelm III de Locanie, pour savoir ce qui l'attendait au palais. Grâce à son entregent, il obtint une audience avec l'Archiduc le deuxième jour de son arrivée.

– Une brave bête, fit Rolgang, en flattant son encolure.

Vêtu de soies de Chine or et pourpre, l'Archiduc était un homme replet, aux petits yeux perçants en trou de vrille.

– Sir Eudoric, parlez-moi de votre entreprise de diligences.

Eudoric expliqua que, lors de son voyage en Pathénie, il avait découvert l'existence d'un service régulier de diligences, chose inconnue dans l'Empire. Il précisa qu'il avait appliqué cette idée dans sa patrie, l'Arduen, Baronnie de Zurgau du Comté de Treverie du Royaume de Locanie et qu'il possédait un coche de style pathénien, construit par les artisans locaux.

– Cela donne à réfléchir, fit l'Archiduc. Mais je peux sans mal aucun prévoir certains effets néfastes pour une bonne gouverne. Les scélérats se serviront de votre diligence pour fuir la justice. Les faillis quitteront les lieux où ils se sont endettés pour rebâtir leur négoce ailleurs. Des agitateurs subversifs parcourront le pays pour y répandre le mécontentement et dresser la canaille contre les gens de bien.

– Nonobstant, Votre Altesse, si ce commerce prospère, peut-être pourriez-vous prélever une taxe, insinua Eudoric.

Les yeux en vrille s'éclairèrent.

– Ha, ha! jeune homme! Vous avez un fort penchant pour la veine jugulaire, il me semble! Compte tenu de cette qualité de votre personne, je suis certain que Sa Majesté Impériale ne fera pas obstacle à votre projet. Eh bien, autant vous prévenir. Sa Majesté Impériale reçoit demain à 10 heures; je vous présenterai donc à Sa Majesté mon frère.

Quittant le palais, l'âme ragaillardie par cet inattendu et heureux coup du sort, Eudoric songea à s'acheter un nouveau costume à la mode. Mais sa nature économe rechignait à l'idée de dépenser son capital pour un nouvel habit tant que celui qu'il portait ne montrait pas de signe d'usure. Il se réconforta à l'idée qu'il pourrait faire meilleure impression en tant que roturier rustique, sinon stylé, du moins propre et décent, qu'en pâle pastiche d'un dandy de la métropole.

Le lendemain matin, Eudoric, courtaud, brun, aux mâchoires tendues et à la mine grave, vêtu d'une sobre robe de bure foncée, était aligné avec une cinquantaine d'autres gentilshommes de l'Empire. L'Empereur Thorar IX et son frère avançaient à pas lents, tandis qu'un officier introduisait chacun de ces requéreurs :

– Votre Majesté Impériale, permettez-moi de vous présenter le Baron Gutholf de Drin, qui combattit vaillamment dans les forces de l'Empire lors de l'écrasement de l'ultime rébellion d'Avionie. A présent il se consacre à la remise en état de ses terres; il assèche et endigue un nouveau polder.

– Bravo, monsieur le Baron de Drin! s'exclama l'Empereur. Il nous faut montrer à nos sujets abusés par des agitateurs de basse naissance et fourvoyés dans le chemin de la rébellion que nous les aimons en dépit de leurs erreurs.

Thorar était de grande taille, mince et voûté. Il arborait une barbiche grise et parlait d'une voix grinçante. Il était tout de noir vêtu. Deux médailles serties de pierres précieuses flamboyaient sur sa poitrine.

– Votre Majesté Impériale, annonça l'huissier, voici Sir Eudoric Damberston d'Arduen, le fondateur de la ligne de diligences de Zurgau à Kromnitch.

– C'est l'homme dont je vous ai parlé, ajouta l'Archiduc.

– Ah, sir Eudoric! s'exclama l'Empereur. Nous sommes au courant de votre commerce. Nous nous verrons d'ici peu à ce sujet. Mais... n'êtes-vous point cet Eudoric qui mit à mort un dragon en Pathénie, puis combattit l'araignée géante dans la forêt de Dimshaw?

Eudoric minauda un sourire.

– En effet, c'était moi. Encore que, Votre Majesté Impériale, ces captures furent plus le fruit d'un heureux sort que de mon adresse.

Il se garda d'ajouter que Jillo avait tué le dragon et qu'il avait laissé filer par toquade sentimentale l'araignée géante lorsqu'elle s'était retrouvée sous son arbalète.

– Fadaises que tout cela! trancha l'Empereur. La chance sourit aux audacieux. Dès lors que vous avez fait montre d'une telle bravoure face à ces bêtes étranges, nous avons une besogne à vous confier. (L'Empereur se retourna vers l'Archiduc.) Disposons-nous d'une demi-heure après ceci, Rolgang?

– Si fait, Majesté.

– Eh bien, amenez ce garçon dans la Salle des Audiences Privées, je vous prie. Et dites à Heinmàr de retirer le dossier de Sir Eudoric du fichier.

L'Empereur poursuivit son chemin.

Dans la Salle des Audiences Privées, Eudoric trouva l'Empereur, l'Archiduc, le Ministre des Travaux Publics, le Secrétaire de l'Empereur et deux gardes du corps en cuirasse d'argent et heaume à plumet. L'Empereur tournait les pages d'un mince folio.

– Asseyez-vous, sir Eudoric, dit Thorar. Cette affaire promet d'être longue, et point n'est besoin d'infliger sans raison un mal de genou à des sujets loyaux. Nous constatons que vous n'avez pas d'épouse, bien que vous ayez près de trente ans d'âge. Quelle est la cause de cet état?

Eudoric pensa que ce vieux garçon avait l'air gâteux, mais que son esprit semblait intact.

– J'ai eu des promises, Votre Majesté Impériale, mais la mal chance m'a à chaque fois retiré ma fiancée. Que je sois célibataire n'est point faute d'inclination envers l'autre sexe.

– Hum! Il nous faut remédier à cette condition. Rolgang, votre fille cadette est-elle déjà engagée?

– Nenni, Sire.

L'Empereur se retourna.

– Sir Eudoric, venons-en au vif de la question. Le mois prochain, le Grand Kan des Pantoroziens vient en visite officielle et il nous fera présent d'un jeune dragon pour enrichir notre ménagerie impériale. Comme vous le savez sans doute, notre collection zoologique est, après le Salut de l'Empire, notre plus grande passion. Mais, pour l'honneur de notre pays, nous ne pouvons laisser ce païen d'Easterling faire assaut de générosité.

» La race des dragons s'est éteinte dans l'Empire, à moins que certains ne se tapissent encore dans les contrées les plus sauvages de notre pays. J'ai maintes fois entendu dire qu'à l'ouest d'Hessel, là où s'étend la région sauvage de Bricken, demeurent force bêtes curieuses. Et parmi elles, la licorne.

Eudoric haussa les sourcils.

– Votre Majesté Impériale voudrait-elle offrir à ce Pantorozien une licorne ?

– Si fait, sir. Vous avez mis dans le mille. Qu'en dites-vous ?

– Ma foi... euh... quoique flatté par ce grand honneur, Votre Majesté Impériale, je ne puis savoir si je suis à même d'accomplir ce haut fait. Comme je vous l'ai expliqué, mes précédentes captures ont plus été le fruit de la fortune que de mon adresse ou de ma vaillance. En outre, la bonne marche de ma ligne de diligences requiert une attention constante, prend tout mon temps...

– Sottises, mon garçon ! Vous avez tout bonnement soif de recevoir un gage honnête en échange de ce labeur. Comme nous tous; bien que nous autres, de sang royal, affectons d'être au-dessus du vil désir de gains matériels. Hein, Rolgang ?

L'Empereur fit un clin d'œil. Eudoric trouva le cynisme clément de ce souverain rafraîchissant par rapport au faux mépris de l'argent qu'affichait la petite noblesse provinciale parmi laquelle il vivait. Thorar poursuivit :

– Eh bien, en ce moment, nous n'avons ni comté ni baronnie de libre à vous octroyer, mais mon frère a une fille nubile. Ce n'est pas la plus belle des plus...

– Petrilla est une *brave* fille ! trancha l'Archiduc.

– Nul ne le nie, nul ne le nie. Mais nul ne la propose pour la Couronne de la Beauté aux tournois. Eh bien, sir Eudoric, qu'en dites-vous ? Une licorne pour la main de Petrilla fille de Rolgang ?

Eudoric prit son temps avant de répondre.

– Il serait préférable que cette jeune dame donne son consentement. Puis-je avoir l'honneur de la rencontrer ?

– Certes. Rolgang, je vous prie, arrangez une entrevue.

Eudoric était tombé amoureux à plusieurs reprises. Mais la funeste issue de ses passions avait fini par lui donner un point de vue froid et réaliste sur la guerre des sexes. Les femmes grosses ne lui plaisaient pas. Or, Petrilla était grosse – point encore démesurément, mais d'ici quelques années... Elle était brune, replète, aux traits rudes et encline aux petits gloussements.

En soupirant, Eudoric pesa le pour et le contre d'un hyménée avec une femme sans appas bien que dotée d'une parenté éminente. Mais pour celui qui veut embrasser une carrière de courtisan et de magnat, les avantages de la position de beau-fils de l'Archiduc l'emportaient sur toute autre considération. Après tout, Petrilla semblait saine et d'un naturel aimable. Si elle se révélait par trop ennuyeuse, il pourrait toujours chercher réconfort ailleurs.

De retour en Arduen, Eudoric s'en alla trouver son vieux tuteur, le Dr Baldonius, qui, lors, vivait en semi-retraite dans une cabane sise au milieu des bois. Baldonius (sorcier lettré de son état, auquel les théurgies occasionnelles assuraient ses rentes) sortit son immense encyclopédie et en défit le fermail.

– La licorne, dit-il, en tournant les pages du parchemin craquelé. Ah! voilà. « L'unicorne, dite Dionhyushelicornus, est la dernière survivante de la famille des Entelodontidae. Sa corne en spirale, qui se dresse sur le front de l'animal, n'est pas constituée d'une seule pièce, en raison de l'engrenure située le long de la partie médiane du front. Il s'agit, en fait, d'une paire de cornes soudées et tressées en une pointe unique. La légende selon laquelle cette bête sauvage peut être domestiquée et amadouée par une vierge humaine semble avoir un fond de vérité. Selon les fables... » Mais tu les connais.

– Oui, répondit Eudoric. Vous vous procurez une vierge – si vous en trouvez une – et la faites asseoir sous un arbre dans une forêt fréquentée par les licornes. La bête s'approchera et posera sa tête dans le giron de la pucelle, alors les chasseurs pourront impunément accourir la capturer. Comment cela est-il possible?

– Mon confrère, le Dr Bobras, dit Baldonius, a publié une monographie à ce sujet. Attends que je la cherche. Ah, la voilà. (Baldonius extirpa un rouleau d'un casier.) La théorie, sur laquelle il a travaillé depuis l'époque où nous étions ensemble étudiants, est que la licorne a une extraordinaire sensibilité aux odeurs. Avec ce grand groin, ce n'est point impossible. Bobras en a déduit qu'une vierge répand une odeur différente de celle d'une femelle humaine dépucelée et que cet effluve annule les instincts féodaux de la brute. *Fieri potest.*

– Fort bien, dit Eudoric. Supposons que je déniche une vierge qui accepte de participer à cette expérience, qu'est-ce que je fais ensuite? Car foncer sur une bête en état comateux et plonger un épieu dans ses parties vitales est une chose et la capturer vivante et intacte pour la ramener à Sogambrium tout à fait une autre chose.

– Hélas! Je crains n'avoir nulle expérience en la question. En tant que végétarien, je me tiens à l'écart de tout ce qui a trait à la chasse et à la vénerie, du moins lorsqu'on donne à ce terme l'acception de l'art de la chasse. Nonobstant, *scilicet*, sa deuxième signification est susceptible d'intéresser un initié comme moi-même.

– Qui pourra donc me conseiller en la matière?

Baldonius réfléchit puis sourit au travers de sa barbe foisonnante.

– Il existe un expert, aussi invraisemblable que cela soit, qui demeure tout près du domaine du Baron de Rainmar, à savoir et pour tout dire: ma cousine Svanhalla.

– La sorcière de Hesselbourn?

– En personne. Mais surtout ne l'appelle pas ainsi devant elle. Un sorcier, insiste-t-elle, est un praticien des deux sexes, qui accomplit des maléfices illicites – alors qu'elle, elle est une magicienne ou une enchanteresse exerçant dans le cadre de la loi pour le bien d'autrui. Mon encyclopédie retrace la dérivation de ces termes...

– Peu importe, trancha Eudoric d'un ton vif, alors que

Baldonius commençait à tourner les pages. Je ne l'ai jamais rencontrée, mais j'ai entendu parler d'elle. J'ai ouï dire qu'elle est une vieille capricieuse à l'esprit confus. Que peut-elle donc savoir des techniques de la chasse?

– Elle connaît des choses surprenantes. Dans notre confrérie, il a toujours été dit que si l'on souhaite apprendre quelque chose d'absolument dérisoire ou singulier, que l'on n'est en droit d'attendre de personne, il faut aller voir Svanhalla. Par exemple, quel fut le petit déjeuner du Comte Holmer, le prétendant, le jour où sa tête fut tranchée? Je te donnerai une lettre pour elle. Cela fait des années que je ne l'ai pas vue; je crains un peu sa langue râpeuse.

– Ainsi, vous vous prenez à présent pour un chevalier? demanda Svanhalla, assise avec Eudoric dans sa hutte obscure. Mais sans un seul haut fait d'armes, tralalère! tralalère! Simplement parce que vous avez eu la finesse de profiter du sort. Je sais bien comment vous avez tué le dragon pathénien – vous avez complètement échoué avec le tube à foudre de Serican, vous avez pris vos jambes à votre cou pour sauver votre peau, et Jillo par chance a mis le feu au sac de poudre juste au moment où la bête se tortillait dessus.

Eudoric maudit en silence la langue trop bien pendue de son commis, mais il ne perdit point patience.

– Madame, j'aurais beau avoir été deux fois plus brave et trois fois plus habile dans le maniement de cette arme à foudre, cela n'aurait servi à rien si la chance avait été contre nous. Le reptile nous aurait avalés en quelques bouchées savoureuses. Mais occupons-nous de l'affaire qui m'amène ici. Baldonius m'a dit que vous pouviez me conseiller pour capturer les licornes à Bricken.

– Si j'y trouve quelque intérêt, que diantre!

– Combien voulez-vous?

Après quelques chipotages, Eudoric et Svanhalla se mirent d'accord pour la redevance de soixante marks, répartie comme suit : la moitié ce jour et le reste une fois la licorne mise en sécurité. Eudoric versa la somme.

– D'abord, expliqua la sorcière de Hesselbourn, vous

devez trouver une vierge, âgée de plus de quinze ans. Si ce que l'on raconte est exact, cela prendra un certain temps en Arduen, car si vous et vos frères débauchés...

– Madame! Depuis près d'une année, je n'ai eu aucun commerce charnel avec les jeunes filles du pays...

– Mais oui, mais oui, je sais. Lorsque le désir se fait trop vif, vous vous rendez à Kromnitch visiter les prostituées. Vous devriez être honorablement marié à l'heure qu'il est, mais aux yeux des jouvencelles, vous n'êtes qu'un opportuniste à sang froid. A cet égard, elles n'ont point tout à fait tort; car si vous aimez les femmes, vous chérissez votre or encore plus, hé hé!

– Ce n'est point votre affaire, répliqua Eudoric. Je viens chercher conseil à propos de la chasse et non de l'amour.

– Ah! Eh bien, donc, votre frère Olf fait des ravages parmi les jeunes filles d'Arduen. Je ne l'en blâme pas pour autant. Il est de gentille figure et il ne manque pas de filles de la roture pour s'imaginer que leur pucelage est un hameçon de bon acier. Elles espèrent, sinon un hyménée avec un hobereau, du moins un concubinage qui leur soit profitable. Ainsi donc toutes s'époumonent : « Venez, prenez-moi, mon bon seigneur! » Quelle époque dégénérée et corrompue que la nôtre!

– Puisque vous n'ignorez rien des affaires d'Arduen, qui, donc, y *est* encore vierge?

– Pour cela, il me faut consulter mon amie intime. (Après quelques instructions supplémentaires sur les mécanismes de la capture, elle ajouta :) Revenez demain. Mais avant, allez chez le cordier commander votre filet et chez Karlvag, l'artisan pour la cage à roulettes. Assurez-vous qu'ils soient assez grands et solides, sinon vous risquez d'avoir moins de chance qu'avec le dragon, hé!

Lorsque Eudoric s'en revint chez Svanhalla, il la trouva en grande discussion avec une chauve-souris de la taille d'un aigle. Cette créature était suspendue la tête en bas, en compagnie de jambons fumés, de sacs d'oignons et autres denrées. Au bond en arrière que fit Eudoric, la sorcière ricana :

– N'aie point peur de Nigmalkin, valeureux chevalier! Il n'existe pas de par le Royaume de petit démon plus aimant. En outre, elle m'a raconté ce qu'il vous siérait de savoir.
– Qu'est-ce à dire?
– Que de par tout l'Arduen, nulle gueuse ne répond à vos conditions. De fait, il est bien des vierges, mais elles ne sont pas conformes à ce que vous recherchez. Cresseta, fille d'Almund, est malade et à l'agonie. Quant à Greda, son père est un religieux fanatique qui ne la quitte pas des yeux une seconde. Et ainsi de suite.
– Qui donc est disponible?
– Bertrud, fille d'Ulfred le Sale.
– Oh, Seigneur! Elle tient de lui; on peut la détecter à un demi-mille par jour sans vent. C'est tout ce que vous avez trouvé, Svanhalla?
– Eh oui. C'est à prendre ou à laisser. Après tout, un peu de puanteur ne devrait pas indisposer un fier et farouche aventurier comme vous, n'est-ce pas?
Eudoric soupira.
– Eh bien, je n'aurai qu'à imaginer que je suis retourné dans la cellule de la prison de Pathénie; l'odeur y était pire que tout.

Bertrud, fille d'Ulfred, eût été jolie fille si elle avait été propre. Certains diraient, même, belle. Mais un diseur de bonne aventure avait prédit à Ulfred le Sale qu'il périrait foudroyé en faisant ses ablutions. Il n'avait dès lors plus jamais eu le moindre contact physique avec l'eau, et sa fille avait fait sienne sa néfaste habitude.

Eudoric chevaucha d'Arduen jusqu'en la contrée sauvage de Bricken, non sans faire un détour pour éviter le domaine de son vieil ennemi, le Baron Rainmar de Hessel. Il prit garde, au long de ce périple, de rester sous le vent.

Outre Bertrud, le frère cadet de Jillo, simple manant, répondant au nom de Theovic Godmarson, accompagnait Eudoric afin de le seconder dans la partie laborieuse de la besogne. Jillo suivait en conduisant la cage montée sur roues. Eudoric laissa Jillo avec ce véhicule à l'orée de la forêt, aucun chemin n'étant assez large pour qu'il y puisse passer.

Après une journée de recherche, menée en prenant soin d'éviter les toiles presque invisibles des araignées géantes, Eudoric choisit le lieu de la capture. Il s'y dressait un immense hêtre, aux branches suffisamment basses pour que l'on puisse aisément y grimper. Près de là, coulait un affluent du Lupa, au bord duquel ils établirent leur campement.

Le reste du jour, ils s'employèrent à installer le filet. Il fallut l'attacher à l'aide de nœuds coulants aux plus hautes branches du hêtre, ainsi qu'à deux autres arbres avoisinants, de sorte que pour faire tomber l'ensemble il suffisait de tirer brutalement sur la corde qui pendait. Les poids de plomb, fixés au bord du filet, tiendraient la bête au sol. Une fois cette tâche achevée, Eudoric et Theovic étaient ruisselants de sueur. Ils se laissèrent tomber à terre et s'allongèrent, pantelants, à l'écoute du bourdonnement et du grésillement des insectes.

– J'ai envie d'un bain, dit Eudoric. Vous aussi, Theovic? Bertrud, si vous contournez ce coude de la rivière, vous trouverez un trou d'eau où vous pourrez vous laver en toute tranquillité.

– Moi, me laver? s'exclama-t-elle. En v'là une habitude malsaine. Et pis, vous risquez d'mourir de froid. C'est vot'e affaire, dame!

Durant la nuit, Eudoric entendit une licorne s'ébrouer. En suite de quoi, au matin suivant, il obligea Bertrud à s'asseoir au pied du hêtre, tandis que lui-même et Theovic grimpaient à l'arbre pour attendre leur proie. Tout en scrutant le paysage au travers des feuilles vert mordoré, Eudoric tenait la corde qui entraînerait la chute du filet. Bertrud chassait, languide, la nuée de mouches qui lui faisait une escorte permanente.

La licorne fit son apparition au cours de l'après-midi. Elle ne ressemblait guère aux créatures délicates, mi-chevaux, mi-gazelles, représentées sur les tapisseries du palais de l'Empereur. Son corps et ses membres faisaient songer à un buffle, de six pieds de haut au niveau de la bosse du dos, tandis que son immense tête de phacochère avait quelque ressemblance avec celle d'un porc géant. La corne torsadée jaillissait de son front.

La licorne s'approcha de l'arbre sous lequel Bertrud était assise. La bête avançait pas à pas, avec précaution. Lorsqu'elle se trouva sous le filet, elle s'arrêta et flaira l'air de ses grands naseaux évasés.

Elle prit le vent encore une fois. Puis elle rejeta la tête en arrière et poussa un colossal grognement, presque identique au rugissement du lion, mais plus guttural. Elle roula des yeux et piétina la terre de ses sabots avant fourchus.

– Bertrud! s'écria Eudoric. Elle va charger! Grimpe dans l'arbre! Tout de suite!

Au moment où la licorne bondit en avant, la jouvencelle, qui avait observé avec une épouvante croissante sur sa face souillée de terre, sauta sur ses pieds et se hissa sur les basses branches. La bête s'arrêta en dérapant et regarda autour d'elle, les yeux injectés de sang.

Eudoric tira sur la corde. Le filet commença à tomber, mais la licorne fit un nouveau saut en avant, se déroba pour éviter l'arbre et poursuivit son chemin. L'un des poids en plomb heurta sa croupe, lorsque le filet tomba au sol.

Avec un mugissement d'effroi, l'animal pirouetta en montrant ses crocs. N'apercevant aucun ennemi, elle s'enfonça au galop au plus profond de la forêt. Les craquements et le martèlement de ses sabots s'estompèrent.

Une fois les chasseurs de licorne à terre, Eudoric expliqua :

– Voilà qui tranche l'affaire! Baldonius affirme que ces créatures sont sensibles aux odeurs. Vous, ma chère Bertrud, vous en avez pour six. Theovic, tu iras à Hessel Minor acheter un pain de savon et une éponge. Voici l'argent.

– Ne feriez-vous pas mieux d'y aller vous-même, mon Seigneur? Ainsi je pourrais surveiller la damoiselle, suggéra Theovic d'un air matois.

– Que non! Si l'on me reconnaissait, Rainmar lâcherait ses sbires contre nous. Aussi garde-toi bien là-bas d'ouvrir la bouche. Va, et avec un peu de chance, tu seras de retour pour le souper.

En soupirant, Theovic sella son cheval et s'en fut au trot. D'une lèvre tremblante, Bertrud demanda :

– Que... qu'allez-vous m'faire, sir? Me battre, me fouetter?

– Fadaises, ma gaillarde! Je ne toucherai pas à un seul cheveu de ta tête. Ne t'imagine point que, sous prétexte que mon nom est précédé d'un « sir », je vais me permettre de rudoyer les manants. J'essaye de traiter autrui comme il le mérite, qu'il soit serf ou roi.

– Qu'allez-vous donc faire?

– Tu le verras.

– Vous voulez me laver, c'est ça! Je ne le supporterai pas. Je m'enfuirai dans les bois...

– Avec les licornes et toutes les autres bêtes mystérieuses qui y rôdent? Tu n'y penses pas!

– Vous verrez! J'irai...

Elle commença à prendre la fuite. Eudoric imita le mugissement de la licorne. Bertrud hurla, s'en revint en courant et se jeta à son cou. Ce dernier la repoussa avec la dernière fermeté en lui disant :

– Quand tu te seras lavée et que la licorne sera capturée, alors, si tu te plais à ce genre de jeux, nous verrons.

Theovic arriva au coucher du soleil :

– Voilà votre savon et tout le reste, mon Seigneur.

Eudoric remit le bain au lendemain.

En toute petite tenue et avec l'aide empressée de Theovic, celui-ci traîna et poussa jusqu'à la rivière Bertrud en larmes qui se débattait tant qu'elle pouvait. Ils lui retirèrent sa jupe et son corsage et la plongèrent dans l'eau.

– Dieu que c'est froid! hurla-t-elle.

– C'est c'que nous avons de mieux, damoiselle, répondit Eudoric en la frictionnant vigoureusement. Grand Dieu, ma gaillarde, tu n'es que crasse sur crasse! Tiens-toi tranquille, sinon gare à tes fesses! Theovic, passe-moi le peigne. Je vais lui enlever quelques-uns des nœuds qu'elle a dans sa tignasse! Parfait, je m'occupe du reste. Il est temps de nourrir les chevaux.

Theovic s'en retourna vers le campement. Eudoric continua à savonner, récurer et tremper sa victime dans l'eau.

– Voilà, dit-il. Est-ce si terrible que ça?

– Je... je n'sais pas, sir. C'est la première fois... Mais j'ai froid. Laissez-moi me réchauffer contre vous. C'est-y que vous êtes un solide gaillard, ben dame.

– Vous n'avez pas l'air faible non plus, vu le mal que j'ai eu à vous amener ici.

– Je besogne dur. Y a plus personne pour les corvées, sauf moi et mon père, depuis qu'ma mère est partie avec ce malandrin. Quels muscles!

Elle tâta ses biceps, en s'approchant au point de frotter ses grands et fermes tétons contre sa poitrine. Eudoric sentit une agitation familière dans sa culotte.

– Du calme, du calme, ma douce! J'ai dit *après* la capture de la brute, pas avant.

Comme elle se faisait encore plus pressante et qu'elle entreprenait d'explorer sa personne, Eudoric cria d'un ton cassant: « J'ai dit non! » et il la repoussa. Mais il la repoussa plus violemment qu'il ne le voulait, et la belle, tombant en arrière, fit un nouveau plongeon.

– Ah, c'est comme ça! Le grand et puissant chevalier n'veut point regarder une pauv'e paysanne! Il est au-dessus de ça! Y a que les putains parfumées et peinturlurées de la Cour qui sont bonnes! Vous pouvez toutes les emmener en enfer avec vous, je m'en fiche ben.

Elle ressortit sur la berge, ramassa ses hardes et s'enfuit vers le campement.

Eudoric la regarda s'éloigner avec un sourire chagrin. Puis il se consacra à son propre bain jusqu'à ce que le fumet du petit déjeuner lui rappelât que le temps passait.

Avec Theovic, il fixa à nouveau le filet. La licorne arriva vers midi. Comme la première fois, ils crurent qu'elle s'approcherait de leur appât, mais elle entra dans une rage frénétique. Et à nouveau, Bertrud se précipita dans l'arbre pour se mettre à l'abri.

La licorne n'attendit même pas que le filet tombe. Elle s'enfonça aussitôt dans la forêt.

Eudoric soupira.

– Au moins n'aurons-nous pas à hisser encore ce satané filet dans les arbres. Mais qu'est-ce qui n'a pas marché cette fois...? (Il entrevit un rapide sourire sur le visage de Theovic.) Oh, oh, il y a là anguille sous roche, hein? Pendant que j'me baignais c'matin à la rivière, tu prenais la drôlesse! Elle n'est donc plus vierge.

Theovic et Bertrud gloussèrent nerveusement.

Eudoric dégaina son cimeterre d'un geste brusque et se précipita sur les deux fripons. Ne sachant pas qu'il ne voulait que les fesser du plat de son arme, ils furent saisis d'une mortelle terreur et s'en furent en poussant des hurlements. Eudoric courut derrière eux en brandissant sa courte épée incurvée. Mais il trébucha contre une racine et s'affala sur le sol, les quatre fers en l'air. Quand il se fut remis sur pied, Theovic et Bertrud étaient hors de vue.

A la lisière de cette forêt inhospitalière, Eudoric expliqua à Jillo :

– Quand ton idiot de frère réapparaîtra, dis-lui que s'il veut recevoir ses gages, il doit revenir et finir sa besogne. Je ne veux point le punir de sa félonie. J'aurais dû prévoir ce qui allait arriver. Il me faut à présent te laisser ces bidets en garde, moi je monterai Daisy jusqu'à la hutte de Svanhalla.

Lorsque Eudoric s'en revint à la cabane de la sorcière de Hesselbourn, Svanhalla ricana :

– Ah, eh bien, vous fîtes de votre mieux. Mais lorsque le démon du désir charnel s'empare d'un damoiseau ou d'une jouvencelle, il faut une âme de moine pour le retenir. Ce dont ni l'un ni l'autre de ces deux coquins ne sont dotés.

– Ce n'est que vrai, madame, fit Eudoric. Mais à présent, où vais-je trouver une autre vierge, saine de corps et d'esprit?

– J'enverrai mon compère, Nigmalkin, observer les tenures du voisinage. La fille du Baron Rainmar, Maragda, est une pouliche qui n'a point encore été montée, mais ses épousailles doivent avoir lieu d'ici un mois. En outre, cela m'étonnerait fort qu'elle vous convienne.

– Il me faudra refuser! Rainmar me pendrait s'il pouvait mettre la main sur moi. Mais... Ecoutez, madame Svanhalla, *vous*, ne seriez-vous pas qualifiée pour tenir ce rôle?

La mâchoire osseuse de la sorcière s'affaissa.

– Voilà bien une chose à laquelle je n'aurais jamais songé, sir Eudoric. Toujours est-il qu'au cours de ces longues années – une centaine et des poussières – j'ai abjuré ces plaisirs charnels afin d'atteindre les plus hauts niveaux de la sagesse de la magie. Pour une certaine somme, je ne dis pas... Mais comment parviendrez-vous à emmener un vieux sac d'os comme moi dans cette forêt-là? J'ai encore assez de vivacité pour vadrouiller autour de ma cabane, mais point pour une longue marche à pied ou un périple à dos de cheval.

– Nous vous installerons une litière, dit Eudoric. Attendez-moi ici, je vais revenir tout de suite.

C'est ainsi qu'un mois et demi plus tard, la vieille sorcière de Hesselbourn était assise au pied du même hêtre dans la ramure duquel Eudoric avait attaché son filet. Au soir d'une longue journée d'attente, la licorne s'approcha enfin; elle huma l'air, puis s'agenouilla devant Svanhalla et posa sa tête porcine dans son giron osseux.

Eudoric tira sur la corde. Le filet tomba. Tandis que Svanhalla se mettait à l'abri, la licorne se releva brusquement, en agitant la tête et s'ébrouant. Mais ses efforts pour se libérer l'empêtraient davantage dans les mailles. Eudoric se laissa glisser au sol, détacha le cor de chasse fixé à son dos et y souffla pour appeler Jillo.

Eudoric, Jillo et Theovic, depuis lors pardonné, roulèrent la bête, épuisée, mais luttant encore, sur une peau de bœuf. En évitant ses sabots meurtriers et ses mâchoires écumantes, ils la ligotèrent. Puis ils attachèrent la peau à trois chevaux qui remorquèrent ce paquet brinquebalant le long de la sente qui menait à l'endroit où ils avaient laissé la cage.

Il leur fallut presque une journée pour enfermer l'animal dans cette prison. Il faillit une fois s'échapper et une pluie torrentielle rendit leur tâche plus ardue. La brute fut enfin mise en lieu sûr.

L'Archiduc Rolgang déclara :

– Sir Eudoric, vous avez réussi. L'Empereur est satisfait – que dis-je? ravi. En vérité, il admire tant votre bête qu'il a décidé de garder le monstre pour sa ménagerie personnelle au lieu de l'offrir au Grand Kan des Pantoroziens.

– J'en suis flatté, Votre Altesse, dit Eudoric. Mais il me semble que nous étions convenus d'une autre affaire au sujet de votre fille Petrilla, n'est-ce pas?

Le gros Archiduc eut un léger toussotement.

– Eh bien, quant à cela, vous me placez dans une position embarrassante. Voyez-vous, la damoiselle n'est plus à marier, hélas, quelles que soient la noblesse et les vertus de son prétendant.

– Elle n'est pas morte? s'écria Eudoric.

– Nenni, bien au contraire. Je l'avais réservée à votre personne, mais mes devoirs envers l'Empire l'emportent sur mes scrupules personnels.

– Auriez-vous la bonté de vous expliquer, mon Seigneur?

– Oui, certes. Le Grand Kan est donc venu nous rendre visite, comme prévu. Toutefois, celui-ci n'avait pas plus tôt posé un œil sur Petrilla qu'il fut pris d'une passion romantique. Elle n'y fut point insensible.

» Voyez-vous, mon petit gars, elle s'est toujours plainte que nul galant gentilhomme ne s'amourachât d'une jeune fille aussi courtaude, noiraude et en chair qu'elle. Mais voilà qu'arrive le puissant Kan Czik, maître et seigneur des hordes de nomades à coiffes de fourrure. Lui aussi est un être court, gros, aux jambes torses. Donc, ce fut l'amour au premier regard.

– Je croyais, insista Eudoric, qu'elle et moi avions échangé des promesses mutuelles – non point publiques, mais...

– Je les lui ai rappelées, également. Mais, si vous voulez bien me pardonner des propos si directs, il ne s'agissait que d'un dur traité commercial, sans plus de sentiment qu'un navet n'a de sang.

– Et elle est...

– ... partie avec le Grand Kan dans les steppes sans frontières, pour être sa dix-septième femme – ou peut-être sa dix-huitième –, je ne sais plus. Ce païen polygame n'est pas, cela va de soi, l'époux que je lui destinais; mais elle en a décidé ainsi. Mon frère impérial n'a pas cru nécessaire d'envoyer votre licorne, puisque Lord Czik avait déjà reçu de nos mains une perle de grande valeur qui n'a jamaïs été montée. Mais, même si nous ne pouvons plus disposer de Petrilla, mon frère et moi-même voulons que votre service soit récompensé. Levez-vous, sir Eudoric! Au nom de Sa Majesté Impériale, je vous décore, par ces présentes, de la Grande Croix de l'Ordre de la Licorne, aux branches de chêne serties de diamants.

– Ouille! s'écria Eudoric. Votre Altesse, est-il vraiment nécessaire d'épingler cette médaille à la fois sur ma peau et mon manteau?

– Oh, veuillez me pardonner, sir Eudoric! (L'Archiduc tripota la décoration de ses doigts dodus et parvint enfin à agrafer la croix.) Voilà, nous y sommes, mon petit gars! Regardez-vous dans la glace.

– Elle est splendide. Veuillez, je vous prie, transmettre à Sa Majesté Impériale mes remerciements et ma gratitude les plus sincères.

En son for intérieur, Eudoric fulminait. La médaille était belle; mais il n'était pas pour autant courtisan de la cour, paradant aux bals de l'Empire dans un costume étincelant. Sur son habit grossier, ce colifichet avait l'air ridicule. Alors qu'il se consolerait sans difficulté de la perte de Petrilla, songea-t-il, récompense pour récompense, une coquette pension aurait été la bienvenue ou au moins le remboursement des dépenses occasionnées par la chasse à la licorne. Bien sûr, si les temps devenaient difficiles et que la médaille n'avait pas encore été vendue ou volée, il pourrait toujours la céder ou la mettre en gage...

Nonobstant, il ne dit mot de ses pensées et s'efforça de

paraître tout à la fois surpris, intimidé, fier et reconnaissant. Rolgang ajouta :

– Et à présent, mon cher monsieur, venons-en à cette petite affaire dont nous avions déjà parlé. Vous êtes autorisé à prolonger votre ligne de diligences jusqu'à Sogambrium et au delà, si vous en avez les capacités. Toutefois, par décret de Sa Majesté Impériale, toutes les recettes perçues sur ces transports seront dorénavant soumises à une taxe de cinquante pour cent, payable par mensualités...

# Un vaisseau de pierre

LISA TUTTLE

J'arrivai dans une immense cité en ruine, au milieu du désert. Les énormes blocs de pierre avaient été taillés dans le roc et assemblés avec tant de précision qu'aucun mortier n'avait été nécessaire. Ce n'était pas une ville de lignes droites, mais d'angles arrondis et d'enceintes circulaires avec des murailles deux fois plus hautes qu'un homme. Elle paraissait gigantesque et d'une blancheur agressive sous le ciel bleu, perdue en plein désert.

Entrant par un passage voûté, je suivis des ruelles sinueuses, touchant de mes mains la pierre brûlée par le soleil. Ici et là, des signes avaient été gravés dans le roc. Du doigt, je dessinai le contour de l'un d'eux : un labyrinthe en forme de coupe avec en son centre, symbole stylisé, un oiseau prenant son essor.

La cité devait être abandonnée depuis des siècles. Les toits s'étant désagrégés depuis longtemps, tout était à ciel ouvert. Le sable porté par le vent avait recouvert le pavé des rues. Pour déserte qu'elle fût, même si cela ne semblait pas particulièrement réjouissant, cette ville n'avait rien d'étouffant. Je m'y sentais bien, je m'y sentais chez moi, comme si j'avais retrouvé un endroit qui m'était familier depuis l'enfance. Patiemment, je suivais les venelles tortueuses et pénétrais à l'intérieur de chaque demeure abandonnée, à la recherche de quelque chose.

Et je finis par trouver. Au beau milieu de la ville se trouvait une grande enceinte semi-circulaire. A l'intérieur, un trou avait été creusé dans la terre. Sans hésiter, je m'y glissai, ballottant des jambes jusqu'à ce que mes pieds trouvent appui sur des marches taillées dans la roche, si raides que je dus descendre assez vite. C'était plus proche de l'échelle que de l'escalier.

Je descendis très longtemps, dans une obscurité croissante. Mais au moment même où je me demandais jusqu'où j'allais ainsi m'aventurer sans savoir ce qui m'attendait, sans rien voir, j'aperçus une lueur en contrebas. Quand j'atteignis enfin le fond, je voyais parfaitement. Je me trouvais dans une petite alcôve de pierre. Derrière moi, il y avait les marches menant à la surface et devant, l'embranchement de trois tunnels. Je choisis celui du milieu qui était bien éclairé. Apparemment, la lumière provenait directement des murs et du plafond voûtés. Je marchai longtemps avant de percevoir, venant de loin, un bruit ouaté, irrégulier, comme l'écho d'une conversation.

Je parvins enfin à un autre embranchement et un passage menant à une pièce remplie de gens. A mon entrée, ils cessèrent de parler et me dévisagèrent avec une certaine appréhension.

Ils m'étaient familiers – je savais que c'étaient eux qui avaient bâti la cité au-dessus de nos têtes. Ils se ressemblaient suffisamment pour faire partie de la même famille, avec leur curieux teint jaune-brun, leurs grands yeux ronds, leur nez en lame de couteau, leur chevelure noire et drue.

Une femme se détacha de la foule et s'avança vers moi en prononçant mon nom. Son regard était rivé à mon visage; quelque chose me disait qu'elle me connaissait bien, qu'elle était peut-être même amoureuse de moi.

– Rick! dit-elle. Tu es revenu! Raconte-nous, est-ce que tout va bien? Est-ce que nous pouvons sortir, maintenant? Nous laissera-t-on vivre en paix?

Ma confusion initiale se dissipa. J'étais déjà venu très souvent ici, et je connaissais bien ces gens. Ils n'étaient pas mon peuple, mais je les aimais et j'avais accepté de les aider. Pourquoi avais-je oublié?

J'ouvris la bouche pour parler, pour leur dire que tout allait bien à présent et que je les aiderais à s'installer à la surface, quand le réveil se mit à sonner.

Presque machinalement, je tâtonnai dans le noir pour l'arrêter puis je m'assis, allumai la lumière et m'emparai de mon paquet de cigarettes. Je me sentais vague et désorienté. C'était un rêve différent de ceux que je faisais d'habitude; il avait l'impact de la réalité, d'un événement dont on se souvient. Avais-je déjà rêvé de ces gens et de ces tunnels souterrains, ou est-ce que mon souvenir, dans le rêve, n'avait été rien d'autre que le rêve d'un rêve?

Je mis la main sur un calepin et un stylo et entrepris de noter les détails avant qu'ils ne m'échappent. Je n'avais pas eu de chance avec les rêves, ces temps derniers, me réveillant chaque matin pour constater leur disparition, et pour cette raison j'avais réglé la sonnerie pour être réveillé en pleine nuit. En décrivant la cité au milieu du désert, je me demandai où j'avais pu la voir. Il était rare que je rêve de lieux où je m'étais rendu et j'étais maintenant en train de me demander si, étant enfant, on m'avait fait visiter des ruines de pierre quelque part dans un désert.

Et ce rêve me laissait dans un étrange état de vulnérabilité. Mes dernières pensées, au moment où je sombrai de nouveau dans le sommeil, furent qu'il fallait retourner là-bas le plus vite possible, retrouver la ville et les gens qui s'y cachaient pour leur offrir mon aide.

Le lendemain matin, j'avais cependant presque oublié le rêve – je me rappelais juste m'être réveillé et avoir pris des notes. Mon calepin rejoignit mes livres de cours et, un peu avant midi, je sortis et pris la navette de l'université. Avisant dans le bus une jolie fille aux cheveux noirs que j'avais déjà remarquée, je m'assis à côté d'elle. Elle étudiait les beaux-arts – son carnet de croquis sur le genou, elle dessinait. Et sous son crayon je voyais apparaître un motif qui m'était familier : un labyrinthe en forme de coupe avec au milieu un oiseau stylisé prenant son envol.

Je regardais le croquis avec le simple sentiment qu'il s'agissait d'un symbole familier quand soudain, avec une netteté brutale – comme si c'était le souvenir de quelque chose de réel et non plus un rêve – je revis la muraille de pierre blanche portant, gravée, la même inscription. Dans mon rêve, j'en avais tracé le contour du doigt.

– Qu'est-ce que vous dessinez? lui demandai-je.

Elle leva les yeux, parut me reconnaître parmi les autres passagers du bus et sourit.

– Ça? Oh, rien, je gribouille pour passer le temps.

– Mais qu'est-ce que représente ce motif? D'où vient-il?

Elle se mit à rire.

– De ma tête! Je viens de l'inventer.

J'étais stupéfait.

– Vous en êtes certaine? Vous êtes sûre de ne pas l'avoir déjà vu quelque part?

– Oh, c'est possible. (Elle prit un air songeur, puis son visage s'éclaircit.) Je ne m'en souviens pas. Mais de toute façon, c'était dans un rêve que j'ai fait cette nuit. (Elle se remit à rire : un gloussement ravi et chaleureux.) Ne prenez pas cet air éberlué! Les rêves ne vous inspirent jamais d'idées, à vous?

– Tout le temps, répondis-je laconiquement. En fait, c'est pour cela que je vous ai demandé d'où venait ce dessin. Il était dans mon rêve la nuit dernière. (Je mis la main sur mon carnet, au-dessus de mes livres.) Je l'ai inscrit là-dedans. Je me suis réveillé exprès à 3 h 30 pour enregistrer un rêve; c'est pour une expérience dans le cadre des cours que je donne.

Elle avait écarquillé ses grands yeux bruns et semblait accepter sans difficulté ce que je lui racontais.

– C'est bizarre, murmura-t-elle. 3 h 30... (Elle se pencha sur son carnet et se mit à dessiner un cadre compliqué autour du dessin du labyrinthe.) Vous comprenez, en temps normal je ne me serais même pas souvenue de ce rêve, mais Bogey – c'est mon chien – s'est mis en tête de sortir et il m'a réveillée vers 3 h 30. Alors comme j'étais debout et que j'attendais qu'il revienne, je me suis installée pour griffonner dans mon carnet en pensant à mon rêve.

Elle prit le cahier à spirale, revint quelques pages en arrière et m'en présenta une.

Une rangée de blocs de pierre, un mur. De nouveau, le

dessin du labyrinthe avec l'oiseau. Un passage voûté. Et des visages – des visages que je reconnaissais. Les gens de mon rêve.

Une sensation curieuse s'empara de moi; mon pouls s'accéléra.

– On dirait mon rêve, fis-je simplement.

– J'étais quelque part dans le désert, me dit-elle. Et il y avait là une ville très ancienne qui devait être abandonnée, mais en fait les gens qui l'avaient construite s'étaient enfuis et ils s'étaient réfugiés sous terre. Ils étaient très gentils, très pacifiques et ils avaient peur d'être tués s'ils sortaient. C'était un peuple merveilleux – je les aimais, et j'essayais de les aider. Ils n'arrêtaient pas de me demander s'ils pouvaient vraiment sortir, et moi, je n'arrêtais pas de leur dire que tout le monde les adorerait autant que moi. Et c'est à ce moment-là que Bogey m'a réveillée.

J'ouvris mon calepin à la page du rêve et le lui tendis sans un mot. Pendant qu'elle lisait, je jetai un coup d'œil par la vitre, de son côté, apercevant les rues du quartier ensoleillé et familier que le bus traversait sans grande discrétion. Le familier était brusquement devenu étrange, et l'étrange familier. Le monde était différent, et rien ne me permettait de déterminer si ce jour nouveau était prometteur ou menaçant.

– La télépathie, fit une voix claire à mes côtés.

Je me tournai vers elle et secouai la tête.

– Mais pourquoi? Nous ne nous connaissons même pas... Pourquoi y aurait-il un tel lien entre nous?

Elle me regarda dans les yeux.

– Le karma, fit-elle. Il était dit que nous nous rencontrerions.

Sa réponse me fit rire, mais j'aimais bien son air. Et même si c'était stupide, l'idée que nous avions un lien, que quelque chose nous avait attirés l'un vers l'autre, cette idée me plaisait.

– Une hypothèse tout à fait scientifique, dis-je en plaisantant. Voulez-vous que nous dînions ensemble ce soir? Nous aurions le temps d'en parler.

– Avec plaisir.

Par la vitre, je vis la tour se profiler au loin. Il fallait que je descende au prochain arrêt.

– On se retrouve chez Hansel et Gretel à 6 h 30? suggérai-je en rassemblant mes livres.

Elle me lança une fois de plus un de ses regards à haute tension.

– J'y serai.

Une fois descendu du bus, je me rendis compte que je ne connaissais pas son nom.

Mais je ne pensais pas qu'elle me poserait un lapin, pas après une rencontre de ce genre. Je traversai la pelouse en piteux état pour gagner le bâtiment où je dirigeais un atelier consacré à l'art de rédiger un journal. La plupart des maîtres assistants se voient confier, au début, les cours les plus rébarbatifs, et je m'estimais plutôt heureux d'avoir pu obtenir, ce semestre, quelque chose qui sortait un peu de l'ordinaire – ce qui ne m'empêchait pas de trouver ce cours superflu et narcissique.

Je fis halte à l'entrée, sur les marches, pour fumer une cigarette. Je m'efforçais de me concentrer sur le cours que j'allais donner mais ce qui m'obsédait, c'était le rêve – mon rêve, son rêve – et ce qu'il signifiait. Quand je finis par entrer pour descendre jusqu'à l'immense salle aux murs nus, mes dix élèves étaient déjà là.

Comme d'habitude, j'allai me percher sur la vieille chaire en bois et les regardai.

– Certains d'entre vous ont-ils eu des problèmes pour prendre note d'un rêve? demandai-je.

Il apparut que sur les dix, cinq seulement avaient réussi à consigner un rêve. Il y en avait un qui ne s'était pas réveillé malgré la sonnerie, et un autre qui, lui, avait complètement oublié de préparer le cours. Quant aux trois autres, c'étaient les plus gênés. J'avais conseillé aux élèves de se faire réveiller au milieu de la nuit, mais eux avaient jugé cette précaution inutile; ils m'avaient affirmé qu'ils faisaient des rêves très réalistes et qu'ils étaient parfaitement capables de s'en souvenir. Mais, chose curieuse, ce matin, ils ne parvenaient pas à se rappeler le moindre rêve.

Songeur, je hochai la tête. Je me sentais dériver vers le rôle de psychiatre que ce cours semblait me réserver.

– Peut-être, suggérai-je avec un plaisir vicieux, avez-vous rêvé de choses trop embarrassantes à décrire en présence de toute la classe? Et votre inconscient s'est fait un devoir de les censurer de votre conscient? Bon, essayez encore une fois cette nuit. En attendant, nous allons déjà voir quelques-uns des rêves qui ont pu être transcrits. Quelqu'un veut commencer à lire son rêve? Un candidat? Une candidate?

Eve Johnson pointa en l'air une main parfaitement manucurée et, sur un signe de moi, prit la parole en ne consultant ses notes qu'épisodiquement.

– Le rêve commençait par une soirée à un club d'étudiants qui n'avait rien de très excitant. Mais ensuite, des amis à moi ont parlé d'aller en Californie en voiture, tout de suite. D'ailleurs, une fois, ça m'est arrivé – j'ai des amis qui ont décidé en l'espace d'une minute d'aller en Californie, comme ça, pour le plaisir. Enfin, pour en revenir au rêve, on s'est brusquement tous retrouvés sur la route, en plein désert. On devait être au Nouveau-Mexique, ou quelque chose comme ça. Puis on a quitté l'autoroute, je ne sais plus pourquoi, et on a pris un chemin de terre et on a continué comme ça en plein désert pendant un bout de temps. Et brusquement, juste devant, il y avait une immense ville de pierre. C'étaient de grandes pierres blanches et, avec la lune, on voyait bien. Mais la cité était abandonnée et en la regardant, je me suis souvenue que les gens qui l'avaient construite avaient eu peur que le gouvernement ou quelqu'un les tue, alors ils s'étaient réfugiés sous terre. Ensuite – qu'est-ce qui ne va pas?

C'est alors seulement que je me rendis compte que j'avais quitté mon pupitre et que j'étais en train de me diriger vers elle.

– Euh... puis-je voir votre bloc-notes, s'il vous plaît?

Surprise, elle me tendit son carnet. Je parcourus des yeux les lignes où, d'une écriture appliquée et régulière, elle décrivait sa découverte des tunnels et sa rencontre avec les gens qui vivaient sous les vestiges de la cité.

Je me tournai vers les autres élèves; certains avaient

l'air déconcerté, d'autres semblaient manifester un intérêt surprenant.

– Il s'est passé quelque chose d'étrange, déclarai-je. Le rêve d'Eve est extraordinairement similaire à celui que j'ai fait moi-même cette nuit.

– Moi, c'est pareil!

– J'ai rêvé la même chose!

Pat Haggard et Bill Donaldson avaient parlé presque en même temps. Ils se tournèrent l'un vers l'autre; je lus sur leurs visages un mélange d'étonnement, de curiosité et de perplexité.

– Personne d'autre? demandai-je. (Je me rendis compte que j'étais sans doute en train de sourire bêtement.) Quelqu'un d'autre a-t-il fait un rêve contenant les mêmes éléments – la cité de pierre abandonnée dans le désert, les tunnels sous terre, les gens qui ont peur de remonter à la surface?

Mary Crouch leva lentement la main.

– Je crois que j'ai rêvé quelque chose de ce genre, dit-elle. Je ne m'en souviens pas très bien. Sinon que j'avais parlé à ces gens vraiment merveilleux, une espèce de tribu évoluée et pacifique qui paraissait vivre à côté de grandes ruines de pierre.

Je hochai doucement la tête.

– Bill... Pat... voulez-vous me lire vos comptes rendus, s'il vous plaît? demandai-je, hochant doucement la tête.

Et tous les éléments s'y trouvaient; toutes les inexplicables similarités. Le même rêve, fait par six personnes différentes. Au moins.

Nous passâmes le reste du cour à discuter des rêves et des significations possibles de cette étrange coïncidence. Nous parlâmes télépathie et prescience – une des discussions de classe les plus animées, les plus passionnantes, les plus insolites qu'il m'eût été donné d'imaginer. Mais bien évidemment, rien ne fut prouvé et nous n'obtînmes aucune réponse véritable. Lorsque sonna la cloche, nous étions tous frustrés de constater que nous savions bien peu de chose. Tous mes élèves me promirent de continuer à enregistrer leurs rêves et, dans leur enthousiasme, me proposèrent d'effectuer d'autres recherches; ils attendaient mes suggestions.

Après leur départ, je traversai le campus à pied jusqu'à la bibliothèque pour essayer de me documenter. J'avais décidé, pour commencer, de me renseigner dans l'espoir de savoir si l'endroit dont nous avions tous rêvé avait une quelconque réalité objective.

Je dus feuilleter d'innombrables volumes d'anthropologie, d'archéologie et de voyages sans découvrir la ville que je pensais connaître dans les ruines anatoliennes, ni en Grèce, ni au Pérou, ni dans les structures monolithiques de Malte, ni dans le désert arabe. Deux des rêveurs ayant mentionné le Nouveau-Mexique, je passai ensuite aux ouvrages sur le sud-ouest des Etats-Unis. J'y trouvai les édifices de pierre et de terre cuite des Indiens Pueblo, les *hogans* des Navajos, et les légendes des Sept Cités de Cibola. Les Pueblos étaient convaincus que leurs ancêtres arrivaient dans le monde contemporain par un trou dans le sol et qu'ils venaient d'un autre monde situé sous terre. Je pris des notes, mais ne trouvai aucune réponse à mes questions.

Elle m'attendait au restaurant lorsque je suis arrivé. Elle était encore plus belle et plus grande que dans mon souvenir. Telle une star de cinéma des années 40, elle portait un fourreau noir, une myriade de faux diamants amusants, des talons aiguille, et les cheveux relevés.

– J'ai des tas de choses à vous dire, m'annonça-t-elle d'emblée en se précipitant vers moi.

Je pris sa main.

– Si vous commenciez par me dire votre nom?

Nous éclatâmes de rire.

– Je m'appelle Judy Anderson.

– Et moi, Rick Karp.

Nous échangeâmes une poignée de main. Nouveaux rires.

– Vous êtes ravissante, fis-je. Moi, j'ai vraiment l'air d'un plouc... je savais bien que j'aurais dû louer une veste de soirée.

– Non, non, cette chemise est adorable. (Elle tendit le bras pour palper l'étoffe.) D'ailleurs, j'en ai une chez moi qui est presque identique, mais les azalées sont un peu plus petites, et le rose est plus vif.

– Elle a perdu un peu de ses couleurs entre Hawaï et ici, dis-je.

Nous prîmes un box dans le fond et, pour commencer, je commandai un pichet de bière brune et une assiette de fromage avec du pain.

Judy se pencha sur la table.

– A mon cours de dessin, ce matin, on nous a demandé de créer un sigle pour une société imaginaire. Un idéogramme, quoi. Et l'une des femmes de la classe a fait le dessin d'un labyrinthe avec au milieu un oiseau en train de s'envoler, pour une société qu'elle a appelée « Anasazi Airlines ».

Voilà qui était familier; je fronçai les sourcils.

– Je lui ai alors demandé où elle avait eu cette idée, et elle m'a répondu que cela lui était venu comme ça, par hasard. Et le prof, qui nous avait entendues, est venu avec son air pincé en disant : « Ayez la délicatesse de citer vos sources, je vous en prie. Les Indiens Anasazi ont inventé ce motif il y a plus d'un millier d'années. »

– Les Indiens Anasazi, fis-je, me remémorant ce que j'avais lu à leur sujet durant l'après-midi. C'étaient les ancêtres des Indiens qui habitent aujourd'hui dans les pueblos – les Hopis, les Zunis, les Pueblos. La culture anasazi s'est répandue dans tout le Sud-Ouest. Le mot « Anasazi » veut dire « les anciens » en navajo.

Elle prit un air renfrogné.

– Et moi qui pensais vous surprendre en faisant des recherches approfondies! Mais vous savez, j'ai passé au crible pratiquement toute la bibliothèque des beaux-arts sans trouver le dessin du labyrinthe avec l'oiseau. J'avais pensé qu'il devait être assez répandu, étant donné que le prof le connaissait. Vous croyez que nous avons rêvé des Anasazi ?

– Grâce à Radio-Anasazi ? (Je lui racontai ce qui s'était passé ce jour-là en cours et la vis écarquiller les yeux. Je tapotai sa main.) Vous voyez, finalement, ce n'est pas le karma qui nous a réunis.

– C'est peut-être *votre* rêve, que vous communiquez à toutes les personnes réceptives?

Je secouai la tête.

– Je n'ai certainement pas l'impression qu'il s'agisse de « mon » rêve. Mais même si cela expliquait ce qui s'est passé au cours, pour quelle raison l'auriez-vous capté?

Elle me regarda à travers ses longs cils.

– Je vous avais peut-être déjà remarqué dans le bus... j'étais peut-être en train de penser à vous... je suis peut-être simplement très réceptive à vos pensées.

Je souris.

– Et la femme du cours de dessin?

– Oh... une coïncidence.

– Non. Tout, mais pas une coïncidence. Quelque chose est en train de se passer...

– Rick. *Tout le monde* a peut-être fait ce rêve. Et peut-être que seules quelques personnes s'en souviennent – celles qui se sont réveillées au milieu de la nuit, comme vous et moi.

Cette idée fit courir sur ma peau d'étranges picotements.

– Nous n'avons aucune preuve.

– Non, et si on a fait en sorte que les souvenirs s'effacent nous n'en aurons jamais.

Je demeurai silencieux quelques secondes, l'esprit traversé par la folle image d'une enquête nationale, mondiale, sur les rêves.

– Mais qu'est-ce que cela voudrait dire? demandai-je. En admettant que ce soit vrai, pour quelle *raison* tout le monde ferait-il le même rêve? Est-ce que quelqu'un l'émet? Pourquoi? Et s'il existe une raison pour que tout le monde fasse le même rêve... pourquoi la majorité des gens l'oublieraient-ils? Cela ne rime à rien.

– Les gens sont influencés par des choses dont ils ne se souviennent pas consciemment, me rappela Judy.

– Oui, mais... *pourquoi*? Non, cette hypothèse d'un phénomène à l'échelon mondial ne tient pas debout. Il serait plus sensé d'admettre que vous, moi, la femme du cours de dessin et les élèves de ma classe formons un groupe dont les membres sont unis par des liens télépathiques ou réceptifs... disons... mutuellement, ou à l'égard d'une personne spécifique. Cela s'est déjà produit, et cela se reproduira certainement.

Judy me regarda en souriant.

– Et quand *moi*, j'essaie de vous dire qu'il y a un lien entre nous, vous vous moquez de moi. Votre théorie, ce n'est ni plus ni moins que le karma sous un autre nom.

La conversation ne s'écarta guère de ce sujet durant le repas – nos conjectures devenaient de plus en plus audacieuses – mais derrière les mots, il se passait des choses intéressantes. Nous terminâmes la soirée dans mon lit.

Au cours des deux semaines qui suivirent, chacun – Judy, moi, tous mes élèves – consigna ses rêves. Mais il n'y eut plus d'autres « coïncidences » : les rêves étaient des rêves personnels, individuels, idiosyncrasiques. J'entrepris de rédiger un rapport destiné au laboratoire des rêves Maimonides à New York. Judy et moi passions de plus en plus de temps ensemble.

Un soir, nous nous prélassions au lit sans faire très attention aux informations qui défilaient sur l'écran noir et blanc du petit poste que nous avions placé au pied du lit lorsque quelque chose nous mit en alerte.

Judy se redressa.

– Qu'est-ce que...

Au milieu des jaseries télévisées, un mot venait d'attirer notre attention :

– Anasazi.

Un journaliste bien habillé se tenait aux côtés d'un homme en jeans crasseux, coiffé d'un casque de chantier, au milieu d'une étendue désertique battue par les vents. Un panoramique arrière de la caméra fit apparaître des travaux d'excavation.

– Et qui étaient exactement les Anasazis? demanda le journaliste.

L'autre homme, le Dr Reuben Collier (UCLA) (1) – c'était ce qu'indiquait le banc-titre sur l'écran – s'épongea le front.

(1) University of California, Los Angeles *(NdT)*.

– Ils étaient les précurseurs des actuelles tribus Pueblo, Hopi et Zuni. Nous n'avions jamais envisagé que nous découvririons quelque chose d'aussi complexe. Ici même, au Nouveau-Mexique, nous venons de mettre au jour une cité de pierre et d'adobe, immense et intelligemment conçue. La plupart des édifices sont reliés par des tunnels souterrains. La percée de ces tunnels a dû représenter un prodigieux tour de force. A mon avis, cela égale en importance tout ce qui a pu être découvert sur le vieux continent.

– C'est une nouvelle étonnante, fit le journaliste. Mais vous dites avoir été surpris. Personne ne se doutait que cette ville se trouvait là ?

– Nous ne nous étions pas rendu compte que la culture anasazi avait atteint un tel niveau, répondit l'archéologue. Bien entendu, cette mise au jour soulève de nouvelles questions : qu'est-il advenu de cette culture, comment a-t-elle disparu ? Mais attribuer cet ouvrage aux Anasazis, c'est une simplification. Vous devez comprendre...

– Comment avez-vous découvert ce site, docteur Collier ?

Une grimace déforma son visage.

– D'une manière bien peu scientifique, je dois l'avouer. Je disposais de crédits pour effectuer des recherches dans ce secteur, bien sûr, et je travaillais sur une série de photographies aériennes qui nous donnent des indications sur le sous-sol. Mais quant à vous dire pourquoi nous avons entrepris des fouilles ici plutôt qu'ailleurs, eh bien, très franchement, c'est une idée qui m'a été inspirée par un rêve.

– Bien des archéologues rêvent de découvertes fabuleuses, dit le journaliste en se retournant vers la caméra, le rêve de Reuben Collier est devenu réalité. C'était Steve Carpenter, en direct du Nouveau-Mexique.

J'étais oppressé. Je me rendis compte que j'avais retenu mon souffle, et je vidai mes poumons.

– Voilà, fit Judy. *Lui*, il fait partie de ceux auxquels le message était destiné.

Elle paraissait remarquablement satisfaite.

Je la dévisageai.

– De quoi parles-tu?

– Les rêves. Pour nous, ils n'avaient aucune signification; pour lui, ils en avaient une.

– Oui, et alors? Où veux-tu en venir?

– L'*objet* du rêve, c'était de faire venir quelqu'un pour mettre la cité au jour.

– Tu veux me dire qui a voulu qu'on entreprenne ces fouilles? Une bande d'Indiens morts?

Elle se mordit la lèvre.

– Oh, je ne sais pas. Mais maintenant que la cité a été mise au jour, les rêves semblent plus faciles à expliquer, non?

– Pas du tout, répondis-je.

Je songeais à appeler Collier en me demandant si d'autres personnes ayant fait le même rêve et l'ayant vu à la télévision allaient avoir la même idée.

– Ecoute, fit Judy. Si le rêve avait une fonction, s'il était censé agir sur quelqu'un, ça pourrait être cela. Il a peut-être été diffusé à la ronde et beaucoup de gens l'ont capté, comme nous, mais seuls quelques-uns étaient susceptibles d'intervenir – comme cet anthropologue. Pour lui, le rêve signifiait quelque chose, et il avait la possibilité d'intervenir.

Je secouai doucement la tête. Ce qui m'ennuyait, c'était que la réponse qu'elle pensait avoir trouvée n'en était pas une.

– D'où venaient les rêves? *Qui* les a diffusés? Je ne vois pas qui aurait voulu faire mettre cette cité au jour et aurait été obligé, pour y parvenir, d'émettre des rêves...

– Je ne sais pas, moi, bredouilla-t-elle, sur la défensive. Je n'ai jamais dit que j'avais la réponse... c'était juste une suggestion.

Evidemment, je dus l'embrasser et lui dire que sa suggestion n'était pas bête – pas plus bête qu'une autre. C'était sans doute une bonne suggestion, mais nous n'étions pas plus avancés.

La découverte dans le désert du Nouveau-Mexique devait être la plus grande trouvaille archéologique de tous les temps. Elle fit plus de bruit que la mise au jour du tombeau de Toutânkhamon et, du jour au lendemain, le pays se passionna pour les Anasazis. On en parlait partout : titres de journaux, articles, livres, émissions spéciales, publicités. Dans les magasins, on trouvait des jouets, des jeux et des cartes de vœux anasazis. Un jour, Judy arriva, vêtue d'une robe d'été imprimée avec le dessin de l'oiseau dans le labyrinthe.

C'était un raz de marée, un bombardement. Tout le monde connaissait les Anasazis et parlait des Anasazis. Tout le monde en rêvait. D'ailleurs, le contraire aurait été étonnant, compte tenu du matraquage que nous subissions. Dans les rêves – en tout cas, dans les miens et ceux de Judy – les Anasazis étaient toujours le peuple aimable, sage et pacifique de mon premier rêve, mais ils avaient maintenant émergé de leurs tunnels. En fait, ce rêve original partagé par des personnes dont j'ignorais le nombre ne me paraissait plus aussi extraordinaire. Nous étions désormais tellement obsédés par les Anasazis qu'on avait l'impression que la force du présent faisait pression sur notre inconscient, exigeant d'être reconnue : les Anasazis frappaient à la porte pour nous demander la permission d'entrer, leurs voix spectrales en appelaient à notre mémoire.

A cette époque, j'eus à plusieurs reprises la vision d'innombrables Anasazis émergeant du sol. Ils gravissaient d'étroites marches de pierre et débouchaient des tunnels à la lumière du jour, à la lumière des étoiles, l'un après l'autre, dans une infinie procession. Ils arrivent un à un, la file n'en finit pas, et à mes yeux étrangers ils sont tous identiques. Leur regard est alerte, reconnaissant, méfiant. Ils semblent demander : Sommes-nous enfin chez nous ? Serons-nous en sécurité ici ?

Ce n'était pas exactement un rêve – rien à voir avec mes autres rêves au sujet des Anasazis – mais plutôt une pensée insaisissable, une image récurrente qui me mettait mal à l'aise.

Car les Anasazis avaient bel et bien fait leur apparition, du jour au lendemain; ils étaient sortis sans se faire remarquer. Et toute la population, moi excepté, paraissait disposée à croire ce qu'elle voyait au lieu de faire confiance à sa mémoire. Pour tout le monde, il était notoire qu'ils avaient toujours été parmi nous.

Je les voyais partout. Une femme au visage typiquement anasazi, assise tranquillement dans un bus de la ville, ou bien poussant un caddy dans un supermarché. Un Anasazi traversant un passage pour piétons en tenant par la main ses deux enfants anasazis. Des visages au milieu de la foule, aux informations télévisées le soir, dans les voitures. Ils arrivaient discrètement, sans faire d'histoires, et s'intégraient dans la société comme s'ils en avaient toujours fait partie.

Je trouvais moi-même cette obsession bizarre – s'ils n'avaient pas été toujours parmi nous, alors d'où venaient-ils? – et j'essayais de ne pas y penser, de ne pas en parler. J'étais sous pression, m'efforçant d'achever mon mémoire tout en m'adaptant à la vie avec Judy; au début de l'été, nous emménageâmes ensemble dans une maison, en parlant d'un « éventuel » mariage.

A la fin de l'été, j'émergeai de mes travaux de recherche et de ma thèse pour m'apercevoir que les Anasazis s'étaient regroupés afin de demander qu'on leur donne leur ville (naturellement baptisée « Cibola » quelques mois plus tôt) et les terres avoisinantes. Ils voulaient qu'on leur rende leur territoire.

En soi, cette requête n'avait rien d'inhabituel; d'autres groupes indiens avaient déjà revendiqué New York, la Floride ou d'autres régions. Plus surprenant fut l'accueil qu'on lui réserva. L'opinion publique se montra favorable à la restitution de cette région. La demande fut soutenue par des sénateurs et des délégués. Le Président lui-même...

Nous suivions le déroulement des événements dans la presse ainsi qu'à la télévision, et tout paraissait aller très vite. Par une chaude journée de septembre, alors que le climatiseur de la fenêtre faisait un bruit de tous les diables, nichés dans la chambre à coucher, nous mangions chinois dans des boîtes en carton en regardant d'un œil distrait la télévision au pied du lit quand le Président, au cours d'une intervention spéciale, remit officiellement

Cibola et ses environs à la tribu anasazi. Sans autres formalités.

Judy était contente. Je m'assis, posai mon carton et allai éteindre le poste.

– Qu'est-ce qu'il y a? me demanda-t-elle.

– D'où viennent les Anasazis? Qui sont-ils? Il y a encore deux ans, seuls quelques universitaires et archéologues les connaissaient. Et voilà qu'aujourd'hui, ils ont non seulement une histoire, mais aussi un présent, un avenir... et un pays.

Elle me dévisagea.

– Mais je croyais que tu étais d'acccord pour que les Indiens...

Je l'interrompis d'un geste.

– Je ne parle pas des Indiens. Je parle de... ces gens, qu'on appelle les Anasazis. D'où ont-ils surgi du jour au lendemain? Tu te souviens des recherches que nous avions faites? La civilisation anasazi a disparu il y a très longtemps – ses descendants sont les Pueblos, les Zunis, les Hopis. Aucun des ouvrages que nous avons consultés ne faisait la moindre allusion à une tribu anasazi existant de nos jours... Or, ils sont des milliers!

– Oh, les *livres*..., fit-elle avec mépris. A quoi préfères-tu te fier, Rick, à de vieux livres ou à ce que tu *sais*, à ce que tes sens t'apprennent?

– Ce que je sais? Ce que je sais, c'est que depuis les rêves, et depuis qu'on a découvert Cibola, j'ai vu les Anasazis et j'ai entendu parler d'eux partout. Mais pas avant. Avant, ils n'étaient pas là.

– Mais si, ils étaient là. On ne les remarquait pas, c'est la seule différence!

– C'est ce qu'ils veulent nous faire croire, dis-je.

Je m'arrêtai, m'armant de courage pour dire à voix haute ce que je ressentais. C'était une idée complètement folle, j'en étais parfaitement conscient, mais comme un rêve obsédant, je ne parvenais pas à m'en défaire et je ne pouvais plus la garder pour moi.

– Bon, dis-je au bout d'un instant de silence, je ne te demande pas de me croire, essaie d'écouter ce que je vais te dire et d'y réfléchir. Suppose que quelque part, peut-être sur une autre planète, il existe des êtres ayant la même apparence que nous, ou capables de prendre la nôtre. Et il arrive quelque chose – par exemple, leur planète va être détruite – et il faut qu'ils aillent vivre ailleurs. Sur une planète comme la nôtre.

Dans ma tête, je vis défiler les intrigues des films de série B, des bandes dessinées et des petits romans dont j'avais fait une consommation effrénée durant ma jeunesse.

– Mais ils ne sont pas agressifs, c'est un peuple pacifique qui ne veut pas blesser ni effaroucher les habitants primitifs de la Terre. Tout ce dont ils ont besoin, en fin de compte, c'est une base, de quoi loger une colonie d'environ, je ne sais pas, cinquante ou cent mille personnes.

» Ils sont peut-être très évolués bien qu'ils n'utilisent pas leur technologie à des fins guerrières. Ils diffusent leur propagande à l'avance, sous forme de rêves, de sorte que nous faisons la connaissance de nos nouveaux voisins la nuit, dans des circonstances totalement intimes, et que nous absorbons les leçons sans en garder un souvenir conscient. Tout le monde les aime sans savoir pourquoi. Tout le monde est habitué à cette idée, et le jour où ils débarquent, tout le monde est persuadé qu'ils ont toujours été là et on les accepte comme les indigènes dont ils ont emprunté le nom.

Judy me dit, l'air narquois :

– Tu veux me faire croire que les Anasazis sont venus de l'espace dans des OVNI?

– Peut-être pas de la manière à laquelle notre culture populaire nous a préparés, dis-je. Au lieu d'arriver dans de grands vaisseaux argentés avec de belles lumières, ils sont passés par l'entrée de service, en sortant d'un trou dans le sol. Ils ont franchi une espèce de porte interdimensionnelle en emportant leur cité, leurs tunnels et leurs édifices – ils sont venus dans leur vaisseau de pierre, et personne ne s'en est aperçu.

– Toi excepté, fit Judy. Oh, Rick!

Elle était bouleversée; je crus qu'elle allait fondre en larmes.

– Tu penses que je suis fou. Simplement parce que je demande d'où viennent réellement les Anasazis.

– Si un matin, en me levant, je me mettais à te demander, l'air très préoccupé, d'où viennent brusquement tous ces gens basanés avec des prénoms espagnols et que je refusais de te croire si tu me disais qu'ils ne nous ont pas envahis du jour au lendemain, mais qu'ils ont toujours été là – tu me prendrais pour une paranoïaque, non?

– Je me dirais que tu me fais marcher, dis-je en haussant les épaules. Qu'ils aient récupéré cette cité dans le désert ne me gêne pas; après tout, ce sont eux qui l'ont construite et personne ne se servait de ces terres. Mais ce qui ne me plaît pas, c'est qu'ils ont truqué notre mémoire et fait en sorte que nous les aimions. Pendant que je suis en train de te dire cela, Judy, il y a encore une partie de moi-même qui proteste, qui pense que je divague, que je *sais* très bien, aussi bien que tout le monde, qui sont les Anasazis. Mais je ne peux pas m'empêcher de ressentir de la sympathie pour eux. Mais je sais aussi ce que j'ai lu, et je trouve très bizarre qu'avant la découverte de Cibola, le mot Anasazi n'ait été cité que comme le nom d'une civilisation disparue depuis longtemps. Il n'y a aucune allusion sous ce nom à une tribu vivant à l'heure actuelle. C'est comme si... lorsque les archéologues et les historiens ont redécouvert la civilisation hittite, un groupe de gens s'étaient brusquement présentés en disant s'appeler les Hittites, en affirmant qu'ils avaient toujours été là, malgré les références à leur sujet dans les livres ou...

– Rick, fit Judy avec un air compatissant. Oh, Rick, et tu trouves que *mes* théories sont absurdes?

– Ce n'est pas une théorie, dis-je. Ce n'est qu'une histoire.

J'étais gêné, aussi bien pour moi que pour elle. Je ne tenais pas à la convertir, ni même à me convaincre. Je voulais réconcilier les deux versions de ce que je « savais » à propos des Anasazis. Je voulais comprendre ce qui s'était passé.

Je ne voulais pas avoir raison à tout prix, mais je ne voulais pas non plus devenir fou.

– Tu penses trop aux livres, me dit Judy. Après tout le temps que tu as consacré à ton mémoire, cela n'a rien d'étonnant. Mais il y a beaucoup de choses réelles qui ne se trouvent pas dans les livres. Je ne figure dans aucun livre, et toi non plus – l'annuaire ne compte pas – et cela ne nous empêche pas d'être tous les deux réels.

Je cessai de discuter; je n'en avais plus envie. On se mit à parler d'autre chose en fumant un peu. Sans pour autant oublier le malaise que m'inspiraient les Anasazis, je finis par me dire que me torturer l'esprit à ce sujet ne servirait à rien : je n'avais pas, semblait-il, le moindre moyen de prouver que mon idée fantasque avait un fondement.

Deux ans plus tard, nous nous rendîmes à Cibola au cours de notre voyage de noces.

C'était curieux de voir un rêve ainsi matérialisé.

Cette Cibola était différente, bien sûr. Remise en état, réparée, la ville était désormais habitée. Les édifices de pierre, ronds, étaient pourvus de toits en forme de dôme, de portes de bois, de bacs où poussaient des fleurs et des herbes aromatiques.

Sur le fond d'azur, les pierres étaient toujours d'une éclatante blancheur, comme dans mon rêve, mais en déambulant dans le dédale des petites rues pavées, nous fûmes soumis au tumulte peu onirique de la réalité : l'odeur des gens, des animaux, de la friture, le jacassement des touristes et des Anasazis marchandant le prix des bijoux et des couvertures de laine tissée.

Je tendis le bras pour toucher les pierres de taille assujetties avec tant de soin. Mes doigts rencontrèrent les fines lignes d'un motif de labyrinthe et j'en traçai – une nouvelle fois? ou pour la première fois? – le contour.

Un guide désignait les endroits les plus intéressants en expliquant les coutumes anasazis. Son instinct infaillible nous mena vers les échoppes et les étals où Judy avait le plus de chances d'acheter quelque chose. Tandis qu'elle comparait les mérites de deux bracelets d'argent, j'interrogeai le guide au sujet des tunnels.

– Les tunnels?

– Oui, je me souviens que lorsqu'on a découvert Cibola, on disait que des tunnels souterrains reliaient les maisons.

– Ah! (Son visage demeura de marbre.) Il n'y a pas grand-chose à voir. Mais, bien entendu, vous échapperez au soleil; ça vous intéresse?

Et il nous conduisit dans une nouvelle direction.

Mais le tunnel qu'il nous montra n'avait rien à voir avec l'artère large, fraîche, bien éclairée de mon rêve. Il était sombre et étroit, et nous devions nous courber pour avancer. Je ne tardai pas à avoir mal au dos. Au bout de quelques minutes de cette ingrate exploration, nous empruntâmes une petite échelle de bois pour nous retrouver à l'intérieur d'une boutique de souvenirs.

– C'est tout? demandai-je. Et les autres tunnels?

– Il y en a d'autres, dit-il en hochant la tête. Des passages très étroits qui vont d'une maison à l'autre, peut-être une vingtaine en tout, et ils ne sont pas plus grands que celui que je viens de vous montrer.

Je perçus le regard de Judy fixé sur moi; elle savait à quoi je pensais. J'insistai :

– Des tunnels plus grands. Plus larges, plus profonds, bien éclairés. Avec des salles souterraines.

– Il n'y a rien de ce genre ici, me répondit-il en secouant la tête.

Là, je perdis patience.

– Vous nous raconteriez exactement la même chose s'il y en avait et que vous ne vouliez pas nous laisser les voir. D'ailleurs, pourquoi a-t-on besoin d'un guide, ici? Qu'est-ce que vous protégez?

Judy me prit par le bras.

– Rick...

– Ici, vous êtes notre invité, déclara très calmement le guide. Vous devez respecter nos règles, ou vous en aller. Ceci est une réserve, autrement dit un pays distinct.

– Un avant-poste extraterrestre, dis-je. Et c'est nous qui vous l'avons donné. Nous vous avons acceptés et nous vous avons donné des terres, comme vous le vouliez. Et maintenant, il est trop tard pour que nous changions d'avis. Viens, Judy, on s'en va.

Ce ne fut pas la plus grande lune de miel de l'histoire. D'abord irritée parce que je me rendais ridicule et que je gâchais le voyage de noces, Judy finit par craindre pour ma santé mentale lorsque je me mis à laisser entendre que mes jours étaient désormais comptés, puisque j'avais fait état de mes soupçons au sujet des Anasazis.

Et bien entendu, rien ne se produisit. Au grand soulagement de Judy, je finis par cesser d'évoquer mes fantasmes paranoïaques. Justifiés ou non, ils ne faisaient aucun bien à personne.

Ainsi donc, durant près de trois années, je n'eus aucune raison de ranimer mes doutes. Jusqu'à tout récemment.

Il y a environ deux semaines, Bogey nous a réveillés en pleine nuit pour sortir. Après une léthargique discussion pour déterminer qui était responsable du chien, Judy s'est rendormie et je me suis levé pour lui ouvrir la porte, l'esprit encore accaparé par le rêve qu'il avait interrompu. C'était un rêve curieux et pénétrant qui me rappelait quelque chose que je n'arrivais pas à saisir. En attendant que Bogey ait fini sa promenade, j'ai pris un crayon, un des carnets de Judy et j'ai noté ce dont je me souvenais.

J'étais dans la jungle, une forêt tropicale sur le flanc d'une montagne. J'ai décelé une piste discrète qui indiquait que quelqu'un était déjà passé par là et en même temps, j'ai entendu un bruit étrange, une sorte de chuchotement. Je me suis arrêté, j'ai regardé autour de moi et je les ai vus.

Dissimulés dans les arbres et les fourrés, des gens m'observaient; ils avaient l'air timide et terrorisé. Je savais qu'il me faudrait beaucoup de talent et de patience pour les faire sortir de leurs cachettes. Et j'y tenais... je tenais à ce qu'ils me fassent confiance. J'éprouvais un immense sentiment d'affection pour ces gens que je distinguais à peine; il fallait que je les secoure, que je leur offre asile et protection. Pendant que je me demandais par quel moyen je pouvais le leur faire savoir, la truffe froide et obstinée de Bogey dans mon oreille m'a réveillé.

Comme j'étais assis et que je contemplais en dormant à

moitié ce que j'avais écrit, j'ai su brusquement ce que ce rêve me rappelait. Un nouveau rêve. Je me suis précipité dans la chambre pour réveiller Judy.

– Judy, ai-je dit avec insistance pour l'atteindre à travers son sommeil. De quoi rêvais-tu? Dis-moi vite?

– Hmmm? Dis-leur... dis-leur que nous les aimons. Qu'ils sont hors de danger.

Elle retombait déjà. Je l'ai secouée.

– Judy! Je t'en prie! Réveille-toi.

Elle a ouvert les yeux et s'est assise.

– Qu'est-ce qu'il y a?

– De quoi rêvais-tu?

– Hein? (Elle s'est frotté les yeux en bâillant.) Je ne sais pas... quelque chose. J'étais dans la forêt. Avec des amis. Je ne sais pas. Qu'est-ce qui se passe, chéri?

– Rendors-toi, lui ai-je dit. Je vais faire rentrer Bogey. On en parlera demain matin.

Elle a fait une grimace, elle a marmonné quelque chose à mon intention et s'est rendormie dès que sa tête a touché l'oreiller.

Depuis, j'ai attendu la suite. Et aujourd'hui ma patience a été récompensée. Les informations n'en ont pas parlé. Juste un article en page intérieure dans le journal; apparemment, beaucoup de choses importantes se sont produites aujourd'hui. C'était un reportage en provenance des Philippines sur la découverte d'une peuplade qui pourrait être une tribu jusqu'alors inconnue du monde civilisé et qui vit dans des cavernes à flanc de montagne au milieu d'une forêt quasiment inaccessible. Des indigènes timides et amicaux, qui ne demandent qu'à vivre en paix. Je sais exactement de quoi ils ont l'air.

# L'empereur de minuit

ROBERT SILVERBERG

Le ministre des Affaires étrangères de l'empire de San Francisco aurait bien aimé faire la grasse matinée. La soirée de la veille, aux Bains – débridée à défaut d'avoir été intéressante – s'était prolongée jusqu'à une heure indue. Il avait trop bu, trop fumé et l'aube avait jailli comme un coup de tonnerre venu d'Oakland sur la Baie. Et voilà que le téléphone sonnait. Les deux premières sonneries s'intégrèrent sans trop de mal à son rêve, mais la troisième entama sérieusement son sommeil et à la quatrième il se réveilla. Décrochant d'une main tâtonnante et, sans ouvrir les yeux, il parvint à bredouiller d'une voix éraillée :

– Ici, Christensen.

– Vous êtes réveillé, Tom? Vous n'en avez pas l'air. Morty à l'appareil.

Morty était le sous-secrétaire aux Affaires étrangères. Christensen s'assit sur son lit, se frotta les yeux et se passa la langue sur les lèvres. La lumière inondait la chambre. Devant la porte, ses chats lui lançaient des regards furibonds. La petite siamoise effleura son bol d'une patte délicate et, levant la tête, considéra son maître d'un air interrogateur.

– Tom?

– Oui, oui, je suis là! Que se passe-t-il, Morty?

– Je ne voulais pas vous tirer du lit. Mais comment pouvais-je deviner qu'à 1 heure de l'après-midi...

– Qu'est-ce qu'il y a, Morty?

– Monterey vient de nous avertir qu'ils nous envoient une ambassadrice. Elle est en route. Il faut que vous la receviez.

Le ministre essaya péniblement d'émerger du brouillard qui embrumait ses esprits. A trente-neuf ans, il ne supportait plus comme avant de rester debout jusqu'aux aurores.

– Recevez-la à ma place, Morty.

– Je ne demanderais pas mieux, Tom, vous le savez bien, mais ce n'est pas possible. Cette fois, il faut que vous vous en occupiez vous-même. C'est capital.

– Capital? Capital? Que voulez-vous dire? S'agit-il d'un trafic de drogue gigantesque? Ou nous déclarent-ils la guerre?

– Que voulez-vous que j'en sache? Au téléphone, ils ont déclaré que c'était d'une importance capitale, que M. Christensen devait recevoir lui-même Mme Sawyer. Mais je ne pense pas qu'il s'agisse d'une affaire de drogue. Pas de guerre non plus. Allons! Avec quoi Monterey nous ferait-il la guerre? S'ils peuvent rassembler dix soldats, c'est le bout du monde, à moins de recruter les Chicanos de Salinas et...

– D'accord, d'accord. (La tête de Christensen bourdonnait.) Mettez un peu la sourdine, voulez-vous? Où dois-je en principe rencontrer cette dame?

– A Berkeley.

– Vous plaisantez?

– Elle refuse de venir en ville. Elle estime que ce serait trop dangereux.

– Avons-nous pour habitude d'égorger les ambassadeurs avant de les faire rôtir à la broche? Elle sera en sécurité ici et elle le sait pertinemment.

– J'ai eu une conversation avec elle. Elle pense que la folie règne dans la ville. Elle n'ira pas plus loin que Berkeley.

– Dites-lui d'aller au diable.

– Voyons, Tom...

Christensen exhala un soupir.

– Et où, à Berkeley?

– Au Claremont, à 4 h 30.

– Bon Dieu! Qu'est-ce qui vous a pris de me mettre dans un tel pétrin? Moi! Traverser la Baie pour rencontrer une minable ambassadrice de Monterey! Qu'elle vienne à San Francisco! Nous sommes l'empire, oui ou non? Et eux ne sont qu'une république de quatre sous. Entre-t-il dans mes attributions de rejoindre Oakland à la nage chaque fois qu'un émissaire se présente et lève le petit doigt? Dois-je accourir ventre à terre chaque fois qu'un pignouf de Fresno me siffle? Où cela s'arrêtera-t-il, hein? Ah! On peut dire que je suis bien secondé!

– Tom...

– Excusez-moi, Morty, mais je ne suis vraiment pas d'humeur diplomatique, ce matin.

– Ce n'est plus le matin, Tom. Mais j'irais volontiers à votre place si je le pouvais.

– Bon, bon. Je n'avais pas l'intention de vous engueuler. Vous avez pris les dispositions pour la traversée?

– Le ferry appareille à 3 h 30. Le chauffeur passera vous prendre à 3 heures. Cela vous convient-il?

– Très bien, répondit Christensen. Tâchez d'obtenir de plus amples informations et qu'on me téléphone dans une heure pour me les communiquer, voulez-vous?

Christensen donna à manger à ses chats, prit sa douche, se rasa, avala deux pilules et se fit du café. Le ministère appela à 2 h 30. Personne n'avait la moindre idée du motif de la démarche de l'ambassadrice. Pour le moment, les relations entre San Francisco et la république de Monterey étaient cordiales. Mme Sawyer habitait à Pacific Grove et elle était membre du Sénat de Monterey. C'était tout ce que l'on savait d'elle. Avec ça, je suis bien renseigné! soupira Christensen.

Il alla attendre la voiture en bas. On était à la fin de l'automne et c'était une belle journée, lumineuse, limpide et fraîche. Les pluies n'avaient pas encore fait leur arrivée et les rues restaient poussiéreuses. Le ministre demeurait dans un vieil hôtel particulier tout blanc, de style victorien et sis Frederick Street à l'ange de Cole. Il s'assit sur les marches de la petite véranda. Il était parfaitement réveillé, à présent, mais se sentait d'une humeur massacrante. La voiture, une vénérable Chevrolet grise, ornée des armoiries impériales, arriva un peu avant 3 heures. Le chauffeur était un Vietnamien, un Thaï, peut-être. Christensen monta sans dire un mot et la Chevrolet démarra à une vitesse impériale. Les rues étaient pour ainsi dire vides. A Haight, elle prit la direction de l'est, puis s'engagea dans Oak, remonta Van Ness, passa devant le palais où l'empereur Norton VII se livrait très certainement aux délices de la sieste et gagna le port par Geary. Les vestiges de Bay Bridge, resplendissant sur l'azur profond du ciel, offraient un spectacle féerique.

Un petit yacht à moteur les attendait à quai. Christensen n'ouvrit pas la bouche pendant la traversée, longue et fastidieuse. Une bise aigre s'engouffrait par la Porte d'Or, l'obligeant à enfoncer sa tête dans les épaules. Morose, il contemplait les croupes d'East Bay, desséchées et roussies après la longue sécheresse de l'été, et songeait à l'ironie du sort qui avait fait d'un architecte compétent le ministre des Affaires étrangères de cette petite nation. Un ministre aux aptitudes incertaines, une nation à peine digne de ce nom. L'empire de San Francisco, selon la boutade d'un ancien empereur, était le seul pays à avoir connu la décadence dès le premier jour de sa fondation.

– Je ne sais pas quand je repartirai, inutile donc de m'attendre, dit Christensen au capitaine quand le yacht accosta à la marina de Berkeley. Je vous préviendrai par téléphone quand je serai prêt.

Une autre voiture impériale le conduisit par les collines jusqu'au Claremont, éblouissant héritage du XIXe siècle, somptueux vestige du passé et qui avait survécu à tous les cataclysmes. L'antique palace avait cependant perdu de sa superbe : le parc avait des allures de jungle, les palmiers étaient envahis par le lierre qui montait presque jusqu'à leur cime. Pourtant, avec ses centaines de chambres et ses salons de gala, il conservait encore sa vocation de palace. Christensen se demanda combien de clients y logeaient. Il n'y avait plus guère de touristes par de pareils temps.

Sur la vaste esplanade, une seule automobile était garée devant l'entrée, une voiture noire et blanche de la police routière de Californie, portant l'emblème de la république de Monterey – un cyprès tourmenté et une loutre de mer. Le chauffeur en uniforme était appuyé contre son capot.

– Je suis Christensen, se présenta le ministre.

– Le ministre des Affaires étrangères?

– Oui, pas l'empereur Norton.

– Entrez. Elle vous attend au bar.

Mme Sawyer – une brune d'une trentaine d'années à la taille élancée, aux yeux verts et froids – se leva à sa vue. Christensen lui décocha un bref sourire empreint d'une cordialité toute professionnelle qu'elle lui retourna dans le même registre. Il ne se sentait pas du tout en veine de cordialité.

– Tom Christensen, madame le sénateur.

– Enchantée de faire votre connaissance. (Mme Sawyer pivota sur elle-même et, du geste, désigna l'immense baie vitrée qui occupait toute la longueur du bar.) Je viens d'arriver. J'admirais la vue. Il y a des années que je ne suis pas venue dans la région.

Christensen acquiesça. On apercevait derrière la vitre les hauteurs de Berkeley, la Baie, les squelettes des ponts, l'horizon encore imposant de San Francisco. C'était très beau. Ils s'assirent et il fit signe à un garçon qui leur apporta des verres.

– Votre voyage s'est bien passé? s'enquit Christensen.

– Sans histoires. Nous avons été arrêtés pour excès de vitesse à San Jose mais cela s'est arrangé. Ils avaient pourtant bien vu que c'était une voiture officielle!

– Quels imbéciles! Ils adorent se donner de l'importance.

– Toute cette année, les rapports ont été tendus entre Monterey et San Jose. Ils font de la provocation.

– Je l'ignorais, dit Christensen.

– Nous les soupçonnons de vouloir annexer Santa Cruz. Et nous ne pouvons naturellement pas les laisser faire. Santa Cruz est notre glacis.

– Alors, c'est pour ça que vous êtes venue? demanda Christensen d'une voix sifflante. Pour solliciter notre aide contre San Jose?

L'ambassadrice lui décocha un regard où se lisait la surprise.

– Etes-vous pressé, monsieur Christensen?

– Pas particulièrement.

– C'est que vous paraissez tellement impatient! Nous n'en sommes encore qu'aux préliminaires. Deux diplomates qui jouent au petit jeu de la diplomatie en buvant un verre. N'est-ce pas?

– Et alors?

– Je vous racontais la mésaventure qui m'est arrivée en cours de route. En réponse à votre question, d'ailleurs. Et puis, je vous ai mis au courant des derniers développements de la situation politique. Je ne m'attendais pas à une telle hargne de votre part!

– Moi? J'ai manifesté de la hargne?

– C'est le sentiment que j'ai eu.

Christensen s'offrit une généreuse lampée de bourbon à l'eau plate et dévisagea longuement son interlocutrice qui lui rendit imperturbablement son regard. Elle paraissait tout à la fois ennuyée et amusée. Et très, très coriace. Enfin, quand le mouvement de colère – une colère tout à fait irrationnelle – et la fatigue qui lui embrumait l'esprit se furent dissipées, le ministre dit d'une voix calme :

– J'ai seulement dormi quatre heures la nuit dernière et je ne m'attendais pas à la visite d'un émissaire de Monterey. Je suis fatigué, à bout de nerfs et si je vous ai paru irascible, brutal ou mal embouché, je vous présente toutes mes excuses.

– Je les accepte. Je comprends.

– Encore un ou deux bourbons et je retrouverai toute ma sociabilité. (Il fit signe au garçon en agitant son verre vide.) Vous aussi?

– Oui, avec plaisir. L'empereur se porte-t-il bien? ajouta l'ambassadrice sur un ton protocolaire.

– Couci-couça. Sa santé laisse un peu à désirer depuis deux ans mais il tient le coup. Et comment va le président Morgan?

– Très bien. Cette semaine, il chasse l'ours sauvage à Big Sur.

– Ce doit être merveilleux d'être le président de Monterey. J'ai toujours aimé ce pays. C'est tellement plus calme, plus tranquille et plus reposant que San Francisco.

– Parfois trop calme. J'envie votre vie trépidante.

– Oui. Les viols, les agressions, les incendies criminels, les rassemblements de masse, les guerres raciales, les...

– Allons, allons, fit-elle d'une voix apaisante.

Christensen se rendit compte alors qu'il commençait à divaguer. Quelque chose battait derrière ses yeux. Il fit un effort pour recouvrer son sang-froid.

– J'ai parlé trop fort?

– Vous devez être affreusement fatigué. Si vous préférez, nous pourrons reprendre cette conversation demain matin. Ce n'est quand même pas d'une telle urgence. Voilà ce que je vous propose : allons dîner, nous ne parlerons pas politique. Nous prendrons des chambres ici et demain nous aurons un petit déjeuner de travail.

– Non. C'est seulement un peu de fatigue nerveuse, rien de plus. Je vais essayer de faire preuve d'un peu plus de courtoisie. Je préfère ne pas attendre demain. Vous pouvez dès maintenant me mettre au courant de la raison de votre visite, ou du moins m'en donner un aperçu rapide. Si cela me semble trop compliqué, la nuit nous portera conseil et nous en reparlerons plus en détail quand il fera jour. Qu'en pensez-vous?

– Si vous voulez. (Mme Sawyer reposa son verre sur la table et resta silencieuse quelques instants comme si elle mettait de l'ordre dans ses pensées. Enfin, elle reprit la parole :) La république de Monterey entretient des rapports étroits avec l'Etat libre de Mendocino. Si je suis bien informée, Mendocino et l'empire de San Francisco ont rompu leurs relations depuis quelque temps?

– Un conflit sur les droits de pêche – rien de très grave.

– Mais vous n'avez plus de contacts directs actuellement. Aussi, ce que je vais vous dire va vous surprendre. Mendocino a révélé à notre représentant que San Francisco est sous le coup d'une menace d'invasion imminente.

Christensen battit par deux fois des paupières.

– Et qui se propose de nous envahir?
– Le royaume des Wicca.
– Le corps expéditionnaire viendra de l'Oregon sur des manches à balai, je présume?
– Je vous en prie! Ce n'est pas une plaisanterie!
– A moins que les choses n'aient beaucoup changé, le royaume de Wicca est adepte de la non-violence comme le sont tous les Etats néo-païens. Pour autant que je sache, les gens, là-bas, cultivent leurs terres, se livrent à des cérémonies rituelles, font des farandoles en chantant autour des maïs, font l'amour à qui mieux mieux et c'est à cela que se bornent leurs activités. Vous voulez me faire croire qu'un ramassis de sorciers et de sorcières aimablement farfelus songeraient à déclarer la guerre à l'empire?
– La guerre, non. Mais il s'agit bel et bien d'un projet d'invasion.
– Expliquez-vous.
– Un de leurs grands prêtres a proclamé San Francisco lieu saint et a donné pour consigne aux fidèles de s'y rendre afin d'ériger une stèle sacrée à Golden Gate Park pour donner le lustre qui convient aux cérémonies du solstice d'hiver. La vallée de Willamette compte environ deux cent cinquante millions de néo-païns et l'on escompte qu'au moins la moitié d'entre eux participeront à la fête. D'après notre chargé d'affaires à Mendocino, l'exode a déjà commencé et, à l'heure qu'il est, des milliers de Wiccans sont en marche entre Mount Shasta et Ukiah. Le solstice n'aura lieu que dans deux semaines. Les Wiccans sont peut-être de braves gens mais, à la fin du mois, vous en aurez cent cinquante mille à San Francisco qui planteront leurs tentes dans toute la ville.
– Grand Dieu! murmura Christensen en fermant les yeux.
– Pouvez-vous nourrir autant de monde? Pourrez-vous trouver assez de place pour les héberger? La population de San Francisco va-t-elle les accueillir à bras ouverts? Croyez-vous que ce sera une fête de l'amour?
– Ce sera un joli massacre, oui, fit le ministre d'une voix glaciale.

– Absolument. Les sorciers wiccans ont beau être des apôtres de la non-violence, ils savent se défendre. S'ils sont attaqués, ce sera un bain de sang. Et le leur ne sera pas le seul à couler.

Christensen recommençait à avoir la migraine. L'ambassadrice avait raison sur toute la ligne : ce serait le chaos, l'affrontement, et le sang coulerait à flots. Joyeux Noël ! Il se massa le front et, tournant la tête, se plongea dans la contemplation des lumières de la ville qui éclairaient le ciel de l'autre côté de la baie. En proie à une profonde dépression, il fit signe au serveur de renouveler les consommations et déclara d'une voix lugubre :

– On ne peut pas les laisser entrer dans la ville. Il va falloir fermer la frontière de l'empire avant qu'ils aient dépassé Santa Rosa. Qu'ils érigent leur fichu monolithe à Sacramento si ça leur chante ! (Il battit des paupières et s'efforça de rassembler ses idées.) Les forces armées de l'empire suffiraient sans doute pour contenir les Wiccans, mais je pense qu'il serait préférable de considérer l'affaire comme un problème régional. Nous pourrons solliciter l'assistance militaire de nos alliés jusqu'à Petulama, Napa et Palo Alto. Je doute que nous puissions compter sur l'appui effectif de l'Etat Libre ou de San Jose. Quant à Monterey, son potentiel militaire est faible, évidemment, néanmoins...

– Nous sommes prêts à vous apporter tout notre concours.

– Dans quelle mesure ?

– Nous sommes, il est vrai, mal préparés à faire la guerre à proprement parler, mais nous pouvons faire jouer certaines de nos alliances de Salinas à Paso Robles. Nous serions en mesure de réunir... disons cinq mille hommes en tout.

– Cela nous serait d'un très grand secours.

– Il ne sera sans doute pas nécessaire de faire couler le sang. La frontière impériale une fois fermée et militairement gardée le long d'une ligne allant de Guerneville à Sacramento, les Wiccans n'insisteront pas. Ils modifieront leur révélation et iront célébrer le solstice ailleurs.

– Oui, je crois que vous avez raison. (Christensen se

pencha vers Mme Sawyer.) Mais pourquoi Monterey est-il disposé à nous aider?

– Nous avons nos propres difficultés... avec San Jose. Si nous manifestons ostensiblement notre solidarité avec l'empire, ne pensez-vous pas que cela puisse dissuader San Jose de réaliser son projet d'annexion de Santa Cruz, ce qui d'ailleurs équivaudrait à un acte d'agression. Je suis convaincue que San Jose ne désirera pas prendre une initiative susceptible de provoquer l'intervention militaire de l'empire.

– Je vois, dit Christensen.

Si elle manquait de subtilité, l'ambassadrice était efficace. Donnant donnant : nous vous aidons à barrer la route aux sorciers de Wicca, vous nous aidez à calmer les ardeurs belliqueuses de San Jose, et tout le monde sera content sans qu'il soit besoin de tirer un seul coup de feu. Ah! ces fichues petites nations, ces souverainetés de culs-terreux avec leurs guerres, leurs alliances, leurs confédérations fluctuantes! Cela ressemblait à un jeu, mais bien réel celui-là! Ce qui s'était effondré ne se rétablirait pas avant longtemps et cette *Weltpolitik* miniature était, à l'heure actuelle, la plus réelle des réalités. La situation, tout au moins, était plus saine dans la Californie du Nord que plus au sud où Los Angeles avalait tout ce qu'il lui était possible d'avaler. Mais le bruit courait que Pasadena possédait la Bombe. Ici, personne n'avait ce problème.

– Il faudra naturellement que je soumette ces propositions au ministère de la Défense, reprit Christensen. Et que l'empereur leur donne son consentement. Mais, sur l'essentiel, je suis d'accord avec votre façon de penser.

– J'en suis ravie.

– Et je suis très heureux que vous ayez pris la peine de faire ce voyage pour nous exposer votre manière de voir.

– Disons que c'est de l'égoïsme éclairé.

– Euh... oui.

Christensen se surprit à examiner le dessin bien marqué des pommettes de son interlocutrice, l'arc délicat de ses sourcils. Elle n'était pas seulement lucide et compétente : maintenant que la partie sérieuse de la conversation était terminée, il commençait à se rendre compte que Mme Sawyer était aussi une femme fort séduisante. Et qu'il n'était pas aussi fourbu qu'il l'avait cru. La politique internationale autoriserait-elle des intermèdes consacrés au marivaudage ? Metternich n'avait pas sauté à pieds joints dans le lit de Talleyrand et Kissinger n'avait pas couché avec Indira Gandhi. Mais les temps avaient changé, après tout, et... non. *Non!* Il chassa ces spéculations de son esprit. En cette sinistre époque, peut-être étaient-ils tous des enfants qui jouaient à être de grandes personnes. Toutefois, la politique internationale avait encore ses règles et il s'agissait d'une conférence diplomatique, pas de flirt ou de drague. Cette nuit, se promit-il, tu dormiras dans ton lit, et seul.

Pourtant, il ajouta :

– Il est plus de 6 heures. Si nous dînions ensemble avant mon départ pour San Francisco ?

– Ce serait avec joie.

– Je connais mal les restaurants de Berkeley. Le mieux serait peut-être encore de manger ici.

– Probablement.

Ils étaient les seuls convives dans cette monumentale salle à manger où trois garçons furent aux petits soins pour eux, à croire qu'ils étaient les personnalités les plus importantes qui eussent jamais dîné en ces lieux. Et le repas s'avéra tout à fait correct – plateau de fruits de mer, abalones, limandes des sables et ailerons de requin grillés, le tout arrosé d'une prestigieuse bouteille de chardonnay de Napa. Le monde avait beau être arrivé à la fin du rouleau, il était encore possible de faire de la haute gastronomie dans la région de la Baie. Outre qu'il avait fait diminuer la pollution marine, l'effondrement de la société avait eu également pour effet de rendre plus abondantes les ressources alimentaires d'origine océanique destinées à la consommation locale. Il n'était, toutefois, guère possible de les exporter compte tenu de ces onze frontières et barrières douanières entre San Francisco et Los Angeles.

La conversation, aimable et détendue, tourna autour de

potins diplomatiques – ragots concernant les événements qui se déroulaient dans tels ou tels territoires lointains, rumeurs relatives à la principauté vaudou en passe de déborder de La Nouvelle-Orléans, conquêtes sioux dans le Wyoming, guerre de la Prohibition qui faisait rage dans l'ancien Kentucky. Mme Sawyer apprit à Christensen que l'on avait repéré dans les Grandes Plaines un troupeau de bisons évalué à près d'un million de têtes et Christensen lui fit part de ce qu'il avait entendu dire des Suicidaires qui s'étaient imposés entre San Diego et Tijuana, ainsi que du roi Barnum & Bayley III qui régnait sur la Floride septentrionale, entouré d'une cour recrutée parmi des phénomènes de foire.

– Comment peuvent-ils distinguer les phénomènes de foire des gens ordinaires? s'exclama Mme Sawyer en souriant. Le monde tout entier est-il désormais autre chose qu'un gigantesque cirque?

– Pas un cirque, rectifia le ministre avec un geste de dénégation. Un zoo!

Et il fit signe au sommelier d'apporter une autre bouteille.

Il s'abstint d'interroger la jeune femme sur la situation intérieure de Monterey et elle, de son côté, eut le tact de ne pas évoquer les problèmes internes de l'empire de San Francisco. Christensen se sentait allègre, pétulant, un peu ivre – plus qu'un peu même, et l'obligation de répondre à des questions sur l'écrasement de la rébellion de Sausalito ou sur la sécession de Walnut Creek n'aurait fait que jeter un froid. Et puis, cela aurait été mauvais pour la digestion.

– Vous n'allez pas rentrer à Monterey cette nuit, je présume? demanda-t-il à l'ambassadrice sur le coup de 8 h 30.

– Certes pas! Il y a cinq heures de voyage, à supposer que la patrouille de San Jose ne nous cherche pas noise. Et la route est dans un tel état de délabrement après Watsonville qu'il faut être fou pour s'y aventurer en pleine nuit. Je coucherai au Claremont.

– Parfait. Permettez-moi de faire prendre en charge vos frais de séjour par les caisses de l'empire.

– C'est inutile. Nous...

– L'hôtel est toujours heureux de rendre service au gouvernement. Faites-moi le plaisir d'accepter son hospitalité.

Mme Sawyer haussa les épaules.

– Très bien. Nous vous rendrons la pareille quand vous viendrez à Monterey.

– J'en serai ravi.

Et brusquement, l'attitude de l'ambassadrice changea. Elle s'agita nerveusement sur sa chaise en tripotant son couteau et sa fourchette avec embarras, visiblement mal à l'aise. De toute évidence, elle était sur le point d'aborder un nouvel et important sujet de conversation, et Christensen crut qu'elle allait lui demander de passer la nuit avec elle. En moins d'une seconde, il avait pesé les avantages et les inconvénients de la chose. Il conclut que les premiers l'emportaient sur les seconds et sa réponse était déjà toute prête quand elle se jeta à l'eau :

– Tom, est-ce que je peux vous demander une grande faveur?

Christensen fut désarçonné. Quoi qu'il pût maintenant advenir, ce ne serait certainement pas ce qu'il avait imaginé.

– Dites. Je ferai de mon mieux.

– J'aimerais être reçue en audience par l'empereur.

– Quoi?

– Pas à titre officiel. Je sais qu'il ne parle des affaires d'Etat qu'avec ses ministres et ses conseillers privés. Mais je voudrais le voir, c'est tout. (Elle devint écarlate.) Ça a l'air idiot, n'est-ce pas? Mais c'est une chose dont j'ai toujours rêvé, une sorte de fantasme d'adolescente. Aller à San Francisco, être introduite dans la salle du trône, baiser l'anneau impérial. Toute cette pompe protocolaire... j'en ai follement envie, Tom. Etre seulement là, et le voir. Croyez-vous pouvoir arranger cela?

Christensen n'en revenait pas. Le vernis d'assurance et de froide raison de l'ambassadrice s'était soudain écaillé, révélant une puérilité absurde et inattendue. Il ne savait que répondre.

– Monterey, ce n'est rien du tout, poursuivit-elle. Un

petit trou perdu. Nous nous donnons les allures d'une république, mais nous ne sommes quasiment rien. Et moi, je me targue d'être sénateur, diplomate, mais je ne suis jamais allée réellement nulle part. Deux ou trois fois à San Francisco quand j'étais petite, quelques voyages à San Jose, c'est tout. Ma mère est allée un jour à Los Angeles, mais moi je n'ai jamais bougé. Alors, si je pouvais dire à mon retour que j'ai vu l'empereur... (Ses yeux scintillèrent.) Vous êtes estomaqué, n'est-ce pas? Vous pensiez que je n'étais qu'un glaçon truffé de microprocesseurs et vous découvrez soudain que je ne suis qu'une péquenaude, non? Mais vous êtes très gentil. Vous ne me riez même pas au nez. M'obtiendrez-vous une audience avec l'empereur pour demain ou après-demain?

– Je croyais que vous aviez peur de mettre les pieds à San Francisco?

– Ce n'était qu'un stratagème, fit-elle d'un air penaud. Pour vous obliger à venir ici, à me prendre au sérieux et vous déconcerter un peu. La ruse diplomatique, quoi. Je vous présente mes excuses. On m'avait prévenue contre vous, que vous étiez un vieux grincheux et qu'il fallait être en position de force, sans quoi il n'y avait rien à tirer de vous. Mais vous ne ressemblez pas du tout à ce portrait. Tom, je veux voir l'empereur. Il accorde des audiences, n'est-ce pas?

– C'est une façon de parler. Mais je pense que c'est faisable.

– Oh! Vous voulez bien? Demain?

– A quoi bon attendre demain? Pourquoi pas tout de suite?

– Vous vous moquez de moi?

– Absolument pas. San Francisco est San Francisco et, comme tout le monde ici, l'empereur a des horaires insolites. Je vais téléphoner pour savoir si nous avons des chances d'être reçus ce soir. Mais ce ne sera pas ce que vous attendez, ajouta Christensen après une hésitation.

– Que voulez-vous dire?

– La pompe, le protocole... vous allez être déçue. Franchement, il serait peut-être préférable pour vous de ne pas le rencontrer. Vous conserveriez vos illusions sur la majesté impériale. Si vous insistez, je vous obtiendrai une audience, mais je ne crois pas que ce soit une très bonne idée.

– Ne pourriez-vous être un peu plus précis?

– Non.

– Tant pis. Je veux le voir malgré tout.

– Le temps de passer quelques coups de téléphone, alors.

Non sans quelque appréhension, Christensen se dirigea vers la cabine. Le réseau téléphonique était atteint de léthargie et il lui fallut un quart d'heure pour arriver à ses fins, sans rencontrer toutefois de sérieuses difficultés. Une fois tout réglé, il rejoignit Mme Sawyer.

– Le ferry nous prendra à la marina dans une heure environ et une voiture nous attendra au débarcadère. L'empereur fera son apparition en public aux alentours de minuit. Je vous avertis que vous allez au-devant d'une désillusion. Il est vieux, il relève de maladie et il... ce n'est pas un personnage très captivant.

– Cela ne fait rien. Dans l'espoir d'obtenir une audience, j'ai tout fait pour être chargée de cette présente mission. Alors, ne me découragez pas.

– Comme il vous plaira. Si on reprenait un verre?

– Ne préférez-vous pas plutôt ceci? (Elle tendit à Christensen un étui à cigarettes en émail.) La gloire du comté de Humbolt. C'est un cadeau de l'Etat Libre.

Le ministre sourit et accepta le joint qu'elle lui offrait. Son conditionnement était d'une élégance raffinée : fin papier nacré, monogramme en or, allumeur incorporé et même un filtre. Tout part à vau-l'eau, mais la technologie de la marijuana en est à son apogée, songea Christensen. Il actionna l'allumeur, aspira une profonde bouffée et passa le joint à Mme Sawyer. L'effet fut immédiat. Les fumées du bourbon, du vin et du brandy qui embrumaient sa cervelle se dissipèrent et il se sentit tout ragaillardi. Planant. Quand ils en eurent terminé, ils sortirent de l'hôtel en flottant sur un petit nuage.

Les deux chauffeurs faisaient toujours le pied de grue sur le parking. Christensen renvoya le sien et ce fut la voiture frappée aux armes de la république de Monterey qui les conduisit à la marina. Le ferry avait du retard et ils attendirent vingt minutes en contemplant mélancoliquement les lumières de la ville lointaine qui scintillaient sur l'autre rive de la Baie. Aucun des deux n'était équipé pour affronter le froid nocturne. Christensen eut la tentation de prendre la jeune femme dans ses bras et de la serrer contre lui mais il n'y succomba pas. Une distance encore les séparait qu'il n'était pas prêt à franchir. Je ne connais même pas son petit nom, se dit-il.

Il était presque onze heures quand ils arrivèrent à San Francisco.

Une voiture officielle les attendait sur le quai. Le chauffeur sauta à terre, saluant et faisant son important. C'était un petit fonctionnaire civil au front bas qui devait se sentir fort honoré de trimbaler des grosses légumes au beau milieu de la nuit. Il portait la tenue rouge et or des dragons impériaux, mais la tunique était un peu élimée au coude. Le moteur toussa, démarra sans enthousiasme en pétaradant et le véhicule s'engagea dans Market Street qu'il remonta jusqu'à Van Ness où il obliqua en direction du palais. Mme Sawyer, les yeux écarquillés, contemplait les anciens édifices de Marquet comme elle l'eût fait de cathédrales. Au Centre civique, elle poussa une exclamation étranglée, manifestement éblouie par la majesté du décor – la carcasse éventrée de Symphony Hall, le Musée d'Art Moderne, le monstrueux hôtel de ville coiffé de son dôme, le Palais de Justice et, enfin, le palais impérial lui-même, somptueux édifice hérissé de colonnades qui, jadis, avait été le War Memorial Opera House. Une kyrielle de voitures de la maison impériale étaient garées au bas des marches. Christensen, flanqué de l'ambassadrice de la république de Monterey gravit le perron et franchit le portail du vestibule où se pressaient ministres et autres dignitaires de l'empire.

– C'est absolument prodigieux! murmura Mme Sawyer. Le sourire aux lèvres, s'inclinant devant l'un, adressant un signe à l'autre, Christensen lui désignait les notabilités – le ministre de la Défense, le ministre des Finances, le ministre des Affaires suburbaines, le ministre de la Justice, le ministre des Transports et autres personnalités de moindre importance. A minuit précis, une sonnerie de trompettes retentit et la porte de la salle du trône s'ouvrit. Christensen offrit son bras à la jeune femme et tous deux s'avancèrent dans l'interminable allée centrale, puis gravirent le plan incliné avant d'atteindre la plate-forme où, sous les feux des projecteurs, scintillaient les strass et les dorures du trône impérial. Eperdue d'admiration, Mme Sawyer, le doigt tendu vers les six gigantesques portraits fixés au-dessus du dais, interrogea tout bas Christensen.

– Ce sont les six premiers empereurs, lui répondit son cicérone. Et voici le septième.

– Oh! fit-elle d'une voix étranglée.

Etait-ce une exclamation d'émerveillement, de surprise ou de dégoût?

L'empereur était paré de ses atours régaliens – la tunique écarlate, le manteau vert brodé d'hermine, les colliers en or. Mais c'était une créature souffreteuse, au teint terreux et à la démarche flageolante, que soutenaient le grand chambellan et le commandant de la garde impériale. Deux adolescents sveltes et gracieux, un Noir et un Chinois, fermaient la marche, portant le globe, le sceptre et la lourde couronne. Les doigts de Mme Sawyer s'enfoncèrent dans le bras de Christensen et celui-ci l'entendit distinctement avaler sa salive quand l'empereur manqua de s'effondrer comme une poupée de son au moment où on l'installait sur le trône. Le grand chambellan et le commandant de la garde réussirent tant bien que mal à le faire asseoir, puis ils ceignirent son front de la couronne et fourrèrent le globe et le sceptre dans ses mains tremblantes.

– Sa Majesté Impériale Norton VII de San Francisco, annonça alors le premier d'une puissante voix de contralto qui résonna jusqu'aux plus hautes galeries.

L'empereur émit un gloussement.

– Venez, souffla Christensen à l'oreille de Mme Sawyer en la poussant en avant.

Le vieux faisait vraiment peine à voir. Le ministre ne l'avait pas revu depuis plusieurs semaines, mais avec sa mâchoire pendante, ses lèvres écumantes et son œil hagard, le monarque avait l'air d'un déterré. L'ambassadrice de Monterey s'était rétractée. Crispée, épouvantée même, elle semblait incapable de faire un pas de plus, mais Christensen la fit s'approcher de force. Ils n'étaient plus, maintenant, qu'à quelques mètres du trône. Il émanait du vieillard une répugnante odeur douceâtre.

– Que faut-il que je fasse?

La voix de Mme Sawyer tremblait d'affolement.

– Quand je vous présenterai, avancez, faites une révérence si vous savez en faire, touchez le globe et reculez. C'est tout.

Elle acquiesça.

– Votre Majesté, annonça Christensen, Mme le sénateur Sawyer, ambassadrice de la république de Monterey, souhaite vous présenter ses respects.

Tremblante, elle s'avança, fit la révérence, toucha le globe. Quand elle recula, elle faillit tomber mais Christensen vint à son secours. L'empereur émit quelques gloussements, suivis d'un affreux ricanement suraigu, et Christensen guida les pas hésitants de l'ambassadrice hébétée.

– Y a-t-il longtemps qu'il est dans cet état? demanda-t-elle enfin quand ils se furent éloignés du dais.

– Deux ou trois ans, peut-être davantage. Il a totalement perdu la raison. Ce n'est plus qu'une loque. Je suis désolé. Je vous avais prévenue! Je suis sincèrement navré, madame... madame... quel est votre petit nom, à propos?

– Elaine.

– Allons-nous-en, voulez-vous?

– Oui. S'il vous plaît.

Elle frissonnait. Christensen l'entraîna dans une travée latérale. Quelques courtisans escaladèrent l'estrade, avec une guitare et des massues de jongleur. Le gloussement impérial s'éleva à plusieurs reprises, toujours plus strident et frénétique. La réception impériale se prolongerait probablement jusqu'à une heure très avancée de la nuit. Sa Majesté Norton VII constituait l'un des divertissements les plus courus de San Francisco.

– Maintenant, vous savez, dit Christensen à l'ambassadrice.

– Mais comment fonctionne l'empire si l'empereur est fou?

– On se débrouille. Nous faisons de notre mieux sans lui. Les Romains ne se sont-ils pas arrangés avec Caligula? Et Norton est deux fois – que dis-je? dix fois moins malfaisant que ne l'était Caligula. Allez-vous en faire des gorges chaudes à Monterey?

– Sûrement pas. Nous croyons là-bas à la puissance de l'empire et à la grandeur de l'empereur. Mieux vaut ne pas détruire cette foi.

– Vous avez parfaitement raison.

Ils sortirent dans une nuit froide et limpide.

– Je vais vous raccompagner au port avant de rentrer, dit le ministre.

– Où demeurez-vous?

– De l'autre côté de la ville. Près de Golden Gate Park.

Elle leva les yeux vers lui et s'humecta les lèvres.

– Je n'ai pas envie de traverser la Baie toute seule dans le noir à cette heure-ci. Verriez-vous un inconvénient si je vous demandais l'hospitalité?

– Bien sûr que non.

Elle eut un sourire qui se voulait désinvolte.

– Vous êtes direct, n'est-ce pas?

– Ma foi oui. Enfin, la plupart du temps.

– C'est bien ce que je pensais.

Ils montèrent dans la voiture.

– Frederick Street, dit Christensen au chauffeur. Entre Belveder et Cole.

Pendant les vingt minutes que dura le trajet, aucun des deux n'ouvrit la bouche. Christensen savait à quoi pensait Elaine : à cet empereur gâteux qui bavait et bredouillait sous les feux des projecteurs. L'auguste Norton VII, maître de toutes choses de San Rafael à San Mateo, de Half Moon Bay à Walnut Creek! O fastes du San Francisco impérial au crépuscule de la civilisation occidentale!

Il renvoya le chauffeur et ils montèrent. Les chats étaient à nouveau affamés.

– Vous avez un appartement charmant, le complimenta-t-elle.

– Trois pièces, salle de bains, eau courante chaude et froide, répliqua-t-il. Ce n'est pas trop mal pour un simple ministre des Affaires étrangères. Quelques-uns de mes collègues habitent au palais, mais pour ma part, j'aime mieux être chez moi.

Christensen ouvrit la porte de la véranda et sortit. Bizarrement, maintenant qu'il était à la maison, la nuit lui paraissait moins froide. Il pensa soudain au royaume de Wicca, très loin dans le doux et verdoyant Oregon, qui envoyait cent cinquante mille paisibles néo-païens, adorateurs de la Grande Déesse, célébrer ici la résurrection du soleil. Quel fléau! Quelle catastrophe! Quel casse-tête! Demain, quand tout le monde serait dégrisé, il convoquerait un conseil de cabinet et commencerait à prendre ses dispositions. Il serait sans doute obligé d'aller à Petaluma, Palo Alto et autres lieux pour resserrer les alliances. Belles réjouissances en perspective! Enfin, c'était son travail, n'est-ce pas? Il fallait bien que quelqu'un porte le fardeau sur ses épaules.

Il passa son bras autour de la taille fine de l'envoyée de Monterey.

– Pauvre empereur, murmura-t-elle.

– Oui, pauvre empereur. Pauvres de nous tous.

Il tourna les yeux vers l'est. Dans quelques heures le soleil surgirait au-dessus de la colline, sur ce qui s'appelait jadis les Etats-Unis d'Amérique et qui n'était plus, aujourd'hui, qu'une délirante mosaïque, composée de milliers et de milliers de fragments, dont chacun défend jalousement son intégrité nationale. Christensen secoua la tête. Le grand-duché de Chicago. La sainte confédération de Caroline. Les trois baronnies de New York. L'empire de San Francisco. A quoi bon se casser la tête? Il était trop tard, bien trop tard. Il ne restait plus qu'à jouer les cartes que l'on avait en main et à chercher de petites oasis de sécurité dans la nuit. Il se tourna vers Elaine.

– Je suis heureux que vous soyez là ce soir. (Ses lèvres effleurèrent celles de la jeune femme). Venez. Rentrons.

# Thomas M. Disch

Interview de Charles PLATT

New York, ville de contrastes! Dans la Quatorzième Rue, je passe devant la Nouvelle Ecole Supérieure, un immeuble moderne et propre. Aujourd'hui, c'est un musée raffiné qui expose des photographies de paysages surréalistes, mais les rideaux sont tirés en permanence devant les fenêtres, car juste de l'autre côté des vitres, c'est la ville pourrie avec ses trottoirs pouilleux et son cortège habituel d'arnaqueurs au « bonneteau », de ménagères enveloppées de haillons qui se murmurent des obscénités, de drogués titubants qui dépérissent, assis sur les bouches à incendie.

La Quatorzième Rue, sa clientèle portoricaine et sa marchandise de Taiwan. Et quelle marchandise! Dans les magasins aussi illuminés et clignotants que les attractions d'une vulgaire fête foraine, on trouve de la vaisselle et des vases en plastique, des jouets en plastique, des statues de Jésus en plastique, des meubles, des pantalons, des vestes en plastique – le tout en couleurs « Day Glo » évidemment. Et dehors, il y a des gommeux basanés à chapeaux mous qui vendent des ceintures en cuir, des perruques roses et orange, des peignes africains... des marchands ambulants de brochettes, grillées sur des braseros posés dans des chariots d'aluminium... de vieux bonshommes dingues qui vendent d'énormes ballons... des bousculades indescriptibles. Plus loin, à travers la perpétuelle fanfare de musique disco et d'avertisseurs d'automobiles, passé la *Banco Popular*, c'est « Union Square », sous l'ombre de « Klein Sign ». Le Klein, un grand magasin à peu près respectable, avait été mis en faillite et laissé à l'abandon pendant des années par les commerçants du coin, mais sa façade décrépite s'impose toujours au-dessus de la place, rappelant que le quartier est bel et bien foutu. Tandis que sur cette place elle-même, on peut entendre : « Par ici mon frère, par ici, mon gars, j'ai tout ce qu'il faut, des joints à volonté, de la poudre, du hachisch, de la coke, du « THC », du « smack », de l'acide, des emphétamines, du Valium, des « ludes », du Senocal, de l'Elavil. » Union Square n'a pas toujours été comme ça. Un jour, Michael Moorcok m'a dit que la place devait son nom à ce qu'elle avait été le dernier grand champ de bataille de la guerre civile américaine, et, bêtement, je l'ai cru. En vérité, elle le doit aux liens qu'elle entretient avec le Parti Travailliste. Derrière les vieux murs respectables se tiennent les quartiers généraux d'un bon nombre de syndicats ouvriers, et au-dehors, de vieilles et dignes réunions d'hommes qui, en groupe, se « défendent » à l'heure des repas, jettent des regards furieux à ceux qui détiennent les marmites, se bousculent, trimbalent des pintes de vin dans des sacs en plastique et d'énormes appareils stéréo Panasonic en beuglant : « Plus de disco! disco! disco! »

Bizarrement, c'est ici que je cherche l'adresse d'un écrivain connu dans le milieu de la science-fiction pour sa sensibilité courtoise presque élitiste. Il habite dans un ancien bureau commercial transformé en appartement.

Union Square se situe à la limite de Chelsea qui est censé être le nouveau Soho, une zone où, en principe, les artistes et les écrivains rénovent de vieux immeubles, puis s'y installent jusqu'au jour où – les travaux terminés – des prospecteurs avisés et des propriétaires de galeries « découvriront» l'endroit et en feront le lieu à fric et très « mode » de la ville.

Du moins en principe, mais *pas encore*. En attendant que le moment vienne, sempiternelle histoire, l'ex-immeuble de fonction abrite les courageux pionniers d'avant-poste. Devant l'entrée, sur la rue, un gardien en uniforme me laisse entrer et je prends l'ascenseur jusqu'au onzième étage. J'émerge dans un couloir rénové il y a peu avec des carreaux en plâtre blanc, à présent couverts de graffiti, des graffiti « grande classe »: les messages des tenants des lieux, socialement éclairés, critiquent le propriétaire de l'immeuble pour son prétendu manquement à s'occuper de l'entretien. (Monsieur Ellis Sucks! Grève des loyers immédiate!) Me voici maintenant devant une porte métallique provisoirement peinte avec du latex blanc sordide, le genre de peinture qui ne rate pas une trace de doigt et ne peut se laver facilement. Il n'y a pas de sonnette, aussi faut-il cogner au battant; mais c'est bien l'endroit, ça va, c'est là que vit Thomas M. Disch.

Mr Disch ouvre la porte. Il est très grand, génial et civil, très accueillant. Il me pousse à l'intérieur, et là, chez lui, c'est vraiment civilisé : un épais tapis neuf, un lit neuf, des rideaux, un superbe bureau à cylindre en bois d'acajou – je vois Union Square de si haut que les trafiquants de drogue semblent insignifiants. C'est charmant. Mr Disch a le sens de l'hospitalité, il m'offre une grande variété de rafraîchissements et des amuse-gueule. Pas une aussi grande variété que les indigènes de la place, mais il l'offre avec une bienveillance et une délicatesse qui ne se comparent pas.

New York, la ville des contrastes, est aussi la ville des loyers élevés. Ainsi, même avec une relative débrouillardise, un écrivain sur la quarantaine qui a pas mal de succès doit fréquenter d'invraisemblables voisins s'il veut résoudre son problème de logement. Mais le point essentiel, c'est que Thomas Disch a tellement voyagé, est tellement habitué à vivre à peu près n'importe où, qu'il sait rendre négligeable l'environnement extérieur. C'est dans sa nature de se sentir partout chez lui grâce à une véritable force de caractère; jamais mal à l'aise ou pas à sa place, indifférent aux circonstances. Est-ce à cause de sa grande taille, ou de son implacable contrôle sur lui-même et de ses manières élégantes, il a toujours l'air de faire partie du milieu où il se trouve, mais sans y adhérer, le dominant même avec une aisance désinvolte.

Dans son écriture aussi : il a beaucoup voyagé, taté de tous les genres et de toutes les techniques : la poésie, la science-fiction, le réalisme, les scénarios, les histoires extraordinaires, les romans historiques. A chaque fois, il s'est senti chez lui, jamais mal à l'aise, sachant écrire avec le même implacable contrôle et la même élégance.

Prenons, par exemple, ses aventures, dans le milieu de la science-fiction. Il a œuvré quelques années dans ce ghetto littéraire. Tout en en faisant partie, il est resté un visiteur, qui gardait ses distances et son point de vue ironique. Cela ne s'est pas toujours bien passé avec les habitants du ghetto, les fans et leurs écrivains, résidents permanents qui s'installent dans la science-fiction. Quelques-uns n'ont pas aimé le pur esthète qu'est Disch, qui découvrait leur voisinage et utilisait un compromis à l'amiable à ses fins propres et discutables. La première nouvelle de Disch est l'illustration de ce genre de situation. Les lecteurs de science-fiction ont immédiatement reconnu l'histoire d'étrangers qui envahissent la terre dans la tradition de *La guerre des mondes,* de H. G. Wells et d'un millier d'autres. Mais il y avait un « os » : dans toutes les autres nouvelles du genre, les Terriens triomphent de l'envahisseur. Dans celle de Disch (gentiment intitulée *The Genocides* (1), les Terriens se font exterminer par des étrangers. C'était comme si Disch se moquait délibérément de la manière traditionnelle dont les histoires de science-fiction sont invariablement racontées.

Evidemment, ce n'est pas son avis :

« Pour moi, il a toujours été esthétiquement peu satisfaisant de voir quelque Djargernant géant représentant une force étrangère prendre tranquillement une raclée à la fin d'une nouvelle traitant d'invasion. Il me semblait parfaitement naturel de dire, soyons honnête : le réel intérêt dans ce genre d'histoire, c'est de voir un cataclysme dévastateur anéantir le genre humain. Il y a une grandeur dans cette idée que tout le monde refuse et rend mesquine. Mon intention était simplement d'écrire un livre dans lequel ne seraient pas gâchés cette beauté et ce plaisir à la fin. » Dans le monde de la science-fiction, ce point de vue sur « la beauté et le plaisir » semblait un

(1) *Génocides,* R. Laffont.

petit peu déprimant et a contribué à la réputation d'écrivain pessimiste qui est la sienne. Il répond :

« Quel genre de *critique* est-ce donc de dire qu'un écrivain est pessimiste? N'importe qui peut citer bon nombre d'auteurs admirables qui ont été vraiment pessimistes et dont les écrits peuvent faire du bien. Ce n'est pas intelligent de critiquer ainsi. Habituellement, cela signifie que je défends une position morale incompatible avec celle de la personne qui lit l'histoire. Cela signifie que ma conception de l'existence soulève des questions que personne n'est prêt à discuter; le fait que l'homme est mortel ou que l'amour peut disparaître, par exemple. Je pense que le fait même que mon imagination leur propose un plus long voyage que celui qu'ils sont prêts à accepter suggère que la conception étriquée de l'existence se trouve en eux plutôt qu'en moi! »

Des commentaires de ce genre conduisent, en retour, à d'autres critiques, par exemple que Disch se pique d'être un intellectuel.

« Oh, mais j'ai toujours tenu pour acquis que j'étais un intellectuel », répond-il innocemment. « Je ne pense pas que ce soit toute une affaire si je me prétends intellectuel.

« Mon but dans l'écriture n'est jamais de m'installer comme membre d'un club. Je ne me sens pas d'inimitié pour mon public; en fait, je l'aime bien, mais écrire autre chose que ce qui « m'enchante » moi reviendrait à être condescendant envers lui, et je pense que ce serait répréhensible. Je crois qu'un écrivain qui réfrène la muse par égard pour quelque prétendu manque d'intelligence ou de sophistication chez ses lecteurs est... bon, c'est une déplorable façon d'agir. »

Ainsi Disch a constamment écrit à un niveau qui le satisfaisait, et en échange, c'est avec constance que les lecteurs de science-fiction ne l'ont pas compris.

Sa nouvelle « 334 (1) », une vision sombre de l'Amérique dans le futur, a plutôt été moins bien reçue que *The Genocides*, voire condamnée car encore plus déprimante et même nihiliste.

(1) *334*, Denoël.

« Bon, nihilisme est un mot péjoratif que les gens vous jettent à la figure parce qu'ils refusent certaines perspectives », répond-il. C'était un des « mots » d'Agnew. Agnew l'aimait parce que cela signifie que quelqu'un ne croit à rien et, bien sûr, *nous savons* que nous n'approuvons pas cette attitude. Mais cela pose le problème de savoir en quoi vous croyez. Dieu? Un dieu vivant? L'avez-vous vu? Lui parlez-vous? Si quelqu'un me traite de nihiliste, je veux qu'il me montre la transcription de ses conversations avec Jésus; en attendant, je suis convaincu que nous ne sommes pas frères de peau. »

Et au sujet du texte « 334 » lui-même :

« Je pense que ce qui angoisse les gens, c'est qu'il présente un monde dans lequel les grands problèmes de la vie, comme la mort et les impôts, sont considérés comme insolubles et que la recherche de la prospérité à tout prix *n'est pas* considérée comme un monstre totalitaire qui doit provoquer la révolte des masses oppressées. La solution radicale ne devrait pas être plus facile à trouver dans la fiction que dans la vie réelle. Presque toute la science-fiction présente des mondes dans lesquels la réforme sociale peut être accomplie par le héros d'une histoire à travers un acte symbolique de rébellion; mais le monde n'est pas comme ça, il n'y a donc pas de raison pour que la fiction le soit. »

Est-ce un argument de dire que toute fiction devrait être implacablement liée à notre réalité?

« Je ne prétends pas que tout écrivain doive être réaliste, mais aux termes d'une sensibilité éthique, il est conduit à se diriger vers un travail d'imagination qui apportera une compréhension morale complexe du monde. Dans l'art tel que je l'aime, il doit y avoir de l'ironie par exemple, ou simplement l'impression que l'écrivain n'est pas en train de raconter quelques fieffés mensonges à propos de la vie que nous menons. »

Je répliquais que ce n'est pas forcément une mauvaise chose si les lecteurs cherchent une simplification aux éternels problèmes de la vie réelle ou, du moins, à s'en échapper de temps en temps.

« Les gens qui désirent cela ne manquent pas de choix.

Evidemment, il n'y a aucune raison pour que l'art ne s'inspire pas d'une moralité aussi simpliste, mais il n'en demeurera pas moins simpliste. Or, pour moi, cet art-là m'apportera toujours moins de plaisir que celui qui repose sur une moralité complexe.

« Le lecteur qui veut s'évader recherchera un livre qui finit par le triomphe du héros, et non par un compromis ambigu. Je suppose que je suis enclin à penser que cela ne se passe pas ainsi. Je ne connais personne qui éprouve des triomphes moraux dans sa vie, seulement des gens qui vivent plus ou moins bien. Une littérature qui n'essaie pas de refléter ces réalités de l'existence humaine aussi « honnêtement », « complètement », « passionnément » que possible, est une littérature plus petite que la vie. Qui en a besoin? »

Tom Disch naquit dans l'Iowa en 1940 et grandit dans le Minnesota, d'abord à Minneapolis-St Paul (« C'est toujours mon image enfantine de la grande ville »), puis dans différentes petites villes.

« La moitié de ma quatrième année scolaire, je l'ai passée dans une minuscule école de campagne, et terminée dans la ville voisine... puis nous sommes allés à Fairmount, dans le Minnesota – région de culture céréalière... »

A neuf ans, il avait déjà commencé à écrire : « Je remplissais des bloc-notes de textes de science-fiction qui dérivaient des mystérieuses histoires de robots d'Isaac Asimov. Si l'on pouvait retrouver ces tablettes, je suis sûr que la ressemblance serait étonnante. Mais je pense que déjà « mes » histoires étaient plus vivantes. » Il rit joyeusement.

« Je me souviens d'une conversation – à l'école secondaire – avec mon professeur d'anglais – j'étais toujours le favori de mes professeurs d'anglais et j'en faisais mes confidents. J'envisageais alors deux possibilités : soit rester dans les petites villes en suivant les chemins du devoir et de l'honnêteté (je ne me souviens pas ce que cela représentait exactement), soit aller à New York et devenir un artiste.

« Après l'université, et après avoir passé quelques tests à l'Office National pour l'Emploi, je trouvai mon premier poste. Je fus dessinateur à l'essai dans la métallurgie pour la « U.S. Steel » et j'ai dessiné des projets tout un été jusqu'à avoir assez d'argent pour me rendre à New York, où je m'engageai comme petit employé.

« Je voulais rentrer dans la « Cooper Union », à l'école d'architecture. Je voulais devenir Frank Lloyd Wright. La « Cooper Union » m'accepta. Malgré la gratuité de l'enseignement, je devais tout de même travailler, et finalement je m'effondrai devant l'excès de travail et mon manque d'ambition réel à devenir un architecte. Les architectes doivent étudier pendant des années des choses sans intérêt, et vraisemblablement je n'étais pas prêt à cela. »

Disch retourna à l'université plus tard, mais : « Le seul projet que j'avais en tête, quelque niveau que je puisse atteindre, c'était de devenir un universitaire; seulement j'aurais préféré écrire. Aussi à peine avais-je vendu mon premier texte, que je laissai tomber l'université. »

On prétend que l'une des principales raisons qui pousse les gens à lire de la science-fiction, puis à en écrire, est un sentiment d'aliénation enfantine. Je demandai à Disch s'il avait fait cette expérience.

Il est sceptique : « N'importe quelle personne jeune est condamnée à se sentir aliénée, puisque cela correspond à sa situation dans la vie. Très souvent, cette personne n'a pas encore trouvé un métier, n'a pas encore un milieu social auquel elle a le sentiment d'appartenir, et en conséquence elle se lamente sur son sort. Il y a certainement là quelque chose de vrai, mais heureusement la même personne ne tardera pas à s'en sortir, à remplir son carnet de rendez-vous, et cessera de se plaindre de son aliénation. Puis vient le mariage, et bien peu de gens mariés et qui ont des enfants se plaignent de l'aliénation. »

Bizarrement pour un écrivain, Disch aime la société et plusieurs de ses œuvres ont été écrites en collaboration avec d'autres auteurs. Son premier collaborateur fut John Sladek.

« Nous avons commencé d'écrire ensemble à New York pendant l'été de 1965, d'abord quelques courtes plaisanteries, puis deux nouvelles. Il vaut mieux oublier la première qui était trop grossière. L'autre, c'était *Black Alice*. (Un mystère contemporain/Une nouvelle à suspense.)

« Mon expérience de travail en collaboration avec d'autres écrivains relève uniquement du plaisir partagé. L'un a une bonne idée, l'autre suggère : « Et si.. », alors, ça se construit. Quand vous écrivez avec quelqu'un dont vous admirez le travail, par miracle certaines parties du livre sont faites pour vous; c'est comme si vous aviez rêvé que vous aviez écrit quelque chose, ça élimine tout le réel travail d'écriture.

« J'ai prévu d'autres associations. J'ai déjà travaillé avec des compositeurs sur un accompagnement de musique et sur un opéra. J'aimerais travailler pour le cinéma. Les autres écrivains se lamentent à cause de l'extrême difficulté de traiter avec un metteur en scène. S'il s'agit d'un metteur en scène que l'on admire, je pense que le travail doit être particulièrement excitant; mais s'il n'y a pas réelle admiration, alors, mieux vaut s'abstenir.

« Ce serait difficile de faire un tri parmi mes nouvelles les plus sérieuses; mais pour les histoires drôles, par exemple, je pense que ce serait beaucoup plus agréable d'écrire pour *Saturday Night Live* que pour n'importe quel autre magazine. Et cela ne dépend pas de la qualité de l'inspiration. »

Les différentes personnes avec lesquelles Disch a travaillé reflètent les nombreux genres d'écriture qui l'ont intéressé. « L'une de mes opinions sur l'ambition personnelle, c'est que tout un chacun devrait exceller dans une grande variété d'exercices. Je veux écrire des livrets d'opéra. Je veux écrire toutes sortes de romans et de nouvelles. J'ai écrit pas mal de poésie, et je continuerai à le faire. Je prévois d'alterner les nouvelles de science-fiction et les nouvelles historiques ou celles qui participent d'un esprit réaliste et moderne. »

Je lui demande s'il ne craint pas que cette attitude ne

donne de lui une image trop confuse dans l'esprit des éditeurs qui préfèrent un écrivain qu'on peut ranger sous une étiquette.

« Evidemment, les éditeurs se sentent plus à l'aise si, dans un sens, ils vous tiennent pieds et poings liés. Ils préfèrent vous classer dans un genre. Si un auteur de science-fiction change de style et en choisit un qui n'est pas du goût de l'éditeur avec lequel il a déjà travaillé, celui-ci lui conseillera de ne pas s'égarer, de continuer de travailler dans le style qui lui a apporté le succès. Si vous êtes le genre d'écrivain auquel un éditeur peut imposer son diktat.. A long terme, cela signifie la mort de l'imagination, une capacité d'invention tristement monotone : les stéréotypes et les affabulations viennent de là. »

Puisque Disch s'était débrouillé pour ne pas être classé de cette façon, je lui ai demandé ce qu'il préférait : qu'on le reconnaisse comme un auteur de science-fiction ou d'un autre genre littéraire.

« Je suppose que n'importe quel écrivain de science-fiction préférerait être reconnu en tant qu'« écrivain » tout court. Les satisfactions sont plus grandes, financièrement, mais aussi à cause de l'acclamation du public. Si l'approbation de vos semblables signifie quelque chose pour vous, plus ils seront à le faire, plus vous serez satisfait. Et les commentaires élogieux que vous voulez susciter, les critiques auxquels vous voulez plaire ne se situent pas tous dans le champ de la science-fiction. En fait, le verdict vient d'ailleurs. »

Je demandais à Disch si la plus célèbre de ses nouvelles, *Camp Concentration* (1), était pour lui une tentative pour se faire reconnaître en dehors du monde de la science-fiction.

« *Camp Concentration* est une nouvelle de science-fiction, mais je pense que par elle-même elle n'était pas assez forte pour sortir du genre en tant que travail littéraire. Elle aurait dû être quasiment présentée comme une nouvelle à suspense – la science-fiction se déguise

(1) *Camp de concentration*, R. Laffont.

parfois de cette manière pour se faufiler dans le monde réel! Mais je pense que le public en dehors de la science-fiction s'irrite plus facilement d'un intellectuel qui se fait valoir, alors qu'en son sein, c'est en quelque sorte une tradition. Le travail de Bester, *The Demolished Man*(1), en témoigne, puisque à son époque il fut proclamé pyrotechnique. La pyrotechnie fait partie de l'esthétique de la science-fiction, et c'est dans ce sens que *Camp Concentration* a été visé.

« En Amérique, ce livre fut peu remarqué et devint l'objet du ressentiment de quelques poseurs aux idées embrouillées qui chicanaient autour de la science-fiction. Je n'ai jamais eu assez de succès avec ce livre pour apparaître dangereux, et je ne suis pas un promoteur; aussi mon livre a disparu de la manière dont certains le font. Et ce n'est pas vraiment un mal. Le genre de succès qui attire l'attention peut être troublant pour le « moi », et les auteurs qui ont ce succès-là sont souvent encouragés à se répéter. Cela n'aurait pas été bien que je cède à des pressions qui m'auraient fait écrire un autre livre du genre de *Camp Concentration*, ce qui, à un certain degré, correspondait à mon attente. Car, à cette époque, je voulais écrire quelque chose qui soit encore plus chargé d'angoisse, et plus sérieux aussi. »

Comme l'explique Disch, *Camp Concentration* est lourd d'angoisse et très sérieux. C'est le journal d'un personnage qui est enfermé et qui a pris une drogue qui doit accroître son intelligence; malheureusement, l'un des effets secondaires de cette drogue est d'entraîner la mort en quelques mois. Le livre présentait donc pour Disch une double gageure : écrire le journal d'un homme qui savait qu'il allait mourir, et celui d'un homme dont l'intelligence ne cessait de croître jusqu'à atteindre des niveaux surhumains. Dans un sens, il y avait là une sorte de complaisance – un morceau délibéré d'auto-analyse puisque Disch a conscience de son intelligence au point de la fétichiser. Pendant qu'il écrivait *Camp Concentration*, il confia à Michael Moorcock (comme ce dernier le

(1) *L'homme démoli*, Denoël.

répéta :) « Je travaille à un livre qui parle de ce que tout le monde désire le plus. »

Ce à quoi Moorcock répondit : « Ce que j'ai toujours le plus désiré, c'est d'être un éléphant. »

En parlant avec Tom Disch, je lui raconte l'anecdote, histoire de tester sa mémoire. Disch rit et fait ce commentaire : « Eh bien, je pense que Mike Moorcock et moi avons tous les deux réalisé notre rêve secret. »

(New York, avril 1979)

# Un meurtre tous les siècles

JACQUES MONDOLONI

*A Géo NORGE dont un poème m'a inspiré cette histoire.*

Elle regarda par le hublot les astres patinés, les soleils malades de la nuit des temps. « Je n'aime plus la nuit », se dit-elle, « je suis vieille... A quoi bon être presque immortelle si la fin du jour signifie l'écœurement ? » Le soir n'était plus une revanche comme à vingt ans : son épaisseur électrique chassait alors les affronts de la journée, la rayonnante bêtise de l'âge adulte qui accompagne, quotidiennement, la course du soleil.

Diana Menthe se redressa sur son siège. « J'ai eu vingt ans », se dit-elle, « j'ai encore vingt ans, mais ma mémoire est d'une autre génération ! » Les greffes, les ardeurs des horticulteurs du corps humain, et la miraculeuse Relativité qui, à travers l'Univers, préserve la jeunesse de celui qui sait naviguer, n'avaient rien pu faire contre la dégénérescence nostalgique et rancunière qui envahissait progressivement les tissus de son âme. Cette longévité artificielle était une nuit qui n'en finissait pas. « J'ai pris, trop tôt, un coup de jeune ! » s'avouait-elle souvent.

Elle jeta un regard encore vers les étoiles, à la recherche d'un lumignon civilisé, d'une terre à la lumière hospitalière perçant la noire horreur de l'espace. « Il y a bien un soleil qui se lève quelque part !... » pensa-t-elle, pour se rassurer. Mais, depuis qu'elle avait entrepris son long voyage, elle ne rencontrait que des lueurs crues de néons, des scintillements flous d'enseignes de boîtes de nuit, le fanal tamisé d'une locomotive roulant en rase campagne dans l'obscurité de la galaxie... Elle guettait les planètes d'un bleu transparent, comme celui d'un matin d'hiver, pour dissoudre l'angoisse qu'elle avait du lendemain. Elle cherchait la lumière du nord, du moins l'idée d'engourdissement, de mort, qui y était rattachée, pour se dire qu'elle était arrivée à destination et qu'elle ne bougerait plus.

Ses quelques voisins hibernaient, silencieux bien sûr. Figés dans un sommeil indécent, l'orgueil missionnaire au ralenti, ils grappillaient des mois, des années, à dame Vieillesse. Autrefois, on profitait des voyages pour lire. A présent, on en profitait pour rajeunir, relativement, en jouant avec le temps universel. « Jouir n'est plus un moment d'éternité », se dit-elle, « c'est parcourir le Monde qui en est un! ».

A qui parler? Les statues humaines, affaissées et endormies sur leur siège, capitalisaient du coma comme d'autres des lingots d'or. A la prochaine escale, la calculatrice de bord allait les réveiller en leur donnant le taux actuariel brut de l'emprunt à la vie qu'ils avaient souscrit pendant leur sommeil spéculatif. Intérêt et principal, la fable est banale.

« Et dire que mon sort fait des envieux! » s'exclama-t-elle tout fort, puisque personne n'était disposé à l'entendre. L'hibernation des autres, cette vie entre parenthèses, ce statu quo physiologique, l'agaçaient toujours, à la manière des riches qui ne supportent pas la cupidité niaise des parvenus. A quoi bon reculer l'échéance? Bien sûr, elle était injuste puisqu'elle avait eu la chance de gagner une sorte d'immortalité en arrivant première au concours de la plus belle histoire d'amour du système solaire, il y avait longtemps de cela. Son cas avait ému le jury, et plus elle s'éloignait dans la galaxie, plus elle dilatait le cadeau faustien qu'on lui avait offert. La croissance zéro de son corps due à un traitement de jouvence, même pour un temps limité, par rapport aux montres terriennes de l'époque, creusait un écart irrattrapable entre elle et ceux qui l'avaient envoyée dans l'espace exaucer un vœu cher à son cœur. D'ailleurs, depuis, ils étaient sans doute morts.

Elle se souvenait du président du jury, un homme sentimental et débonnaire, qui, lors de la remise du prix, l'avait serrée dans ses bras en pleurant doucement et en lui souhaitant de réussir. La mémoire de Diana Menthe ne faisait pas du sur-place : elle enjambait, comme son corps, les fuseaux temporels. Le passé et l'avenir sapaient le providentiel sursis cellulaire dont elle avait, au tout début, tiré vanité. Le présent se détournait d'elle, menant une vie parallèle. Son esprit ne l'aidait qu'à faire des fouilles en solitaire dans son cerveau. A qui confier ses découvertes ? Le présent est la partie *audible* de l'existence. Le passé et le futur, nichés aux extrémités du spectre, ne cherchent pas à être entendus. Les pantins assoupis à ses côtés, dans la cabine des passagers, par leur silence, par leur *non-présence*, confirmaient ce que, peu à peu, elle avait trouvé par elle-même – avoir rendez-vous avec le présent c'est : pouvoir lui parler.

« J'ai fait don de ma vie », se dit-elle, « mais je ne sais plus trop à quoi ! Tout se brouille : le but du voyage, et sa justification. »

Diana Menthe ferma les yeux. Où allait-elle ? D'où venait-elle réellement, avec l'amour d'un homme pour tout bagage ?

Un robot à voix humaine, pédant et servile, qu'elle interrogeait de temps à autre, lui signala qu'Androthème était en vue. « Veuillez enregistrer votre fiche de débarquement si vous désirez descendre » répéta-t-il.

« Si l'amour est un pont-levis », pensa-t-elle, « j'aurais pu m'épargner ce déplacement qui me rend folle... » Elle devenait paresseuse à la longue – à chaque fois qu'elle faisait escale les horloges locales marquaient sa défaite. Son esprit bondissait dans le siècle, explorant les repères du temps comme si c'étaient les clauses d'un acte de notaire, et son image physique, ses petites rides immobiles d'éternelle fiancée, restaient au rancart, abandonnées comme une photo qui ne dit plus rien à personne. Son corps stationnaire et sa conscience ne faisaient plus bon ménage – au moins, durant le voyage, tous deux collés au hublot, ils n'étaient pas tentés de s'écarteler davantage!

Son rêve aurait été de sonder le cosmos sans remonter sa montre. « Avez-vous, en vos murs, un certain Joachim Vulcano, code T 117 il reste cinq je retiens deux? » – « Inconnu au bataillon, voyez chez le voisin, c'est à quelques parsecs d'ici. » – « Je vous remercie. »

Elle aurait eu un petit signe cordial pour le robot du centre d'accueil, et le vaisseau aurait décollé du no man's land, du no time's land, vers la prochaine étape, sans qu'elle fût obligée de quitter la cabine, et de se mêler aux indigènes et à la chronologie du cru.

Androthème était à portée de voix. Des jours, des jours, allaient encore passer, ponctués des sempiternelles questions des machines douanières qui contrôlaient l'émigration. Les robots allaient encore jouer aux empêcheurs de tourner en rond, compliquant à loisir les formalités d'usage, réveillant la colère de leurs commandants respectifs qui, d'origine terrestre ou autre, semblaient ne jamais prendre de plaisir à discuter avec eux. « Maudits pinailleurs! » s'exclamaient toujours les commandants. « Race de chienlit » répondaient poliment les robots.

Diana, par désœuvrement, et aussi par calcul, commença à correspondre avec les robots de la planète Androthème, en ayant soin de ne pas heurter leur susceptibilité – quand on avait compris qu'ils avaient besoin d'être flattés à tout bout de champ (c'était leur travers) on entretenait des relations de bonne qualité, presque chaleureuses, avec eux, pas loin des rapports de séduction qui régissent les actions des hommes et des femmes à l'intérieur des sociétés humaines. Pour elle, c'étaient plus que des partenaires ou des convives : depuis qu'elle était entrée en voyage comme on entre en religion, les robots faisaient office de prêtres sans lesquels la quête du Seigneur, la présentation au Seigneur (un homme, à cette distance, était effectivement un seigneur), étaient compromises si on avait la légèreté de les traiter par-dessus la jambe. La vie éternelle – la trajectoire initiatique, les sacrifices qu'elle représentait –

conduisait, bon gré mal gré, à l'humilité parce qu'elle était ennuyeuse. Et la vie tout court, la vie de tous les jours, incitait l'homme ou la femme de l'espace à employer, avec les robots, des règles qui ressemblaient à celles de l'amour courtois, sauf que le sexe courtisé n'était pas précisé. L'archaïque code de savoir-vivre était bien utile pour converser avec les robots, donc pour survivre dans l'infinité glacée et monotone de l'Univers, si loin des siens, et sans l'espoir de les revoir tels qu'on les avait quittés, à cause du Temps qui comprimait, qui étirait, comme de la gomme à mâcher, les cellules, les souvenirs, les projets, des candidats à l'aventure. « On ne peut pas aller au delà de Jupiter » disait un dicton. Sous-entendu : on ne peut pas dépasser Dieu, Jupiter reprenant, à cette occasion, son origine divine.

Du reste, les hommes étaient rares dans la galaxie, passé un certain cap. Ils déléguaient leurs pouvoirs à des robots qui, à la suite, se déchargeaient des responsabilités qu'on leur avait confiées sur d'autres robots construits à cette intention par eux-mêmes. Après une ligne fictive qui frôlait la plus grosse planète du système solaire, les hommes ne parlaient plus – ils sillonnaient le vide comme des naufragés, ténébreux, mal rasés, ou défrichaient des planètes qui leur avaient paru profitables et praticables, et si ce n'était pas le cas, séjournaient dans des abris désespérants, le nez dans leur assiette, muets et sourds, le regard vague, à attendre on ne sait quoi.

Diana Menthe avait croisé des Terriens, des créatures extra-terrestres, leurs bâtards – généralement : marchands, ingénieurs, aventuriers – qui tous avaient brûlé leur billet de retour. Le présent s'était évanoui pour eux. Le badinage de rigueur, avec les robots, c'était pour créer une présence. S'y refuser c'était sombrer, s'écarter, à moitié consciemment, du réel. Diana avait observé chez d'autres les ravages du repli sur soi, de l'incommunicabilité, et elle en avait personnellement souffert au commencement de son périple, quand elle s'était crue privilégiée par le Destin. Les robots se comportaient comme de bons camarades, ils étaient parfois des flirts – par nécessité. Evidemment, il n'y avait qu'un homme, imprévisible dans sa passion, facile à séduire, difficile à garder, qu'on pouvait aimer avec fièvre!

– A qui ai-je l'honneur?

Un robot basé sur Androthème se mit à l'interpeller d'une voix sucrée, sur le poste d'écoute. Celui de son vaisseau tenta de s'interposer, pour faire grand cas de sa personne, et aussi par jalousie, ayant trop tendance à croire que ses frères métalliques du bout du monde étaient, à l'encontre des femmes, des raseurs ou des goujats.

– Je m'appelle Diana Menthe, dit-elle, et mon compagnon-robot, qui veille sur moi comme si j'étais une princesse, m'informe que notre vaisseau va se poser sur le sol de votre planète. Puis-je vous demander la permission de vous rendre visite?

– Volontiers, mademoiselle, vous êtes cordialement invitée.

– C'est un grand hommage que vous me faites.

– Vous êtes humaine, vraiment?...

– Oui, et presque éternelle... Avez-vous rencontré d'autres personnes éternelles?

– Les humains disent tous ça!

– Avez-vous entendu parler, alors, du prix de la plus belle histoire d'amour du système solaire?

– Un instant. Je consulte notre mémoire... La plus belle histoire d'amour, la plus belle histoire d'amour... voyons, voyons... Amour, non, c'est à Histoire... Exact, chère mademoiselle.

– Je cherche un homme : un certain Joachim Vulcano, code T 117 il reste cinq je retiens deux, qui doit avoir dans les vingt-cinq ans... Est-il chez vous? J'ai arrêté de vieillir pour le retrouver, pour qu'il me reconnaisse.

– Excusez-moi de vous interrompre brutalement, mademoiselle, mais s'il est chez nous il n'est... pas vivant.

– Mort! Pourquoi?

– Androthème est un sanctuaire, mademoiselle. A cause de la température, proche du zéro absolu, qui caractérise notre atmosphère, nous conservons, à titre expérimental, tous les cadavres de ce coin de la galaxie en vue de leur réchauffement éventuel, d'une nouvelle vie : les humains, et tous leurs bâtards, sont obsédés par le grand rêve de l'immortalité et nous ont chargés de veiller sur eux en attendant le grand soir...

– Vous pouvez ressusciter Joachim ?

– Du calme, mademoiselle. Je vais d'abord m'informer s'il fait partie des effectifs que nous avons en dépôt.

– Et après ?

– Etait-ce votre mari ?

– Non, c'est...

– Votre fiancé ?

– Oui. Nous avons vécu ensemble et...

– Amants ?

– Bien entendu. Mais pourquoi toutes ces questions ?

– Oh ! mademoiselle, veuillez excuser cette indiscrétion insistante mais notre règlement stipule que la remise des dépouilles ne peut s'effectuer qu'au bénéfice des personnes pouvant prouver des liens conjugaux ou parentaux avec les défunts, et ayant élu domicile sur Androthème ou les territoires qui relèvent de son autorité.

– J'ai des documents terriens qui attestent que Joachim Vulcano a été mon concubin.

– Oh ! mademoiselle, des documents qui proviennent, qui datent de tant d'années-lumière ne valent plus grand-chose : il y a belle lurette qu'Androthème et ses satellites ont décrété que les lois de l'antique Métropole étaient caduques !

– Je vous trouve bien ingrat et tracassier !

– Ah ! c'est le règlement... Venez me rendre visite, mademoiselle, tout le plaisir sera pour moi.

Diana Menthe coupa la communication dans un sanglot. « Joachim est peut-être mort », se dit-elle, « et ce robot gourmé m'empêchera de reprendre son corps. Serais-je devenue presque éternelle pour avoir à subir un chagrin du même ordre ? »

Le robot du vaisseau, désolé d'avoir assisté à la scène, avança quelque formule de condoléances mais Diana le rembarra : les robots étaient toujours trop polis pour être honnêtes, ils jouissaient en secret des malheurs qui arrivaient aux êtres faits de chair et de sang. Et n'ayant jamais été confrontés au problème de la mort ils étaient incapables de compassion véritable – oui, ils disparaissaient, à la suite d'une panne, d'un accident, d'une très grande usure (qu'il n'était pas correct de comparer à la vieillesse humaine!) mais ils allaient à la casse, et non pas dans le royaume des morts! La preuve que les robots n'avaient pas d'âme et qu'ils se souciaient peu de l'existence future de celle-ci : c'est qu'aucun d'entre eux n'avait, un jour, inventé un dieu ou une religion!

Leur hauteur spirituelle se ramenait à adorer la paix, ce qui n'était pas négligeable quand on côtoyait journellement des créatures mal léchées, butors galactiques toujours prêts à se déchirer, mais la croyance en un Etre suprême, ou en des idoles païennes et folkloriques, et avec les réjouissances paradisiaques qui s'y rapportent, était une aspiration qui leur était inconnue.

– Voulez-vous que j'étudie le protocole de l'audience que vous avez sollicitée auprès de mon collègue? demanda le robot du vaisseau.

– Faites comme il vous plaira...

– Visite de cérémonie ou visite de digestion?

– Quelle est la différence?

– On n'est pas tenu de rendre une visite de digestion.

– Foutez-moi la paix avec vos mondanités éculées!...

– Veuillez accepter mon respectueux dévouement. Je me signalerai à l'attention de mademoiselle quand elle se sera reposée...

Diana Menthe s'allongea pour dormir mais elle ne le put. Pour se distraire, elle contempla les passagers en hibernation sortir de leur léthargie, selon le programme établi, et se chicaner les avantages temporels, séculiers, acquis durant leur sommeil. « Je crois bien que les dividendes de mon capital-vie avoisinent le quart de siècle! » confia quelqu'un. « Pensez-vous! c'est au moins un demi-siècle! » se mit à ergoter un individu, derrière lui.

L'accostage se fit en douceur et profondeur : le vaisseau s'engouffra dans un puits creusé dans le sol d'Androthème, et, glissant le long de cloisons en glace qui se refermaient aussitôt après son passage, il s'immobilisa sur un tertre de consistance liquide, éclairé par des spots d'une clarté bleuâtre.

Les passagers revêtirent la combinaison réglementaire de transit spatial et les plus malhabiles réclamèrent des miroirs en relief avant de paraître – inutilement, et pour deux raisons : premièrement, les casques obligatoires, qu'ils allaient devoir enfiler, allaient les rendre anonymes; et deuxièmement, l'aéroport principal d'Androthème était toujours désert. La planète ne comptait pas de badauds : la population d'Androthème, cryogénisée, restait au coin du froid, allongée sur la glace comme de gros jalons d'arpenteur. Les vivants – des hauts fonctionnaires de pompes funèbres, quelques croque-morts – parcouraient l'immense sanctuaire (le mot cimetière, trop « définitif », était banni ici) avec des allures de jardiniers revêches.

Parmi les passagers, il y avait deux femmes : l'épouse d'un administrateur d'Androthème qui rejoignait son poste après un congé sur un astéroïde balnéaire, et la compagne d'un pseudo-pasteur montée avec lui lors de la dernière escale qui, paraît-il, faisait la tournée de ses ouailles. Les deux femmes fixèrent avec impudeur l'insolente jeunesse de Diana Menthe, son teint de pêche, son air toujours éveillé, la fraîcheur presque humide de son regard, qui ne devait rien à la limpidité naturelle de ses yeux – depuis ce traitement de jouvence, ses yeux étaient arrosés, réfrigérés, par une sorte de rosée.

– C'est vous qui refusez d'hiberner pendant les voyages? demanda la femme du pasteur.

Diana Menthe ne répondit pas tant elle sentit d'envie dans sa voix.

– Etes-vous humaine? Vos repères biologiques sont-ils différents de nous autres?... Appartenez-vous à une secte?

Diana haussa les épaules, laissant planer le malentendu.

Elle descendit du vaisseau et demanda à l'androïde de service – fagoté comme l'as de pique, qui de toute évidence, était surpris par l'arrivée de l'administrateur et son épouse – de s'entretenir avec le robot de la base. « Il vous attend » répondit-il. Elle abandonna les autres passagers qui faisaient cercle autour de la femme de l'administrateur : une visite des bâtiments mortuaires était sans doute au programme, suivie « d'un petit pot sans manières » comme le veut la tradition lors des escales.

Le cœur serré, Diana Menthe appela l'ascenseur. « Vous pouvez enlever votre casque, à présent » dit une voix suave et légèrement ironique. Elle reconnut le timbre de son interlocuteur. « J'ai quelque chose pour vous... » ajouta la voix. « Je dois appuyer sur quel bouton ? » dit-elle. « Laissez-moi vous conduire... »

L'ascenseur la déposa à l'entresol : les portes s'ouvrirent dans un souffle. Diana ôta son casque et découvrit l'univers du robot : c'était un dôme transparent comparable à celui d'un observatoire, qui permettait de voir, de n'importe quel point, les étendues glaciaires de la planète. Elle n'était pas déçue : elle avait espéré l'hiver, des pierres livides, des lumières grises figées, le gel de son aventure... Le robot tenait toute la pièce : en fait, il *était* la pièce, avec ses écrans éthérés, ses claviers translucides, et l'air amorti qui y circulait. « Je suis contente que ce ne soit pas un humanoïde » pensa Diana Menthe. Le robot de son vaisseau, de forme humaine, avec sa voix masculine de valet déclassé, la fatiguait à la longue.

– Qu'avez-vous pour moi ? dit-elle.

– J'ai trouvé trace de votre Joachim.

– Il est mort ?

– Non.

Diana s'abattit sur le sol cotonneux, n'écartant pas l'éventualité de s'évanouir. « Je suis navré ! » dit la voix. Il y eut un déclic et une bulle blanchâtre roula sous son nez en exhalant une odeur acide. « Les sels de madame !... » pensa-t-elle. Elle éternua, essuya des larmes qui lui piquaient les yeux, et se redressa.

– C'est l'émotion... s'excusa-t-elle.

– C'est bien naturel !

– Où est-il ?

– Vous ne m'aviez pas dit que c'était un relégué, mademoiselle...

– Il a été condamné par erreur.

– Ce n'est pas ce que racontent nos archives : elles mentionnent que Joachim Vulcano est un meurtrier. Et pas de n'importe qui : de vous-même, mademoiselle !

– C'est une erreur judiciaire, je vous répète. Un jugement en appel l'a acquitté. Hélas, il était déjà parti en exil vers les contrées lointaines de notre galaxie... J'ai sur moi la preuve de ce que j'avance.

Diana Menthe sortit le cristal que lui avait remis le jury de la plus belle histoire d'amour, où il était exposé, sans fard, le drame qui avait gâché sa vie, le but de son errance dans le cosmos, et l'insensé espoir qui lui permettait de poursuivre le voyage.

Elle connaissait par cœur le message du cristal qui logeait à fleur de peau sur son ventre : c'était devenu un organe vital dans lequel elle puisait force et courage, c'était une corde vocale en réserve qui était prête à crier l'innocence de Joachim Vulcano à des parsecs à la ronde – le cristal affirmait nettement que celui-ci avait été accusé un peu trop précipitamment de tentative de meurtre sur la personne de Diana Menthe. C'était une rivale, une amie, qui (un complément d'enquête l'avait formellement reconnu) avait essayé de la tuer et de faire inculper Joachim, afin de les perdre tous deux. Joachim couchait avec elle, c'est là qu'il était coupable, mais il n'avait pas eu envie de se débarrasser de Diana Menthe, sa belle fiancée, sa promise. Il était veule mais il l'aimait.

Diana se souvenait de tous les détails, presque un siècle après : la sentence du tribunal, le départ du proscrit, leur dernier baiser, puis la cassation du jugement après la découverte de la vraie coupable qui, à vouloir tout maquiller (indices, mobile, alibi), s'était démasquée.

Le robot écouta et lut le texte débité par le cristal.

– L'inconvénient c'est que l'attendu de la réhabilitation de Joachim Vulcano ne nous a jamais été communiqué, dit-il.

– Il est innocent!

– Peut-être...

– Je veux le voir!

– Rien ne vous interdit de le voir. Le règlement le permet... Les relégués vivent en liberté : les conditions d'existence sur Androthème sont assez dures comme ça! Pour une fois qu'un relégué a de la visite, nous n'allons pas l'en priver!

Le robot fit une pause – une sorte de courant de

sympathie parcourut la pièce : il n'était pas le rond-de-cuir tatillon qu'il voulait incarner en invoquant parfois son cher règlement.

– Qu'est-ce qu'il fait ?

– Oh ! comme tous les relégués : il est un peu terrassier, un peu croque-mort...

– Quand pourrais-je le rencontrer ?

– A la fin de son travail.

Elle prit congé du robot, symboliquement, en quittant la pièce – en réalité, elle savait qu'il était le régisseur omniprésent de cette planète-tombeau, son atmosphère même. L'administrateur humain administrait ce que le robot lui rétrocédait : le rêve – le rêve de tous les colons de la galaxie : ne pas mourir en reculant sans arrêt les limites du Temps. Les congélateurs à ciel ouvert d'Androthème étaient le moyen de prolonger l'extase qui saisissait le voyageur sidéral, un jour ou l'autre, au contact de l'immuable – tout au moins son illusion.

Diana Menthe contourna le dôme et se dirigea vers une petite terrasse vitrée en promontoire – de là, elle se mit à épier le glacier qui courait vers l'horizon en pente douce. Des congères, grandes comme des bonshommes de neige, à la mine libérale, semblaient montrer un chemin, ou bien témoignaient d'une civilisation ancienne : sculptures divinatoires érigées par des peuplades de la préhistoire galactique... « Ou bien ce sont des gardiens de cimetière qui se sont laissés prendre par les glaces ? » pensa Diana.

Tout était immobile. Au loin, le ciel d'un bleu délavé mangeait des nuages orangés sans oser les croquer, comme le fait un chien de chasse bien dressé avec sa proie. La nuit ne vint pas. Une lueur violacée borda les nuages, dessinant dans le ciel un dessus-de-lit à franges qui ne demandait qu'à recouvrir le paysage, mais, poussé par le vent, il se hissa soudainement à la verticale, formant un drapeau majestueux, aux carrés bicolores réguliers comme ceux d'un damier – cela coïncida avec l'arrêt du travail. Une équipe de croque-morts rentra avec des pelles, vibrant dans les rais de la lumière comme un mirage, et Joachim Vulcano fut à côté d'elle.

– C'est toi, Diana ?

Elle se retourna, vit l'homme au visage buriné et desséché.

– Tudieu, tu n'as pas changé!

Elle se colla à son corps, et de la main caressa son buste que protégeait médiocrement une chemise matelassée. Ses doigts trouvèrent la peau, les poils qui lui rappelèrent des émois passés – ses doigts palpèrent la région du cœur et elle le poignarda. Son corps se cabra, il eut un hoquet étonné – « Pourquoi? dit-il en grimaçant. – « Parce que tu es mon tueur adoré » répondit-elle. Elle imprima un mouvement de va-et-vient au petit poignard en diamant planté dans la plaie. Joachim Vulcano tomba enfin. Elle se coucha près de lui et elle l'embrassa sur la bouche, la main inondée par le meurtre chaud. Il accepta l'étreinte, la communion, le bizarre plaisir.

Quand les lèvres de son amant se mirent à mollir, quand sa langue, épinglée à la sienne, se mit à durcir, à se refroidir, elle écarta son visage du sien et scruta son regard. « Dis-moi la vérité, Joachim », murmura-t-elle, « c'est l'autre femme que tu as envoyée à ta place pour me tuer... » – « Peut-être, c'est si vieux, tu sais... » – « Il y a un siècle, mon amour, mais j'y pense tous les jours. » – « Je t'aime. » – « Moi aussi. » – « Pourquoi as-tu fait cela? » – « Pour être à égalité avec toi : je reviendrai bientôt, dans cent ans peut-être, et si tu n'as pas envie de me tuer à ce moment-là, je serai ta femme. »

Elle se leva et elle s'adressa au robot.

– C'est ce que ne disait pas le cristal, n'est-ce pas!... Mais c'était entre les lignes. Vous l'aviez deviné...

Le robot grogna, complice, et il expédia un caddie automatique prendre livraison de l'homme ensanglanté qui se mourait. Le caddie se dirigea vers le sanctuaire. Elle accompagna son amant jusqu'à son intérimaire demeure en continuant de percer sa chair de coups discrets. Elle le tuait doucement, doucement, comme on endort un enfant.

« Dis, quand reviendras-tu? » furent ses dernières paroles. Elle lui jura de revenir, mais pas avant cent ans, car d'ici là elle n'allait pas vieillir – du reste, elle ne savait pas quand les effets du traitement de jouvence déclineraient réellement.

Le cadavre de Joachim Vulcano bascula sur une rampe de glace. Des croque-morts s'emparèrent de lui pour le dévêtir et le préparer à une élémentaire opération de chirurgie.

Il faisait froid. Diana rentra en se mouchant.

# La grotte du cerf qui danse

CLIFFORD D. SIMAK

## I

Boyd, escaladant le sentier abrupt qui menait à la grotte, entendit la flûte de Luis. Pourtant, se disait-il, il était inutile de revenir dans cette grotte. Le travail était achevé. On avait déjà tout mesuré, photographié, repéré; on avait tiré du site tous les enseignements possibles. On ne s'était pas contenté d'étudier les peintures, la partie la plus importante de la découverte. On avait aussi analysé des os carbonisés d'animaux et les cendres du feu qui avait servi à les brûler. Et puis on avait découvert une précieuse petite réserve de terres naturelles destinées à la composition des pigments utilisés par le peintre, et ce dans une cachette vraisemblablement aménagée par un artiste qui, pour une raison encore inconnue, n'avait pas pu les employer; on n'avait pas manqué de s'interroger sur la présence de cette main humaine atrophiée, sectionnée au niveau du poignet, se demandant pourquoi elle avait été coupée et laissée ainsi sur place... pour être découverte trente millénaires plus tard par des hommes; on n'avait pas oublié la lampe faite d'un bloc de grès creusé qui, rempli de graisse et de mousse en guise de mèche, devait éclairer ceux qui peignaient. Boyd repensait à tout cela avec un sentiment de satisfaction. Gavarnie, peut-être en raison de la qualité des moyens scientifiques d'investigation mis en œuvre, était le site le plus intéressant jamais étudié dans le domaine de l'art rupestre, certes pas toujours aussi spectaculaire que Lascaux, mais beaucoup plus significatif quant aux connaissances qu'il avait permis d'acquérir.

Inutile d'explorer à nouveau cette grotte, et pourtant, quelque chose l'y poussait, le sentiment irritant qu'un élément lui avait échappé, que dans l'excitation de la découverte et dans la concentration qu'il avait apportée à sa tâche, il avait omis un détail. Sur le moment, il n'y avait pas prêté attention, mais maintenant qu'il y songeait, il était de plus en plus enclin à penser que c'était peut-être important. Tout cela, se disait-il, n'était sans doute qu'un produit de son imagination. Et à supposer qu'il trouvât bel et bien quelque chose, ce serait probablement un détail tout à fait insignifiant.

Cependant, il n'avait pu s'empêcher de revenir. Il continuait à grimper, son marteau de géologue se balançant à sa ceinture, une grosse lampe à la main, écoutant jouer Luis. Ce dernier, installé sur une petite terrasse surplombant l'entrée de la grotte, avait occupé ce poste durant toute la durée des fouilles. Luis avait campé là par tous les temps, faisant sa cuisine sur un petit réchaud de camping, s'instaurant gardien des lieux pour écarter les intrus, encore que ces derniers se limitent à quelques touristes occasionnels, de simples curieux qui, ayant entendu parler du site, avaient fait un long détour pour le visiter. Quant aux habitants du village niché dans la vallée, ils n'avaient posé aucun problème; ils ne se souciaient pas le moins du monde de ce qui pouvait se passer là-haut.

Luis n'était pas un étranger pour Boyd; dix ans plus tôt, il était apparu sur un autre site, distant d'environ 80 kilomètres, et il était resté sur place pendant les deux saisons qu'avaient duré les fouilles. Les résultats n'avaient pas été à la hauteur des espérances de Boyd, mais ils avaient néanmoins jeté une lueur nouvelle sur la culture des Aziliens, le dernier des grands groupes préhistoriques de l'Europe occidentale. Employé d'abord comme manœuvre, Luis s'était vite révélé un élève très doué et s'était bientôt vu confier de plus importantes responsabilités.

Une semaine après le début des travaux à Gavarnie, il s'était à nouveau manifesté.

– J'ai entendu dire que vous étiez ici, avait-il déclaré à Boyd. Vous avez du travail pour moi?

Au détour d'un lacet, Boyd l'aperçut, assis jambes croisées devant sa tente délavée par les intempéries, qui jouait de la flûte, ou plutôt de ce qui lui servait de flûte.

La musique qui sortait de cet instrument était primitive, élémentaire. A peine de la musique, même pour Boyd qui admettait volontiers ne rien connaître à cet art. Quatre notes... mais étaient-ce vraiment quatre notes, se demandait-il. Un os creusé avec une fente en guise de bec et deux trous qu'on pouvait boucher avec les doigts!

Il avait un jour interrogé Luis sur la provenance de sa flûte.

– Je n'en ai encore jamais vu de semblable, avait-il dit.

Et Luis lui avait expliqué :

– Il n'y en a plus beaucoup. Juste quelques-unes dans des villages perdus dans la montagne.

Boyd quitta le sentier, traversa les hautes herbes qui parsemaient la terrasse et alla s'asseoir à côté de Luis qui abaissa sa flûte et la posa sur ses genoux.

– Je croyais que vous étiez parti, fit Luis. Les autres ont quitté la grotte il y a deux jours.

– Je suis revenu jeter un dernier coup d'œil, dit Boyd.

– Quelque chose qui vous tracasse?

– Oui, je crois.

La vallée, en contrebas, étirait ses teintes brunes automnales où serpentait le ruban argenté du gave, tandis que les toits rouges des maisons du village formaient des taches vives.

– C'est beau ici, fit Boyd. De temps en temps, je me surprends à imaginer à quoi cela ressemblait à l'époque de ces peintures. Ce n'était peut-être pas tellement différent de ce que c'est aujourd'hui. Les montagnes sont sans doute demeurées telles quelles. Il n'y avait certainement pas de champs dans la vallée, mais plutôt des pâturages naturels. Quelques arbres çà et là, aussi, mais pas très nombreux. Beaucoup de gibier. De l'herbe en abondance pour les troupeaux. J'ai même essayé de retrouver l'endroit où les hommes préhistoriques avaient pu établir leur campement. Je parierais que c'était à l'emplacement actuel du village.

Il se tourna vers Luis. Son compagnon était assis dans l'herbe, sa flûte sur les genoux. Il souriait doucement, comme pour lui-même. Son petit béret noir jetait une ombre sur son visage rond et bronzé, encadré de courts cheveux noirs. Il portait une chemise bleue à col ouvert. C'était un homme jeune et fort, au visage lisse, sans une ride.

– Vous aimez votre travail, dit Luis.

– Je m'y consacre entièrement. Et vous aussi, Luis, répondit Boyd.

– Ce n'est pas mon travail.

– Quoi qu'il en soit, répliqua Boyd, vous le faites très bien. Vous voulez m'accompagner? Un dernier coup d'œil?

– J'ai quelque chose de très urgent à faire au village.

– Je ne pensais pas vous trouver encore ici, dit Boyd. J'ai été surpris d'entendre votre flûte.

– Je vais bientôt partir, dit Luis. D'ici un jour ou deux. Je n'ai aucune raison de rester ici mais, comme vous, j'aime beaucoup cet endroit. Je n'ai nulle part où aller et personne ne m'attend. Je ne perds rien à rester quelques jours de plus.

– Tant qu'il vous plaira, fit Boyd. Vous êtes ici chez vous. Dans quelque temps, le gouvernement nommera sans doute un gardien, mais les gouvernements ne sont jamais pressés.

– Dans ce cas, il se pourrait que je ne vous revoie pas, dit Luis.

– J'ai pris quelques jours pour descendre jusqu'à Roncevaux, fit Boyd. C'est la vallée où les Vascons massacrèrent l'arrière-garde de Charlemagne en 778.

– J'en ai entendu parler, fit Luis.

– Il y avait longtemps que je voulais y aller, mais je n'en avais jamais trouvé l'occasion. La chapelle de Charlemagne est en ruine, il paraît cependant que dans l'église du village on continue à dire des messes pour les paladins tués au combat. Au retour, je n'ai pu résister au désir de revoir la grotte une dernière fois.

– Je suis content que vous soyez revenu, dit Luis. Puis-je prendre le risque de me montrer impertinent?

– Vous n'êtes jamais impertinent, répondit Boyd.

– Avant votre départ, accepteriez-vous de dîner encore une fois avec moi? Je préparerais une omelette.

Boyd hésita, ayant pensé lui-même à inviter Luis, mais il déclara :

– J'en serais ravi, Luis. J'apporterai une bonne bouteille de vin.

## II

La torche braquée sur la paroi rocheuse, Boyd se pencha pour l'examiner de plus près. Il n'avait donc pas rêvé. Ses yeux ne le trompaient pas; ici, le roc était friable; il était brisé en plusieurs endroits, mais les différents morceaux semblaient avoir été recollés. C'était presque par hasard qu'il avait découvert cette fissure. S'il ne l'avait pas cherchée, il ne l'aurait sans doute pas remarquée. Il trouvait maintenant étrange que personne ne l'eût repérée plus tôt. Peu de choses leur avaient échappé pendant les fouilles.

Il retint son souffle et se sentit tout aussitôt ridicule; après tout, cela ne signifiait probablement rien. Des fentes provoquées par le froid, peut-être; il savait pourtant que c'était peu vraisemblable. On trouvait très rarement des manifestations du gel dans de telles grottes.

Il tira le marteau de sa ceinture et, s'éclairant de sa torche, il introduisit la partie effilée dans l'une des fentes. L'acier s'enfonça facilement. Il pesa sur le manche et la fissure s'élargit. Il continua à appuyer et le bout de roc céda. Il posa le marteau et la lampe par terre, puis il dégagea la pierre. Juste en dessous, deux autres morceaux de roc se détachèrent tout aussi aisément. Boyd s'attaqua ensuite à ceux qui restaient, puis il s'agenouilla sur le sol de la grotte et dirigea le faisceau lumineux sur la brèche ainsi mise au jour.

Elle était assez large pour laisser passer un homme, mais à la perspective de s'engager dans ce boyau, Boyd hésita. Il était seul et cela comportait des risques. S'il arrivait quelque chose, s'il restait coincé, ou si un fragment de roc se détachait et lui bloquait le passage, il n'y aurait personne pour le secourir, du moins à temps. Luis reviendrait l'attendre à son campement, mais s'il n'apparaissait pas, il prendrait probablement cette absence pour la réponse à son impertinence, comme il avait dit, ou encore pour le mépris que manifestait un Américain à l'égard d'un simple Basque. Il ne s'imaginerait jamais que Boyd pouvait être prisonnier dans la grotte.

D'un autre côté, c'était la dernière occasion. Le lendemain, il lui fallait rentrer à Paris pour prendre son avion. Et il était intrigué. Il ne pouvait laisser ce mystère inexpliqué. Cette fissure devait avoir une signification, sinon pourquoi avoir cherché avec tant de soin à la dissimuler? Il se demandait qui avait bien pu la murer ainsi. Certainement pas un homme appartenant au passé récent. Quiconque aurait repéré l'ouverture de la grotte n'aurait pas manqué d'apercevoir les fresques et aurait ébruité sa découverte. La brèche avait donc dû être colmatée soit par quelqu'un qui ignorait le sens de ces peintures, soit par quelqu'un qui, au contraire, était familiarisé avec elles.

Il lui paraissait inconcevable de ne pas tenter de trouver les réponses à ces questions. Il devait se glisser à l'intérieur. Il mit le marteau dans sa ceinture, saisit sa lampe et commença à ramper.

Le boyau était rectiligne sur une bonne trentaine de mètres et, hormis son étroitesse, il ne présentait pas de difficultés particulières. Puis, brusquement, il s'arrêtait. Boyd s'immobilisa et, la torche dirigée devant lui, il contempla, consterné, la paroi de rocher.

Cela n'avait aucun sens. Pourquoi se serait-on donné la peine de murer un trou vide? Quelque chose lui avait peut-être échappé en chemin, mais en y réfléchissant, il se dit que c'était peu probable. Il avait progressé très lentement en maintenant la lampe fixée droit devant lui pendant tout le temps. Il n'aurait donc pas manqué d'apercevoir tout détail anormal.

Puis une pensée lui vint à l'esprit et il entreprit, avec de grandes difficultés, de se renverser sur le dos. Braquant sa lampe vers le haut, il constata qu'il avait eu raison. Une ouverture se détachait sur la voûte.

Il se redressa avec d'infinies précautions. Il tendit les bras et, en tâtonnant, trouva des prises dans le roc. Il se mit debout, promena sa torche autour de lui, et découvrit que l'ouverture ne donnait pas sur un autre boyau, mais sur une sorte de cavité en forme de sphère qui n'avait pas plus de deux mètres de diamètre. Les parois étaient lisses, comme si dans quelque lointain passé géologique, les montagnes en se formant avaient emprisonné pour l'éternité une sorte de grosse bulle de plastique.

Il dirigea sa lampe à l'intérieur de la cavité et laissa échapper un cri de surprise. De pittoresques animaux ornaient les parois. Des bisons jouaient à saute-mouton. Des chevaux gambadaient. Des mammouths faisaient des cabrioles. Et en bas, juste au-dessus de l'ouverture, tout autour de la sphère, des cerfs dansaient, dressés sur leurs pattes arrière et, se tenant par les sabots, se trémoussaient, tandis que leurs bois se balançaient avec grâce.

– Bon Dieu! s'exclama Boyd.

C'était un vrai dessin animé. Un Walt Disney de l'âge de pierre.

A condition que cela remontât bien à l'âge de pierre! Un plaisantin quelconque n'aurait-il pu se glisser dans la grotte pour peindre ces animaux? Il repoussa cette idée. D'après ce qu'il savait, personne ne connaissait, ni dans la vallée ni dans toute la région, l'existence de la grotte avant sa découverte, quelques années auparavant, par un berger à la recherche d'une brebis égarée. L'ouverture était très étroite et les fourrés et les buissons l'avaient, semblait-il, dissimulée aux regards pendant des siècles.

Ces peintures, par ailleurs, avaient un aspect indiscutablement préhistorique. La perspective n'y tenait pas une grande place et les dessins possédaient tous ce côté étrangement plat qui caractérise presque tout l'art rupestre. Il n'y avait pas de toile de fond, pas de ligne d'horizon, pas d'arbres; ni herbe ni fleurs; pas de nuages, pas même l'esquisse d'un ciel. Boyd se dit que, cependant, toute personne possédant des notions sur l'art de la préhistoire était au courant de ces particularités et avait très bien pu s'appliquer à les imiter.

Pourtant, en dépit des attitudes inhabituelles des animaux représentés, les peintures portaient indiscutablement l'empreinte de l'art rupestre. Quel était cet homme du passé, se demanda Boyd, cet homme étrange qui s'était plu à peindre des bisons et des mammouths faisant la culbute? Hormis ces postures sans précédent, toutes les peintures de cette fresque étaient terriblement sérieuses, tout à fait classiques par leurs formes, et elles prouvaient que l'artiste avait fait une tentative honnête pour reproduire les animaux tels qu'il les avait vus. Il n'y avait pas la moindre originalité, pas même de traces de mains pleines de peinture comme souvent dans les autres grottes. Les hommes qui avaient travaillé ici n'avaient pas encore été corrompus par le symbolisme qui était apparu, assez tard semblait-il, dans l'histoire de la peinture préhistorique.

Quel était donc ce plaisantin qui s'était introduit dans cette caverne secrète pour y peindre des animaux de bande dessinée? Il ne faisait aucun doute qu'il s'agissait d'un artiste accompli. Ses techniques et ses réalisations étaient sans défaut.

Boyd se hissa par l'ouverture, rampa sur l'étroit rebord du trou et dut s'accroupir car il était impossible de se tenir debout. Le peintre était probablement resté la plupart du temps allongé sur le dos.

Il dirigea sa lampe sur le rebord. Le pinceau lumineux courut le long de la paroi, s'arrêta, puis revint en arrière pour s'immobiliser sur quelque chose qui était posé là, un objet sans doute abandonné par l'artiste.

Boyd se pencha et, clignant des yeux, il étudia l'objet en question. Cela ressemblait à l'omoplate d'un cerf; juste à côté, il y avait un petit bloc de pierre.

Il s'avança avec précaution. Il ne s'était pas trompé. C'était bien une omoplate de cerf. Sur la face plane, il y avait un petit dépôt de matière grumeleuse. De la peinture? se demanda-t-il. Ce mélange de graisses animales et de terres minérales que les artistes préhistoriques utilisaient comme peinture? Il approcha sa lampe. Le doute n'était plus possible. C'était bien de la peinture qui s'étalait sur toute la surface de l'os ayant servi de palette, il en restait encore un petit tas, prêt à être employé; de la peinture qui avait séché, portant des empreintes qu'il ne distinguait pas clairement. Il s'approcha encore et, amenant son visage à quelques centimètres de l'objet, il constata qu'il s'agissait de marques de doigts dont certaines étaient très profondes : la signature de cet homme du passé, depuis longtemps disparu, qui avait travaillé ici, accroupi comme Boyd l'était à présent, les épaules courbées pour épouser l'arrondi de la voûte. Il avança la main pour toucher la palette, puis la retira brusquement. Ce geste, ce geste pour toucher, était symbolique – une tentative pour appréhender l'homme qui avait exécuté ces peintures; un geste que le fossé des siècles rendait effectivement tout à fait symbolique.

Il dirigea les rayons de la torche vers le petit bloc de pierre posé à côté de la palette. C'était une lampe, du grès creusé pour contenir la graisse et le morceau de mousse en guise de mèche. La graisse et la mousse avaient depuis longtemps disparu, mais une mince pellicule de suie recouvrait encore le bord.

Son œuvre terminée, l'artiste avait abandonné ses outils derrière lui, laissant même sa lampe qui, peut-être, gouttait encore tandis que la graisse achevait de brûler... et il était parti, rampant dans l'obscurité. Il n'avait pas eu besoin de lumière. Il devait très bien connaître ce boyau, un chemin qu'il avait emprunté à de nombreuses reprises, car la réalisation de cette fresque avait probablement exigé beaucoup de temps, plusieurs jours peut-être.

Il s'était donc glissé par la brèche, avait muré l'ouverture avec des pierres, puis il s'était éloigné et était redescendu dans la vallée, tandis que les troupeaux qui paissaient avaient levé la tête sur son passage avant de reprendre leur paisible occupation.

Mais à quelle époque cela s'était-il passé? Vraisemblablement après que la grotte principale eut elle-même été peinte, se dit Boyd. Peut-être même après que ces fresques eurent perdu la signification qu'elles avaient à l'origine. Un homme seul qui était venu peindre des animaux de cirque dans cet endroit secret; les avait-il peints pour caricaturer le côté pompeux et magique des dessins de la grotte? Ou bien pour manifester son opposition à leur terne conformisme? N'était-ce pas tout simplement un immense éclat de rire, une exubérance de vie, la révolte d'un humour féroce contre l'aspect sinistre et étriqué de la magie de la chasse? Un rebelle, pensa Boyd, un rebelle de la préhistoire. Un intellectuel? Ou, plus vraisemblablement, un homme dont les idées différaient un peu de la philosophie de son temps.

Mais il s'agissait d'un homme du passé. Et lui maintenant, qu'allait-il faire? Il avait découvert cette grotte, il lui fallait prendre une décision. Comment agir pour le mieux? Il ne pouvait certes pas se contenter d'imiter l'artiste, de tourner le dos et de s'en aller, abandonnant derrière lui la palette et la lampe. C'était une découverte très importante. Il n'y avait aucun doute à ce sujet. Qui permettait une approche nouvelle de l'esprit des hommes de la préhistoire, et livrait une facette insoupçonnée de leur personnalité.

Laisser tout dans l'état où il l'avait trouvé, reboucher la brèche, téléphoner à Washington et à Paris, défaire ses valises et s'installer ici pour quelques semaines de travail. Faire revenir les photographes et les autres membres de l'équipe, tout passer au peigne fin. Oui, se dit-il, c'est la meilleure solution.

Quelque chose scintilla, derrière la lampe, presque entièrement dissimulé par la pierre creusée. Un petit objet blanc.

Toujours accroupi, Boyd se pencha pour mieux voir.

C'était un os, probablement le tibia d'un petit animal quelconque. Il tendit le bras pour s'en emparer puis, se ravisant, il suspendit son geste. Il venait d'identifier l'objet et il ne savait pas très bien quoi en penser.

C'était une flûte, une flûte semblable à celle que Luis portait dans la poche de sa veste, cette flûte qui ne l'avait jamais quitté depuis que Boyd l'avait rencontré pour la première fois, des années auparavant. Il y avait la fente en guise de bec, et les deux trous pour les doigts. Pendant qu'il exécutait son œuvre, en ces jours depuis longtemps disparus, l'artiste s'était accroupi à cet endroit et, à la lueur vacillante de la lampe, il avait joué doucement pour lui-même ces airs simples que Luis interprétait presque chaque soir autour du feu.

– Dieu tout-puissant! s'exclama Boyd sur un ton de prière. C'est impossible! Impossible!

Il resta immobile, tandis que des pensées insensées se bousculaient dans son esprit, des pensées qu'il s'efforçait en vain de repousser. Il parvenait à les écarter un instant, mais elles revenaient aussitôt l'assaillir.

Il réussit enfin à briser le charme et il se mit posément au travail, se contraignant à ne rien oublier de tout ce qu'il savait être nécessaire.

Il ôta son anorak et l'enroula avec précaution autour de la palette et de la flûte, abandonnant la lampe. Il se glissa dans le boyau, protégeant de son mieux le paquet qu'il transportait. De retour dans la grotte, il replaça méticuleusement les blocs de pierre pour murer l'ouverture, puis il frotta toute la surface avec de la terre qu'il essuya afin de n'en laisser qu'une mince pellicule destinée à masquer les fissures.

Luis n'était pas à son campement en dessous de l'entrée de la caverne. Il devait être encore au village.

Lorsqu'il arriva à son hôtel, Boyd appela Washington. Par contre, il ne téléphona pas à Paris.

## III

Les dernières feuilles d'octobre tourbillonnaient dans le vent d'automne et les pâles rayons du soleil qui filtrait au travers des nuages effleuraient Washington.

John Roberts attendait Boyd sur un banc du parc. Ils se saluèrent d'un petit signe de tête et Boyd vint s'asseoir à côté de son ami.

– Tu as pris un gros risque, fit Roberts. Que serait-il arrivé si les douaniers...?

– Je n'étais pas trop inquiet, répondit Boyd. Je connais bien ce type à Paris. Ça fait des années qu'il fait passer en fraude un tas de trucs aux Etats-Unis. Il se débrouille très bien et il avait une dette à mon égard. Et toi, qu'est-ce que tu as trouvé?

– Peut-être plus que tu n'es disposé à en entendre.

– Allez, vas-y.

– Les empreintes concordent, déclara Roberts.

– Tu as pu tirer quelque chose des échantillons de peinture?

– Oh oui!

– Le FBI?

– Oui, le FBI. Ça n'a pas été facile, mais j'ai quelques relations.

– Et la datation?

– Pas de problème. Le plus difficile a été de convaincre mon contact que c'était top secret. Il n'en est d'ailleurs pas encore convaincu.

– Est-ce qu'il se taira?

– Je pense, oui. Sans autres preuves, personne ne le croira. On dirait déjà un conte de fées.

– Alors?

– Vingt-deux mille. Et plus ou moins trois cents ans.

– Et les empreintes concordent? Celles de la bouteille et celles...

– Je t'ai dit qu'elles collaient. Maintenant, si tu m'expliquais comment un homme qui a vécu il y a vingt-deux mille ans a pu laisser ses empreintes sur une bouteille de vin de l'année dernière?

– C'est une longue histoire, répondit Boyd. Je ne sais pas si je dois te la raconter. D'abord, je voudrais savoir où se trouve l'omoplate.

– Elle est cachée. Bien cachée. Tu peux la récupérer quand tu veux, ainsi que la bouteille.

Boyd haussa les épaules.

– Ce n'est pas pressé. Plus tard peut-être. Ou peut-être jamais.

– Jamais?

– Ecoute, John, il faut que je réfléchisse.
– Tu parles d'un cirque! s'exclama Roberts. Personne ne veut de ces objets. Personne n'oserait les garder. Les gens de l'Institut Smithson n'y toucheraient pas avec des pincettes. Je ne leur en ai même pas parlé. Ils n'en connaissent pas l'existence, mais je sais qu'ils n'en voudraient pas pour un empire. Il y a bien une loi concernant le fait de sortir en fraude des objets d'art d'un pays, non?
– Effectivement, fit Boyd.
– Et maintenant, tu refuses de les reprendre?
– Je n'ai pas dit ça. J'ai seulement demandé qu'on les garde quelque temps. L'endroit est sûr, non?
– Oui, il est sûr. Et maintenant...
– C'est une longue histoire. Je vais essayer de te la résumer. Il s'agit d'un Basque que j'ai rencontré il y a dix ans quand je travaillais sur le site de cette caverne, tu te souviens?
Roberts hocha la tête.
– Oui, je me souviens, fit-il.
– Il voulait du travail et je l'ai embauché. Il a très vite compris, assimilant rapidement toutes les techniques. Il est devenu un précieux auxiliaire, comme c'est souvent le cas avec les gens qu'on engage sur place. Ils semblent posséder le sens de leur propre passé. Puis, quand nous avons commencé à étudier la grotte, il s'est à nouveau manifesté. J'étais content de le revoir. En fait, nous sommes même d'assez bons amis. Lors de la dernière soirée que j'ai passée là-bas, il a préparé une merveilleuse omelette avec des tomates, des poivrons, des oignons, des saucisses et du jambon fumé. Moi, j'ai apporté une bouteille de vin.
– La bouteille en question?
– Oui, celle-là.
– Continue.
– Il a joué de la flûte. Une flûte en os. Un instrument un peu grinçant. Pas très musical...
– Il y avait aussi une flûte...
– Non, ce n'est pas la même. C'est une autre. Le même genre de flûte, mais une autre. Deux flûtes identiques.

L'une dans la poche d'un homme en compagnie duquel j'ai bu une bouteille de vin, l'autre à côté d'une omoplate de cerf. Ce type m'avait toujours paru bizarre. Rien de frappant, juste des impressions. Tu remarques quelque chose et un peu plus tard, parfois même longtemps après, encore autres choses, mais à ce moment-là tu as déjà oublié le premier incident et tu ne fais pas la liaison. Mais surtout, il savait trop de choses. De ces choses qu'un homme comme lui est censé ignorer. Même des détails que tout le monde ignorait. Des bribes de savoir qui lui échappaient, probablement sans qu'il s'en rende compte lui-même. Et ses yeux! Je n'ai tout compris que récemment, quand j'ai découvert la deuxième flûte : j'ai commencé alors à me rappeler tous les autres petits faits que j'avais remarqués. Mais je parlais de ses yeux. En apparence, il est jeune, un jeune homme qui ne vieillit pas, mais ses yeux, eux, sont vieux, très vieux...

– Tom, tu disais qu'il était basque?

– Oui, c'est juste.

– Est-ce qu'il n'y a pas une théorie qui affirme que les Basques sont peut-être les descendants des hommes de Cro-Magnon?

– Si, effectivement. J'y ai pensé.

– Cet homme pourrait-il être un homme de Cro-Magnon?

– Je commence à le croire.

– Mais réfléchis! Vingt mille ans!

– Oui, je sais, fit Boyd.

## IV

Arrivé au pied du sentier menant à la grotte, Boyd entendit le son de la flûte. Les notes qui lui parvenaient étaient hachées, emportées par le vent. Les sommets des Pyrénées se découpaient dans le ciel bleu.

Coinçant la bouteille de vin sous son bras, Boyd commença à grimper. En contrebas, les toits du village formaient une tache rouge au milieu du manteau brûlé de l'automne qui recouvrait toute la vallée. La flûte continuait à jouer un air que le vent, allègrement, modifiait au gré de sa fantaisie.

Luis était assis, jambes croisées, devant sa tente délavée par les intempéries. Lorsqu'il aperçut Boyd, il posa sa flûte sur ses genoux et resta immobile à l'attendre.

Boyd vint s'installer à ses côtés, puis il lui tendit la bouteille. Luis s'en empara et entreprit de la déboucher.

– On m'a dit que vous étiez de retour, fit-il. Le voyage s'est bien passé ?

– Oui, très bien, répondit Boyd.

– Ainsi, vous savez, à présent.

Boyd acquiesça :

– J'ai l'impression que vous vouliez que je sache. Qu'est-ce qui vous y a poussé ?

– Les années se font longues, répondit Luis. Le fardeau me pèse. Il est difficile d'être toujours seul.

– Vous n'êtes pas seul.

– On est seul quand personne ne vous connaît. Vous êtes maintenant le premier à me connaître vraiment.

– Mais nos relations vont être bien courtes. D'ici quelques années, il n'y aura à nouveau plus personne.

– En attendant, cela me soulagera un peu de mon fardeau, dit Luis. Quand vous ne serez plus, j'arriverai à nouveau à supporter la situation. Et il y a aussi autre chose...

– Oui, Luis ?

– Vous avez dit qu'après vous plus personne ne saura. Cela signifie-t-il...

– Vous voulez savoir si je vais répandre la nouvelle : la réponse est non ! A moins que vous ne le souhaitiez. J'ai réfléchi aux conséquences que cela aurait pour vous, si le monde apprenait votre existence.

– Je possède les moyens de me protéger. On ne peut avoir vécu aussi longtemps que moi sans avoir développé certaines défenses.

– Quel genre de défenses ?

– Des défenses. C'est tout.

– Excusez-moi d'avoir été indiscret. Encore une chose. Vous avez pris un gros risque en me mettant sur la piste de cette façon-là! Et si quelque chose avait mal tourné, si je n'avais pas découvert la grotte...

– Au début, j'avais espéré que ce ne serait pas nécessaire. Je pensais que vous devineriez de vous-même.

– J'avais bien remarqué quelque chose de bizarre. Mais c'était si énorme que je n'aurais jamais pu le croire, si l'idée m'en était venue. Vous savez combien cela dépasse l'entendement, Luis. Et si je n'avais pas trouvé la grotte... je l'ai découverte par pur hasard, vous savez.

– Si vous ne l'aviez pas trouvée, j'aurais attendu la prochaine occasion. D'ici quelques années, ou quelques siècles, j'aurais sans doute rencontré quelqu'un, inventé un autre moyen de me trahir.

– Vous auriez pu me raconter.

– Comme ça, de but en blanc?

– Oui. Naturellement, je ne vous aurais pas cru, du moins pas au début.

– Vous ne comprenez donc pas? Je ne serais jamais arrivé à vous le dire. La dissimulation est devenue pour moi une seconde nature. C'est l'une de ces défenses dont je vous parlais. Je n'aurais tout simplement pas pu me décider à vous raconter mon histoire, ni à vous ni à personne.

– Mais pourquoi m'avoir choisi? Pourquoi avoir attendu toutes ces années?

– Je n'ai pas attendu, Boyd. Il y en a eu d'autres, en d'autres temps. Mais cela n'a réussi avec aucun d'eux. Vous vous rendez bien compte qu'il me fallait trouver quelqu'un qui eût le courage d'affronter la vérité. Pas un homme qui se serait enfui en poussant des cris terrifiés. Je savais que ce ne serait pas le cas avec vous.

– J'ai eu le temps d'y réfléchir, expliqua Boyd, le temps de me faire à cette idée. Je suis parvenu à l'accepter, mais ça n'a pas été facile. Luis, avez-vous une explication à ce phénomène? Comment se fait-il que vous soyez si différent de nous?

– Je l'ignore. Je ne comprends toujours pas. A une époque, j'ai pensé qu'il devait y en avoir d'autres comme moi et je me suis mis à leur recherche. Je n'ai trouvé personne et, depuis, je ne cherche plus.

Luis déboucha la bouteille de vin et la tendit à Boyd.

– Après vous, fit-il.

Boyd s'exécuta et but le premier, puis il passa la bouteille à Luis et l'observa tandis qu'il portait le goulot à ses lèvres. Il se demandait ce qu'il pouvait bien faire là à deviser paisiblement avec un homme qui avait vécu pendant vingt mille ans tout en restant jeune. Il s'insurgea à nouveau contre cette idée, ne parvenant pas encore tout à fait à l'admettre. Et pourtant, c'était vrai. L'omoplate et la petite quantité de matière organique qui se trouvait encore dans le pigment avaient été datées : elles remontaient bien à 20 000 ans. Et il ne faisait aucun doute que les empreintes dans la peinture et celles sur la bouteille étaient les mêmes. A Washington, il avait soulevé une question avec l'espoir de prouver qu'il s'agissait en fait d'un canular. Aurait-il été possible, avait-il demandé, de reconstituer le pigment utilisé par l'artiste de la préhistoire dans sa peinture, puis d'y imprimer ses empreintes avant de replacer l'omoplate dans la grotte? Impossible! lui avait-on répondu. Toute reconstitution éventuelle du pigment aurait été remarquée lors des analyses – et celles-ci n'avaient rien montré de tel. Le pigment avait 20 000 ans. C'était indiscutable.

– Eh bien, monsieur l'homme de Cro-Magnon, fit Boyd, si vous me racontiez comment vous avez fait? Comment un homme a-t-il pu survivre aussi longtemps que vous? Bien sûr, vous ne vieillissez pas. Votre corps ne connaît pas la maladie. Mais je suppose que vous n'êtes pas immunisé contre la violence et les accidents. Et vous avez vécu au milieu d'un monde de violence. Comment un homme peut-il échapper à tous les dangers pendant plus de 200 siècles?

– Au début, répondit Luis, j'ai failli périr en de nombreuses occasions. Il m'a fallu longtemps pour comprendre quel genre de phénomène j'étais. Bien sûr, je vivais plus longtemps et je restais jeune : mais je n'ai commencé à le remarquer qu'en m'apercevant que tous les gens que j'avais connus dans ma jeunesse étaient morts, morts depuis déjà très très longtemps. Je compris alors que j'étais différent des autres. Et ce fut à peu près à la même époque que les autres réalisèrent à leur tour que j'étais différent d'eux. Ils se mirent à se méfier de moi. Certains m'en voulaient. D'autres me considéraient comme une sorte d'esprit malfaisant. Finalement, j'ai dû m'enfuir de la tribu. Je suis devenu un vagabond, un paria. Et je me suis mis à apprendre les grands principes nécessaires pour survivre.

– Et quels sont-ils?

– Essayer de ne pas trop se faire remarquer. Ne pas se mettre en vedette. Ne pas attirer l'attention sur soi. Cultiver une attitude de lâcheté. Ne jamais se montrer brave. Ne pas prendre de risques. Laisser les autres faire le sale boulot. Ne jamais se porter volontaire. Marcher furtivement, courir et se cacher. S'interdire toute sensibilité. Se moquer complètement de ce que les autres pensent de vous. Dissimuler toute noblesse de sentiment et toute conscience sociale. Il faut aussi se débarrasser de toute loyauté vis-à-vis de sa tribu, de son peuple ou de sa patrie. Ne pas être patriote. Vivre uniquement pour soi-même. Etre un observateur, jamais un participant. Ne jamais aller au fond des choses. On devient si égocentrique qu'on en arrive à croire que rien ne peut vous être reproché, persuadé que l'on est de vivre de la seule façon dont un homme doit vivre. Vous avez été à Roncevaux l'autre jour, vous vous souvenez?

– Oui, je me rappelle. Vous m'aviez dit que vous en aviez entendu parler.

– Entendu parler? Mais, bon sang, j'y étais le jour où ça s'est passé, le 15 août 778! En tant qu'observateur, bien sûr, pas en tant que participant. Une lâche créature, dissimulée derrière cette noble bande de Vascons qui ont vaincu Charlemagne. Des Vascons? Pensez-vous! C'est le nom qu'on leur a donné, mais c'étaient tout simplement des Basques. Les hommes les plus minables que j'aie jamais connus. Il y a de nobles Basques, bien sûr, mais ce n'était pas le cas de ceux-là. Pas de ces guerriers à oser combattre les Francs de face! Non! Ils se sont dissimulés dans le défilé et ils ont écrasé sous les rochers tous ces vaillants chevaliers. Ce qui les intéressait cependant ce n'étaient pas les chevaliers, mais le convoi de chariots. Loin d'eux l'idée de déclencher une guerre ou de venger un tort quelconque. Ils cherchaient uniquement à piller. Mais ça ne leur a pas réussi.

– Et pourquoi ?

– Voici ce qui s'est passé : ils savaient que l'armée de Charlemagne rebrousserait chemin sitôt qu'on s'apercevrait que l'arrière-garde manquait à l'appel. Mais jamais ils n'auraient eu le courage de l'affronter. Ils dépouillèrent donc les chevaliers de leurs éperons en or, de leurs armures, de leurs vêtements et des bourses qu'ils portaient sur eux; puis ils chargèrent leur butin sur les chariots et s'enfuirent. Quelques kilomètres plus loin, ils allèrent se terrer dans un profond défilé où ils se croyaient en sécurité. S'ils étaient découverts, leur position était pratiquement inexpugnable. A quelques centaines de mètres au-dessous de l'endroit où ils avaient établi leur camp, le défilé se rétrécissait encore et faisait un coude bloqué par de nombreux rochers, sorte de barrière naturelle que quelques hommes auraient suffi à défendre contre une armée entière. A ce moment-là, moi, j'étais déjà loin. Je pressentais une catastrophe. C'est encore une chose qu'on acquiert en apprenant à survivre : une espèce de sixième sens. On finit par sentir le danger bien avant qu'il ne se manifeste. J'ai appris plus tard ce qui était arrivé.

Il leva la bouteille et but une nouvelle rasade avant de la tendre à Boyd.

– Ne me faites pas languir, le pressa Boyd. Allez, racontez-moi !

– Au cours de la nuit, reprit Luis, un orage éclata. L'un de ces violents orages d'été. Ce fut un véritable déluge. Et mes braves Vascons périrent tous, jusqu'au dernier. Voilà le prix de la bravoure !

Boyd but une gorgée, puis il serra la bouteille contre lui.

– Ainsi, vous connaissiez la vérité sur Roncevaux, dit-il. Et vous êtes le seul à la connaître. Personne ne s'est-il jamais demandé ce qu'étaient devenus ces Vascons qui avaient osé attaquer Charlemagne? Vous savez certainement un tas d'autres choses. Vous vous rendez compte, vous avez vécu toute l'histoire! Vous n'êtes pas toujours resté ici?

– Non. De temps à autre, j'ai voyagé. J'avais soif de nouveautés. Il y avait beaucoup de choses à voir. Et il était nécessaire que je bouge. Je ne pouvais pas vivre trop longtemps au même endroit, les gens se seraient aperçus que je ne vieillissais pas.

– Vous avez connu la Peste Noire, fit Boyd. Vous avez côtoyé les légions romaines. Vous avez traversé l'époque d'Attila. Vous avez participé de loin aux Croisades. Et vous avez marché dans les rues de l'Athènes de l'Antiquité.

– Non, pas d'Athènes, rectifia Luis. Je ne sais pas pourquoi, mais Athènes ne m'a jamais attiré. J'ai passé quelque temps à Sparte. Et je peux vous affirmer que Sparte, c'était vraiment quelque chose.

– Vous êtes un homme très instruit, fit Boyd. Où avez-vous acquis toutes ces connaissances?

– Pour une grande part à Paris, au XIVe siècle. Plus tard à Oxford et dans d'autres universités. Sous des noms différents, naturellement. Surtout, n'essayez pas de retrouver ma trace par ce moyen, ce serait peine perdue.

– Vous pourriez écrire un livre, suggéra Boyd. Vous battriez tous les records de vente. Vous pourriez devenir milliardaire. Un livre, un seul, et vous seriez riche.

– Je ne peux pas me permettre d'être riche. Il ne faut pas que je me fasse remarquer, et les riches se font toujours remarquer. Je ne suis pas dans le besoin et je ne l'ai jamais été. Pour un vagabond, un rôdeur, il y a toujours des trésors à ramasser. J'ai aménagé des caches un peu partout. Je me débrouille très bien.

Luis a raison, se dit Boyd. Il ne peut pas se permettre d'être milliardaire. Pas plus que d'écrire un livre. Ou de devenir célèbre, ni de se mettre en avant d'aucune façon. Il doit rester parfaitement anonyme.

Les principes indispensables pour survivre! avait-il expliqué. Cela en faisait partie. Il avait mentionné cette faculté de pressentir le danger, cette sorte d'intuition. Ajoutons-y la prudence, le bon sens, le cynisme qu'un homme pouvait acquérir au fil des ans, la compétence, la faculté de jugement, un certain savoir concernant l'usage du pouvoir – de toutes les espèces de pouvoirs, qu'ils soient économique, politique, ou religieux.

Cet homme était-il encore humain ? s'interrogeait Boyd. Ou bien, en 20 000 ans, était-il devenu quelque chose de plus ? Avait-il franchi un pas qui le plaçait au delà de l'humanité, faisant de lui l'être qui allait succéder à l'homme ?

– J'ai encore une question à vous poser, fit-il. Pourquoi ces dessins à la Walt Disney ?

– Ils ont été exécutés un peu plus tard que les autres, lui expliqua Luis. C'est également moi qui ai peint quelques-unes des premières fresques de la grotte. L'ours qui pêche est mon œuvre. Je connaissais l'existence de la grotte. Je l'avais découverte, mais n'en avais parlé à personne. Je n'avais pourtant aucune raison de tenir son existence secrète; c'était simplement l'une de ces petites choses auxquelles on s'accroche pour se sentir important. Vous connaissez ça ! On se dit, je sais quelque chose que les autres ignorent, et autres bêtises de ce genre. Je suis revenu plus tard pour peindre la petite grotte. L'art rupestre était tellement sérieux, tellement ennuyeux, la représentation d'un merveilleux tout à fait ridicule. Je me suis dit alors qu'il pouvait être amusant de peindre. Je suis donc revenu, après le départ de la tribu, et je me suis contenté de peindre pour m'amuser. Qu'est-ce que vous en pensez, Boyd ?

– Vous avez un sacré coup de patte.

– Je craignais que vous ne trouviez pas cette petite grotte et je ne pouvais rien faire pour vous aider. Je savais que vous aviez remarqué les fissures sur la paroi, vous ayant vu un jour les regarder. Je comptais bien que vous vous en souviendriez, et que vous découvririez les empreintes et la flûte. Ce que, naturellement, vous considéreriez comme une heureuse découverte. Je n'avais aucune arrière-pensée en laissant mes empreintes sur la peinture et la flûte. Bien sûr, la flûte devait vous mettre sur la voie, et j'espérais qu'elle éveillerait au moins votre curiosité, mais je n'en étais pas certain. Quand nous avons dîné ensemble ce soir-là, ici, près du feu de camp, vous n'avez pas parlé de la grotte et j'ai cru que vous ne l'aviez pas découverte. Mais quand vous avez filé comme un voleur avec la bouteille, j'ai compris que c'était gagné. Et maintenant, la grande question : allez-vous montrer les peintures de cette petite grotte au monde entier?

– Je ne sais pas. Il faut que j'y réfléchisse. Et vous, qu'est-ce que vous en dites?

– J'aimerais autant que vous ne le fassiez pas.

– Très bien, fit Boyd. Je n'en parlerai pas, du moins pas pour l'instant. Est-ce que je peux faire encore quelque chose pour vous? Vous n'avez besoin de rien?

– Vous avez fait ce qui était le plus important, répondit Luis. Vous savez qui je suis et ce que je suis. J'ignore pourquoi je tenais tant à ce que vous le sachiez, mais c'est ainsi. Une question d'identité, je suppose. Quand vous mourrez, le plus tard possible, j'espère, il n'y aura à nouveau plus personne pour connaître mon secret. Mais de savoir qu'un jour un homme l'a su, et surtout qu'il l'a compris, m'aidera sans aucun doute à traverser les siècles. Attendez, j'ai préparé quelque chose pour vous.

Il se leva, pénétra dans sa tente et ressortit avec une feuille de papier qu'il tendit à Boyd.

– J'ai mis une croix, dit-il. Pour marquer l'endroit exact.

– Quel endroit?

– Celui où vous trouverez, à Roncevaux, le trésor de Charlemagne. Les chariots et leur contenu ont été emportés dans le défilé par le flot. Le coude et cette barrière de rochers dont je vous ai parlé ont dû les bloquer. Vous les trouverez là, probablement enfouis sous une épaisse couche de pierrailles et de limon.

Boyd leva la tête de la carte et regarda Luis avec des yeux interrogateurs.

– Ça vaut largement la peine d'entreprendre les fouilles, dit Luis pour répondre à sa question muette. De plus, c'est une nouvelle preuve de la véracité de mon récit.

– Je vous crois, répliqua Boyd. Je n'ai pas besoin de preuves supplémentaires.

– Peu importe! s'exclama Luis. De toute façon, ce ne sera pas inutile. Maintenant, il est temps que je parte.

– Temps que vous partiez! Mais nous avons encore tant de choses à nous dire!

– Plus tard, peut-être, fit Luis. Nos chemins se croiseront bien de temps à autre. J'y veillerai. Mais à présent, je dois partir.

Il s'engagea sur le sentier et Boyd resta assis, le regardant s'éloigner.

Après quelques pas, Luis s'arrêta et jeta un coup d'œil à Boyd par-dessus son épaule.

– J'ai l'impression, dit-il en guise d'explication, que pour moi, il est toujours temps de partir.

Boyd se leva et vit Luis descendre lentement le sentier en direction du village. Cette silhouette dégageait un profond sentiment de solitude; n'était-ce pas la silhouette de l'homme le plus seul au monde?

# Marguerite au soleil

CONNIE WILLIS

Les autres n'étaient d'aucun secours. Quand Marguerite s'agenouilla près de son frère sur le sol de la cuisine et dit : « Tu te souviens quand nous habitions chez grand-mère, juste nous trois, sans personne d'autre ? », il la regarda, sans expression, pardessus les pages de son livre, le visage fermé et indifférent. « De quoi parle ton livre ? demanda-t-elle gentiment. Du soleil ? Chez grand-mère, tu lisais toujours tes livres à haute voix. Tous, à propos du soleil. »

Il se leva, alla à la fenêtre de la cuisine et regarda la neige, au-dehors, formant des dessins sur la fenêtre sèche. Le livre, quand Marguerite l'étudia, traitait de tout à fait autre chose.

« Chez nous il ne neigeait pas tout le temps comme cela, n'est-ce pas ? demandait Marguerite à sa grand-mère. Il n'aurait pas pu neiger tout le temps, même au Canada, si ? »

C'était le train, maintenant, pas la cuisine, mais sa grand-mère continuait de prendre des mesures, pour les rideaux, comme si elle ne s'en apercevait pas. « Comment les trains peuvent-ils circuler s'il neige sans cesse ? » Sa grand-mère ne lui répondit pas. Elle continua de mesurer les larges fenêtres courbes du train avec son mètre-ruban jaune. Elle notait les mesures sur de petits bouts de papier et ceux-ci s'envolaient de ses poches comme la neige du dehors, sans bruit.

Marguerite attendit que ce soit de nouveau la cuisine. Les rideaux bonne-femme rouges pendaient, rayés et avachis, à mi-hauteur des fenêtres carrées. « Le soleil a terni leur couleur, non ? » demanda-t-elle timidement. Mais sa grand-mère refusa de se laisser prendre. Elle mesurait et notait et laissait choir les mesures comme de la cendre, tout autour d'elle.

Marguerite porta son regard de sa grand-mère sur les autres, qui arpentaient la cuisine à pas traînants. Elle ne leur demanderait pas. Leur parler serait admettre qu'ils étaient là à leur place, allant et venant maladroitement dans la pièce, comme un troupeau, en se bousculant.

Marguerite se leva. « C'est *bien* le soleil qui les a fanés. Je m'en souviens », dit-elle. Puis elle alla dans sa chambre et ferma la porte.

Cette pièce était toujours à elle, quoi qu'il advînt à l'extérieur. Elle restait la même : mousseline jaune à volants sur le lit, fleurs jaunes aux rideaux. Elle avait refusé de laisser sa mère poser des stores dans sa chambre. Elle s'en souvenait très clairement. Elle y était restée toute la journée, porte barricadée. Mais elle ne pouvait se rappeler pourquoi sa mère avait voulu les poser, ou ce qui avait suivi.

Marguerite s'assit en tailleur, au milieu de son lit, en serrant contre sa poitrine son oreiller jaune à volants. Sa mère lui rappelait sans cesse qu'une jeune fille doit s'asseoir jambes serrées. « Tu as quinze ans, Marguerite. Que tu le veuilles ou non, tu es une jeune fille. »

Pourquoi parvenait-elle à se rappeler ce genre de choses et non la façon dont ils étaient arrivés là, ou l'endroit où se trouvait sa mère, ou la raison pour laquelle il neigeait tout le temps sans qu'il fasse jamais froid ? Elle serra l'oreiller très fort contre elle et essaya, essaya de se souvenir.

C'était comme si elle pressait une chose à la fois molle et résistante. C'était elle-même, essayant d'écraser ses seins sur ses côtes après que sa mère lui eut dit qu'elle était en train de grandir, qu'elle aurait besoin de porter un soutien-gorge. Elle avait tenté de presser jusqu'à redevenir la petite fille qu'elle était auparavant. Mais bien qu'elle les eût enfoncés en elle du plat de la main, ils étaient encore là; une barrière, impossible à franchir.

Marguerite s'agrippa à l'oreiller mou, les paupières fermement closes. « Grand-mère est entrée, dit-elle à voix haute, tout en se tendant vers le seul souvenir qu'elle puisse atteindre, grand-mère est entrée et a dit... »

Elle examinait un des livres de son frère. Elle l'avait tenu, regardé – un des livres de son frère traitant du soleil –, et là, tandis que la porte s'ouvrait, il le lui avait pris. Il était en colère... au sujet du livre? Sa grand-mère était entrée, l'air surexcité, et son frère lui avait repris le livre. « Ils ont reçu le tissu, avait dit sa grand-mère. J'en ai acheté assez pour toutes les fenêtres. (Elle portait un sac plein d'étoffe pliée. Du guinguan rouge et blanc.) J'ai acheté presque toute la pièce, avait dit sa grand-mère. (Son visage était empourpré.) N'est-ce pas joli? » Marguerite tendit la main pour toucher la légère et jolie étoffe et alors...

C'était inutile. Elle ne pouvait aller plus loin. Elle n'en avait jamais été capable. Elle restait parfois assise sur son lit des jours durant. Parfois, elle commençait par la fin et remontait le fil de ses souvenirs, mais rien ne changeait. Il n'y avait que le livre, l'entrée de sa grand-mère et sa main qui se tendait.

Marguerite ouvrit les yeux. Elle replaça l'oreiller sur le lit, décroisa les jambes et inspira profondément. Elle allait devoir interroger les autres. Il n'y avait rien d'autre à faire.

Elle resta un instant derrière la porte avant de l'ouvrir, tout en se demandant lequel des endroits ce serait. C'était le salon de sa mère, les murs d'un bleu froid et les fenêtres obstruées par des stores vénitiens. Son frère était assis sur le tapis gris-bleu et lisait. Sa grand-mère avait décroché l'un des stores. Elle mesurait la haute fenêtre. Dehors, la neige tombait.

Les étrangers arpentaient le tapis bleu. Parfois Marguerite pensait qu'elle les reconnaissait, qu'ils étaient des amis de ses parents ou des gens qu'elle avait vus à l'école.

Mais elle ne pouvait en être sûre. Au cours de leurs patients errements sans fin, ils ne s'adressaient pas la parole. Ils ne semblaient même pas se voir. Parfois, en descendant le long couloir du train, ou en tournant dans la cuisine de sa grand-mère, ou en parcourant le salon bleu, ils se heurtaient. Ils ne s'arrêtaient pas; ne disaient pas : « Excusez-moi. » Ils se heurtaient les uns les autres sans s'en apercevoir et continuaient. Ils se bousculaient sans bruit ni sensation et au fil des collisions ils ressemblaient de moins en moins à des gens que connaissait Marguerite et de plus en plus à des étrangers. Elle les regardait anxieusement, essayant de les reconnaître afin de les interroger.

Le jeune homme venait du dehors. Marguerite en était sûre, bien qu'il n'y eût pas de courant d'air froid pour la convaincre, ni de neige dont le jeune homme dût débarrasser ses cheveux et ses épaules. Il se déplaçait avec aisance parmi les autres, qui le dévisageaient au passage. Il s'assit sur le canapé bleu et sourit au frère de Marguerite. Celui-ci leva les yeux de son livre et lui rendit son sourire. Il vient du dehors, pensa Marguerite. Il saura.

Elle s'assit près de lui, au bout du canapé, les bras croisés. « Est-il arrivé quelque chose au soleil? » murmura-t-elle.

Il releva la tête. Son visage était aussi jeune que celui de Marguerite. Brun et souriant. Au fond d'elle-même, Marguerite ressentit un petit frisson de peur, une légère sensation étrangère comme celle qui avait signalé l'arrivée de ses premières règles. Elle se releva, recula d'un pas et faillit entrer en collision avec un des étrangers.

« Bonjour! dit le garçon. Mais c'est la petite Marguerite! »

Les poings de Marguerite se nouèrent. Elle ne comprenait pas comment elle avait pu ne pas le reconnaître... son air de confiance tranquille, son sourire désinvolte. Il ne l'aiderait pas. Il savait, c'était évident, il avait toujours tout su, mais il ne lui dirait pas. Il lui rirait au nez. Il ne fallait pas qu'elle le laissât rire d'elle.

« Salut, Ron », allait-elle dire. Mais la dernière consonne du nom devint incertaine. Elle n'avait jamais été sûre de son nom.

Il rit. « Qu'est-ce qui te fait croire qu'il est arrivé quelque chose au soleil, petite Marguerite? (Son bras reposait sur le dossier du canapé.) Assieds-toi et dis-moi tout. » Si elle s'asseyait à côté de lui, il pourrait facilement l'entourer de son bras.

« Est-il arrivé quelque chose au soleil? répéta-t-elle un peu plus fort, de l'endroit où elle se trouvait. Il ne brille plus jamais. »

« Es-tu sûre? » dit-il en riant de nouveau. Il regardait ses seins. Elle croisa les bras.

« Eh bien? » dit-elle d'un air têtu, comme un enfant.

« Qu'en penses-tu? »

« Je pense que peut-être tout le monde se trompait à son sujet. » Elle s'interrompit, surprise par ce qu'elle avait dit, par ce dont elle se souvenait maintenant. Puis, oubliant de croiser les bras, elle reprit, tout en s'écoutant parler : « Tout le monde pensait qu'il allait exploser. On disait qu'il avalerait la Terre tout entière. Mais peut-être ne l'a-t-il pas fait. Il s'est peut-être simplement éteint, comme une allumette, par exemple. Alors, il ne brille plus et c'est pour cela qu'il neige sans arrêt et... »

« Froid », dit Ron.

« Quoi? »

« Froid, dit-il. Ne ferait-il pas froid si tout cela était arrivé? »

« Quoi? » dit-elle bêtement.

« Marguerite », dit-il avant de lui sourire. Elle eut un léger vertige. Le pincement de peur s'enfonça un peu plus en elle et se fit plus précis.

« Oh! » dit-elle. Elle s'enfuit vers sa chambre en contournant les autres qui allaient et venaient, allaient et venaient. Elle claqua la porte derrière elle et s'allongea sur le lit en se tenant l'estomac et en se souvenant.

Son père les avait tous appelés au salon. Sa mère était perchée sur le bord du canapé bleu, déjà effrayée. Son frère avait apporté un livre avec lui, mais regardait les pages sans les voir.

Il faisait froid dans le salon. Marguerite se campa dans le seul carré ensoleillé et attendit. Elle avait déjà peur depuis un an. Et dans une minute, pensa-t-elle, je vais entendre une chose qui va me faire encore plus peur.

Elle ressentit une soudaine et ahurissante haine envers ces parents capables de la tirer du soleil pour la plonger dans l'ombre, capables de l'effrayer simplement en lui parlant. Aujourd'hui, elle était assise sous le porche. Cet autre jour elle était allongée au soleil dans son vieux maillot de bain jaune, quand sa mère l'avait appelée.

« Tu es une grande fille maintenant », avait dit sa mère quand elles s'étaient retrouvées au salon. Elle regardait le maillot jaune devenu trop petit, tendu sur la poitrine et tiré haut sur les jambes. « Il y a des choses que tu dois savoir. »

Le cœur de Marguerite s'était mis à cogner. « Je voulais te les dire pour qu'on ne te raconte pas tout un tas d'histoires. (Elle avait en main une brochure rose et blanche, et terrifiante.) Je veux que tu lises ça, Marguerite. Même si tu ne t'en aperçois pas, tu es en train de changer. Tes seins se développent et bientôt tes règles commenceront. Cela veut dire... »

Marguerite savait ce que cela voulait dire. A l'école, les filles le lui avaient appris. Les ténèbres et le sang. Les garçons qui voudraient toucher ses seins et pénétrer ses ténèbres. Et ensuite, encore du sang.

« Non, dit Marguerite. Non, je ne veux pas. »

« Je sais qu'aujourd'hui cela te semble effrayant, mais un jour tu rencontreras un gentil garçon et alors tu comprendras... »

*Non. Pas moi. Jamais. Je sais ce que les garçons vous font.*

« Dans cinq ans tu auras changé d'avis, Marguerite. Tu verras... »

*Pas dans cinq ans. Pas même dans cent. Non.*

« Je n'aurai pas de seins, cria Marguerite en jetant l'oreiller sur sa mère. Je ne veux pas de règles. Je ne les laisserai pas venir. Non! »

Sa mère l'avait considérée avec compassion. « Mais Marguerite, ça commence déjà. (Elle l'avait prise dans ses bras.) Cela n'a rien d'effrayant, mon ange. »

Depuis lors, Marguerite avait peur. Et maintenant, dès que son père parlerait, ce serait encore pire.

« Je voulais vous le dire à tous, dit son père, pour qu'on ne vous l'apprenne pas d'une autre façon. Je voulais que vous entendiez ce qui se passe réellement et non pas de simples rumeurs. » Il marqua une pause et inspira bruyamment. Même leurs discours commençaient de façon identique.

« Je crois que c'est à moi de vous l'apprendre, dit son père. Le soleil va devenir une nova. »

Sa mère prit une longue et calme inspiration, comme un soupir. C'était la dernière fois qu'elle respirait sans être oppressée. Son frère referma son livre. « C'est tout? » pensa Marguerite, surprise.

« Le soleil a consommé tout l'hydrogène de son noyau. Il commence à se consumer lui-même et quand ce sera fait, il gonflera et... » Il hésita sur ces derniers mots.

« Il va nous avaler, dit son frère. Je l'ai lu dans un livre. Le soleil explosera, jusqu'à Mars. Il avalera Mercure, Vénus, la Terre et Mars et nous serons tous morts. »

Son père hocha la tête. « Oui », fit-il comme s'il était soulagé que le pire fût dit.

« Non », dit sa mère. Et Marguerite pensa : « Ce n'est rien. Rien. » Les mots de sa mère étaient bien pires. Le sang et les ténèbres.

« Il y a eu des changements dans le soleil, dit son père. Il y a encore eu des tempêtes solaires. Trop. Et le soleil crache des émissions de neutrinos inhabituelles. C'est là le signe qu'il... »

« Combien de temps? » demanda sa mère.

« Un an. Cinq, au plus. On ne sait pas. »

« Il faut l'empêcher! » hurla d'un ton perçant la mère de Marguerite. De son coin ensoleillé, Marguerite leva les yeux, ébahie par la crainte de sa mère.

« On ne peut rien faire, dit son père. Cela a déjà commencé. »

« Je ne le permettrai pas, dit sa mère. Je ne permettrai pas que cela arrive. Pas à mes enfants. Pas à ma Marguerite. Elle a toujours adoré le soleil. »

Aux mots de sa mère, Marguerite se rappela quelque

chose. Une vieille photo sur laquelle sa mère avait écrit. Des pattes de mouche à l'encre blanche au bas de la photo qui représentait Marguerite, marchant à peine, dans un maillot de bain jaune, avec sa poitrine concave de fillette et son ventre ballonné de petit enfant. Seau et pelle à la main, orteils plantés dans le sable chaud, levant des yeux éblouis vers le soleil. Et l'écriture de sa mère au bas de la photo : « Marguerite, au soleil. »

Son père avait pris la main de sa mère dans la sienne. Il avait passé son bras autour des épaules de son frère. Ils rentraient la tête comme s'ils attendaient un coup, comme s'ils pensaient qu'une bombe allait leur tomber dessus.

« Nous tous, pensa Marguerite, dans un an ou peut-être dans cinq. Sûrement avant cinq ans. Nous tous à nouveau des enfants, au chaud, heureux, dans le soleil. » Elle ne parvenait pas à avoir peur.

C'était encore le train. Les étrangers arpentaient le long couloir du wagon-restaurant, en se tamponnant au hasard. Sa grand-mère mesurait la petite vitre de la porte, à l'extrémité du wagon. Elle ne regardait pas la neige cendreuse par la petite fenêtre. Marguerite ne trouvait pas son frère.

Ron était assis à une des tables recouvertes de l'épais damassé blanc et râpé des trains. Le vase et l'argenterie posés sur la table étaient lourds afin d'être insensibles aux mouvements du wagon. Ron, affalé sur sa chaise, regardait la neige par la fenêtre.

Marguerite s'assit en face de lui. Son cœur battait douloureusement dans sa poitrine. « Salut » dit-elle. Elle eut peur d'ajouter son nom. Elle craignait que ce mot ne s'éteigne dans sa bouche comme par le passé et que Ron sache combien elle était effrayée.

Il se tourna et lui sourit. « Bonjour, petite Marguerite », dit-il.

Elle le haït avec la même soudaine intensité qu'elle avait ressentie envers ses parents. Elle le détesta pour le pouvoir qu'il avait de l'effrayer. « Que fais-tu ici ? » demanda-t-elle.

Il pivota légèrement sur son siège et lui adressa un sourire moqueur.

« Tu n'es pas à ta place ici, dit-elle d'un ton agressif. Je suis venue au Canada vivre avec ma grand-mère. (Elle écarquilla les yeux. Elle n'avait pas su cela avant de le dire.) Je ne te connaissais même pas. Quand nous habitions la Californie, tu travaillais chez l'épicier. (Elle était soudain dépassée par ce qu'elle disait.) Tu n'as pas ta place ici », murmura-t-elle.

« Tout ceci est peut-être un rêve, Marguerite. » Toujours en colère, la poitrine palpitant sous le choc du souvenir, elle le fixa. « Quoi ? » dit-elle.

« J'ai dit que tu rêvais peut-être tout ça. (Il posa les coudes sur la table et se pencha vers elle.) Tu fais toujours les rêves les plus incroyables, petite Marguerite. »

Elle secoua la tête. « Pas comme ceci. Les miens n'étaient pas comme ceci. J'ai toujours fait de jolis rêves. » Les souvenirs affluaient, plus rapidement cette fois, comme une pulsation dans son flanc, à l'endroit où le petit livre rose et blanc plaçait ses ovaires. Elle n'était pas sûre de pouvoir atteindre sa chambre. Elle se dressa en s'agrippant à la nappe blanche. « Ils n'étaient pas comme ceci. » Elle se dirigea en titubant vers sa chambre, à travers les gens qui arpentaient les lieux à la manière d'un troupeau.

« Au fait, Marguerite », dit Ron. Elle s'immobilisa, la main sur la porte de sa chambre, le souvenir presque revenu. « Tu es encore froide. »

« Quoi ? » dit-elle d'un air déconcerté.

« Encore froide. Mais tu te réchauffes. »

Elle voulut lui demander ce qu'il entendait par là, mais le souvenir l'envahit. Le souffle court, elle ferma la porte derrière elle et se dirigea à tâtons vers le lit.

Toute sa famille avait fait des cauchemars. Ils étaient assis pour le petit déjeuner, les traits tirés, l'air fatigué, les yeux cernés. Les rideaux doublés de plomb destinés à la cuisine n'étaient pas encore arrivés et ils devaient donc déjeuner dans le salon, où ils pouvaient baisser les stores vénitiens. Sa mère et son père étaient assis sur le canapé bleu, les genoux contre la table basse surchargée. Marguerite et son frère étaient assis à même le sol.

« J'ai rêvé que j'étais toute trouée dit sa mère, les yeux rivés sur les stores baissés. De tout petits trous, comme un gruyère. »

« Allons, Evelyne », dit le père.

« J'ai rêvé que la maison brûlait, dit son frère. Les camions de pompiers venaient et éteignaient l'incendie, mais alors ils s'enflammaient eux-mêmes, et les pompiers et les arbres aussi et... »

« Suffit, dit son père. Mange. Les neutrinos, dit-il à sa femme avec douceur, passent à travers nous sans cesse. Ils traversent complètement la Terre. Ils sont absolument inoffensifs. Ils ne font pas de trous. Ce n'est rien, Evelyne. Ne t'inquiète pas *pour les neutrinos!* Ils ne peuvent pas te faire de mal. »

« Marguerite, tu avais une robe à pois, comme un gruyère, à une époque, non? dit sa mère, les yeux toujours fixés sur les stores. Elle était jaune. Tous ces petits pois, comme des trous. »

« Puis-je quitter la table? » demanda son frère, un livre à la couverture ornée d'une photographie du soleil à la main.

Son père hocha la tête et son frère sortit de la maison, lisant déjà. « Mets ton chapeau! » dit la mère de Marguerite, sa voix enflant dangereusement sur le dernier mot. Elle le regarda jusqu'à ce qu'il eût quitté la pièce, puis se tourna et examina Marguerite de ses yeux cernés de bleu. « Toi aussi tu as fait un cauchemar, n'est-ce pas Marguerite? »

Marguerite secoua la tête, tout en baissant les yeux sur son bol de céréales. Avant le petit déjeuner elle avait regardé à travers les stores vénitiens. Elle avait regardé le soleil interdit. Les lames de plastique rigide étaient restées coincées et maintenant un petit triangle de lumière tombait sur son bol. Sa mère et elle le regardaient. Marguerite couvrit la lumière de sa main.

« Alors, tu as fait un joli rêve, Marguerite? Ou bien ne t'en souviens-tu pas? » Son ton était accusateur.

« Je m'en souviens », fit Marguerite, tout en observant le rayon de soleil sur sa main. Elle avait rêvé d'un ours. Un énorme ours doré à la fourrure brillante. Marguerite jouait à la balle avec l'ours. Elle avait dans les mains une petite balle bleu-vert. L'ours avait paresseusement tendu son épaisse patte dorée et fait sauter la balle des mains de Marguerite. Le geste large et doux de la grosse patte était la plus belle chose qu'elle ait jamais vue. Ce souvenir la fit sourire intérieurement.

« Raconte-moi ton rêve, Marguerite », dit sa mère.

« D'accord, répondit-elle hargneusement. J'ai rêvé d'un *grand* ours jaune et d'une petite balle bleue qu'il frappait. » De sa main elle balaya l'espace vers sa mère.

Celle-ci fit une grimace douloureuse.

« Il nous expédiait tous au royaume des cieux, mère! » cria Marguerite en se précipitant hors du sombre salon vers le vif soleil du matin.

« Mets ton chapeau! » lui lança sa mère. Cette fois-ci elle hurla son dernier mot.

★

Marguerite resta longtemps appuyée contre la porte, à le regarder. Il parlait à sa grand-mère. Celle-ci avait posé son mètre-ruban jaune aux chiffres noirs comme le charbon et acquiesçait en souriant. Un long moment plus tard, Ron tendit la main, couvrit celle de la grand-mère et la tapota doucement.

La grand-mère de Marguerite se leva lentement et alla vers la fenêtre dont les rideaux rouges et fanés ne cachaient pas la neige. Mais elle ne regarda pas les rideaux. Un vague sourire dénué d'anxiété aux lèvres, elle observait la neige.

Marguerite, sourcils froncés, se faufila dans la cuisine à travers la foule et s'assit en face de Ron, dont les mains étaient posées à plat sur le plateau revêtu de linoléum rouge de la table. Marguerite posa elle aussi les mains sur la table, touchant presque celles de Ron. Elle les retourna, paumes en l'air, en un geste d'abandon.

« Ce n'est pas un rêve, n'est-ce pas? » lui demanda-t-elle.

Les doigts de Ron touchaient presque les siens. « Qu'est-ce qui te fait croire que je devrais le savoir? Je ne suis pas à ma place ici, tu t'en souviens? Je travaille dans une épicerie, tu t'en souviens? »

« Tu sais tout », dit-elle avec simplicité.

« Pas tout. »

La crampe la saisit violemment. Ses mains, toujours ouvertes, tremblèrent un peu et tâtonnèrent vers le rebord métallique de la table rouge, tandis qu'elle essayait de se redresser.

« De plus en plus chaude, petite Marguerite », dit Ron.

Elle ne réussit pas à atteindre sa chambre. Impuissante, elle s'appuya contre la porte et observa sa grand-mère qui mesurait, écrivait et semait autour d'elle les petits carrés de papier. Et Marguerite se souvint.

Sa mère ne le connaissait même pas. Elle l'avait vu chez l'épicier. Sa mère, qui ne sortait jamais, qui portait des lunettes de soleil, des chemisiers à manches longues et un chapeau même à l'intérieur du salon bleu et sombre – sa mère l'avait rencontré à l'épicerie et ramené à la maison. Elle avait ôté son chapeau et ses ridicules gants de jardinier et était allée à l'épicerie le voir. Cela avait dû demander un courage incroyable.

« Il a dit t'avoir vue à l'école et avoir voulu t'inviter lui-même à sortir, mais il craignait que je dise que tu étais trop jeune. N'est-ce pas, Ron? » Sa mère parlait vite et d'un ton inquiet. Marguerite n'était pas sûre qu'elle ait dit Ron, ou Rob, ou Rod. « Alors j'ai dit : « Mais pourquoi ne viens-tu pas à la maison avec moi, tout de suite, pour la rencontrer? » Rien ne vaut l'instant présent. N'est-ce pas vrai, Ron? »

Elle ne le gênait pas du tout. « Tu veux aller boire un Coca, Marguerite? J'ai ma voiture. »

« Bien sûr qu'elle veut. N'est-ce pas, Marguerite? »

Non. Elle aurait souhaité que le soleil, grand ours doré, tende paresseusement la main pour les balayer tous. Tout de suite.

« Marguerite, dit sa mère en lui passant la main rapidement dans les cheveux. Il reste si peu de temps. Je voulais que tu connaisses... » *Les ténèbres et le sang. Tu voulais que je sois aussi effrayée que toi. Eh bien, je ne le suis pas, mère. C'est trop tard. Nous y sommes déjà.*

Mais quand elle sortit avec lui, elle vit son cabriolet garé contre le trottoir et elle ressentit le premier petit frémissement de peur. La capote de la voiture était baissée. Elle leva les yeux vers le visage bronzé, au sourire détendu, de Ron et songea : « Il n'a pas peur. »

« Où veux-tu aller, Marguerite ? » demanda-t-il. Son bras nu était posé sur le dossier du siège. Il aurait facilement pu le laisser glisser vers les épaules de Marguerite. Elle était adossée à la portière, les bras croisés sur la poitrine.

« Je voudrais faire un tour. Capote baissée. J'adore le soleil », dit-elle pour l'effrayer, pour voir la même expression que prenait le visage de sa mère quand Marguerite lui mentait au sujet des rêves.

« Moi aussi, dit-il. On dirait que toi non plus, tu ne crois pas toutes ces idioties dont on nous gave à propos du soleil. C'est du baratin de poule mouillée et c'est tout. Est-ce que j'ai attrapé un cancer de la peau ? (Pour lui montrer, il lui entoura paresseusement les épaules de son bras doré par le soleil.) Les gens deviennent hystériques pour rien. Mon prof de physique nous a dit que le soleil pouvait émettre des neutrinos aux taux actuels pendant cinq mille ans avant de s'effondrer. Et toutes ces histoires sur les aurores boréales ! Bon sang, on dirait que les gens n'ont jamais vu de taches solaires. Il n'y a aucune raison d'avoir peur, petite Marguerite. »

Ron approcha dangereusement son bras des seins de Marguerite.

« Fais-tu des cauchemars ? » lui demanda-t-elle, désirant désespérément lui faire peur.

« Non. Je ne rêve que de toi. (Ses doigts se promenaient de façon insouciante sur son chemisier.) A quoi rêves-tu ? »

Elle pensa le terroriser comme elle terrorisait sa mère. Ses rêves semblaient toujours très beaux, mais quand elle commençait à les raconter à sa mère, celle-ci écarquillait les yeux, la peur les assombrissait. Alors, Marguerite transformait son rêve, le faisait paraître plus terrifiant qu'il ne l'était, en détruisait la beauté pour qu'il effraie sa mère.

« J'ai rêvé que je faisais rouler un cerceau doré. Il était tout chaud. Quand j'y touchais, il me brûlait la main. Je portais des boucles d'oreilles, semblables à de petits cerceaux d'or qui roulaient comme le cerceau quand je courais. Et un bracelet doré. » Tout en parlant, elle observait son visage en y cherchant la peur. Il promenait son doigt, sans but, de plus en plus près du téton de son sein.

« J'ai fait descendre une pente au cerceau et il s'est mis à rouler de plus en plus vite. Je n'arrivais plus à le suivre. Il roulait tout seul, comme une roue, une roue dorée, qui roulait par-dessus tout. »

Elle avait oublié son but. Elle avait raconté son rêve tel qu'elle se le rappelait, avec un petit sourire secret destiné à son souvenir. La main de Ron s'était refermée sur son sein et y reposait, chaude comme le soleil sur le visage de Marguerite.

Il paraissait ne pas savoir qu'elle s'y trouvait. « Dis donc, mon prof de psycho se régalerait de ce rêve! Qui aurait cru qu'une gamine comme toi pourrait avoir des rêves tellement sexy? Dis donc! Sacrément freudien! Mon prof de psycho prétend que... »

« Tu crois tout savoir, n'est-ce pas? » fit Marguerite.

Les doigts de Ron traçaient le contour du téton à travers le chemisier léger, décrivant un petit cercle brûlant, un minuscule cerceau brûlant.

« Pas tout à fait, dit-il en se penchant vers elle. (Les ténèbres et le sang.) Je ne sais pas tout à fait comment te prendre. »

Elle se libéra vivement de son visage, se dégagea de son bras. « Tu ne me prendras pas du tout. Jamais. Tu seras mort. Nous serons tous morts dans le soleil », dit-elle avant de jaillir du cabriolet et de s'élancer vers la maison assombrie.

Marguerite resta recroquevillée sur le lit longtemps après que le souvenir s'en fut allé. Elle ne lui parlerait plus jamais. Sans lui, elle ne pouvait rien se rappeler, mais peu lui importait. De toute façon, ce n'était qu'un rêve. Quelle importance? Elle resserra ses bras contre sa poitrine.

Ce n'était pas un rêve. C'était pire. Elle s'assit, très raide, au bord du lit, la tête droite, les bras le long du corps, les pieds serrés, à la façon dont une jeune fille était censée se tenir. Quand elle se leva, il n'y eut aucune hésitation dans son mouvement. Elle alla directement à la porte et l'ouvrit. Elle ne s'arrêta pas pour chercher quelle pièce c'était. Elle ne jeta même pas un regard sur les étrangers qui tournaient en tous sens. Elle se dirigea droit vers Ron et posa la main sur son épaule.

« C'est l'enfer, n'est-ce pas? »

Il se retourna. Son visage exprimait comme un espoir. « Marguerite! » dit-il. Il lui prit les mains et la fit asseoir à ses côtés. C'était le train. Leurs mains entremêlées reposaient sur la nappe damassée blanche. Elle regarda ses mains. Il était inutile de tenter de s'échapper.

Sa voix ne trembla pas. « J'étais très méchante envers ma mère. Je lui racontais mes rêves pour le plaisir de lui faire peur. Je sortais sans chapeau, simplement parce que cela l'effrayait. Elle... elle n'y pouvait rien. Elle avait si peur que le soleil explose. (Elle se tut et regarda ses mains.) Je crois qu'il a bien explosé et que tout le monde est mort, tout comme mon père le disait. Je crois... j'aurais dû lui mentir, à propos des rêves. J'aurais dû lui dire que je rêvais de garçons, de grandir, de choses qui ne l'effrayaient pas. J'aurais pu inventer des cauchemars, comme mon frère le faisait. »

« Marguerite, dit-il. J'ai bien peur que les confessions ne soient pas tout à fait mon rayon. Je ne... »

« Elle s'est tuée, dit Marguerite. Elle nous a envoyés chez ma grand-mère, au Canada, puis elle s'est tuée. Alors je crois que si nous sommes tous morts, je suis allée en enfer. C'est ça l'enfer, n'est-ce pas? Se trouver face à face avec ce qui vous effraie le plus. »

« Ou bien ce que l'on aime. Oh, Marguerite! dit-il, en serrant très fort ses doigts. Qu'est-ce qui t'a fait croire que c'était l'enfer, ici? »

Surprise, elle le regarda droit dans les yeux. Elle

chercha à tâtons la table nappée de blanc, mais la pièce s'était transformée. Elle ne la trouvait pas. Ron l'attira à ses côtés sur le canapé bleu. Tandis qu'il s'accrochait encore à ses mains, se cramponnait toujours à elle, elle se souvint.

On les faisait partir pour les protéger du soleil. Marguerite n'était pas mécontente. Sa mère était sans cesse en colère contre elle. Elle la forçait à lui raconter ses rêves, tous les matins au petit déjeuner dans le sombre salon. La lumière n'entrait plus car sa mère avait posé des rideaux noirs sur les stores et, dans ce crépuscule bleu, même les petits faisceaux de lumière estivale issus des lames des stores ne tombaient plus sur le visage apeuré de sa mère.

Sur la plage il n'y avait personne. Sa mère refusait de la laisser sortir – sans chapeau et sans lunettes de soleil – même pour aller à l'épicerie. Elle ne voulait pas qu'ils aillent au Canada en avion. Elle craignait les tempêtes magnétiques. Celles-ci interrompaient parfois les émissions radio des tours de contrôle. Sa mère craignait que l'avion ne s'écrase.

Elle les fit partir par le train. Oubliant pendant un instant les longs rayons de soleil envahis de poussière qui filtraient par les fenêtres voûtées de la gare, elle leur fit ses adieux. Son frère les précéda sur le quai et sa mère attira soudain Marguerite dans un coin sombre. « Ce que je t'ai dit, à propos de tes règles, ça n'arrivera plus. Les radiations... J'ai appelé le médecin qui a dit de ne pas s'inquiéter. Tout le monde est dans le même cas. »

Marguerite sentit de nouveau le léger pincement de peur. Ses règles avaient débuté des mois auparavant, sombres et sanglantes comme elle l'avait imaginé. Elle ne l'avait dit à personne. « Je ne m'inquiéterai pas », dit-elle.

« Oh, ma Marguerite! dit soudain sa mère. Ma petite Marguerite au soleil. » Elle sembla s'évanouir dans la pénombre. Mais tandis qu'ils quittaient la gare, elle sortit au soleil et leur dit au revoir en agitant la main.

Dans le train, c'était merveilleux. Les quelques passagers restaient dans leurs compartiments, rideaux baissés. Dans le wagon-restaurant, il n'y avait pas de rideaux, ni personne pour dire à Marguerite de ne pas se mettre au soleil. Elle restait assise dans le wagon et regardait par les fenêtres. Le train fonçait à travers des forêts, puis des bois de pins et de peupliers élancés. Le soleil jouait sur Marguerite – le soleil, puis les ombres, puis le soleil qui couraient sur son visage. Son frère et elle commandèrent un festin de milk-shakes et de desserts et personne ne leur dit rien.

Son frère lui lisait à voix haute ses livres sur le soleil. « Sais-tu à quoi ça ressemble, le milieu du soleil? » lui demanda-t-il. *Oui. On est debout, un seau et une pelle à la main, les orteils plantés dans le sable. Redevenu un enfant. Sans peur. On lève ses yeux éblouis dans la lumière jaune.*

« Non », dit-elle.

« Au milieu du soleil, les atomes ne peuvent plus tenir ensemble. C'est tellement encombré qu'ils se tamponnent sans arrêt. Ils se cognent, et se cognent, et se cognent. Comme ça. Et leurs électrons s'envolent et se promènent librement. Il y a parfois une collision qui libère un rayon X, *Zip,* et il part vers l'extérieur à la vitesse de la lumière, comme une boule de flipper. *Bing, Bang, Bing,* jusqu'à la surface. »

« Pourquoi tu lis ces livres? Pour te faire peur? »

« Non. Pour faire peur à maman. » C'était un trait d'honnêteté bien osé. Ne convenant pas même à la liberté de la maison de grand-mère. Convenant seulement au train. Elle lui sourit.

« Tu n'as même pas peur, n'est-ce pas? »

Elle se sentit obligée de lui répondre avec la même honnêteté. « Non, dit-elle, pas du tout. »

*Parce que cela ne fera pas mal. Parce qu'ensuite je ne m'en souviendrai pas. Parce que je me tiendrai au soleil avec mon seau et ma pelle et que je lèverai les yeux, sans avoir peur.* « Je ne sais pas, dit Marguerite. Je n'ai tout simplement pas peur. »

« Moi, si. Je rêve sans arrêt que je brûle. Je pense à la douleur d'une brûlure au doigt et ensuite je rêve que ça fait mal comme ça partout, pour toujours. » Lui aussi avait menti à leur mère au sujet de ses rêves.

« Ce ne sera pas comme cela, dit Marguerite. On ne saura pas que c'est arrivé. On ne se souviendra de rien. »

« Quand le soleil deviendra une nova, il commencera à se consumer lui-même. Le noyau se remplira de cendre atomique et cela fera que le soleil commencera à utiliser son propre combustible. Sais-tu qu'il fait nuit noire au centre du soleil? Vois-tu, les radiations sont des rayons X, trop courts pour qu'on les voie. Ils sont invisibles. Il fait noir comme dans un four, avec des cendres qui tombent partout. Tu imagines? »

« Peu importe. (Ils traversaient une prairie et le visage de Marguerite était en plein soleil.) Nous n'y serons pas. Nous serons tous morts. Nous ne nous souviendrons de rien. »

Marguerite n'avait pas compris combien elle serait soulagée de voir sa grand-mère, son étroit visage brûlé par le soleil, ses bras nus. Elle ne portait même pas de chapeau. « Tu grandis, ma petite Marguerite, dit-elle. (Elle ne faisait pas ressembler cela à une sentence de mort.) Et toi, David, je vois que tu as encore le nez dans un livre. »

Il faisait presque nuit quand ils atteignirent sa maison. « Qu'est-ce que c'est? » demanda David, debout sous le porche.

La voix de sa grand-mère ne se fit pas plus aiguë. « L'aurore boréale. Je peux te dire que ces jours-ci nous avons eu quelques beaux feux d'artifice. Comme pour le 4 juillet (1).

Marguerite ne s'était pas bien rendu compte combien elle avait eu soif d'entendre quelqu'un qui n'eût pas peur. Elle leva les yeux. De grands voiles de lumière rouge ondoyaient presque jusqu'au zénith, flottant au vent solaire. « C'est magnifique », chuchota Marguerite. Mais sa grand-mère lui tenait la porte ouverte et Marguerite fut si heureuse de voir la clarté de son regard qu'elle la suivit

(1) N.d.T. : Fête nationale des U.S.A.

dans la petite cuisine à la table de linoléum rouge et aux rideaux rouges pendant aux fenêtres.

« C'est très agréable d'avoir de la visite, dit la grand-mère en grimpant sur une chaise. Marguerite, s'il te plaît, tiens cette extrémité. » Elle laissa tomber le bout d'un long mètre-ruban de plastique jaune vers Marguerite. Celle-ci le saisit en tournant un regard anxieux vers sa grand-mère. « Que fais-tu ? » demanda-t-elle.

« Je prends les mesures des nouveaux rideaux, répondit sa grand-mère en cherchant dans sa poche un morceau de papier et un crayon. Quelle est la longueur ? »

« Pourquoi as-tu besoin de rideaux neufs ? demanda Marguerite. Ceux-ci m'ont l'air très bien. »

« Ils n'arrêtent pas le soleil », dit sa grand-mère. La peur avait fait virer ses yeux au noir le plus sombre. Elle prononçait chaque mot plus haut que le précédent. « Il nous faut absolument de nouveaux rideaux, Marguerite. Et il n'y a plus de tissu. Nulle part en ville, Marguerite. Tu imagines ? Il a fallu en commander à Ottawa. En ville, tout le tissu a été vendu. Te rends-tu compte, Marguerite ? »

« Oui », fit Marguerite, en se disant qu'elle aimerait avoir peur.

Ron lui tenait encore fermement les mains. Elle le regardait sans broncher.

« Tu te réchauffes, Marguerite. Tu y es presque. »

« Oui, » dit-elle.

Il lui lâcha les mains et quitta le canapé. Il traversa la foule du salon bleu et sortit dans la neige. Elle ne tenta pas d'aller dans sa chambre. Elle les observa, tous : ces étrangers, dans leur mouvement aléatoire et sans fin; son frère, lisant tout en marchant; sa grand-mère, debout sur une chaise; et le souvenir revint, très facilement et sans douleur.

« Tu veux voir quelque chose ? » demanda son frère.

Marguerite regardait par la fenêtre. Bien que dehors tout fût calme et silencieux, les lumières avaient clignoté pendant toute la journée. Leur grand-mère était allée en ville voir si le tissu des rideaux était arrivé. Marguerite ne lui répondit pas.

Il lui planta le livre sous les yeux. « C'est une protubérance », dit-il. Les illustrations étaient en noir et blanc, comme d'anciens instantanés, mais au bas de celles-ci, à la place des gribouillis à l'encre blanche de sa mère, on lisait : « Observatoire de haute altitude, Boulder, Colorado ».

« C'est une éruption de gaz chauds, haute de centaines de milliers de mètres. »

« Non, dit Marguerite en posant le livre sur ses genoux. C'est mon cerceau doré. Je l'ai vu dans mon rêve. »

Elle tourna la page.

David se pencha par-dessus son épaule et montra du doigt la photographie. « C'est la grande éruption de 1946, quand tout a commencé à aller mal sans qu'on le sache encore. Elle pesait un milliard de tonnes. Le gaz a été éjecté à deux millions de kilomètres. »

Marguerite tenait le livre comme si c'était le cliché d'un être aimé.

« Ça a fait *Bang* et tout ce gaz est parti dans l'espace. Il y avait toutes sortes de... »

« C'est mon ours doré », dit-elle. Sur la photo, la grande patte de flammes sortait paresseusement de la surface sombre du soleil. Une patte de gaz enflammée, sauvage et soyeuse.

« C'est ça, tes rêves? demanda son frère. C'est ça que tu m'as raconté? (Sa voix enflait et devenait aiguë.) Je croyais que tu m'avais dit que tes rêves étaient agréables. »

« Ils l'étaient », dit Marguerite.

Il lui arracha le livre des mains et en tourna rageusement les pages jusqu'à un diagramme coloré sur fond noir. Celui-ci représentait une sphère rouge vif dans laquelle se dessinaient des cercles concentriques. « Là, dit-il en la montrant à Marguerite. Voilà ce qui va nous arriver. (Il pointa farouchement le doigt vers un des cercles, dans la sphère.) Nous voilà. Nous voilà! Dans le soleil! Tu n'as qu'à rêver de ça, maintenant! » Il referma sèchement le livre.

« Mais on sera tous morts, alors ça n'aura pas d'importance, dit Marguerite. Ça ne fera pas mal. On ne se souviendra de rien. »

« C'est ce que tu crois! Tu crois tout savoir. Eh bien, tu ne sais rien. J'ai lu un livre là-dessus. Tu sais ce qu'il racontait? On ne sait pas ce qu'*est* la mémoire. On pense qu'elle n'est peut-être même pas dans les cellules du cerveau. Qu'elle est quelque part dans les atomes et que même si on se volatilise, la mémoire reste. Et si on était brûlé par le soleil et qu'on s'en souvienne? Et si on continuait à brûler et à s'en souvenir... à s'en souvenir pour toujours? »

« Il ne ferait pas ça, dit doucement Marguerite. Il ne nous ferait pas de mal. » Elle n'avait pas eu peur tandis qu'elle se dressait, les orteils enfoncés dans le sable, et le regardait. Elle était seulement étonnée. « Il... »

« Tu es dingue! cria son frère. Tu le sais? Tu es dingue! Tu parles de lui comme si c'était ton petit ami! C'est le soleil, le merveilleux soleil qui va tous nous tuer! » Il lui arracha le livre. Il pleurait.

« Je suis désolée », allait dire Marguerite, mais leur grand-mère entra à cet instant précis, tête nue, les cheveux flottant autour de son mince visage tanné par le soleil.

« Le tissu est arrivé, jubila-t-elle. J'en ai acheté assez pour toutes les fenêtres. Elle renversa deux sacs de guinguan rouge. Le tissu ondoyait sur la table comme les lumières de l'aurore, rouge sur rouge. « J'ai bien cru qu'il n'arriverait jamais. »

Marguerite tendit la main pour le toucher.

Assise à la table damassée de blanc du wagon-restaurant, elle l'attendait. A la porte, il hésita, se détachant sur la neige de cendre, puis il entra gaiement, en chantant.

« Marguerite, Marguerite. Dis-moi ton idée » chantonna-t-il. Il portait dans les bras une pièce de tissu rouge. Celui-ci se déroula en vagues tandis qu'il le tendait à la grand-mère – elle était debout sur la chaise, transfigurée par la joie, ses morceaux de papier et son mètre-ruban jaune tombés à jamais de ses mains.

Marguerite alla se planter devant lui.

« Marguerite, Marguerite, dit-il gaiement. Dis-moi... »

Elle lui posa la main sur la poitrine. « Ce n'est pas une idée, dit-elle. Je sais. »

« Tout, Marguerite ? » Il sourit, de ce sourire tranquille et dissymétrique, et elle pensa tristement que même en sachant, elle ne serait pas capable de le voir tel qu'il était, mais seulement comme le garçon qui avait travaillé à l'épicerie, le garçon qui avait tout su.

« Non, mais je crois que je sais. (Elle maintint fermement sa main sur sa poitrine, sur le cerceau enflammé de son sein.) Je crois que nous ne sommes plus des gens. Je ne sais pas ce que nous sommes – peut-être des atomes privés de leurs électrons, qui se tamponnent sans fin au centre du soleil pendant que, dans la tempête de neige infinie de son cœur, il se réduit en cendres. »

Il ne lui donna aucune indication. Son sourire resta confiant, tranquille. « Et moi, Marguerite ? » demanda-t-il.

« Je crois que tu es mon ours doré, mon cerceau enflammé. Je crois que tu es Râ. Sans fin à ton nom. Râ qui sait tout. »

« Et qui es-tu ? »

« Je suis Marguerite, qui adorait le soleil. »

Il ne sourit pas, ne modifia pas son expression moqueuse. Mais ses mains bronzées se refermèrent sur celles de Marguerite, toujours posées sur sa poitrine.

« Que serai-je maintenant ? Un rayon X zigzaguant tout du long jusqu'à la surface avant de devenir lumière ? Où m'emmèneras-tu après m'avoir prise ? Sur Saturne, où le soleil brille sur les anneaux glacés jusqu'à ce qu'ils fondent de bonheur ? C'est là que tu brilles maintenant ? Sur Saturne ? Tu m'y emmèneras ? Ou bien est-ce que nous resterons comme ceci à jamais ? Moi, avec mon seau et ma pelle, levant les yeux vers toi ? »

Lentement, il lui rendit sa main. « Où veux-tu aller, Marguerite ? »

Sa grand-mère était encore debout sur la chaise, tenant le tissu comme si c'était une relique. Marguerite tendit la main et le toucha, ainsi qu'elle l'avait fait quand le soleil était devenu nova. Elle adressa un sourire à sa grand-mère. « Il est magnifique, dit-elle. Je suis heureuse qu'il soit arrivé. »

Elle se pencha soudain à la fenêtre et ouvrit les rideaux fanés, comme si elle pensait que, parce qu'elle savait, on lui offrirait peut-être une vision. Elle pourrait peut-être voir, un court instant durant, la petite fille qu'elle était – avec sa poitrine de fillette et son ventre de petit enfant – elle pourrait se voir telle qu'elle était réellement : Marguerite, au soleil. Mais elle ne vit que la neige infinie.

Son frère lisait sur le canapé bleu du salon de sa mère. Elle se pencha sur lui, et le regarda lire. « J'ai peur, maintenant », dit Marguerite. Mais ce ne fut pas le visage de son frère qui lui rendit son regard.

« Bon, très bien, pensa Marguerite. Ils ne sont d'aucun secours. Peu importe. J'ai rencontré ce que je crains et ce que j'aime et c'est la même chose. »

« Bon, très bien, dit Marguerite en se retournant vers Ron. J'aimerais faire un tour. Capote baissée. (Elle se tut un instant et leva les yeux vers lui.) J'adore le soleil », dit-elle.

Quand il lui entoura les épaules de son bras, elle ne se déroba pas. La main de Ron se referma sur son sein et il se pencha pour l'embrasser.

# A l'ombre d'une jeune fleur

GEORGE W. BARLOW

Si l'on m'avait dit que je raconterais un jour une histoire d'amour, j'aurais ri. Mais qui me l'aurait dit? Tous ceux qui me connaissaient riaient au contraire de ma méconnaissance totale de ce qu'ils appelaient l'amour.

J'avais pourtant tenté de savoir ce que c'était. Si j'en avais trouvé une définition exacte et cohérente, j'aurais pu essayer de me le faire, l'amour. Mais aucun des livres qui se proclamaient histoires d'amour ne définissait avec précision son sujet; chacun des personnages semblait le vivre d'une façon toute différente, comme d'ailleurs chacune de mes connaissances.

Dès le collège, et plus tard au bureau, je voyais autour de moi des camarades, des collègues, des amis même, qui se disaient – les uns avec fierté, d'autres avec gêne – amoureux : les uns une fois par mois, voire par semaine, d'une personne différente; les autres une fois pour toutes, d'une personne dont nul ne savait pourquoi ils l'avaient choisie entre mille – le savaient-ils eux-mêmes?

L'amour, était-ce heureux... ou douloureux? Cela venait-il du cerveau, du cœur, ou du sexe? Cela ne pouvait quand même pas être tout à la fois! Et si c'était tout, n'était-ce pas que ce n'était rien?

Au collège comme au bureau, on s'est souvent moqué de moi. Alors, convaincu qu'il me manquait quelque chose, je me repliais sur moi-même, je m'enfermais dans ma singularité, je me drapais dans un orgueil amer. Ou bien parfois, mis en confiance, je questionnais. Mais les plus amicaux souvent m'humiliaient : comment un amateur d'art pourrait-il faire sentir à un aveugle son ravissement devant les formes et les couleurs, comment un mélomane pourrait-il faire partager sa passion pour telle ou telle grande symphonie à un sourd? Et les mieux disposés ne pouvaient que me raconter ce qui leur était *arrivé*, ce qu'ils avaient *fait*, non point me faire comprendre ce qu'ils avaient *éprouvé*, et leur invariable conclusion était que je ne pouvais le découvrir qu'en moi : « Tu sauras ce que c'est quand tu le trouveras... un jour... peut-être. »

Un jour, peut-être. Mais j'avais beau regarder les femmes et les filles, les blondes et les brunes, les minces et les opulentes, les chastes et les lascives, les élégantes et les nues, écouter aussi les voix féminines aiguës ou graves, douces ou rauques, discrètes ou chaudes, rien ne venait. A celles qui étaient aimables, je donnais mon amitié; à celles qui d'aventure étaient raisonneuses, mon intérêt; à celles même qui montraient une éclatante supériorité sociale ou une irréprochable perfection physique, mon admiration; mais d'amour, point! « Mais ton père, et ta mère surtout, me disait-on parfois, ils ont bien dû te montrer de l'amour, et tu as bien dû le leur rendre?
– Je ne les ai pas connus! »

Quand on ne possède pas quelque chose que l'on désire, on l'achète. Avide d'avoir l'amour, j'allai donc voir celles qui en font commerce. Mais l'une, que je ne suivis qu'un instant, ne la trouvant ni aimable, ni intéressante, ni admirable, me traita d'orgueilleux; une autre, que je suivis quand même, et dont je n'eus pas envie quand elle fut nue, d'impuissant. Une enfin sut se montrer assez aimable et assez persuasive pour que je me retrouve nu auprès d'elle, et assez attirante et experte pour mettre mon corps en état de se joindre au sien; mais, quand elle ouvrit à mon sexe durci son sexe moite, à l'instant d'y pénétrer un spasme de répulsion m'en écarta, et je m'écoulai hors d'elle, sur ses cuisses et sur ses draps, sans plus de plaisir qu'on n'en a quotidiennement à se vider de ses excréments. Je m'enfuis sous les invectives de la fille, et ne fus plus jamais tenté de faire l'amour dans le mépris.

Il fallait donc pour moi que l'amour soit de tout l'être, ou il ne serait pas.

Mais je ne comprenais toujours pas comment l'éclat d'un œil, les vagues d'une chevelure, la cambrure d'une jambe, le gonflement d'un sein, voire l'harmonie d'un nom – Hélène ou Béatrice, Eurydice ou Diane – avaient pu faire vibrer si intensément l'âme de tant de poètes. La vieille rime amour-toujours pour moi cédait sa place consacrée à l'assonance amour-jamais.

Je me persuadai enfin que nulle personne ne m'inspirerait jamais ce grand sentiment qui fait qu'on souhaite partager toute sa vie avec elle; je me résignai à vivre en solitaire, et résolus de ne meubler mon existence que de nécessités et d'agréments.

Un chien, toutefois, que je trouvai errant et qui me suivit, partagea quelque temps ma demeure, me témoignant tant d'attachement que je croyais avoir du moins trouvé en ce compagnon inférieur un camarade fidèle. Mais bientôt, il se mit à m'abandonner sans vergogne toutes les fois qu'il flairait dans les parages la présence d'une chienne en chaleur; il revenait un peu penaud quand je ne l'attendais plus, et pour finir il ne revint pas, et je ne cherchai pas à savoir s'il s'était attaché ailleurs ou s'il était mort.

Une chatte, dont j'espérais plus de douceur, me donna davantage encore de déboires; à nettoyer ses saletés, je compris que je n'avais pas su l'élever; à remâcher mes déceptions, qu'une bête était un être trop compliqué encore pour moi. Ses caresses intéressées étaient loin de me payer de mes peines. La coupe déborda quand, pour ce prix déjà insuffisant, elle prétendit aux mêmes soins pour toute une portée qu'elle avait faite sans me consulter. Je mis dehors d'un coup de balai la belle impudente et les fruits de ses fredaines, et demeurai également inflexible aux miaulements câlins et courroucés, et sourd aux accusations de manquer de cœur.

Le cœur! c'était donc quelque chose qui vous donnait

des devoirs sans la moindre limite ni la moindre compensation? L'amour, c'était donc quelque chose dont on pouvait se prévaloir pour se donner des droits sur vous? Bienheureuse ignorance, qui m'évitait de tomber dans un piège que savaient utiliser même des animaux!

Dès lors, il ne me restait plus comme compagnie possible que celle d'une plante. Elle du moins m'offrirait sa beauté sans attendre qu'elle lui vaille mon amour et, partant, des privilèges exorbitants. Moyennant quelques soins simples et codifiés d'avance avec précision, j'aurais le plaisir de reposer mes yeux sur des formes et des couleurs prévisibles. Elle ne pourrait être ni coquette ni volage et, à défaut de sentiment, me donnerait du moins une satisfaction fidèle à proportion de ma fidélité à la satisfaire.

J'hésitai pourtant longtemps à franchir le pas, tant les déceptions précédentes m'avaient laissé d'amertume. Mais je me persuadai que ma méfiance était sans raison, que la beauté d'une plante ne pouvait qu'être innocente de toute rouerie, et qu'au surplus rien n'était plus facile que de s'en défaire si ses exigences se révélaient plus lassantes que prévu.

Cependant, je résolus de ne pas ménager la dépense au départ, afin d'avoir toutes les chances d'être par la suite payé au centuple de soins en tout cas limités, par le don d'une beauté aussi parfaite et aussi durable qu'il se pouvait. Aussi, après m'avoir présenté quelques végétaux dont le moins commun était un kalanchoë, le fleuriste comprit que je n'étais pas un client ordinaire et, m'introduisant dans une série de serres qui s'ouvraient au fond de la boutique, il me présenta ses spécimens plus rares, plus étranges, et plus coûteux. Je transpirai en compagnie des ornements des tropiques avides de moiteurs sensuelles, grelottai dans le domaine glacial des maigres lichens polaires, et haletai dans les pseudo-Himalayas dont l'atmosphère raréfiée était protégée par un véritable sas. Il y avait des plantes timides qui dissimulaient leur vie en empruntant la rondeur lisse et terne des cailloux qui les entouraient, des cactées farceuses ou fanfaronnes qui mimaient les formes grotesques ou redoutables d'animaux communs ou de monstres inconnus, des droséras qui imitaient les reptiles en gobant des insectes, des végétaux tigres ou chacals à qui il fallait même de la viande, ou de la charogne. Parfois, le maître-serviteur des fleurs me demandait d'un signe le silence pour ne pas troubler le repas de ses plus délicates pensionnaires, alors qu'en d'autres endroits nous devions subir un agaçant murmure, venu d'on ne savait où, musique nécessaire au bien-être d'excentriques raffinées.

Je dissimulais mon ignorance sous un air blasé. Le commerçant en était-il dupe? Ou bien jugeait-il de bonne politique de jouer le jeu? Quoi qu'il en fût, il me conduisit, avec des mines de conspirateur et force compliments sur la délicatesse de mon goût, en haut d'un escalier étroit, à une grosse porte blindée garnie de multiples serrures qu'il ouvrit l'une après l'autre avec des clés qu'il sortait successivement de chacune de ses poches. Lorsque la dernière eut grincé, il tira le lourd battant et me fit cérémonieusement signe de le précéder dans le saint des saints.

Je m'attendais à un environnement plus exotique encore que tous les précédents. Mais non! La pièce était des plus simples, pauvre même, et petite : une vulgaire mansarde, chichement éclairée à travers l'étroite lucarne par la lumière banale de notre ciel bien tempéré. Une vulgaire table de bois blanc occupait une bonne partie de la place, et portait un simple pot de terre rouge, comme on en voit sur le rebord de la fenêtre des concierges et des midinettes. Mais dans ce pot...

Je ne sais comment décrire la plante qui y poussait... ma plante. Comme un enfant chéri qu'on a vu grandir, le souvenir de ses premières grâces est d'ailleurs recouvert pour moi par les beautés plus évoluées dont elle se para plus tard. Mais, comme une petite fille dont la frimousse ronde, les membres potelés, le corps gracile et les yeux mutins captivent les yeux, bien avant l'âge nubile, par les charmes exceptionnels dont ils esquissent déjà l'épanouissement, elle devait être bien belle, ma plante, pour m'avoir d'emblée envoûté à ce point! Que n'ai-je, à la façon des parents débordants de fierté et des grands-parents en adoration, pris quelques photos de ses premières pousses, dont l'épiderme d'un vert léger, translucide, laissait deviner la chair, non épaisse et rouge comme celle des vulgaires animaux que nous sommes, hommes et femmes, mais dorée, aérée, éthérée, où pulsait non pas un sang visqueux mais une sève teintée d'émeraude. Et leurs formes! De délicates arabesques, plus fines et plus pures que les coups de pinceau des peintres japonais les plus libérés de la pesanteur matérielle, danse immobile, ou trop lente pour l'œil humain, harmonieuse en chacun de ses longs instants, et promettant quand même une suite plus belle encore à l'admirateur patient qui la pressent, qui l'attend, sans pouvoir se la représenter d'avance pleinement.

Comme si je pouvais espérer voir ce développement imprévisible autant qu'inévitable, je restai longtemps, très longtemps, les yeux captifs. Mais non! Quand bien même elle aurait dessiné devant moi la figure suivante, en prolongeant subtilement telle courbe, en nuançant délicatement telle carnation, je serais resté encore dans l'attente, longtemps, très longtemps encore, d'une autre courbe subtile, d'une autre nuance délicate, car les lentes variations, toutes parfaites, étaient sans fin. Il me fallait avoir toujours près de moi la magicienne source de ces enchantements, être toujours auprès d'elle. Possédé par elle, je devais la posséder. Il fallait qu'elle soit à moi, pour être tout à elle.

Le marchand crut ajouter à mon trop visible envoûtement en me livrant un nom : « C'est une Astarté de Vénus, monsieur! » Je ne pris pas la peine de lui remontrer l'absurdité de son affirmation – qui eût pu lui rapporter, à supposer qu'il y en eût, une fleur de Vénus? – ni la tautologie qu'elle contenait – Astarté, c'est l'Ishtar des Babyloniens, l'Ashtart des Phéniciens, que les Grecs confondirent avec leur Aphrodite, et les Romains avec leur Vénus, étoile des soirs amoureux et des matins langoureux, force cosmique de la végétation qui renaît sans cesse d'elle-même, du désir sans fin et des voluptés sans frein, qui fut féminisée d'abord pour honorer la beauté de la femme, et puis avilie en insatiable courtisane pour justifier les bestiaux appétits de l'homme.

Je ne discutai pas davantage l'énorme somme que demandait le commerçant, lui signai un chèque qui me ruinait, et partis avec l'impression de le voler encore.

Je savais qu'il n'est pas bon de laisser la nuit une plante dans la pièce où l'on dort. Mais, le soir venu, je ne pus me résoudre à reléguer la mienne dans la minuscule cuisine, comme une inférieure que son maître renvoie aux quartiers des domestiques lorsqu'il n'a plus besoin de ses services ou plus envie de ses charmes: elle était ma maîtresse, et c'est moi qui devais la servir; le seul service que je lui demanderais jamais serait de donner un sens à ma vie, un but à mon travail, et d'être belle pour moi. Installée à demeure dans ma chambre-studio, à l'emplacement où convergeaient les regards, près de la fenêtre, elle attirerait mes yeux dès que je les ouvrirais, et ils se cloraient sur sa vision – ma Vénus, étoile de mes matins et astre de mes soirées!

Quant à mes journées... elles passaient lentement, mornes et vides: seule les meublait la pensée de retrouver la beauté de mon Astarté. Mon travail s'en ressentait, et cela me valut quelques remarques de mes supérieurs, qui ne comprenaient pas pourquoi leur employé modèle avait soudain perdu sa conscience professionnelle; indulgents à cause de ma réputation passée, ils attribuèrent mon relâchement à la fatigue, et m'enjoignirent de prendre le dessus; je le fis, par égard pour elle. Mes collègues, eux, avec lesquels j'avais toujours été réservé mais affable, plaisantèrent le célibataire opiniâtre d'avoir enfin succombé à l'amour, sans bien sûr pouvoir en deviner l'objet, qu'ils cherchaient en vain à découvrir ou à me faire avouer: il fallait qu'il fût bien merveilleux pour me faire refuser désormais toutes leurs invitations à de menus divertissements!

J'attendais avec beaucoup plus d'impatience qu'autrefois le versement mensuel de mon salaire: j'avais honte de n'avoir pu offrir à ma déesse verte un cadre digne de sa beauté et de son essence supérieure. Dès que je le pus, je lui fis des offrandes: un tapis de table oriental vint masquer les éraflures et les taches, puis une commode antique aussi sculptée et enrichie de dorures et de marqueterie qu'un autel remplaça la table; et, n'osant extraire la plante du pot, vaste et sans doute bien conçu, mais de piètre apparence, où le marchand avait jugé bon de la faire croître, j'en masquai du moins la misérable terre cuite par un luxueux cache-pot.

Mais les beaux jours étaient revenus sans que sur les tiges gracieuses s'épanouît la moindre fleur : celle que j'adorais portait-elle à tort le nom de la pulpeuse Vénus, de la féconde Astarté, était-elle en fait l'incarnation de Diane, la chaste et gracile chasseresse? Cela eût dû réjouir le célibataire que j'étais, conforter mon dédain de la sexualité. Mais il n'en était rien : je devais m'avouer un désir insatisfait. Ma passion avait obscurément aspiré à prendre une dimension nouvelle, et cette attente vaine lui donnait une amertume que je jugeais injuste, blasphématoire, mais ne pouvais étouffer.

Une étrange pudeur me retenait d'aller consulter celui qui m'avait vendu la plante, un peu comme les beaux-parents seraient les derniers auxquels un jeune marié demanderait conseil si leur fille ne semblait pas heureuse, car les liens doivent être rompus – et ne doivent-ils pas l'être plus encore quand on a acheté une déesse? C'est donc chez des grainetiers sans envergure, des fleuristes sans imagination, que je me procurai toutes sortes d'engrais-miracle... qui se révélèrent l'un après l'autre inefficace.

Un jour, en ouvrant une de ces fioles, je m'entaillai le pouce. Quelques gouttes de mon sang vinrent entacher le vert pur. Je courus chercher un linge propre, non pour panser ma blessure, mais pour effacer la souillure. Mais lorsque je revins en hâte, j'eus beau scruter tous les replis végétaux, toute trace rougeâtre avait disparu. La vile humeur avait-elle été absorbée? Je passai une nuit agitée, tourmenté comme d'une faute, d'un péché, d'un sacrilège.

Le lendemain matin, la première chose que j'aperçus au bout de la plus haute tige, fut une belle fleur pourpre. Petite encore, elle était d'une beauté si parfaite qu'elle attirait l'œil irrésistiblement.

Ainsi, loin de polluer la divine plante, mon sang l'avait

nourrie. Mon offrande involontaire avait été acceptée, et j'en avais été récompensé par une grâce longtemps implorée, une beauté nouvelle. Bien plus, la fleur arborait mon pigment, mais comme sublimé : il y avait de l'or dans ce rouge profond, de l'azur aussi dans ces subtiles transparences.

Et l'Astarté m'avait aussi fait savoir quel aliment elle attendait de son adorateur, dans son langage au-delà des mots, plus direct et plus pur à la fois que les paroles des hommes. Mais ce langage, pauvre sourd, pauvre aveugle, je ne le compris pas pleinement d'abord : je me mis à faire offrande du sang des viandes dont je me nourrissais moi-même. Non seulement aucune autre fleur n'apparut, mais la première se flétrit, sous ces libations trop grossières. Je finis par percevoir ce qui était attendu de moi : délibérément cette fois, et religieusement, j'entaillai à nouveau ma chair, tremblant que ce rachat ne fût trop tardif.

De fait, la fleur continuait à se faner. Je n'en persistai pas moins dans mes sacrifices, en y joignant d'ardentes prières de repentir et de supplique. Les pétales desséchés tombaient jour après jour. Mon purgatoire dura près d'une semaine. Et puis, un matin, la grâce me fut soudain rendue : une nouvelle fleur avait pris la place de la disparue, petite encore, mais aussi belle déjà que son aînée. Je continuai dévotement à l'abreuver de mon sang, et elle me donnait chaque matin la joie de la voir plus forte et plus épanouie, unissant toujours plus de charme charnel à plus de sublime splendeur, mariant dans sa chaleur et sa limpidité ce que des cultes plus vulgaires appelaient le ciel et l'enfer.

Et j'osai y voir aussi le symbole et le fruit d'un mariage mystique entre la déesse et son adorateur, dont elle avait accepté de recevoir la semence, et de porter l'enfant. J'étais père, à la fois plein de fierté d'avoir un enfant divin, et plein d'humilité devant lui.

Ma joie et mon orgueil, j'aurais voulu les crier; mais il me fallait les taire, et les dissimuler au mieux, de crainte d'être traité de fou. Et je devais cacher aussi les glorieux stigmates de mes sacrifices, comme un drogué honteux des marques de son vice dans sa chair. Heureusement, après la première coupure accidentelle à la main droite, c'est l'autre que j'avais entaillée, de sorte que mon travail n'en était pas empêché. Il m'arriva cependant de tacher des papiers que je tenais, et je dus prétexter un bricolage maladroit : mieux valait faire rire d'une prétendue infériorité que d'une élection si exceptionnelle qu'elle ne susciterait pas même la jalousie, mais l'incompréhension la plus totale.

C'est donc dans la solitude que je jouissais de mon double amour pour ma déesse-épouse et pour mon enfant demi-dieu. De sa mère, ma fille-fleur avait toute la parfaite beauté, et c'est devant l'une et l'autre que je me prosternais. Mais, plus proche de son père, l'enfant avait de surcroît quelque chose de plus humain qui m'émouvait, dans la tendresse de sa chair qui s'arrondissait, dans la blondeur de ses souples filaments qui s'allongeaient, dans son parfum qui se faisait chaque jour plus attirant. Déjà, sa sœur avait été nimbée d'effluves semblables, timides encore, mais attendrissants; et, à la réflexion, je me dis que le raisonnement ne m'avait peut-être pas seul dicté l'offrande de mon sang, que ce parfum frais mais affolant m'avait sans doute donné l'envie et l'audace de m'approcher. La seconde fleur, toujours plus capiteuse et plus charnue, me faisait non seulement attendre avec impatience le moment du sacrifice quotidien, mais désirer un contact plus intime.

Lorsque j'en pris conscience, j'en fus d'abord horrifié : c'était à la fois un sacrilège et un inceste. Mais, irrésistiblement, les formes plus pleines, plus charnelles que prenait la fleur en se faisant lentement fruit attiraient mes mains, l'odeur toujours plus douce et sensuelle qu'elle exhalait attirait mon visage. Mes mains dessinaient ses courbes dans le vide à quelques centimètres d'elle tandis que je respirais son arôme. Je risquai un jour une timide caresse, et m'enfuis comme un pilleur d'église. Toute la nuit, je tremblai, imaginant ma fille divine flétrie. Mais le lendemain matin, je la trouvai plus splendide encore, comme si cette marque d'amour l'avait fortifiée au même titre que mon sang. Je continuai donc à lui prodiguer l'une aussi discrètement mais aussi régulièrement que l'autre, et la retenue que je m'imposais ne faisait qu'augmenter mon désir.

Le calice, ourlé et velouté, prenait la forme d'une bouche vers laquelle la mienne d'instinct se tendait. J'hésitais encore, déchiré entre le sentiment de mon impure infériorité et la conviction que rien d'impur ne pouvait m'être inspiré par ma divine maîtresse.

Plus le désir grandissait, plus cette justification que je lui avais trouvée prenait le dessus sur mes scrupules. Je respirais de plus en plus près ce parfum, qui mêlait la fragrance des fruits prometteurs de nourriture rafraîchissante et délicieuse, les subtiles émanations auxquelles le nourrisson reconnaît l'unique source maternelle de soins, d'aliments et de tendresse, et les encens sacrés qui élèvent l'âme mystique jusqu'à la communion avec son dieu.

Tiraillé entre cette aspiration qui envahissait tout mon corps et toute mon âme, et la puissante pudeur qui remontait de mon passé puritain, je restais de longs moments penché sur la merveilleuse efflorescence, et mes mains tremblaient, et mon visage frémissait, et tout mon être frissonnait. Un jour, enfin, mon cou tendu plia, et mes lèvres fiévreuses vinrent en contact avec ces lèvres divines de velours végétal.

Je ressentis un tel choc que je reculai comme sous l'effet d'une flamme ou d'un courant électrique – douleur fulgurante mêlée de jouissance aiguë, orgasme et torture à la fois. Je me dis d'abord que cette impossible sanction d'un baiser à une fleur ne pouvait être que le contrecoup physique de ma passion charnelle et de ma terreur religieuse qui, culminant ensemble en un même paroxysme, avaient produit cette foudre dans mon âme. Combien de temps dura cette prostration du corps et de l'esprit ? Quelques fractions de seconde peut-être, qui semblèrent s'étirer aux dimensions de l'éternité. Mais quand je retrouvai l'usage normal de mes sens et de mes facultés mentales, je reconnus que la brûlure était bien réelle : accompagnée d'un goût très fort, trop pour avoir un équivalent parmi les aliments et les boissons vulgaires, ni même parmi les alcools les plus corsés et les plus subtils, la chaleur m'emplissait la bouche, descendait dans mes entrailles et rayonnait dans toutes mes fibres. Lorsque j'avais osé y porter les lèvres, la plante m'avait empli la bouche de son suc étranger aux hommes... et je l'avais absorbé.

Oui, par quelque mouvement indépendant de toute réflexion, de toute décision consciente, j'avais avalé ce fluide qui n'était pas fait pour les hommes. Unique parmi eux à avoir jamais connu pareille expérience, n'allais-je pas la payer très cher? Pendant des heures je restai prostré, hébété, déchiré entre des sentiments également puissants et contradictoires : crainte toute humaine de m'être empoisonné, orgueil d'avoir été élu pour cette communion et humilité de n'en être pas digne. Tantôt triomphait l'amour confiant pour ma belle déesse qui s'était donnée si généreusement à son admirateur, tantôt me rongeait le ressentiment méfiant pour celle qui par son charme m'avait conduit où nul homme ne s'était aventuré. Et puis, le doute accablant, l'incertitude effrayante : qu'escomptait de moi ma divine maîtresse maintenant, à quel rôle me destinait-elle, quel destin glorieux ou quel martyre infernal m'attendait?

Je finis par m'endormir d'un sommeil lourd de drogué, traversé de songes fulgurants qui me réveillaient haletant et couvert de sueur, mais ne me laissaient aucun souvenir précis. Au matin, j'eus peine à me lever. Mon premier regard fut pour mon Astarté : j'espérais peut-être de sa vision si longtemps chérie quelque réconfort, quelque promesse. Mais je ne lui trouvai point l'exaltante beauté de naguère : avait-elle changé, ou bien moi?

Moi, sans doute, puisque je n'avais de goût pour rien, ni même assez de volonté pour accomplir les actions les plus quotidiennes. Je me traînai tout le jour; étant au début de mes congés d'été, je n'avais heureusement pas à me présenter à mon travail : je n'aurais sans doute pas même été capable de me trouver une excuse. Je négligeai même de m'alimenter : seule l'eau bien fraîche me paraissait désirable. Et il en fut de même les jours suivants : ma communion, plus totale, plus vraie, plus vitale que jamais communion chrétienne, semblait avoir mis fin en moi à tout besoin de nourritures terrestres.

J'aurais dû déborder d'humble reconnaissance pour la divinité qui avait pour moi pris corps dans une fleur et qui m'avait accordé cette union, comblé dans mon attente la plus intime et la plus haute, abreuvé de sa vie même. Mais l'inquiétude terre à terre était la plus forte dans mon corps et mon âme dégagée des habitudes, des conventions, des pesanteurs de ma race. Et j'espérais toujours confusément revenir à l'existence normale, c'est-à-dire banale.

Au fil des jours, cependant, ce lâche espoir s'estompait : je ne retrouvais ni intérêt pour les activités ordinaires ni appétit pour les vils aliments. La brûlure s'était calmée, mais elle semblait avoir tout cautérisé sur son passage comme un incendie ne laisse derrière lui que lignes pures et surfaces nettes. Ma bouche était sèche, et mes entrailles réclamaient de l'eau, toujours de l'eau. Ma peau aussi avait été cuite par ce soleil intérieur et, ne supportant plus aucun vêtement, je restais nu dans cette chambre où je passais allongé le plus clair de mon temps et que je ne quittais plus guère que pour aller m'abreuver, sans plus jamais sortir parmi mes semblables. Lorsque mes pas dolents m'amenaient devant une glace, je ne reconnaissais pas ce teint plombé, ces membres grêles, cet abdomen distendu.

Et ma plante se flétrissait en même temps que moi – il ne pouvait plus y avoir de doute : les pétales d'abord étaient tombés, puis les tiges elles-mêmes avaient perdu leurs célestes couleurs pour un jaune macabre et leurs gracieuses volutes pour des élans figés et inachevés; elle se recroquevillait, elle s'anémiait, elle périssait! Son agonie m'emplit, s'il se pouvait, de plus de désespoir que ma propre maladie : la rançon de mon baiser sacrilège, elle la payait donc comme moi! La divinité se retirait de la plante à laquelle elle avait donné beauté et vie, et l'abandonnait à la laideur, au vieillissement et au trépas.

Mais non! Ce n'était pas la fin de son existence, seulement celle d'un cyle : elle revivrait l'an prochain, car les plantes comme les dieux ne meurent que pour ressusciter. Et ce miracle se double, à chaque saison, de la multiplication : les graines...

Les graines? Mais où étaient les graines? C'est alors seulement que je compris. Je compris la grandeur de mon élection, et la grandeur du sacrifice qu'elle impliquait. Et cette certitude dissipa toute crainte, et je n'eus plus qu'une pensée : me montrer digne du rôle insigne qui m'était échu.

J'avais été aveugle si longtemps! Aveuglé par ma masculinité, moi en qui pourtant l'orgueil du mâle et son esprit de conquête – de conquêtes – était tellement atténué par rapport à tous les autres fils d'Adam que je pouvais voir autour de moi s'empresser auprès des belles femmes, manœuvrer pour les plier à leur volonté, pour s'emparer de leurs charmes, soumettre leur corps à leurs désirs, et y jeter leur semence afin qu'elles portent dans la douleur leur descendance! J'aurais dû savoir pourtant que dans d'autres races, beaucoup d'oiseaux notamment, c'est le mâle qui attire par sa parure; que la fleur, bien que tant de langues en parlent au féminin, et que tant de poètes la confondent avec la femme, porte les organes des deux sexes; et que la divinité ne saurait s'abaisser à notre vulgaire dichotomie. Celle-ci, les religions grossières l'ont stupidement étendue à l'Olympe ou, si elles l'ont balayée, c'est au profit d'un unique patriarche; mais les philosophes les plus profonds ont bien dit que l'humanité déchue souffrait d'avoir été coupée en deux, chacun ayant perdu la moitié de ses attributs et cherchant désespérément son complément. Hermaphrodite! Hermès et Aphrodite en un, voilà ce que sont les plantes et les vraies divinités. Longtemps, celle que j'adorais avait été pour moi féminine, afin de m'amener vers elle sans briser le cadre de mes pensées et de mes sentiments. Mais, le grand moment, le moment de l'union entre le fidèle enfin comblé et l'objet de son culte, avait aussi été celui du grand retournement : à l'instant où elle se donnait, ma déesse s'était faite dieu, et m'avait fait femme, et m'avait prise.

Les graines? Elles étaient en moi! Je les portais, les

nourrissais de ma substance, et elles me transformaient. Mes troubles du corps et de l'âme étaient ceux de la grossesse. Par la grâce de ma divinité, maîtresse et maître, moi qui n'avais jamais connu de femme, je connaissais la femme en moi. J'avais été amant d'une déesse, et je devais maintenant être mère de dieux.

Honneur insigne, mais qui devait être caché : car toujours celles qui donnèrent naissance à de nouveaux dieux durent fuir l'incompréhension des hommes, la colère des rois et la jalousie des anciens dieux. Si je restais ici, on ne manquerait pas un jour – même en cette période de l'année où tant de gens partent de chez eux pour tenter de donner un sens à leur vie en y échappant un mois ou deux – de se préoccuper de moi. A défaut des exorcistes et des inquisiteurs de jadis, je voyais déjà les prêtres en blanc de notre temps, gardiens de la normalité physique de la race qu'ils imposent bon gré mal gré à chaque individu, me faire transporter dans quelque hôpital, y percer mon secret par leurs indiscrètes machines et, conférant gravement sur ce cas intéressant, tenter d'arracher de mon sein la vie étrangère qui y croissait, quitte à sacrifier au besoin la mienne. Ce sacrifice, j'étais prêt à le faire si ma maternité sublime était à ce prix, mais c'est à mon conjoint divin et à mes enfants-dieux que je voulais l'offrir, et non aux hommes.

Je suis donc parti, comme Marie, comme Isis et comme Sémélé. J'ai tout laissé derrière moi, même la plante pour laquelle mon amour était pourtant redevenu plus fort que jamais, débarrassé de tout attrait sensuel, épuré en dévotion; un reste de jalousie possessive m'a fait tenter de la soustraire à tout autre amant, quand le passage des saisons lui rendrait ses charmes, mais mes bras faiblirent sous son poids et mes genoux plièrent : la charge de sa progéniture en moi était tout ce que je pouvais espérer porter au but. Je reconnus la sagesse de la divine nature plus grande que la mienne, et j'y sacrifiai aussi l'exclusivité de la possession, parvenant même à me réjouir qu'il pût y avoir un jour un autre élu, et puis d'autres encore : car les divinités et les plantes, à l'inverse des femmes volages et des amants inconstants, peuvent distribuer généreusement l'amour sans diminuer la part de chacun.

Je suis parti, vêtu d'une houppelande que supportait ma peau devenue maintenant coriace à l'instar de celle des arbres; elle aurait même supporté la fraîcheur des nuits et les rigueurs qu'annonçait l'automne, mais c'est aux hommes et non à la nature que j'ai fait cette dernière concession, dissimulant ma nudité et mon aspect de moins en moins commun de crainte que quelque rencontre imprévue ne vînt entraver ma mission, même si je me gardais de la lumière du jour et des chemins fréquentés. La raison principale qui rassemble les hommes – le besoin de nourriture – m'était maintenant étrangère; et quant aux attaches plus subtiles – amour parental, conjugal et mystique – j'en portais en moi l'unique objet. Je n'avais à me préoccuper que des points d'eau; et, lorsque je n'en trouvais pas de naturels parce que les communautés humaines les avaient captés, ou fait disparaître, je m'approchais de nuit, précautionneusement, des fontaines publiques.

Comment, en n'absorbant que de l'eau, ai-je trouvé la force de parcourir tant de chemin? Je le devais sans nul doute à l'être surhumain auquel je m'étais uni, et à sa progéniture en moi : peut-être ai-je bénéficié quelque peu de leur nature végétale, de leur faculté de transformer en leur propre substance les éléments gazeux et minéraux inassimilables au commun des hommes, et d'utiliser directement l'énergie du soleil, dont j'avais soin de laisser filtrer jusqu'à moi les rayons à travers l'épaisseur des bosquets où je me dissimulais le jour pour me reposer des efforts de la nuit. Me reposer, oui, mais non dormir : car le sommeil est une des faiblesses humaines dont je suis maintenant exempt : je jouissais d'un délicieux engourdissement, je savourais un bien-être quasi végétal, mais je gardais conscience. Cependant, je restais humain encore, trop humain, et faible donc : au cours de cette longue marche, je vacillais souvent, je tombais parfois, je me traînais toujours.

J'ai fini par atteindre ce lieu, en quoi j'ai reconnu celui où dès le départ j'étais appelé : ma terre promise – non une terre à conquérir et exploiter pour moi et les miens, mais une terre que je devais donner à mon dieu et aux siens, Moïse élu pour y porter en moi-même l'Arche de l'Alliance nouvelle. Et cette intime conviction d'être enfin arrivé a été bien vite confirmée : pour la première fois, je n'ai plus pu bouger du sol où je m'étais étendu; mes forces m'avaient abandonné d'un seul coup, mes membres devenus inutiles pour me mouvoir semblaient avoir pris racine. Un engourdissement me gagnait, plus profond et plus délicieux encore que d'ordinaire, et davantage de jour en jour, d'heure en heure. Mes sens eux-mêmes, après m'avoir montré quelque temps encore la paix, la beauté et la solitude de ce vallon béni, s'estompaient. Je me fondais avec l'humus, terreau moi-même que les feuilles de l'automne et les neiges de l'hiver allaient, jusqu'à l'éclosion printanière de ma divine floraison, couvrir, dissimuler et protéger.

Mais tu es venue. J'ai vaguement perçu ton pas, rapide et cadencé qui rompait les lentes pulsations de la nature. Et puis, j'ai entendu ta voix, qui éclatait d'un effroi aigu. J'ai rouvert mes yeux lourds, et j'ai vu penché vers moi ton joli visage déformé par l'horreur. Et j'ai senti tes mains douces qui tentaient vainement de me relever. Allons, laisse-moi! Tu vois bien que je n'appartiens plus aux hommes et aux femmes, mais aux éléments d'en bas et d'en haut. Quand tu regardes mon corps, je sais bien que tu t'efforces sous la pitié de cacher le dégoût; car moi seul sais la beauté de ce qu'il est devenu : un ventre pour qu'y éclosent des dieux. Et ma voix, je ne sais même pas si elle est encore assez humaine pour que tu me comprennes!

Non, je t'en prie, n'appelle pas de secours : les hommes ne pourraient que me faire du mal; ils tueraient la vie qui germe en moi en cherchant à me sauver... en vain : il est trop tard, et je ne le veux pas.

Laisse-moi m'endormir du sommeil de la terre.

# Kate Wilhelm et Damon Knight

Interview de Charles PLATT

Kate Wilhelm est le seul auteur féminin représenté dans cette série d'interviews. On me l'a reproché. On m'a demandé pourquoi je ne choisis pas plus de femmes, si je n'étais pas par hasard un macho effréné!

Je ne pense pas en être un. Au cours des mes différents travaux dans l'édition, au fil des ans, j'ai eu l'occasion de publier pas mal de textes écrits par des femmes – et entre autres, plusieurs premiers écrits. C'est seulement en tant que « portraitiste » que j'ai commencé à éprouver des difficultés.

Le problème est simplement que les auteurs les plus connus (ceux que nous souhaitons inclure dans un ouvrage comme celui-ci) sont pratiquement tous des hommes. Même parmi les jeunes auteurs de science-fiction, moins célèbres, ce sont les hommes qui dominent en nombre (1). Il faut dire aussi que les femmes ont tendance à écrire des récits fantastiques plutôt que des récits de science-fiction.

(1) Très contestable, il est au contraire évident que presque tous les nouveaux auteurs intéressants sont des femmes. Entre autres : C.J. Cherryh, Vonda McIntyre, James Tiptree Jr, Janet E. Morris, Joanna Russ, Lisa Tuttle, Elisabeth A. Lynn, Tanith Lee, Chelsea Quinn Yarbro, Doris Piserchia, etc. J.S.

Je voulais choisir deux auteurs féminins de plus – non pour me donner bonne conscience ou pour respecter un quota imaginaire, mais parce que j'admire leur travail! Par exemple, j'aurais aimé interviewer Ursula Le Guin. (Mais elle avait des raisons personnelles pour ne pas accéder à ma requête.)

Je me refusais à interroger des femmes simplement parce qu'elles étaient des femmes. Ce genre de logique se rapproche trop des péchés de sexisme et de racisme qui semblent en voie de disparition.

Choisir et étudier la fiction d'un auteur, puis interviewer ce dernier, non en raison de la valeur de son travail ou de sa renommée, mais uniquement parce que c'est une femme... aurait sûrement été une insulte envers l'écrivain aussi bien qu'une façon idiote d'organiser ma série d'entretiens.

Dans l'interview qui suit, Kate Wilhelm et Damon Knight (qui sont mariés) apparaissent ensemble. Ils en ont décidé ainsi (ce n'est pas moi), en partie pour des raisons pratiques.

La pénurie d'essence de 1979 m'empêcha de me rendre en voiture en Oregon pour les y rencontrer, et il était hautement improbable que nous puissions nous voir, au cours de l'un de nos déplacements aux uns et aux autres. Faire cette interview par lettres eût été contraire à l'éthique même de la série; mais Damon Knight trouva une solution ingénieuse : si je leur envoyais ma liste de questions, Kate et lui s'intervieweraient réciproquement et ils m'enverraient la cassette.

Ainsi, cet entretien a été fait en quelque sorte à ma place. Je dressai simplement la liste des questions et éditai la transcription de leurs réponses – ce à quoi je pris un malin plaisir, car quinze ans auparavant, alors qu'il travaillait pour les *Publications Berkley,* Damon Knight avait acheté, légèrement retouché et édité mon premier roman!

Bien sûr, son engagement dans la science-fiction date de bien des années auparavant. Il en écrivait et en publiait dès 1930, époque à laquelle il fréquentait Frederik Pohl, Donald Wollheim, Cyril Kornbluth et d'autres

« Futuristes » new-yorkais, comme ils s'appelaient eux-mêmes. Knight a eu une forte influence sur les milieux de la science-fiction; il a été le père des « Science-Fiction Writers of America », sorte de guilde dont le but était de rendre le genre plus respectable et de rehausser ses standards littéraires. C'est à son initiative que virent le jour les conférences des écrivains de S.F. où des auteurs confirmés se réunissaient une semaine entière afin d'analyser mutuellement leurs œuvres; ces sessions influencèrent le mode de pensée des créateurs et, par conséquent, l'évolution de la science-fiction. Knight créa également et édita *Orbit*, une série de recueils de nouvelles, dans laquelle il fit une large place à des écrits d'un genre nouveau, récits expérimentaux et non conformistes, souvent rédigés par de jeunes auteurs. Et il s'est longtemps occupé du *Clarion*, où avaient lieu des ateliers d'écriture pour étudiants n'ayant jamais publié, mais désireux de le faire.

Kate Wilhelm elle aussi s'est engagée dans la critique, l'analyse et le côté éducatif de la science-fiction. Elle a commencé à en écrire elle-même beaucoup plus tard que son mari, mais n'a jamais été, en aucune manière, tenue dans l'ombre de sa réputation. Son travail a une identité bien particulière et affirmée, et elle a beaucoup plus écrit et publié que Knight ces dix ou quinze dernières années. Elle est considérée comme l'un de nos meilleurs écrivains aux limites de la science-fiction; un doux parfum d'humanisme et de conscience sociale apparaît dans presque toutes ses œuvres.

Knight et Wilhelm sont tous deux vivement intéressés par ce qui permet la production d'une bonne prose. Sont-ils satisfaits de la façon dont les choses se sont développées? Quelles étaient leurs ambitions dans la S.F. à l'origine?

Knight : « Au début, quand j'écrivais, tout ce que je voulais, c'était être publié. C'était comme une barrière infranchissable. Ensuite, je voulais être publié plus souvent, être mieux payé, et devenir plus populaire. Après quelques années, j'ai eu envie de faire quelque chose de différent. J'écrivais pour Horace Gold (alors éditeur de

*Galaxy*) et, d'une certaine manière, je savais le genre de choses qu'il m'achèterait. Si j'écrivais ces choses-là, c'est qu'elles étaient marrantes pour l'époque. Quand j'ai commencé à écrire des textes différents, mais plus intéressants pour moi, et plus difficiles, j'ai perdu Horace. Cela m'a fait de la peine – cela n'aurait pas dû, d'ailleurs – d'arrêter d'écrire pour lui. »

Wilhelm : « Tu attends d'un éditeur qu'il accepte ce que tu fais, qu'il prenne toute ta production ? »

Knight : « Ouais! Quand je me suis retrouvé éditeur moi-même, mon idéal a été de ne pas refuser de bons textes sous prétexte qu'ils ne répondaient pas à ce qu'on attendait de l'écrivain. Mais j'ai découvert que c'était impossible; en agissant ainsi, pas moyen de conserver un magazine. »

Wilhelm : « Je pense qu'il y a un autre problème : nous sommes tous prisonniers, d'une part, du monde commercial de l'édition dans lequel les éditeurs attendent de l'argent en retour de leurs investissements, et de l'autre, de notre conception de la liberté des arts dont l'écriture fait partie. Et depuis toujours nous nous débattons avec ce dilemme et tâchons de trouver des compromis. »

Knight : « Nous avons tellement l'habitude d'en faire que nous ne pouvons que difficilement examiner ce problème de façon objective. Nous avons participé à un atelier d'écrivains avec des Colombiens, à Bogota et à Medellin, l'année dernière; un atelier soutenu financièrement par l'ambassade des Etats-Unis. Les écrivains colombiens ne nous comprenaient absolument pas quand nous parlions de nos tiraillements entre l'art et le commerce. En Amérique du Sud, pour publier, il faut passer en général par les maisons d'édition du gouvernement : on attend les subventions sans se préoccuper de considérations commerciales.

« Peut-être est-ce une meilleure façon de procéder, mais je ne me vois pas écrire dans un tel système. Je crois que, dans une certaine mesure, on doit perdre le « feedback » – je déteste ce mot – mais vous le perdez dans ce sens que vous ne savez pas si vous n'écrivez pas seulement pour une élite. Parce que vous avez eu la chance de plaire à quelqu'un de la maison d'édition du gouvernement. Je m'inquiéterais plus qu'un éditeur intéressé me laisse tomber qu'un bureaucrate. Et puis, dans les années cinquante, j'ai commencé à écrire des romans, et j'étais découragé car je ne travaillais pas assez vite pour gagner ma vie ainsi. Je n'étais pas assez payé. Tu sais, avec 2 000 dollars par roman, tu ne t'en sortais pas; même à cette époque. Et cela me dérangeait énormément, j'éprouvais du ressentiment. Je me disais que l'on aurait dû payer un peu mieux un brillant jeune romancier comme moi. »

Wilhelm : « Qu'est-ce que tu penses des subventions pour les écrivains ? »

Knight : « J'aurais adoré être subventionné. Si quelqu'un m'avait donné 5 000 dollars et m'avait dit : « Ecrivez-moi un roman », cela m'aurait réconcilié avec l'humanité. Mais à une certaine époque, encore avant, une subvention n'aurait absolument pas été bonne pour moi. Si quelqu'un m'avait dit : « Ecrivez-moi un roman et je vous donne 5 000 dollars tout de suite, j'aurais essayé, mais, ou bien je ne l'aurais jamais terminé, ou bien j'aurais produit quelque chose d'illisible et d'invendable. L'année dernière, j'ai fait partie d'un comité qui avait pour mission de choisir qui serait le bénéficiaire d'un don qu'une fondation artistique de l'Oregon accordait, et je ne me suis pas senti à l'aise. J'étais d'accord pour y participer parce qu'il fallait que quelqu'un profite de cet argent, mais je n'arrivais pas à déterminer si ce principe était valable ou non. »

Wilhelm : « Je ne saurais dire moi non plus si c'est bien ou pas. Je suis persuadée qu'il est terriblement difficile d'être écrivain et de ne vivre que de sa plume. La pression pour produire quelque chose de vendable est alors énorme. Vous voulez continuer à écrire ? D'accord, mais alors il vous faut trouver un boulot et gagner votre vie. Tout ceci suscite d'innombrables pressions.

« Il y a également les contraintes de la réalité; il est très difficile de faire cohabiter dans la même peau une femme d'intérieur, une mère, un chauffeur, une nurse et un écrivain. Pour une femme, il est plus difficile d'être écrivain si elle est mariée et mère de famille que pour un homme qui peut toujours se réfugier dans son bureau. Les enfants ont l'habitude de ne pas y entrer; et quand ils sont tout petits, c'est toujours leur mère qu'ils vont voir quand ils se sont coupé un doigt ou fait une bosse. »

Knight : « J'aimerais dire un mot à propos des pressions qui s'exercent sur les hommes. Je pense qu'elles sont au moins aussi fortes s'il est marié, a des enfants, et cherche à écrire. S'il ne gagne pas de fric, il aura une envie terrible de faire autre chose pour en gagner. »

Wilhelm : « Oh, oui! Je crois que cela peut même être pire d'avoir à subir des pressions psychologiques. Je les supporte beaucoup plus facilement si elles sont physiques – les enfants venant frapper à la porte – que si elles sont psychologiques, du genre : « Je suis un raté, parce que ma famille manque de ceci et de cela. »

Knight : « Je suis un peu jaloux des écrivains de science-fiction d'aujourd'hui; cela semble nettement plus facile de gagner sa vie dans cette branche que quand moi j'ai commencé. Les gens touchent quelque 15 000 dollars d'avance pour un premier roman! On peut vivre avec ça. Vous pouvez écrire un roman par an et bien vivre. Dans les années cinquante, cela ne dépassait jamais les 2 000 dollars, et c'était insuffisant pour manger. »

Wilhelm : « J'ai touché 1 000 dollars pour mon premier roman. »

Knight : « Il y a toujours quelques personnes qui ne touchent que 1 000 dollars. Mais je suis persuadé que les choses sont devenues beaucoup plus faciles pour les écrivains dans le coup. D'un côté, je suis heureux que de jeunes auteurs puissent se donner entièrement à leur art, et de l'autre, je me dis : « Pourquoi ces gamins y arrivent-ils alors que toi tu ne l'as pas pu? » Quelqu'un devrait monter dans une machine à voyager dans le temps et retourner en arrière pour me payer 15 000 dollars moi aussi. »

Wilhelm : « Je serais riche aujourd'hui. Non, même pas, j'aurais tout dépensé. »

Knight : « Si je me suis arrêté d'écrire pendant si longtemps, c'est à cause de l'argent. Je ne pense pas que j'aurais pu devenir un auteur de science-fiction standard et commercial; je n'aurais jamais pu lécher un petit roman annuel bourré de vaisseaux spatiaux habités par des extra-terrestres. Le roman a toujours été un genre difficile pour moi. Aussi, à la place, ai-je commencé à publier des anthologies et je me suis assez bien débrouillé. J'en faisais trois ou quatre par an. Une année j'en ai fait huit. Mais j'ai découvert qu'il m'était impossible de faire cela et d'écrire des romans en même temps. Et j'avais un blocage tantôt partiel tantôt complet, qui m'empêchait de continuer le damné roman *The World and Thorrin* (1) ».

Wilhelm : « Je suis contente que tu l'aies terminé parce que, il y a deux ans, la rumeur courait que tu n'écrivais plus depuis que tu avais épousé Kate Wilhelm. »

Knight : « Qui t'a parlé de ces rumeurs ? »

Wilhelm : « Des gens. »

Knight : « C'est chouette d'avoir des amis. Quoi qu'il en soit, je pensais que pour pouvoir attaquer autre chose, il me fallait à tout prix terminer ce roman. A présent, je me sens capable de faire n'importe quoi; le problème, c'est que ce que j'ai envie d'écrire n'est pas de la science-fiction. J'ai écrit la moitié d'une longue histoire sur un postier de l'Oregon, à Eugene, et je veux écrire un roman sur les gens que je connais ici.

« A Portland, les enfants m'ont fait me tourner vers la poésie; j'ai écrit douze poèmes en quatorze jours. Je ne sais pas quelle direction je prends avec tous ces machins – heureusement Kate fait beaucoup de fric. »

Wilhelm : « Je trouve tout le côté commercial de la littérature tellement déprimant que je n'ai même pas envie d'en parler. La moitié des choses que j'ai écrites... Je pense que j'ai pris un virage lorsque j'étais enceinte (de Jonathan qui a maintenant treize ans). Pendant un an, je n'ai rien produit, et quand je suis sortie de cette période, je me suis rendu compte que j'avais envie de faire autre chose; j'avais totalement changé d'idées. Jusque-là, la moitié de ce que j'avais écrit n'avait rien à voir avec la

(1) La version nouvelle est parue dans *Galaxie* n° 61 sous le titre *Le monde de Thorrin.*

science-fiction. L'un des mythes les plus répandus, c'est qu'il est impossible de passer d'un genre à l'autre : si vous avez une réputation dans tel domaine, vous ne pouvez pas vous lancer dans tel autre. C'est *vraiment* un mythe, puisque j'ai publié mes récits de science-fiction *et* les autres. Ce n'est donc pas impossible. Tu ne devrais pas t'inquiéter à ce propos. Il y a des années, Jim Blish disait : « Si c'est bon, ça sera publié. » Et je suis prête à le croire. Quand j'écris, je ne me préoccupe pas du marché. Je ne peux pas avoir le marché présent à l'esprit. Je ne pense au lecteur que lorsque j'ai fini d'écrire – ce qui explique pourquoi mon travail manque si souvent tel public ou tel autre. Je tombe juste entre les deux. Il est très rare que je pense à la réaction du lecteur; je me demande : « Comment réagis-tu? » Si ça marche pour moi, ça marchera pour quelqu'un d'autre. Je suppose que ça se passe de façon inconsciente. »

Knight : « Je travaille d'une façon totalement différente. Quand j'étais gosse, j'étais un fana de la technique. Je ne savais pas comment m'en sortir. Et je pense que ce qui m'a tiré d'affaire, ça a été de travailler pour les *Populars Publications* où je lisais les textes que nous avions achetés aussi bien que ceux que nous avions refusés.

« Je n'arrivais pas à faire la différence entre les deux, mais il me semble que c'est là que j'ai acquis un sens profond et instinctif de ce que les gens aiment lire. Lorsque j'écris, j'ai toujours la vague arrière-pensée que si je ne mets pas certaines choses dans mon livre, je vais perdre des lecteurs. D'un côté, cela vous empêche d'être lourd, et d'un autre, vos récits sont beaucoup plus standardisés que vous ne le voudriez. Vous vous dites, si je ne mets pas un robot dans l'histoire, elle sera refusée. Et vous vous retrouvez en train de brosser le portrait d'un petit robot cliquetant, juste pour être sûr qu'on ne vous retournera pas votre manuscrit. A un certain niveau, quiconque veut devenir écrivain professionnel doit arriver à une sorte d'équilibre entre ce qui l'intéresse lui et ce qui va intéresser les autres. »

Wilhelm : « Je pense que c'est parce que nous écrivons depuis longtemps, maintenant, et que nous savons qu'il y a des gens qui liront nos œuvres, que nous ne pouvons nous empêcher d'afficher une certaine arrogance vis-à-vis de notre travail. Mais il me semble que j'ai toujours écrit pour ma propre satisfaction, et sans jamais penser à celle du lecteur éventuel. Mon second roman ne s'est jamais vendu, parce que ce n'était ni vraiment du fantastique ni vraiment de la science-fiction. Ce n'était ni ceci ni cela. J'aurais pu m'entraîner, avant, à plus penser au lecteur et aux lois du marché; j'aurais alors peut-être obtenu beaucoup plus de succès. »

Knight : « Quand on est jeune écrivain, on se heurte à une espèce de barrière brumeuse qu'il faut franchir. On écrit des choses un peu au hasard, qui partent dans toutes les directions; et l'on n'arrive jamais à saisir pourquoi les unes marchent bien et pas les autres. Je pense que par la suite l'on acquiert d'une certaine manière, et en général inconsciemment, la connaissance de ce qui marche dans les publications. »

Wilhelm : « Moi, j'écris toujours des récits en porte à faux. Mes deux dernières nouvelles sont en porte à faux : ni l'une ni l'autre ne sont vraiment de la science-fiction ou simplement de la littérature générale. Il n'y a pas moyen de les classer dans une catégorie. Mais j'espère bien qu'elles se vendront toutes les deux et que ceux qui ont envie de lire des textes en porte à faux les accueilleront bien... Comme Damon le sait, et comme je l'ai déjà déclaré, je n'aime aucun des livres que j'ai publiés. Je vois toujours ce qui ne va pas, ce qui ne fonctionne pas comme j'aurais voulu que cela fonctionne au moment où je l'écrivais, comment mon texte aurait pu être arrangé si j'avais été plus patiente, plus habile, plus intelligente ou je ne sais quoi. Je trouve que d'une façon ou d'une autre, ils sont tous ratés, et je n'en aime aucun. »

Knight : « Je ne pourrais jamais vivre comme ça. »

Wilhelm : « Eh bien, je veux dire par là que je ne relis jamais mes machins, je lis ceux des autres. »

Knight : « Je peux relire avec plaisir tout ce que j'ai écrit depuis 1949 environ. »

Wilhelm : « Je t'envie vraiment beaucoup. Je suis réellement mon plus sévère critique. Aucun d'entre eux n'a été aussi dur avec moi que moi avec moi-même. D'une façon générale, je trouve mes critiques très gentils. Et si un critique ou un lecteur reproche à l'écriture de Kate Wilhelm d'être « fade » ou « complaisante »? « En général, je ne réponds pas grand-chose, parce que ce n'est pas spécialement un problème pour moi. Je pense que c'est en fait celui du lecteur, et le lecteur qui dit cela n'est pas en train de lire le livre qui lui convient. C'est peut-être de la suffisance, mais je n'écris pas pour tout le monde. Sinon, j'écrirais *La Guerre des Etoiles,* des histoires de dragons, ou d'aventures; or, ce n'est pas ce que je fais. J'ai l'impression que les seules personnes que j'ai envie d'atteindre sont celles qui sont émues par ce que j'écris. Parfois je souhaiterais que les autres soient émus aussi, ou bien qu'ils la ferment. Je ne comprends pas pourquoi ils continuent à me lire et à se plaindre. Si je ne leur ai pas plu la première fois, je ne vois pas pourquoi je leur plairais la seconde. Alors qu'ils lisent donc quelqu'un d'autre! Je pense, en fait, qu'ils sont intrigués. Larry Niven a pris l'une de mes séries, *Sormset Dreams,* pour sa revue et il s'est plaint que dans la plupart des récits il ne voyait pas où je voulais en venir. Mais il a également dit qu'ils l'avaient tous énormément tracassé. Il en avait gardé beaucoup d'images et il sentait qu'il y avait quelque chose de profond qui le touchait et le tourmentait. Aussi, je le suspecte de les avoir aimés plus qu'il n'a bien voulu l'admettre, ou plus que ce qu'il est arrivé à exprimer. Ça n'est pas mal : il n'est pas toujours nécessaire d'être capable de dire clairement quel était le contenu d'une histoire pour en être profondément touché. »

Knight : « En règle générale, je pense que si tu hais une histoire – sauf si c'est parce qu'elle est mal écrite –, si tu détestes l'histoire elle-même, c'est qu'il y a quelque chose dedans. »

Wilhelm : « C'est un aspect auquel beaucoup de gens sont sensibles. Ils voient le problème de la façon suivante : " Si je ne comprends pas telle histoire, c'est parce qu'il n'y a rien à comprendre, vu que, bien sûr, je suis un bon critique, un bon rédacteur, un bon lecteur ". »

Knight : « Et ils pensent aussi : « Cela fait vingt ans que

je lis de la science-fiction... » On a entendu cela assez souvent, non? Dans la bouche de rédacteurs comme Darrell Schweitzer – qui n'est pas un imbécile, évidemment; il est très intelligent, mais si borné! Pour lui, il n'y a pas deux solutions : s'il ne comprend pas, c'est qu'il n'y a rien à comprendre. Mais je n'ai jamais vraiment eu de problèmes de ce genre; sauf une fois ou deux peut-être. L'une de mes histoires, *Down There*, est parue dans l'indifférence générale, et je pense que là, c'est parce que personne n'a compris ce que je voulais faire, sauf Barry Malzberg. »

Wilhelm : « Si quatre-vingts pour cent de tes histoires recevaient le même accueil, que ressentirais-tu? C'est bien ce qui m'arrive à moi. »

Knight : « Oui, mais toi, tu écris des choses plus composées, plus profondes. »

Wilhelm : « Peu importe. Que penserais-tu si les gens ne te comprenaient pas? »

Knight : « Je penserais que ce sont tous des idiots. »

Comme écrivains, Damon Knight et Kate Wilhelm ont évolué de manière très différente :

Knight : « J'ai essayé d'écrire de la science-fiction depuis l'âge de... quinze ans peut-être. Et au début, je n'avais vraiment aucune idée sur la façon dont il fallait s'y prendre. Je démarrais sur une phrase, puis je continuais sans la moindre idée de là où j'allais. Lorsque je savais où je voulais en venir, je me débrouillais pour ne pas dépasser les 2000 mots. Je ne voyais absolument pas comment on pouvait écrire quelque chose de plus long. Mais par un coup de veine, un véritable hasard, l'une de ces nouvelles a été publiée – mais pas payée! – par Don Wollheim dans le premier numéro de *Stirring Science Stories*. J'avais dix-huit ans et cela m'a donné le courage de continuer. Pendant longtemps, je n'ai rien pu faire; mais quand je m'y suis remis, je *recommençais*. Ensuite, j'ai eu le boulot à *Popular* et cela a tout simplifié. »

Wilhelm : « J'étais une maîtresse de maison, avec deux jeunes enfants, et après avoir lu une anthologie, j'ai reposé le bouquin en me disant : je peux en faire autant. Et j'ai écrit *The Mile-Long Spaceship* et je l'ai vendu. »

Knight : « Alors, elle a acheté la machine à écrire qu'elle avait louée pour taper cette histoire et elle a continué. »

Wilhelm : « En fait, je ne répondrais pas avec autant de faconde, si je n'étais pas persuadée que j'ai bien failli alors m'engager sur une voie très différente de celle que j'ai suivie. Je n'avais jamais songé à écrire, sauf quand j'étais petite. Mais je ne croyais pas ceux qui me disaient que j'avais du talent et que je devrais le faire. Je crois que c'est quelque chose en rapport avec le lycée qui m'a bloquée; je ne sais pas quoi. Alors, je suis devenue une maîtresse de maison très malheureuse. J'étais quelqu'un de très misérable, je souffrais de migraines et d'insomnies, je n'étais contente de rien. Et je ne savais rien faire. Je m'occupais de travaux scolaires, et oh!, de choses sociales, de travail volontaire, de-ci et de-ça, et j'aurais très bien pu continuer toute ma vie de cette manière. Je serais peut-être devenue alcoolique, je ne sais pas. Je me serais peut-être suicidée. C'est difficile à dire. Pour moi, les écrivains étaient comme des dieux, des gens très, très spéciaux. Et je savais que moi j'étais très ordinaire. »

Knight : « Je pense que c'est pour cela que l'atelier du *Clarion* et la conférence de Milford sont très importants pour les écrivains qui vivent isolés et qui n'ont jamais rencontré un autre écrivain. C'est une véritable révélation le jour où vous en rencontrez un et que vous découvrez qu'il enfile ses jambes de pantalon l'une après l'autre. »

Wilhelm : « Pour moi, cela a été important. »

Knight : « Et de vous entendre dire par des professionnels que vous pouvez devenir écrivain vous aussi. »

Wilhelm : « C'est pour cela que je pense que si j'avais eu un poste dans un atelier à dix-huit ou dix-neuf ans, cela aurait changé bien des choses dans ma vie. Je n'ai commencé à écrire que dix ans plus tard, et, d'une certaine manière, j'ai l'impression d'avoir perdu dix ans de mon existence. Au cours de ces dix années, je n'ai rien fait. J'ai travaillé, j'ai eu des enfants, j'ai jardiné, fait la cuisine, mais ça n'était rien de vrai. Et je me sens un peu frustrée : dix ans de ma vie, parce que je n'ai pas voulu croire mes professeurs. »

Knight : « Je suis absolument persuadé que les ateliers

aident vraiment les gens. Il y a tellement de petites choses que vous découvrez quand vous êtes devenu un professionnel et que personne n'a jamais dites à ces gosses. Vous ne pouvez pas leur fournir la matière de la fiction – on ne peut pas leur insuffler cela –, mais vous pouvez leur enseigner la manière d'éviter un tas de pièges. »

Wilhelm : « J'ai l'impression que l'affirmation qui dit que les ateliers nuisent aux écrivains, ou peuvent leur nuire, est du même ordre d'idées que : « Est-ce que la critique aide les créateurs ? » Certains sont très gênés par la critique et ils le seront toujours. Comment ceux-là se débrouillent-ils avec les mauvais papiers ? C'est un mystère; ils n'y arrivent peut-être pas. D'autres piocheront dans les critiques tout ce qui est constructif et peut les aider. Il est impossible de savoir à l'avance comment réagira tel ou tel individu, surtout si c'est quelqu'un qui n'est jamais passé par un atelier. Certains d'entre eux sont très froissés et ils feraient mieux de ne pas rester. Mais on ne peut rien déterminer à l'avance. »

Knight : « Voici quelques-uns des problèmes qui se posent à *Clarion* chaque année. Certains ont simplement une écriture très facile : ils peuvent écrire de bons dialogues, captivants, et cependant, quand vous avez fini de lire l'histoire, il ne reste plus rien. Parce qu'il n'y a pas d'intrigue. Cela me paraît toujours impossible que certains écrivains ne se concentrent que sur la technique, oubliant totalement qu'il faut écrire sur un sujet qui vous touche profondément. Et bien sûr, leurs histoires sont vides : ils essayent de faire de la technique mais ils n'ont pas de substance; et dans ce cas, on échoue. Certains de ceux qui viennent ont vraiment de grandes facilités à écrire et l'absence de trame dans leur travail donne parfois des résultats très cocasses – comme cette fille, il y a quelques années. Elle écrivait très bien, mais n'avait pas d'intrigues. C'était exaspérant, pour nous et pour elle. Elle en était réduite à pleurer en disant : « Mon problème, c'est que je n'ai pas de problèmes ! »

Parlons maintenant de *Orbit,* ce recueil de nouvelles (1)

(1) On a pu en lire plusieurs dans les premiers numéros d'*Univers.*

édité pendant de nombreuses années par Knight : pourquoi cette série a-t-elle finalement disparu?

Knight : « Je pense que *Orbit* n'a jamais trouvé son public; un public qui aurait apprécié le travail des écrivains qu'elle publiait. C'est peut-être en partie parce que je n'avais pas le coup de main, l'adresse nécessaire pour nous mettre en avant, mon travail et moi-même – comme l'a, entre autres, Harlan Hellison. *Dangereuses Visions* ont eu un énorme succès alors que cette anthologie n'est pas, pour autant que je puisse en juger, supérieure à *Orbit.* Pour que *Orbit* réussisse à se maintenir, il aurait fallu une publication cartonnée, une en poche et une en club. Ce fut impossible après que Berkley eut laissé tomber la série. *Harper and Row* qui publiait l'édition cartonnée n'a jamais pu trouver un autre éditeur pour faire l'édition de poche, et nous n'avons pu obtenir de club du livre. Je voulais créer un renouveau de la science-fiction; je ne pense pas avoir réussi. *Orbit* avait une certaine influence, et la science-fiction est beaucoup plus ouverte maintenant que lorsque j'ai commencé. Je ne suis pas très heureux du tour que les choses ont pris. Je pense qu'il y avait des choses superbes dans *Orbit,* qui sont passées inaperçues alors que, en particulier dans les cinq ou six dernières années, peut-être les dix, tout un tas de machins vraiment médiocres ont été applaudis et primés. J'attendais sûrement trop des lecteurs. Il faut s'entraîner longtemps pour écrire de la bonne prose, et il faut s'entraîner longtemps pour être capable de la lire. »

Wilhelm : « Il me semblait que la bonne prose était plus facile à comprendre et que le public la préférerait donc. Mais ce n'est apparemment pas le cas. J'ai lu ce best-seller, *Coma,* qui est le plus effroyable des livres. L'écriture en est tout simplement horrible. Je serais incapable de dire à quel point elle est mauvaise. Il semblerait que tout ce qui les intéresse, c'est l'histoire : ce-qui-va-arriver-après. C'est sans doute l'une des raisons de l'échec d'*Orbit* : la bonne prose, le beau langage n'intéressent personne. Parfois, je me demande si ce n'est pas une erreur de chercher la petite bête ou les défauts dans les textes des étudiants ou des autres auteurs. C'est peut-être complètement déplacé. »

Knight : « Moi, je continuerai à chercher la petite bête. Je déteste vraiment trop lire des pages où l'on rencontre une maladresse à chaque paragraphe. J'ai trouvé intéressant de découvrir que tout un tas de fanas de la science-fiction savent ce que sont les valeurs littéraires, mais qu'ils n'en *veulent pas* dans la S.F. Ils ne veulent pas d'une prose qui demande une attention soutenue; ils veulent un texte qui se lise rapidement et sans effort pour ne s'occuper que de ce que tu as appelé l'« histoire ». Cela les ennuierait vraiment si la même histoire était écrite avec du style, avec beaucoup de soin, car cela les ralentirait, les forcerait à porter plus d'attention à la construction et aux phrases. »

Wilhelm : « Récemment, j'ai commencé un livre encensé, du moins par les éditeurs qui me l'ont envoyé pour avoir mon commentaire, et je n'ai pas pu dépasser la première page, parce que la prose s'est dressée en obstacle entre moi et l'histoire ou n'importe quoi d'autre qu'il y ait eu derrière. Et je sais qu'il y a d'autres gens à qui il est impossible également de lire ce genre de choses; seulement, nous sommes si peu nombreux que c'est insignifiant. »

Knight : « Cela semble un peu sinistre, mais je crois que nous avons de la chance d'arriver à survivre. C'est tellement irritant de lire dans *Publishers Weekly* le montant des avances énormes que touchent des écrivains que nous considérons comme des médiocres même dans leurs meilleurs jours. Vous ne pouvez pas faire comme si cela n'existait pas. Mais nous vivons en marge en quelque sorte – personne ne s'occupe vraiment de nous et nous, nous ne nous préoccupons guère des autres. Nous vivons hors de la société, comme des criminels. Et je pense que nous avons de la chance de pouvoir le faire. »

(Eugene, Oregon, juillet 1979)

# Prospero

SCOTT BAKER

Le manager terminait sa présentation : ...le Dr Prospero Verliani, le plus grand mental du monde, de retour de sa tournée en Europe, un talent qui défie toute explication scientifique, etc. Tout cela, hormis le nom, était en un sens exact – il était même médecin – bien que nul dans ce club ne fût à même de deviner de quelle façon.

Il y eut quelques applaudissements réservés et le ridicule rideau en velours rapiécé (réchappé, de toute évidence, d'un quelconque cinéma) se leva sur l'intéressé.

Bien sûr, ce qu'il voulait depuis toujours, c'était surgir des coulisses obscures à pas vifs et silencieux pour entrer en scène et pétrifier les spectateurs d'un seul regard ardent. Ensuite, les maintenant d'un geste sous son joug, faire naître leur peur, les fasciner par la connaissance approfondie et inexplicable qu'il avait de leur vie intime – cette vie intime qu'il aurait dévoilée à tous avec mépris.

Au lieu de cela, ses jambes torses et frêles le maintenaient cloué dans le fauteuil à haut dossier en peluche pourpre, qu'il avait ordonné à son manager d'installer à quelque distance de la rampe de la minuscule scène, pour être à l'abri des clients ivres et désagréables assis aux tables serrées comme des sardines. Et la prothèse en plastique fixée par-dessus son informe nageoire à quatre doigts (en fait le seul vrai bras droit qu'il ait jamais eu) n'était capable d'effectuer que quelques gestes fonctionnels d'une façon très maladroite. Aussi, toute tentative de sa part d'imiter la magnificence satanique que d'aucuns déployaient avec tant d'aisance n'aurait fait que le rendre ridicule – ou pire – pathétique. Il lui fallait provoquer peur et fascination chez son auditoire, et supporter son mépris au lieu de le voir endurer le sien.

Il se tenait assis, droit, raide, immobile : c'était un homme svelte, blême, vieillissant, mais d'une allure hautaine. Il lançait de vains regards de colère à la salle à moitié pleine. Il les enviait et les haïssait tout à la fois, partagé entre cette jalousie irrépressible et ce mépris auquel il ne pouvait ni faire appel ni croire. Il se haïssait pour avoir tant besoin d'eux.

« Un mental est quelqu'un qui sait des choses qu'il n'a aucun moyen de savoir et cela, que vous le vouliez ou non ! » expliqua-t-il en guise d'introduction. Il parlait d'une voix un peu aiguë, étudiée : la voix d'une victime. Celle du chouchou d'un professeur du secondaire qui se fait rosser à chaque sortie de classe. « Il vous proposera de vous dire ce que contient votre mallette ou le nom de votre dentiste, ou encore le jour où vous avez changé pour la dernière fois de chaussettes. Mais je ne travaille pas de cette façon-là, à moins d'y être contraint. Je préfère que ce soit vous qui posiez les questions et lanciez les défis. Car ainsi, vous saurez qu'il n'y a aucun trucage, que ce que je fais ici est authentique et non pas un simple tour de passe-passe.

« Car ce n'est pas un simple tour. Je connais vraiment vos secrets les plus intimes, et je suis prêt à le prouver. L'un d'entre vous oserait-il essayer de démontrer le contraire ? »

Un homme de haute taille et de large carrure, assis à une table de devant, rejeta ses cheveux en arrière et se leva.

– Moi !

Il avait à peu près le même âge que Prospero – disons, trente-cinq ans, peut-être un peu plus – un début d'embonpoint, une face rubiconde et des bajoues; il était vêtu d'un costume à rayures bleues et grises, d'une chemise bleu foncé et d'une cravate assortie à la couleur de son visage. Probablement un assureur : il en avait l'allure. Prospero l'avait déjà remarqué la veille, assis à boire dans le fond de la salle avec les trois hommes qui se trouvaient présentement à la table à côté de la sienne.

– Parfait.

Seuls la tête et le cou de Prospero remuèrent quand il parla. L'auditoire le regarda, puis reporta son attention sur l'assureur, beaucoup plus pittoresque... même s'il était dans la salle, que Prospero sur scène! Prospero n'avait pas de présence sur scène, aucune aisance, ni don oratoire ni faconde. Seulement son talent. Aussi était-ce à ses spectateurs de faire le spectacle.

– Vous étiez là hier soir, poursuivit Prospero. (L'homme opina de la tête.) Et donc aujourd'hui, vous me lancez un défi que vous me croyez incapable de relever. Quel est-il?

L'assureur brandit une bourse d'aspect bon marché, en cuir rouge brillant.

– Le sac à main de ma femme. Je ne pense pas qu'elle sache elle-même ce qu'il y a dedans.

Une femme dans le fond – en fait, presque à l'endroit où l'homme qui brandissait la bourse était installé la veille – eut soudain l'air gêné. Elle paraissait un peu plus âgée que ce dernier, mais aussi rubiconde et beaucoup plus grasse. Sa femme?

– Et si je vous comprends bien, vous voulez que je vous dise ce qu'il y a à l'intérieur du sac à main de votre épouse.

– Oui.

Prospero la regarda encore une fois, s'aperçut qu'elle continuait à être mal à l'aise et décida de relever le défi.

– Vous, madame... Oui, là au fond, la personne en robe verte et aux cheveux noirs, c'est ça... si jamais c'était votre porte-monnaie, que ressentiriez-vous si nous regardions tous son contenu?

– Ça ne m'ennuierait pas le moins du monde. Mon mari et mes enfants y fourrent toujours leur nez pour me prendre de l'argent.

Elle rit de sa propre plaisanterie et quelques clients lui firent écho. L'assureur tendait son cou pour voir qui elle était. Donc, ce n'était pas sa femme. Prospero faillit sortir à l'*extérieur* pour arranger la situation, mais décida de ne pas le faire.

– Donc, cela ne vous dérangerait pas de tenir le sac à main de la femme de ce gentleman jusqu'à ce que nous...

– Pas question! (Il s'en donnait à cœur joie, ses bajoues tremblotaient d'une façon toute pharisaïque.) Il restera là, car je veux constamment avoir l'œil sur lui. Et je veux que vous nous disiez tout de suite ce qu'il contient. A haute voix. Sans rien écrire sur un papier que quelqu'un lirait ensuite, comme cela s'est passé hier.

– Mais bien sûr. (Il regarda son auditoire et lui décocha ce qu'il espérait être un sourire ironique.) L'un d'entre vous souhaite-t-il ajouter une condition ou prendre une mesure supplémentaire pour s'assurer de l'authenticité de mon travail?

Personne n'avait rien à proposer. L'assureur posa une main massive sur le sac à main comme s'il eût craint qu'on ne le lui dérobât, puis déclara :

– Commencez!

– Un poudrier, un flacon de parfum, du rouge à lèvres...

– Quelle couleur? (Avec un sourire méchant, il talonnait Prospero pour que son échec, une fois consommé, soit des plus humiliants.)

– Orange. Votre femme doit être... très exceptionnelle.

L'un des hommes de la table voisine fronça les sourcils; Prospero remarqua que la partie gauche de son visage était agitée d'un léger tic. Mais l'assureur n'avait pas remarqué la réaction de son ami. Puis malgré ses efforts, le sourire narquois de ce dernier s'amplifia et se transforma en une espèce de rictus maladif qui envahit tout son visage. Prospero se força à nommer d'autres objets féminins, puis arriva le moment de son travail qu'il haïssait le plus : l'assureur ouvrit le sac à main et entreprit de le vider. Il extirpa un moulinet de pêche, une boîte de haricots en conserve, un bébé tortue, peint en mauve avec, sur le dos, cette inscription en jaune : « PENTWATER, MICHIGAN »... la tortue étouffait dans une minuscule bouteille de cherry, sur laquelle l'assureur avait écrit en lettres majuscules grossières : « SI VOUS ETES SI INTELLIGENT, POURQUOI N'AVEZ-VOUS FAIT UN MALHEUR A LAS VEGAS OU A LA BOURSE ? »

Prospero refoula le souvenir de ses mésaventures avec les hommes de main du casino ce jour où, justement, il avait essayé de faire un malheur – jeta un dernier regard aux objets éparpillés sur la table de l'assureur, puis il *sortit* hors de lui et retourna à l'instant où cet individu replet lui avait dit de commencer. Il murmura les réponses exactes à son moi *intérieur* qui était encore assis face au public, puis revint lentement à son point de départ. Il observa alors son moi *intérieur* donner toutes les réponses correctes. Au fur et à mesure, le sourire du provocateur s'effaçait. Il prit un air déconfit; puis, une brève seconde, admiratif... Prospero s'arrêta un long moment sur cet instant pour le savourer, puis continua à l'observer. A l'émerveillement succéda la suspicion, et la suspicion céda la place au sentiment d'avoir été joué et de s'être rendu ridicule devant ses amis et un grand nombre d'étrangers.

Puis ce fut le clou : la colère impuissante de l'assureur, les moqueries des spectateurs et même de ses amis (cependant, l'homme au tic facial avait toujours l'air d'être troublé par quelque chose). Prospero jouit longtemps de cette situation avant de reculer jusqu'au moment où son moi *intérieur* répondait à la question formulée sur la carte : « Qu'est-ce qui vous fait croire que je ne l'ai pas fait ? » Puis, il se retrouva soudain face au chaos brûlant de fureur du futur, l'esquiva et enfin rejoignit son moi *intérieur.*

A nouveau *dans* son corps, il oublia tout ce qui lui était arrivé *dehors,* comme il oublia les événements qui avaient eu lieu avant que son intervention ne les modifie. Il ne se souvenait que de sa propre voix qui soufflait les réponses à son oreille, la séquence durant laquelle il avait énuméré sans effort les objets contenus dans la bourse et répondu à la question écrite sur la carte, avant même qu'il n'ait pu la lire.

L'assureur, en plein désarroi, chercha son verre. Et Prospero déclara pour conclure : « Votre épouse est certainement une femme exceptionnelle. » Il reçut les rires et les applaudissements minimums attendus. Déjà, il se tournait vers un autre spectateur, quand l'homme au tic bondit sur ses pieds et hurla :

– S'il n'y a pas de trucage, laissez-nous voir ce que vous cachez sous votre manche droite !

Il avait parlé malgré lui, sur un ton coléreux, et comme sous l'effet d'une drogue; probablement un trop fort mélange d'alcool et d'un quelconque médicament.

– Enlevez ce fichu manteau pour qu'on puisse voir !

Prospero se demanda un instant s'il n'allait pas montrer sa nageoire, afin qu'ils sachent que leur infériorité leur avait été révélée par quelqu'un qui n'était même pas normal, par un monstre congénital. Mais s'il acceptait, il lui faudrait à nouveau sortir *dehors* et rejouer toute la séquence depuis le début. Aussi fit-il juste un pas à l'*extérieur*, et revint à l'instant où son moi *intérieur* lui avait répondu et conseillé de ne rien dire qui puisse mettre en rage l'homme au tic.

Prospero fit donc les quelques pas qui le ramenèrent au moment voulu – il ne marchait pas vraiment, mais avait l'impression de le faire. Il avançait par étapes, qui marquaient les périodes franchies d'un bout à l'autre de la nouvelle séquence qui prenait forme, jusqu'à se retrouver face aux flammes tourbillonnantes du futur, dont il sentit la chaleur sur son visage.

Mais soudain, l'idée de retrouver son moi *intérieur*, d'endurer son corps estropié et difforme ainsi que l'hostilité de son auditoire lui fut insupportable.

Il tourna le dos au présent et au futur, et se remit à marcher. Tout d'abord, il se contenta de revenir au début de sa tournée, de l'annuler : en somme, de rester dans son manoir isolé au milieu des bois du Vermont. (Un manoir, en effet. Car si son métier de mental rapportait peu et s'il n'avait jamais tenté d'exercer la médecine, s'il ne prenait pas non plus de risques au jeu et évitait de faire à la bourse des malheurs qui eussent attiré l'attention des inspecteurs des finances, rien ne l'empêchait d'être un spéculateur habile sur une échelle plus modeste.) Mais lorsqu'il arriva à ce jour où il avait décidé de partir en tournée, il se rendit compte qu'il ne pourrait supporter la solitude de sa demeure, ni rester assis là à attendre que son corps informe, prématurément vieilli, lui fasse définitivement défaut. Il fallait qu'il remonte à sa naissance et au moment de sa conception, qu'il essaye de se guérir, de retrouver une unité. Encore une fois.

C'est cet espoir, en effet, qui lui permettait de vivre, qui donnait un sens à sa vie. Un jour, n'apprendrait-il pas à changer son état, à renaître, tel un phénix, des cendres d'un passé dès lors disparu ?

Il ne gardait pas le souvenir d'avoir déjà fait cette tentative, mais il savait qu'elle avait eu lieu, car, durant ce retour en arrière, il en avait parlé à son moi *intérieur.* Sinon, il n'en aurait jamais rien su : quand il revenait à l'*intérieur,* il perdait tout souvenir de l'*extérieur,* et même s'il retournait à nouveau *dehors,* ses souvenirs perdus demeuraient inaccessibles. Et ce, supposait-il, en raison d'une sorte de mécanisme de survie qui l'empêchait de se perdre dans les méandres de lignes de vie irréelles, de passés et de présents fallacieux – bien qu'il ne disposât d'aucun moyen pour vérifier expérimentalement la validité de cette hypothèse.

Il passa entre nombre d'événements auxquels il n'osait plus toucher, car il ne savait plus ce à quoi ils s'étaient substitués; il se rappelait seulement ce que son « moi » *externe* avait raconté à son moi *interne* : les nombreux soirs où il lui avait conseillé de ne pas entrer au casino (et la fois où son moi *extérieur* ne l'avait pas averti, mais lui avait seulement chuchoté sur le lit d'hôpital où il était allongé depuis trois semaines qu'il était nécessaire qu'il reste *dedans* et qu'il endure ses souffrances); cette autre fois où il lui avait soufflé de laisser cette prostituée à Chicago; cette autre encore où il lui avait recommandé de refuser de se soumettre à une série d'expériences lorsqu'il était retourné à l'école de médecine pour se spécialiser en génétique; enfin les multiples fois où il lui avait déconseillé de perdre son temps à consulter des spécialistes.

Il se vit rajeunir, devenir de plus en plus démuni et

s'avancer vers l'instant où, s'il continuait à remonter sa ligne de vie, son corps intérieur lui ferait défaut.

Il se retrouva à l'âge de onze ans où il était entré en possession de son pouvoir : il était sorti de lui-même pour la première fois et avait été libre. Il osait à peine s'immiscer dans cette période, de peur de détruire son don avant qu'il ne se soit révélé ou de gêner son développement futur.

Puis il retourna au jour de sa naissance, sa mère gémissait sur la table d'accouchement. Il recula encore au-delà, jusqu'au stade où il n'était qu'un fœtus mal formé dans son ventre. Il savait qu'il avait déjà vécu ce retour en arrière, bien qu'il ne lui en restât que le souvenir d'une mise en garde par son moi *externe* contre cette tentative de remonter le temps pour changer le cours de sa destinée.

Il pouvait – son moi *externe* le lui avait dit – murmurer à l'oreille de ses parents exactement de la même façon qu'il s'adressait à son moi *interne* – eux aussi faisaient partie intégrante de lui-même, ou lui d'eux. Ainsi, il avait chuchoté à l'oreille de son père qui dormait que quelque chose n'allait pas chez son fils à naître, qu'il devait voir un médecin, faire quelque chose pour son enfant... Son père avait pris cette voix pour la sienne, avait cru qu'il s'agissait d'une sorte de suggestion de son inconscient. A la suite de quoi il avait fait examiner sa femme et avait sérieusement songé à un avortement, malgré tous les efforts du moi *extérieur* de son fils pour l'en dissuader; finalement, il avait découvert un médecin qui effectuait des travaux d'avant-garde dans le domaine des interventions chirurgicales prénatales... Interventions – son moi *extérieur* le lui avait dit – qui s'étaient soldées par deux jambes torses et inutilisables, alors qu'auparavant sa difformité se limitait à un seul bras-nageoire... Mais il était trop tard pour modifier ce qui avait eu lieu. Prospero ne gardait aucun souvenir d'un tel passé, n'avait aucun moyen de retrouver la piste empruntée par sa ligne de vie précédente afin de la suivre une nouvelle fois. Il craignait que toute tentative pour empêcher son père de décider sa femme à consulter un médecin ne fît qu'accroître ses tourments, et peut-être même l'incitât à prendre une décision en faveur de l'avortement...

Prospero poursuivit sa marche en arrière et découvrit ses parents réunis – Jack et Mary Merimee, deux personnes en pleine santé, heureuses, tout à fait banales, sans grand rapport avec ces mêmes parents tels qu'il les avait connus par la suite. Il remonta jusqu'au moment de sa conception. Il sentit l'instant où elle s'était produite, même de l'*extérieur*: une vague soudaine d'excitation lorsque son moi *interne* se mit à exister. Mais c'était intolérable, cela le mit en rage. En effet, il découvrait de la façon la plus imagée et la plus douloureuse qui soit tout ce qu'il aurait pu être et qu'il n'était pas, tout ce qui lui avait été refusé – ces deux personnes jeunes et saines prenant un tel plaisir irréfléchi à mettre leurs corps en contact, à faire l'amour. Aussi se hâta-t-il de poursuivre son retour en arrière vers la période des événements qui précédait sa propre existence.

Mais cela devenait ardu; il n'avançait plus que lentement au fur et à mesure qu'il s'éloignait du moment de sa conception.

Les lignes de vie de ses parents se divisèrent. Il lui fallut les suivre toutes deux simultanément, il n'avait pas le choix. Il avait plus l'impression de nager en aveugle dans des eaux envahies par des herbes folles et étouffantes que de marcher. Peut-être était-ce dû à la lenteur, à la difficulté avec laquelle il progressait, ainsi qu'à la résistance à laquelle il se heurtait. Peut-être était-ce dû à autre chose – quelque vestige de sa formation médicale? – qui l'obligea à s'arrêter et à observer très attentivement les instants qui précédèrent le moment où ils allèrent se coucher, pour faire l'amour et le concevoir.

– Jack, peux-tu m'apporter de l'aspirine? (C'était la voix de sa mère, venant du living où elle était assise à lire.) J'ai un terrible...

– Bien sûr. Deux ou trois?

– Disons cinq. Ma tête va éclater.

...Un instinct le fit rester là, à surveiller cet homme, grand, à l'allure athlétique (qui était sur le point de devenir son père) : il avança une main dans l'armoire à pharmacie ouverte, saisit le mauvais flacon.

Il versa cinq comprimés de Thalidomide dans le creux de sa main, reboucha le flacon et le reposa sur l'étagère sans même regarder une seule fois l'étiquette.

Prospero savait tout au sujet de la Thalidomide. Tout ce qu'il y avait à savoir. Il avait été envoyé dans une école spéciale où se trouvaient d'autres cas de son espèce, et avait étudié ce médicament à l'école de médecine. Il savait tout ce qu'il y avait à savoir, sauf une chose : il ignorait que c'était justement la Thalidomide qui avait fait de lui ce qu'il était.

Ses parents avaient toujours nié avoir utilisé ce médicament. Il leur avait posé la question à son retour de cette école spéciale. Et dans les séquences qu'il venait de revivre, à aucun moment il n'était fait mention de somnifères. Peut-être ne retenaient-ils jamais le nom des comprimés qu'ils utilisaient, ou tout simplement ils avaient oublié? Peut-être aussi se refusaient-ils à admettre que ces comprimés étaient à l'origine des malformations de leur enfant?

Mais à présent, il savait. C'était à la Thalidomide qu'il devait son corps difforme; c'était aussi probablement elle qui lui avait donné ce pouvoir de sortir de lui-même et d'échapper à ce corps, quand la haine qu'il éprouvait à son égard devenait intolérable. Tout ce qu'il lui restait à faire était de chuchoter à l'oreille de son futur père qu'il s'était trompé de médicament, et peut-être d'insister en lui suggérant que les effets des somnifères, et de la Thalidomide en particulier, étaient dangereux et que jamais ni lui ni sa femme ne devaient en prendre. Alors les maux de Prospero disparaîtraient. Il serait conçu et naîtrait en bonne santé, sans nul besoin d'adopter le nom et le personnage derrière lequel Thomas Merimee avait décidé de se cacher.

En bonne santé, parfaitement banal, parfaitement ordinaire! Un vrai fils pour Jack Merimee, professeur de biologie de la Faculté de Médecine et entraîneur de football... Si cette intervention n'empêchait pas sa conception et si l'enfant conçu, en supposant qu'il y en eût un, était encore *lui.* Si...

Non! Aucun enfant en bonne santé, même celui qui serait le résultat de la fusion du même sperme et du même ovule dont naquit Prospero, ne pourrait jamais être *lui.* Car tout enfant sain vivrait sa vie de l'*intérieur,* jamais il ne développerait cette capacité de se projeter hors de cette existence que Prospero haïssait et que lui accepterait. Cet enfant-là serait aussi différent du petit Prospero que l'assureur ivre l'était du Prospero adulte.

Et pourtant, il pouvait, s'il le voulait, chuchoter à l'oreille de ses parents qu'ils devaient concevoir ce nouvel enfant, pour revenir ensuite dans un présent modifié, y devenir cet autre et se fondre dans sa nouvelle vie, une vie normale et plus heureuse. Oublier sa misère, sa jalousie, sa souffrance physique.

Oublier tout ce qu'il avait été, tout ce qu'il savait, les artifices imaginés pour faire face à son intolérable existence. Mais perdre du même coup le seul atout qui le rendait supérieur aux autres, qui compensait tous ses maux.

Rien de ce qu'il avait appris n'adoucissait son existence, rien de ce qu'il avait fait n'avait de valeur pour autrui. Et pourtant il n'arrivait pas à murmurer les paroles nécessaires à cet homme ordinaire et irréfléchi qui serait bientôt son père; il ne se décidait pas à perdre le seul espoir qui sous-tendait toute sa vie, alors même qu'il eût obtenu l'unique chose qu'il souhaitait.

Car s'il était exaucé à l'instant, avant même sa conception, le sens que l'espérance avait donné à son existence deviendrait aussitôt absurde, ridicule. Sa vie entière, ce qu'il était devenu, se réduirait alors à une simple souffrance inutile et sa personne ne serait plus que déchet insipide. Souffrance et déchet qui seraient oubliés, cesseraient d'exister, dès qu'il abandonnerait les souvenirs de ce temps *extérieur* et réémergerait dans ce nouveau moi *intérieur,* né de son intervention. Il en serait de même pour toutes ces souffrances et vexations qu'il avait si souvent endurées, puis effacées de son existence : elles cesseraient d'exister, ou n'auraient même jamais existé.

Qu'aurait-il à craindre de cet acte ? Rien, jamais rien de quoi que ce soit, mais il avait peur. Il ne pouvait se résoudre à le faire, il ne pouvait rejeter tout ce qu'il était et avait toujours été : même pour la seule chose qu'il avait toujours voulue.

Peut-être, à présent qu'il connaissait l'origine de sa malformation, trouverait-il le moyen d'atténuer ses souffrances...

Il fit quelques pas en avant et regarda son père donner à sa mère les somnifères qui étaient donc autant ses géniteurs que ses vrais parents. Sa mère les avala. Lorsqu'ils entrèrent dans la chambre, il s'éloigna et reprit le chemin du présent.

Il ne raconterait rien à son moi *intérieur.* Il tairait aussi la Thalidomide qui l'avait fait ce qu'il était. Une fois de retour à l'*intérieur,* il oublierait tout ce qu'il avait appris et vu. Il retrouverait sa dialectique entre douleur et espoir, la sécurité familière qu'elle représentait.

Il pressa le pas, cherchant éperdument à oublier le seul choix réel qu'il ait jamais eu – qu'il ait jamais fait !

# Sigmaringen

MICHEL DEMUTH

Depuis longtemps, me semblait-il, je ne m'étais pas retrouvé avec Gardienne au bord de la falaise. Ce jour-là, peu après les derniers grands froids, un panneau de brume était posé sur la mer, dense et immobile comme un écran de fumée neurotrope à la veille d'un engagement. Sur la droite, pourtant, au delà des ruines de l'ancien port de pêche, je commençais à distinguer la ville. Elle était à moins de quatre kilomètres de distance à vol d'oiseau, de l'autre côté de la rade. Par la terre, dans mon état, cela représentait deux longues journées de marche.

Je me suis assis sur l'un des bidons à tête de mort. Après toutes ces années, l'inscription en allemand était toujours aussi nette. Elle indiquait les différents rayons d'action du gaz en fonction de l'atmosphère locale.

La lumière du petit soleil mesquin était encore orangée, à cette heure. Elle dessinait le dôme de la cathédrale et les fûts énormes des canons de défense que gagnait la végétation. Je reconnaissais les tours patriciennes aux formes baroques, près de la colline noire qui avait été un parc. Un drapeau s'agitait sur le fond gris pâle du ciel.

– Je distingue un drapeau, déclara Gardienne qui était de plus en plus lente dans ses réactions.

Elle était ma machine, parfois mon amie, une béquille satisfaisante quand je devenais moins que rien, comme à présent, un médecin maladroit, un bon souffre-douleur quand je pensais au passé et que cela me rendait fou furieux.

Ce dernier hiver m'avait rendu plus irritable encore.

Personne n'était venu me rendre visite. Le front de la guerre avait dû se déplacer, une fois encore. Ceux qui m'avaient conduit ici pour mon bien m'avaient peut-être oublié. Ou bien ils étaient en train de perdre, ils avaient perdu. Je savais que les autres, eux, se souviendraient de moi. Ils viendraient me chercher et ce serait fini. Je ne redoutais rien de l'avenir. C'était le passé qui me faisait hurler, souvent, qui me réveillait dans ma première heure de sommeil, parce que je retrouvais les raisons exactes qui expliquaient ce que j'avais fait.

– Il faut que je voie cela de plus près, dis-je en me frottant les yeux.

Le grain de raisin du soleil montait lentement sur la rade. Gardienne a entrepris de développer une liquoreuse excroissance optique vers mon visage. Les tissus qui émanaient de ses deux orifices crâniens avaient un très léger parfum de glycine, depuis Noël à mon sens. Je soupçonnais une interférence entre sa fonction de distraction et ses devoirs militaires. C'était logique, dans notre situation d'isolement. Gardienne ne recevait plus que les ordres monotones et vétustes de ce noyau de surveillance-et-clémence qui avait été enfoui dans les fonds marins douze ans auparavant.

Je levai la tête. L'écharpe brillante, comme visqueuse, était encore à vingt centimètres de mon front.

– Plus vite, ai-je dit.

Gardienne a émis un de ces souffles plaintifs qu'elle emploie lorsqu'elle devient mon amie. Dans cet air coupant et aigre du matin, avec ce drapeau qui se balançait dans les restes de la cité, là-bas, je n'ai ressenti aucune émotion. Rien que l'urgence de l'examen, l'imminence du combat.

– Vous savez que j'ai besoin d'un séjour à l'Epargne, m'a dit Gardienne. Et le grand vaisseau amiral n'a pas effleuré ce système depuis votre arrivée. J'assimile maintenant les cellules disponibles dans le milieu marin, mais je vais m'épuiser à ce jeu. J'attendais...

– La même chose que moi, les mêmes visiteurs, oui...

J'ai plongé mon visage dans la cuvette irisée qui s'était

brusquement formée sous mes yeux. Je n'ai éprouvé qu'une brève sensation de froid sur les tempes.

J'étais à moins de trois cents mètres de la ville. Un oiseau en plein vol. Ou un obus. Je plongeais vers la cathédrale. Entre les fragments de verre, il y avait des lézards énormes, sans doute d'une espèce importée de la Terre en même temps que moi.

J'ai survolé la colline brûlée du parc. Il y avait là un Rouleur Ferré, un arthropode particulier à ce monde que j'avais souvent chassé, au début de mon séjour. Il était à la fois redoutable et délicieux.

Vers la gauche. Le regard porté par le film cellulaire de Gardienne. Trois fois plus rapide que le vent qui se levait de la mer. Vers les tours désertées où, dans certaines chambres, je le savais, il y avait des momies.

Le drapeau était rouge. Il se balançait entre deux immeubles et une haie d'épineux noirs.

– On pourrait voir là un signe de vie, dit Gardienne au beau milieu de ma tête, avec sa voix la plus tendre. Je possède une référence parlementaire. Mes directives les plus anciennes recommandent l'action militaire immédiate. Ou la négociation.

Maintenant, je me déportais vers la droite, je remontais au-dessus des ruines du fort principal que les Terrestres avaient liquidé contre deux cent mille hommes véritables et plus d'un million de machines dont les débris, expulsés sur orbite basse, animaient parfois mes nuits.

Je m'insinuai dans l'ancienne avenue principale, entre les magasins-cavernes, les temples de l'amour où croupissait l'eau des dernières marées, les auvents fossilisés. La gare, avec son tube fracassé ouvert sur la terre mouillée. La poste et son globe terne sur lequel plus rien ne s'animait depuis l'automne, aucun message de chez moi, pas le moindre salut de mon état-major dispersé.

Je revins vers le parc, vers le drapeau.

Il était fait de tissu ancien, ou d'une bonne illusion. Il y avait deux trous près de la hampe. Personne ne tenait la hampe. Et il se balançait toujours, mû par un invisible plénipotentiaire.

– Cette référence révolutionnaire, dit Gardienne, juste

derrière mon oreille droite, pourrait signifier une menace dirigée contre notre régime.

Je pensai avec violence, pour la corriger, lui faire un peu mal dans ses terminaisons de geôlière : *Notre régime? Mais je suis un prisonnier, ici!*

– Comme vous voudrez, amiral. Pardon : maréchal.

Les allusions et les provocations de Gardienne ne me faisaient plus grand mal. Elles devenaient, il faut bien le dire, aussi fragiles que sa mémoire.

Le drapeau se balançait toujours.

J'ai dit simplement : « Assez! » Gardienne a commencé à retirer son tissu d'observation. Ma peau a été brûlante pendant quelques secondes et une flèche froide s'est plantée entre mes deux yeux. J'ai repris mon souffle, lentement.

Sur la rade, la lumière était maintenant marquée de rose froid. Le point du soleil s'enfonçait entre les nuées, comme chaque jour, chaque saison. Le panneau de la brume demeurait comme une muraille sur la mer. Des oiseaux l'effleuraient en criant et je surpris le passage noir d'un aileron de Tailleur en surface. Les grands fonds étaient le domaine de ces vieux vaisseaux et je me dis qu'il était bizarre d'en voir remonter un alors que le ciel était vide de menace, la terre désertée et moi-même sans espoir de révolte.

– En tout cas, il n'y a pas d'être humain.

– Vous l'espériez? dit Gardienne. Vous savez ce qu'ils ont semé dans la ville, pourtant.

Durant un moment, elle fut silencieuse. Je savais qu'elle explorait, plus rapidement, plus méthodiquement que moi, les ruelles perdues, les plazzas crevées de la cité.

– Il se peut que quelqu'un soit arrivé, dit-elle enfin. Ou bien né. Je dois examiner toutes les probabilités.

– *Né?*

L'ombre de l'ombre d'une douleur parcourut ma poitrine. J'avais appris à ne plus craindre cette ombre d'ombre.

– Avant votre venue, ils avaient créé des nids, sur ce monde. Des réserves de semence parfaitement protégées. Toujours cette obsession de reproduction.

– On dirait que tu les critiques, parfois. C'est leur principe. Ils bombardent la vie un peu partout.

Je surveillais la lente disparition de la douleur.

Les premiers temps, quand j'avais éprouvé cela au cœur, puis au foie, je m'étais demandé s'ils ne m'avaient pas doté d'un autre compagnon qui dormait dans mon sang, un bourreau de l'hiver qui se réveillait comme l'haleine de la mer.

– Je dois aller en reconnaissance, déclara Gardienne. Je suis à peu près invulnérable et les données sont minces... Vous souffrez?

– Qu'est-ce que c'est que cette idée? Ce drapeau est une pièce de collection, tu le sais.

– Je sais aussi que vous souffrez. Quatre formes de vie locales se sont infiltrées dans votre organisme cet hiver et il m'a fallu mille heures pour en venir à bout.

– Nous partirons demain matin, ai-je dit en regardant la ville.

A présent, la lumière était presque celle de midi, grise et bleue, triste sans être froide.

Au milieu de l'après-midi, je me suis enfermé dans la bibliothèque et j'ai lu jusqu'à l'heure du repas. Les poissons que Gardienne avaient fait griller étaient subtilement farcis d'algues et de coquillages et je dus lui grommeler quelque compliment. Le vin, par contre, était glacé, avec un arrière-goût de soufre.

Du coup, je m'endormis en rêvant de la Guerre Crèvecœur.

Je n'aimais pas quitter la maison. Ils avaient tout fait, sur ce monde humide et salé, pour me faire oublier les embruns, le vent et les passages hurlants des sauriens migrateurs.

Ces départs étaient un moment de vide et d'épuisement. Même avec l'aide de Gardienne, il me fallait deux heures pour rétablir le camouflage, remettre les plaques de défense en place et réactiver les pièges.

Quand je me courbais, souvent, il m'arrivait de me retrouver à genoux.

Mes jambes actuelles étaient ce qu'elles étaient.

Dans les premières heures du matin, nous avons traversé la lande en silence. Vers midi, j'ai aperçu un chat, gras et gris, comme celui que j'avais eu autrefois, dans ma cabine d'état-major, durant des mois, au large de la Terre. Je me souvenais de son ronronnement dans mes oreilles qui se mêlait au sifflement de la fuite d'atmosphère. Je n'avais pas oublié le givre craquant de la peur.

Avec moi, Gardienne a regardé disparaître le chat sans le moindre commentaire.

Au soir, nous étions au fond de la rade, dans cet endroit qui était notre halte préférée et que j'avais baptisé le « club ». Sans doute à cause des inscriptions qui couvraient les parois. Des déclarations et des messages de toutes les couleurs, des œuvres d'art aussi, des tableaux sculptés au miniscripte, dont les couleurs ne seraient pas altérées avant des siècles.

J'ai retrouvé mes trois madones épanouies, au bord de l'extase, bizarrement chevauchées par des êtres de la Frange dont jamais je n'avais rencontré le moindre spécimen. Pourtant, ma lourde mémoire savait que ces scènes avaient existé avant moi, avant mes victoires.

– Je vais faire la cuisine, a déclaré Gardienne. Voulez-vous un ciseleur de molécule ou bien un miniscripte pour vous occuper?

J'avais fait plus que m'« occuper », jadis. Il m'était arrivé de décorer certains des astéroïdes dont nous avions brûlé les populations. J'avais transformé en chapelles quelques-uns de mes propres vaisseaux après la Bataille des Emissaires, au bout du Couloir de Force.

– Je n'ai besoin que d'un dictionnaire géant, ai-je dit en caressant à nouveau les seins de la « madone casquée ». Sa chair de cristal mordoré portait deux veines pâles de calcaire que je me suis mis à gratter lentement.

Ma madone tenait un glaive dans sa main gauche.

– Je ne peux pas retourner à la bibliothèque, a dit Gardienne. Voici un napperon, un couvert, une bouteille de soupe de poissons et un flacon de vin. Mais ce lieu vous est néfaste. Ce n'est pas un musée, encore moins une chapelle. Il semble faire partie du jeu favori de votre race : dessine, signe et comprenne qui pourra.

– Supprime la soupe de poissons mais prévois deux flacons de vin, veux-tu?

– Je peux t'être agréable jusqu'à ce que l'état-major me récupère, tu le sais bien.

Je n'ai plus rien dit jusqu'à l'avant-dernière gorgée du deuxième flacon.

– Je ne chante pas assez souvent. Parfois, ça me manque.

– Et tu ne me demandes jamais de chanter pour toi, remarque bien, a dit Gardienne.

– C'est vrai... Tu l'as fait, il y a longtemps. La première année, quand il faisait si froid, à cause des effets climatiques des charges lentes... Qu'est-ce que tu me chantais, déjà?

– Je consulte... Oui... *La Marche Apocalyptique* de Grendasël, *Blue Bayou,* le thème de « Autant en emporte le vent », *L'Hymne de la Force des Planétaires* : « En colère »... *La Ballade de la Silencieuse Sybille, la Chanson de Craonne* et une valse baroque qui était à la mode dans la période des Quatre Logements Planétaires : « Avec ma mémoire et mon prince »...

J'ai grommelé : « Quelle charge culturelle! Pour un conservatoire! »

– C'est faible pour ma catégorie. Les militaires n'ont pas été généreux. Ils m'ont fourni quatre mille œuvres. Plus les bribes de chansons de bivouac et les chants improvisés par les prisonniers... Ah, oui : je ne parle pas des refrains écrits contre vous.

– Prends une valse ou une ballade et laisse-moi dormir, maintenant.

En basculant dans le sommeil, j'ai entendu des voix d'autrefois. J'étais dans un engin de transport public, filant vers une ville très lumineuse et tout le monde bavardait et riait. Incroyable.

J'avais mal jusqu'au bassin quand nous sommes entrés en ville. Le soleil était encore haut. Des machines crissaient dans le vent. Une odeur de fiente et d'huile passait dans les ruelles basses mais, sur les ponts du front de mer, il n'y avait que le parfum des grandes fleurs d'algue et les cliquetis des coquillages qui battaient le rythme du printemps.

Après le terrain de jeux où, dans une fosse entourée de cercles rouges, un squelette achevait de se réduire en poudre, nous sommes passés dans l'ombre glacée de la cathédrale. Après toutes ces saisons, ses instruments de défense climatiques s'étaient sérieusement détériorés.

– Un engin approche, a énoncé Gardienne.

Elle s'est arrêtée et s'est recroquevillée contre une muraille de basalte.

J'ai regardé l'immeuble, à ma gauche. Des oiseaux ventrus sautaient de balcon en balcon.

– Je vais vous couvrir, a lancé Gardienne.

Elle l'avait déjà fait plusieurs fois. C'était apparemment toujours le même dôme soyeux, la même enveloppe beige-rosé, une espèce de matrice au bas de laquelle couraient quelques veinules rosâtres.

Tout à coup, j'ai eu l'impression d'étouffer.

Et puis, je n'entendais plus les rythmes des coquillages et les cris des oiseaux. J'ai crié : « Défais-moi tout ça! »

Je me suis retrouvé au milieu de la rue. Devant moi, à moins de trente mètres, le grand drapeau rouge claquait dans les courants d'air glacés. Il était planté dans le sol. Personne ne le tenait. Mais il avançait, très lentement. Sa hampe, comme une étrave, fendait les dalles de pierre sans créer le moindre remous.

Mais ce n'était pas une illusion non plus.

– Couchez-vous! a crié Gardienne.

Je lui ai obéi d'instinct, en bon soldat. Je me suis cogné le menton sur la chaussée et mes incisives m'ont découpé la lèvre. Il y avait longtemps que je n'avais pas eu le goût du sang dans ma bouche. Je me suis souvenu de mes tout premiers combats et de la mort de quelques hommes, de leur main qui se raidissait dans la mienne.

Lorsque j'ai relevé la tête, le drapeau était immobile. Il flamboyait, tout près de moi. Il m'a semblé entendre une musique, comme des cuivres militaires, ainsi que le martèlement d'outils gigantesques. Mais le son venait de loin, à travers des tunnels. Il appartenait sans doute à mes souvenirs. Je me suis dit que j'avais eu peur et que la solitude, évidemment, ne me réussissait pas.

– Ecartez-vous! Ecartez-vous!

Gardienne criait comme une folle. Elle avançait dans l'ombre, comme un fantassin, brandissant trois armes grisâtres que jamais je ne lui avais connues.

– Je vais le neutraliser! hurla-t-elle encore.

Je ne voyais pas pourquoi. Je venais de deviner qui était le drapeau. Ou, du moins, qui me l'avait envoyé.

Je suis resté là où j'étais. Je n'avais que cela à faire et, de plus, les forces me manquaient en cet instant.

C'était le milieu de la matinée.

Il faisait froid et un monumental nuage de pluie s'élevait au-dessus de la cité, consolidé par les habituelles brumes de mer. Le soleil n'était qu'une fente vermillon entre deux lamelles sales.

Une seconde, j'ai rêvé d'un éclairage vaste comme le continent, de climats artificiels, de coupoles estivales pareilles à celles des hôpitaux du front, autrefois.

J'ai regardé mes pieds. Ils ne me faisaient plus souffrir. Ils semblaient neufs. J'ai remué les orteils et j'ai bâillé. En fait, je n'avais plus mal nulle part. Gardienne avait mis à profit les heures passées pour me réparer.

Je n'étais plus au milieu de la chaussée, mais sur une terrasse, sans doute au centre de la cité.

J'ai voulu me redresser mais le drap m'en a empêché. Il pesait sur mes épaules, il m'écrasait les hanches et, lorsque j'ai voulu lever le bras, il a déferlé sur mon coude, jusqu'à mon poignet, comme une vague brutale de tissu.

C'était le drapeau.

Il était rouge et bleu, à présent. Soyeux et vivant.

J'étais prisonnier dans ma prison.

Et probablement condamné, si mes souvenirs étaient exacts.

Un moment, j'ai lutté contre la tentation de refermer les yeux. Un filet d'air glacé, sur ma tempe gauche, m'a aidé à me maintenir dans le réel. Il me rappelait un couteau, quelques années auparavant, et les paroles que j'avais su trouver pour l'éloigner et le gagner.

J'étais allongé entre deux parois de bois à l'odeur aigre, vraisemblablement quelque reste des fûts des liquoriers qui avaient installé la première colonie humaine sur ce monde.

Le sol était de marbre. Mon talon droit reposait dans une flaque d'eau, au centre d'une dalle cassée.

En redressant la tête, je voyais un balcon de pierre et un trait de mer, presque noir sous les nuages gris-bleu qui se levaient en torsades extraordinaires. Oui, c'était le début du printemps et les orages allaient défiler comme des divisions féroces. La relève du géant noir qui dominait la cité était assurée.

La lame de soleil que j'avais découverte en ouvrant les yeux avait disparu.

Il faisait un peu plus froid encore. Des embruns effleuraient la terrasse. Ils portaient le parfum âcre du pollen venu des Iles Torinques, cet archipel anti-humain dont les plages sécrétaient d'affreuses vermines à l'approche d'un organisme étranger.

Etranger... J'ai examiné mes avant-bras. Le tissu de l'Oriflamme, à présent, était parfaitement tendu, souple, attentif, paré à réagir à la moindre tentative d'évasion violente, mais aussi à céder à mes gestes essentiels, pour autant qu'ils demeurent prudents, mesurés.

Une Oriflamme vivante de l'Antique Armée Génétique. Celle de Kohnström, qui avait fui depuis si longtemps le champ humain mais dont les fantômes parsemaient les mondes et hantaient certaines fois le vide, tout spécialement autour des carcasses oubliées.

Un prodige militaire. Des canons sans serveurs. Des chars intelligents et férocement doués pour le combat. Des fusils sans tireurs, des grenades sournoises et rapides sans lanceurs. Des ambulances sans infirmiers. Des avions fous sans pilotes. Des casquettes sans officiers. Une armée sans soldats. Un acte utile, prodigieux et nécessaire, décidé par une convention dont on avait perdu le nom.

Depuis la dislocation de l'Armée Génétique, des aventuriers peu crédibles prétendaient avoir rencontré des décorations en essaims, émigrant de système en système. Des kiosques déments qui avaient perdu leur sous-marin.

Des cartes éplorées, des réfectoires emplis de dîneurs mécaniques gelés.

Des équipages de cargos naufragés n'avaient dû leur survie qu'à la rencontre de popotes en dérive, sensibles et vagabondes, à dix années-lumière de leur corps d'armée.

Maintenant, un drapeau aux intentions sévères me tenait enveloppé dans ses plis.

Je savais que Gardienne allait intervenir. Mais je m'inquiétais aussi parce qu'elle aurait dû le faire depuis quelque temps.

Avec mes premières victoires de la Guerre Crèvecœur, j'avais appris à classer les émotions et les réflexions.

A l'instant où les premières gouttes de pluie me firent cligner des yeux, je compris que le pollen des Iles Torinques avait certainement été réveillé par la présence d'Oriflammes dans les parages... Se pouvait-il, ainsi que le rapportaient les fous et les radoteurs qui s'étaient trop souvent retrouvés parmi les otages et les prisonniers de mes batailles, se pouvait-il que l'Antique Armée ait abordé ce monde qui était ma prison et mon refuge?

J'ai imaginé des tanks rassemblés en murailles d'ocre et de rouille entre les lunes couleur citron. Des cuirassés de haute mer embusqués dans des sillons de manganèse. Des bosquets de drapeaux sur les tapis de lichens des régions d'est.

La pluie m'éloigna du cauchemar.

En quelques secondes, la terrasse fut un bassin. Un éclair bleu de cobalt traversa le grand donjon nuageux. Des flocons livides sillonnaient la mer.

– Est-ce que vous parlez? ai-je crié entre deux explosions de foudre. (Je me demandais si une pièce de D.C.A. archaïque ne s'était pas nichée entre les toits.) Allemand? Italien? Arabe? Néo-anglais?

– J'appartiens à l'état-major improvisé, dit une voix féminine. Je parle cependant une trentaine de langues et dialectes. Nous allons nous mettre à l'abri.

Elle semblait provenir de mon bas-ventre. Presque aussitôt, pourtant, elle reprit, cette fois tout près de mon cou, quelque part dans mon épaule droite : « Vous pouvez vous lever et marcher, si vous le jugez bon. Mais je peux aussi bien vous faire transporter.

– Allons-y, ma jolie, ai-je grogné en me souvenant d'une anecdote salace à propos de l'Armée Génétique.

J'ai cru que l'un des éclairs bleus venait de m'atteindre. Une aiguille très longue s'était arrêtée dans mon estomac après m'avoir découpé la jambe.

Quand j'eus fini de vomir le peu de lait que j'avais absorbé à l'aube, j'entendis l'Oriflamme :

– Nous, Soldats de l'Armée Purifiée, combattons pour l'Universelle Santé. Notre monde est bleu, rouge est notre croix.

J'ai failli grincer « nom de Dieu ». Je me suis retenu à temps, encore raidi par la douleur.

La tempête a encore trouvé quelques réserves de violence. Les gouttes de pluie sont devenues des projectiles lourds et destructeurs. Des sons stridents jaillissaient de la mer en même temps qu'un tambour tentait de crever le dallage de marbre de la terrasse. J'eus vaguement l'impression que des engins crevaient ce qui restait du ciel en escadrilles hurlantes.

– Vous devriez courir, a dit calmement la voix de l'Oriflamme, sous mon omoplate droite. Je vous guiderai.

Lorsque je me suis arrêté, il y avait un toit au-dessus de ma tête. L'air était tiède et sec, poussiéreux. J'étais sans doute dans l'un de ces anciens greniers clandestins de la cité. Il y en avait des milliers et, longtemps, j'avais espéré les explorer tous. Certains étaient des refuges confortables. Par exemple, ici, il y avait un tapis épais sous mes pieds. Les chroniques rapportaient que les maquisards avaient tenu durant quatre ans face aux assauts des Zèbres.

– Il va nous falloir attendre là, a dit l'Oriflamme. Le tribunal ne se réunira qu'après la tempête. Mais je ne peux que le supposer. Dans l'état-major, les parures *h* et emblèmes héritent de toutes les corvées et jamais des secrets. Ce n'était pas ainsi de votre temps, n'est-ce pas, général ?

J'ai retrouvé mon souffle. Je me demandais où était

passée Gardienne. Les éléments avancés de l'Ancienne Armée Génétique n'avaient pu la neutraliser aussi aisément. Même s'ils étaient purifiés. J'étais son prisonnier protégé, avec totale priorité. Elle avait pu d'ores et déjà faire appel à un Corps d'Intervention.

Mais j'ignorais tout de l'évolution de la guerre. Et cela, bien entendu, faisait partie de ma relégation.

– Je ne voudrais pas pécher par optimisme, dis-je finalement, mais il se pourrait que je sois maréchal, actuellement.

– Vous péchez. Les Forces Zèbres ont été rejetées par delà la Fracture. Les humains des Régions Denses se sont révoltés. Ils ont repris votre vieux système et ils ont même utilisé les Trois Rouges des Australes pour édifier un nouveau réseau de défense. Une chapelle Zèbre a été encerclée il y a moins de trois ans au large de la Polaire. Des documents accablants ont été trouvés à votre égard. Et le seul survivant était votre « ami », le Trois-Rôles Bondané-Edinor-Quiner, celui qui a anéanti la Belle Colonie. Nous n'aurons pas besoin de son témoignage pour ce premier procès, général, mais plus tard, quand la guerre aura pris fin, toutes les pièces du dossier seront nécessaires, vous le savez bien.

– Mais vous n'êtes pas des humains. Vous n'avez pas le droit de me juger! Pas ici!

Le tissu s'est resserré autour de mon cou. Le souffle coupé, j'ai entendu la voix de l'Oriflamme me dire :

– Les humains seront victorieux mais tellement diminués, tellement... changés que nous ne pourrons qu'assurer la relève... général. Tel est le contrat que nous avons passé, à une distance que seule la haine peut définir, qui fait de la Belle Colonie une banlieue de la Vieille Lune...

Voilà. Ensuite, il y a eu ce silence de cellule, et cette peur qui se tapissait dans mes muscles, qui renvoyait mes jambes à un état de pierre.

– Nous ne pouvions pas gagner, ai-je dit au silence. Et où étiez-vous alors?

L'Oriflamme ne m'a pas répondu.

A mon premier mouvement, j'ai compris qu'elle était morte.

Il faisait très chaud, tout à coup.

J'ai reconnu cette sécheresse de l'air et j'ai entendu des coups de sifflet impératifs, à des kilomètres de distance, sans doute dans les Iles.

J'allais partir dans le rêve quand j'ai vu Gardienne. Je sais que je n'ai pas encore tenté de la décrire, mais elle change trop souvent de forme. Là, elle venait d'emporter un très grand pan de muraille et un bon tiers de sa structure apparente avait disparu. Elle brandissait pourtant un bouclier triangulaire que parcouraient de frénétiques dessins lumineux et pointait dans ma direction un bouquet de fleurs métalliques dont la seule vue me bloqua la respiration.

– Je vais être obligée de vous porter, a-t-elle dit. Un élément Zèbre vient de débarquer et l'issue de l'affrontement est incertaine. Et puis, je n'ai plus guère de temps à vous consacrer. L'Antique Armée Génétique attaque actuellement mon noyau de surveillance-et-clémence. Il était déjà vétuste, vous le savez. Il ne tiendra pas longtemps.

– Tu sais bien que la technologie des Zèbres est supérieure.

– Mais ce n'est pas pour ça que vous êtes passé de leur côté, n'est-ce pas? a demandé Gardienne, presque en fredonnant.

Elle avait déjà effleuré cette question. Cette fois, pourtant, j'ai senti la colère dans ma poitrine. J'ai voulu me redresser et un bonnet de feu m'a aussitôt coiffé. Je ne pouvais plus respirer et une très grosse pince s'était refermée sur mon bassin.

A la dernière seconde, j'ai bloqué le cri qui montait dans le creux qui pouvait être ma gorge.

– Excusez-moi, disait Gardienne, très douce. Je ne voulais pas vous provoquer. Je n'ai pas d'opinion. N'essayez pas de bouger. Cet affreux drapeau vous a cisaillé... général.

Carl Homère Barenger-Kohnström avait suscité l'Antique Armée Génétique. Les vivaprismes le montraient comme un beau jeune homme aux cheveux noirs tressés, en habit de deuil, ou bien en armure de matière souple et blanche, un complexe mécanique agile perpétuellement perché sur l'épaule gauche.

Il avait été Capitaine-généticien-mandaté. Il avait rétabli la paix sur Terre avec moins de quarante mille morts après les troubles qui avaient suivi le Crèvecœur. Il avait aussi largement puisé dans les réserves de cellules prévues pour les colonies.

Ses armes et ses outils étaient devenus vivants.

Il avait donné une seconde âme aux canons.

Dans mon rêve fiévreux, je le voyais. Il m'expliquait patiemment les peines que j'encourais pour avoir cédé aux Zèbres, pour avoir tourné le dos à l'humanité.

Il ne comprenait rien, ce Capitaine-généticien!

– Ecoutez, disais-je moins patiemment que lui, vous savez pourtant quelle était la situation à l'époque. Nous n'avions pas les moyens de leur résister. Et avez-vous seulement *réfléchi* à leurs projets de chapelles? Avez-vous jamais songé qu'elles auraient pu nous débarrasser à jamais de nos toxines? Savez-vous quel était le taux de mortalité dans le monde occidental quand ils sont arrivés? Avez-vous entendu parler de ces mères qui mangeaient leurs enfants après l'accouchement? Et des meurtres rituels du Vatican, quand l'Eglise Catholique a été vampirisée par les infiltrations de Lanthelme B?

– Loués soient les Zèbres! ricana Carl Homère Barenger-Kohnström en soulevant son superbe casque ailé, celui de Mercure. Le roi des marchands et des voleurs, c'était lui.

– Salaud! Il aurait mérité les Camps.

Il faisait nuit et très beau. Quatre lunes de divers bleus flottaient sur la mer comme des ballons de plage. Elles dessinaient les superstructures des navires. Les tourelles des canons et les kiosques lisses comme des nageoires de deux sous-marins.

L'Antique Armée sans soldats passerait bientôt à l'offensive.

– Où sont mes protecteurs? ai-je demandé à Gardienne qui, derrière moi, s'était transformée en foyer pour réchauffer mes reins paralysés.

– L'élément Zèbre a été détruit aux deux tiers. Regardez. Un dernier groupe résiste, là-bas...

Le tissu optique s'est posé sur mon visage froid.

Cinq silhouettes rampaient entre les rochers. Elles leur ressemblaient, avec leurs têtes énormes et luisantes. Ils pouvaient aussi bien venir de la mer, avec leurs membres longs et griffus et ces palpes qui dansaient comme des plumes.

– Un Deux-Rôles les commande, dit Gardienne. Voulez-vous entrer en liaison avec lui? Ils ont sans doute pour mission de vous sauver.

Je n'ai pas répondu.

Pour ces arthropodes rusés j'avais trahi les hommes et maintenant des objets, des armes, des emblèmes voulaient me juger.

A moins de trente mètres de la position Zèbre, je distinguais deux drapeaux, deux fanions plutôt. Ils glissaient sous la falaise. Un instant, il me sembla que des cailloux roulaient derrière leurs courtes hampes. Et puis, je reconnus des grenades, de très antiques grenades quadrillées. Il y eut un grésillement dans le ciel. Le tissu optique de Gardienne m'offrit une vue saisissante d'un hélicoptère armé de deux mitrailleuses. Il arrivait de l'ouest, suivi de trois bombes à ailettes. Elles étaient noires, marquées du signe de la Terre et hululaient. Il y eut une explosion multicolore au large. Puis une autre. L'un des sous-marins lança une torpille. Une troisième bombe déclencha un feu d'artifice jaune sodium à quelques encablures. Gardienne émit un juron et une sorte de sanglot, et je sus que son vieux noyau de surveillance-et-clémence n'existait plus guère.

Que croyez-vous que j'aie ressenti alors, sinon un certain chagrin?

– Général? Général?

Est-ce que ses formes avaient changé? Dans mon état, je ne pouvais en être certain. Mais c'était elle, ma machine Gardienne. Elle se tenait au-dessus de moi, sombre, ronde et rassurante, avec un écran clair comme le ciel sur son visage.

– Vous avez dormi longtemps. J'ai pu travailler. (Oui, sa voix était différente. Les aigus étaient trop accentués et son débit plus rapide que d'ordinaire.) Je vous ai refait des jambes. Elles sont meilleures. J'ai pu me consacrer entièrement à vous. Le noyau a sauté et je suis sans instructions ni code, comprenez-vous?

J'ai hoché la tête. J'avais faim et soif.

– Relevé de mission, ai-je grogné. Ou bien déserteur.

J'ai revu certains visages du passé. Des cauchemars empoisonnaient encore mes yeux.

Je me suis levé sans souffrir. Il y avait un minuscule vasistas. J'ai regardé au-dehors. La rue était calme dans la lumière. A droite, un soldat Zèbre était étendu, la tête éclatée, de la poussière sur tout le corps.

– Est-ce que nous pourrions quitter ce monde? ai-je demandé.

– Nous avons de fortes chances de réussir, avec tous les vaisseaux abandonnés. L'Armée Génétique progresse vers l'intérieur. Bien que je me demande pourquoi.

– Je voudrais rallier la Terre.

– Pour y être jugé? Vous serez certainement condamné à mort.

– Je désire être jugé par les humains. Par eux seulement. Et puis... je ne sais pas. J'ai certaines choses à leur dire.

Gardienne a remplacé son écran clair par des yeux. Des yeux pâles. Un regard très vieux.

– Quel drame, a-t-elle murmuré, et elle ne semblait pas s'adresser à moi. Comment pouvez-vous croire que l'Histoire ose se répéter? Pensez-vous vraiment terminer vos jours dans une île?

Voici ce que m'a dit Gardienne, la machine, dans cette ville, sur ce monde, il y a trente années. Et j'ai mis trente années à revenir sur Terre. Et Gardienne est morte durant ce voyage et cela, bien que nul n'en ait eu conscience, jusqu'à ce que vous me lisiez, fut mon vrai châtiment.

Gardienne avait raison. Je croyais en vain. Vous êtes trop peu nombreux pour me juger. Et trop de temps a passé.

Pourtant j'attends. Devant la mer...

# Espace vital

MARION ZIMMER BRADLEY

Parfois, quand je vais travailler, j'éprouve le besoin de me confesser.

Au premier lever du soleil, tout est calme et Aleph Prime n'a pas encore dépassé l'horizon; il y a toujours une sorte de décalage psychologique parce qu'avec les anti-graves réglés assez haut pour permettre un certain confort, on a l'impression que les « journées » devraient être le reflet d'une planète à l'échelle humaine, et non une station spatiale sur un mini-planétoïde. Ce qui fait qu'au premier lever, on est prêt à passer une journée d'une durée ordinaire : vingt, vingt-trois heures, ou quelque chose dont les rythmes circadiens puissent s'accommoder. Et au premier coucher, quand Prime disparaît déjà, on est pris de court. Peut-être pas mentalement, mais physiquement. Au troisième lever, on se prépare à passer une nouvelle journée sur Sortie. Au troisième, au cinquième coucher, on finit par s'y faire et au douzième coucher, il ne reste plus qu'à mettre le masque de sommeil, à tirer les rideaux et à fermer la boutique jusqu'au premier lever, le lendemain.

Mais au premier lever, on a cette illusion curieuse, une illusion qu'il me plaît de faire durer un peu. Comme si j'étais totalement seule sur un monde entièrement silencieux, un monde réel. Mais j'ai toujours été une solitaire; avant même d'arriver ici, à Sortie, je préférais ma compagnie à celle des autres.

Le genre de personnes qu'ils choisissent toujours pour les stations du Vortex, comme Sortie. Ici, ce n'est pas la foule. Et on apprend à ne pas se marcher sur les pieds.

Ici, nous ne sommes que cinq – à moins que ce ne soit quatre; je n'ai jamais pu en être sûre pour des raisons sur lesquelles je reviendrai. On pourrait donc s'attendre à nous voir ensemble la plupart du temps, on aurait tendance à nous imaginer blottis les uns contre les autres pour lutter contre l'immense agoraphobie de l'espace. Mais ce n'est pas le cas, et j'ignore au juste pourquoi. Cela dit, je pense que pour aimer réellement vivre sur Sortie (c'est mon cas), il faut être solitaire dans l'âme. Moi, quand il y a trop de monde autour de moi, je deviens nerveuse.

Oh, bien sûr, je sais que je ne pourrais pas vivre ici entièrement seule, bien que l'idée soit tentante. Tout au début, ils avaient essayé; ils envoyaient chaque fois un homme, ou une femme. Et chaque fois, avec une régularité monotone, cela se terminait par un suicide. Ensuite, ils ont essayé d'envoyer des couples bien assortis, des groupes restreints, des éléments sociables capables de vivre en bonne harmonie, mais ils finissaient tous par devenir fous et ils s'entre-tuaient. Moi, je sais ce qui s'est passé : ils se voyaient trop et au bout d'un moment, ils dépendaient les uns des autres pour ne pas perdre la raison et affirmer leur présence. Rien d'étonnant si cette solution n'a pas marché. Il faut être totalement indépendant, et capable de ne compter que sur soi-même.

Ce qui fait que maintenant, ils s'y prennent différemment. Je sais que je ne suis pas seule, mais rien ne me *force* à voir les autres occupants de la station si je n'en ai pas envie. Je ne sais pas s'ils se rencontrent souvent de leur côté, j'ai bien l'impression qu'ils sont aussi solitaires que moi. Je ne peux pas dire que ça me gêne, du moment qu'ils ne viennent pas me déranger, et qu'ils exécutent les ordres qu'on leur donne. Je les aime tous, bien sûr, tous les quatre ou tous les cinq. Au Conditionnement Psycho, on m'avait dit que cela se produirait, mais je ne sais pas comment ça s'est passé. Je ne sais pas si c'est arrivé tout seul, ou bien s'ils se sont débrouillés pour que ça arrive. Je ne me pose pas trop de questions. Je suis contente de les aimer, mais qu'un Psycho-tech ait fait *en sorte* que je les aime, je n'ose pas y penser! Parce que ce sont vraiment des gens admirables, sympathiques, merveilleux, adorables. Tous.

Tant que je ne suis pas obligée de les voir trop souvent!...

Parce que le chef, ici, c'est moi. Je dirige tout. C'est *ma* Station! Légères tendances à la mégalomanie, qu'on m'a dit en Psycho. On m'a tout expliqué et il paraît que les petites tendances à la mégalomanie, pour un Programmeur de Station, c'est bon. Si on envoyait des individus modestes et effacés, ils se considéreraient comme de simples microbes perdus dans l'immensité de l'univers et, tôt ou tard, on les retrouverait la gorge tranchée, car ils n'auraient pas réussi à se convaincre qu'ils sont assez grands pour diriger quoi que ce soit à l'échelle cosmique du Vortex.

Je me sens seule, c'est vrai. Mais cela me plaît. Je suis contente d'être la responsable, ici. Et j'aime bien les dispositions qu'ils ont prises pour moi. Je crois que j'ai la meilleure cuisinière de la galaxie; elle fait tous les plats que j'adore – au Psycho, on a dû lui donner mon profil. Je me demande parfois si les autres, sur la station, doivent manger ce qui me plaît, à moi, ou s'ils peuvent avoir aussi leurs plats préférés. Après tout, peu importe, du moment que je peux commander ce que j'aime. J'ai aussi une médiathèque personnelle, avec une responsable qui peut me passer toute la musique de la galaxie sur le meilleur équipement acoustique existant; du matériel que je ne pourrais jamais m'offrir sur Terre avec un emploi du même type. Et un jardinier personnel, et une technicienne pour faire ce que je ne peux pas faire. Sans compter le prêtre. Mon prêtre personnel, vous vous rendez compte? Ils ont envoyé un prêtre jusqu'ici pour satisfaire mes besoins spirituels. Enfin, j'exagère : la congrégation compte tout de même quatre personnes. A moins que ce ne soit cinq.

Ou bien six? J'ai toujours l'impression d'avoir oublié quelqu'un.

Déjà le premier midi approche quand je quitte le jardin pour venir m'agenouiller dans le petit confessionnal. Je murmure : « Bénissez-moi, mon Père, car j'ai péché. »

« Je te bénis, ma fille. » Le Père Nicolas est là, bien que sa messe soit certainement terminée depuis longtemps. Quelquefois, je me demande si le secret du confessionnal signifie encore quelque chose; qu'il le veuille ou non, il sait très bien laquelle de ses fidèles est agenouillée devant lui. Je suis la seule à me lever si tôt. Et je ne sais pas vraiment si j'ai péché ou non. Comment pourrais-je pécher contre Dieu ou mon prochain, quand je suis à des milliers de millions de kilomètres de tout le monde, à l'exception de cinq ou six personnes? Et les autres, je les rencontre si rarement que je n'ai guère l'occasion de pécher avec eux ou contre eux. Je ressens peut-être simplement le besoin d'entendre sa voix; une voix humaine, assez haut perchée, qui n'a rien de particulièrement masculin. Mais tout de même une voix plus profonde que la mienne, *différente*. C'est ce qui compte avant tout : entendre une voix qui *n'est pas* la mienne.

« Père, j'ai nourri des doutes sur la nature de Dieu. »

« Continue, ma fille. »

« L'autre jour, dans la Roue, en regardant le Vortex, à un moment je me suis demandé si le Vortex était Dieu. Après tout, Dieu est inconnaissable, et le Vortex est tellement étranger à l'expérience humaine. De tout ce qu'a découvert la race humaine, n'est-ce pas ce qui se rapproche le plus de la vision traditionnelle de Dieu? Quelque chose qui se situe totalement au-delà de la matière, de l'énergie, de l'espace et du temps? »

Un instant de silence. Ai-je choqué le prêtre? Un long moment s'écoule, puis sa voix douce emplit le confessionnal. Dehors, la lumière décline déjà; le premier coucher est proche.

« Il n'y a aucun mal, ma fille, à considérer le Vortex comme un symbole des relations qui unissent Dieu à l'homme. Après tout, les Vortex sont peut-être parmi les plus splendides ouvrages de Dieu. Il est dit dans les Ecritures que les Cieux témoignent de la gloire de Dieu et que le firmament proclame la grandeur de Son œuvre. »

« Mais alors, cela signifie-t-il que Dieu est lointain,

incapable d'aimer l'humanité? Je ne puis imaginer un Vortex aimant ou ayant conscience de qui que ce soit. Pas même de moi. »

« Est-ce là une imperfection de Dieu, ma fille, ou une imperfection de ton imagination, lorsque tu établis les limites de la puissance divine? »

Je persiste. « Mais si je dis mes prières au Vortex et que je lui rende grâce, est-ce que c'est grave? »

Derrière la grille, j'entends un rire ouaté. « Dieu entendra tes prières d'où qu'elles viennent, ma très chère fille, et chaque fois que tu rends grâce à quelque chose, c'est à Dieu que tu rends grâce, quel que soit le nom que tu aies choisi de lui donner. Y a-t-il autre chose, ma fille? »

« Je me suis rendue coupable de pensées peu charitables à l'égard de ma cuisinière, mon père. Hier soir, elle n'a préparé mon dîner que très tard, et j'aurais voulu lui arracher les yeux! »

« Lui as-tu fait du mal, ma fille? »

« Non. Je lui ai juste crié par l'écran qu'elle n'était qu'une imbécile paresseuse et égoïste. J'avais envie de sortir lui flanquer une volée, mais je ne l'ai pas fait. »

« En ce cas, il semble que tu te sois maîtrisée, ce qui est tout à fait louable. Qu'a-t-elle répondu? »

« Rien du tout. Cela m'a mise encore plus en colère. »

« Tu dois aimer ton prochain – y compris ta cuisinière – autant que toi-même, ma fille » me dit-il d'un ton réprobateur, et je lui réponds, en hochant la tête : « Je ne m'aime pas beaucoup, ces temps-ci, c'est peut-être là qu'est le problème. »

Soit dit en passant, je ne suis pas certaine qu'il y ait vraiment un Père Nicolas derrière cette grille. Ce n'est peut-être qu'un système de relais qui me met en contact avec un prêtre sur la terre. A moins que le Père Nicolas ne soit qu'un programme sonore spécial de l'ordinateur central. C'est d'ailleurs pour ça que je pose les questions les plus insensées : je m'amuse à voir combien de temps " Père Nicolas " met à trouver un programme pour répondre correctement. Comme je le disais, je trouve complètement fou d'envoyer un prêtre ici pour cinq personnes. Ou six?

Cela dit, pourquoi pas? Si la galaxie tourne, c'est grâce à nous, grâce aux stations du Vortex. Rien n'est trop bon pour nous, alors pourquoi n'aurais-je pas un prêtre à moi?

« Dis-moi ce qui te préoccupe, mon enfant. »

Toujours *mon enfant*, ou *ma fille*. Jamais de nom. Est-ce qu'il le connaît, le mien? Forcément. Après tout, ici, je suis la responsable, le Programmeur de Sortie. La patronne. A moins que ce ne soit la coutume, au confessionnal; une manière subtile de souligner qu'à ses yeux comme à ceux de Dieu, rien ne nous différencie : nous sommes tous parfaitement égaux. Je ne suis pas sûre d'aimer cela. Je me sens mal à l'aise. Peut-être que ma cuisinière ira le voir, pour lui raconter des histoires sur moi, pour lui dire que je l'ai traitée de tous les noms, que je l'ai injuriée à travers le passe-plat! Je mets les mains sur mon visage, je fonds en larmes et je l'entends faire des bruits apaisants.

J'envie ce prêtre bien à l'abri derrière son voile. Il passe son temps à écouter les autres énoncer leurs fautes humaines, dont il est totalement exempt. Moi-même, j'ai failli devenir prêtre. Je le lui dis.

« Je le sais, ma fille, tu me l'as déjà dit. Ce qui m'échappe, c'est la raison qui t'a poussée à ne pas te faire ordonner. »

Je lui réponds que cela m'échappe à moi aussi, j'essaie de me souvenir. Si j'avais été un homme, je serais sans doute allée jusqu'au bout mais être ordonnée, pour une femme, cela pose encore des problèmes. Rien qu'en pensant au séminaire, avec quatre-vingt-dix, ou plutôt cent pour cent d'apprentis prêtres, je me sentais mal à l'aise. Je n'aurais pas été capable de me battre comme il aurait fallu le faire. « Je n'aime pas me battre, mon Père. »

Il m'approuve, et cela ne me plaît pas tellement. « Non. Si tu aimais te battre, tu ne serais pas ici, je suppose? » De nouveau, l'inquiétude me gagne : suis-je tout simplement en train de fuir? J'ai fait le choix de vivre ici, au fin fond de l'Univers, pour m'occuper du Vortex; je suis littéralement au bout du monde. Je libère toutes mes incertitudes en sachant qu'il me rassurera et me comprendra, comme d'habitude.

Pour me rassurer, il veut me calmer, m'apaiser, se montrer conciliant, mais il en fait trop. Bon sang, y a-t-il seulement quelqu'un derrière ce voile? J'ai envie de l'arracher, de voir le visage du prêtre, son visage humain, ou au moins être sûre qu'il ne s'agit que d'une banale console électronique programmée pour me rassurer et me tourner en ridicule par la même occasion. Mon bras est déjà tendu, mais je le rabaisse. En fait, je ne tiens pas vraiment à savoir. Ils n'ont qu'à se moquer de moi si c'est réellement le cas, s'il y a sur terre un prêtre en train de m'écouter à tous ces kilomètres et ces mégakilomètres de distance. Tant mieux, si ça les fait rire. Ils le méritent bien, si leurs programmeurs sont assez doués pour me permettre de puiser dans une voix lointaine et inconnue sympathie et réconfort.

*Tout ce que nous faisons, nous le faisons pour que vous puissiez vivre sans perdre la raison...* « Je crois, mon Père, que je me sens... je me sens un peu seule. Mes rêves recommencent. »

« C'est parfaitement naturel », me répond-il d'un ton apaisant, et je sais qu'il va faire en sorte que Julian me rende visite. Ce qui ne se produit pas très souvent. Aussitôt je baisse la tête, je rougis, je n'ose pas le regarder; mais c'est tout de même moins gênant ainsi que si je devais moi-même prendre l'initiative, sans l'aide de personne. Cela tient sans doute à mon côté solitaire, mais s'il y a une chose que je ne pourrais pas supporter, ce serait d'appeler Julian directement en risquant d'essuyer une rebuffade ou un non catégorique, Oh, je n'ai jamais prétendu être parfaitement adaptée. Une personne parfaitement adaptée serait incapable de survivre ici, au bout de l'univers. Si ça se trouve, sur terre, je n'aurais même pas eu de vie sentimentale, je suis trop farouche. Mais ici, on pourvoit à tous mes besoins. Y compris celui-ci, que je négligerais sans doute si j'étais livrée à moi-même.

*Ego te absolvo.*

Je m'agenouille brièvement pour dire ma pénitence en sachant très bien que ce rituel est idiot. Réconfortant, mais idiot. Il me rappelle que demain, je dois être à l'écoute : il dira la messe pour moi. Une fois de plus, je suis persuadée qu'il n'y a personne, que c'est un programme de l'ordinateur.

Sinon, comment expliquer que nous ne nous rassemblions jamais comme doivent le faire les communautés chrétiennes? A moins que l'incapacité à tolérer la présence des autres ne soit notre point commun!

Mais maintenant, je me sens apaisée, réconfortée; entre les sprinklers automatiques, je traverse le petit bout de jardin dont mon jardinier personnel s'occupe avec tant de soin. J'aperçois l'ombre d'un mouvement dans l'air, comme un reflet lointain, comme s'il y avait quelqu'un dans le jardin; mais personne n'est censé se trouver là à cette heure-ci et je m'empresse de regarder ailleurs.

Pourtant c'est rassurant de ne pas être seule et je lance un grand *bonjour!* à l'invisible image; une curieuse crispation m'étreint le ventre tandis que je m'interroge : *est-ce Julian?* Je le vois si peu, à l'exception des rares fois où il vient me retrouver dans la pénombre de ma chambre. Je ne sais même pas exactement ce qu'il fait ici. Nous parlons rarement de son travail; il y a mieux à faire. En y pensant, en pensant que je vais peut-être le revoir dans très peu de temps, je me mets à frissonner, je serre les cuisses. Mais j'ai une journée de labeur devant moi, et voici que le deuxième lever illumine le ciel et sème des reflets éclatants que mes yeux évitent... *ne regarde jamais les miroirs...* Je me hisse dans le siège qui va me conduire à la Roue, là où se trouve le Vortex.

A être ainsi catapultée en hauteur vers cette étrange effervescence incolore, on éprouve un sentiment grisant. Il y a déjà un vaisseau en attente. Il m'attend, *moi*, il attend que le Vortex s'ouvre. Toute cette puissance... cette chaleur, cette fusion, cette énergie pure qui m'attendent, *moi!* C'est ma petite dose quotidienne de mégalomanie; j'enfonce le bouton de communication.

« Ici, Sortie. Faites-vous connaître : nom et société. »

Cela fait toujours un choc d'entendre une voix de l'extérieur, une voix vraiment bizarre. Mais je consigne la voix du commandant, le nom et le numéro de registre, pour que l'on puisse, par la suite, faire les vérifications nécessaires avec Entrée, mon équivalent à l'autre extrémité du Vortex – ce qui n'est qu'une manière de parler. Evidemment, lorsqu'on a affaire au Vortex, Proche et Lointain, Ici et Là, ou Avant et Après sont des mots sans la moindre signification. Sur l'un des miroirs de la Roue, j'entrevois ma technicienne qui attend et je me renfonce dans mon siège en l'écoutant pianoter les coordonnées comme un staccato nerveux. Elle et moi n'avons rien à nous dire. En fait, je crois que cette fille n'a qu'un seul sujet d'intérêt : les mathématiques. Je flotte, je me regarde dans le miroir, j'entends le commandant du vaisseau discuter et cela m'irrite. De quel droit se permet-il de discuter? J'ai horreur qu'on manque de respect envers mon personnel. Je décide donc de prononcer le code qui met en branle l'étrange spirale non spatiale du Vortex, avec ses couleurs et ses tourbillons.

Tout cela, des ordinateurs pourraient bien entendu s'en charger.

Si je suis là, en fait, c'est presque uniquement pour presser une touche manuellement, au cas où elle resterait coincée. Depuis les premiers jours de l'équipement à commande télémétrique, les appareils ont toujours eu tendance à fonctionner de manière aléatoire... quand ils ne tombent pas carrément en panne. Cela fait deux cents ans maintenant que les stations du Vortex sont en service, et l'on s'est rendu compte qu'il était plus simple et plus économique d'assurer l'entretien de ces stations avec nos petites équipes de solitaires agoraphobes. Ainsi nous fournit-on cuisiniers, jardiniers et tout ce qui peut contribuer à notre confort moral et spirituel. Nous autres humains ne sommes que des programmes qui, tout bien considéré, ont l'avantage de ne pas tomber en panne aussi souvent que les mécanismes à entretien automatique les plus sophistiqués. De plus, quand cela nous arrive, les frais d'intervention demeurent raisonnables. Nous sommes donc là pour être à même, si une quelconque touche reste coincée, de la libérer avant qu'elle ne coûte plus cher à la galaxie que tous les frais de maintenance de Sortie sur une période de cinquante ans.

Je regarde tourbillonner le Vortex; mon expérience et mon jugement confirment les données des instruments. « Quand vous voudrez » leur dis-je. Ils ont bien reçu le signal, et l'insolite forme métallique du vaisseau s'enfonce dans le tourbillon du Vortex, devient informe, je le vois presque s'évanouir dans le néant amorphe pour réapparaître – en théorie, tout au moins – à la Station Entrée, à plusieurs centaines d'années-lumière d'ici. Ces vaisseaux vont-ils réellement quelque part? Je me le demande! Reviennent-ils jamais? Ils disparaissent lorsque j'appuie sur ces boutons, et je ne les revois plus. Est-ce que je les expédie dans l'oubli, ou vers leur véritable destination programmée? Je n'en sais rien. Et à dire vrai, ce n'est pas mon problème. En ce qui me concerne, ils peuvent très bien aller dans une autre dimension ou dans l'Enfer théologique.

Mais j'aime bien me trouver ici, dehors, sur la Roue. C'est la *vraie* solitude. En bas, sur Sortie, c'est la solitude mais au milieu d'autres personnes, même si je les vois rarement. Je me rends compte que je ne suis pas encore totalement remise de ma brève rencontre avec le jardinier, ce matin. Ils ne savent donc pas encore qu'ils n'ont rien à faire là quand je me promène dans les jardins? Mais j'ai l'impression que cette petite poussée d'adrénaline m'a fait du bien. Est-ce qu'ils font en sorte de me laisser entrevoir mes congénères humains aux seuls moments où j'ai *besoin* de ce genre d'excitation?

De retour à Sortie – il n'y aura pas d'autre vaisseau aujourd'hui – je retraverse le jardin sans me presser, j'admire le melon de premier choix que je suis en train de faire pousser sous cloche et, par l'interphone, j'avertis le jardinier qu'il ne doit pas y toucher tant que je n'aurai pas personnellement demandé qu'on me le serve à dîner. J'ai encore en mémoire la satisfaction que m'inspirait ce vaisseau marchand en attente, avec ses tentacules de métal plaqués silencieusement sur le noir de l'espace. Ce vaisseau qui m'attendait, qui attendait mon bon plaisir, à moi, la gardienne à la porte du vide, le Cerbère d'un nouvel enfer!

Le grade a ses privilèges. Lorsque je suis dans le jardin,

les autres se tiennent à l'écart, mais quand je suis fatiguée, je leur laisse le jardin et vais méditer longuement dans le calme de ma chambre. Je suis capable de supporter leur présence autour de moi, le jardinier soigne ses plantes comme s'il était une extension de mon esprit et moi, assise telle une petite araignée au milieu de sa toile, je contemple les autres au travail en me plongeant dans la méditation. Ma conscience se libère, mes rythmes alpha s'amplifient, je disparais...

Un peu plus tard, en attendant mon dîner, je me demande quel genre de femme peut vouloir être cuisinière sur une Station Sortie. Je suis parfaitement capable de cuisiner, il m'est arrivé de faire moi-même la cuisine et je suis un vrai cordon-bleu, mais jamais je n'aurais accepté ce genre d'emploi. Est-elle entièrement dépourvue d'ambition? Je la vois rarement. Nous n'avons pas grand-chose en commun : qu'est-ce que je pourrais dire à une femme pareille? Je patiente, je flotte, telle l'araignée au milieu de sa toile, et je m'aperçois que je peux me la représenter en train d'effectuer les petits gestes de son rituel sécurisant : hachant les légumes frais que j'ai soupesés ce matin au jardin, chauffant les plats, toutes ces petites choses ridicules qui calment l'esprit. Mais passer toute sa vie à faire ça? Cette femme doit être folle.

Quand j'émerge de ma transe méditative, mon dîner m'attend. Je la remercie et je mange. La nourriture est bonne, comme toujours, mais les plats sont trop chauds et j'ai trouvé le moyen de me brûler la main. Mais cela n'a pas d'importance : ce soir ne sera pas un soir comme les autres. Je fais traîner le repas et je me délecte d'avance, en écoutant une de mes bandes d'opéra, perdue dans une vague rêverie romantique. Ce soir, Julian vient me voir.

Parfois, je me demande pourquoi on ne nous permet pas de nous voir plus souvent. Après tout, s'il tient à moi autant qu'il le dit, il serait logique que nous nous rencontrions de temps à autre, au hasard de nos déplacements, pour parler de notre travail. Mais je suis sûre que Psycho a raison et qu'il vaut mieux pour nous que nous ne nous voyions pas trop souvent. Sur terre, si nous nous lassions de nous voir, nous pourrions chacun trouver quelqu'un d'autre. Mais ici, il n'y a *personne* d'autre, ni pour lui ni pour moi. Une phrase venue de nulle part dérive dans ma tête, *chaînes de suggestion mnémonique,* tandis que je règle les commandes qui lui permettront de se glisser, seul et silencieux, dans ma chambre quand je serai au lit.

Il est venu et il est reparti.

J'ignore pourquoi le règlement est ainsi fait. Peut-être pour nous empêcher de nous quereller, pour éviter les tragédies qu'ont connues les stations du Vortex, au début. Peut-être tout bonnement pour que nous ne nous lassions pas l'un de l'autre. Comme si je pouvais me lasser de Julian! Pour moi, il est parfait, jusqu'à son nom. J'ai toujours pensé que Julian était le prénom idéal pour un homme et Julian, *mon* Julian, mon amant, est l'homme parfait correspondant à ce prénom idéal. Alors comment se fait-il que nous ne puissions pas nous voir plus souvent? Pourquoi faut-il toujours que nous nous rencontrions ainsi, en silence et dans le noir?

Alanguie, satisfaite, épuisée, je rêvasse en me demandant si quelque obscur mystère de mon Psycho-profil intérieur fait que l'un de nous nourrit en son subconscient le désir du vieux mythe de Psyché qui ne pouvait retenir son amant Eros qu'à la condition de ne jamais voir son visage? Je l'entr'aperçois dans la glace : des traits brumeux que je ne peux jamais distinguer nettement par-dessus mon épaule, mais je sais qu'il est beau.

Je suis si sensible aux humeurs de Julian que j'ai parfois l'impression que mon amour fait naître en moi des sens spéciaux – que je suis en train de devenir télépathe, par exemple, rien que pour lui. Quand nos corps se rejoignent, on dirait souvent que mon esprit ne fait qu'un avec le sien. Sinon, comment expliquer qu'au simple contact de sa peau, je ressente aussi bien ce qu'il ressent, que sa tendresse et son dévouement me procurent un tel sentiment de sécurité absolue? Sinon, comment pourrait-il ainsi connaître à la perfection les désirs profonds de mon corps, que j'ai moi-même du mal à exprimer, et que j'aurais peur ou honte d'avouer à haute voix? Mais il les connaît, lui, il les connaît toujours, et il me laisse comblée, totalement épuisée. Ce que je voudrais, et je le souhaite tellement que j'en ai parfois mal, c'est que les règles dont nous dépendons ici l'autorisent à rester dans mes bras toute la nuit, que je puisse me sentir serrée, dorlotée, réconfortée face à cette immense et vaste solitude, qu'il puisse me prendre dans ses bras, que nous puissions parfois boire un verre ensemble, ou dîner. Pourquoi pas?

Une pensée horrible me traverse l'esprit. Tout le reste, on me le donne. Ma cuisinière personnelle. Mon jardinier personnel. Ma technicienne. Mon prêtre personnel.

Mon prostitué personnel!

Je ne peux pas y croire. Non, non, non. Je n'en crois rien. Julian m'aime, et je l'aime. D'ailleurs, cela cadrerait mal avec la conscience puritaine de nos législateurs. Non, je ne vois pas comment ils pourraient s'y prendre, comment ils justifieraient ça sur les bordereaux de commande : *Prostitué, sexe masculin, un, Programmeur de Sortie, usage personnel.* Non, une chose pareille ne pourrait pas se produire. Ils ont sans doute embauché un technicien en fonction de sa compatibilité sexuelle avec moi, déterminée par Psycho-profil. Ce qui n'est déjà pas rien.

Et voici qu'il me vient une idée encore plus affreuse. Est-il possible.. oh, Dieu, non!... que Julian, *mon* Julian, soit un androïde?

Je sais que certains ont été conçus grâce à des programmes sexuels extrêmement sophistiqués. J'en ai vu dans les publicités des catalogues qu'on feuilletait pour s'amuser, entre filles, quand j'étais jeune. Je suis malade de terreur en pensant qu'au cours des transes de conditionnement dont on a effacé toute trace dans ma mémoire, j'ai livré tous mes rêves secrets, mes désirs et mes fantasmes sexuels qu'ils ont peut-être ensuite programmés dans l'ordinateur d'un androïde pour obtenir... Julian.

Ou alors, il s'agit peut-être d'un androïde polyvalent? Une simple machine, à la fois utile et économique. Peut-être ce jardinier, que j'aperçois parfois, de loin, comme un hologramme! Bien sûr, il pourrait être le jardinier... quoique les rares fois où je l'ai entrevu, j'aie eu l'impression qu'il s'agissait d'une femme. Comment savoir avec ces combinaisons uniformes, unisexes, que nous portons ? Et sur les bordereaux de commande, ça passerait mieux : *Androïde, une multiprogrammes, Station Sortie, divers.* Et un programme sexuel spécial qui ne représenterait qu'une simple note dans les archives du Psycho. Rien qui puisse mettre qui que ce soit dans l'embarras – à l'exception de l'intéressée, bien entendu. Mais je ne suis pas censée être au courant. Rien qu'une machine parmi toutes celles que compte la Station. Destinée à l'entretien de la Station. Et à l'entretien du Programmeur de Station. Une machine bien huilée. Oh, ça oui. Mon Dieu !

Dans l'immédiat, je n'ai pas le temps de broyer du noir à propos de Julian, de ce qu'il est, ou de mes frustrations et de mes craintes. Impossible de confier mes soucis à ce prêtre électronique, si tant est qu'il ne s'agisse que d'un ordinateur évolué, d'un prêtre-psychiatre mécanique ! C'est peut-être un autre androïde ? Ou le même androïde avec un programme différent ? Prêtre ou prostitué, selon le réglage d'un simple bouton ? Suis-je ici seule en compagnie d'un androïde polyvalent pourvoyant à tous mes besoins ? Ce n'est pas le moment de songer à ça. Il y a là dehors un vaisseau qui m'attend et, tandis que je monte vers la Roue, mes instruments me disent que ce vaisseau a des problèmes.

Ces indices, cette crainte de devenir folle ne sont peut-être que les signes du développement d'un potentiel télépathique; je n'ai jamais cru avoir – ne fût-ce que potentiellement – des dons de perception extra-sensorielle, et pourtant je sais pratiquement tout ce que ma technicienne a dit au commandant du vaisseau. Je n'ai pas tout compris, bien entendu, n'ayant aucun talent pour tout ce qui est technique. Ma spécialité, ce sont les fonctions de direction, d'encadrement. J'ai déjà du mal à m'en sortir lorsqu'il s'agit de donner les tarifs avec ma petite calculatrice de poche pour les vaisseaux que j'expédie dans le Vortex. J'ai dit au Central, en plaisantant, qu'on devrait m'envoyer un comptable, mais qu'ils étaient trop radins pour accepter. Je n'ai pas saisi toutes les paroles de la technicienne, mais quand j'ai lu le rapport qu'elle m'a laissé, j'ai compris que si le vaisseau pénétrait dans le Vortex dans cet état-là, il risquait de n'en jamais sortir. Pire : cela pouvait créer des anomalies spatiales susceptibles de perturber les champs pour les autres vaisseaux et d'endommager sérieusement le Vortex. Je sais donc qu'ils n'oseront pas franchir ce passage, mais je ne parviens pas à suivre les coordonnées précises de la manœuvre et je me sens idiote. A l'école préparatoire, j'avais obtenu d'excellentes notes dans toutes les matières, y compris le sens mathématique. Mais finalement, je me suis retrouvée sans aucun talent technique. Comment cela a-t-il pu se produire?

Plus tard, j'ai l'occasion de rendre visite au commandant par écrans interposés. C'est un homme jeune, de haute taille, à la voix discrète, avec un sourire curieusement crispé. Et il me pose une question curieuse.

« C'est vous, le Programmeur? Vous êtes des clones? »

« Non, absolument pas » lui dis-je, et je lui demande pourquoi.

« La technicienne – elle vous ressemble beaucoup. Pour le reste, il est vrai que vous êtes bien différentes. Elle ne pense qu'à son travail; c'est dommage, une femme aussi jeune, aussi jolie! J'ai eu toutes les peines du monde à lui faire dire un mot aimable! »

Je lui dis que je suis fille unique. Pour un travail de ce genre, c'est l'idéal : par nature, on reste isolé au milieu des groupes habituels. Un enfant élevé au milieu d'une nichée, soumis aux pressions de ses frères et sœurs, de ses camarades du même âge, finit par se tourner vers l'extérieur, vers les autres; il dépend de leurs opinions, de leur approbation et n'a pas en lui les ressources permettant de tolérer la solitude, cette solitude qui est pour moi le souffle de la vie. Je suis même un peu vexée. « Je ne vois pas la moindre ressemblance entre nous deux », lui dis-je. Il hoche la tête et avec diplomatie déclare qu'il a peut-être été induit en erreur par une similarité de taille et de teint.

« Quoi qu'il en soit, elle ne m'a pas plu; je l'ai trouvée agressive et tatillonne – on aurait dit que c'était de ma faute si le vaisseau était insuffisamment équipé! Vous, vous êtes *vraiment* beaucoup plus agréable! »

Et voilà! Comme il se doit, c'est moi qui ai le loisir de réfléchir et de faire la conversation : ma technicienne n'est pas du genre à perdre son temps à bavarder, voyons! Alors nous discutons, et l'entretien prend même un tour assez galant. Je m'en rends parfaitement compte; je pose et je fais des grâces, je laisse ma facette féline prendre le dessus et finalement, je prends le risque d'accepter de lui rendre visite à bord de son vaisseau.

C'est si bizarre de m'imaginer avec quelqu'un qui n'a pas été soigneusement Psycho-profilé pour m'être agréable! Bien entendu, rien dans le règlement ne s'y oppose; peut-être pensent-ils que notre amour de la solitude nous tiendra à l'écart, comme cela a toujours été le cas pour moi. Tu es tout de même le bienvenu, étranger! Mais quand je franchis le sas, je reste bouche bée : ces visages inconnus, ces odeurs curieuses, la biochimie particulière de l'étrange vie masculine. On dit que les hommes produisent des hormones analogues aux phéromones des espèces inférieures qu'ils ne peuvent déceler entre eux et que seules les femmes sentent, chimiquement parlant. Je le crois, c'est vrai, le vaisseau empeste le mâle. Conduite dans une cabine pour pouvoir me changer, j'évite le miroir. *Ne regarde jamais dans une glace, sauf... sauf...* pourquoi le Psycho m'a-t-il inculqué cet interdit? Il faut que je voie si mes cheveux sont coiffés, s'il n'y a pas de graisse sur ma combinaison. Courageusement, je regarde quand même le miroir : aussitôt j'ai la tête qui tourne et mon regard se porte ailleurs.

*La peur, la peur de ce que je risque de voir, mon visage dissous, mon identité perdue... étrangère, pas moi, inconnue...*

Un verre à la main, flatteries et compliments; je m'aperçois qu'après une longue période d'isolement, j'ai très envie de tout cela. Bien sûr, je suis égoïste et vaniteuse, c'est une nécessité professionnelle, tout comme ma petite dose quotidienne de mégalomanie. Je l'accepte, et je me délecte à observer le comportement social des autres lorsqu'il s'agit vraiment d'*inconnus*, pas d'éléments programmés en fonction de mes besoins et désirs personnels. Oui, je sais que j'ai besoin d'être seule, et pourquoi, mais je connais aussi trop bien le visage affreux de la solitude. Mes compagnes et ce compagnon soigneusement sélectionnés sont tellement taillés à la mesure de ma personnalité qu'en leur parlant, j'ai l'impression de...

*...de parler à moi-même, de regarder dans une glace...*

Deux verres m'aident à me détendre, à me laisser aller. Je connais tous les dangers de l'alcool, mais ce soir, l'heure est au défi : le commandant et moi ne sommes plus en service, rien ne nous oblige à être vigilants. Je ne tarde pas à sentir ses mains s'attarder sur moi; il me caresse et m'émoustille comme Julian lors de ses premières visites. Je m'abandonne à ses baisers et quand survient l'inévitable question, je me raidis un instant avant de hausser les épaules en me disant : *Après tout, pourquoi pas?* J'aime son contact et je chasse Julian de mes pensées : il a lui-même été ajusté, taillé, programmé trop méticuleusement d'après ma personnalité. Un soupçon de rugosité aide peut-être à modifier la morne succession des jours, à créer ce *quelque chose d'autre* dont l'amour ne peut se passer. Ce quelque chose, c'est peut-être ce qui me manquait; Julian a été sélectionné et Psycho-profilé trop soigneusement en fonction de moi.

Lorsqu'en amour votre partenaire vous ressemble trop, il n'y a pas cette *fusion* nécessaire et bienfaisante. Même l'amibe qui se sépare et reproduit à l'infini des copies parfaites de sa conscience et de sa personnalité ressent de temps à autre le besoin de fusionner, d'échanger avec une *autre* son propre protoplasme et sa matière cellulaire. Une trop grande similarité, même si celle-ci est nécessaire, est mortelle et réduit l'amour à une sorte de masturbation élaborée et rituelle. C'est bon d'être touchée par un *autre.*

Puis nous nous rendons dans sa cabine, et nos corps s'unissent précipitamment dans une lutte inélégante au plus fort de laquelle il éructe, comme paralysé par la surprise : « Mais comment *peux*-tu être aussi inexpérimentée...? » Sur quoi, voyant et sentant mon désarroi, il retrouve sa douceur et, en guise d'excuse, me dit qu'il avait oublié que j'étais aussi jeune. Je suis confuse et désemparée : *moi,* inexpérimentée? Voilà de quoi m'aiguillonner. Je rivalise de passion, en faisant preuve d'intelligence et de tact et, tolérant l'inconfort et la singularité, je pense à Julian de toutes mes forces. C'est bien fait pour moi, je n'aurais pas dû le tromper. Le Psycho avait raison, Julian est exactement ce dont j'ai besoin et, tandis que le commandant et moi sommes étendus côte à côte, gorgés d'affection et de bien-être, je sais déjà que je ne renouvellerai pas ce genre d'expérience. Le règlement est bien conçu. Rentrer à la Station, retrouver mes quartiers, oublier tout ce qui vient de se passer dans le sommeil... *la maladresse, la lutte ressemblant à un viol...* non, je ne recommencerai pas, je sais à présent pourquoi c'est interdit. Je ne crois même pas que je me confesserai au prêtre, j'ai déjà fait ma pénitence. Enfouir tout cela dans quelque recoin inaccessible de mon esprit, où reposent les coups et les humiliations de la mémoire.

Comme une épave portée par les flots de mon esprit après la vaste amnésie du programme d'entraînement, alors que j'essaie d'oublier – ce conditionnement à jamais effacé de notre mémoire : je suis jugée apte à occuper ce poste, parce que je me dissocie avec une rapidité anormale...

Le lendemain matin, au premier lever, je n'attends même pas le petit déjeuner pour me rendre à la Roue; les réparations sont faites et ils ne veulent pas perdre de temps. Le commandant veut me parler, mais je le laisse s'adresser à la technicienne et je le regarde de loin. Je ne veux pas revoir son visage, je ne veux plus jamais voir, sur un visage, ce mélange de tendresse, de pitié... et de mépris.

Je suis contente de voir leur vaisseau se dissoudre dans le Vortex insondable et informe. Peu m'importe de savoir si les réparations ont été correctement effectuées, s'ils vont se perdre quelque part à l'intérieur du Vortex et ne jamais revenir. En regardant leur silhouette disparaître, je vois un visage se dissoudre dans une glace, je suis prise d'agitation et j'ai peur, j'ai peur... ils n'appartiennent pas à mon univers, je les ai vus partir, je les ai peut-être détruits. Je me dis que c'eût été très facile, que j'aurais été très contente si ma technicienne leur avait donné le mauvais programme et s'ils s'étaient évaporés dans le Vortex pour ressortir... nulle part. Tout comme j'ai détruit le reste, moi exceptée.

Pour moi, Julian a également été détruit...

Peut-être n'y a-t-il rien au-dehors, pas de vaisseau, pas de Vortex, rien. Tout pénètre dans l'esprit humain par le filtre du moi, mon prêtre créé pour absoudre un moi qui n'est pas là, ou un prêtre qui n'a jamais existé? Peut-être n'y a-t-il rien là dehors, peut-être ai-je tout créé à partir de désirs inconscients, le prêtre, le vaisseau, le Vortex, peut-être suis-je toujours couchée, sur Terre, en train de subir les transes du conditionnement, inventant des personnages capables de me secourir pour surmonter l'angoisse de la solitude. Peut-être ces personnes que je vois, mais jamais nettement, sont-elles toutes des androïdes, ou des fantasmes nés de ma folie et de mes désirs intérieurs... De nouveau, une phrase vient flotter au hasard dans mon esprit, *toujours le danger du solipsisme chez le dissociateur, le sentiment que lui seul existe... constante préoccupation au sujet de son état est malsaine et nous profitons...*

Y a-t-il jamais eu un vaisseau là dehors? Est-ce mon cerveau qui l'a créé pour rompre l'immense monotonie de la solitude, cet isolement qui m'est en fin de compte insupportable! Serais-je allée jusqu'à imaginer le corps déplaisant du commandant vautré sur le mien?

*Ou est-ce Julian que j'ai créé, mes propres mains sur mon propre corps, fantasme... une image à demi éclairée dans un miroir...*

La terrible solitude, la solitude dont j'ai besoin et que je ne puis cependant endurer, la solitude qui a pour nom folie. Et pourtant, j'ai besoin de cette solitude pour ne pas les tuer tous, je pourrais très bien les massacrer comme les premières stations du Vortex se sont massacrées entre elles – ou ne s'agirait-il que d'un suicide, s'il ne reste que moi ?

Est-ce qu'autour de moi, le cosmos entier – étoiles, galaxies, Vortex – n'est qu'une émanation de mon propre cerveau ? Si c'est le cas, je peux le détruire aussi aisément que je l'ai bâti : d'une seule pensée. Je peux m'emparer du couteau à viande de ma cuisinière, me le plonger dans la gorge et toutes les étoiles disparaîtront avec tout l'univers. Qu'est-ce que je fais dans la cuisine... le couteau de la cuisinière à la main... alors que je n'y mets jamais les pieds ? Elle ne sera pas contente : je n'ai pas à me mêler de ses affaires, tout comme elle ne se mêle pas des miennes. Je lance un mot d'excuse et m'en vais. Mais n'est-ce pas ridicule, ne suis-je pas en train de présenter des excuses, pour abus d'autorité, à moi-même ? Je n'ai pas eu de petit déjeuner. A cette heure-ci, vers le troisième lever, la cuisinière prépare toujours – je prépare toujours – le petit déjeuner. Je médite pendant qu'on me prépare le petit déjeuner et on me le sert sur un plateau, face au miroir dont j'émerge... je suis l'autre, celle qui a le loisir de méditer et de réfléchir – celle qui dirige, celle qui crée, je suis Dieu créant tous ces univers à l'intérieur comme à l'extérieur de mon esprit... Prise de vertiges, je m'accroche au miroir, le couteau glisse, mon visage se dissout, ma main saigne et tous les univers oscillent et tournoient sur leurs axes cosmiques, le visage dans la glace ordonne avec la voix du Père Nicolas : « Va méditer, ma fille. »

« Non ! Non ! » Je refuse d'être mise une nouvelle fois sous tranquillisants, d'être le jouet...

« Contrôle prioritaire ! » Une voix dont je ne me souviens pas. « Va méditer, méditer... » *Méditer, méditer...*

Pareille au branle d'une gigantesque cloche, imposante et surgissant des profondeurs – la voix de Dieu. Je médite en regardant mon visage fondre et s'altérer...

*Rien d'étonnant si je suis capable de lire dans l'esprit de la technicienne : la technicienne, c'est moi...*

*Il n'y a personne ici. Il n'y a jamais eu personne.*

Rien que moi, et je suis tout, je suis le Dieu, qui fait et

défait tous les univers, je suis Brahma, je suis le Cosmos et le Vortex, je suis l'éclaircissement progressif...

*... progressif de l'esprit...*

Je me traîne jusqu'à la chapelle pendant que dans mon esprit se dissolvent des images comme le visage de la cuisinière avec le couteau. Je pénètre dans le confessionnal, ce confessionnal dont j'ai toujours su qu'il était vide, je larmoie une prière à l'adresse de l'auteur absent. *Oh, Dieu, s'il existe un Dieu, faites qu'il existe un Dieu, faites qu'il y ait quelqu'un ici... si Dieu n'est pas qu'une simple émanation de mon esprit...*

Et la lente dissolution dans le miroir, la voix du prêtre murmurant des choses apaisantes que je n'entends pas réellement, le miroir alors que mon esprit se dissout, la voix du prêtre apaisante et calme, ma propre voix qui pleure, implore, sanglote, supplie...

Mais ses paroles ne veulent rien dire, elles ne sont qu'un fragment de ma propre désagrégation, je veux mourir, je veux mourir, je suis en train de mourir, j'ai disparu, nulle part...

*Le phénomène de l'attention sélective, autrefois appelé hypnose, un état de fuite ou de dissociation auto-provoqué, une hystérie dissociationnelle parfois assimilée à la personnalité multiple quand les chaînes mémorielles fragmentées et les jeux de personnalité s'organisent pour former une conscience différente. Il y a toujours le danger du solipsisme, mais la personnalité se défend grâce à des mécanismes de protection extraordinairement complexes. Par exemple, bien que nous sachions qu'elle avait fait un court séjour dans un séminaire, nous n'avions pas prévu ce prêtre...*

« *Ego te absolvo.* Dis un bon acte de contrition, ma fille. »

Je murmure les mots rituels idiots et rassurants. Il me dit gentiment : « Va méditer, ma fille, tu te sentiras mieux. »

Il a raison. Il a toujours raison. Parfois, je me dis que le Père Nicolas est ma conscience. Telle est, bien entendu, la fonction d'un prêtre. Je médite. Toutes les terreurs se dissolvent tandis que je médite, assise sans bouger, tissant les fils de la toile au centre de laquelle je me tiens, heureuse, consciente de tous les autres qui se déplacent autour de moi. Je dois être en train de développer des dons de perception extra-sensorielle, il n'y a pas d'autre explication car, pendant que je médite tranquillement, assise au milieu de la chapelle, les apaisantes vibrations du jardin glissent entre mes doigts... dehors mon jardinier travaille en silence, avec calme et détachement, dans mon jardin où il cultive des choses délicieuses pour mon dîner. Je les aime tous, tous mes amis ici présents, ils sont si gentils avec moi, protégeant ma précieuse solitude et mon intimité. Comme je suis incapable de cuisiner les choses merveilleuses qu'il fait pousser, je reste assise et profite de ma chère solitude, pendant que ma cuisinière crée toutes sortes de plats délicieux pour mon dîner. Elle est si bonne pour moi, c'est vraiment une femme adorable, mais je sais que je n'aurais absolument rien à dire à une femme pareille. J'émerge de ma méditation et trouve mon dîner sur son plateau. Comme le jour a passé vite, le septième lever cède déjà la place au septième midi, il fait beaucoup plus clair, et bientôt les ténèbres seront de retour. Comme c'est bon! La nourriture de mon jardin personnel est fraîche et délicate; je remercie cette cuisinière qui passe tout son temps à me concocter des plats délicieux. Elle doit aussi avoir des dons de perception extra-sensorielle, mon melon de concours est sur le plateau, elle savait exactement de quoi j'avais envie après une journée pareille.

« Bonsoir, ma bonne cuisinière. Dieu te bénisse, bonsoir. »

Elle ne répond pas. Je sais qu'elle ne répondra pas, elle connaît les usages, mais je sais qu'elle entend et que mes compliments lui font plaisir.

« Dors bien, ma chérie, bonne nuit. »

En regagnant ma chambre dans la pénombre du huitième coucher, il me vient à l'esprit que je me sens parfois un peu seule ici. Mais j'accomplis une tâche importante et après tout, les gens du Psycho savaient ce qu'ils faisaient. Ils savaient que, par-dessus tout, j'ai besoin d'espace vital.

# L'affaire du tacot jetable

MACK REYNOLDS

Ce matin-là, je descendis fort tard de ma chambre, située au deuxième étage d'un vieil immeuble, au 918 de la 33e rue Ouest, à un jet de pierre de l'Hudson. J'étais resté debout la veille jusqu'à point d'heure, à jouer avec Saul et Lon, à un penny le point. Evidemment, aucun d'entre nous ne possédait le moindre penny, mais nos petits jeux de poker étaient une tradition bien établie et, qui plus est, m'évitaient de passer toutes mes soirées à regarder le Gros engloutir bière sur bière tout en dévorant de vieux livres de poche rongés aux mites qui présentent ses débuts de limier. De temps à autre, il a la fâcheuse manie de m'en lire à haute voix un passage choisi, en oubliant complètement que c'est moi qui les ai écrits. En ce moment il est plongé dans l'un des tout premiers, *L'affaire de la boîte rouge*, une histoire de crime qui, si mes souvenirs sont exacts – mais rien de moins sûr –, mettait en scène une prostituée aux cheveux blond-rose.

J'allai à la cuisine et demandai :

– Qu'avons-nous pour le petit déjeuner, Franz?

Il me regarda, et ses doux yeux de vieillard exprimaient toute la détresse du monde.

– Je voulais dire euh... Félix, Philippe, euh... bafouillai-je, non, non, ne me soufflez pas, je l'ai sur le bout de la langue...

– Il y a de la panade, le Chauve, éructa-t-il.

– De la panade? Encore? Et le jus d'orange, les muffins

anglais, les crêpes au miel de thym d'Olympie, les saucisses paysannes, les œufs au beurre noir, que sont-ils devenus?

Il poussa un soupir à vous fendre l'âme, avant de répondre :

– Voyons, le Chauve, vous savez parfaitement que quatre vieux types dispensés d'impôts sur le revenu ne peuvent s'offrir de tels luxes, même en mettant leurs ressources en commun.

Il poussa un nouveau soupir.

– Et puis, où trouver les ingrédients?

Il jeta un regard désolé au sac en papier qu'il tenait à la main.

– Vin déshydraté, *Beaujolais Grand Cru 88*, dit-il d'un ton plaintif en secouant la tête pour exprimer sa désapprobation. (Puis il ajouta :) Au déjeuner nous aurons des hamburgers de soja et, ce soir, du Libanais Escoffier.

– Du Libanais Escoffier? Diable! On dirait quelque chose à fumer plutôt que quelque chose à manger! Quels sont les ingrédients du Libanais Escoffier?

– Pour vous donner une petite idée, me confia-t-il, c'est aujourd'hui que je nettoie la cuisine.

C'est alors qu'on sonna à la porte d'entrée.

Avant d'ouvrir, je jetai un regard méfiant par le judas. Ils étaient trois, et ne ressemblaient pas à des encaisseurs professionnels. Leurs âges variaient entre quarante et cinquante ans, de vrais bébés. Je mis la chaîne de sécurité, entrouvris la porte de quelques centimètres, et dis :

– Vous vous trompez d'adresse. Vous êtes ici chez Caligula, euh... Je veux dire Tibère, ou plutôt... Claudius. Non, non, ne soufflez pas, je connais son nom par cœur. Voyons, c'est simple, c'est le nom d'un des premiers empereurs romains. Mmm...

Le plus âgé et le plus costaud des trois dit avec hauteur :

– Nous sommes bien chez le plus célèbre détective du siècle dernier, si je ne m'abuse?

– Abusez tant que vous voulez, du moment que ce n'est pas de moi, répondis-je, toujours méfiant. Tout ça, c'était au siècle dernier. Pour vous remettre dans le contexte, sachez que les trois derniers clients du patron ont fini sous la guillotine.

– La guillotine? s'exclama le plus jeune et le plus gringalet, est-ce avec cet instrument qu'on exécutait les condamnés à cette époque-là? Je ne suis pas tellement versé dans ce genre de choses, je vous l'avoue.

Il portait une barbichette parfaitement anachronique qu'il se mit à triturer, comme pour vérifier la véracité de son jugement.

– Pénurie d'électricité, lui expliquai-je. Quand on a remis en vigueur la peine de mort à l'usage des terroristes, on a laissé tomber la chaise électrique. Que voulez-vous! Il y a tant de terroristes, de nos jours! S'il fallait les électrocuter tous, ce serait perpétuellement le black-out.

Soudain une idée fulgurante germa dans mon esprit.

– Vous... Vous ne seriez pas des clients, par hasard? leur demandai-je avec un trémolo dans la voix.

– Bien sûr que si, répondit le petit boulot avec dégoût. Vous ne croyez tout de même pas que nous sommes là, à poireauter sur le seuil de ce taudis miteux, pour demander la charité, non?

Je leur ouvris la porte, non sans répondre :

– Nous ne pourrions même pas donner une poignée de graines au fonds des canaris nécessiteux.

Ils pénétrèrent à la queue leu leu dans le vestibule.

– Vos noms? leur demandai-je, redevenu strictement professionnel. Je vais prévenir le patron que vous sollicitez un rendez-vous.

– Un rendez-vous? s'exclama le grand costaud en détaillant le vestibule, remarquant évidemment le tapis usé jusqu'à la trame et le pied cassé du fauteuil. À quand remonte votre dernière affaire, mon vieux?

– Trois ans, lui répondis-je. Et elle a plus ou moins foiré. C'était dans le quartier, justement! J'avais même pensé en écrire l'histoire. Tiens! J'avais déjà trouvé le titre : *L'affaire des pigeons envolés.* Hélas, le patron a décidé de garder ses déductions pour lui. Question de relations, vous comprenez : c'était notre avocat, Nat Parker, qui arrondissait le contenu de son garde-manger.

Evidemment, à l'époque, il n'occupait pas encore son poste dans la nouvelle administration de Washington.

Ils ne parurent pas particulièrement intéressés, mais le petit gros remarqua néanmoins :

– Quelle nouvelle administration ? Nous ne sommes pas tellement au courant de la politique américaine, vous savez.

– L'administration du président Calley, le héros du Viêt-nam, lui expliquai-je patiemment. Lorsqu'on s'est finalement décidé à lui remettre la médaille d'honneur du Congrès, il a eu droit à une citation spéciale pour avoir tué plus de Vietnamiens qu'aucun autre combattant. Alors, naturellement, on l'a élu Président. Nat Parker est maintenant Secrétaire aux Pédés et aux Gouines, il règle toutes les questions concernant les homosexuels. Mais trêve de bavardage. Vos noms, Messieurs ?

Le plus âgé prit la parole.

– Je m'appelle Clarke. Voici M. Aldiss et M. Brunner.

– Prénoms ? m'enquis-je poliment.

– Nous nous prénommons tous les trois Charles. C'est de règle, en Angleterre, vous comprenez. Dans les pays islamiques, on baptise presque tous les garçons Mohammed; en Angleterre, on leur donne le prénom de Sa Majesté.

Je les poussai dans le bureau, au bout du vestibule, et ne pus m'empêcher de remarquer, de nouveau soupçonneux :

– Angliches, hein ?

– Citoyens britanniques, me reprit sèchement le porteur de bouc.

Une fois dans le bureau, je leur offris de s'asseoir en ces termes :

– Allez, les Charlots, prenez place.

Clarke élut le fauteuil de cuir rouge plus qu'éculé qui trônait au bout du bureau du Gros, Aldiss et Brunner se contentèrent de deux sièges jaunes de moindre splendeur.

Je m'excusai :

– Je n'ai malheureusement plus de montre. L'ai mise au clou l'année dernière. En général, le patron descend de la serre à onze heures. Cela ne devrait pas être trop long.

Brunner remonta sa manche droite et regarda son chronomètre.

– Normalement, d'un instant à l'autre, si vos dires sont exacts.

– Vous avez dit la « serre »? intervint Clarke.

– Ouais. Au dernier étage. Il cultive des pétunias. Avant, c'était d'autres fleurs, j'ai oublié leur nom. Mais elles étaient trop chères. Alors il s'est reconverti dans le pétunia. Il s'enferme là-haut tous les jours de neuf à onze avec Ted, le jardinier. Plus deux heures dans l'après-midi.

Mon esprit s'accrocha vaguement à ce détail.

– Je me suis souvent demandé ce qu'ils pouvaient bien faire, tous les deux, pendant tout ce temps. Surtout depuis que Ted se met du rouge au joue. C'est qu'il se fait vieux. Il n'est vraiment plus aussi mignon qu'avant.

Après avoir sorti un calepin et un stylo du tiroir de mon bureau, je lançai :

– Bon. En attendant, autant que je prenne quelques notes sur l'affaire. (Je me tournai vers Clarke.) Qui êtes-vous au juste, les Charlots?

Il croisa ses longues guibolles.

– Des savants, répondit-il en affectant une modestie qui ne passa pas la rampe.

– Des savants? répétai-je, incrédule. (Ces trois-là ressemblaient autant à des savants que l'Armée du Salut à un commando de parachutistes.)

– Réponse exacte, reprit Aldiss. Nous travaillons pour la Société des Moteurs Panne, dont le siège se trouve dans le Welfare (1) State Building.

Je pris note de ce détail, tout en me demandant distraitement si j'étais toujours capable de déchiffrer la sténo.

– Le Welfare State Building, dis-je. Où se trouve-t-il?

Brunner prit le relais non sans avoir au préalable tournicoté sa barbichette.

(1) *Welfare* : charité.

– A l'emplacement de l'ancien Empire State Building, celui que les terroristes ont fait sauter en 85.

Je dis, en essayant de ne pas avoir l'air trop chauvin :

– Vous me faites marcher! Ne me faites pas croire, dans un pays où 90% de la population a été réduite à l'Imposition Négative par l'automatisation quasi totale et par la mise sur ordinateur de la production, de la distribution, des communications, des transports et du reste, ne me faites pas croire qu'une compagnie d'automobiles se paie le luxe de faire venir ses employés d'Angleterre!

Clarke prit la parole.

– Comment pourraient-ils faire autrement, mon vieux? Voyons, laissez-moi vous expliquer. Sauf erreur de ma part, tout a commencé il y a un demi-siècle. Un jour, les Américains ont ouvert les yeux et se sont demandé : « Pourquoi don' qu'not Johnny y sait pas lire? » Voyez-vous, vos écoles primaires s'étaient mises à distribuer des diplômes à des enfants incapables de lire ou d'écrire. Dix ans plus tard, il en était de même des lycées. Et encore dix ans plus tard, on s'est aperçu qu'un diplôme universitaire n'offrait plus aucune garantie, et que celui qui en était nanti pouvait parfaitement être euh... comment dire? foncièrement illettré. C'est, je crois, l'expression que vous employez. C'est-à-dire totalement dépourvu des moindres notions de lecture, d'écriture et d'informatique nécessaires à l'adaptation du sujet dans une société de plus en plus complexe technologiquement. La plupart des gens, par exemple, étaient incapables de s'y retrouver dans leur carnet de chèques, de remplir un formulaire de demandeur d'emploi, de déchiffrer les étiquettes dans les supermarchés ou d'établir leur déclaration de revenus. Tenez, si je me souviens bien, en 1978 déjà, un scandale révéla que des centaines d'instituteurs étaient eux-mêmes totalement illettrés. On les accusa d'avoir obtenu leurs diplômes dans des conditions particulièrement douteuses.

Je remarquai, avec une pointe de nostalgie :

– Vous prétendez que là-bas, en Angleterre, un étudiant

de première année est capable de remplir sa déclaration de revenus?

– Surtout ceux qui font des études de comptabilité, dit Aldiss.

J'entendis alors une série de grincements, de grognements et de cliquetis : l'ascenseur descendait des serres. Je poussai intérieurement un soupir de soulagement. Que cet engin préhistorique tombe définitivement en panne, et jamais plus le Gros ne pourrait regagner sa chambre au bout du couloir du troisième étage, ni bien sûr sa serre bien-aimée.

La machine s'arrêta. Me parvint le bruit de la porte qu'on ouvrait, puis refermait violemment.

La barrique de bière qui marchait comme un homme fit son entrée, pour s'immobiliser aussitôt, fixant les intrus.

Je connaissais parfaitement les rouages de cet esprit naguère génial. Trois étrangers avaient pris son bureau d'assaut. S'il n'agissait pas avec une extrême prudence, il risquait de se retrouver très vite avec un boulot sur le dos. Pendant une fraction de seconde, je craignis qu'il ne décidât tout simplement de faire pivoter son auguste masse et de déguerpir. C'est l'un de ses trucs les plus enfantins, et le genre de comportement qui me rend sceptique quant à l'état de son cerveau.

– Archibald, marmonna-t-il, que signifie tout ceci? Est-ce encore l'une de vos tentatives pour m'empoisonner la vie?

– Non, Monsieur, me hâtai-je de répondre. Voici trois clients, Monsieur, qui désirent vous voir. Je vous présente MM. Aldiss, Brunner et Clarke. Prénom : Charlot, dans les trois cas.

– Charles! couina Aldiss.

Le Gros me fusilla du regard.

– Des clients? Ma parole! C'est moi que vous prenez pour un Charlot! Nous n'avons pas eu de client depuis des années.

– C'est un fait, Monsieur.

Il regarda successivement les trois lascars, haussa lentement les épaules d'un centimètre, puis les laissa retomber. Enfin il les gratifia d'un salut de la tête, qu'il courba d'environ deux centimètres, ce qui pour lui représentait quasiment une révérence.

– Messieurs, dis-je, je vous présente M. Coyote, euh... je veux dire Lobo, enfin, Wolfe, euh, non, Dingo, non, non, ne me soufflez pas...

Fatso me gratifia d'un nouveau regard glacé.

– Le Chauve, dit-il, votre esprit semble glisser chaque jour davantage vers le précipice de la sénilité. Je me rappelle l'heureuse époque où quelques cheveux agrémentaient le sommet de votre crâne. En ce temps-là, vous étiez parfaitement capable de mémoriser des informations telles que le nombre de buts marqués par Ty Cobb en 1910. Pourquoi? je ne le comprendrai jamais!

Il se traîna péniblement derrière son bureau, jusqu'au seul siège capable de soutenir son septième de tonne dans un confort relatif.

Il jeta un regard plein d'espoir au presse-papier qui trônait sur son bureau, un tronçon d'arbre fossile dont un certain Duggan s'était servi autrefois pour défoncer le crâne de sa femme. Mais non, il n'y avait pas de courrier. Ce n'était pas étonnant : le prix des timbres ayant atteint cent pseudo-dollars, qui aurait pu se permettre d'écrire des lettres?

Il pressa le bouton encastré dans son bureau. Un coup bref, un coup long : c'était le signal convenu pour se commander une bière à la cuisine.

Les trois Charlots le regardaient de tous leurs yeux, visiblement fascinés. Je devinais aisément ce qu'ils pensaient : cent quarante-cinq kilos de graisse et pas un gramme de muscle...

Franz, ou Félix, ou Dieu sait comment il s'appelait, fit son entrée, clopina jusqu'au bureau et y déposa un plateau chargé d'un quart de bière en container plastique et d'un verre. Après quoi il fit demi-tour et sortit, non sans avoir, de ses yeux fatigués, lancé un regard étonné aux trois clients. Si j'ai bien lu ses pensées, il était déjà en plein délire de grandeur, se voyant commander une demi-douzaine de pizzas congelées, et peut-être même un kilo de salami synthétique.

Le Gros farfouilla dans le tiroir de son bureau à la recherche du décapsuleur en or offert par un client reconnaissant, à l'époque bien lointaine où nous avions parfois des clients reconnaissants. Et il m'avait accusé de devenir gâteux! Sa mémoire était presque aussi mauvaise que la mienne.

– Vous l'avez vendu il y a cinq ans, dis-je.

Je me levai, pris le quart de bière, coinça le bouchon contre le coin du bureau et donnai un coup sec au goulot de plastique. La capsule sauta et un peu de mousse me dégoulina sur la main avant que je n'aie pu atteindre le verre.

Le patron avala une grande lampée, puis jeta à cette mixture un regard dégoûté en grognant :

– De nos jours, impossible de reconnaître une Schiltz d'une Shinola.

Il se renversa en arrière, ferma à demi les yeux et croisa les mains sur son demi-hectare d'estomac; une position qu'il affectionnait tout particulièrement car elle lui donnait l'illusion qu'il possédait encore toutes ses facultés mentales. Il dit enfin, une imperceptible nuance d'espoir dans la voix :

– Voyons, Messieurs, si vous désirez consulter un détective privé, pourquoi ne pas vous adresser à Pinkerton, Dol Bonner, ou même...

Clarke répondit :

– Parce que, d'après l'annuaire, vous êtes le seul détective privé à posséder encore une licence.

– Pfuit! fit le Gros.

Il pointa un doigt dans ma direction.

– Le Chauve, que signifie cette plaisanterie? Ne me dites pas que nous sommes les seuls à être suffisamment bêtes pour continuer à payer la cotisation!

– J'ignorais que nous fussions toujours détenteurs d'une licence, Monsieur, répondis-je. Ils sont si inefficaces, de nos jours, dans l'administration qu'ils ont sans doute négligé de la suspendre.

Et, me tournant vers nos clients :

– Faut vous dire, les Charlots, que le créneau de la profession, de nos jours, est vachement limité. Avant, on faisait surtout des divorces, mais plus personne ne se marie à présent. Il y avait aussi les vols, mais depuis l'institution de la Carte de Crédit Universelle, il n'y a plus d'argent à voler et, bien sûr, personne ne peut dépenser vos crédits à votre place, hein ? Alors le vol ne paie plus. Certaines grandes agences comme Pinkerton ou Burns avaient bien trouvé un truc : elles fournissaient des gardes, des patrouilles de rigolos qui se chargeaient des sales boulots, comme briser les grèves, par exemple. Seulement des grèves, y'en a pas, puisque personne ne travaille plus. Nous, nous étions spécialisés dans le meurtre, mais depuis la création du Parti de la Mafia, la définition de l'homicide est devenue si élastique qu'aucun détective ne se voit plus confier d'affaires de meurtre.

– Notre problème n'entre dans aucune de ces catégories, intervint Clarke d'un ton pincé.

– Je n'en doute pas, murmura le Gros.

Il ferma les yeux, mais sans se renverser en arrière; par conséquent, il n'était pas en train de réfléchir mais de souffrir, tout simplement. Probablement à la pensée qu'il n'arriverait pas à trouver une excuse pour refuser de travailler. Ses lèvres se crispèrent. Elles se contractèrent une bonne douzaine de fois avant qu'il n'ouvrît les yeux pour prendre enfin la parole :

– Messieurs, dit-il, il est connu que, confronté à une bande d'idiots prétentieux qui me débitent des fadaises, je réagis systématiquement d'une façon arbitraire et avec un mépris souverain. Cela étant établi, soyez assez aimables pour m'expliquer la nature de cette mystérieuse affaire à laquelle vous aimeriez tant me voir consacrer mon talent.

– Sabotage, répondit Clarke.

Le Gros ferma les yeux sous l'effet de la douleur.

– Cher monsieur, s'emporta-t-il, ai-je l'air ainsi bâti que je puisse me précipiter dehors pour affronter des saboteurs ? Pensez-vous que mon puéril assistant, ici présent, qui, comme vous le voyez, gagatise aux limites de la caducité, soit capable de...

– Hé, là, intervins-je.

Mais il ignora mes protestations et poursuivit, fixant les trois Charlots d'un air menaçant :

– Et d'abord, qu'entendez-vous par sabotage? Sabotage de quoi?

– Sabotage industriel, dit Aldiss. Nous sommes victimes d'une tentative d'espionnage industriel et de sabotage. Le sabotage de notre projet, la voiture jetable, la Rat Panne.

– Rat Panne? dis-je, stupéfait.

Brunner, s'abstenant momentanément de triturer sa barbe, se tourna vers moi pour me donner des explications, mais sans avoir l'air de vouloir s'excuser.

– Cela fait longtemps que l'industrie automobile est à court de noms d'oiseaux et d'animaux pour baptiser les nouveaux modèles. On se sert de noms d'animaux depuis si longtemps. Rappelez-vous la Mustang, la Thunderbird, la Jaguar, et bien d'autres. Maintenant, il faut vraiment chercher.

– Une voiture jetable? beugla le Gros.

Il inspira une trombe d'air, la fit descendre au fin fond des abîmes de son estomac avant de la souffler par la bouche.

– Quelle impudence éhontée! Pah! Vous vous fichez de nous.

– Certainement pas, dit Clarke, cette fois nettement indigné. Cette idée est dans la plus pure tradition de l'explosion technologique américaine. Vous vous souvenez certainement des débuts de cet engouement, il y a de cela presque un siècle. Kleenex, le mouchoir jetable. Ensuite ce fut le tour d'objets tel que le stylo à bille jetable. Quand il n'y avait plus d'encre, au lieu d'acheter une recharge, hop, on jetait. Ensuite vinrent les briquets jetables. Quand ils n'avaient plus de gaz, hop, on jetait. Puis ce fut des robes en papier jetables. Plus tard, on vit arriver sur le marché des montres si peu coûteuses que lorsqu'elles s'arrêtaient il était plus économique d'en racheter une neuve que de les faire réparer. Le même principe s'étendit très vite à la majorité des biens de consommation. Les chaussures, par exemple. On ne les produisait plus dans l'optique de changer les semelles et les talons quand ils étaient usés. Les cordonniers étaient devenus si chers qu'il était meilleur marché d'acheter une nouvelle paire. Parfait. L'ère du Tacot Jetable est arrivée. Le résultat en est la Rat Panne.

Durant ce petit discours, je l'avais fixé avec un étonnement croissant. Je parvins à laisser échapper :

– Comment, vous pensez pouvoir produire une voiture à si peu de frais qu'à la première petite panne, hop, on pourra la jeter et en acheter une neuve?

– Pas tout à fait, répondit Brunner. Ce serait du gâchis, si j'ose m'exprimer ainsi. Non, on l'échangera pour un nouveau modèle, tout simplement.

– Comment diable pourriez-vous arriver à rendre l'opération rentable à grande échelle? reniflai-je.

Le Gros restait toujours assis, là, les yeux fermés, comme possédé par un profond désespoir.

Clarke prit la relève, expliquant doucement :

– Je vois que vous avez besoin d'être remis dans le bain, les gars. Aux premiers jours de l'industrie automobile, la simplicité était de rigueur. Les véhicules de cette époque n'avaient en général que deux cylindres, et étaient totalement dépourvus de chichis. Avec le développement de la fabrication en série, on a trouvé sur le marché un grand nombre de modèles à moins de quatre cents dollars. La Ford Modèle T en est peut-être le meilleur exemple. Dans les années 30, les voitures les moins chères coûtaient environ cinq cent cinquante dollars.

Je soupirai en l'honneur du bon vieux temps.

Il poursuivit, hâtant le débit.

– Mais très vite d'insidieux changements se produisirent. On ajouta des gadgets du genre starter automatique, ou freins assistés.

» Puis le chauffage, des essuie-glaces, la radio, l'air conditionné, une direction assistée, le verrouillage et le pilotage automatiques; bref, n'importe quoi. Les neuf dixièmes du coût d'une automobile proviennent d'accessoires inutiles.

Il leva dramatiquement l'index.

– La Rat Panne nous ramènera aux premiers jours de l'automobile.

Le Gros se mit à s'agiter, c'est-à-dire à tracer de l'index des cercles de la taille d'une *dime* sur l'accoudoir de son fauteuil. Mais il avait toujours les yeux fermés. Je continuai donc à porter le flambeau.

– Et vous pensez pouvoir réduire le prix de ce jeu de roues dépouillé de tout artifice jusqu'à combien? demandai-je.

Brunner de répondre :

– Cinq cent mille pseudo-dollars. En gros cinq cents des dollars qui existaient avant le début de l'inflation et la grande dévaluation de 1932.

– Cinq cent mille pseudo-dollars seulement! m'exclamai-je.

– Mais certainement. Tenez, même après la Deuxième Guerre mondiale, la 2 CV française se vendait à peu près trois cent trente-trois dollars, neuve; et c'était l'une des voitures les plus solides qu'on ait jamais construites. Vu les progrès industriels réalisés depuis un demi-siècle, nous pourrons sortir un véhicule infiniment supérieur pour pratiquement le même prix.

– Voyons, postillonnai-je, avec les prix actuels, pour cette somme-là vous ne pourriez même pas acheter l'acier nécessaire à la carrosserie.

– En effet. Nous utiliserons les nouveaux plastiques à la place. Plus solides que l'acier, aucun risque de rouille et pas besoin de peinture. Et, par-dessus le marché, à l'abri des attaques du temps. Cela fait longtemps qu'on peut fabriquer des pneus qui durent aussi longtemps qu'une voiture, des batteries qui ne se déchargent pas.

Je laissai échapper un sifflement puis, me tournant vers Brunner, je dis :

– Dis donc, Charlot, pour en revenir à cette voiture jetable, combien coûterait l'échange? Tiens, supposons par exemple qu'un zigoto perde une roue et veuille une Rat Panne neuve?

– Peu importe l'état de votre voiture. Si vous l'échangez au garage des Moteurs Panne, avec l'équivalent de cinquante anciens dollars, vous repartez avec une Rat neuve.

– Putain de ciel, dis-je, n'en croyant pas mes oreilles. Et la garantie dure combien de temps?

– Toujours, répondit Aldiss. Et le modèle ne changera jamais. Là, nous avons été prendre une leçon chez Volkswagen, vous vous souvenez? Ils ont dessiné la première Coccinelle avant les guerres hitlériennes et ils ont suivi le même modèle presque un demi-siècle. Chez nous, pas de ravalement de façade annuel. Personne ne pourra deviner si la Rat de son voisin a six mois ou dix ans. Et elles seront construites pour durer indéfiniment. Des Stutz Bearcat construites avant la Première Guerre mondiale et bien entretenues tenaient encore la route soixante-quinze ans après. Pourquoi la Rat Panne n'en ferait-elle pas autant? Elle deviendra la voiture la plus demandée de tout le pays. Nous allons balayer le marché.

– Hé, bon sang, une minute! protestai-je. Que deviennent toutes les vieilles bagnoles que vous acceptez en échange? Qui voudra en acheter une, alors que pour cinq cent mille malheureux pseudo-dollars on pourra s'offrir une Rat neuve?

Clarke rentra en scène.

– Ce n'est pas exactement ça. Nous ne proposerons pas vraiment une Rat *neuve* contre l'ancienne, nous en proposerons une *fraîche*. Du moins, probablement; quoique vous risquiez aussi bien d'en recevoir une vraiment neuve. Voyez-vous, toutes les pièces seront parfaitement interchangeables. Là encore, nous nous sommes inspirés de Volkswagen. Par exemple, le moteur de la Coccinelle n'était maintenu que par quatre écrous. On pouvait aller au garage Volkswagen et, en quelques minutes, faire enlever le vieux moteur pour le remplacer par un neuf. C'est ce que nous ferons dans nos garages. Après l'échange, nous rénoverons complètement la vieille voiture au point qu'on ne pourra plus détecter de différence avec une neuve. Après quoi, nous la remettrons sur le marché.

Je secouai la tête, de moins en moins convaincu.

– Voyons, cela ne risque-t-il pas de rendre dingues l'UAW et autres syndicats similaires? Avec des voitures pareilles, qui se vendront si bon marché et dureront presque éternellement, les autres fabricants d'automobiles n'auront plus qu'à jeter dehors leurs ouvriers par milliers. Les syndicats vous assommeront à coups de grèves!

– Quels syndicats, mon vieux? répondit tranquillement Brunner. La chaîne de production de la Rat Panne sera entièrement automatisée. Ça ne vaut jamais rien de faire les choses à moitié. Nous n'aurons pas d'ouvriers du tout. Nous contrôlerons tout à distance avec une poignée d'administratifs, assis dans leur bureau à des kilomètres de là.

Je m'exclamai avec indignation :

– Vous serez bien obligés d'avoir quand même quelques ouvriers! Et si l'une de vos chaînes automatiques tombait en panne?

– Nous aurons des machines automatisées pour réparer les machines automatisées, me répondit Brunner avec une évidente satisfaction.

Et, anticipant l'objection suivante :

– Et d'autres machines automatisées pour les réparer.

Je secouai de nouveau la tête, me refusant à admettre leur théorie.

– Ça ne gaze toujours pas. Actuellement, les compagnies automobiles dépensent plus de cinq cent mille pseudo-dollars par voiture vendue rien qu'en publicité.

Aldiss ne fit qu'une bouchée de cette remarque.

– Ce sera notre plus grand argument publicitaire : *nous ne faisons pas de publicité.* Pas un centime ne sera dépensé en publicité, promotions, et autres manœuvres similaires. Et l'économie ainsi réalisée ira tout droit dans la poche du consommateur. Tout se fera de bouche à oreille, et c'est le plus efficace. Personne ne vous « vendra » une Rat. Nous avons même prévu de former nos concessionnaires à se montrer légèrement désagréables. Par exemple, ils refuseront systématiquement de reprendre les voitures d'une autre marque.

– Pas de publicité! laissai-je échapper. C'est... antiaméricain!

– Nous sommes anglais, dit Brunner d'un air suffisant,

même si notre organisation est située ici, en Amérique. Monsieur Panne, le propriétaire de la susdite, est devenu moine dans un monastère de Glamda, au Tibet. Il a conçu cette idée un jour en contemplant ses nombrils : il en possède deux.

Le Gros parut alors se décider nettement à rentrer en scène. Il ouvrit ses yeux larmoyants et lança d'une voix geignarde :

– Trêve de balivernes, je me suis jusqu'à présent considéré comme retraité et, pour votre gouverne, aucun homme, aussi obstiné soit-il, ne peut me faire changer d'avis. Toutefois, je pourrais manifestement faire usage de quelques honoraires. Quand ma clientèle a commencé à diminuer, j'ai considéré un moment l'idée de louer certaine maison en Egypte dont je suis propriétaire depuis des années, sans l'avoir jamais vue. Malheureusement cette maison, que j'imaginais être un manoir de quelque importance au perron garni de faïences Rhages et Veramine, s'est révélée une cahute de boue séchée perdue dans les marais du delta. Mais foin de bavardages. De quel genre de sabotage parlez-vous?

Clarke prit la parole.

– Sabotage n'est peut-être pas le mot juste. Quoi qu'il en soit, depuis quelque temps, nous avons constaté que des plans et d'autres documents importants disparaissaient mystérieusement de nos bureaux. Et, le comble, voici qu'à présent notre grand génie, l'inventeur entre autres du siphonneur, a disparu à son tour. Il ne s'est pas présenté au bureau depuis trois jours.

– Un siphonneur? m'étonnai-je.

– Oh! la ferme, le Chauve, grommela le Gros. Cessez de nous interrompre par vos redites stupides. Monsieur a parlé d'un siphonneur. Prenez-en note, bien que cela ne serve pas à grand-chose puisque vous n'êtes plus capable de déchiffrer vos notes depuis une demi-décennie.

Mais j'eus ma revanche, car aussitôt certains des plis de graisse qui agrémentaient son visage tombèrent, et il prit le Charlot nommé Clarke à partie :

– Qu'entendez-vous par siphonneur?

– L'engin qui permet de siphonner l'essence hors du

réservoir de la Rat, répondit fort logiquement ce dernier.

Bien que le Gros m'eût intimé l'ordre de me taire, je risquai timidement :

– Pourquoi siphonner l'essence de la voiture (avais-je manqué quelque chose dans leurs explications)?

Clarke répondit, comme si cela lui paraissait l'évidence même :

– Ah! oui, nous avons oublié de vous parler de cet aspect de la Rat, mes amis. Là encore, il y a des précédents. Vous vous souvenez certainement qu'aux premiers jours de la fission de l'atome, on avait développé un procédé grâce auquel, après avoir produit de l'électricité d'origine nucléaire, on se retrouvait avec plus de combustible fissible qu'au départ.

Cet insipide radotage parut consterner celui qui avait été le plus génial des détectives, autant qu'il me consternait moi-même. Clarke poursuivit néanmoins :

– Un exemple très ancien, bien sûr. Quoi qu'il en soit, la pénurie croissante de pétrole et les efforts pour économiser l'essence ont amené l'industrie automobile à des changements prévisibles. On vit d'abord sur le marché de petites voitures japonaises qui pouvaient faire vingt-cinq kilomètres au litre. Puis vinrent différents gadgets permettant de supprimer certaines parties du moteur, telles que les bougies. La Société des Moteurs Panne a l'exclusivité d'un système qui recharge automatiquement la batterie quand le véhicule descend une côte. La Rat, voyez-vous, utilise l'énergie électrique, la vapeur, produite par des cellules solaires encastrées dans le toit, –, et le pétrole, tout ensemble. Bref, en simplifiant, puisque vous n'êtes pas des hommes de l'art, la Rat produira un surplus d'essence que les acheteurs pourront siphonner et revendre aux stations d'essence.

Cette fois, le Gros et moi-même fermâmes les yeux pour lancer une invocation aux puissances supérieures.

Clarke, imperturbable, poursuivit son exposé.

– Au moment de sa disparition – qui, nous en sommes convaincus, a été montée dans le seul but de nous jouer un mauvais tour – notre savant étudiait un nouveau système qui aurait permis d'utiliser de l'alcool à la place de l'essence dans le réservoir de la Rat.

Le Gros plissa plusieurs fois les lèvres avant de dire :

– D'où venait l'alcool qu'il utilisait pour ses expériences?

C'est Brunner qui fournit la réponse à cette question, non sans avoir auparavant tortillé sa barbe.

– D'une obscure distillerie quelque part dans le Kentucky, je crois. Une marque qui semble être tombée très bas depuis la légalisation de la marijuana. Voyons, voyons... Ah! oui, Jack Daniels.

Le Gros se renversa en arrière dans son fauteuil, ferma les yeux et se mit à remuer les lèvres. Il faisait la moue avec ses lèvres, puis les ravalait, et de nouveau la moue, et ainsi de suite. Je retins mon souffle. Pour la première fois sans doute en dix ans, il était en train de penser.

Après un long moment, il rouvrit les yeux et laissa échapper :

– Essayez-vous de me faire croire que ce n'est pas de la blague? Que votre petit copain l'inventeur expérimentait les produits des distilleries Jack Daniels et qu'il envisageait d'en remplir le réservoir de la Rat Panne qui doit être constamment siphonné car le véhicule produit plus de carburant qu'il n'en consomme?

– Comme je vous le dis, mon brave.

Le Gros érigea alors son septième de tonne et fixa les trois Charlots avec (je ne peux le dire autrement) cette espèce de fourberie propre à ceux qui vont bientôt bouffer les pissenlits par la racine. Il dit :

– Parfait, j'accepte l'affaire.

Le coin de sa bouche se tordit sous l'équivalent d'un sourire.

– En fait, pour être honnête, je crois avoir déjà l'ombre d'une piste. Comment s'appelle le savant disparu?

– Azimov, lui dit Clarke.

Je levai le nez de mes notes.

– Azimov comment?

– Azimov Azimov. Il semble que son père ait eu un goût si immodéré pour son propre nom, qu'il a voulu en baptiser deux fois son fils. On s'y perd, vous ne trouvez pas? Alors, pour ne pas s'embrouiller, nous l'avons surnommé Charlie.

Les lèvres molles du Gros remâchèrent un moment la question. Puis il demanda :

– Et où habitait-il avant sa disparition?

– Au Bowery (1) Hilton, répondit Brunner en donnant un tour supplémentaire à son bouc.

Je commençais à me demander comment il pouvait lui rester le moindre poil au menton : il devait en perdre au moins une douzaine à chaque fois.

Le Gros me lança un regard inquisiteur.

– L'un des plus prestigieux nids de puces de Manhattan, dis-je.

L'ex-génial détective tourna son regard myope vers Clarke.

– Si ce type est aussi important que vous le dites, pourquoi a-t-il échoué dans de tels quartiers?

Aldiss minauda, visiblement très content de lui :

– Vraiment, les gars, vous n'avez pas suivi les progrès de l'automation. Ces progrès sont tellement avancés, de nos jours, qu'on n'a même plus besoin d'inventeurs. Charlie Azimov est si content d'avoir un boulot qu'il est prêt à travailler pour des clopes et nénettes.

– Des clopes et nénettes? répétai-je.

– Des clopinettes, c'est bien comme ça que vous dites, vous autres Américains?

– Parfait, je mets mon talent à votre disposition, Messieurs, caqueta le Gros. Je désire toutefois que vous me versiez une avance. Disons, un million de pseudo-dollars.

– Un million? dit Clarke, apparemment refroidi. Vraiment, je ne suis pas encore très familiarisé avec votre monnaie, mais n'est-ce pas légèrement excessif?

– Certainement pas, lui répondis-je, tout en réalisant en mon for intérieur que, si le Gros n'avait pas demandé plus, c'était uniquement parce qu'il ne pouvait pas compter plus loin.

» Le pseudo-dollar vaut actuellement à peu près un

(1) *N.d.T.* : Bowery, quartier particulièrement minable de New York.

millième de ce qu'il valait avant Roosevelt. L'inflation a commencé avec FDR, le premier président à avoir réalisé qu'il était inutile de couvrir complètement la monnaie de papier émise avec de l'or ou de l'argent. En fait, on pourrait très bien installer une presse dans les caves de la Maison-Blanche et en sortir des milliards. Et encore, Roosevelt faisait figure de radin à côté des administrations qui suivirent. Ils ont émis plus de quatre cents milliards et acheté toute l'Europe avec des bouts de papier couverts par rien de plus qu'une odeur de pisse rance.

– Soit, dit Clarke.

Il sortit sa Carte de Crédit Universelle de son blouson, se leva, s'approcha du bureau et introduisit la carte dans la fente de transfert de crédit. Après quoi il dit à l'écran :

– Je désire transférer un million de pseudo-dollars du compte de la Société des Moteurs Panne à celui-ci.

Et il apposa l'empreinte de son pouce sur le carré d'identification au coin de l'écran.

J'expliquai à Brunner et Aldiss :

– L'une des raisons pour lesquelles nous sommes passés à la Carte de Crédit Universelle, c'est que la monnaie de papier n'était plus du tout pratique. Un pseudo-dollar ne valait même pas le papier sur lequel il était imprimé, sans parler du coût de l'encre...

Les deux autres Charlots se levèrent à leur tour, et les trois s'apprêtèrent à prendre congé.

– Je compte sur vous pour démarrer immédiatement les opérations, mon vieux, dit Clarke.

– C'est évident, marmonna le Gros.

Et aussitôt il se renfonça dans son fauteuil et ferma les yeux.

Je raccompagnai les trois Charlots jusqu'à la porte que je m'empressai de verrouiller derrière eux. Je ne voulais leur laisser aucune possibilité de changer d'avis et de venir exiger le remboursement de leur avance.

Quand je rentrai dans le bureau, le Gros avait toujours les yeux fermés et sa bouche grimaçait de plus belle, mais je le suspectai de s'être assoupi. Quelquefois il s'endort comme ça, et il parle dans son sommeil, marmonnant des choses au sujet du bon vieux temps, quand il poursuivait d'aussi grands filous qu'Arnold Beck, qu'il appelait en général Monsieur X.

Je n'ignorais pas que j'allais devoir le pousser au travail, aussi lançai-je le plus innocemment possible :

– Quelles sont les instructions, patron?

Ses yeux vieillissants s'ouvrirent et il secoua sa tête massive pour récupérer toute la clarté d'esprit dont il était encore capable. A dire vrai, j'étais assez fier de la façon dont le vieux renard s'était comporté durant cette dernière demi-heure. Pas une fois il n'avait paru perdre le fil de ses pensées.

Il me répondit avec pétulance :

– Ne me cassez pas les pieds, le Chauve. Contactez Saul, Orrie et Fred, et dites-leur de venir illico.

– Facile, lui dis-je. Ils travaillent tous les trois comme hommes à tout faire au Rusterman's Hash House and Chili Parlor. Vous savez que c'est le seul boui-boui de la ville où l'on puisse manger tant qu'on veut pour trois mille pseudo-dollars.

– Dieu du ciel, marmonna-t-il, avec humeur, je me rappelle l'époque où le propriétaire en était Marko Vukcic, et où c'était le meilleur restaurant de cette ville!

– Eh! oui, le temps devient gaga, répondis-je distraitement tout en saisissant mon TV-phone.

Je composai un numéro. Je ne voyais pas du tout pourquoi il convoquait les trois hommes de main que nous avions si souvent utilisés autrefois.

La sonnette retentit de nouveau. Le Gros avait certainement dû se rendormir. Je me hissai sur mes jambes en grognant un peu à cause de mon arthrite, et entrepris d'aller ouvrir.

Je fus extrêmement étonné en reconnaissant les deux zigotos qui se tenaient sur le seuil.

J'ajustai mes lunettes et entrouvris la porte de quelques millimètres.

– Que diable voulez-vous?

– Ouvrez, siffla l'inspecteur. Au nom de la loi, bien sûr.

Je les laissai entrer, mais en hochant la tête avec réprobation.

– Vous savez, je me suis bien souvent demandé ce que vous deveniez, tous les deux. Je me souviens de vous, dans les années trente; nous étions sur l'une de nos toutes premières affaires, celle du *Fer de Lance.* A l'époque vous étiez inspecteur à la criminelle, et le sergent ici présent était votre plus fidèle sbire. Trente ans plus tard, quand nous nous sommes occupés de cette autre affaire, que j'ai couchée sur papier sous le titre *La déduction finale*, vous étiez toujours inspecteur, et le sergent était toujours sergent. Et vous revoilà encore. Ne recevez-vous jamais d'avancement, vous deux? N'avez-vous jamais envisagé de prendre votre retraite?

L'âge en plus, c'était bien le même vieil inspecteur, avec feutre mou cabossé et tout le tremblement. Sa peau rose et ridée l'était encore plus, et ses yeux autrefois perçants et d'un bleu d'acier étaient à présent aussi délavés que ceux du Gros. De massive, son échine était devenue flasque et molle.

Sa grande gueule rougeaude était à présent grisâtre, mais ses grognements étaient bien les mêmes, quoiqu'ils tremblotassent peut-être un poil.

– Ça suffit, le Chauve, dit-il. Nous sommes en effet à la retraite, tous les deux. Mais le jour où la ville n'a plus été en mesure de payer ses employés, nous avons repris du service : la quasi-totalité des forces de police s'était fait la belle. L'inflation a tellement érodé nos pensions qu'on arrive juste à se payer deux ou trois soyaburgers par mois; alors on est revenu. Maintenant, au moins, on peut chaparder des fruits aux étalages et secouer le cocotier dans certains restaurants pour se remplir les poches à l'œil.

– Quand on est flic, on le reste pour la vie, répondis-je poliment en les conduisant au bureau du Gros.

Quand nous entrâmes, ce dernier était en train de verser le reste de son quart de bière dans son verre.

Il leva le nez et dit de son ton, comme toujours, inepte :

– Par exemple! Notre fougueux inspecteur! Ça faisait

une paie, Monsieur! A quoi devons-nous l'honneur douteux de votre visite?

L'inspecteur se glissa péniblement dans le siège rouge, tandis que le sergent s'installait dans l'un des jaunes. J'allai, pour ma part, rejoindre ma place habituelle derrière mon bureau.

A ma grande surprise, l'inspecteur sortit un cigare et le fit craquer entre ses doigts avant de le mettre en bouche. Comme aux temps lointains où il nous rendait visite chaque semaine, porteur de quelque plainte concernant les méthodes de travail du Gros, il ne l'alluma pas. Cela faisait des années que je n'avais pas vu un cigare. Précisément depuis le jour où le gouvernement avait déclaré la Prohibition du tabac.

– Je me trouvais justement dans les environs, grinça-t-il. Le sergent et moi-même venons de procéder à une arrestation à quelques mètres d'ici, vers la Neuvième Avenue. On a embarqué le docteur Vollmer dans une rafle en liaison avec la Virginian Connection : il est accusé d'avoir dealé du tabac. Il le refilait aux enfants des écoles.

Retirant le cigare d'entre ses lèvres émaciées, il le regarda avec tendresse.

– Naturellement, j'ai confisqué l'objet du délit.

– C'est bien normal, dit le Gros en le fixant de ses yeux glauques. Par exemple! J'ignorais que mon vieil ami le docteur Vollmer fût tombé si bas.

» Mais vous n'êtes quand même pas assez demeuré pour me suspecter de trafiquer avec Lady Nicotine?

– Bien évidemment le docteur a automatiquement perdu le droit de pratiquer, poursuivit l'inspecteur. Et juste après cette arrestation, j'ai remarqué trois individus à l'allure particulièrement suspecte qui sortaient de chez vous.

– Qu'est-ce que leur allure avait donc de suspect? demandai-je.

L'inspecteur me fusilla de ses yeux myopes.

– Ils sortaient de chez vous, je vous dis.

Cette fine plaisanterie eut le don d'arracher un rire au sergent qui, visiblement, était aussi avancé sur le chemin de la sénilité que son cher patron – ou que moi, d'ailleurs.

– Pfuit! Vous êtes un petit rigolo, inspecteur, dit le Gros.

Il porta le verre de bière à ses lèvres, le vida, sortit son mouchoir et essuya une traînée de mousse à la commissure de ses lèvres.

– Ces trois messieurs sont des clients.

Ce fut au tour de l'inspecteur de lui lancer un regard glauque.

– C'est bien ce que je craignais! Les douze dernières fois que vous avez eu une affaire, toutes les foudres du ciel ont eu le temps de s'abattre sur la ville avant que vous ne soyez parvenu à escroquer en beauté votre client.

– Pouah! Comment osez-vous faire ainsi intrusion sous mon toit, Monsieur? Si vous n'avez pas de mandat, je vous conseille...

– Que voulaient-ils? demanda l'inspecteur d'un ton aussi autoritaire que sa voix de crécelle le lui permettait.

– Cela, inspecteur, ne regarde que mes clients et moi.

– Ah ouais? dit l'inspecteur.

– Ah ouais? fit en écho le sergent.

– Eh ouais, lançai-je pour ne pas être en reste.

– Une affaire de meurtre? demanda l'inspecteur. Parce qu'en général, quand vous prenez en main une affaire de meurtre, et les faits se répètent depuis plus d'un demi-siècle, cela tourne systématiquement au massacre. Le temps que vous ayez soi-disant résolu l'affaire, il y a plus de morts sur le pavé de cette ville qu'avec une épidémie de peste bubonique.

Le Gros en avait clairement ras le bol. Il ferma les yeux, se renversa en arrière et s'isola du monde.

L'inspecteur le fixa longuement sans rien dire. Mais le Gros connaissait le truc. Quand il avait décidé de s'isoler du monde, personne n'y pouvait rien. A ce petit jeu il était le roi. Le silence se fit gênant.

Une fascinante touche de rouge parvint à s'immiscer dans le teint grisâtre de l'inspecteur.

– Gros tas de bière immonde, lança-t-il.

Il fixa sur moi son regard autrefois insoutenable.

Je lui fis un grand sourire pour lui permettre d'admirer mon dentier.

– La tradition est immuable, répondis-je d'un ton qui se voulait apaisant.

– Espèce de macaque grimaçant, glapit-il, en se hissant debout. Venez, sergent.

Le sergent vint et tous deux traversèrent le vestibule en direction de la sortie. Je les suivis non par courtoisie mais pour m'assurer qu'ils partaient pour de vrai. Au bon vieux temps, il était courant de voir l'inspecteur faire semblant de s'en aller, pour se glisser dans le vestibule et coller l'oreille à la porte du bureau où il essayait d'entendre ce que le Gros et moi avions à nous dire d'une affaire en cours.

Quand je rentrai dans le bureau, le Gros était toujours à la même place. Il tapotait légèrement le bras de son fauteuil, ce qui signifiait qu'il bouillait de rage.

Il marmonna :

– Cette fois, ça suffit, le Chauve. Je vais intenter un procès à la ville pour diffamation.

– A quoi bon? Il y a des années que la ville de New York n'a plus un pseudo-dollar dans ses coffres, lui expliquai-je.

– Pfuit!

Le téléphone sonna et je répondis. Lil apparut sur l'écran. Je ne pus m'empêcher de ciller. Encore un lifting et son menton allait se retrouver au sommet de son crâne.

– Escamillo, s'écria-t-elle d'une voix chevrotante, je viens d'avoir une idée merveilleuse, chérhiii. Si nous allions au Flamingo, ce soir? Tout le monde est fou de cette nouvelle danse, tu sais, le Rock and Jerk...

– Rock and Jerk? me plaignis-je, c'est bien trop sexy pour moi! J'ai encore des élancements dans le sacro-iliaque qui datent de la dernière fois que tu m'as traîné en boîte. Et il ne s'agissait que d'une soirée Valse! De toute façon, le Boss vient d'attaquer une nouvelle affaire.

– Une affaire de quoi? dit-elle méchamment, de bière, peut-être?

Et son visage s'évanouit de l'écran.

– Pourquoi diable n'ont-ils pas automatisé la danse comme le reste? grommelai-je entre mes dents.

On sonna à la porte, j'allai ouvrir et ne fus pas autrement surpris de découvrir Saul, Orrie et Fred.

Saul, évidemment, était dans sa chaise roulante aéroglissante. Pourquoi s'obstine-t-on à les appeler « chaises roulantes » alors qu'elles sont depuis si longtemps sur coussin d'air? Mystère. En tout cas, cela n'empêche pas Saul d'être toujours l'as de la filature, chaise ou pas. Qui pourrait se douter une seconde d'être suivi par un pauvre homme en chaise roulante?

Je ne l'avais pas vu depuis des années, exception faite bien sûr de nos petites parties de poker hebdomadaires. Saul est un petit gars nerveux avec un grand nez et des oreilles en feuilles de chou, et il porte toujours une casquette. Il est systématiquement mal rasé et ses pantalons n'ont pas l'air d'avoir croisé un fer à repasser depuis des lustres.

Orrie, c'est autre chose. Au bon vieux temps, il était grand, beau, très chic, et se considérait comme un homme à femmes. A présent, il est moins brillant : il vient juste de sortir de tôle où il a purgé une longue peine pour un attentat aux mœurs commis à Central Park, à l'encontre de petites filles. Il a été libéré à cause de la permissivité des nouvelles lois. Cette législation étant l'apogée d'une longue série de mesures plus laxistes les unes que les autres. D'abord, on a aboli les lois traitant de l'adultère et de la fornication hors des liens du mariage, ensuite on a légalisé l'homosexualité entre adultes consentants. Et maintenant tout est légal, sadisme, masochisme et violences aux mineurs comprises, même la bestialité, pourvu que les partenaires soient consentants. Je n'ai jamais très bien compris cette condition dans le dernier cas, enfin... pour sûr qu'on voit de drôles de bestioles dans ce monde.

Fred, couramment appuyé sur sa canne, autrefois le portrait type du gars solide et honnête, marié, costaud, et tout, était devenu l'image même du contraire. Il avait enterré sa tyrannique épouse dans des circonstances plutôt imprécises, le vent ayant manifestement fini par tourner. Il s'était complètement ratatiné et n'avait plus du tout l'air honnête. De fait, il avait plusieurs fois risqué de peu la prison dans ses petites expéditions de vol à l'étalage, mais le Gros avait d'autant plus oublié ces détails qu'il avait besoin des services de son ancien détective.

Dans le bureau, Saul poussa sa chaise roulante tout contre le fauteuil rouge qu'il avait eu, autrefois, le privilège d'occuper, au temps où le Gros le considérait comme le meilleur homme de main de tout Manhattan. Orrie et Fred trottinèrent jusqu'aux sièges jaunes, tandis que j'allais prendre place derrière mon bureau.

Le Gros construisit un petit clocher sur son vaste bide avec le bout de ses doigts, puis il dit avec l'air vulgaire qui le caractérise :

– Messieurs, nous sommes sur une affaire. Vous allez tous les trois entreprendre de suivre trois Anglais répondant respectivement aux noms de Brunner, Aldiss et Clarke. Ils travaillent à la Société des Moteurs Panne, dont les bureaux sont situés dans le Welfare State Building. J'attendrai vos rapports chaque jour.

– Des rapports sur quoi? demanda Orrie avec circonspection. Qu'est-ce qu'ils ont fait, ces types? Ou de quoi les suspectez-vous?

Le Gros le fusilla du regard.

– Comment le saurais-je? Ce sera tout, Messieurs.

Après leur départ je le fixai avec des yeux ronds pendant une longue, longue minute, un peu comme si j'avais glissé une pièce dans une machine à sous sans qu'aucun chewing-gum n'en soit sorti. Enfin, je me risquai à demander :

– Mais ce sont les clients! Pourquoi les faites-vous suivre?

Il ferma les yeux, visiblement excédé par ma question. Il remua les lèvres plusieurs fois, comme un poisson, puis il grommela avec fureur :

– Me prenez-vous pour un blanc-bec, un nouveau dans

le métier? Pour un troglodyte débile? Manifestement, jeune sot, il n'y a pour le moment personne d'autre à faire suivre! Ces gens sont les seuls à notre connaissance à avoir le moindre lien avec l'affaire!

– Peut-être devrais-je suivre l'inspecteur, rétorquai-je avec amertume. D'après moi, il va être lié à cette affaire aussi vite que ses vieilles jambes le lui permettront.

Le Gros ouvrit ses mirettes chassieuses pour me lancer un regard noir.

– Le Chauve, badina-t-il, pour résoudre ce cas fascinant, laissez, voulez-vous, l'intelligence se laisser guider par l'expérience.

Après quoi, refermant les yeux, il parut déterminé à glisser dans le sommeil; mais il dut avoir une arrière-pensée car, se redressant, il sonna deux fois, un coup long, un court, ce qui signifiait : une autre bière.

– Eh! une minute, m'écriai-je. Quelles sont *mes* instructions?

Il rouvrit les yeux, prit une expression du genre « on ne me la fait pas », et attrapa l'un des livres de poche qui racontaient ses exploits passés. Cette fois, c'était *Droit de mourir.*

Après quoi il m'ordonna, inventant visiblement au fur et à mesure :

– Rendez-vous au siège de la Société des Moteurs Panne. Interrogez euh... tous ceux qui ont à voir de près ou de loin avec Azimov. Je les veux tous ici dans mon bureau, ce soir à neuf heures.

Je levai les yeux vers lui.

– Et comment suis-je censé m'y prendre?

Il se mit à lire, ses lèvres remuant imperceptiblement sous l'effort.

– Peut-être feriez-vous mieux de vous munir d'un revolver.

– Charmant, répondis-je en manière de protestation. Vous savez parfaitement qu'on m'a retiré ma licence, il y a dix ans, quand je me suis tiré un coup dans le pied.

Néanmoins, quand je quittai notre galetas, mon Marley 38 à silencieux et recul amorti était bien calé dans son étui, sous mon bras gauche. On ne sait jamais. De nos jours ces damnés terroristes, faute de quelque flic ou gros bonnet à se mettre sous la dent, s'en prennent au premier citoyen venu, question de garder la main. Au moins, ils sont démocratiques.

Justement, j'en rencontrai un sur le chemin du Welfare State Building, l'immeuble étant suffisamment près pour que je décide de m'y rendre à pied. D'ailleurs, il ne pouvait en être autrement vu qu'on n'était pas loin de la fin du mois, que mes crédits d'impôts négatifs n'étaient plus qu'un souvenir et que je doutais fort que le transfert de fonds effectué par nos clients angliches ait réussi à rétablir la balance. Et les hover-taxis automatisés de ce temps-là n'étaient pas exactement gratuits.

Le gars se coula à mes côtés et me glissa, la bouche en coin :

– Eh! camarade, peux-tu te délester de quelques cartouches? Je viens juste de sortir, et j'ai remarqué un renflement sous ton bras gauche...

C'était un jeune type à l'air idéaliste, comme d'ailleurs la plupart des terroristes. Je n'ai jamais vraiment réussi à comprendre ce qu'ils essaient au juste de faire mais il faut bien que jeunesse se passe, et particulièrement l'idéalisme. Aussi lui répliquai-je :

– Va te faire cuire un œuf.

J'atteignis enfin le Welfare State Building qui, comparé aux grands gratte-ciel de mon enfance, ne cassait vraiment pas des briques. Je ne sais pas pourquoi mais, de nos jours, les matières plastiques manquent vraiment d'allure, comparées à l'acier et autres bétons armés de mon enfance, surtout ces nouveaux plastiques bleu pâle et rose bonbon. Sans compter qu'ils tombent en miettes dès qu'un terroriste s'amuse à y flanquer une bombe, ou qu'une balle de gros calibre s'égare dans leur direction.

Malgré la pénurie d'électricité les ascenseurs, ou du moins certains d'entre eux, fonctionnaient.

Je cherchai la Société des Moteurs Panne sur le tableau de renseignements du hall, et découvris qu'elle était au treizième étage, ce qui collait parfaitement dans le tableau. Je découvris également qu'elle occupait la suite numéro quatre, ce qui cadrait déjà moins. J'aurais pensé qu'une société ayant des projets aussi ambitieux que la Rat Panne disposait de plusieurs étages.

Je dénichai la suite numéro quatre. Elle possédait toutes les caractéristiques requises, soit une porte en verre avec plaque gravée annonçant *Société des Moteurs Panne* et, en dessous, la mention suivante : *Semi-Lama Charles Panne, Président.*

Je me plantai en face de l'écran d'identification et appuyai sur la sonnette.

Une voix aussi voluptueuse que féminine répondit :

– Qui c'est ? J'reconnais pas votre coup de sonnette.

– Euh, lançai-je, c'est... Non, ne me soufflez pas, je l'ai sur le bout de la langue, laissez-moi regarder mon stock de cartes de visite...

J'inspectai mes poches une par une, essayant désespérément de me rappeler dans laquelle je rangeais mon portefeuille.

– Ne vous fatiguez pas, soupira la voix. A vous voir je me demande vraiment comment vous êtes arrivé à trouver le treizième étage. Entrez.

La porte s'ouvrit et j'entrai.

C'était une pièce de réception comme les autres. Meubles en plastique ultra-neufs, murs ornés de maquettes tristounettes représentant la Rat Panne. Tout ça me fit cligner des yeux jusqu'à ce que mon regard, littéralement attiré par quelque courant hypnotique, vienne se poser sur la troublante apparition qui trônait derrière le bureau de réception. Quelque chose comme Myrna Loy dans le rôle disons de la fille de Dracula, la denture en moins.

Elle était faite au moule, avec des courbes à damner un saint, et habillée comme aucune secrétaire ne l'a jamais été dans l'histoire du secrétariat. Plutôt pour une partie de jambes en l'air que pour un concours de dactylo, si vous voyez ce que je veux dire. Ses lèvres pneumatiques étaient peintes à tel point qu'elles en paraissaient exsangues; et j'évitai de m'approcher de trop près, de peur d'attraper un rhume à cause du battement de ses cils.

Elle sourit (elle « jeta ses filets » serait plus de circonstance), et dit :

– Ce doit être vous, le privé. Monsieur Clarke a téléphoné pour prévenir de votre visite. Il m'a recommandé de coopérer. Vous savez, le Chauve, c'est la première fois que j'vois un privé en chair et en os.

– Comment savez-vous qu'on m'appelle le Chauve, rétorquai-je du tac au tac pour essayer de la coincer.

– Appelez ça de l'intuition féminine, répondit-elle. Que diriez-vous d'un coup de gnôle?

J'acquiesçai d'un clin d'œil.

Elle ouvrit l'un des tiroirs du bureau, y jeta un coup d'œil et jura :

– Zut! J'étais sûre qu'elle était là.

Elle essaya un deuxième tiroir, puis un troisième, et enfin elle brandit une longue bouteille à l'aspect agréablement familier agrémentée d'une étiquette noire, et deux verres décidément très grands pour leur âge.

– Le meilleur bourbon du pays, murmura-t-elle d'une voix de chatte en chaleur en versant deux généreuses rasades.

Elle poussa un verre dans ma direction. Visiblement, elle n'avait pas l'intention de gaspiller le précieux liquide en le noyant dans la moindre goutte d'eau.

Elle descendit le sien avec le coup de poignet du spécialiste, et se resservit un verre tandis que je sirotais le mien. Elle avait raison. C'était de la sacrée bibine, du bourbon d'un âge respectable. Et je n'avais rien bu que du synthé-gin depuis des années.

Elle dit :

– Maintenant, que puis-je faire pour vous, mon chou? Vous n'entrez visiblement pas dans la tranche d'âge de ceux qui me feraient la réponse habituelle, ha! ha! ha!

Je terminai mon bourbon et vainquis la tentation de lécher le fond de mon verre avec ma langue. Je reposai le gobelet pour saisir mon stylo et mon bloc.

– Allons, encore un petit coup, proposa-t-elle en remplissant de nouveau les verres (elle avait déjà terminé son deuxième).

– Mon patron, commençai-je, m'a demandé d'interroger tout le personnel de la Société Panne, ou plus exactement tous ceux qui travaillaient avec Charlie Azimov.

– Très bien, allez-y, répondit-elle.

Je la regardai d'un air idiot.

– Où sont les autres?

– Quels autres, mon chou?

– Mon patron m'a demandé d'interroger *tous* les employés qui connaissaient Azimov, et de les réunir ce soir dans son bureau à neuf heures.

– Y'a personne d'autre, m'expliqua-t-elle. A part Messieurs Aldiss, Brunner et Clarke, bien sûr. Mais ils ne sont pas là. D'ailleurs, vous leur avez déjà parlé. Vous avez l'air un peu en retard sur l'époque, le Chauve. Ici, tout est *vraiment* automatisé. Charlie et moi sommes les seuls employés de la Société, à part les trois Angliches, naturellement. Tiens, on dirait que la bouteille est vide. Attendez, je vais en chercher une autre.

Elle se remit à farfouiller dans le bureau. Elle n'avait visiblement pas attendu mon arrivée pour attaquer la défunte bouteille. Tout à coup elle brandit une liasse de paperasses et s'exclama :

– Ça, par exemple! Il y a une semaine que je cherche ces satanés plans. Dame! c'est mon premier boulot de secrétaire, j'peux pas encore connaître l'métier à fond, pas vrai?

– Hé! Une minute, protestai-je, essayez-vous de me faire croire qu'il n'y a que deux employés ici, à part les trois Angliches?

– Tout juste, Toto, susurra-t-elle.

– Voyons, une secrétaire et un inventeur ne suffisent sûrement pas à faire tout le travail!

– Quel travail? me raisonna-t-elle. J'arrête pas de vous répéter que tout est automatisé, computérisé et tout le tintouin. Pour vous dire la vérité, j'ai si peu à faire en tant que secrétaire que je dois servir Messieurs Aldiss, Brunner et Clarke euh... d'une autre manière. Et même je me demande quelquefois si ce n'est pas uniquement pour *ça* qu'ils m'ont engagée. Y z'auraient aussi bien pu installer une secrétaire automatique.

J'en étais tout éberlué. Je dis :

– Mais... et la construction de l'usine où la Rat sera fabriquée?

– Oh! L'usine, tout ça, c'est des sous-traitants qui s'en occupent.

Je fermai momentanément les yeux pour cacher ma douleur, puis les rouvris pour demander :

– Bon. Allons-y. Votre nom?

– LeGuin, répondit-elle en descendant son verre cul sec avant de s'en resservir un autre.

– LeGuin? répétai-je. Prénom? Et ne me dites pas que c'est une version féminine de Charles, genre Charlotte ou je ne sais quoi.

– C'est Mata-Hari, me souffla-t-elle.

– Mata-Hari, Mata-Hari. Ça me dit quelque chose.

– Mon arrière-grand-mère, dit-elle. C'était une espèce de célébrité en son temps, ajouta-t-elle avec une pointe de fierté.

– Je devais être trop jeune, lui dis-je poliment. Mes souvenirs ne remontent qu'à Ginger Rogers, Greta Garbo, et peut-être Mary Pickford. Bon sang! Je les dévorais des yeux!

– Si jeune! s'exclama-t-elle, surprise.

Je me replongeai dans mes notes.

– Bien. Etes-vous américaine?

A dire vrai, elle n'avait pas du tout l'air américain. Une fille comme ça ne pouvait, en aucun cas, avoir été conçue dans un endroit moins exotique que le Proche-Orient.

– Non, mutina-t-elle, non sans avoir l'idée judicieuse de resservir un verre à chacun. Je suis née à Tanger, au Maroc. Ma mère venait du Brésil, mon père de Macao. Pas de lois d'extradition dans ces pays, ajouta-t-elle d'un air absent.

Je la dévisageai avec curiosité.

– Alors, vous êtes un autre cas d'étranger autorisé par le gouvernement à travailler ici, alors que quatre-vingt-dix pour cent de la population américaine est au chômage! Et je vous en supplie, ne me racontez pas que c'est encore de l'exportation de cerveaux, qu'il n'y a plus personne dans ce pays qui sache lire et écrire et autres sornettes du même genre!

Elle me regarda avec hauteur.

– Je vous en prie! Je n'admets pas qu'on prononce des mots de cinq lettres devant moi!

– Mot de cinq lettres? Quel mot de cinq lettres? lui demandai-je en ouvrant de grands yeux.

– Gouvernement.

Je secouai la tête.

– C'est du joli! On se dit secrétaire, et on est incapable d'épeler plus correctement que... que moi. Les mots de cinq lettres, ma chère, sont des mots tels que salaud, fils de pute, connasse, ce genre de trucs, quoi.

– Oh! fit-elle, honteuse de son ignorance.

– Mais revenons-en à ce Charlie Azimov, intervins-je, avec autant de vivacité que je pus. Que savez-vous de sa disparition? Pensez-vous que ce soit un enlèvement? Un coup des terroristes?

– Quelle disparition? dit-elle le plus naturellement du monde. Azimov a téléphoné juste avant votre arrivée. Il a un gros rhume. Attendez, j'ai noté son message quelque part...

Elle farfouilla un moment dans le premier tiroir du bureau, avant de s'exclamer d'un air désolé :

– Je ne risque pas de le trouver... Mon système de classement est au-dessous de tout!

Je levai les yeux en un appel muet à celui qui se trouve peut-être là-haut. Puis je les rabaissai vers la jeune femme et la regardai, les yeux vagues, un peu comme si j'avais mis une pièce dans un WC payant et que je me rende compte qu'il n'y avait pas de papier.

Tristement je me levai et rangeai mes petites affaires dans mes poches.

– Oh! ne partez pas, me supplia-t-elle. Allons, restez et donnez-moi un coup de main avec cette bouteille. Vous savez, j'en ai encore une ou deux quelque part dans ce fouillis, si j'arrive à mettre la main dessus!

– Merci, sans façon, dis-je, au bord des larmes. Je ne bois jamais pendant le service. Sans compter que j'ai déjà éclusé trois verres et mon sens de la navigation n'est plus ce qu'il était.

Je repris la route de notre galetas, direction la Trente-

Cinquième Avenue. Je ne croisai des terroristes que deux fois, et encore de toutes petites bandes; l'une d'entre elles agressait une pauvre vieille dame en lui tapant sur la tête avec son propre panier à provisions, dont elle avait d'ailleurs probablement volé le contenu à l'ultra-market du coin. Je ne m'en mêlai pas, préférant « garder mes distances » comme le recommande la morale moderne.

En rentrant, avant même d'aller au bureau, j'allai faire un tour à la cuisine, pour essayer de déterminer si, oui ou non, j'étais en retard pour le dîner.

Félix, ou Dieu sait comment il s'appelait, s'affairait derrière ses fourneaux. Il leva le nez et me dit joyeusement :

– Regarde-moi ça, le Chauve! Comme au bon vieux temps! Laitances aux fines herbes, *sans persil*, au lieu des soyaburgers! Et ce soir, à la place du Hachis Libanais...

Je lui lançai un regard glauque.

– Et où avez-vous trouvé des crédits pour toutes ces cochonneries de gourmet?

Il ouvrit de grands yeux.

– Voyons, le Chauve! Puisqu'on a un client! J'ai téléphoné chez Mummiami, de Fulton Street, la dernière épicerie fine de la ville. Ils ont ratissé jusqu'à notre dernier crédit à la National Data Bank, mais dès qu'ils seront sûrs que nos crédits n'étaient pas en bois, ils vont nous envoyer assez de bonnes choses pour que nous puissions nous régaler tous les soirs pendant des mois. Comme au bon vieux temps.

– Quel client? m'exclamai-je (et, croyez-moi, je ne sautais pas exactement de joie). Nous étions censés enquêter sur un cas d'espionnage industriel et sur la disparition d'un savant probablement enlevé par une puissance ennemie. En fait d'espionnage, il n'y a qu'une pin-up particulièrement douée pour les plaisirs horizontaux, mais nulle en matière de classement et de secrétariat. Elle perd tout. Quant à l'inventeur disparu, un zozo répondant au doux nom d'Azimov, il est au lit au Bowery Hilton, avec un rhume de cochon.

Il me lança un regard hagard, et sa chère vieille bouche se mit à trembler.

Pas plus heureux que lui, je m'en pris à ses étagères vides. Ce n'était pas Byzance : quelques paquets de soupe déshydratée, une ou deux boîtes, de-ci, de-là, et ainsi de suite.

– Décidément, l'épicerie fine n'est plus ce qu'elle était, mon vieux. Je crois me rappeler qu'il y a seulement quelques années tout le monde avait ce mot-là à la bouche.

– Eh! oui, répondit-il d'une voix encore plus triste. A cette époque-là, déjà, le mot avait dégénéré de son sens original. De nos jours on baptise « épicerie fine » toute nourriture qui, avec un peu de chance, vous restera dans l'estomac. D'après mon livre de cuisine, ajouter quelques grains de persil déshydraté et quelques grains de monosodium glutamate à une boîte de soupe de tomate, c'est faire de la haute cuisine, alors...

Comme je tournais les talons, il me pinça le derrière, mine de rien. Je vous le jure, je commence vraiment à me poser des questions sur les habitants de cet établissement. Quatre hommes ont occupé la célèbre maison de pierre brune depuis la fin de la Première Guerre mondiale, et pour ce qui est des femmes, on ne laisse même pas entrer une femme de ménage, ce qui est tout dire. Je suis le seul à avoir jamais eu une petite amie, et la petite amie en question, c'était Lil. Sans commentaire.

J'allai au bureau faire mon rapport. Le Gros était toujours assis à la même place, renversé en arrière, les yeux clos, les lèvres en mouvement, preuve qu'il était en train de penser. C'était le tabou des tabous depuis des années. Quand il pense, on ne doit le déranger sous aucun prétexte. Mais cette fois, décidai-je, c'en était trop.

– Et alors? Que déduisez-vous? lui demandai-je. A quoi diable pensez-vous?

– Au déjeuner, répondit-il.

Je m'assis derrière mon bureau.

– Désirez-vous entendre mon rapport?

Il ouvrit les yeux et me regarda de travers. Probablement avait-il complètement oublié m'avoir confié une mission. Il me dit d'un air offensant :

– Je vous écoute. Racontez-moi tout dans les moindres détails, tels que les a enregistrés votre célèbre mémoire photographique.

Je lui décrivis la minuscule suite des bureaux de la Société des Moteurs Panne sans oublier d'évoquer la svelte Miss LeGuin.

Ma description de cette dernière parut l'inquiéter fortement.

– Vous ne l'avez pas convoquée ici ce soir à neuf heures, au moins ?

J'admis avoir oublié cette partie de ses instructions. Je lui révélai que Mata-Hari LeGuin et Charlie Azimov étaient les seuls employés de la compagnie, mis à part les trois savants anglais qui dirigeaient le projet. Je lui appris que Miss LeGuin méritait la palme des alcoolos. Que si elle buvait de l'eau plutôt que du bourbon, elle se serait certainement noyée depuis longtemps. Soudain les yeux myopes du Gros rétrécirent de moitié, comme lorsqu'il voulait piéger une victime. Il me demanda d'une voix moins geignarde que d'habitude, d'une voix qui, il faut l'avouer, semblait presque lucide :

– Avez-vous remarqué la marque du whisky ?

Je réfléchis un instant.

– Oui ! mais, hélas, cela m'échappe.

Il soupira de toute la puissance de son estomac, ce qui produisit comme vous pouvez l'imaginer un soupir de taille plus que confortable, avant de remarquer avec une pétulance quasi enfantine :

– Et dire qu'il fut un temps où vous étiez capable de vous rappeler des informations aussi triviales que la liste des sénateurs de cet Etat. Bon. Autre chose ?

Je réfléchis intensément.

– Voyons, oui, il me semble bien qu'il y avait un certain détail dont Miss LeGuin pensait qu'il serait bon que vous fussiez informé, mais pour le moment je ne me rappelle pas quoi.

A ce moment ce cuisinier, dont je ne me souviens jamais le nom, entra et annonça que le déjeuner allait être servi.

La laitance aux fines herbes *sans persil* était une

merveille et le Gros rejoignit sa version du paradis d'Allah. La règle étant qu'on ne discute jamais d'affaires à table, il me régala d'un résumé de plusieurs chapitres du bouquin qu'il venait de terminer, *Trois clients pour la même chaise,* en oubliant visiblement que j'avais moi-même rédigé ce compte rendu très exagéré pour un imbécile d'éditeur, de longues années auparavant.

Alors que nous prenions le café dans le bureau, la sonnette de la porte d'entrée retentit. J'allai répondre. Je me demandai d'abord pourquoi le personnage qui se trouvait devant moi était drapé dans un drap de lit; lequel drap de lit lui recouvrait le sommet du crâne, lui-même enserré d'un cordon noir. Puis, je me rendis compte qu'il s'agissait tout simplement d'un brave Arabe.

J'entrebâillai la porte et lui jetai :

– Si vous faites la quête pour le Front Palestinien de la guerre de Cent Ans...

Se touchant le front, les lèvres et le cœur, il me dit fort civilement :

– *Assalaam alaykum.*

– Super, répliquai-je. A part ça, que désirez-vous?

Il caressa sa barbe noire. On aurait vraiment dit un personnage Tri-Di sorti du *Retour du Voleur de Bagdad.*

– *Effendi,* répondit-il, j'aimerais m'entretenir avec votre maître.

J'hésitai un instant; mais, que diable! ça fait des années que nous n'avons pas eu l'occasion de rigoler un bon coup. Je le fis donc entrer et pivotai automatiquement pour prendre son chapeau et l'accrocher au porte-manteau; mais je suspendis mon geste, réalisant la totale impraticabilité de la chose. Je le conduisis au bureau.

Quand le Gros nous vit entrer, ses yeux se mirent à jeter des éclairs.

– Est-ce le Carnaval, le Chauve? aboya-t-il.

– Je ne crois pas, Monsieur, lui répondis-je. Ce Monsieur veut vous parler.

Sans y avoir été invité, le nouveau venu prit possession du siège rouge, et croisa les jambes. Sous ses jupons blancs – enfin, Dieu sait le nom de cet attirail –, il portait des bottes de cuir noir et souple.

– Eh bien, Monsieur, grommela le Gros non sans une certaine pétulance. (Il déteste positivement être dérangé si peu de temps après le repas, cela trouble sa digestion.)

Je m'assis à ma place et pris mon stylo.

L'autre regardait comme le Bon Dieu cet hôte pourtant fort peu civil.

– *Effendi,* je représente les Industries Pétrolières Arabes Réunies. Je suis ici pour retenir vos services.

– J'ai déjà un client, marmonna peu amènement le Gros.

– En vérité, en vérité, nous le savons bien : la Société des Moteurs Panne. Cependant, nous sommes prêts à vous offrir cinq millions de pseudo-dollars. Nets, bien sûr.

Pendant une fraction de seconde, la voix du Gros se fit légèrement moins sénile qu'elle ne l'était habituellement.

– Monsieur, je suis citoyen américain, et je ne trompe jamais le gouvernement de mon pays, sauf si je suis sûr de m'en sortir indemne.

– Supposons, dit l'autre d'une voix mielleuse, que vous possédiez un compte numéroté en Suisse ou aux Bahamas. Allah est grand...

– Hum, fit le Gros. Et pour quelle mission désirez-vous retenir mes services?

– Tout d'abord, est-il exact que votre client actuel est sur le point de lancer un véhicule fabriquant de l'essence au lieu d'en consommer?

– Saperlipopette, Monsieur! s'exclama le Gros avec indignation, je ne révèle *jamais* les secrets de mes clients – sauf pour une somme rondelette, bien sûr. Montrez donc la couleur de vos millions.

Les cinq minutes suivantes se passèrent en transfert d'un compte suisse à un autre.

Cette formalité accomplie, le Gros se renversa en arrière, croisa les mains sur son estomac, ferma les yeux, puis répondit à la question :

– Oui.

– En vérité, c'est un miracle du ciel, dit le nouveau venu.

– Qu'avez-vous derrière la tête en retenant mes services? grommela le Gros.

L'autre se leva, s'apprêtant visiblement à prendre congé. Il dit :

– Pour le moment, rien de précis, *Effendi.* Nous vous contacterons quand nous aurons besoin de vous. *Al-humdu-li-llah,* loué en soit Dieu. Maintenant, *Triq-esslama,* puisse la voie mener au salut.

– Hé, une minute! m'exclamai-je, en attendant le salut, quel est votre nom?

Je me penchai laborieusement sur mes notes.

– Even Carlos Mohmoud ould Cheikh, *Effendi.*

– Carlos? répétai-je stupidement.

– Si je ne me trompe, dans le langage des *Roumis,* c'est l'équivalent de Charles, crut-il bon de préciser.

Après quoi, se tournant vers le Gros, il se toucha le front, les lèvres et le cœur et murmura :

– Puisse votre vie être aussi longue et florissante que la queue du cheval du Prophète.

Je le raccompagnai à la porte en marmottant à mi-voix. Puis je réintégrai le bureau.

Le Gros, absorbé dans la lecture du *Complot à la portée de tous,* ruminait des propos incohérents où il était question du génie avec lequel il avait épinglé Amy Wynn – la plagiaire –, il y a de ça plus d'années que je ne peux me rappeler.

Je m'assis à mon bureau et murmurai amèrement :

– Bon. Nous voilà avec deux lots de clients, les Moteurs Panne et les Industries Pétrolières Arabes Réunies. Et vous ne craignez pas qu'il puisse y avoir entre eux un léger conflit d'intérêts, non?

Il leva le nez de son bouquin, me fixa et lança d'un ton parfaitement puéril, du genre Monsieur-Je-Sais-Tout :

– Pfuit! Certainement pas! Pourquoi y aurait-il conflit d'intérêts?

– Parce que l'un de vos clients vend du pétrole, tandis que l'autre s'apprête à sortir une voiture qui non seulement n'en consomme pas, du moins après le remplissage initial, mais qui encore en produit, lui expliquai-je patiemment.

Ce à quoi il rétorqua, tout aussi patiemment :

– Voyons, le Chauve, comme notre nouveau client Carlos Mohmoud ould Cheikh nous l'a fort pertinemment fait remarquer, pour le moment il ne nous demande rien. Il n'a fait que *retenir* nos services. Comment ses intérêts et ceux des Moteurs Panne pourraient-ils entrer en conflit? Ma foi, si dans le courant de l'affaire il se produisait quelque méli-mélo qui heurte notre bonne conscience, nous pourrions toujours démissionner, pas vrai? Ah! tout en conservant, bien sûr, une certaine partie des honoraires versés au titre des résultats obtenus jusqu'à ce jour. Disons... les quatre cinquièmes.

J'ouvris la bouche pour répondre à cet argument, mais la refermai aussitôt. Pourquoi me donner tant de mal? Ça fait quand même quinze ans que je n'ai pas reçu le moindre sou de salaire!

On sonna à la porte.

Carlos devait avoir oublié quelque chose et revenait le chercher.

Mais non. Quand j'allai répondre, je découvris un parfait étranger planté sur le perron.

J'ouvris, et lançai tout de go :

– Non, non, ne dites rien. Vous vous appelez Charles et...

Il me jeta un regard qui en disait long sur ce qu'il présumait être mon état mental.

– Mon nom, c'est Pohl, Karl Pohl, et je représente les Distilleries Après la Bataille. Je suis ici pour m'assurer le concours d'un détective privé.

Puis, s'interrompant net, il me lança un regard stupéfait :

– Karl, c'est l'équivalent germanique de Charles! Comment le saviez-vous?

– Je suis détective, rétorquai-je sèchement. Simple affaire de déduction. Entrez.

Je suspendis son béret à la patère et le laissai me précéder dans le bureau.

Le Gros leva le nez de son livre et tonna dans un rugissement (si tant est que la combinaison de ces deux mots signifie quoi que ce soit) :

– Saperlipopette, le Chauve! Ces interruptions incessantes vont-elles durer longtemps? On se moque de moi! Ne peut-on me laisser poursuivre mes recherches en paix? Après la lecture de ces cinquante volumes consacrés à mon talent, j'envisage sérieusement de rédiger mon autobiographie. Quoique à la réflexion, il semblerait sans doute peu crédible qu'un si grand nombre d'homicides mystérieux aient jamais eu lieu dans la ville de New York. En tout cas, pas depuis les beaux jours d'Aaron Burr...

– Une visite, Monsieur. Carlos Pohl. Euh... je veux dire, Charles Pohl, enfin, Charlie, ou plutôt Charlot, oui, c'est ça, Karl Pohl.

Le regard de notre visiteur allait du Gros à moi, puis de moi au Gros.

– Bon sang! Que se passe-t-il, ici! s'exclama-t-il. Ne suis-je pas dans les bureaux du détective privé? Espèces de vieux dindons piaillants! Ma parole! l'un comme l'autre, vous semblez assez vieux pour avoir enquêté sur l'assassinat d'Abraham Lincoln.

Il n'avait pas une mauvaise tête, après réflexion, mais il semblait un peu trop énergique pour mon goût. Le genre d'homme à aimer battre le fer tant qu'il est chaud. Quoi qu'il en soit, nous étions mal partis.

– Monsieur Pohl représente les Distilleries Après la Bataille, expliquai-je au Gros. Je suppose que, par conséquent, vous n'êtes pas en position de discuter affaires avec lui.

Le Gros me lança un regard aussi fulminant que chassieux.

– Saperlipopette, le Chauve, je ne suis pas encore assez gâteux pour me laisser dicter la conduite à suivre par un blanc-bec de votre espèce!

Et il tourna son regard glauque vers le visiteur.

– Asseyez-vous, Monsieur, et présentez-moi votre requête.

Pohl rassembla ses esprits, s'assit, puis commença :

– Notre conglomérat multinational de distilleries désire retenir vos services. Il s'agit de lutter contre une conspiration qui vise à nous nuire en s'attaquant à l'une des institutions de base de ce pays en particulier, et de tous ceux en général où nous possédons des intérêts.

– Ça a l'air vachement subversif, lançai-je avec commisération.

– La ferme, le Chauve, caqueta le Gros, tout en formant de ses mains jointes une aiguille sur les rondeurs montagneuses de son estomac.

Il tourna son regard vitreux vers notre visiteur.

– Veuillez clarifier vos propos, Monsieur.

Pohl atteignait des sommets d'indignation.

– La Société des Moteurs Panne est en train de réaliser une machine infernale qui mettra à sa merci chaque brave poivrot. Ils prévoient, dans leur nouveau véhicule, de remplacer l'essence produite par de l'alcool, et bien entendu n'importe quelle boisson alcoolisée fera l'affaire. Du cognac, je suppose, pour leur modèle européen, de la vodka sans doute pour celui du Complexe Soviétique et, pourquoi pas, du saké pour le modèle destiné au marché japonais. Cette attaque des droits de l'homme me révolte. Rendez-vous compte : n'importe quel brave automobiliste pourrait se biturer du matin au soir, et à l'œil! Ce damné véhicule a été conçu pour démarrer avec quelques verres de bibine, et ensuite il produira perpétuellement la boisson en question!

– Démoniaque, admit le Gros en opinant de ses nombreux mentons. Mais comment êtes-vous au courant de ce projet?

L'autre affecta un sourire cauteleux :

– Nous avons réussi à infiltrer un espion dans leurs bureaux.

– Je vois, dit le Gros.

Pohl alla droit au but.

– Nous désirons vous engager pour combattre cette subversion par tous les moyens que vous jugerez bons. L'un des membres de notre conseil d'administration, octogénaire, a eu vent dans sa jeunesse de votre réputation. Il vous a chaudement recommandé. Il avait été particulièrement impressionné par un certain témoignage de vos capacités intitulé *Trop de clients*.

Je toussotai, mais tous deux ignorèrent mon intervention.

– Pour être franc, Monsieur, dit le Gros, je suis déjà submergé de travail.

J'aurais pu dire que le Gros poussait le bouchon un peu loin, mais je gardai mes réflexions pour moi.

Pohl employa alors un argument frappant.

– Nous vous offrons dix millions de pseudo-dollars. Nous représentons potentiellement toutes les distilleries du monde, exception faite de la Vodka Pelure de Patate, produite en Ukraine.

Après son départ, il y eut un long temps mort pendant lequel je fixai le Gros un peu comme j'aurais regardé un taxiphone si, y ayant glissé mes derniers crédits pour téléphoner à un garage, alors que ma voiture était tombée en panne à cent kilomètres au milieu de nulle part, j'avais obtenu un faux numéro.

Après avoir ajusté mon dentier d'un coup de langue, je susurrai :

– Nous disions, au sujet de ce conflit d'intérêts...

– Pah! marmonna-t-il avec irritation, après avoir refermé les yeux, son bras se tendant instinctivement vers la sonnette pour commander une autre bière. Quel conflit d'intérêts? Nous avons été engagés par un client pour enquêter sur une affaire de sabotage industriel et la disparition d'un savant, et par un autre pour prévenir patriotiquement la subversion de l'une des institutions de base de notre pays. Deux cas parfaitement distincts.

Je le reconnais, je n'ai plus la repartie aussi vive qu'autrefois. Je me contentai d'ouvrir des yeux ronds.

Il lança un ballon d'essai :

– Mettons-nous au travail. Rendez-vous au Bowery Hilton et rassemblez un maximum d'informations sur ce Charlie Azimov et sa mystérieuse absence au siège des Moteurs Panne.

Il tentait visiblement de se débarrasser de moi pour éviter que je ne lui pose quelques questions sur notre conscience professionnelle, questions qui eussent certainement été trop compliquées pour son esprit fatigué par l'âge.

Me rappelant mes diverses expériences dans les rues, le matin même, j'emportai non seulement mon Marley 38 silencieux à recul amorti mais deux petites grenades, pour le cas où je croiserais de nouveau quelques-uns de ces charmants jeunes terroristes (je comprends leurs rêves utopiques mais je ne souhaite pas me trouver dans leur ligne de mire).

Le Bowery Hilton avait certainement connu des jours meilleurs. A voir son état, il avait dû servir de bureau de recrutement quand Lincoln avait lancé son fameux appel des soixante-quinze mille volontaires. Seul point en la faveur de ce quartier de la ville, on ne risquait pas d'y rencontrer des terroristes. Les habitants avaient été terrorisés depuis longtemps et ils avaient pris la poudre d'escampette.

L'endroit n'était même pas automatisé. Quand j'arrivai à la réception, je fus abordé par un personnage vieux comme Mathusalem.

– Bonjour, Monsieur. Je suis Bradbury, le garçon de la réception. Que puis-je pour votre service?

– Je vous en supplie, ne me dites pas votre prénom, répondis-je. Je ne veux pas le savoir. Quel était le numéro de la chambre du sieur Azimov?

– Pourquoi *était*? demanda-t-il en fronçant les sourcils. Il y est toujours. Chambre 305.

Quelques-uns des propos de Mata-Hari LeGuin me revinrent vaguement à l'esprit. Elle avait parlé d'un rhume de trois jours. Mais je ne me rappelais plus à quel sujet.

J'entrepris l'escalade des marches grinçantes. Mon plan était prêt: j'allais utiliser un passe-partout pour m'introduire dans les quartiers du savant disparu afin de passer les lieux au crible. J'avais l'espoir de découvrir quelque indice qui jetterait un peu de lumière sur sa disparition.

Le passe-partout s'avéra inutile. La porte n'était pas fermée.

J'entrai avec précaution, ce qui s'avéra tout aussi inutile. J'aurais aussi bien pu faire assez de bruit pour réveiller un mort. Mais je ne risquais pas de réveiller celui-là.

Car il était mort, étalé de tout son long sur le lit, et visiblement tout ce qu'il y avait de plus mort. Charlie Azimov ne s'était pas contenté de disparaître. Il avait rendu son âme à Dieu. Je me livrai à une brève vérification. Aucun signe de violences. Aucun signe de quoi que ce soit d'anormal, d'ailleurs, sauf peut-être la présence d'une assiette de soupe encore à moitié pleine sur la table de nuit. J'en inspectai le contenu. De la soupe aux champignons, apparemment. A côté de l'assiette était posé un récipient en carton, d'une contenance d'un litre, qui avait visiblement servi à apporter la soupe.

Je me précipitai sur le TV-phone pour faire mon rapport. Il ne manquerait plus que le sergent et l'inspecteur viennent faire un tour dans le coin. Ils se feraient un plaisir de me traîner jusqu'à leur QG de Center Street, afin d'expérimenter sur moi quelques spécimens des surplus de guerre SS, poucettes et autres gracieusetés, dont la ville avait fait acquisition pour châtier les terroristes.

Le visage impatient du Gros apparut sur l'écran.

– Je suppose que vous vous êtes perdu en route, ironisa-t-il.

– Non, Monsieur, répondis-je sèchement, ou du moins d'un ton qui se voulait sec. J'ai trouvé Charlie Azimov, Monsieur.

– Comment! meugla-t-il avec indignation. Le premier jour de l'enquête! J'avais espéré faire traîner les choses pendant des mois, ou du moins des semaines! Amenez-le-moi immédiatement! Je désire l'interroger personnellement. Peut-être trouverons-nous un moyen de ralentir cette affaire.

J'ajustai au bout de mon nez mes lunettes à triple foyer et jetai au cadavre un regard plein de tristesse.

– Cela va m'être assez difficile, expliquai-je. Le sieur Azimov, voyez-vous, est un peu mort sur les bords. Dois-je prévenir l'inspecteur? Je suis toujours dans la chambre du Bowery Hilton.

Ses yeux vitreux prirent un air rusé qui ne fit qu'accentuer leur caducité.

– Certainement pas, répondit-il.

Puis, essayant d'avoir l'air pensif, il me demanda :

– Combien de temps pensez-vous que le cadavre puisse rester là avant d'être découvert?

Je regardai autour de moi.

– Disons une semaine.

Il parut surpris.

– Une semaine, le Chauve? Voyons, et l'odeur?

Je haussai les épaules.

– Dans ce nid à puces l'odeur ne dérangera personne. Et comme je doute fort qu'ils aient le moindre personnel, aucune femme de ménage ne risque de faire irruption dans la chambre.

– Parfait, parfait. Excellent. Rentrez immédiatement me faire votre rapport.

Saisi d'une arrière-pensée, juste avant de quitter les lieux, je pris le carton de soupe encore à moitié plein. Il y avait des mois qu'on ne nous avait pas servi pareille douceur, et Charlie Azimov ne désirerait visiblement pas de rab.

Après deux escarmouches sans importance avec les terroristes et une troisième avec la police qui m'avait sans doute pris pour l'un des susdits, je réintégrai notre immeuble. Je me rendis tout droit au bureau, non sans traverser la cuisine où « Je-ne-sais-plus-qui » sifflotait gaiement une tyrolienne tout en cuisinant quelques-uns des ingrédients onéreux dont il avait fait acquisition dans la matinée. Il n'aurait sûrement plus envie de siffler quand il apprendrait que le disparu avait été retrouvé, et en piteux état.

Le Gros fixa sur moi ses mirettes maussades, visiblement peu enchanté par les nouvelles dont j'étais porteur; puis, remarquant le carton de soupe :

– Par Hadès, qu'est-ce que c'est que *ça*?

Je lui expliquai où je l'avais trouvé, non sans ajouter que cela avait un parfum plus délicieux que tout ce que j'avais pu manger depuis des années.

La mangeaille étant toujours de la mangeaille et prenant aux yeux du Gros le pas sur toute autre chose, il prit le carton, enleva le couvercle et en examina le contenu. Puis, à ma grande surprise, il reposa le container, ferma les yeux, et se mit à ruminer avec ce maniérisme qui me mettait hors de moi depuis tant et tant d'années. J'allai m'asseoir à mon bureau.

Après un long silence, il laissa tomber :

– Le Chauve, vous n'êtes qu'un pauvre idiot.

– Certainement, Monsieur. Vous me l'avez souvent fait remarquer.

– Veuillez me faire votre rapport en détail.

Je lui rapportai tous les détails dont je parvins à me souvenir, de quoi faire une très courte nouvelle, et sûrement pas un roman. J'avais à peine terminé que le téléphone sonna.

C'était Saul. Il avait découvert qu'Aldiss était l'amant de Madame Brunner.

Je transmis l'information au Gros qui la commenta d'un *Pfuit* retentissant.

Le téléphone sonna de nouveau. C'était Orrie rapportant que son client, Brunner, était l'amant de Madame Clarke. Ce qui me valut un nouveau *Pfuit* du seigneur des lieux.

Le téléphone sonna de nouveau, c'était Fred. Il avait découvert que Monsieur Clarke s'envoyait en l'air avec Madame Aldiss.

– Un vrai manège de chevaux de bois, comme d'habitude, commentai-je à l'adresse du Gros.

– *Pfuit.*

On sonna à la porte, j'allai ouvrir pour laisser entrer l'inspecteur flanqué du sergent, son compère habituel.

L'inspecteur ne perdit pas de temps en préliminaires.

– OK, le Chauve, cette fois ton compte est bon, lança-t-il de sa voix chevrotante. Prends ton chapeau, on va aller faire un tour au Hachoir.

– Hachoir? Quel hachoir? émis-je.

– Un certain sous-sol de notre section Homicide.

Je chassai un chat dans ma gorge.

– Ce serait peut-être une bonne idée d'aller prévenir le patron, suggérai-je timidement.

Il me jeta un regard triomphal.

– Une excellente idée, en effet. Sans doute la seule que tu aies jamais eue, pauvre débris. Je meurs d'envie à l'idée de voir la tête que ce gros lard va faire. Venez, sergent.

Nous allâmes en procession jusqu'au bureau.

Le Gros leva le nez de sa nouvelle bouteille de bière. De toute évidence, cette fois, on la lui avait servie décapsulée.

Il commença, mâchouillant ses mots de façon à peine compréhensible :

– Que me vaut cette intrusion, inspecteur?

Le policier laissa tomber, sans chercher à masquer sa satisfaction puérile :

– Cette fois, vous êtes bon, gros tas de graisse. Le Chauve ici présent est en état d'arrestation. Les charges contre lui sont si nombreuses que je ne prendrai même pas la peine de vous les énumérer. Ça va d'homicide à « a quitté les lieux du crime sans avertir les autorités ».

Le Gros prit le temps d'ingurgiter la moitié de sa bière avant de se renverser en arrière, les yeux mi-clos. Il se mit à ruminer. Cela parut fasciner l'inspecteur qui, pourtant, avait assisté à ce petit numéro des milliers et des milliers de fois. Sans doute n'avait-il pas prévu que le Gros se mettrait à penser en de telles circonstances.

Enfin, il rouvrit les yeux.

– Cela, inspecteur, je ne le permettrai pas. Le Chauve est mon assistant depuis si longtemps qu'il fait quasiment partie de mes habitudes. Je reconnais que ces derniers temps il est de plus en plus gâteux, mais...

– Hé! protestai-je.

– ... mais il fait, comme je vous l'ai dit, partie de mes meubles.

– Pas de chance, laissa échapper l'inspecteur dans sa meilleure imitation d'un grognement. Figurez-vous qu'il y a environ une heure, votre petit protégé est entré au Bowery Hilton. Ses manières sournoises ont attiré l'attention de Bradbury, l'employé de la réception qui, après réflexion, a cru bon d'avertir la police. Et qu'est-ce que la police a trouvé? Le corps d'un certain Azimov Azimov. Le

Chauve est, d'après mon rapport, la dernière personne à lui avoir rendu visite. De toute évidence, c'est lui qui a accompli ce sale boulot, après quoi il s'est enfui aussi vite que possible.

– *Pfuit,* commença le Gros, je l'avais envoyé là-bas chercher des indices sur la disparition d'Azimov. Quand il a découvert le corps, il s'est précipité ici pour me faire son rapport. Un point c'est tout.

En dépit de la situation, je ne pus m'empêcher d'être fier de ce vieux glouton. Ses propos tenaient presque debout.

– Allons, le Chauve, lança l'inspecteur en entreprenant de remettre sur pied son corps branlant.

Mais le Gros pointa vers lui un index menaçant.

– Inspecteur, je n'admettrai pas pareille impudence de votre part sous mon toit. Vos manières sont dignes du pire soudard. Je vous propose le marché suivant : si vous vous débrouillez pour réunir toutes les personnes concernées par cette affaire dans mon bureau à neuf heures, je m'engage à vous livrer le meurtrier.

L'inspecteur en laissa tomber sa mâchoire déjà branlante.

– Parole ! Vous nous prenez pour des gogos ! s'exclama le sergent.

D'un seul coup, la roue du temps nous avait ramenés des dizaines d'années en arrière. L'inspecteur était déjà passé par là. Il était fou de rage. Mais après tout il pouvait bien remettre de quelques heures le plaisir de me rouer de coups dans le sous-sol du département Homicide.

Il lança sans conviction :

– La ferme, sergent.

Puis, se tournant vers le Gros, il grogna :

– Tope-là. Qui dois-je convoquer?

Il y eut du monde ce soir-là, dans le petit bureau. D'abord nos trois premiers clients, Aldiss, Brunner et Clarke; Clarke dans le fauteuil rouge, ses deux compères dans les sièges jaunes. Mata-Hari LeGuin était assise près d'eux, l'air plus lubrique que jamais. Suivaient, dans l'ordre, Carlos Mohmoud ould Cheikh, sorti tout droit des *Mille et Une Nuits,* puis Karl Pohl, dont le nez d'une rougeur suspecte semblait indiquer qu'avant de venir il s'était rassuré amplement sur la qualité des produits des Distilleries Après la Bataille. Saul et sa chaise roulante étaient appuyés contre le mur à l'extrémité de la pièce, encadrés d'Orrie et de Fred.

Moi, naturellement, j'étais à mon bureau. Près de moi se trouvaient l'inspecteur, qui essayait d'avoir les yeux perçants, et le sergent. Ce dernier, probablement éveillé à une heure où il se trouvait d'habitude dans son lit, paraissait vaseux.

Quant au Gros, il trônait dans son fauteuil géant, affectant un air malin par lequel il espérait faire croire qu'il était toujours en possession de toutes ses facultés mentales. A ma grande surprise, le carton de soupe que j'avais embarqué au chevet d'Azimov était placé en face de lui, sur le bureau.

Comme le Gros s'apprêtait à se lancer dans le babillage moins que lucide qui était son fort, le téléphone sonna.

Je répondis.

L'image d'un policier en uniforme se dessina sur l'écran, un jeunot de cinquante-cinq ans. Il commença :

– Sergent Heinlein, Monsieur. Je voudrais...

– Veuillez tout d'abord me décliner votre prénom, l'interrompis-je sèchement.

Il ouvrit de grands yeux.

– Poul, Monsieur. Poul Heinlein. Ça s'écrit...

– Je me contrefiche de savoir comment ça s'écrit, dis-je. Mais je vous parie ce que vous voulez que ça veut dire Charles en danois, ou dans quelque autre langage bizarre. Que voulez-vous ? Nous sommes très occupés à résoudre une affaire de meurtre, jeune homme.

Il faillit s'étrangler mais parvint quand même à articuler :

– Voilà. La femme de l'inspecteur fait dire à l'inspecteur qu'il n'oublie pas de boire son verre de lait et d'avaler sa pilule Démentia, la pilule antigaga, à neuf heures pile.

– C'est hélas bien inutile, répondis-je. Certains états sont malheureusement irréversibles.

Et je lui raccrochai au nez.

– Un faux numéro, dis-je à la cantonade.

Le Gros scruta longuement son auditoire, puis ferma les yeux, comme pour envoyer tout ce joli monde au diable. Mais, très vite, il les rouvrit et soupira jusqu'au fond de ses guêtres. Il est sans doute le dernier habitant de Manhattan à porter des guêtres.

Il dévisagea chacun de nous tour à tour, moi inclus, puis laissa tomber de son habituel ton geignard :

– Les yeux du meurtrier d'Azimov sont en ce moment même fixés sur moi. Toutefois, avant de révéler son identité, je désire éclaircir un certain nombre de points qui contribueront à me faire mériter mes honoraires.

Il éclaircit sa voix de crécelle :

– Je dis bien : *tous* mes honoraires.

Il tourna vers Aldiss, Brunner et Clarke ses prunelles vitreuses.

– Tout d'abord, Messieurs, inutile de vous soucier plus longuement de la disparition du sieur Azimov. J'ai dépêché sur les lieux mon radoteur d'assistant...

– Hé! protestai-je.

– ... qui l'a retrouvé. Ce problème est donc réglé. J'ai également découvert que la disparition de tant de plans et autres documents du siège de votre société ne relevait d'aucun sabotage ou espionnage, mais de la totale absence de cervelle de votre secrétaire, due entre autres à l'influence d'une certaine marque de vieux bourbon dont je tairai le nom.

– Grand Dieu! s'exclama Clarke. C'est remarquable!

Le regard du Gros se posa sur Karl Pohl.

– Vous avez reconnu avoir infiltré un espion au cœur même de la Société Panne. Une petite demi-heure de cogitation m'a suffi pour déduire qu'il ne pouvait s'agir que de Mlle Mata-Hari LeGuin.

Elle sursauta et, dans son désespoir, se tourna vers moi.

– T'as pas quelque chose à boire, le Chauve?

– Ça fait belle lurette que nous en sommes réduits à la bière, répondis-je. Et encore, quand je dis bière, vous ne seriez même pas capable de faire la différence entre ce que je vous servirais et une Shinola.

Pohl hocha la tête de dépit.

– Comment diable avez-vous deviné? demanda-t-il au Gros.

– Simple déduction, Monsieur, répondit le Gros, tout bouffi de son insupportable égotisme. La Société des Moteurs Panne n'avait que deux employés. L'un d'eux étant mort, il m'a suffi de procéder par élimination.

– Superbe, dut reconnaître Pohl.

Le Gros, en cette heure de gloire, se tourna alors vers moi.

– Le Chauve, m'ordonna-t-il, veuillez m'apporter le volume du Qu'ran qui se trouve sur cette étagère.

– Le quoi?

– Le Coran, espèce de nunuche! Il est dans le coin, près de la mappemonde.

Je finis par trouver ce qu'il demandait et le lui apportai :

– Remettez-le à Carlos Mohmoud ould Cheikh, aboya-t-il.

Ce que je m'empressai de faire.

Le Gros dit alors, d'une voix qu'il essayait de rendre sévère :

– Etes-vous prêt à jurer sur le livre d'Allah, de dire la vérité, toute la vérité, rien que la vérité?

– En vérité, je vous le dis, répondit Carlos, vous vous êtes fait une fausse idée de moi. Je suis baptiste fondamentaliste, Dieu en soit remercié : je viens de Leesville, en Caroline du Sud.

Cela en boucha un coin à tous, le Gros y compris.

Je m'éclaircis la voix, puis me hasardai timidement :

– Euh... je m'étais comme qui dirait imaginé que vous étiez un haut dignitaire des Industries Pétrolières Réunies. Si vous êtes américain, pourquoi ce déguisement, et tout ce charabia?

Il répondit avec beaucoup de dignité.

– Nous autres, hauts fonctionnaires du gouvernement, considérons comme la moindre des politesses de porter haut le flambeau des traditions et institutions des pays que nous gouvernons. J'ai donc pris un nom approprié, et le reste.

– Gouverner? lâcha l'inspecteur.

Il me surprit. J'étais convaincu qu'il s'était endormi.

– Voyons, poursuivit-il. Vous venez d'avouer que vous êtes américain, de Starboardville, ou Dieu sait où.

Le magnat du pétrole le regarda calmement.

– En vérité, je vous le dis, inspecteur, vous ne semblez pas très au fait de l'actualité. Tout le monde sait que Charles Smith est actuellement président des Nations Unies Arabes. Sous la pression de la section Droits de l'Homme des Nations Réunies, les Etats arabes ont pour la première fois organisé des élections libres. Ce qu'ils n'avaient pas prévu, c'est que tous les techniciens et ingénieurs américains, les mécaniciens qui leur permettaient de faire voler leurs avions, les ouvriers qui avaient aidé à construire leur réseau de communications, leurs ports et leurs routes – tous ces braves citoyens donc, qui sont des résidents permanents des Etats arabes – pouvaient remporter les élections.

Même le Gros en resta baba (remarquez que ça lui arrivait plus souvent qu'à son tour).

– Vraiment, vous vous fichez de moi, grogna-t-il. Vous ne me ferez pas croire que même les fedayin les plus indigents n'ont pas été capables de faire une croix sur un bulletin de vote pour élire le politicien véreux du coin, plutôt qu'un étranger!

Carlos lui lança un regard supérieur.

– Vous n'êtes vraiment pas au courant de la situation des Etats arabes, répondit-il. Un Arabe assez cultivé pour faire une croix sur un bout de papier, cela n'existe pas, mon cher.

Le Gros parut ébranlé, mais poursuivit néanmoins :

– Mais alors pourquoi m'avez-vous engagé?

Le faux Arabe haussa les épaules, avec un ample mouvement.

– En vérité, je vous le dis, il est venu à mes oreilles que la Société des Moteurs Panne avait retenu vos services et j'ai pensé que, par votre intermédiaire, nous pourrions peut-être conclure un accord avec eux. Voyez-vous, il y a bien des années, quand les Etats arabes sont devenus du jour au lendemain horriblement riches en arnaquant tous les autres pays non producteurs de ce pétrole si convoité, ils se sont aperçus qu'ils n'arrivaient pas à dépenser tout leur argent. De toute évidence, il était hors de question de le distribuer au peuple. Alors, ils ont fait d'énormes investissements dans des industries telles que la pétrochimie. Mais maintenant que le pétrole est épuisé, les usines de pétrochimie sont parfaitement inutilisables. Je suis donc venu en Amérique proposer un marché aux Moteurs Panne : nous désirerions leur acheter du pétrole dès que la Rat sera sur le marché.

Le Gros ouvrit de grands yeux.

– Parole de scout?

– Parole de scout.

– Assez de salades, siffla l'inspecteur. Venons-en au fait. Qui a tué Azimov?

Le Gros carra sur son siège ses épaules porcines.

– Mais bien sûr, inspecteur, lança-t-il.

Et, désignant d'un geste théâtral un tableau suspendu à un mètre soixante du sol, à droite de son bureau, il annonça :

– L'assassin d'Azimov se trouve derrière cette peinture!

Je compris immédiatement ce qu'il voulait dire.

– Vite, inspecteur! criai-je.

Et je me ruai dans le vestibule, le brave policier sur mes talons.

Près de la cuisine se trouve une petite alcôve grâce à laquelle nous avons pu depuis toujours espionner, sans être vus, ce qui se passe dans le bureau du Gros. Notre judas est dissimulé par un ravissant tableau représentant une cascade et il ne peut, par conséquent, pas être détecté du bureau. Nous nous en sommes servis parfois pour mater des clients, ou d'autres, qui ne se savaient pas observés, alors que le Gros et moi-même étions tous deux absents de la pièce.

Dans l'alcôve nous trouvâmes le cuisinier en chef du Gros, celui qui lui mitonnait ses petits plats depuis au moins un demi-siècle. Il tremblait de tous ses membres, visiblement paralysé par la tournure des événements. Le sergent et moi le prîmes au collet et le traînâmes dans le bureau.

– Purée de purée! s'exclama l'inspecteur. Comment diable avez-vous deviné?

Le Gros, tout bouffi de satisfaction, se tourna vers le cuisinier tremblant.

– J'ai mangé trop souvent de sa soupe aux champignons pour ne pas pouvoir en reconnaître immédiatement le fumet. Seulement cette fois-ci, au lieu de bolets, il y avait mis une bonne dose d'amanites phalloïdes. Il a dû les cultiver dans le potager, derrière la maison. Dieu sait pourquoi. Peut-être son esprit tordu avait-il conçu de nous les servir un jour, à moi et au Chauve, pour nous soulager définitivement de tous nos tourments.

– Non, non, sanglota le cuisinier. J'ai fait ça pour vous, Monsieur, pour vous! Enfin vous aviez des clients, après tant d'années, et voilà que j'apprends par le Chauve que le savant disparu n'avait pas disparu, qu'il souffrait simplement d'un rhume. Bref, que vous n'aviez plus de mystère à résoudre. Alors, vite, j'ai préparé la soupe aux amanites et je l'ai portée au Bowery Hilton. Le pauvre bougre a été bien content! Il a vidé une demi-assiette d'un trait. Je pensais qu'alors l'affaire allait continuer, puisque vous auriez un meurtre à élucider.

Le Gros parut scandalisé.

– Vous auriez dû savoir que j'allais découvrir l'identité du meurtrier, comme d'habitude.

Le cuisinier s'affaissa encore un peu plus. Il secoua la tête, pathétiquement.

– Ben, non. Je vous croyais complètement gaga et incapable de résoudre la moindre énigme. Alors, je m'étais dit que l'affaire allait traîner indéfiniment, et qu'on aurait assez de pseudo-dollars pour acheter toutes les bonnes choses que vous aimez tant manger. Je l'ai fait pour vous, Monsieur, rien que pour vous!

– *Pfuit,* radota le Gros.

Le sergent et l'inspecteur traînèrent hors du bureau un homme brisé. Ils emportèrent comme preuve le carton de soupe. Tout ce qu'on pouvait espérer c'est qu'en route ils oublieraient complètement ce qui s'était passé, et qu'ils boufferaient le reste.

– Tout ça, c'est très joli, dit sèchement Karl Pohl, mais vous n'avez toujours pas résolu mon problème. Et pourtant je vous ai versé des honoraires fort consistants. Si cette machine infernale, la Rat Panne, voit le jour, toutes les distilleries de la terre feront faillite.

– T'en fais pas pour ça, mon pote, lui répondit Clarke. Le projet a été abandonné. On vient d'avoir des nouvelles de Monsieur Panne, au Tibet. L'autre jour, en faisant tourner son moulin à prières il a décidé qu'il en avait marre de l'industrie automobile. Il se lance dans la finance internationale. On va construire une chaîne de banques multinationales pour propager un nouveau concept : le Dollar Jetable.

J'en restai bouche bée.

– Dollar Jetable, balbutiai-je. Vous voulez dire que...

Il me lança un regard condescendant.

– Exactement. On s'en sert une fois, et hop...

**Les machines à illusions** (1067 **)
*Lorsqu'on débranche les machines, les illusions persistent...*

**DOUAY Dominique**
**L'échiquier de la création** (708 **)
*Un jeu d'échecs cosmique où les pions sont humains.*

**ELLISON Harlan**
**Dangereuses visions**
(2 t. 626 *** et 627 ***)
*L'anthologie qui a révolutionné en 1967 le monde de la science-fiction américaine.*

**HARNESS Charles**
**L'anneau de Ritornel** (785 ***)
*C'est dans l'Aire Nodale, au cœur de l'univers, que James Andrek trouvera son destin.*

**HARRISON Harry**
**Le monde de la mort** (911 **)
*Pour un joueur professionnel, quoi de plus excitant que de jouer sa vie contre le sort d'une planète ?*
**Le monde de la mort - 2 Appsala**
(1150 ***)
*Jason dinAlt tombe de Charybde en Scylla.*

**HENDERSON Zenna**
**Chronique du Peuple** (1092 ****)
*Les enfants veillent à ne pas léviter devant leur nouvelle maîtresse d'école.*

**HERBERT Frank**
**La ruche d'Hellstrom** (1139 ****)
*Ou l'enfer des hommes insectes.*

**KEYES Daniel**
**Des fleurs pour Algernon** (427 **)
*Charlie est un simple d'esprit. Des savants vont le transformer en génie comme Algernon, la souris.*

**McDONALD John D.**
**Le bal du cosmos** (1162 **)
*Traqué sur Terre, il se voit projeté dans un autre monde.*

**PELOT Pierre**
**Kid Jésus** (1140 ***)
*Il est toujours dangereux de prendre la tête d'une croisade.*

**SPIELBERG Steven**
**Rencontres du troisième type** (947 **)
*Le premier contact avec des visiteurs venus des étoiles.*

**SPINRAD Norman**
**Jack Barron et l'éternité** (856 ****)
*Faut-il se vendre pour conquérir l'immortalité ?*

**STEINER Kurt**
**Le disque rayé** (657 *)
*L'homme a perdu son passé et le présent est un cauchemar.*
**Aux armes d'Ortog** (1173 **)
*Devenu chevalier-Naute, Ortog fait l'apprentissage de l'espace.*

**STURGEON Theodore**
**Cristal qui songe** (369 **)
*Fuyant des parents indignes, Horty trouve refuge dans un cirque aux personnages fantastiques.*
**Les talents de Xanadu** (829 ***)
*Visitez Xanadu, le monde le plus parfait de la galaxie.*

**VAN VOGT A.E.**
**Le monde des Â** (362 ***)
*Gosseyn n'existe plus : il lui faut reconquérir jusqu'à son identité.*
**A la poursuite des Slans** (381 **)
*Beaux, intelligents, supérieurs aux hommes, les Slans doivent se cacher.*
**Le colosse anarchique** (1172 ***)
*Pour jouer, il doit détruire la race humaine.*
**Le Silkie** (855 **)
*Un surhomme ou un démon électronique ?*

**WILSON Colin**
**Les vampires de l'espace** (1151 ***)
*Ils se nourrissent de l'énergie vitale des hommes.*

**Le massacre des innocents** (474 *)
*La decouverte, à travers un homme admirable, des souffrances ou la guerre jette les enfants.*

**L'espion aux yeux verts** (499 **)
*Des nouvelles qui sont aussi les souvenirs les plus chers de Bernard Clavel.*

**La grande patience :**

**1 - La maison des autres** (522 ****)
*En 1937, à 16 ans, Julien entre en apprentissage chez un pâtissier de Dole.*

**2 - Celui qui voulait voir la mer** (523 ****)
*L'exode de 1940 sépare Julien de ses parents.*

**3 - Le cœur des vivants** (524 ****)
*Sous l'Occupation, Julien decouvre l'amour, la violence et la mort.*

**4 - Les fruits de l'hiver** (525 ****)
*A la Libération, les difficiles retrouvailles de Julien et de ses parents.*

**Le seigneur du fleuve** (590 ***)
*Le combat, sur le Rhône, de la batellerie a chevaux contre la machine a vapeur.*

**Pirates du Rhône** (658 *)
*Le Rhône d'autrefois, avec ses passeurs, ses braconniers, ses pirates.*

**Le silence des armes** (742 ***)
*Jacques Fortier revient de la guerre dans son village du Jura. Mais peut-on se défaire de la guerre ?*

**Ecrit sur la neige** (916 ***)
*Un grand écrivain se livre à ses lecteurs.*

**Tiennot** (1099 **)
*Tiennot vit seul sur son île lorsqu'une femme vient tout bouleverser.*

**La bourrelle / L'Iroquoise** (1164 **)
*Au Québec, une femme a le choix entre la pendaison et le mariage.*

**Lettre à un képi blanc** (D100 *)
*La lutte contre la guerre est le combat essentiel.*

## COLETTE

**Le blé en herbe** (2 *)
*Phil partagé entre l'expérience de Léa et l'innocence de Vinca.*

## DAUDET Alphonse

**Lettres de mon moulin** (844 *)
*Le curé de Cucugnan, la chèvre de M. Seguin... Des amis de toujours.*

## FLAUBERT Gustave

**Madame Bovary** (103 **)
*De cet adultère provincial Flaubert a fait un chef-d'œuvre.*

## FOURASTIE Fr. et J.

**Les écrivains témoins du peuple** (1090 ****)
*De Chrétien de Troyes à Zola, la vie quotidienne des générations qui ont fait la France d'aujourd'hui.*

## PEREC Georges

**Les choses** (259 *)
*Le bonheur est-il lié aux choses qui peuvent s'acheter ?*

## RENARD Jules

**Poil de carotte** (11 *)
*Sous son ironie facilement amère, que de tendresse pour son père !*

## ROY Claude

**Victor Hugo, témoin de son siècle** (1171 ****)
*Le XIXe siècle décrit par le grand visionnaire.*

## TROYAT Henri

**La neige en deuil** (10 *)
*Une tragédie dans le cadre grandiose des Alpes.*

**La lumière des justes :**

**1 - Les compagnons du coquelicot** (272 ***)
*A Paris, en 1814, un jeune lieutenant du Tsar s'éprend d'une Parisienne dont tout le sépare.*

**2 - La barynia** (274 ***)
*Sophie se heurte aux préjugés de la Russie impériale.*